# सीतायण

## सीता के परिप्रेक्ष्य से राम की गाथा



चित्रा बैनर्जी दिवाकरुणी

अनुवाद : आशुतोष गर्ग

MANJUL
मंजुल पब्लिशिंग हाउस

MANJUL

**मंजुल पब्लिशिंग हाउस**

*कॉरपोरेट एवं संपादकीय कार्यालय*

• द्वितीय तल, उषा प्रीत कॉम्प्लेक्स, 42 मालवीय नगर, भोपाल-462 003

*विक्रय एवं विपणन कार्यालय*

• सी-16, सेक्टर 3, नोएडा, उत्तर प्रदेश, 201301

वेबसाइट : www.manjulindia.com

*वितरण केन्द्र*

अहमदाबाद, बेंगलुरू, कोच्चि, कोलकाता, चेन्नई,
हैदराबाद, मुम्बई, नई दिल्ली, पुणे

चित्रा बैनर्जी दिवाकरुणी द्वारा लिखित मूल अंग्रेजी पुस्तक
द *फ़ॉरेस्ट ऑफ़ एन्चैन्टमेंट्स* का हिन्दी अनुवाद

हिन्दी में सर्वप्रथम मंजुल पब्लिशिंग हाउस द्वारा
हार्पर कॉलिंस पब्लिशर्स इंडिया प्रा.लि. के सहयोग से प्रकाशित

*The Forest of Enchantments* by Chitra Banerjee Divakaruni– Hindi Edition



कवर डिज़ाइन : बोनिता वाज़-शिमरे

यह हिन्दी संस्करण 2020 में पहली बार प्रकाशित
5वीं आवृत्ति 2026

**ISBN 978-93-89647-73-0**

अनुवाद : आशुतोष गर्ग

मुद्रण व जिल्दसाज़ी : रेप्रो इंडिया लिमिटेड

चित्रा बैनर्जी दिवाकरुणी ने रामायण की कथा को सीता की आवाज़ में प्रस्तुत करके नया रूप दे दिया है। यह बदलाव एक सुंदर उपहार है - यह हमें एक प्रचलित कथा को बेहतर ढंग से समझने और अत्यंत पसंद आने वाली एक कहानी को और अधिक प्रेम करने का अवसर देती है।

**—अर्शिया सत्तार**

देवी सीता का यह प्रेरित आह्वान, हर्ष और प्रबलता के साथ सुनाया गया शक्ति एवं समन्वय का महागीत है। यह पुस्तक, रामायण के पात्रों और उसकी कठिन परिस्थितियों को सजीवता से प्रस्तुत करती है।

**—नमिता गोखले**

शुक्र है कि बहुत-सी रामायणों के बीच कुछ सीतायण भी हैं। परंतु चित्रा बैनर्जी के लेखन में जो जादू है, वह किसी और में नहीं।

**—फ़िलिप लट्गेन्डॉर्फ़**

चित्रा बैनर्जी दिवाकरुणी की सीता... साहस और आत्म-सम्मान की प्रतीक है, जो सब स्त्रियों का मार्गदर्शन करती है। एक परिचित कथा को दोबारा बुनते हुए चित्रा ने कुछ गहरी और आश्चर्यजनक ज्ञान की बातें कही हैं।

**—वोल्गा**

एक बेजोड़ कथाकार।

**—द डेनवर पोस्ट**

दिवाकरुणी की कहानियाँ सम्मोहक होती हैं।

**—द न्यू यॉर्क टाइम्स बुक रिव्यू**

दिवाकरुणी की कहानी कहने की कला ने उन्हें सर्वोत्तम कथाकारों की श्रेणी में खड़ा कर दिया है।

**—मायामी हेरल्ड**

*मेरे जीवन में आये तीन व्यक्तियों*
*मूर्ति, आनंद और अभय को समर्पित,*
*जिन्होंने मुझे प्रेम करना सिखाया*

# लेखिका की ओर से

दस साल पहले पांचाली के परिप्रेक्ष्य से महाभारत की कथा, *द्रौपदी की महाभारत* लिखने के बाद, बहुत-से पाठक मुझसे पूछते थे कि मैं इसके बाद क्या लिखूँगी।

मेरे पास प्रायः इस प्रश्न का कई महीनों तक कोई उत्तर नहीं था। लेखिका के रूप में मेरा स्वभाव कुछ ऐसा है कि मुझे कुछ समय के लिए अपनी कल्पनाशीलता को विराम देना पड़ता है और फिर उसके बाद ही मैं किसी विषय पर पूरे मन से लिख पाती हूँ।

हालांकि इस बार मेरे पास इस प्रश्न का उत्तर पहले से तैयार था।

मैंने कहा, मैं सीता की कहानी लिखूँगी, क्योंकि मैं शुरू से ही रामायण से प्रभावित रही हूँ। पांचाली की तरह, मेरी सीता (हाँ, लेखक की धृष्ट अंतरंगता के चलते मैं, सीता को अपना मानती हूँ) अपनी कथा स्वयं सुनाएगी। वह इस महाकाव्य में पुरुष पात्रों की जय और पराजय के दौरान साहसिक कारनामों के अंतराल को भर देती है। वह स्वयं बताएगी कि उसने अपनी जीवन-धारा को दिशा देने वाले विकल्पों को क्यों और कैसे चुना। उसकी आस्था और विश्वास के विषय क्या थे। उसे क्या अच्छा लगता था और वह किस बात से भावुक हो जाती थी। जीवन में आए दुखों के समय उसे कैसा लगता था और उसने उन दुखों से उबरने की क्षमता कहाँ से पाई।

मेरा यह विचार लोगों को बहुत पसंद आया। उन्होंने पूछा, इसे लिखने में कितना समय लगेगा।

शायद दो से तीन वर्ष, मैंने खुशी से कहा। मैंने इस पर शोध भी आरंभ कर दिया है।

हमें इसकी बेताबी से प्रतीक्षा रहेगी, लोगों ने कहा।

दो साल बीत गए, फिर तीन, फिर पाँच और फिर सात साल निकल गए लेकिन सीता पर उपन्यास पूरा नहीं हुआ।

मैंने इस बीच दूसरी किताबें, भारत और अमेरिका की पृष्ठभूमि में कुछ समकालीन उपन्यास भी लिख दिए। उनके कुछ स्त्री-पात्र जटिल और उलझे थे, कुछ स्त्रियाँ दृढ़ थीं, कुछ हठी थीं। वे जहाँ भी जाती, आवेश पैदा कर देती थीं और फिर उन्हें परिणाम भुगतने पड़ते थे। मैं इन नायिकाओं की प्रशंसा करती थी, लेकिन वे सीता से बहुत अलग थीं। क्या सीता भली और विनीत नहीं थी, जिसने बहुत समय चुपचाप रहकर संयम से साथ सारे दुख और कष्ट सहन किए? क्या इसीलिए हमारे बड़े-बुजुर्ग आशीर्वाद देते समय 'सीता-सी बनो' कहते थे? क्या इसीलिए मुझे उनकी बात सुनकर गुस्सा आता था?

वैसे सच यह है कि मुझे नहीं पता था कि सीता की कहानी कैसे लिखनी चाहिए। मैंने अन्य किताबें इसलिए लिखीं, क्योंकि उन्हें लिखना आसान था और मुझे जीवन की इस सबसे बड़ी चुनौती का सामना करने से डर लग रहा था।

परंतु मैं उसके बारे में सोचना छोड़ नहीं पाई। सीता की कहानी मुझे परेशान करती रही। मुझे सुनाई गई अन्य कहानियों में से सीता की कहानी पहली थी। मुझे इस बात का भी आभास था कि सीता की सच्चाई और भारतीय संस्कृति में सीता की अवधारणा के बीच एक दूरी थी। मुझे लगा, हम सीता को जैसा समझते हैं। उसका चरित्र उससे कहीं अधिक है, फिर भी मुझे नहीं पता था कि सीता वास्तव में कौन थी।

तभी परिवार के एक निकट सदस्य को अस्पताल ले जाना पड़ा। आईसीयू में बिस्तर के पास बैठकर मुझे यह एहसास हुआ कि जीवन क्षणभंगुर है। हमारे घर वापस पहुंचने तक उस घटना ने मुझे बदल दिया। मुझे समझ में आ गया कि मेरे पास समय नहीं है। मैंने तुरंत मन के गतिरोध को दूर किया और एक नवीन तात्कालिकता के साथ शोध-कार्य को फिर से आरंभ कर दिया। मैंने वाल्मीकि रामायण, अद्‌भुत रामायण तथा कम्ब रामायण पढ़ीं। मैंने अपनी मनपसंद, पंद्रहवीं शताब्दी में बांग्ला में लिखी कृत्तिवास रामायण भी पढ़ी। मैंने सीता पर लिखे लोकगीत ढूँढ़े। तब मुझे लगा कि सीता के अनेक स्वरूप हैं और प्रत्येक दूसरे से भिन्न हैं। इतना करने के बाद मेरे अंदर लिखने का साहस पैदा हुआ।

अपने शोध पर चिंतन के दौरान मुझे तीन महत्वपूर्ण बातों का आभास हुआ।

प्रथम : सीता बेशक देवी लक्ष्मी का अवतार हैं, लेकिन मानव शरीर धारण करने के चलते, वह भी मनुष्य हैं और इसलिए उनके अंदर मानवीय दुर्बलताएँ भी हैं। यही बात राम पर लागू होती है। रामायण में दोनों की मानवीय भावनाओं के किस्से भरे पड़े हैं। वे प्रेम करते हैं, उन्हें क्रोध आता है, दुविधा होती है और वे रोते भी हैं। वे एक-दूसरे को याद करते हैं, उनका हृदय विचलित होता है और भय

लगता है। वे हल्की-फुल्की बातों पर मजाक करते हैं। अनेक बार सीता, ऐसी चीजों की माँग करती है, जिन्हें पाना संभव या फिर उसके हित में नहीं है। कई बार वह, हमारी तरह, कुछ ऐसा कह बैठती हैं, जिसके लिए उसे बाद में पछताना पड़ता है। राम ने अपनी पत्नी सीता से बहुत प्रेम किया और वह महत्वपूर्ण अवसर पर उसे 'ना' नहीं कह पाए, हालांकि उन्हें सीता को मना करना चाहिए था। कुछ और भी ऐसे अवसर हैं, जब राम, अपनी प्रजा के विषय में अधिक सोचते हैं। वह आदर्श राजा बनने की इच्छा के शिकार हो जाते हैं और ऐसे कदम उठा लेते हैं, जिससे उनका और उनकी प्रिय सीता का हृदय टूट जाता है।

द्वितीय : सीता के विकल्प और प्रतिक्रियाएँ साहस से पैदा होती हैं। हालांकि यह साहस मौन रहता है, जिसे कई बार सीता की दुर्बलता मान लिया जाता है। यह संकल्प से उत्पन्न साहस है और बाधाओं को पार करके आगे बढ़ने की हिम्मत और हार न मानने का जज्बा है। यह साहस, सदियों से स्त्रियों के जीवन में दिखता रहा है। सीता का यह साहस उसकी यात्रा में महत्वपूर्ण पड़ावों पर मुखर रूप से नज़र आता है। फिर चाहे उसकी कुछ भी कीमत चुकानी पड़े, जैसा आजकल भारतीय समाज में हो रहा है। अपने जीवन के अंतिम और हृदय-विदारक क्षण में सीता इस साहस का प्रदर्शन करती है। सीता को समझौता स्वीकार नहीं है, हालांकि इसकी भी भारी कीमत चुकानी पड़ती है।

तृतीय : राम और सीता की कथा, न केवल भारतीय संस्कृति में अपितु पूरे विश्व की प्रेम-कथाओं में सबसे महान किंतु दुखांत है। एक समय था, जब मुझे लगता था कि सीता से प्रेम करने वाला पाठक राम से घृणा करने लगेगा। लेकिन यह इतना सरल नहीं है। इस पुस्तक को लिखते समय प्रेम की प्रकृति ने साधना का रूप ले लिया है। मुझे आशा है सीता के चरित्र की अनेक रोचक और आश्चर्यजनक परतों पर ध्यान केंद्रित करने के साथ मैंने राम के जटिल पात्र को भी सही ढंग से दर्शाया है। राम कुलीन, निष्ठावान और पत्नी के प्रति समर्पित हैं और उनके जीवन में भी चुनौतियाँ हैं। वह अनेक बार राजा के सार्वजनिक कर्तव्य तथा पति व प्रेमी की निजी भूमिका में से किसी एक को चुनने के लिए विवश हो जाते हैं।

मैं इस पुस्तक को संसार के सामने प्रस्तुत करते हुए सीता का, जो देवी, पुत्री, बहन, प्रेमिका, योद्धा और माँ हैं - आशीर्वाद लेना चाहती हूँ। सीता, संसार की समस्त स्त्रियों के लिए आदर्श है। मैं इस उपन्यास के स्त्री व पुरुष, दोनों वर्ग के पाठकों के हृदय में गहरा प्रभाव छोड़ने की कामना करती हूँ, क्योंकि सीता की कहानी सबके लिए प्रेरणा और सांत्वना से परिपूर्ण है।

अंत में, आशा करती हूँ, यह पुस्तक उस पुरातन आशीर्वाद, 'सीता-सी बनो!' को नया अर्थ देगी।

# आमुख

दो दिन पहले ऋषिवर ने मुझे वह पोथी थमाई, जिसे वे कई दशकों से तैयार कर रहे थे।

'यह मेरे जीवन-भर का कार्य है,' उन्होंने कहा। उनके चेहरे पर विचित्र भाव छा गया, जिसकी मुझे आशा नहीं थी। उनके चेहरे पर संकोच और अपने कार्य की प्रशंसा सुनने की आशा थी। परंतु महर्षि वाल्मीकि को मेरे, यानी अपने राज्य से वंचित एक रानी, पति द्वारा परित्यक्त पत्नी के अनुमोदन की क्या आवश्यकता थी? मैं अपना सबकुछ खो देने के बाद वाल्मीकि के आश्रम पहुंची थी। मेरे पास गर्भ में पल रहे बच्चों के अतिरिक्त कुछ नहीं था, जिन्हें लेकर मैं आश्रम आई थी। उन्होंने मुझे उस संकट के समय अपने पास आश्रय दिया, इसके लिए मैं सदैव उनकी ऋणी रहूँगी।

'मैं चाहता हूँ, इसे सबसे पहले तुम पढ़ो,' उन्होंने कहा। 'उसके बाद मैं इसे तुम्हारे पुत्रों को गायन हेतु दूँगा। आखिर, यह तुम्हारी भी कहानी है।'

मैंने दृष्टि झुकाकर अपने हाथों में रखे ताड़-पत्रों के भारी ढेर को देखा जिसकी ऊँचाई मेरे वक्ष-स्थल से भी अधिक थी। मैंने उसका शीर्षक रामायण देखा तो मैं काँप उठी। मेरे भीतर दुख, लालसा, क्रोध और प्रेम के भाव उमड़ने लगे। प्रतापी राजा राम, मेरे पति की कथा।

मैं उस रात और अगली पूरी रात, आश्रम के छोर पर स्थित कुटिया में बैठकर पांडुलिपि पढ़ती रही। मुझे पता नहीं लगा कि कब दीपक का तेल समाप्त हो गया। दूसरे कक्ष में मेरे चौदह वर्षीय पुत्र जली हुई बाती की दुर्गंध से उठ गए थे। उन्हें मेरी चिंता हुई तो वे मुझे देखने आ गए।

लव को मेरी अधिक चिंता रहती थी। वह मुझे कंधों से पकड़ा और बोला, 'आपको सो जाना चाहिए अन्यथा आप बीमार पड़ जाएँगी। क्या इसे पढ़ना इतना आवश्यक है कि आप कल सुबह की प्रतीक्षा नहीं कर सकतीं?'

कुश जो अधिक भावुक था, मेरे गाल पर सूख चुके आँसुओं को छूकर पूछा, 'मां, आप रो क्यों रही हैं?' उन्होंने मुझे इससे पहले इतना परेशान नहीं देखा था।

मैंने अपने पुत्रों का माथा चूम लिया। वे दोनों किशोरावस्था की दहलीज पर खड़े थे। मैंने उन्हें जल्द सो जाने का आश्वासन दिया और उन्हें सोने जाने को कहा। लेकिन मैं सो नहीं पाई। सुबह हो गई। आश्रम में लगे आम, नारियल और कटहल के पेड़ों से बहती हवा का स्वर सुनाई पड़ने लगा। मैंने इन वृक्षों को अनेक वर्ष पहले आश्रम के छोर पर लगाया था। मैं तब दुख से दूर रहना चाहती थी। मुझे नदी-तट पर आश्रमवासियों द्वारा चल रही सूर्योपासना के स्वर सुनाई पड़ रहे थे। उन सबमें सबसे शुद्ध स्वर, मेरे पुत्रों का था। वे दोनों अस्त्र-विद्या और गायन में निपुण थे। मैं उपासना समाप्त होने की प्रतीक्षा करती रही। फिर सब अपने-अपने काम में लग गए। इसके बाद, मैं पांडुलिपि लेकर महर्षि वाल्मीकि के पास पहुंची।

महर्षि ने उत्सुकता से मेरी ओर देखा।

'यह बहुत अच्छी है,' मैंने कहा। 'काव्य अत्युत्तम है और विवरण भी बहुत सुंदर हैं। इसकी लय शुद्ध है। आपने पृथ्वी और स्वर्ग दोनों के इतिहास को भली-भांति अभिव्यक्त किया है तथा इसमें युद्ध के रोचक प्रसंग, विवाह एवं मृत्यु के दृश्य, विश्वासघात और विदाई के क्षण, महल और वनों के वर्णन को भी आपने बड़े सुंदर ढंग से सम्मिलित किया है।'

'किंतु?'

'किंतु,' मैंने कहा और फिर मैं क्रोध रोक नहीं सकी। 'आपको नहीं पता कि मैं जिस समय वृक्ष के नीचे अंधकार में अकेली बैठी थी, तब क्या हुआ था। आप मेरी हताशा को नहीं समझ सकते। आपको मेरी प्रसन्नता का भी अंदाजा नहीं, जब मैं- पहले वन और फिर अयोध्या में थी तब, जब मैं सृष्टि की सबसे प्रिय स्त्री थी।'

'मैंने वही लिखा है जो मुझे दिव्य दृष्टि से दिखाई पड़ा है,' ऋषि ने कहा।

'फिर तो वे दृश्य आपको किसी देवी ने नहीं, बल्कि देवता ने दिखाये होंगे,' मैंने रूखेपन से उत्तर दिया। 'एक स्त्री के जीवन, उसकी खुशियों के पल में हृदय का टूटना, उसके अप्रत्याशित संबंध और इच्छाएं तथा उसके जीवन के व्यवहार, जहां उसे एक सुख पाने के लिए दूसरे का त्याग करना पड़ता है, यह सब आप नहीं समझ सकते।'

मुझे लगा ऋषि को मुझ पर क्रोध आ जाएगा, क्योंकि उन्होंने वह पुस्तक लिखने में अपने जीवन का एक बड़ा भाग लगा दिया था। परंतु उन्हें महर्षि ऐसे ही नहीं कहा जाता!

'देवी, तुम्हें अपनी कथा स्वयं लिखनी होगी,' ऋषि ने कहा, 'क्योंकि वह कथा केवल तुम्हें पता है।'

इतना कहकर ऋषि ने ताड़-पत्र का एक नया गट्ठर और लिखने के लिए कलम दी, जो वहाँ बड़ी मुश्किल से मिलती थी। उन्होंने आश्रम के एक शिष्य की मेज को मेरे कमरे में रखवा दिया। महर्षि ने अपने पास से स्याही की एक बोतल भी निकाली।

'जल्दी करो,' वह बोले, 'समय तेजी से बीत रहा है।'

मैं संभावना एवं घबराहट से भरी कमरे तक पहुंची। सचमुच, समय बहुत कम था। मेरे पति ने - हाँ, मुझे अपनी पत्नी मानने में उन्हें शर्मिंदगी होती है। मुझे अपने बच्चों को बड़ा करने के लिए अकेला छोड़ दिया था। मुझे उनसे सुख नहीं मिला, किंतु उन्होंने मुझे शांति से रहने दिया। परंतु ग्रहों की स्थितियाँ बदल रही थीं। सब कुछ फिर से परिवर्तित होने को था।

मैंने द्वार बंद किया और पैर मोड़कर नीचे बैठ गई। फिर मैंने मेज पर ताड़ के पत्तों को बिछा लिया। मुझे बाहर से आवाजें सुनाई पड़ रही थीं। वाल्मीकि, मेरे पुत्रों को महाकाव्य की गायन-शैली सिखा रहे थे। वह उन्हें बहुत सावधानी से बता रहे थे कि कहां स्वर ऊपर उठाना है, कहां धीरे बोलना है, कब राक्षस का वर्णन करते समय आवाज को तीखा करना है और कैसे मानवीय दुर्बलताओं को अभिव्यक्त करना है। यदि महर्षि के पास सचमुच दिव्य दृष्टि है, तो मेरे पुत्रों को शीघ्र ही अयोध्या के राजा राम, यानी अपने पिता के समक्ष उसे गाकर प्रस्तुत करना था। राम वही व्यक्ति हैं, जिन्होंने मेरे निर्दोष पुत्रों को उनके जन्म से पहले वन में भेज दिया। यदि वाल्मीकि की अंतर्दृष्टि सत्य है, तो मेरी भेंट भी राम से होने वाली थी। राम, एक राजा, पिता, योद्धा और पति हैं। मेरे प्रिय राम, जिन्होंने मुझे उस क्षण में त्याग दिया जब मुझे उनकी सबसे अधिक आवश्यकता थी। यह मेरे जीवन का सबसे बड़ा सुख और यही, सबसे बड़ा दुख भी है।

इससे पहले मुझे एक कार्य पूरा करना था। मैंने गहरी श्वास ली और देवी सरस्वती का आह्वान करके ताड़-पत्र को माथे पर स्पर्श किया। मैं सोचने लगी कि सरस्वती को मेरी घबराहट और परेशानियों के विषय में कैसे पता लगेगा। मैंने स्याही की बोतल खोली तो मुझे स्याही का रंग देखकर आश्चर्य हुआ। वह लाल रंग था। मासिक धर्म, प्रसव तथा विवाह का चिह्न, जो स्त्रियों का जीवन बदल देता है। वह उन फूलों का रंग था, जिनके वृक्ष के नीचे बैठकर मैंने राक्षसराज के महल में बहुत

समय बिताया था। मेरी कथा को लिखने के लिए उससे बेहतर रंग भला कौन-सा हो सकता था।

मैंने कलम उठाई और आंखें बंद कर लीं। मुझे पता था कि मुझे क्या करना है। मुझे आरंभ पर पहुँचना था। मुझे पीछे लौटना था, जब मैं राम से मिली थी, मुझे उस दिन वाली भोली कन्या को याद करना था। मैं तब यह मानती थी कि अच्छाई और प्रेम, मनुष्य के कवच होते हैं। मुझे उस क्षण से अपनी कथा को आरंभ करना था।

मैंने ज्यों ही स्याही में कलम डुबाई, मेरे भीतर अनेक भावनाएँ उठने लगी। आवाजें! शोरगुल से भरी, कुछ काल्पनिक, कुछ फुसफुसाहट। वे आवाजें धीमी थी किंतु मैं उन्हें सुन सकती थी। अयोध्या की दूसरी रानी कैकेयी की आवाज़, जिसने पुत्र के अंध-मोह में हमसे राज्य छीन लिया और फिर अपने ही पुत्र की घृणा की शिकार हो गई। अहल्या की आवाज, जो अपने पति के क्रोध से पत्थर में बदल गई। शूर्पणखा का स्वर, उस जंगली सुंदरी का सबसे बड़ा अपराध था कि उसने गलत पुरुष की कामना की। राक्षसराज रावण की पत्नी मंदोदरी की आवाज, जिसे विवशता में अपने राज्य का पतन और अपने पुत्र की मृत्यु देखनी पड़ी, क्योंकि उसका पति को किसी अन्य स्त्री से प्रेम हो गया था। मेरी प्यारी बहन उर्मिला की आवाज, जिसे सब भूल गए और जिसे छोड़कर, मैं अपने पति के साथ अज्ञानतावश वन में चली आई थी।

*'हमारी भी कहानी लिखो। हमारी सदा उपेक्षा हुई है। हमें तुच्छ और गलत समझा गया। हम पर दोष लगाए गए, हमें भुला दिया गया और हमारी निंदा हुई।*

'हां,' मैंने उनसे कहा, 'हां, मैं तुम्हारी कहानी भी लिखूँगी, क्योंकि उसके बिना मेरी अपनी कहानी पूरी नहीं हो सकती।'

मैंने कलम को ताड़-पत्र पर रखा और लाल स्याही से लिखना आरंभ कर दिया। मेरे अक्षरों की बनावट टेढ़ी-मेढ़ी थी। मुझे लिखने के लिए बहुत प्रयास करना पड़ा, क्योंकि मैंने बहुत दिन बाद कलम उठाकर कुछ लिखना शुरू किया था-सीतायण!

# 1

मेरे जीवन को बदलने वाला वह दिन एक आम दिनों की तरह ही शुरू हुआ था। मैं अपने पिता राजा जनक के बड़े-से उद्यान में टहल रही थी। मैं ओस से गीली नर्म घास पर नंगे पैर घूम रही थी। मेरे साथ माली भी था। महल की उस जगह की देखभाल का दायित्व मुझ पर था। वैसे यह एक राजकुमारी के लिए असामान्य कार्य था। मालियों ने मुझे पौधों की समस्याएँ बताईं जिनका समाधान नहीं हो पा रहा था, जैसे चंपक के पौधे में फूल नहीं खिलते थे, दुर्लभ हरसिंगार बहुत प्रयास के बाद भी खिल नहीं रहा था और सरकंडों के तने पर कोई काली बेल जबरदस्ती लिपट गई थी।

मैंने पत्तों को थपथपाया, जड़ों के नीचे खुदाई की तथा थोड़ी प्रार्थना की। मेरे पीछे खड़े माली धीरे-धीरे फुसफुसा रहे थे, *'आश्चर्य! चमत्कार! देखो, यह अभी से ठीक होने लगे हैं। मैं कहता हूँ यह सचमुच पृथ्वी देवी का रूप है, जो हमें आशीर्वाद देने के लिए धरती पर प्रकट हुई है।'*

वे बातों को बढ़ा-चढ़ाकर कहते थे। मैंने उन्हें कई बार कहा कि मैं भी उनकी तरह साधारण मनुष्य हूँ, लेकिन उनका प्रेम और आदर लगातार बढ़ता जाता था।

मैं अपने पिता को किस प्रकार मिली, वही इसका सबका कारण था। हां, मैं मिली थी! हालांकि पालन-पोषण के दृष्टिकोण से मैं राजकुमारी थी, मिथिला के राजा जनक की सबसे बड़ी पुत्री, सीता! किंतु विदेह के राज्य में यह कोई नहीं जानता था कि मुझे किसने जन्म दिया।

मेरे पिता हमें वह कहानी अनेक बार सुना चुके थे। वह कथा, मेरी और मेरी बहन उर्मिला की मनपसंद कथाओं में से एक थी।

मैं जिस दिन सुबह अपने पिता को मिली, उस दिन राजा जनक, महल के निकट खेत में जुताई करने गए थे। जनक, उस स्थान पर किसी यज्ञ की तैयारी कर रहे थे। उन्हें धार्मिक अनुष्ठान करना पसंद था और उसकी तैयारी में वह स्वयं सहयोग देते थे। भाग्य ने यदि उन्हें शासन करने का दायित्व न सौंपा होता तो वह अपना जीवन सहर्ष किसी ऋषि के चरणों में परम सत्य पर चर्चा करते बिता देते।

उस दिन जुताई के समय कुछ ही कदम बाद उन्हें रुकना पड़ा। उनके सामने मार्ग में एक नवजात बालिका लेटी थी। उसका निर्वस्त्र तन, तपती धूप में मरीचिका की भांति चमक रहा था। राजा जनक मेरे न रोने पर आश्चर्यचकित थे। मैं उन्हें टकटकी लगाए देख रही थी। मैंने अपने ऊपर पड़ा वस्त्र लात मारकर हटा दिया था। फिर मेरे तन पर मिथिला के बुनाईकारों द्वारा महीन स्वर्ण कशीदाकारी किया वस्त्र डाला गया। ऐसा वस्त्र पहले किसी ने भी देखा नहीं था। लोगों का मानना था कि ईश्वर ने मुझे राजा जनक के घर इसलिए भेजा था, क्योंकि बहुत प्रयास के बाद भी उनके घर संतान नहीं हुई। कुछ संदेही लोगों ने कहा किसी चालाक व्यक्ति ने सही अवसर देखकर मुझे बीच खेत में रख दिया और जनक ने मुझे देख लिया। लोग कहते थे कि मुझे यहाँ उसने रखा होगा, जो मेरे असली पिता को जानता होगा। कोई अन्य राजा होता तो मेरी परवाह न करके मुझे बीच मार्ग से हटा देता। ज़्यादा होता, तो मुझे किसी सेवक के घर छोड़ देता। परंतु जनक ने मुझे उठाया और सीने से लगा लिया। यह करते ही उनके मन की क्षुधा शांत हो गई और भीतर गहरी विश्रांति छा गई।

मेरे जीवन में यह प्रेम के संबंध का पहला पाठ था। मैंने सीखा कि प्रेम, एक क्षण में जीवन-भर की तड़प को यूँ मिटा सकता है, मानो लाखों वर्षों से अंधकार में डूबी गुफा में किसी ने अचानक रोशनी कर दी हो।

यही प्रेम की ताकत है। मुझे बहुत कम आयु से ही प्रेम की ताकत के प्रति आकर्षण लगता था। मैंने अनेक बार इस विषय में सोचा, किंतु मैं इसे ठीक से समझ नहीं पाई।

मुझे पौधों के संदर्भ में भी विचित्र शक्ति प्राप्त थी। यह स्वयं मेरे लिए एक रहस्य था। ऐसा शायद इसलिए कि पौधों का जन्म भी मेरी तरह पृथ्वी से होता है। मैं किसी पौधे को स्पर्श करती तो मुझे तुरंत उसकी उपचारात्मक विशेषताओं का पता लग जाता था। मैं देखकर बता सकती थी किस घास से सिर दर्द और जुकाम ठीक

होगा, कौन-सा बीज संक्रमण को रोक सकता है, किस पौधे से स्त्रियों को मासिक-धर्म के अति-स्राव में आराम मिलेगा और कौन-सी दवाइयां, किसी भी बीमारी या दुखी हृदय की पीड़ा दूर कर सकती हैं।

इसीलिए, मैं उद्यान में टहलने के बाद अपने दूसरे कर्तव्य की ओर बढ़ गई - महल के निकट स्थित मेरा उपचार केंद्र।

सबसे पहले नौकरों को मेरी क्षमता का पता लगा तो उन्होंने तुरंत मुझसे सहायता लेनी शुरू कर दी। मेरी माँ सुनैना जो हमेशा चिंतित रहती थीं, मेरी इस क्षमता को रहस्य की तरह दबाकर रखना चाहा, लेकिन वह समाचार फैल गया। जल्द ही देश के दूरस्थ प्रदेशों से रोग-ग्रस्त लोग मेरे पास उपचार के लिए आने लगे। उन्हें रहने के लिए जगह चाहिए थी। आखिरकार, माँ ने हारकर एक उपचार केंद्र बनवा दिया।

मैंने आज बहुत-से बीमार लोगों को देखा और चिकित्सकों को दवाइयाँ तथा अन्य उपचारात्मक जड़ी-बूटियाँ देने की सलाह दी। मैं अंत में मरणशील लोगों के कक्ष में गई। यह काम सबसे कठिन था। मेरे स्पर्श से उन्हें आराम मिला और वह शांति से लेट गए। उनमें से कुछ ने फिर दोबारा आंखें नहीं खोलीं। कर्कट रोग से ग्रस्त एक व्यक्ति को असहनीय दर्द हो रहा था। उसने मेरा हाथ पकड़कर अपने माथे पर रखा और वही शब्द फिर दोहराया : *देवी!*

'मैं देवी नहीं हूं,' मैंने उदास स्वर में कहा, 'अन्यथा मैं आपको बचा लेती।' लेकिन यह सुनने से पहले वह मर चुका था। उसके होठों पर मंद मुस्कान थी। मैंने उसकी आंखें बंद कीं, एक गहरी श्वास ली और जाने के लिए मुड़ गई। मुझे शस्त्र-विद्या के अभ्यास के लिए देर हो रही थी।

मैं यह बात कभी अपने परिवार से नहीं कहती हूँ, ताकि उन्हें दुख नहीं हो, पर मुझे कभी-कभी यह विचार आता है कि मैं कहाँ से आई हूँ। मुझे ऐसा इसलिए लगता था, क्योंकि मुझे वन बहुत आकर्षित करते थे। मैं उन्हें महल के बुर्ज से देखती थी। वर्षा-मेघ के रंगों वाले और रहस्यमयी कथाओं से भरे वन, हमारे राज्य के चारों ओर फैले हुए थे।

मेरे परिवार में कोई मेरी तरह वनों के बारे में नहीं सोचता था। मेरे पिता के मुख्य सलाहकार शतानंद को वनों पर भरोसा नहीं था। उसका मानना था कि वहाँ राक्षस रहते थे। शतानंद के दिमाग में राक्षसों को लेकर घृणा थी। वह प्राय : बताते थे, राक्षस कितने हिंसक होते हैं। वे मनुष्यों जैसे नहीं होते और अंधकार में रहते हैं। वे मायावी होते हैं और उन्हें काला जादू आता है। उन्हें मनुष्यों का माँस खाना

अच्छा लगता है। शतानंद का कहना था कि राक्षस सदा मनुष्यों पर हमला करने की प्रतीक्षा में रहते थे। इसलिए शतानंद राज्य की सीमा पर प्रहरियों की अधिक तैनाती पर ज़ोर देते थे।

'आपने कभी राक्षस देखा है?' मैंने एक बार शतानंद से पूछा।

शतानंद ने उत्तर देने से मना कर दिया। उन्होंने मेरे पिता को पैनी दृष्टि से देखा, मानो कह रहे हों कि लड़कियों को अनुशासन में न रखने से यही होता है।

मुझे नहीं पता राक्षसों के बारे में शतानंद कितने सही कहते थे, लेकिन मुझे इस बात का पूरा विश्वास था कि उन्हें वनों की बिल्कुल समझ नहीं थी। मैं वन में जाने की बहुत इच्छुक रहती थी, हालांकि मुझे पता था कि मुझे यह अवसर कभी नहीं मिलेगा। स्त्रियां वन में नहीं जाती थीं। यहां तक कि मेरी माँ, जो वैसे बहुत बुद्धिमान थीं, मेरी इस इच्छा को सुनकर परेशानी हो जाती थीं। मैं वर्षा-ऋतु में दोपहर के समय छत से वृक्षों को बारिश में नहाते देखती थी। आकाश में बिजली कड़कड़ाती तो मेरे अंदर हूक-सी उठ जाती थी। मुझे कभी-कभी सपना आता कि मैं लंबी ऊंची घास से भरे जंगल में टहल रही हूँ।

मुझे केवल वन के स्वप्न नहीं आते थे। मुझे कभी-कभी नींद में क्षितिज तक फैले विशाल जल-स्रोत दिखाई पड़ते थे। उनमें ऊंची लहरें उठतीं और तेज हवा चलती थी। नीचे विशाल जल-प्राणी उनके निकट से गुजरते जीव को नीचे खींच लेने के लिए बेचैन रहते थे। उस दृश्य को देखकर मुझे घबराहट और उत्तेजना होती थी।

मैंने एक बार अपनी माँ को इस बारे में बताया तो वह बोली कि मैंने स्वप्न में समुद्र देखा होगा।

'क्या आपने मुझे बचपन में समुद्र दिखाया है?' मैंने पूछा।

'नहीं,' वह बोली, 'मिथिला के आसपास कोई समुद्र नहीं है। यहां तक कि हमारे लोकगीतों में भी उनका उल्लेख नहीं मिलता। मैंने खुद कभी समुद्र नहीं देखा। उसके बारे में केवल पुस्तकों में पढ़ा है। *मुझे आश्चर्य है तुम्हें यह स्वप्न कैसे आया होगा।'*

माँ ने फिर मेरा माथा चूमा और मुझे खेलने भेज दिया। परंतु वह मुझे देख रही थीं। मुझे पता था उनके दिमाग में क्या प्रश्न चल रहा है, तुम कहां से आई हो!

मैं युद्ध-कला सीखना चाहती थी, लेकिन इसे गुप्त रखना जरूरी था। मेरे पिता को, यहां तक कि आवश्यक होने पर भी किसी तरह की हिंसा पसंद नहीं थी। हमारे पड़ोसी राज्य कभी-कभी मेरे पिता के शांतिप्रिय स्वभाव का लाभ उठाकर आक्रमण

करने का प्रयास करते तो माँ, जबरदस्ती सेना तैयार करवाती थीं। कुछ मामलों में मेरी माँ ही मिथिला की असली शासक थीं। वह बहुत बुद्धिमान थीं और उनकी दृष्टि बहुत पैनी थी। साथ ही उनमें उदारता एवं न्यायप्रियता का अद्‌भुत संतुलन था। कई बार मेरे पिता राज्य से संबंधित जटिल समस्याओं पर रात देर तक, माँ के साथ चर्चा करते और फिर माँ की सलाह के अनुसार ही कार्य करते थे। परंतु माँ ने परिवार के बाहर किसी को यह बात कभी नहीं पता लगने दी।

मैंने माँ को जब समुद्र वाले स्वप्न के विषय में बताया तो उन्होंने पूछा क्या मुझे आत्मरक्षा के बारे में सीखने में मज़ा आता है। मुझे यह प्रश्न सुनकर आश्चर्य हुआ, लेकिन मैं खुश थी। मुझे योद्धा बनने का विचार पसंद था। मैंने उर्मिला से साथ चलने को कहा। मुझे अपनी बहन से बहुत प्यार था, हालांकि वह मुझसे अलग थी। उसे गुड़ियाँ और माँ के गहने अच्छे लगते थे और हमारे राज्य के मंत्रियों और अतिथियों की कन्याओं के साथ खेलना-कूदना पसंद था।

'नहीं,' उसने कहा।

'तो मैं ही क्यों?' मैंने पूछा।

'मुझे लगता है तुम्हारा भविष्य अन्य राजकुमारियों जैसा नहीं होगा,' माँ ने उत्तर दिया। 'हो सकता है तुम्हें खतरनाक स्थानों की यात्रा करनी पड़े जहां तुम्हें आत्मरक्षा की आवश्यकता होगी। इसलिए हम इसे गुप्त रखेंगे।'

मैंने खुशी से हामी भर दी। अगले कुछ सालों तक प्रतिदिन राज्य के बाहर स्थित पहाड़ियों से कुछ स्त्रियां आती थीं। उनके चेहरे घूँघट से ढँके रहते थे। वे माँ के निजी प्रांगण में मुझे शिक्षा देती थीं। वे मुझे अस्त्र चलाना नहीं, बल्कि उससे भी अच्छी चीजें सिखाती थीं: कैसे शरीर, स्वयं अस्त्र बन जाता है, कैसे अपने विरोधी के शरीर, वजन और आकृति और रणनीति की कम समझ को उसी के विरुद्ध प्रयोग किया जा सकता है। मैंने चलना, दौड़ना, दबे पांव उछलना और पेड़ों पर चढ़ना सीख लिया। मैंने सीखा चोट से बचने के लिए किस तरह सही ढंग से गिरना चाहिए और चोट लगने पर दर्द को कैसे सहन करना है। मुझे यह सब सिखाया जाता था। उन स्त्रियों को मुझ पर दया नहीं आती थी। मुझे प्रायः चोट लगती और कई बार मेरी माँस-पेशियों में दर्द होता था। फिर वे किसी प्राकृतिक तेल से मेरे शरीर की मालिश करतीं तो दर्द गायब हो जाता था। मैं बड़ी हुई तो उन्होंने मुझे मालिश का तेल बनाने की विधि भी सिखाई। यह सब देखने के लिए केवल मेरी माँ उपस्थित रहती थी। वह चुपचाप देखती, लेकिन उन्होंने मुझे कभी कुछ नहीं कहा और न चिंता व्यक्त की।

आज एक लंबी और जबरदस्त लड़ाई के बाद मैंने अपनी शिक्षिका को कोने में घेरकर और उसे समर्पण करने पर विवश कर दिया। यह देखकर मेरी माँ, रानी सुनैना धीमे-से मुस्कराई। उन्होंने मुझे गले लगाया। मैं पसीने से लथपथ थी। फिर

वह बोली, 'मैं एक माँ के रूप में अब निश्चिंत हूँ। मुझे अब अपनी पुत्री को बाहर की दुनिया में भेजने से घबराहट नहीं होगी।'

मैं उनकी बात सुनकर घबरा गई। मेरा मन उत्तेजना और भय से भर उठा था।

'मैं कहीं नहीं जाऊंगी!' मैंने कहा और माँ से लिपट गई। उनके बालों से चमेली के तेल की सुगंध आ रही थी। 'मैं सदा आपके साथ ही रहूँगी।'

परंतु हम दोनों जानते थे यह सिर्फ एक इच्छा मात्र थी। इच्छा हो सकती थी। लड़कियों का बचपन, फूल पर ओस की बूंद की तरह क्षणभंगुर होता है। शीघ्र ही मुझे अपनी मनपसंद चीजें - अपने माता-पिता, अपनी बहन, महल, उद्यान और अपना उपचार केंद्र, सब कुछ छोड़कर किसी अन्य परिवार में जगह बनानी थी और वही मेरा अपना घर होगा। सब लड़कियों की, चाहे वे साधारण हों या राजकुमारी, यही नियति है।

# 2

वह एक अच्छा दिन था, परन्तु बहुत व्यस्त भी था। मैं महल की छत पर आराम कर रही थी और पहाड़ियों की ओर लंबी होती परछाइयों को देख रही थी। मुझे खुशी थी, मुझे आराम के लिए थोड़ा समय मिल गया था।

शाम के समय मुझे अच्छा लगता था और बुरा भी। उस समय छत के पुराने पत्थर ठंडे हो जाते और पैरों को आराम देते थे। जंगल से आती हवा अनजान फूलों की सुगंध साथ लाती थी। परंतु तभी मुझे और उर्मिला को मंदिर में देवी से अच्छे पति प्राप्त करने के लिए प्रार्थना भी करनी पड़ती थी।

हमें यह करते अनेक वर्ष बीत गए थे लेकिन कुछ लाभ नहीं हुआ।

मैं मंदिर के लिए अनिच्छा से फूल चुन रही थी। मुझे फूल तोड़ना पसंद नहीं था। यह हत्या करने जैसा था। परंतु यदि मैं यह नहीं करती तो मंदिर का पुजारी, किसी दासी को फूल तोड़ने को कहता और इससे पौधों को ज़्यादा कष्ट हो सकता था। मैं केवल वही फूल चुनती जो अपना जीवन लगभग जी चुके होते थे।

मैंने एक मंदार का मुरझाया फूल हाथ पर रखा और धीरे-से फूंक मारी। उसकी पत्तियां एक बार फिर शुष्क लाल हो उठीं। मेरे चेहरे पर मुस्कान आ गई। यह एक छोटा-सा जादू था, जिससे मुझे हर बार खुशी मिलती थी।

पूजा के लिए फूलों की टोकरी लगभग भर चुकी थी। तभी मैंने कुछ अधीर कदमों की आहट सुनी। वह मेरी बहन की पदचाप थी। उर्मिला का जन्म मेरे आगमन के ठीक एक वर्ष बाद हुआ था। वह हँसमुख और अस्थिर स्वभाव की थी। वह हमारे

परिवार में छोटी थी। उसे मनपसंद चीज पाने के लिए हठ करना अच्छा लगता था। मुझे उससे बहुत प्यार था और वह भी मुझे बेहद चाहती थी। हमारे बीच नोक-झोंक होने पर भी उर्मिला ने मुझसे कभी नहीं कहा कि वही असली राजकुमारी है और यह कि पिताजी ने मुझे रास्ते से उठाया था।

वह सीढ़ियों से भागती हुई ऊपर आई। उसकी पाजेब की आवाज से मुझे पता लग गया कि वह महत्वपूर्ण बात कहना चाहती थी। उसने मुझे जो बताया उसे सुनकर मैं हैरान रह गई।

'एक और वर! इसमें विशेष क्या है? अब संख्या कितनी हो गई?'

'एक सौ सोलह,' उसने कहा।

'मुझे नहीं पता तुम्हें इतनी उत्तेजना किस बात की है। हम दोनों जानते हैं अब क्या होने वाला है।'

'नहीं दीदी,' उर्मिला की आंखें चमक उठी। वह हाँफ रही थी। उसने कहा, 'वह - वे दोनों अलग हैं!'

'वे?'

'उनका छोटा भाई भी साथ आया है। उसका नाम लक्ष्मण है। मेरा मतलब छोटे भाई का नाम। बड़े भाई का नाम राम है। वे दोनों पश्चिम दिशा में पहाड़ों की तलहटी में स्थित कोशल राज्य से आए हैं। वह बहुत बड़ा राज्य है। हमारे राज्य से भी बड़ा। मैंने दरबारियों को बात करते सुना था।'

'तुम्हारा मतलब है कि तुम छिपकर उनकी बातें सुन रही थीं?'

उर्मिला की शैतानी-भरी मुस्कान से उसके गालों पर गड्ढे पड़ जाते थे। 'दीदी, जिन बातों को लोग छिपाना चाहते हैं, उन्हें जानने का यही सबसे अच्छा तरीक़ा होता है। आपको भी करके देखना चाहिए। वे दोनों अलग इसलिए हैं, क्योंकि उन्होंने यहाँ आते समय अनेक राक्षसों का वध किया है, हालांकि वे आयु में हमसे थोड़े ही बड़े हैं।'

मेरे चेहरे पर आश्चर्य का भाव रहा होगा, क्योंकि उर्मिला पीछे मुड़कर मुस्कराने लगी। उसे वे बातें जानकर मजा आता था, जो मुझे पता नहीं होती थी। फिर वह अचानक गंभीर हो गई।

'आपको लगता है कि ये हो सकते हैं?'

मुझे उर्मिला की बातों सुनकर लगा मानो उसके मन में वर्षा-पूर्व गर्मी से झुलसते खेतों की तरह तड़प पैदा हो रही थी।

'अधिक आशा करना उचित नहीं है,' मैंने कहा। 'तुम जानती हो लोगों को बढ़ा-चढ़ाकर बोलने में मजा आता है। इतना छोटा युवक शिव का धनुष कैसे उठाएगा?'

'तुम ठीक कहती हो,' उर्मिला ने कहा। उसका उत्साह ठंडा पड़ने लगा। वह धीरे-से चलकर छत के मुंडेर तक पहुंची और उसने नीचे देखा। मैंने वह मार्ग लाल मिट्टी से बनवाया था और वह आम के बगीचे से होकर महल के मंदिर तक जाता था। उर्मिला के कंधे झुक गए। उसने आह नहीं भरी, किंतु मुझे उसकी अधीरता या कहूँ निराशा का स्पष्ट आभास हो गया था। हमारे राजपरिवार का दुर्भाग्यपूर्ण नियम था कि बड़ी कन्या का विवाह पहले किया जाता है।

मैंने कई बार अपने पिता को समझाने का प्रयास किया था।

'आप पहले उर्मिला का विवाह क्यों नहीं कर देते? उसे मुझसे ज़्यादा जल्दी है।'

मेरे पिता ने मुझसे बहस नहीं की। उन्हें बहस करने की आवश्यकता नहीं थी। वह राजा थे। वह मुस्कुराने लगे, लेकिन मुझे उनका उत्तर पता था। यह हमारी परंपरा थी और इसे निभाया जाना था। जनक वंश की यही परंपरा रही है।

'आपको स्वयंवर के लिए कोई बेहतर तरीका चुनना चाहिए था। इसके लिए पवित्र धनुष पर प्रत्यंचा चढ़ाने की क्या आवश्यकता है? वैसे भी कोई उस धनुष को उठा नहीं पाएगा।'

मेरे पिता मुस्कराए। हालांकि उनकी मुस्कान में निराशा का भाव था। उनके पास यह स्वयंवर आयोजित करने के अतिरिक्त दूसरा कोई विकल्प नहीं था। मुझे पता था कि धनुष के भारी होना उसके उठा न पाने का कारण नहीं था।

वास्तव में, वह धनुष, सही पुरुष की प्रतीक्षा कर रहा था।

मैं मन में खुश थी कि अभी तक एक सौ सोलह पुरुष असफल हो चुके थे और उनकी असफलता का समाचार देश-भर में फैल चुका था। यह सुनकर ही बहुत-से लोग हतोत्साहित हो गए। यदि उर्मिला की खुशी बीच में बाधा नहीं बनती तो मैं आराम से शेष जीवन अपने सीधे-सादे स्नेहिल पिता और अपनी विनोदी माँ के साथ गुजार सकती थी। मुझे मिथिला से प्यार था। यहां की ठंडी नरम हवा पहाड़ियों के रास्ते जंगल में खिले सफेद और बैंगनी फूलों की खुशबू अपने साथ लाती थी। यहां के लोग सौम्य थे, जिन्हें नाचना-गाना पसंद था। समय आने पर मैं राज्य का शासन चलाने में भी सक्षम थी। मुझे यह विश्वास था, क्योंकि मैंने अपने पिता के दरबार में बैठकर उनसे नेकी और भलाई सीखी थी। मैंने निजी कक्ष में अपने पिता को अपनी माँ से परामर्श लेते भी सुना था।

मैंने यह इच्छा माँ के सामने व्यक्त की तो उन्होंने मना कर दिया। मुझे पता लग गया कि उन्होंने हमारी फुसफुसाहट सुन ली थी। वह बोली, 'यदि तुम स्त्रियों में

देवी भी होतीं, तो भी यह संभव नहीं था। मिथिला के राज्य पर केवल पुरुष शासन कर सकता है। यही हमारी परंपरा है!'

'परंपराओं, विशेष तौर से ऐसी परंपराओं को बदला क्यों नहीं जा सकता जिनका कोई अर्थ नहीं है?'

'यह परंपरा बदली नहीं जा सकती, क्योंकि मिथिला के लोग यह मानते हैं कि कोई स्त्री इतनी शक्तिशाली या बुद्धिमान नहीं होती जो मिथिला के लोगों का मार्गदर्शन कर सके।'

'मैं यह नहीं मानती,' मैंने उत्तेजित स्वर में कहा। 'क्या आपको भी विश्वास नहीं है?'

'मैं क्या मानती हूँ इससे कुछ फ़र्क नहीं पड़ता,' उन्होंने कहा। 'तुम्हारे पिता अच्छे और न्यायप्रिय राजा हैं। ऐसे राजा अपनी प्रजा के विश्वास के साथ खिलवाड़ नहीं करते। अपनी व्यक्तिगत प्रसन्नता के लिए तो बिल्कुल नहीं! किसी बात को सिद्ध करने के लिए भी नहीं।'

मैंने इस बात पर विचार करके कहा, 'लेकिन असल में तो आप ही निर्णय करती हैं कि मिथिला में क्या होना चाहिए। क्या पिताजी की तरह, आप मिथिला की शासक नहीं हैं?'

यह सुनकर माँ मुस्करा दी। उन्होंने कहा, 'मान लेते हैं, मैं और तुम्हारे पिता इस राज्य के दायित्व का संयुक्त रूप से निर्वाह करते हैं। मुझे आशा है कि तुम भी अपने पति के साथ ऐसा ही करोगी। परंतु प्रजा की दृष्टि में तुम्हारे पिता ही राजा हैं। मैं ऐसा कोई काम नहीं करूंगी जिससे प्रजा के विश्वास को ठेस पहुंचे, राज्य में संतुलन बनाए रखने के लिए यह आवश्यक है।

मैंने और तर्क दिए परंतु माँ ने विषय ही बदल दिया।

'मेरी बात ध्यान से सुनो,' उन्होंने कहा। उनके स्वर में असाधारण गंभीरता थी। मैं चुप हो गई।

उन्होंने मुझे बताया कि मेरे पिता की बढ़ती आयु के चलते उन्हें शीघ्र ही राज्य का उत्तराधिकारी नियुक्त करना होगा। उसे प्रजा स्वयं चुनेगी। उसके शरीर पर चौबीस शुभ चिह्न अंकित होंगे और उसे मिथिला का अगला जनक बनने का प्रशिक्षण दिया जाएगा। वही आगे चलकर राजा बनेगा। इससे पहले पिता को अपनी पुत्रियों का विवाह करना था, क्योंकि नए राजा की घोषणा होने के बाद भविष्य अनिश्चित हो जाता है।

'मैं अगले जनक से विवाह करके रानी बनकर यहां भी तो रह सकती हूँ,' मैंने सुझाव दिया। पिता के दरबार में आने वाले लोग कहते थे कि मैं बहुत सुंदर हूँ।

यह सुनकर मुझमें विश्वास जागृत हुआ कि मैं राजसिंहासन के अगले उत्तराधिकारी को मोहित करके उसकी पत्नी बन सकती हूँ।'

मेरी माँ उदास हो गई और फिर उन्होंने मुस्कराकर कहा, 'मुझे विश्वास है कि अगले जनक को इससे खुशी होगी, लेकिन यदि वह तुम्हारा वधू-मूल्य नहीं चुका पाया तो?'

यह सुनने के बाद मेरे पास उर्मिला के साथ पार्वती मंदिर में प्रार्थना करने के अतिरिक्त कोई विकल्प नहीं था। मुझे इस बात से आश्चर्य नहीं हुआ कि हमारी प्रार्थनाएं क्यों फलदायक सिद्ध नहीं हो रही थीं।

'देखो, देखो!' उर्मिला ने कहा। उसने मुझे तुलसी के पौधे के पीछे इस तरह खींच लिया कि हम दोनों उसके पीछे छिप गए।

नीचे चार लोग बगीचे के रास्ते मंदिर के मार्ग पर जा रहे थे। सबसे आगे शतानंद नपे कदमों से चल रहे थे। उन्हें देखकर मुझे कुछ आश्चर्य हुआ। उन्हें युवकों को साथ लाने के लिए कहा गया था। मेरे पिता के मन में निश्चय ही उन युवकों का विशेष स्थान था। उनके साथ एक ऊँचे कद का पुरुष था। वह पतली काया वाला श्वेत वस्त्रधारी संन्यासी था। उसके सिर के ऊपर बाल बाँधने का तरीका देखकर लगता था कि वह कोई बड़ा ऋषि है। भारतवर्ष के इस के छोटे-से कोने में भी हम विश्वामित्र से परिचित थे। उनके क्रोध के बारे में सबको पता था। उनका जन्म राजपरिवार में हुआ, परंतु उन्होंने ब्रह्मर्षि बनने का फैसला किया था। यह पदवी केवल ब्राह्मणों को ही मिलती थी। उन्होंने ब्रह्मर्षि बनने के लिए कठिन संघर्ष किया और आखिर वह पद प्राप्त कर लिया। उनका इतिहास बड़ा रंगीन और विचित्र था। उन दोनों युवकों की विशिष्टता इसी बात से समझ में आ रही थी कि ब्रह्मर्षि विश्वामित्र, स्वयं राजकुमारों को अपने साथ लाए थे।

मैं उन दोनों भाइयों को उत्सुक निगाहों से देख रही थी। दोनों विश्वामित्र के पीछे चल रहे थे और उनकी दृष्टि मेरे पिता द्वारा लगाए पेड़ों पर थी। मेरे पिता ने मेरी खुशी के लिए देश-भर से एकत्रित करके अनेक तरह के पेड़ लगाए थे। अस्त हो रहे सूर्य की रोशनी आँखों में पड़ रही थी, इसलिए मैं ठीक से देख नहीं पाई। किंतु मुझे किसी तरह पता लग गया कि उनमें राम कौन थे। वह अपने भाई से कद में ऊंचे और श्याम वर्ण को थे। उसकी चाल में जबरदस्त आत्मविश्वास था। लक्ष्मण ने आगे बढ़कर पेड़ से आम तोड़ना चाहा किंतु राम ने धीरे-से सिर हिलाकर लक्ष्मण को रोक दिया।

राम की भाव-भंगिमा में कुछ अलग बात थी। वे भव्य और सहज लग रहे थे।

ऐसा कैसे हो सकता है! मैंने पहली बार राम को देखा था। इससे पहले कभी स्वप्न या जागृत अवस्था में राम से भेंट नहीं हुई थी।

मेरे अंदर अचानक राम के विषय में जानने की जिज्ञासा पैदा हो गई। मैंने कसकर उर्मिला का हाथ पकड़ लिया।

'क्या प्रार्थना का समय नहीं हो गया?' मैंने पूछा, हालांकि अभी जल्दी थी।

एक क्षण के लिए उर्मिला भी चकित हो गई। मैंने पहले किसी युवक में इतनी रुचि नहीं दिखाई थी। उसके चेहरे पर शरारत का भाव आ गया।

'हाँ, समय तो हो गया है,' उसने कहा।

मैंने जल्दी-से फूलों की टोकरी उठाई और उर्मिला का हाथ पकड़े सीढ़ियों से नीचे उतर गई। मैं अपनी माँ की नज़रों से बचना चाहती थी, अन्यथा उन्हें संदेह हो सकता था।

उर्मिला ने हठ किया कि हमें केश सँवारना, आंखों में काजल डालना और गले पर चंदन का लेप लगाना चाहिए। इस कारण हम राम और लक्ष्मण को देखने से लगभग चूक गए। वे सबको प्रणाम करके जाने वाले थे, जब हम दौड़कर मंदिर पहुंच गए। शतानंद ने हमें प्रणाम किया, मगर उसकी मुद्रा से लग रहा था कि वह प्रसन्न नहीं था। वह बुद्धिमान मंत्री थे और मेरे पिता उस पर निर्भर रहते थे। यदि उसकी वश चलता तो हम राजकुमारियों को कक्ष तक सीमित रखने में कोई कसर न छोड़ते। वह हमें रेशमी वस्त्र और आभूषण पहनाकर गुड़ियों की तरह रखना चाहते थे। किसी सार्वजनिक कार्यक्रम में हमें सामने आना पड़ता तो वह हमें सभा के अंत में स्त्रियों के लिए आरक्षित स्थान पर बैठने को कहते और वहां से हम पर नज़र रखते थे। परंतु इस बार हमने मौसम के अनुसार सूती साड़ी पहनी थी, जो हमारे शरीर की आकृति को छिपाने में असमर्थ थी। जल्दी में बनाई चोटियों से बाल लटक रहे थे और शरीर से चंदन की सुगंध आ रही थी। वह तेजी से दोनों राजकुमारों को सामने से लेकर निकल गए और हमसे भेंट नहीं करवाई। शायद वह चाहते थे कि राम और लक्ष्मण हमें दासी समझ लें।

परंतु वह हमें राजकुमारों को देखने से रोक नहीं पाए।

जैसा उर्मिला ने बताया था, मुझे देखने आए अन्य लोगों की तुलना में राम की आयु बहुत कम थी। वह सत्रह या अट्ठारह वर्ष के होंगे और मुझसे थोड़े ही बड़े थे। लक्ष्मण की तुलना में उनका रंग अधिक साँवला और शरीर दुबला था, परंतु शरीर

सौष्ठव था। उनके कंधे पर एक भारी धनुष लटक रहा था। उन्हें देखने से नहीं लगा कि उन्हें धनुष का भार महसूस हो रहा होगा। मैंने सोचा कि वह मार्ग में राक्षसों से लड़कर थक गए होंगे, किंतु उनके चेहरे पर थकान नहीं थी। यात्रा के कारण गंदे हुए कपड़ों में भी उनका राजसी व्यक्तित्व साफ झलक रहा था। उनका आभामंडल अत्यंत शांत था और देखकर नहीं लगा कि वह अनेक राक्षसों को मारकर लौटे थे।

वे हमारे सामने से गुजरे तो राम ने मेरी ओर देखा। उनकी कमल-सी आंखें बड़ी और काली थीं। मैं उन्हें देखते ही आकर्षित हो गई। मुझे लगा मैं गिर जाऊंगी। नहीं, उस समय मैं अपने स्वाभाविक रूप में नहीं थी। मेरे चारों ओर विश्रांत समुद्र था। वह इतना सुंदर था कि एक क्षण के लिए मेरी साँस रुक गई। राम मेरे सामने खड़े थे। उनके चारों ओर प्रकाश था, जिससे मुझे उनका चेहरा दिखाई नहीं पड़ रहा था। हमारे बीच फैला दिव्य प्रकाश, राम के गले में पड़ी बड़ी-सी मणि से निकल रहा था। मैं एक कदम आगे बढ़ी। इसे समझा पाना असंभव है, लेकिन मेरा मन राम के वक्ष-स्थल पर सिर रखने का हो रहा था।

मैं उद्यान में लौट आई और भ्रम में पड़ गई। शायद राम को भी कुछ ऐसा महसूस हुआ था। वह ठहरकर मेरी ओर देखने लगे, मानो उन्हें किसी चीज की तलाश थी। उन्होंने मेरी ओर देखा। तभी शतानंद ने उन्हें कुहनी से पकड़ा और आगे ले गए। मैंने एक ठंडी आह भरी और मंदिर में चली गई।

पार्वती का वह मंदिर, महल में स्थित मंदिर की दृष्टि से काफी छोटा था। उसमें पत्थर से बना एक कक्ष था, जिसमें एक भी खिड़की नहीं थी। परंतु उस मंदिर का आवर्त इतना ऊंचा था कि स्वर्गलोक वासी भी उसे देखने पर विवश हो जाते होंगे। कोई नहीं जानता वह कब बनवाया गया था। शायद जनक रहे पिछले राजाओं में से किसी ने उसका निर्माण किया हो, या कथाएं जैसा दावा करती हैं, वह स्वयंभू-रूप में पृथ्वी से प्रकट हुआ हो। मुझे हर बार मंदिर में प्रवेश करके शक्ति का आभास होता था। उस स्थान पर मनुष्य और देवताओं के बीच अंतरंग और अति प्राचीन संबंध रहा था। वहाँ भविष्य के निर्माण अथवा उसके उद्घाटित होने की संभावना अवश्य थी।

आज उस पवित्र स्थान की काली दीवारें दीपक के प्रकाश से देदीप्यमान थीं। यहां तक कि देवी की आंखें भी चमक रही थीं, मानो वह प्रतिमा, सजीव हो। मैंने देखा पुजारी ने मूर्ति को मंदार के फूलों से सजाया था, क्योंकि देवी को वह फूल पसंद है। मेरे लाए सबसे बड़े फूल को पुजारी ने देवी के मस्तक पर रखा, किंतु मेरा ध्यान भटका हुआ था। मैं राम के विषय में सोचने से खुद को रोक नहीं पा रही थी। मैं राम के साथ किसी अलग दुनिया में हमारे बीच की अंतरंगता को महसूस कर रही

थी। उर्मिला का ध्यान भी भटका हुआ था, क्योंकि पुजारी ने जिस क्षण आरती का दीपक घुमाकर मंत्र पढ़े, तभी उर्मिला ने मेरे कान में धीरे-से कहा कि उसे लक्ष्मण पसंद है। उसकी आवाज में आकर्षण सुनाई दे रहा था। मुझे अचानक लगा कि राम; केवल राम ही मेरे लिए उपयुक्त वर हो सकते हैं। वही मेरे जीवनसाथी बन सकते हैं।

मैंने उत्साह से प्रार्थना आरंभ की। मेरी सांस मानो रुक गई हो। *हे देवी, आप जानती हैं प्रेम क्या होता है। कहते हैं, आपने भगवान शिव को पति-रूप में पाने के लिए बहुत कष्ट सहे और कठिन तपस्या की। यहां तक कि आपने उनके लिए अपने माता-पिता का भी विरोध किया। कृपया हमारी भी सहायता कीजिए। मुझे पहले किसी पुरुष के विषय में ऐसा महसूस नहीं हुआ और यही उर्मिला के साथ भी हो रहा है। हे माँ, कल शिव के धनुष पर प्रत्यंचा चढ़ाते समय राम के हाथों को शक्ति दीजिए ताकि मैं और उर्मिला इन भाइयों से विवाह कर सकें।*

मैं प्रार्थना समाप्त करने के बाद आशापूर्वक प्रतीक्षा करने लगी। मैंने सुना था कई बार देवी संकेत देती हैं। लेकिन ऐसा कुछ नहीं हुआ।

हम लोग महल लौटते हुए आधे रास्ते ही आए थे कि पीछे से किसी के तेज कदमों की आहट सुनाई पड़ी। हमने मुड़कर देखा तो पुजारी हमें पुकार रहा था। वह हाँफता हुआ तेजी से हमारे पास आया।

'मैंने जो पुष्प, प्रतिमा के मस्तक पर रखा था, वह नीचे गिर गया है,' पुजारी ने बताया।

'इसका क्या अर्थ हुआ?' उर्मिला ने पूछा।

'आपने कोई वरदान मांगा होगा। देवी माँ ने आपकी प्रार्थना स्वीकार कर ली है!'

उर्मिला ने अचानक मेरा हाथ कसकर पकड़ लिया। उसके चेहरे पर उत्साह छा गया। परंतु पुजारी असहज लग रहा था। 'पुष्प प्रतिमा के बाईं ओर गिरा है,' पुजारी ने कहा। 'आपकी इच्छा तो पूरी होगी, परंतु सबकुछ आपकी अपेक्षा के अनुरूप नहीं होगा। आरंभिक सफलता के बाद का मार्ग कष्टों से भरा होगा।'

'और अंत कैसा होगा?' मैंने पूछा।

'यह स्पष्ट नहीं है,' पुजारी ने उत्तर दिया। उसका चेहरा बता रहा था कि उसे और बेहतर भविष्यवाणी की अपेक्षा थी। 'अंत अच्छा हो सकता है परंतु कष्ट की भी पूरी संभावना है। आरंभ और अंत के बीच, गंभीर शोक सहना पड़ेगा।'

'मुझे परवाह नहीं,' उर्मिला ने अकड़कर कहा। हम आगे बढ़ गए। 'मैं लक्ष्मण से विवाह करना चाहती हूँ और उसके लिए मुझे काँटों पर चलना भी स्वीकार है।' उर्मिला ने भावी कष्ट की चेतावनी की उपेक्षा कर दी। ऐसी थी मेरी बहन। वह उतना ही सुनती थी जितना सुनना चाहती थी। उसने मेरा हाथ पकड़कर अपनी छाती पर रख लिया। 'मैं प्रतीक्षा करते-करते थक चुकी हूँ। मैं अब जीना चाहती हूँ। क्या तुम्हें नहीं जीना?'

उसकी हृदय गति बहुत तेज़ थी जिसे मैंने अपनी हथेली पर महसूस किया। ऐसा लगा मानो उसके प्रश्न के उत्तर में मेरे हृदय में भी वही हूक उठ गई। सहसा मैं भी विवाह और उसके साथ जुड़े जोखिम के लिए तैयार हो गई थी।

मेरे लिए हालांकि पुजारी की चेतावनी की उपेक्षा करना इतना आसान नहीं था। मुझे राम चाहिए थे। मैं उन्हें किसी भी अन्य वस्तु से अधिक चाहने लगी थी। परंतु मैं यह सोचकर व्याकुल थी कि इसके बदले ईश्वर मुझसे क्या मूल्य माँग लेंगे।

हम महल लौट रहे थे तो रास्ते में उर्मिला ने मुझे लक्ष्मण की बहुत-सी विशेषताएं बताईं। परंतु एक विचार ने मेरा ध्यान भटका दिया। राम को देखकर मेरे मन में जो भाव उठा, वैसा पहली बार नहीं हुआ था। वह भाव मुझे परिचित लगा और उसने मुझे अंदर तक झकझोर दिया। मैंने कई वर्ष पूर्व भी कुछ ऐसा महसूस किया था, जब राक्षसराज रावण, जिससे जितने लोग प्रेम नहीं करते हैं, उससे ज़्यादा घृणा करते हैं और लगभग सभी भयभीत रहते थे, मुझसे विवाह करने मिथिला आया था।

मुझे वह दिन अच्छी तरह याद है। हालांकि मेरे माता-पिता ने कुछ नहीं कहा, परंतु वह घबराए हुए थे। रावण की छवि संदिग्ध और उसका चरित्र रहस्यमयी था। वह दक्षिण दिशा में सुदूर राक्षसों के किसी द्वीप से आया था। मेरे पिता के दरबार में किसी को उस स्थान का पता नहीं था। रावण ने कई दशक कठोर तपस्या करके अजेय होने का वरदान प्राप्त किया था। फिर उसने एक के बाद एक धरती और आकाश पर स्थित राज्यों को अपने अधीन करना आरंभ किया और उसे जो पसंद आया, उसने उसे प्राप्त कर लिया : धन, स्त्रियाँ तथा दास-दासियाँ। यहां तक कि देवराज इंद्र भी उससे डरता था। उसने सूर्य और चंद्र को युद्ध में हराकर उन्हें अपना द्वारपाल बना लिया था। उसका महल देवताओं के शिल्पकार विश्वकर्मा ने वज्र से बनाया था, जिसे कोई अस्त्र क्षति नहीं पहुंचा सकता था। उसने कुबेर से पुष्पक विमान छीन लिया जबकि कुबेर देवता होने के साथ, रावण का संबंधी भी था। इन सबके अतिरिक्त रावण, शिव का भी अनन्य भक्त था।

मुझे रावण की कथा रोचक किंतु परेशान करने वाली लगती थी। यदि वह शिव का भक्त है, तो क्या उसमें धनुष पर प्रत्यंचा चढ़ाने की शक्ति होगी? यदि ऐसा हुआ, तो मेरा आने वाला जीवन कैसा होगा?

मैंने कक्ष में प्रवेश किया तो रावण पहले से वहाँ मौजूद था। वह धनुष के सामने की पंक्ति में खड़ा था। वह सब लोगों में सबसे ऊंचा और आकर्षक था। उसके सामने मेरे पिता भी बालक के समान छोटे-से लग रहे थे। रावण के चारों ओर गूढ़ आभामंडल था। मैं नहीं जानती मुझे कैसे पता चला, लेकिन उसने स्वयं पर अवश्य जादुई आभामंडल ओढ़ रखा था और हम जो देख रहे थे, वह उसका वास्तविक रूप नहीं था। वह भव्य किंतु खतरनाक लग रहा था। मेरी माँ ने मुझे स्त्रियों के बीच छिपा रखा था और सबने एक-से वस्त्र पहने थे। पता नहीं कैसे, रावण मुझे देखते ही पहचान गया। वह मुझे देखकर हल्का-सा झुका और मुस्कराया। उसकी काली घनी मूँछ के पीछे श्वेत दंतावली चमक रही थी। उसकी मुस्कान से मुझे लगा मानो उसने मुझे प्राप्त ही कर लिया था।

अगर यह सफ़ल हो गया तो क्या होगा? मैं सोचकर कांप उठी। मैंने सुना था वह जिस द्वीप पर रहता था, वह अदृश्य था और उसे केवल वही लोग देख पाते थे जिन्हें रावण अनुमति देता था। कोई वहां गया तो फिर वापस नहीं लौटा। कोई वहां जाना भी नहीं चाहता था। अगर वह मुझे अपने साथ ले गया तो मैं अपने माता-पिता, अपनी बहन, अपनी धरती को फिर कभी नहीं देख पाऊंगी। मैं उसी में विलीन हो जाऊँगी।

रावण अनेक बार प्रयास करने के बाद भी धनुष को हिला नहीं पाया। उसकी माँसपेशियाँ अकड़ने लगीं, मस्तक की नसें उभर आईं और आँखें जोर लगाने और गुस्से के कारण लाल हो गई थीं। आखिर, वह जोर-से चीखा और उसने हार मान ली। मुझे लगा उसकी गर्जना से सभा-कक्ष ढह जाएगा।

'आभार मानो कि यह शिव का धनुष है, जिनका मैं बहुत आदर करता हूँ,' उसने मेरे पिता से कहा। मेरे पिता के चेहरे का रंग उड़ गया था। वह घबरा गए कि उनकी प्रजा और राज्य का क्या होगा। 'अन्यथा मैं तुम्हारा राज्य नष्ट करके तुम्हारी पुत्री को बलपूर्वक यहाँ से ले जाता!' उसने अपना एक हाथ ऊपर उठाया और मुट्ठी भींच ली। इसके साथ ही एक जोरदार गड़गड़ाहट के साथ अग्नि उत्पन्न हो गई और रावण उसके भीतर ओझल हो गया।

पूरी सभा की भांति, मैं भी निःशब्द और भयभीत खड़ी थी। परंतु रावण के गायब हो जाने के दृश्य ने मेरा ध्यान भंग कर दिया था।

उसी स्थान पर वह, घुटनों के बल बैठकर रो रहा था। परंतु मैंने जिसे देखा, वह रावण जैसा बिल्कुल नहीं था। मुझे नहीं पता वह कौन था किंतु वह दिव्य पुरुष

था। मैं उसका चेहरा नहीं देख पाई। *'मुझे स्वयं से दूर मत करो,'* उसने हाथ जोड़कर याचना की। उसका सिर नीचे झुका था। *'मैं तुम्हारे बिना नहीं रह सकता'* उसने दुख और प्रेम से काँपती आवाज में कहा। परंतु वह मुझसे बात नहीं कर रहा था।

उसने यह बात किससे कही? इसका क्या अर्थ था?

# 3

मुझे सामान्यतः उर्मिला से बात करना पसंद था, परंतु उस रात मैं अपने शयनकक्ष में, जिसमें हम बचपन से साथ सोते आए थे, लेटने के बाद भी अधीर और बेचैन थी। मैं कुछ करना चाहती थी, लेकिन उर्मिला के सो जाने तक मेरे लिए यह संभव नहीं था। मुझे उबासी आने लगी, लेकिन उर्मिला लगातार लक्ष्मण की कहानियां सुनाती रही। उसने मुझे बोलने पर विवश किया तो मैं एकाक्षरों में ऊँघते हुए जवाब देने लगी। वह इतनी उत्तेजित थी कि उसे नींद नहीं आ रही थी।

मैंने वर्षों के अनुभव से जाना था कि उसके साथ ऐसा होने पर केवल एक चीज उसे शांत कर सकती थी, वह थी मेरा गायन। मैंने एक गीत गाया, जो मुझे लगा उस रात के लिए उपयुक्त था। मैं उसे बार-बार गुनगुनाती रही जिसे सुनकर उर्मिला शांत हो गई। फिर उसकी आंखें बंद हो गईं।

*जंगल में हवा बहती है*
*और मेरे पिता के बगीचे में अनार के पेड़ों की*
*शाख पर ठहर जाती है*
*दिन निकल आया है, वह गाती है*
*राजकुमार आ रहे हैं*
*चमकते चेहरे और पर्वतीय तालाब-सी चमकती आँखें लिए*
*क्या वे नियति के साथ हमारे हृदय भी ले जायेंगे?*

मैं धीरे-से पलंग से उतरी और प्रहरियों की नज़रों से बचकर शिव-धनुष के पास पहुंच गई। वह धनुष देवलोक से आया था, इसलिए वह बहुत कुछ जानता था। मुझे आशा थी वह मेरे प्रश्नों का उत्तर दे पाएगा।

धनुष पुराने महल के दरबार में रखा था। वह स्थान हमारे कक्ष से कुछ दूरी पर था। उस तक पहुंचने के लिए मैं महल के मैदान से होकर गुज़र रही थी। रात, सितारों और फूलों की सुगंध से महक रही थी। राम जिस अतिथि-गृह में सोए थे, वह मेरे मार्ग में ही था। मैं मानती हूँ मैंने वहां से गुजरने की इच्छा से जान-बूझकर लंबा रास्ता चुना। मैं उनके कक्ष के बाहर एक क्षण के लिए रुक गई। मैं स्वयं को रोक नहीं पाई, हालांकि कोई मुझे वहाँ देख लेता तो मेरे लिए परेशानी हो सकती थी।

मैं राम की कल्पना करने लगी। उन्होंने स्नान करके अपने थके हुए हाथ-पैरों पर सुगंधित तेल लगाया होगा और वह अब अपने बिस्तर पर बिछी धवल चादर पर सो रहे होंगे और उनके वक्ष से कस्तूरी की सुगंध आ रही होगी। वह बंद पलकों के नीचे आँखें झपका रहे होंगे। क्या उन्हें स्वप्न आ रहा होगा? *मेरा स्वप्न।* मेरी इच्छा थी कि ऐसा हो। फिर मैं धनुष-कक्ष की ओर बढ़ गई। मेरे आशा के अनुरूप कक्ष के द्वार पर ताला नहीं था। कक्ष के बाहर सैनिक तैनात नहीं थे। मेरे पिता जानते थे कि लोग, धनुष के निकट जाने से घबराते थे।

मेरी माँ ने बताया कि वह धनुष हमें कैसे मिला। राजा जनक द्वारा मुझे खेत से महल में लाने के कुछ वर्ष के बाद एक दिन ऋषि परशुराम, जिन्होंने विरोध के चलते भारतवर्ष के भ्रष्ट राजाओं की सात पीढ़ियों का संहार किया था, मेरे पिता के दरबार में आये थे। उनके हाथ में एक धनुष था।

'मैं तुम्हारी पुत्री सीता से विवाह करने आया हूँ,' ऋषि ने कहा। 'उसे मेरे पास लेकर आओ।' उनके केश, भुजंग की भांति चेहरे पर झूल रहे थे। उनके चेहरा डरावना लग रहा था।

मेरे पिता ऋषि की मांग को सुनकर डर गए। उन्हें लगा यदि उन्होंने मना किया तो ऋषि का क्रोध मिथिला पर फूट पड़ेगा। आखिर उन्होंने हकलाते हुए कहा कि यह उनका सौभाग्य है। फिर उन्होंने धीरे-से पूछा क्या पाँच वर्ष की बच्ची, उनके जैसे पहुँचे हुए ऋषि के लिए ज़्यादा छोटी नहीं है?

परशुराम ने जोरदार ठहाका लगाया। 'मैं मजाक कर रहा हूँ, मूर्ख! मैंने बहुत पहले आजीवन ब्रह्मचर्य-व्रत लिया था। क्या तुम्हें यह पता नहीं है? अपना चेहरा देखो! दरअसल, मैं भगवान शिव का एक संदेश और उनका दिया उपहार लाया हूँ। उन्होंने अपना यह धनुष सीता की रक्षा के लिए भेजा है। तुम बहुत सीधे हो और अपनी रक्षा करने में सक्षम भी नहीं हो। सीता जल्दी ही बड़ी होकर अत्यंत सुंदर युवती बनेगी। फिर बहुत-से लोग इससे विवाह करने की इच्छा से तुम्हारे पास

आएंगे। परंतु तुम्हें एक विशेष पुरुष की प्रतीक्षा करनी है। एक ऐसा राजकुमार, जिसका जन्म संसार में धर्म की पुनःस्थापना और अनुचित को उचित करने के लिए हुआ है। परंतु वह पुरुष, अपने कार्य को तभी पूर्ण कर पाएगा, जब सीता उसकी पत्नी बनेगी। मुझसे अभी उसका विवरण मत पूछो। यदि मैं बता भी दूँगा तो तुम्हें समझ में नहीं आएगा। इसलिए केवल इतना समझ लो कि शिव ने अपना यह दिव्य धनुष भेजा है। जो व्यक्ति इस महान धनुष - हरधनु - की प्रत्यंचा चढ़ा देगा, उससे अपनी कन्या सीता का विवाह कर देना। ऐसी शर्त रख देने से बहुत-से अक्षम लोग ऐसे ही दूर रहेंगे। तुम्हारा काम सरल हो गया है। तुम्हें केवल उस पुरुष की प्रतीक्षा करनी है।'

मेरे पिता ने संदेह की दृष्टि से धनुष को देखा। वह साधारण धनुष से ज़्यादा अलग नहीं था। उसमें केवल इतना ही अंतर था कि पूरे धनुष पर विचित्र आकृतियां बनी थीं। वे किसी अनजान भाषा में लिखे अक्षर थे। 'परंतु वह पुरुष कौन है?' मेरे पिता ने उदास स्वर में पूछा, 'और मुझे कब तक उसकी प्रतीक्षा करनी है?' ऐसी दिव्य घोषणाएं परेशानी पैदा करती और मनुष्य को चिंता में डाल देती हैं। इससे मनुष्य की अपनी योजनाएं विफल हो जाती हैं और किसी लड़की के विवाह के लिए, फिर चाहे वह राजकुमारी ही क्यों न हो, आशा की खिड़की छोटी हो जाती है।

ऋषि परशुराम ने जोर से ठहाका लगाया। 'ऐसी मूर्खतापूर्ण चिंता मत करो। सही समय पर सब हो जाएगा।' इसके बाद उन्होंने शतानंद से कहा, 'तुम योग्य व्यक्ति लगते हो। तुम्हें पूरे भारतवर्ष में इस कन्या के विवाह की शर्त की घोषणा करवानी है। शिव के क्रोध के विषय में भी लोगों को अवश्य बता देना। हरधनु के विशेष गुणों का उल्लेख करने से कोई क्षति नहीं होगी। मेरे जाने के बाद तुम्हें इसके गुणों का पता लग जाएगा। तुम्हारे पास स्वयं को योग्य समझने वाले कुछ मूर्ख आएंगे, परंतु उनकी संख्या, यह कठिन शर्त रखने से कम होगी।' यह कहकर परशुराम ने धनुष नीचे रख दिया और उसको आदरपूर्वक प्रणाम करके अंतर्धान हो गए।

इस असाधारण घटना के कुछ देर बाद मेरे पिता ने धनुष को उठाकर शस्त्रागार में रखवाने का प्रयास किया। परंतु वह बहुत भारी था। सेना की एक टुकड़ी बुलाई गई, लेकिन वह भी धनुष को उठाने में असफल हो गई। मेरे पिता ने विवश होकर धनुष को वहीं छोड़ दिया, जहां परशुराम ने उसे रखा था। उन्हें अपने लिए एक अलग दरबार बनवाना पड़ा। इस कारण वह पुराना राजमहल खाली रहता था।

मैंने कक्ष का द्वार खोला। हरधनु कक्ष के मध्य में नीचे रखा था। उसे देखते ही हमेशा की तरह मेरे भीतर खुशी की लहर दौड़ गई। मुझे उससे अपनेपन की एक तरंग का

आभास हुआ, क्योंकि मेरे और धनुष के बीच एक विशेष संबंध था।

मैंने पहली बार हरधनु को देखा, तब मैं नौ वर्ष की थी। उर्मिला और हमारी मौसेरी बहनें मांडवी और श्रुतकीर्ति गुड़ियों की शादी के खेल में व्यस्त थीं और चारों ओर शोरगुल था। मैं थककर एकांत में बैठना चाहती थी। मुझे कम आयु में भी अकेलापन पसंद था, लेकिन मैं जिधर भी जाती, लोग मेरे आस-पास एकत्रित हो जाते थे। वे मुझसे कभी कुछ माँगते तो कभी सवाल-जवाब करते थे। मैं परेशान होकर ठंडे और अंधेरे कक्ष में चली आई। मेरी इच्छा दोपहर के भोजन तक किसी कोने में छिपकर बैठने की थी। वह धनुष बीच में रखा था। भय के कारण उस पर कोई ध्यान नहीं देता था और इसलिए उस पर धूल जम गई थी। मेरे माता-पिता ने मुझे धनुष से दूर रहने की चेतावनी दी थी। उन्होंने मुझे उसके बारे में कुछ नहीं बताया। मैं वैसे उनकी आज्ञा का पालन करती थी, लेकिन पता नहीं क्यों, मुझे धनुष को छूने की इच्छा हुई। वह किसी अलग पदार्थ का बना था। वह न लकड़ी थी, न कोई धातु। मैंने उस पर हथेली रखी तो वह मानो सजीव हो उठा। मुझे लगा जैसे उसके भीतर आत्मा है। धनुष ने बिना बोले मुझे अपने गूढ़ रहस्य बताने आरंभ कर दिए। मैं कई घंटे सम्मोहित-सी बैठी रही, हालांकि मुझे बाद में कुछ याद नहीं रहा।

मैंने अगले दिन सुबह माँ से कहा कि धनुष को देखभाल के लिए मेरी आवश्यकता है। उन्होंने मना कर दिया। वह बोलीं कि वह जादुई धनुष है और ऐसी चीजों में खतरनाक शक्तियां होती हैं, जिन्हें साधारण लोगों के लिए समझना मुश्किल होता है। मैंने भी हठ पकड़ लिया।

'मुझे यह काम करना है,' मैंने दोहराया।

उन्होंने हर बार मना किया। आखिर मैंने कहा कि धनुष भी यही चाहता है।

'तुम्हें कैसे पता?' उन्होंने पूछा।

'धनुष ने स्वयं मुझे बताया है।'

मेरी माँ की आंखें आश्चर्य से खुली रह गईं। मुझे नहीं पता उन्हें मेरी बात पर विश्वास हुआ या नहीं लेकिन उसके बाद उन्होंने मुझे धनुष से दूर रहने को नहीं कहा।

मैंने कई दिन धनुष को साफ करने, उससे बातें करने और उसके साथ गीत गाते बिता दिए। मेरी आवाज साधारण थी, लेकिन शायद वह उसे सुनकर खुश होता था। वह मेरे हाथ में आकर कभी इतना हल्का हो जाता कि मैं उसे आसानी से उठा लेती थी, तो कभी भारी हो जाता था और तब मुझे उसे नीचे रखना पड़ता था।

'मैं तुम्हें ताकतवर बना रहा हूँ,' धनुष ने कहा। यह बात सच भी थी। धीरे-धीरे मेरी माँसपेशियाँ मजबूत और हड्डियां ताकतवर होने लगीं। मुझे महसूस होता

कि धनुष से निकली ऊर्जा मेरे भीतर प्रवाहित होने लगती थी। मैं उसे यह बताती तो वह खुश हो जाता था।

'यह अच्छी बात है कि तुम इस ऊर्जा को आत्मसात कर रही हो,' धनुष ने कहा। 'तुम्हें भविष्य में इन शक्तियों की आवश्यकता पड़ेगी।'

मैंने एक बार धनुष उठाकर प्रत्यंचा चढ़ाने का प्रयास किया, क्योंकि उसी ने मुझे ऐसा करने को कहा था। तभी मेरी माँ कक्ष में आ गई। वह मुझे ढूँढ़ रही थी। मैंने जल्दी-से धनुष नीचे रख दिया लेकिन देर हो गई थी। उन्होंने मुझे देख लिया था। मैं उनके प्रश्नों के लिए तैयार हो गई। शायद मुझे डाँट भी सुननी थी। क्या शिव के धनुष को ऐसे उठाना वर्जित था? उन्होंने मुझे देखा और फिर कुछ कहे बिना बाहर चली गईं। उन्होंने यह बात किसी को नहीं बताई।

मैं उनकी आभारी थी। मुझे उस दिन पता लगा कि मेरी माँ और मेरे बीच कुछ बदलाव आया था। वह अब मुझे केवल अपनी पुत्री के रूप में नहीं देखती थीं। मैं अपने दैनिक कार्यों चित्रकारी या कशीदाकारी अथवा किसी पेय के लिए औषधि कूटना आदि के दौरान अपनी माँ को देखती तो वह मुझे एक भिन्न, किंतु प्रशंसा-भरी दृष्टि से देख रही होती थीं।

माता-पिता की आँखों में अपने लिए सम्मान देखकर मन में विचित्र और एकाकी-सा भाव पैदा होता है।

धनुष से मेरा साथ संबंध सिर्फ इतना नहीं था। वह मुझे आँखें बंद करके उसे स्पर्श करने को कहता था। ऐसा करते ही आस-पास का महल मानो गायब हो जाता और मैं किसी भयानक स्थान पर पहुंच जाती थी। हर बार वह स्थान अलग होता था। मैंने देखा कि मैं किसी छोटी-सी गुफा में कैद हूँ और मुझे पत्थरों से दबाया जा रहा है। मेरा साँस लेना मुश्किल हो गया या मुझे छाती तक रेत में दबा दिया गया और मैं धीरे-धीरे नीचे धँस रही थी। मुझे लगता मैं किसी गुफा में बंद हूँ और वहाँ अग्नि जल रही है जो धीरे-धीरे मेरे निकट आ रही है। मेरे सामने तब शांत रहने और परिस्थिति से निपटने की चुनौती होती थी। बाहर निकलने का मार्ग नहीं था और मुझे उस स्थिति को सहन करने के लिए भीतरी शक्ति का आह्वान करना पड़ता था। ऐसे मानसिक अभ्यास मुश्किल होते थे। मुझे नहीं लगा कि मैं उनमें पारंगत हो पाई। मैं धनुष से पूछती तो वह केवल इतना कहता, 'तुम्हें अभी बहुत कुछ सीखना है। प्रशिक्षित मस्तिष्क तुम्हारा सबसे सशक्त मित्र है और यदि वह अप्रशिक्षित रह जाए तो वही तुम्हारा सबसे बड़ा दुश्मन बन जाता है।'

धनुष के साथ मुझे हमेशा मेहनत नहीं करनी पड़ती थी। वह कभी-कभी जादुई लगता था। उसने एक बार मुझे ऐसा दृश्य दिखाया कि मैं कैलाश पर्वत के विशाल हिम-शिखर पर थी, जहां से वह धनुष भी आया था। वह जगह इस दुनिया की होते हुए भी यहाँ से अलग थी।

'यह कितनी मजेदार बात है कि तुम इतनी सुंदर और दूर जगह से आए हो!' मैंने ईर्ष्या से भरकर कहा। 'मैंने केवल दिन के समय महल से बाहर यात्रा की है। तब भी मैं अकेली कहीं नहीं गई। उर्मिला और मेरी दासी साथ रहती थी और कई बार तो मेरे माता-पिता और सैनिक भी होते थे।'

'शिकायत मत करो,' धनुष ने कहा। 'तुम्हें भविष्य में बहुत-सी यात्राएं करनी हैं और उनमें से कुछ ऐसी होंगी जिन्हें तुम कभी नहीं करना चाहोगी। जहां तक दूर से आने की बात है तो तुम भी दूर से ही आई हो।'

'कहां से? कृपया मुझे बताओ,' मैंने सांस रोककर पूछा। मुझे आशा थी कि धनुष मुझे वह बात बता देगा जिसे जानने की मुझे सदा से इच्छा रही है। मेरी माँ कौन थी? मेरे पिता कौन थे?

परंतु धनुष ने कहा कि वह किसी बहुत अलग स्थान की बात कर रहा था। ऐसा स्थान, जिसे मुझे स्वयं याद करना होगा। उसने कहा कि मैं साधारण मनुष्य नहीं हूँ, लेकिन मेरी नियति जटिल और उलझी है। उसने बताया कि मेरे द्वारा किया बलिदान विश्व की रक्षा करेगा। कहीं इसका आशय यह तो नहीं कि मुझे स्वयं का बलिदान करना होगा। धनुष मुझे परेशान कर देता था।

एक बार तो उसने मुझसे कहा कि मैं स्त्री ही नहीं हूँ।

'तो फिर मैं कौन हूँ?'

'निस्संदेह, एक देवी।'

फिर वही शब्द!

धनुष ने इसके आगे कुछ नहीं कहा।

मैं उस रात कक्ष में घुसी तो धनुष उत्साहित एवं अधीर हो रहा था। मुझे उसकी बात समझने में समय लगा कि वह मुझसे क्या कहना चाहता है। उसका कार्य भूलोक पर लगभग समाप्त हो चुका था।

'क्या मुझे छोड़कर जाना तुम्हें अच्छा लग रहा है?' मैंने दुखी स्वर में पूछा।

'तुमने मेरी देखभाल की है, राजकुमारी। मैं उसकी सराहना करता हूँ। मैं पहले भी कह चुका हूँ कि तुम असाधारण हो। परंतु मुझे अपने स्वामी भगवान शिव के

पास लौटना है। उनके पास रहने से बड़ी प्रसन्नता मेरे लिए कोई नहीं हो सकती। शायद तुम्हें भी उनसे मिलकर यही लगेगा, क्योंकि एक दिन तुम्हारी उनसे भेंट होगी। जीवन की गहन हताशा के क्षणों में वह आशा बनकर आएंगे। अब तुम और कुछ न पूछो। मैं पहले ही आवश्यकता से अधिक बता चुका हूँ। उनकी प्रतीक्षा करना। वह हमेशा की तरह वेश बदलकर आएंगे।'

इस बात से मेरी उत्सुकता और बढ़ गई। कोई अन्य दिन होता तो मैं धनुष से और जानकारी प्राप्त करने का प्रयास करती परंतु मुझे अभी-अभी प्रेम हुआ था। मेरे मन में कुछ अलग तरह के प्रश्न पूछने की जिज्ञासा थी।

'मैं तुम्हारे ईश्वर और उनकी सहभागिनी देवी के संबंध के बारे में जानना चाहती हूँ,' मैंने कहा। 'मैंने सुना है वे दोनों एक-दूसरे से बहुत प्रेम करते हैं।'

धनुष ने कहा, 'शिव और शक्ति का संबंध! वह स्त्री और पुरुष का आदर्श मेल है। फिर भी वह बहुत अलग है। वह एक-दूसरे की दुर्बलता और शक्ति पर आधारित प्रेम व आदर का संबंध है। हाँ, देवताओं में भी दुर्बलताएँ होती हैं। यह उनकी दिव्य-लीला का हिस्सा है। मेरे प्रभु और देवी शक्ति, एक-दूसरे के सहायक हैं। उनमें कभी-कभी झगड़ा भी होता है। उनका झगड़ा समुद्र में आए तूफ़ान की भाँति होता है किंतु फिर वे एक-दूसरे को क्षमा कर देते हैं, क्योंकि क्षमा के बिना प्रेम संभव नहीं है। वे दोनों फिर मिलते हैं तो उनका मिलन बहुत मधुर होता है।'

मैं सम्मोहित-सी धनुष की बातें सुनती रही और शक्ति एवं ईश की कल्पना करने लगी। क्या मनुष्यों के बीच ऐसा आदर्श संबंध होना संभव है? क्या मुझे जीवन में ऐसा प्रेम मिल पाएगा?

मैं वर्तमान में लौट आई। मैंने कहा, 'मुझे बताओ क्या राम भी उसी संसार से आए हैं जहां से मैं आई हूँ? क्या इसीलिए मुझे उनसे निकटता महसूस होती है? मुझे वह जाने-पहचाने लगते हैं? क्या उनसे मेरा विवाह होने वाला है?'

धनुष जब कुछ बताने का इच्छुक नहीं होता था तो वह विचित्र तरह से व्यवहार करता था। 'राम महान व्यक्तियों में महानतम हैं। वह सदाचारी लोगों के रक्षक और दुष्टों के विनाशक हैं। तुम्हारा उनके साथ आदिकाल से संबंध है। तुमने उनके प्रति-प्रेम के कारण ही मानव-रूप धारण किया है और त्रेता युग में अंधकार एवं प्रकाश के बीच अंतिम युद्ध का कारण बनने की सहमति प्रदान की है।'

'मुझे पता नहीं धनुष का क्या आशय था। परंतु उसके शब्द मेरे भीतर गूंज रहे थे और मैं उन्हें आत्मसात कर रही थी। फिर भी मैंने विरोध किया, 'यह किसी पुराने गीत की पंक्ति जैसा सुनाई पड़ता है। यह मेरे छोटे-से जीवन से बिल्कुल अलग है। क्या मैं सचमुच दुष्ट शक्तियों से लड़ूँगी?'

धनुष ने मेरे प्रश्न का उत्तर नहीं दिया।

'लेकिन कैसे?'

'अपने व हृदय के प्रति निष्ठावान रहना। तुम्हें हिम्मत रखनी है। ध्यान रहे, अंधेरी रात के बाद सुबह अवश्य आती है।'

यह परेशानी-भरा अस्पष्ट उत्तर था। लेकिन मुझे पता था धनुष से उसका वास्तविक अर्थ पूछने का लाभ नहीं होगा। वह मुझे यही कहेगा जो हमेशा कहता है : *'सही समय आने पर सब स्पष्ट हो जाएगा।'*

मैंने दूसरा तरीका अपनाया। 'एक अजीब बात बताती हूँ। क्या तुम्हें रावण याद है?'

धनुष चिढ़ गया। वह राक्षसराज का नाम सुनकर खुश नहीं हुआ।

'हाँ, मैं उसे कैसे भूल सकता हूँ? उसने मुझे तीन बार उठाने की कोशिश की और फिर हारकर वह अपने द्वीप लौट गया। मुझे डर था कहीं क्रोध के मारे वह फट न पड़े।'

'रावण को देखकर मुझे वही महसूस हुआ जो राम को देखकर हुआ था। मुझे लगा मानो मैं उसे भी आदिकाल से जानती हूँ। ऐसा कैसे हो सकता है?'

धनुष पल-भर को मौन हो गया। वह सोच रहा था कि मुझे कितना बताना चाहिए। आखिर वह बोला, 'मैं तुम्हें वह बता रहा हूँ जो मुझे नहीं कहना चाहिए। इतने वर्षों तक तुम्हारे साथ रहकर मुझे तुमसे लगाव हो गया है। यह सत्य है कि तुम रावण को भी आदिकाल से जानती हो। तुम्हारा उसके साथ भी संबंध था, लेकिन वह संबंध बिल्कुल अलग था। रावण, धरती पर शाप के कारण आया था और फिर वह राक्षस शरीर में कैद हो गया जिस तरह तुम मनुष्य शरीर में कैद हो। वह भूल चुका है कि वह कौन है।'

मेरा शरीर। लोग कहते थे कि मैं सुंदर हूँ और मेरा रंग चमकते स्वर्ण जैसा है। ऐसे अवसर पर विनम्र और मौन रहना चाहिए। मुझे पता है कि लोग सत्य बोलते थे। मैंने कभी अपने शरीर को कैद की तरह नहीं समझा।

'मैं अपने शरीर में कैद हूँ! इस बात से क्या मतलब है?'

'राजकुमारी, कोई भी ऐसी वस्तु, जिसके कारण हम भूल जाएँ कि हम कौन हैं, एक तरह का फंदा है, कैद है। वह चाहे ऐसी वस्तु ही क्यों न हो, जिससे हम बहुत प्रेम करते हैं या जो हमें सौंदर्य प्रदान करती है। हमारा समय समाप्त हो गया है, इसलिए मैं तुम्हें एक अंतिम सलाह दे रहा हूँ। 'निराशा के पलों में इस संवाद को याद रखना। यह तुम्हें निराशा के समय सहायता करेगा। यह तुम्हें साहस और हिम्मत देगा।'

मैं चुप हो गई। मुझे यह दुख था कि धनुष, मुझसे फिर कभी बात नहीं करेगा।

मैं अपने बिस्तर पर लौट आई और बेचैन होकर करवटें लेती रही। मैं सोना चाहती थी, लेकिन मुझे नींद नहीं आई। मैं बहुत परेशान थी। मुझे लगा सुबह उठूँगी तो मेरी आंखों के नीचे गड्ढे पड़ जाएंगे। मैं नहीं चाहती थी कि राम मुझे भद्दे रूप में देखें।

सुबह होने से कुछ देर पहले मैंने एक सपना देखा। मैं एक सुंदर वन में थी जिसका हर पत्थर माणिक्य की भांति चमक रहा था। प्रत्येक पक्षी हृदय-विदारक गीत गा रहा था। राम, मेरे साथ एक कुटिया में बैठे थे। कुटिया की दीवारें और छत, लताओं व बेलों से बनी थीं। मेरे चारों ओर चंपक, चमेली और गुलाब के फूलों की मनमोहक सुगंध थी। पहले लगा वह फूलों की सुगंध थी, किंतु बाद में समझ आया कि वह राम के शरीर की सुगंध थी, जो किसी भी मानव-निर्मित सुगंध से अधिक मनमोहक थी। मैंने धीरे-से राम के वक्ष पर हाथ फेरा।

राम ने अपना हाथ मेरे हाथ पर रखा और मुझे इतने प्रेम से देखा कि मुझे लगा मैं पिघल जाऊंगी।

आप मेरे हैं, मैंने कहा, और मैं आपकी हूँ।

'इसमें कोई संदेह नहीं,' राम ने उत्तर दिया। उनकी आँखों में शाश्वत गहराई थी। मैंने उन्हें चूमने के लिए होंठ खोल दिए। सहसा कुटिया के बाहर कोई आया था। मुझे क्रोध आ गया। वह कौन है जो हमारे एकांत में विघ्न डाल रहा था?

मुझे स्वर्ण-सी चमक दिखाई पड़ी। वह एक मृग था। मैंने ऐसा मृग पहले कभी नहीं देखा। वह कुटिया के सामने खड़ा था और उदास आँखों से मुझे देख रहा था। मैं स्पर्श करूँ तो इसकी गर्दन कितनी मुलायम होगी!

'मुझे यह चाहिए,' मैंने कहा।

'यह साधारण मृग नहीं है,' राम ने उत्तर दिया। 'यह हमें बर्बाद कर सकता है। इसे भूल जाओ।'

मेरे भीतर मृग के लिए अजीब-सी इच्छा जागृत हो गई। मुझे क्रोध आ गया। मुझे वह मृग चाहिए था। मैंने वन आने के लिए जिन चीजों का त्याग किया था, उनकी पूर्ति उस मृग से हो सकती थी। मैंने राज्य छोड़ा, सिंहासन छोड़ा और संतान का मोह भी त्याग दिया। मैं किसी छोटे बच्चे को भयानक और घने जंगल में कैसे ला सकती थी।

'यदि आपका प्रेम सच्चा है,' मैंने ऐसे निष्ठुर व औपचारिक ढंग से पहले बात नहीं की थी, इसलिए मुझे स्वयं पर बहुत आश्चर्य हो रहा था, 'तो मुझे यह

मृग लाकर दीजिए। यदि आपने ऐसा नहीं किया तो मैं मान लूंगी कि रघु के वंशज अपने वचन का पालन नहीं करते और आपके शब्द, अग्नि बुझ जाने के बाद शेष बची भस्म से ज़्यादा कुछ नहीं हैं!'

यह सुनकर राम का चेहरा गंभीर हो गया।

'यदि ऐसा है तो मैं इसे अवश्य पकड़कर लाऊंगा,' राम ने कहा। 'लेकिन यह जान लो कि मेरे जाते ही हमारी खुशियों का अंत हो जाएगा।' इसके बाद राम के चेहरे पर इतना दुख उभर आया कि मैं रोते हुए नींद से उठ बैठी।

# 4

उस दिन राम के धनुष-कक्ष में प्रवेश करने पर संगीत बजा होगा, क्योंकि विवाह के अवसर पर संगीत बजता था, उसमें ढोलक की आवाज, शहनाई की गूंज और बाँसुरी से बहते चांदी के तार-से पतले सुर रहे होंगे। मैंने किसी पर ध्यान नहीं दिया। नारंगी और पीले फूलों की लड़ियाँ एक से दूसरे स्तंभ तक बंधी होंगी, लेकिन मैंने उन्हें नहीं देखा। लोगों का शोरगुल रहा होगा, क्योंकि ऐसे मौकों पर मिथिला के नगरवासियों को बुलाया जाता था और वे लोग आते भी थे। मैंने उनकी आवाजें भी नहीं सुनीं। मेरी माँ ने मुझे कौन-सी साड़ी पहनाई, मेरे केश और मेरी कमर व गले में कौन-से आभूषण और हार पहनाए, मुझे नहीं पता। मुझे केवल राम का चेहरा और उनकी कमल-सी आंखें दिखाई पड़ रही थीं। वह वैसे ही दिखते हैं, जैसा मैंने उन्हें स्वप्न में देखा था, *'मैं आपकी हूं,'* मैंने धीरे-से कहा, *'और आप मेरे हैं।'* उन्होंने सिर झुकाया मानो वह कक्ष के दूसरे छोर पर भी मुझे सुन सकते थे। मुझे लगा वह मुझे देखकर मुस्कराए।

उनकी मुस्कान की चकाचौंध में समय पल-भर को ठहर गया था। इसके बाद जो हुआ, वह धीमे स्वप्न जैसा था। राम ने धनुष उठाया और उसे अपनी ओर झुका लिया। फिर उन्होंने धनुष के निचले सिरे को पैरों से दबाकर मोड़ना आरंभ किया। उन्होंने धनुष पर उसी बल का प्रयोग किया जिससे उन्होंने राक्षसों को मारा था या फिर वह धनुष, जैसे वह मेरे हाथों में हल्का हो जाता था, उसी तरह तिनके की तरह हल्का होकर राम की सहायता कर रहा था? क्या उस धनुष को राम की ही प्रतीक्षा थी? राम ने धनुष की डोर को दूसरे सिरे पर लपेटा और हरधनु की प्रत्यंचा चढ़ा दी। यह सब कितने आराम से हो गया!

दर्शकों में आश्चर्य की लहर थी। लोग जोर-से तालियां बजाने लगे। मैं मुस्कराई और हाथ में वरमाला लिए आगे बढ़ गई। मेरा दिल प्रसन्नता के मारे ज़ोर-ज़ोर से

धड़क रहा था। परंतु राम का कार्य पूरा नहीं हुआ था। वह चिंतन में डूबे थे। उन्होंने धनुष की डोर को थोड़ा और कसा तो धनुष चरमराने लगा। राम ने धनुष की डोर को और जोर से खींचा तो उसमें से मानो चीत्कार का स्वर निकला। फिर अचानक एक धमाका हुआ। इससे पहले मैं कुछ देख पाती, धनुष टूट चुका था और उसके टुकड़े धरती पर बिखरे पड़े थे।

आश्चर्य के कारण मेरे हाथ से वरमाला छूटने वाली थी।

कक्ष में तालियों का शोर अचानक थम गया। सब आश्चर्यचकित थे। उस पवित्र धनुष को जान-बूझकर तोड़ना अपराध से कम नहीं था। इसका भयंकर परिणाम हो सकता था। मैंने धनुष को देखा। वह फर्श पर टूटा पड़ा था। उसे देखकर मेरे भीतर दुख की लहर उठने लगी। राम को यह सब करने की क्या आवश्यकता थी?

मैं धनुष के टुकड़ों को अंतिम बार हृदय से लगाना चाहती थी। मुझे उसे अलविदा और धन्यवाद कहना था। मैं उससे क्षमा मांगना चाहती थी। मैंने ज्यों ही दासी को वरमाला सौंपनी चाही, धनुष के टुकड़ों में से तेज प्रकाश निकला और वह अग्नि-पुंज की भांति कक्ष की छत के पार निकलकर ओझल हो गया। मुझे अलौकिक किस्म का संगीत सुनाई पड़ा। वह हर्ष-मिश्रित विदाई की धुन थी। उसे सुनकर मेरा दुख दूर हो गया।

मैंने यह बात उर्मिला को बताई तो उसने कहा, 'तुम हमेशा कल्पना में खोई रहती हो।'

'राम, यह आपने क्या किया?' मेरे पिता ने घबराकर कहा। 'आपने शिव का पवित्र धनुष तोड़ दिया।'

राम के चेहरे से कठोरता गायब हो गई। वह दुविधा में थे। मैं उन्हें बचाना चाहती थी। 'मुझे नहीं पता यह कैसे हुआ,' राम ने कहा। 'मैं इतना जानता हूँ कि यह करना आवश्यक था। मेरे साथ अनेक बार ऐसा होता है। कोई भीतरी आवाज मुझे किसी कार्य को करने का आदेश देती है।'

मुझे यह बात रोचक लगी, किंतु मेरे पिताजी परेशान थे कि उनका दामाद ऐसी आवाज के निर्देश पर चलता था जो केवल उसे सुनाई देती है। क्या उनकी पुत्री, ऐसे पुरुष के साथ सुरक्षित रहेगी? मैं कहना चाहती थी कि मैं बिल्कुल सुरक्षित रहूँगी। धनुष ने ही मुझे समझाया था कि राम साधारण पुरुष नहीं हैं। स्वाभाविक है कि उनका व्यवहार भी साधारण नहीं होगा। मुझे इस बात से कोई आपत्ति नहीं थी। मैं स्वयं भी तो साधारण नहीं थी।

मैं सोचने लगी अन्य मौकों पर राम को क्या निर्देश मिला होगा। उन्होंने इस धनुष के अतिरिक्त और क्या-क्या नष्ट किया होगा?

मैंने सोचा, मैं उनसे यह बात अवश्य पूछूंगी। मेरी उनसे बातचीत कब और कहां होगी, यह सोचकर मेरे होंठ पर हल्की-सी मुस्कान आ गई।

शायद मेरे लिए चिंता का कारण अधिक था। लेकिन मुझे किसी की परवाह नहीं थी। मुझे प्रेम हो गया था। आरंभ में प्रेम उन्मुक्त और आशावादी होता है। मैंने यह नहीं सोचा कि राम भविष्य में और क्या नष्ट कर सकते हैं।

वरमाला डालने का समय हो गया था। इससे विवाह होने तक हमारा संबंध हो जाना निश्चित था। मेरे पिता ने मुझे आगे बुलाया। मेरी साँस तेज चल रही थी। मैंने धीरे-से जातिया और माधुरी के फूलों की वरमाला ऊपर उठाई। उर्मिला के हाथ की वरमाला चंपक के सुगंधित फूलों से बनी थी। वह माला राम को मेरे गले में डालनी थी। मैं अपने होने वाले पति को देखकर मुस्कराई। मेरी मुस्कान में प्रेम झलक रहा था। *'मैं आपकी हूँ,'* मैंने फिर मौन स्वर में कहा। मुझे लगा इस विचार के साथ मेरा मन, शरीर से निकलकर राम के शरीर में प्रवेश कर गया।

राम ने मेरी ओर नहीं देखा। उन्होंने उर्मिला द्वारा दी वरमाला नहीं पकड़ी बल्कि वह मेरे पिता से बोले, 'मैं अपने पिता की अनुमति और उनका आशीर्वाद लिए बिना आगे नहीं बढ़ सकता। यह उचित नहीं होगा। राजा दशरथ ने मुझे ऋषि विश्वामित्र के साथ अनुष्ठान विध्वंस कर रहे राक्षसों का संहार करने भेजा था। उन्हें हमारी मिथिला-यात्रा का पता नहीं है। उन्हें इन घटनाओं की भी जानकारी नहीं है।'

मैंने हाथ नीचे कर लिए। मेरा चेहरा तप रहा था। राम के स्वर में आदर था। उन्होंने जो कहा उसमें उनका दोष नहीं था, किंतु उन्होंने एक तरह से मुझे अस्वीकार कर दिया था। मुझे अपनी उत्सुकता पर शर्मिंदगी हो रही थी। मैं उत्तेजित हो गई। क्या होगा यदि राजा दशरथ ने इस विवाह के लिए अनुमति नहीं दी? वह मेरे पिता से अधिक शक्तिशाली और महत्वपूर्ण राजा थे। हो सकता है वह यह संबंध स्वीकार न करें। ऐसे में मेरे भविष्य का क्या होगा?

मुझे अचानक क्रोध आ गया। राम के लिए पितृ-धर्म महत्वपूर्ण था। अच्छी बात है, लेकिन मेरे प्रति उनके दायित्व का क्या?

मेरे पिता चिंतित हो गए। उनकी आंखें भर आईं। उन्होंने शांत स्वर में कहा, 'पिता से आशीर्वाद लेने का आपका विचार उत्तम है। मैं तुरंत राजा दशरथ के पास दूत भेजता हूँ। हम एक-दूसरे को अच्छी तरह जानते हैं, क्योंकि हमने वैजयंती युद्ध साथ मिलकर लड़ा था। मुझे विश्वास है कि वह इस संबंध को सहर्ष स्वीकार कर लेंगे।'

विश्वामित्र, जो अब तक कोने में खड़े तमाशा देख रहे थे, आगे आए और बोले, 'मैं स्वयं जाऊंगा। राजा जनक, आप विवाह की तैयारियां आरंभ कीजिए। मैं आपको वचन देता हूँ कि मैं दशरथ को साथ लेकर लौटूंगा। यह विवाह होना ही चाहिए!'

*चाहिए?* मुझे खुशी हुई कि ऋषि हमारे पक्ष में थे। परंतु चाहिए शब्द, विचित्र और तात्कालिक ढंग से प्रयोग किया गया था।

मेरे पिता ने उनका आभार व्यक्त किया। परंतु राम ने फिर हठपूर्वक सिर ऊपर किया और बोले, 'एक बात और। मैंने अपने भाइयों को वचन दिया था कि हम सब एक साथ और एक ही परिवार में विवाह करेंगे, ताकि आगे चलकर पत्नियों के बीच कोई विवाद न हो।' यह कहते हुए उनके चेहरे का रंग उतर गया। मैं इसका कारण सोचने लगी। 'हमें अपने पिता से आज्ञा लेनी होगी। मैं चाहूँगा कि राजा जनक मेरे वचन की रक्षा करें।'

मेरे पिता पर मानो बिजली गिर गई। स्त्रियों से भरे कोने में बैठी मेरी माँ का चेहरा पीला पड़ गया। विश्वामित्र भी चकित रह गए। 'राम, यह उचित नहीं है,' उन्होंने कहा। 'राजा जनक की एक पुत्री और है उर्मिला। हम उसका विवाह लक्ष्मण से कर सकते हैं। मुझे लगता है इससे तुम्हारा वचन पूरा हो जाएगा।'

मुझे उर्मिला की एक धीमी आह सुनाई पड़ गई थी। परंतु राम ने सिर हिला दिया। उनका चेहरा पत्थर की तरह दृढ़ हो गया। 'ऋषिवर, मैं वचन दे चुका हूँ और उसे अपनी सुविधा के लिए नहीं तोड़ सकता। यह रघुकुल की रीति नहीं है।'

वे शब्द जो मैंने राम को सपने में कहे थे, मेरे कानों में गूंजने लगे। उनकी बात सुनकर मुझे दुख हुआ।

सब एक-साथ बोलने लगे और बहस छिड़ गई। वे इस बाधा का समाधान खोजने का प्रयास कर रहे थे। उनकी आवाजें आपस में टकराते पत्थरों जैसा शोर कर रही थीं। उर्मिला लगभग रोने वाली थी।

तभी मुझे धनुष की बात याद आई। मैं शांत हो गई। मेरी चिंता दूर हो गई और मैं देवी से प्रार्थना करने लगी।

*'हे देवी मां, हमें इस समस्या से निकालिए।'*

प्रार्थना के उत्तर में मानो मेरे भीतर फव्वारे की भांति शब्द उठने लगे। हालांकि मुझे पता नहीं था मैं क्या कहने वाली थी।

एक धीमी किंतु दृढ़ आवाज, जो मेरी होकर भी मेरी नहीं थी, उस शोरगुल को चीरती हुई भीतर से निकली। मेरे माता-पिता चकित थे। परंतु मैं सहज होकर बोल रही थी। मैंने राम की आंखों में आश्चर्य देखा। वह मुझे पहली बार बोलता सुन रहे थे। 'अयोध्या कुमार, भाइयों के बीच विवाद से बचने की आपकी इच्छा प्रशंसनीय है

परंतु आपको शिव का धनुष उठाने और उसकी प्रत्यंचा चढ़ाने से पहले इस वचन के विषय में बताना चाहिए था। आप अच्छी तरह जानते हैं कि विवाह की शर्त पूरी होने पर कन्या किसी और से विवाह नहीं कर सकती।'

मैं अपनी ही कही बात सुनकर घबरा गई। अतिथि से दुर्व्यवहार करना बुरी बात है, चाहे उन्होंने कुछ भी किया हो। फिर एक स्त्री के लिए अपने विवाह के विषय में ऐसे बोलना लज्जाजनक माना जाता था। राम की सब शर्तें पूरी हो जाएं, तो भी क्या वह अपने लिए ऐसी पत्नी चाहेंगे?

परंतु मेरे भीतर, किसी ने - क्या वह देवी थी? कहा, *तुम जिस पुरुष से विवाह करने वाली हो, उसे मन की बात कहना जरूरी है। अगर ऐसा नहीं किया तो तुम्हारे बीच संबंध कैसे बनेगा?*

राम ने मुझे देखा। उनकी आंखों में क्रोध था या ग्लानि थी या फिर वह मुझसे अप्रसन्न थे?

देवी की बात समाप्त नहीं हुई थी। मेरे मुंह से और भी बातें निकलीं। 'वैसे सौभाग्य से, जनक के घर में दो अन्य अविवाहित कन्याएं और हैं। पिताजी आप राजा कुशध्वज के पास दूत भेजकर मेरी दोनों बहनों मांडवी और श्रुतकीर्ति को भी बुलवा लीजिए।'

मैंने अंतिम बार स्नेहपूर्वक कहा, 'हे रघुकुल नंदन, क्या इससे आपका वचन पूर्ण हो जाएगा?' मेरी विनम्रता में कटाक्ष था।

राम की भँवें सिकुड़ गईं। उन्हें क्रोध आ गया था।

हे देवी! मैंने सोचा, मैंने आवश्यकता से अधिक बोलकर सब नष्ट कर लिया था।

परंतु अगले ही पल राम ने कहा, 'राजकुमारी, इससे मेरा वचन पूर्ण हो जाएगा। मैं इस शानदार समाधान के लिए आपको धन्यवाद देता हूँ।' यह सुनकर मेरी आंखों में चमक आ गई। मुझे राहत महसूस हुई। परंतु यह आश्चर्य की बात थी कि एक छोटी-सी कन्या ने ऐसी कठिन और उलझी हुई परिस्थिति को सुलझा दिया था।

उस दिन शाम को दोनों भाइयों ने हमारे परिवार के साथ छत पर भोजन किया। हम ठंडे पत्थरों पर गद्दी लगाकर बैठे थे। चारों ओर दीपक जल रहे थे, जिनकी लौ मंद पवन से धीमे-धीमे हिल रही थी। पास ही एक संगीतकार वीणा बजा रही थी, जिसके सुर आकाश में विलीन हो रहे थे। भोजन सरल और सादा था। मेरे पिता के घर में सामान्य तौर पर ऐसा ही भोजन बनता था। घी संग चावल, दालें और सब्जियाँ। परिवार में आए विशेष अतिथि के लिए माँ अपने हाथ से दूध की मिठाई बनाती

थी। परंतु भोजन का असली मजा प्रत्याशा और उत्सुकता के चलते आ रहा था। विश्वामित्र, अयोध्या की ओर और शतानंद, राजा कुशध्वज के पास से मेरी बहनों को लाने जा चुके थे। क्या उनके अनुरोध मान लिए जाएंगे? मेरे पिता आशावादी थे। उन्होंने अभी से राम और लक्ष्मण को अपना पुत्र मान लिया था। परंतु मुझे उनकी बात पर कम भरोसा था कि सब ठीक हो जाएगा, क्योंकि वह हमेशा यही कहते थे।

उर्मिला को मेरी तरह संदेह नहीं था। उसका लक्ष्मण से विवाह मानसिक तौर पर हो चुका था, इसलिए वह शर्मीलापन छोड़ अपने सामान्य और चुलबुले व्यवहार में लौट आई थी। वह बहुत सवाल पूछती थी और उसके उत्तर में राम अपनी यात्रा के रोमांचक अनुभव सुनाते थे। लक्ष्मण को अपने बड़े भाई की शक्ति पर गर्व था और वह राम द्वारा छोड़े गए विवरणों को पूरा करता चलता था। हमारे आसपास दीपक जलने के कारण परछाइयां बन रही थीं। हम दोनों भाइयों की यात्रा की कहानियाँ और जंगल में राक्षसों से हुए उनके युद्ध की कथाएं सुन रहे थे। शतानंद का कहना ठीक था। राक्षस सचमुच खतरनाक होते हैं। उन्हें बहुत-से जादू और तंत्र आते हैं। वे अग्निबाण छोड़ते हैं और अपनी इच्छा से शत्रुओं पर रक्त की वर्षा कर देते हैं। वे एक पल में आकार बढ़ा सकते हैं। यह सुनकर उर्मिला ने मेरा हाथ पकड़ लिया। वह चाहती थी लक्ष्मण उसे बहादुर समझे। मेरी साँस भी असंतुलित चल रही थी। फिर राम ने राक्षसी ताड़का के साथ हुए युद्ध का वृतांत सुनाया और बताया कैसे ताड़का, ब्राह्मणों की हत्या करके उनकी त्वचा के वस्त्र बनाकर पहनती थी।

'वह राम पर एक बड़ा-सा साल वृक्ष लेकर लपकी थी,' लक्ष्मण ने बताया। 'वह हमें मार डालना चाहती थी। परंतु राम ने तुरंत वज्र बाण से उसे यमलोक पहुंचा दिया।'

'वज्र बाण क्या होता है?' उर्मिला ने धीरे-से पूछा।

'यह बहुत तेज गति का बाण है। यह अन्य बाणों की तरह ही होता है, परंतु केवल कुशल योद्धा ही इसका आह्वान कर सकते हैं,' लक्ष्मण ने बताया। 'राम के पास ऐसे बहुत-से शक्तिशाली अस्त्र हैं। यह हमारे गुरुकुल के सबसे श्रेष्ठ विद्यार्थी थे। इसलिए गुरुजी ने इन शस्त्रों की शिक्षा राम को दी है।' ऐसा कहकर लक्ष्मण ने अपने भाई की ओर गर्व और प्रशंसा से देखा।

'उन्होंने तुम्हें भी अनेक अस्त्रों का प्रयोग सिखाया था,' राम ने मुस्कराते हुए कहा। किंतु लक्ष्मण इतनी देर में कथा के अगले भाग पर पहुंच चुका था।

'ताड़का ज़मीन पर गिरी तो पूरा जंगल ऐसे काँपने लगा मानो भयंकर भूकंप आया हो। उसका मृत शरीर, पर्वत के समान विशाल था। मरते समय उसके मुँह से चीख निकली। मैंने देखा कि उसके दाँत, हाथी के दंत जितने विशाल और रक्त से लाल थे। राम ने अन्य बहुत-से राक्षसों को मारा। यह अतिशयोक्ति नहीं है। तुम

चाहो तो ऋषि विश्वामित्र से पूछ सकती हो। उन राक्षसों की जादुई विद्या, मेरे भैया के सामने नहीं चल पाई।'

'मेरी तरह तुमने भी राक्षसों का वध किया है, मेरे भाई,' राम ने धीरे-से कहा। 'याद रखो, हमारी शक्तियां केवल हमारे गुरु के आशीर्वाद के कारण हैं।'

'आप सदा इसी तरह विनम्र रहते हैं,' लक्ष्मण ने कहा। 'राजा को अपना महत्व समझना चाहिए और दूसरों को भी यह बात पता होनी चाहिए।'

'हमारे पिता वास्तव में राजा हैं,' राम ने दृढ़ स्वर में कहा। 'ईश्वर उन्हें लंबी आयु दें।'

लक्ष्मण ने आज्ञा-स्वरूप सिर झुका लिया। स्पष्ट था कि लक्ष्मण की पूर्ण निष्ठा राम के प्रति थी। वह स्वयं को राम का रक्षक और अनुचर मानता था। मेरे भीतर अजीब-सी बेचैनी जाग उठी। यदि सब ठीक हो भी गया और चारों विवाह योजना अनुसार संपन्न हो गए तो लक्ष्मण, उर्मिला के लिए कैसा पति सिद्ध होगा? क्या इसके मन में अपनी पत्नी के लिए स्थान शेष है?

और राम का क्या? उन्होंने मुझसे कोई बात ही नहीं की। यद्यपि उनकी नज़रें मुझ पर थीं। क्या वह मेरे कटाक्ष से नाराज़ थे? यदि ऐसा नहीं था, तो कुल, परिवार और राज्य के प्रति उनके उत्तरदायित्व के बीच, उनकी पत्नी का क्या स्थान था? वह और लक्ष्मण दो शरीर, एक प्राण की तरह रहते थे। ऐसे में, क्या उन्हें किसी और के प्रेम की आवश्यकता होगी?

थोड़ी देर में भोजन समाप्त हो गया और सेवक हाथ धोने के लिए पात्र ले आए। मेरे माता-पिता ने दोनों भाइयों को सोने को कहा और फिर अपने कक्ष में चले गए। मैं और उर्मिला चाहते थे कि वह संध्या समाप्त न हो। हमें, दोनों भाइयों के बारे में और बहुत कुछ जानना था, परंतु शिष्टाचार कहता था कि हमें अपने माता-पिता के साथ चले जाना चाहिए और हमने ऐसा ही किया।

मैं और उर्मिला, उद्यान के रास्ते कक्ष की ओर बढ़ रहे थे कि तभी हमें पीछे-से तेज कदमों की आहट सुनाई पड़ी। मेरे हृदय की गति बढ़ गई। मैंने मुड़कर देखा तो दोनों भाई हमारे पीछे आ रहे थे। राम आगे थे। उन्होंने हाथ जोड़कर प्रणाम किया और कहा कि वह मुझसे एकांत में कुछ बात करना चाहते हैं। मार्ग के दोनों ओर पेड़ों पर लगे प्रकाश-दीप झिलमिला रहे थे और राम के चेहरे पर रोशनी व छाया नृत्य कर रही थीं। मैंने हामी भर दी। परंतु मुझे शर्म आ रही थी। उर्मिला ने हमें विचित्र दृष्टि से देखा और उसने लक्ष्मण से पूछा कि क्या वह उसके साथ कक्ष तक चल सकेगा। लक्ष्मण ने संकोच किया, लेकिन राम ने अवश्य उसे संकेत किया होगा, क्योंकि उसने राम को प्रणाम किया और फिर वह मेरी बहन के साथ चल पड़ा। हमने उन दोनों के जाते हुए कदमों की आवाज सुनी। मेरी बहन मचलती जलधारा

की भांति थी। फिर मैं और राम उद्यान में अकेले रह गए। आसपास लताओं से सुगंध आ रही थी। राम ने मेरी ओर नहीं देखा। वह देवी के मंदिर को देख रहे थे। मुझे आभास हो गया कि वह किस सोच में डूबे थे। वह योद्धा थे, परंतु उन्हें स्त्री से बात करने का अनुभव नहीं था।

आखिर उन्होंने आवाज को स्थिर करके बोलना शुरू किया, 'राजकुमारी, मैं जानता हूँ कि आपसे इस तरह एकांत में बात करना उचित नहीं है। आपके माता-पिता को भी इसकी जानकारी नहीं है। परंतु यह आवश्यक है, क्योंकि मैं आपसे क्षमा मांगना चाहता हूँ। मैं जानता हूँ कि मैंने जब आपके पिता को अपने वचन के विषय में बताया तो आप परेशान हो गई थीं। परंतु मैं अपने वचन से पीछे नहीं हट सकता और न ही धर्म का त्याग कर सकता हूँ। किसी वचन को तोड़कर बनाया गया संबंध, केवल दुर्भाग्य लाता है।'

मैंने राम को ध्यान से देखा। मैं उनके विषय में सबकुछ जानना चाहती थी। उनके लिए सदाचार आवश्यक था और उन्हें अपने वचन की बहुत चिंता थी। वह शायद सबसे अधिक महत्व वचन को देते थे। मेरे मन में एक बार फिर वही प्रश्न उठा कि उनकी पत्नी का क्या होगा। क्या वह उसे कभी अपने धर्म के समान महत्व देंगे? उनका धर्म, पत्नी से प्रेम के महत्व पर क्या कहता होगा?

राम ने आगे कहा, 'मैं भरमा गया था। हालांकि पहली बार जीवन में मुझे ऐसा वचन देने का दुख हुआ। मैं उसकी उपेक्षा करना चाहता था। मैं शांत हृदय से आपके गले में वरमाला डालना चाहता था।'

राम की दृष्टि में एक अजीब-सी गहनता थी। इससे मेरा हृदय तेज गति से धड़कने लगा। वह मुझसे प्रेम करते थे और उन्हें मेरी आवश्यकता थी। यह मेरी कल्पना नहीं थी।

राम ने भावुक होकर आगे कहा, 'आपने मुझसे यह पूछ कर सही किया कि मैंने अपने वचन के विषय में आपके पिता को पहले क्यों नहीं बताया। मुझे यह बात पहले कह देनी चाहिए थी। किंतु मैं कमजोर पड़ गया था। मैं नहीं चाहता था आपसे विवाह का अवसर आने से पहले ही मेरी इस शर्त के कारण आप मुझे अस्वीकार कर दें। मैं जानता हूँ कि मैं आपके बिना मिथिला से लौटा तो मेरा जीवन सूना हो जाएगा, इसलिए मैं स्वार्थवश उस समय चुप रहा। क्या आपको दिए उस कष्ट के लिए आप मुझे क्षमा कर पाएंगी?'

मैंने धीरे-से सहमति में सिर हिला दिया। मेरा मन इतना भावुक हो गया कि मुंह से शब्द नहीं निकले। मेरा क्रोध शांत हो चुका था। मेरे मन में राम के लिए प्रेम था और अब उनके द्वारा भूल स्वीकार करने से मेरे मन में अस्वीकृति का काँटा भी निकल गया था।

'और समस्या जब जटिल हो गई,' राम ने कहा, 'तो आपने उसका सटीक समाधान खोज निकाला। वह समाधान राज्य के योग्य मंत्रियों को भी नहीं सूझा!'

मुझे एक पल के लिए उनसे मिली प्रशंसा अच्छी लगी। फिर मुझे सत्य बताना पड़ा। 'मैंने देवी से प्रार्थना की थी। वह उत्तर मुझे उन्हीं से प्राप्त हुआ था।'

राम ने धीरे-से मेरे हाथ अपने हाथों में ले लिए। मैं उनकी हथेलियों का खुरदरापन देखकर हैरान थी। शायद धनुर्विद्या के कारण उनके हाथ ऐसे हो गए थे। मुझे नहीं पता था राजकुमार के हाथ इतने खुरदरे हो सकते हैं। परंतु मुझे किसी अन्य राजकुमार के सुगंधित व मुलायम हाथों की तुलना में राम के हाथ अच्छे लग रहे थे।

मुझे राजकुमारों या साधारण पुरुषों के बारे में भी कुछ पता ही कहाँ था? राम पहले पुरुष थे जिन्होंने मेरे हाथों को स्पर्श किया था। मैंने उस आलोकित क्षण में संकल्प किया कि राम ही मेरे जीवन के पहले और अंतिम पुरुष होंगे।

'यह संकेत है कि देवता हमारे प्रेम से प्रसन्न हैं,' राम ने कहा। 'क्या तुम्हें पता है मैंने कल रात स्वप्न में तुम्हें देखा था?'

और मैंने आपको, मैं राम से कहने वाली थी। फिर मुझे याद आया वह स्वप्न बहुत बुरा था जिसने मेरे मस्तिष्क को अंधेरे कोने में धकेल दिया था। मैंने घबराकर वे सब चीजें, जो मुझे समझ में नहीं आईं, छिपा दी थीं। मैंने केवल उस बात पर ध्यान दिया जो राम ने मुझसे कही थी, हमारा प्रेम। मैंने आकाश की ओर देखते हुए अश्रुपूरित नेत्रों से देवताओं को धन्यवाद दिया। मुझे लगा देवता भी हमें देखकर मुस्करा रहे थे।

मैं उस रात सोने गई तो मुझे आशा थी कि मुझे फिर से राम सपने में दिखेंगे और इस बार वह अच्छा स्वप्न होगा, क्योंकि वह अपना प्रेम व्यक्त कर चुके थे। उस रात मैंने सचमुच स्वप्न देखा परंतु वह राम का नहीं था। और वह अच्छा भी नहीं था।

मैंने स्वप्न में देखा कि मैं हवा में उड़ रही हूँ जबकि मुझे उड़ना नहीं आता। मेरे बाल पीछे से खिंच रहे थे। मेरी आंखों से उल्कापिंड की भांति गर्म आँसू बह रहे थे। मैंने अपने हाथों से सोने के कंगन और गले से हार खींचकर नीचे जंगल में फेंक दिए। किंतु उस बीहड़ में कौन मुझे खोज पाएगा? मैं चिल्लाने लगी, *'दुष्ट, मेरा यह शाप सुन ले। तू और तेरा कुल, इस दुष्कर्म का बोझ उठाएगा। तेरा राज्य जलकर भस्म हो जाएगा!'*

इसके उत्तर में मुझे एक आवाज सुनाई दी। उसने हँसते हुए कहा, 'मुझे भविष्य की चिंता नहीं है। मैंने इस क्षण में तुम्हें पा लिया है। मेरे लिए इतना पर्याप्त है।'

परंतु वह कौन था, जिससे मुझे इतनी घृणा थी और जिस पर इतना क्रोध आ रहा था? वह कौन था, जो कठोरता से मुझे उत्तर दे रहा था?

# 5

दशरथ के राज्य से दूत आ गया था। राजा दशरथ अपने दरबारियों और सेना की एक बड़ी टुकड़ी लेकर निकल चुके थे। उनके एक सप्ताह में मिथिला पहुंचने की संभावना थी। दशरथ चाहते थे कि यह विवाह शीघ्रातिशीघ्र संपन्न हो जाए। क्या राजा जनक के पास विवाह की तैयारी और शुभ तिथि देखने का समय था?

मेरी माँ को राहत मिली। फिर वह अचानक विवाह की तैयारी से भावुक हो उठी।

मिथिला में कन्या को विवाह में देने वाला दहेज, विवाह की तैयारी पूर्ण होने तक एकत्रित न करने की पुरानी परंपरा थी। यह धारणा नियति पर आधारित हो सकती है। हालांकि मेरी माँ अंधविश्वासी नहीं थी, किंतु इस बार माँ ने इसका ध्यान से पालन किया। मैंने उनसे कारण पूछा तो वह बोलीं कि वह मुझसे और उर्मिला से बहुत प्यार करती थी, इसलिए अपने विश्वास की खातिर वे हमारी खुशी को खतरे में नहीं डालना चाहती थीं।

उनकी मंद मुस्कान देखकर मुझे वह आभास हुआ जो पहले कभी नहीं हुआ था : मैंने कभी नहीं सोचा था प्रेम के चलते, बुद्धिमान से बुद्धिमान व्यक्ति भी दुर्बल पड़ जाता है। मुझे इसमें विरोधाभास नज़र आ रहा था। क्या प्रेम व्यक्ति को अधिक सशक्त नहीं बनाता? क्या व्यक्ति को अपने सिद्धांतों पर चलने के लिए अधिक कृतसंकल्प नहीं होना चाहिए?

मैं इस विचित्र भाव का विश्लेषण करना चाहती थी। मेरे पिता के घर में प्रेम, एक शांत और पुरातन नदी की भांति बहता था। वह सबका पोषण करता था, परंतु अयोध्या में मेरे समक्ष नवीन परिस्थितियां होंगी।

मेरी माँ के निवास पर आने-जाने वाले लोगों का ताँता लगा था। अनेक जौहरी, स्त्रियों के लिए आभूषणों से भरी टोकरियाँ ला रहे थे, स्वर्ण के तार की कढ़ाई वाले रेशमी वस्त्रों को उठाकर लाते बुनकरों के शरीर झुक गए थे, इत्र बनाने वाले चंदन और गुलाब की पत्तियों से इत्र बनाने में व्यस्त थे। महल में मधुर संगीत गूंज रहा था और दरबारी संगीतकार नई धुनें तैयार करने में लगे थे। यह राजघराने का पहला विवाह था। जनक के अनुमोदन हेतु तरह-तरह के पकवान उनके पास ले जाए जा रहे थे। रात को उर्मिला मेरे बिस्तर पर आई और उसने मेरे गले में बांहें डालकर धीरे-से कहा, मानो कोई उसकी खुशी छीन लेगा, 'क्या सचमुच यह सब हो रहा है?' मैं मुस्करा दी, क्योंकि मुझे भी ऐसा ही कुछ लग रहा था। मैं अतीत के शांत एवं भविष्य के मधुर स्वप्न के बीच तैर रही थी।

इस तरह कई दिन बीत गए। प्रसाधिकाओं ने हमें हल्दी का लेप लगाकर दूध से नहलाया। उन्होंने हमारे गीले बालों को अगरबत्ती के धुएं से सुगंधित किया और हमारी त्वचा चमकदार और शुद्ध रखने के लिए चेहरे पर मोती भस्म लगाई। मैं महल की खिड़की से राजदूतों को निमंत्रण-पत्र लेकर जाते हुए देख रही थी। राजपरिवार के विवाह को देखते हुए उनकी संख्या सामान्य से बहुत कम थी। मुझे इसका कारण पता था। बहुत-से राजा मुझसे विवाह की आशा लेकर आए थे, परंतु शिव के धनुष से पराजित होकर लौट गए थे। उन्हें विवाह में आमंत्रित नहीं किया जा सकता था। मुझे थोड़ी ग्लानि महसूस हुई। मेरे कारण मेरी बहनों को भी विवाह की चहल-पहल से वंचित रहना पड़ा था।

परंतु अंत में इसका कोई अर्थ नहीं रह गया। राजा दशरथ के साथ आया सैन्य-बल इतना विशाल था कि उसी से विवाह का कक्ष पूरा भर गया। इसके अतिरिक्त साधु-संन्यासी, दुबले-पतले ब्राह्मण, भिक्षु भारत-भर से हमारे यहां आ चुके थे। मेरे पिता बहुत प्रसन्न थे। उन्होंने किसी से प्रश्न नहीं किया और सबकी सुविधा को ध्यान में रखते हुए विशाल तंबू आदि और भोजन के लिए पर्याप्त रसोइयों का प्रबंध किया। उर्मिला ने मुझे एक नई बात बताई। लोगों का कहना था कि अतिथियों में बहुत-से लोग वास्तव में वेश बदलकर आए देवी-देवता थे, जो उस समय के सबसे महत्वपूर्ण विवाह के साक्षी बनने के उद्देश्य से आए थे। बल्कि, कहना होगा कि वह विवाह, भगवान शिव द्वारा नियत त्रेता युग का सबसे महत्वपूर्ण विवाह था। 'क्या ऐसी बातें सच हो सकती हैं?' उसने पूछा। 'हमारा विवाह क्या सचमुच इतना महत्वपूर्ण है?'

मेरे पास उसकी बात का उत्तर नहीं था। मैं किसी विचित्र दुनिया में बह रही थी। जहाँ मैं और राम एक-दूसरे से परिचित थे। इसलिए मुझे इस दुनिया में अधिक रुचि नहीं थी। प्रतिदिन सच्चाई और उसके रंग बदल रहे थे, ठीक उस तरह जैसे, उड़ते बादलों के बीच आकाश का स्वरूप बदलता रहता है। किंतु एक बात नहीं बदली

कि मैं राम के लिए बेचैन थी। मैं चाहती थी कि वह एक बार फिर धनुर्विद्या से खुरदरे हुए अपने हाथों से मेरे हाथ थामें और मुझे कहें कि वह मुझसे प्रेम करते हैं।

ऐसा करने का मौका नहीं था। राम और लक्ष्मण के पिता शीघ्र ही मिथिला आ पहुँचे। राज उद्यान के निकट एक अलग महल में उनके ठहरने का प्रबंध किया गया था, क्योंकि विवाह से पूर्व वर और वधू का दिन के समय मिलना अशुभ माना जाता था। मैंने स्वयं को समझा लिया। कुछ ही दिन में हम एक-दूसरे के होने वाले थे। फिर हम शेष जीवन साथ व्यतीत करेंगे और समाज के बंधन हमें अलग नहीं कर पाएँगे।

विवाह से पहले वाली रात को मेरी माँ ने मुझे अपने कक्ष में बुलाया। मैं आभूषणों और स्वर्ण तश्तरियों से भरे बक्सों की भूल-भुलैया के बीच से होती माँ के पास पहुंची। मेरी माँ ने मुझे देखा तो पास रखे चांदी-तार की कढ़ाई युक्त वस्त्र एक ओर खिसका दिए और मुझे पास बैठने को कहा। उन्होंने मेरे गले में बांहें डाली और मुझे छाती से लगा लिया। मुझे कमल-पुष्प की सुगंध आ रही थी। अचानक मेरे भीतर दुख की तरंग उठ गई, क्योंकि मुझे एहसास हो गया था कि विवाह के बाद हम दोनों के जीवन में बदलाव आ जाएगा। माँ को शायद लग रहा था कि हम फिर एक-दूसरे को नहीं देख पाएंगे। उनकी आंखें गीली हो गईं। मेरी माँ के संदर्भ में यह आश्चर्य की बात थी अथवा उन्हें किसी और बात का भय था जिसके कारण उनकी आंखों में आंसू थे।

एक पल के बाद उन्होंने लंबी सांस ली और बोलना शुरू किया तो उनका स्वर व्यवहारिक और शांत था। उन्होंने कहा, 'मेरी बात का बुरा नहीं मानना। सभी माताएं, अपनी पुत्रियों के विवाह के समय भावुक हो जाती हैं। तुम्हारी अपनी पुत्री होगी, तब तुम समझोगी कि यह किसी बंधन के कटने जैसा होता है। यह संबंध, माँ और शिशु को जोड़ने वाली नाल से भी अधिक मजबूत होता है।'

मैंने अपना सिर उनके कंधे पर रखा और कहा कि मैं हमेशा उन्हें अपने हृदय के पास रखूंगी। क्या हमारे पास सचमुच एक-दूसरे के निकट रहने का तरीका था? पत्राचार का कोई माध्यम था? पक्षियों को दूत बनाने की संभावना? क्या लड़कियां शादी के बाद प्रसव के लिए माता के घर नहीं आती थीं?

'तुम्हें ठीक लगता है,' उन्होंने गहरी श्वास लेकर कहा। 'मुझे पूर्वानुमान हो रहा है कि हम फिर नहीं मिल सकेंगे। परंतु तुम्हें यहाँ बुलाने का कारण यह नहीं है। तुम्हारे नए परिवार के विषय में मुझे जो पता लगा है, मैं तुम्हें बताना चाहती हूँ। अयोध्या यहां से बहुत दूर है। काश, थोड़ा और समय होता, लेकिन हमारे पास समय कम है। रघु कुल के कुछ सदस्यों की प्रवृत्ति अलग तरह की है।'

'क्या हम अन्य बहनों को भी बुला लें?' मैंने पूछा।

उन्होंने सिर हिलाकर मना कर दिया। मेरा दिल डूब रहा था। मुझे लगा वह निश्चित रूप से किसी विशेष कारण से परेशान थीं। 'तुम जानती हो उर्मिला बहुत उत्तेजित हो जाती है और तुम्हारी शेष दोनों बहनें - जिन्हें मैं तुम्हारे समान प्रेम करती हूँ - उनका हाल और भी बुरा है। वह मेरी बात सुनकर परेशान हो जाएंगी और गलत लोगों के सामने गलत बात कह देंगी। परंतु तुम्हारी सोच संतुलित है और तुम्हें बातों को मन में रखना आता है। तुम समस्याओं को सुलझा सकती हो। मैंने देखा था कि तुमने किस तरह राम के वचन से उत्पन्न समस्या का समाधान किया था। मुझे तुम पर भरोसा है कि मैं जो तुम्हें बताने जा रही हूँ, तुम उसका भली-भांति ध्यान रखोगी।'

घबराहट के कारण मेरे पेट में मरोड़ उठने लगी। राजा दशरथ के दरबार में ऐसी क्या विशेष बात थी जिसके कारण माँ इतनी परेशान थी? मैं उन्हें राम के समक्ष अपने विवेकपूर्ण व्यवहार का सही कारण नहीं बता पाई। मैं उन्हें कहना चाहती थी कि उस समस्या का समाधान खोजने का श्रेय मुझे देना गलत था, क्योंकि वह कार्य देवी ने किया था। किंतु क्या पता, यह सुनकर फिर वह मुझसे बात न करें। माँ को और परेशान करने से क्या लाभ होगा? इसलिए मैंने लंबी सांस ली और हामी भर दी। ज्येष्ठ पुत्री होने के नाते अपनी बहनों पर नज़र रखना और उन्हें यथासंभव सुरक्षा देना मेरा कर्तव्य था। मैं सामर्थ्य के अनुसार सबकुछ करने को तैयार थी। राम अपने दायित्वों को निभाने वाले अकेले नहीं हैं।

'तुम्हारे प्रिय पिता,' मेरी माँ ने आगे कहा, एक नेक व्यक्ति हैं। उनकी युद्ध अथवा वैवाहिक संबंधों द्वारा राज्य-विस्तार में रुचि नहीं थी। इसी कारण सौभाग्य से मैं उनकी एकमात्र पत्नी हूँ। हालांकि मैं उन्हें राज्य के उत्तराधिकारी के रूप में पुत्र नहीं दे सकी, किंतु वह तुम्हें पुत्र के समान ही प्रेम करते हैं। तुम्हें अभी यह पता नहीं है कि राजसी परिवारों में ऐसा बहुत कम होता है। मुझे कभी-कभी दुख होता है कि मैंने तुम्हें संसार के इस छोटे-से शांत कोने में इतना सँभालकर बड़ा किया कि राजमहलों में आमतौर पर होने वाले षड्यंत्रों से स्वयं को सुरक्षित रखने के लिए तुम्हारे पास पर्याप्त सुरक्षा-कवच नहीं है।'

मेरी माँ बहुत परेशान और घबराई हुई थीं। मुझे इससे दुख हुआ, क्योंकि मैंने उन्हें हमेशा आत्मविश्वास से भरा देखा था। मैंने उनके गले में बाँहें डाली और जोर से गले लगा लिया।

'आपने मुझे आत्म-रक्षा करना सिखाया,' मैंने कहा, 'आपने मुझे पौधों और मनुष्यों की उपचार-विद्या सीखने की अनुमति दी, मुझे दयालु और साहसी बनने के लिए प्रेरित किया। आपने मुझे अन्याय के विरुद्ध आवाज उठाना सिखाया है। मुझे शायद जीवन में और किसी रणनीति की आवश्यकता नहीं पड़ेगी।'

मेरी माँ मेरी बात से सहमत नहीं लगी। 'यह सब अच्छे गुण हैं, लेकिन दुर्भाग्य से सामाजिक मूल्यों के संदर्भ में एक स्त्री के लिए पर्याप्त नहीं हैं। तुम इनकी सहायता से महलों की राजनीति को नहीं समझ सकोगी। मैं चाहती हूँ कि तुम एक बात हमेशा याद रखो, जो दुख की घड़ी में शायद तुम्हारे काम आए। यदि तुम्हें अन्याय के विरुद्ध कभी आवाज उठानी पड़े और तुम परिवर्तन लाना चाहो तो इसके लिए किसी पुरुष के अहं को आहत नहीं करना। यदि इस बात का ध्यान रखोगी तो सफलता मिलने की संभावना ज़्यादा है।'

यह सुनकर मेरे मन में विरोध की भावना जाग गई। क्या पुरुष का अहं, सत्य से अधिक बड़ा होता है? यदि मैं सही हूँ तो इसके लिए रणनीति की क्या जरूरत है?

'परंतु,' मैंने फिर कुछ कहना चाहा, 'क्या -'

मेरी माँ ने हाथ के इशारे से मुझे शांत रहने को कहा। 'हमारे पास साथ में बिताने को बहुत कम समय बाकी है। मैं तुम्हारे ससुराल वालों के विषय में बताना चाहती हूँ।'

'राजा दशरथ तुम्हारे पिता से कुछ मामलों में बिल्कुल अलग हैं। उन्होंने आरंभिक जीवन में ही कोशल राज्य की सीमाओं का विस्तार करने का निश्चय कर लिया था। अपनी इस इच्छा की पूर्ति के लिए उन्होंने राजाओं और राक्षसों से कई युद्ध किए। वह अधिकांश में विजयी रहे, क्योंकि वह शक्तिशाली योद्धा हैं। वह जल्दी आवेश में आ जाते हैं और उन्हें लड़ाई में आनंद आता है। उन्हें युद्ध में जाने से पहले कभी संकोच नहीं हुआ। वह दो बार युद्ध में बुरी तरह घायल हो गए थे। लोगों को लगा उनकी मृत्यु हो जाएगी। वह एक कुशल शिकारी भी रह चुके हैं। हालांकि उन्होंने एक बार भूल से एक नेत्रहीन तपस्वी के पुत्र को मृग समझकर बाण से उसे मार डाला था। इसके बाद उन्होंने शिकार करना छोड़ दिया। कहते हैं, तपस्वी ने उन्हें एक भयंकर शाप भी दिया था। मुझे उस विषय में अधिक जानकारी नहीं है। उन्होंने अपने पिता का दायित्व निभाने के लिए भोग-विलास किया है, क्योंकि उनके सभी पुत्र वृद्धावस्था में यज्ञ-अनुष्ठानों के बाद हुए हैं।'

'वह, अपने सब पुत्रों में, राम से सबसे अधिक प्रेम करते हैं।'

दशरथ ने निस्संदेह इस पक्षपात को छिपाने का प्रयास नहीं किया। मिथिला पहुंचते ही उन्होंने राम को गले लगाकर उनके मस्तक को चूमा, जबकि लक्ष्मण को केवल पीठ पर थपकी मिली। भरत और शत्रुघ्न पीछे खड़े थे। उनकी उपेक्षा हो गई। परंतु उन्हें अपने ज्येष्ठ भाई को मिले स्नेह पर आपत्ति नहीं थी। उन दोनों को भी लक्ष्मण की तरह राम पर गर्व है।

दोनों भाइयों को देखकर लगता था कि वे दशरथ के व्यवहार से संतुष्ट हैं और उन्हें आपत्ति नहीं है। मैंने पूछा, 'क्या आपको लगता है इस कारण मुझे चिंतित होने की आवश्यकता है?'

'अभी तो ऐसा नहीं है,' माँ ने कहा, 'परंतु बाद में, विशेषकर दशरथ द्वारा उत्तराधिकारी का नाम घोषित किए जाने पर स्थिति बदल सकती है। उस समय सतर्क रहना। तुम्हें अभी तुरंत जो काम करना है, वह अलग और थोड़ा कठिन है। मैं देख चुकी हूँ कि तुम्हें राम से प्रेम हो गया है। नहीं, इसमें शर्म की कोई बात नहीं है। यह अच्छी बात है और मुझे इससे खुशी है, क्योंकि सब राजकुमारियों को यह अवसर नहीं मिलता। तुम्हारा पहला काम यह है कि दशरथ को कभी महसूस नहीं होना चाहिए कि तुम, उनके और राम के बीच आ गई हो। तुम इस बात का ध्यान रखोगी तो दशरथ, तुम्हें राम जितना प्रेम करेंगे। ऐसा इसलिए नहीं कि तुम सीता हो, बल्कि इस कारण कि तुम राम की पत्नी हो। मुझे आशा है तुम्हें और तुम्हारे गुणों को जानने के बाद उनका व्यवहार तुम्हारे प्रति बदल जाएगा।'

मैंने सिर हिलाया। यह बहुत अच्छी स्थिति तो नहीं थी, किंतु इसे सँभालना मुश्किल भी नहीं था।

'इसे भी बड़ी चुनौती,' मेरी माँ ने कहा, 'उस महल की स्त्रियां हैं।'

'स्त्रियां! क्या वे संख्या में अधिक हैं?'

'हां, क्योंकि दशरथ की बहुत-सी पत्नियां हैं। यदि मुझे मिली सूचना सही है तो राजा दशरथ की सैकड़ों पत्नियां हैं। उन्होंने कुछ से, लाभ के लिए और कुछ से, केवल आनंद-पूर्ति के लिए विवाह किया था। उनकी रानियों के बीच जबरदस्त प्रतिस्पर्धा रहती है और वे सब दशरथ का ध्यान पाने को उत्सुक रहती हैं। यद्यपि ऊपरी तौर पर उनके परस्पर संबंध, सौहार्द्रपूर्ण दिखाई पड़ते हैं, लेकिन भीतर उनके बीच भीषण द्वेष व्याप्त है। उनकी तीन मुख्य रानियां हैं, जिनका महत्व सबसे अधिक है-कौशल्या, सुमित्रा और कैकेयी।

कौशल्या, राजा दशरथ की ज्येष्ठ पत्नी है। वह राम की माता है, परंतु दशरथ उसे अधिक पसंद नहीं करते। यही कौशल्या के जीवन का सबसे बड़ा दुख है। वह तुमसे मित्रता करने का प्रयास करेगी तथा अन्य रानियों के विरुद्ध लड़ाई में तुम्हें सहयोग देगी। उसकी शिकायतों को ध्यान से सुनना, परंतु उसकी बातें किसी और से नहीं कहना। जहां तक संभव हो, सबके साथ मधुर और आदरपूर्वक व्यवहार करना। तुम्हें किसी का पक्ष नहीं लेना है।'

मैंने माँ की बातों को समझकर सहमति में सिर हिला दिया।

'सुमित्रा, तीनों रानियों में सबसे छोटी और सबसे सुंदर है। आरंभ में दशरथ उसके सौंदर्य पर मुग्ध थे, जिसके कारण उसके और अन्य रानियों के बीच बैर हो गया। परंतु सुमित्रा भी दशरथ को उत्तराधिकारी नहीं दे सकी, इसलिए वह भी कुछ समय बाद उनकी नज़र से उतर गई।'

'फिर दशरथ को पुत्र कैसे प्राप्त हुए?'

'आखिर, दशरथ ने राज्य की सबसे योग्य ऋषियों को बुलाया और उनसे विशेष अनुष्ठान करवाया। उस यज्ञ के फल से तीनों रानियाँ गर्भवती हो गईं। उस अनुष्ठान के दौरान कुछ हुआ, जिसके कारण सुमित्रा, शेष दो रानियों के प्रति कृतज्ञ थी। मुझे इस विषय में अधिक जानकारी नहीं है, लेकिन इस घटना के बाद, उसने अन्य रानियों को परेशान नहीं किया। कौशल्या ने राम को जन्म दिया, कैकेयी ने भरत को तथा सुमित्रा के दो जुड़वाँ पुत्र हुए, लक्ष्मण और शत्रुघ्न। उसने उन दोनों पुत्रों को पालन-पोषण हेतु कौशल्या व कैकेयी को सौंप दिया।'

यह सुनकर मुझे आश्चर्य हुआ। मुझे यह अनुमान नहीं था कि राम के प्रति इतना समर्पित रहने वाला लक्ष्मण, वास्तव में राम का सौतेला भाई है। क्या उनके बीच कोई और भी गहरा संबंध था? क्या उनका संबंध भी उसी पारलौकिक संसार से था जिसकी झलक मैंने देखी थी?

'इस पूरी कथा में,' माँ ने आगे कहा, 'सबसे महत्वपूर्ण यह है कि लक्ष्मण, अपने बड़े भाई की लगभग पूजा करता है। राम के निकट रहना उसकी चाहत ही नहीं बल्कि आवश्यकता भी है। उसे शायद इस समय भी यही चिंता होगी कि विवाह के कारण उसके और राम के संबंधों पर असर पड़ेगा, क्योंकि तुम राम को उससे दूर कर दोगी।'

'मैं ऐसा बिल्कुल नहीं करूंगी,' मैंने जोर से कहा, 'मैं ऐसी नहीं हूँ!'

'लेकिन लक्ष्मण यह नहीं जानता। इसलिए तुम्हें लक्ष्मण को अपने हृदय और कक्ष दोनों में स्थान देने के लिए विशेष प्रयास करना पड़ेगा। तुम्हें उसके और राम के संबंध को प्रभावित नहीं करना है। यदि तुम इसमें सफल हो गई तो वह सुमित्रा की तरह तुम्हारा आदर करेगा। लक्ष्मण के रूप में तुम्हें एक शक्तिशाली रक्षक भी मिल जाएगा।'

'मैं लक्ष्मण को अपने साथ जोड़ लूंगी,' मैंने कहा। मैं कहे बिना नहीं रह सकी, 'मुझे आशा है कि वह अपनी पत्नी पर भी थोड़ा ध्यान देगा।'

लक्ष्मण का ध्यान रखना आवश्यक था। मैंने जो देखा, उससे मुझे लगा कि दोनों भाइयों को अलग करना असंभव था। परंतु विवाह के बाद इसमें थोड़ा परिवर्तन आना भी तय था। मैंने, उर्मिला के साथ मिलकर इसकी योजना बनाने का निश्चय किया।

'और जहां तक सुरक्षा का प्रश्न है, हालांकि मैं अनुभवी नहीं हूँ, फिर भी मैं उस सिरफिरे और गुस्सैल लक्ष्मण की तुलना में महल के षड्यंत्र से अपनी रक्षा कर लूँगी। संयोग से, यदि मुझे किसी अन्य प्रकार की सुरक्षा चाहिए होगी तो क्या मेरे पास राम नहीं हैं?'

'मैंने दशरथ की दूसरी पत्नी कैकेयी का विवरण बाद के लिए छोड़ दिया था,' माँ ने कहा, 'क्योंकि उससे निपटना सबसे कठिन है। वह एक कुशल सारथी है और

उसने अनेक बार युद्ध में दशरथ के रथ का संचालन किया है।'

'मुझे नहीं पता था अयोध्या में स्त्रियों को ऐसे काम करने की अनुमति है,' मैंने प्रशंसा और उत्साह से भरकर कहा। 'क्या यहाँ की तुलना में अयोध्या के नियम ज़्यादा कठोर नहीं हैं?'

मेरी माँ मुझे देखकर धीमे-से मुस्कराई। 'कैकेयी अच्छी चिकित्सक भी है। उसने दो बार राजा दशरथ के प्राण बचाए हैं, जब वह युद्ध में बुरी तरह घायल हो गए थे।'

'चिकित्सक?' मैंने खुश होकर कहा, 'मुझे यह जानकर खुशी हुई कि अयोध्या में किसी को मेरी तरह इस काम में रुचि थी। मुझे लगा हमारी मित्रता हो जाएगी और पौधों पर चर्चा से हमारा समय बीत जाएगा। 'मैं उनसे काफी कुछ सीख सकूंगी।'

मेरी माँ ने चेतावनी दी, 'नए घर में किसी पर भी जल्दी भरोसा नहीं करना और कैकेयी पर तो बिल्कुल नहीं! कैकेयी, राजा दशरथ के प्राण बचाने के बाद उनकी मनपसंद पत्नी बन गई। वह उससे परामर्श लेते और उसी के साथ अधिक समय बिताते हैं। कैकेयी महल में पुरुषों और स्त्रियों दोनों में, सबसे शक्तिशाली है। उससे सावधान रहना। मैंने सुना है उसका व्यवहार, आकाश में बादलों की तरह परिवर्तनशील है। यदि उसे तुम पसंद नहीं आई तो तुम्हारे लिए कठिनाइयाँ पैदा होने लगेंगी। मैं शायद व्यर्थ चिंता कर रही हूँ। मैंने सुना है कि वह राम से बहुत प्रेम करती है...'

मैं माँ के कक्ष से बाहर निकल आई। मेरा सिर घूम रहा था। मुझे अपने नए परिवार में ऐसे कितने लोगों से निपटना होगा। किसी को प्रसन्न करना तो किसी को सांत्वना देनी होगी और किसी से सावधान रहना होगा। आवश्यकता पड़ने पर सबके साथ अलग-अलग व्यवहार करने की जरूरत पड़ेगी। वह दलदल था और मुझे सावधानी से अपना रास्ता बनाना था। मुझे राम और उनके पारिवारिक सदस्यों से परस्पर संबंध बिगाड़े बिना अपने संबंध प्रगाढ़ करने थे। क्या मैं ऐसा कर पाऊँगी? मैंने सारे कार्य अँगुलियों पर गिन लिए : दशरथ को सम्मान देना, कौशल्या से सहानुभूति रखना और लक्ष्मण से स्नेहपूर्ण व्यवहार करना था। साथ ही, अपने लाभ के लिए उसकी शक्ति को प्रयोग करना भी सीखना था। इन सबके बीच मुझे सुरक्षित दूरी भी बनाकर रखनी थी।

सबसे मजेदार बात यह है कि ये सब लोग, एक-दूसरे से अलग प्रवृत्ति होने के बाद भी राम से प्रेम करते हैं। मेरे प्रियतम में ऐसी क्या विशेषता और आकर्षण है, जिसके कारण शत्रु भी पुराने मतभेद भूलकर उनसे प्रसन्न रहते हैं? मैं यह रहस्य जानना चाहती थी और मुझे अधीरता से उचित अवसर की प्रतीक्षा थी।

# 6

आखिर विवाह का दिन आ पहुंचा। मेरे पिता और राजा दशरथ के साथ आए पुरोहितों ने ब्रह्मांड के संकेत देखकर बताया कि आकाश में बहुत कम समय के लिए कर्कट नामक शुभ मुहूर्त आने वाला था। राजा दशरथ के गुरु महर्षि वसिष्ठ के अनुसार उसी मुहूर्त में वरमाला होनी थी, क्योंकि उस नक्षत्र में विवाह-सूत्र में बाँधे गए वर-वधू को कभी वियोग का दुख नहीं सहना पड़ता।

इसी अनुसार तैयारियां की गई थीं। चारों भाई कक्ष में प्रतीक्षा कर रहे थे, जहां कभी शिव का धनुष रखा था। हम बहनें दूसरी ओर खड़ी थीं। परंतु जैसे ही पुरोहित ने अरणि से यज्ञाग्नि को प्रज्ज्वलित करना चाहा, एक व्यक्ति विवाह-कक्ष में आ पहुंचा। उसके चारों ओर चंद्रमा-सा चमकदार आभामंडल था। मेरे पिता ने उसके बारे में पूछा परंतु उसने उत्तर नहीं दिया और वह अचानक नृत्य करने लगा। दरबार में बैठे संगीतकार धुन बजाने लगे। बाद में उन्होंने बताया कि उन्हें स्वयं पता नहीं कि उन्होंने कौन-सी धुन बजाई थी। हमने भी ऐसा संगीत कभी नहीं सुना था। सबका ध्यान उसी व्यक्ति पर था। किसी को नहीं पता उसने कितनी देर नृत्य किया। हमें केवल यह पता है कि नृत्य समाप्त होने तक हमारी साँस फूल चुकी थी।

वह जिस तरह आया था, उसी तरह अचानक चला गया। मेरे पिता ने प्रहरियों और द्वारपालों से पूछा लेकिन किसी ने उसे जाते नहीं देखा। पुरोहितों ने तुरंत अग्नि प्रज्ज्वलित की, किंतु लग्न का मुहूर्त निकल चुका था। वसिष्ठ ने निष्कर्ष निकाला कि यह अवश्य देवताओं का काम था। वह नर्तक स्वयं भी शायद कोई देवता ही था।

'परंतु देवता हमारे बच्चों का अहित क्यों चाहेंगे?' मेरे पिता ने आश्चर्य से पूछा। क्या हमने उन्हें प्रसन्न करने हेतु पर्याप्त समिधा अर्पित नहीं की?'

दशरथ, मेरे पिता से ज़्यादा परेशान थे, हालांकि उन्होंने कुछ नहीं कहा।

वसिष्ठ ने कंधे उचकाए और कहा, 'देवताओं का व्यवहार विचित्र होता है। मनुष्य उनकी बातें नहीं समझ सकते। हमें ध्यान रखना चाहिए कि हमारे दुर्भाग्य का परिणाम, दूसरों के लिए आशीर्वाद बन जाता है।'

मुझे उनकी बात पर विश्वास नहीं था। मैं परेशान थी। यह उचित नहीं है कि एक व्यक्ति को आशीर्वाद देने के लिए दूसरे को कष्ट दिया जाए। यदि देवताओं के पास हमारा भाग्य निर्धारित करने की शक्ति होती है तो वह कष्ट दिए बिना हमें सौभाग्य का आशीर्वाद क्यों नहीं दे सकते?

मुझे सबसे पहला आश्चर्य हुआ जब हम अयोध्या के लिए निकलने को थे। मेरी माता ने मेरी दासी मालिनी को हमारे साथ अयोध्या भेजना चाहती थी, ताकि वह नए घर में हमारे सँभलने तक सहायता कर सके। मांडवी और श्रुतकीर्ति भी दासियों को साथ लाई थीं। परंतु राजा दशरथ ने सबको यह कहकर हैरान कर दिया कि उनकी प्रत्येक पुत्र-वधू के लिए उनके महल में अनेक दास-दासियाँ हैं, जिन्हें उन्होंने स्वयं चुना था।

'अब तुम सब अयोध्या की राजकुमारियाँ हो,' उन्होंने कहा। 'इसलिए उचित होगा कि तुम्हारे अपने लोग तुम्हारी सेवा करें।'

उर्मिला परेशान थी। मालिनी साड़ी के पल्लू में मुँह छिपाकर रोने लगी। मुझे भी दुख हो रहा था। मालिनी बहुत भरोसेमंद थी और उसका स्वभाव अच्छा था। हमें घर की याद सताती तो वह हमें दिलासा देती, हमारे साथ हँसी-मज़ाक करती और राक्षसों की काल्पनिक कहानियां सुनाती थी। मुझे परेशानी इस बात से थी कि दशरथ ने यह निर्णय स्वयं ले लिया था। उन्होंने हमारी इच्छा नहीं पूछी और यह भी नहीं सोचा कि इससे किसी को दुख हो सकता है। मेरी माँ ने दशरथ को समझाने का प्रयास किया।

'मालिनी को कुछ दिन इनके साथ रहने दीजिए,' माँ ने कहा। 'लड़कियां जब नई जगह रहने की अभ्यस्त हो जाएँगी तो आप मालिनी को वापस मिथिला भेज दीजिए।'

राजा दशरथ ने मना कर दिया। हालांकि इस बार उनके स्वर में विनम्रता थी। उन्होंने पालकियाँ बुलवा लीं। 'अब हमें चलना चाहिए।'

पालकी उठाने वाले कहारों का पहला दस्ता आया और उन्होंने मेरी पालकी उठा ली। मैंने इतनी सजावट पहले नहीं देखी थी। पालकी के पट पर सोने और

हाथी दाँत से काम हुआ था। उसके पर्दे चमकीले कपड़े के थे। उसमें से मैं बाहर देख सकती थी, किंतु बाहर से अंदर नहीं दिखाई पड़ता था। पालकी के भीतर नर्म रेशमी गद्दे बिछे थे। वह मेरे माता-पिता के महल में रखे बिस्तर से भी बड़ी पालकी थी। मेरे माता-पिता का महल, यह सोचकर मेरे मन में दुख की लहर उठने लगी। विवाह के बाद मैं रघुकुल में जा रही थी इसलिए मैं अब मिथिला को अपना घर नहीं कह सकती थी।

'क्या मैं अयोध्या तक उर्मिला को अपने साथ पालकी में ले जा सकती हूँ?' मैंने दशरथ से पूछा। मुझे नहीं पता था कि नए घर में मुझे अपनी बहन से अकेले में बात करने का कितना अवसर मिलेगा। मुझे लगा उर्मिला के साथ हंसते-मुस्कराते जाने से शायद मालिनी के अभाव से उत्पन्न दुख कम हो जाएगा। मैं उर्मिला से पूछना चाहती थी कि पत्नी बनकर क्या उसे भी मेरी तरह सुखद एवं जादुई एहसास हो रहा था।

दशरथ को मेरा यह अनुरोध भी अटपटा लगा। 'बेटी, एक ही पालकी में बैठने की आवश्यकता नहीं है। मैं तुम सबकी सुविधा के लिए अलग-अलग पालकी लाया हूँ।'

'पिताश्री,' मैंने कहा, 'यात्रा के दौरान बहन को साथ रखने से मुझे सुविधा होगी।'

दशरथ ने दृढ़ता से सिर हिलाकर मना कर दिया। 'नहीं मेरी बच्ची, यह उचित नहीं है। लोग क्या सोचेंगे!' मैं उनसे कुछ और कहना चाहती थी लेकिन मेरी माँ ने मेरा हाथ दबाकर बात को समाप्त करने का संकेत कर दिया। वह मानो कहना चाहती थीं, अपनी लड़ाई का समय ध्यान से चुनना। यह उपयुक्त समय नहीं है।

उनका कहना ठीक था। हमारा कारवाँ अयोध्या जाने को तैयार था। घोड़े ज़मीन पर पैर पटककर हिनहिना रहे थे, नौकर-चाकर गाड़ियों में खाने-पीने का सामान रखने में व्यस्त थे और पुरोहित मार्ग में अक्षत छिड़ककर सबकी सुरक्षित यात्रा की कामना कर रहे थे। मुझे शब्द वापस लेने पड़े, लेकिन मैंने स्वयं से वादा किया कि अयोध्या पहुंचने के बाद मैं राजा दशरथ को अपना जीवन इस तरह नियंत्रित नहीं करने दूँगी।

माँ ने चलने से पहले मुझे एक क्षण के लिए अलग बुलाकर अलविदा कहा। उर्मिला उनसे लिपटकर रोने लगी। 'हम बहुत दूर जा रहे हैं। हमें अकेला महसूस होगा। राजा दशरथ, मालिनी को हमारे साथ क्यों नहीं भेज रहे? यह ठीक नहीं है। यह अच्छी बात नहीं है।' उर्मिला की उत्तेजना का दूसरों पर भी असर हो रहा था। मेरी भी आंखों में आंसू आ गए।

हमें सांत्वना देने की जगह माँ ने कड़क स्वर में कहा, 'स्वयं को सँभालो। मैंने तुम्हें इससे बेहतर परवरिश दी है। हम दुनिया में अकेले आते हैं और हमें अकेले

जाना है। इसके बीच यदि नियति ऐसी है तो हमें अकेला ही रहना भी पड़ता है। अपनी भीतरी शक्ति का आह्वान करो। याद रखो, तुम ही अपनी सबसे बड़ी शत्रु या सबसे अच्छी मित्र बन सकती हो, यह तुम पर निर्भर करता है। तुम जिसे बदल नहीं सकते, उसे सहन करना सीखो।'

उर्मिला रोती जा रही थी लेकिन मैंने रोना बंद कर दिया। मैं माँ को देखने लगी। वह अत्यंत दृढ़ और साहसी लग रही थी। वह सहसा मुझे अपरिचित-सी लगने लगी, मानो किसी कहानी की रानी मेरी ओर गंभीर भाव से देख रही थी। मुझे पता है उन्होंने जो कुछ कहा, वह अधिकांश रूप से मेरे लिए था। सहना, यह एक अत्यंत कठोर शब्द है। मुझे लगा मुझे इसी के सहारे जीवन व्यापन करना होगा। मैं इसे याद रखूंगी और कष्ट के समय यही मेरे काम आएगा।

कहारों के लयपूर्ण उच्चारण के साथ पालकी हिलने लगी। मुझे नींद आ रही थी, लेकिन मैं सोना नहीं चाहती थी। मुझे यात्रा के हर क्षण को महसूस करना था। किसे पता मुझे इससे भी लंबी और रोमांचक यात्रा पर जाना पड़े। राज परिवार की अधिकांश स्त्रियां, जिनमें मेरी माँ भी शामिल थी, विवाह के बाद अपने पति के महल से दूर नहीं जाती थीं। मिथिला की तुलना में मुझे अयोध्या में अधिक नियम और पाबंदियाँ दिखाई दे रही थीं।

मैं अपने ससुर के कड़क व्यवहार से अब तक निःशब्द थी। परंतु अकेले यात्रा करने का अपना आनंद है। उर्मिला साथ होती तो हम विवाह-संबंधी हँसी-मजाक कर सकते थे। वह होती तो मुझे यह कहकर सोती कि नींद पूरी नहीं हुई तो अयोध्या पहुंचने तक थकान हो जाएगी और फिर वह कुरूप दिखेगी। हमारी सास अपनी पुत्र-वधुओं की प्रतीक्षा कर रही होंगी। चूंकि मैं अकेली थी, इसलिए चारों ओर फैले जंगल देख सकती थी। मेरे पिता के दरबारियों अनेक बार वन्य जीवन के विषय में बताया था कि वहाँ बहुत-से मृग, भालू और बोलने वाले बंदर रहते हैं। मुझे विश्वास नहीं हुआ कि बंदर बोल सकते हैं। मैं अवश्य ऐसा एक बंदर देखना चाहती थी। कौन जाने मुझे रास्ते में कोई राक्षस भी मिल जाए।

लेकिन मेरी आशाएं शीघ्र ही धराशायी हो गईं।

हमारे आगे कुछ लोग जोर-जोर से ढोल और तुरी बजाते चल रहे थे, जिससे डरकर वन्य पशु-पक्षी दूर हट जाते थे। परंतु मुझे ज़्यादा दुख इस बात का हुआ कि दशरथ अपने साथ हजारों सैनिक लाए थे, जो मार्ग में पैर पटकते, चीखते-चिल्लाते चल रहे थे। वह दोनों ओर लगे पेड़ों की डालियों और लताओं को काटते जा रहे थे। उन्होंने उन वृक्षों को भी नहीं छोड़ा जो हमारे मार्ग में नहीं थे। यह देखकर मुझे

बुरा लगा। कुछ देर बाद मुझसे सहन नहीं हुआ और मैंने एक सैनिक को बुलाया। मैं सेनापति से मिलना चाहती थी, परंतु फिर मुझे माँ की बात याद आ गई। मैंने सैनिक से अनुरोध किया कि वह मेरा यह संदेश राम तक पहुंचा दे कि मैं उनसे मिलना चाहती हूँ।

कुछ ही देर में मेरे पति घोड़े पर बैठ मेरी ओर आए। मुझे उस शानदार और महत्वपूर्ण शब्द 'पति' की आदत नहीं हुई थी। उनके घोड़ों की तेज चाप, मेरी हृदय-गति से मेल खा रही थी। राजकुमारों वाली रत्न-जड़ित पोशाक पहनकर राम का औपचारिक रूप उस युवक से बिल्कुल भिन्न दिख रहा था, जिसे हमने मैले कपड़ों में मंदिर के उद्यान में देखा था। परंतु आंखें वही थीं। उनमें वही पुरानी पहचान झलक रही थी।

उस क्षण राम की आँखों में चिंता थी। 'क्या तुम ठीक हो, राजकुमारी?' उन्होंने पूछा और फिर धीरे-से मेरी पालकी का पर्दा हटाकर मेरा हाथ थाम लिया। उन्हें किसी के देखने की परवाह नहीं थी। 'क्या पालकी के हिलने से तुम्हें कष्ट हो रहा है? यह जंगल खतरनाक है। इसे पार कर जाने के बाद मैं पिताजी से अनुरोध करूंगा कि वह मार्ग में किसी आश्रम पर कुछ देर के लिए रुक जाएंगे...'

मेरा ध्यान अपने हाथ पर राम के हाथ के दबाव से भंग हो गया। इत्र की मनमोहक सुगंध आ रही थी। मैं उस सुगंध को उस समय नहीं पहचान पाई, लेकिन मुझे पता था कि मुझे वह याद रहेगी। हमारे विवाह पर वरमाला के समय उन्होंने इसी तरह मेरा हाथ पकड़कर सबको चकित कर दिया था। फिर उन्होंने ऊंची आवाज में प्रतिज्ञा करते हुए कहा कि वह दोबारा किसी से विवाह नहीं करेंगे। 'सीता मेरी एकमात्र पत्नी होगी और मैं आजीवन केवल सीता से प्रेम करूंगा।' राम के यह शब्द मेरे भीतर गूंजते रहे। मुझे राम से इस उपहार की अपेक्षा नहीं थी कि वह केवल मेरे होकर रहेंगे। यह प्रतिज्ञा सुनकर दरबारी भी चकित रह गए। दरबार में दबे स्वर में फुसफुसाहट होने लगी, क्योंकि सामान्य तौर पर राजकुमार ऐसी प्रतिज्ञाएँ नहीं लेते थे। मेरे पिता इस प्रतिज्ञा से खुश थे, परन्तु दशरथ राम की प्रतिज्ञा से खुश नहीं थे। उनके मन में राम के और विवाह करने की इच्छा रही होगी। परंतु उन्होंने स्वयं को रोक लिया और राम की अव्यावहारिक इच्छा को स्वीकार कर लिया।

मैंने उस याद को स्वयं से दूर कर दिया। मुझे आश्चर्य हुआ कि मैं और राम अभी से स्मृतियों का संचयन करने लगे थे। मैंने उन्हें आश्वासन दिया कि मैं ठीक हूँ। मुझे केवल उनके सैनिकों का व्यवहार बुरा लगा। 'क्या आप सैनिकों को कहकर वृक्षों को हानि पहुंचाना रोक सकते हैं? यह उनका घर है और हम यहां अतिथि हैं,' मैंने कहा। 'हमें उनका ध्यान रखना चाहिए और उन्हें अनावश्यक पीड़ा नहीं पहुंचानी चाहिए।'

राम की भँवें आश्चर्य से सिकुड़ गईं। स्पष्ट था, उन्होंने इस बात पर कभी गौर नहीं किया कि पौधों को भी हमारी तरह पीड़ा हो सकती है। परंतु उन्होंने हामी भर दी। 'प्रिय तुम बहुत कोमल हृदय की हो। लेकिन मुझे इसमें कोई दोष नहीं दिखता। यह सही है और स्त्रियों को ऐसा ही होना चाहिए।'

मैं उनसे पूछना चाहती थी, क्या राजा को भी स्त्रियों की तरह दूसरों का दुख समझना चाहिए? क्या वह अपनी शेष प्रजा की भांति, अपने राज्य के पशुओं, पक्षियों और वृक्षों की सुरक्षा के प्रति उत्तरदायी नहीं थे? यदि वह उनकी रक्षा नहीं करेंगे तो कौन करेगा? परंतु मैंने यह सीख लिया था कि मुझे कुछ कहने से पहले समय और स्थान का ध्यान रखना है।

राम ने पास खड़े सैनिक को बुलाया और उससे कुछ कहा। मेरा अनुमान था कि सैनिक तत्काल दौड़ा और उसने राजकुमार का विचित्र आदेश अपने सेनापति तक पहुंचा दिया।

राम ने मुझे प्रणाम किया। 'मेरा दिल तुम्हारे साथ यहीं रुकने का है, लेकिन मुझे पिताजी के पास लौटना होगा।'

राम का घोड़ा अधीरता से हिनहिना रहा था। उसने निस्संदेह मेरे पति द्वारा पिता के पास लौटने की इच्छा को भाँप लिया था। मैं राम को देखकर मुस्कराई और मैंने उन्हें धन्यवाद दिया। राजधर्म, रक्षा-संबंधी बातों तथा नैतिक उपदेशों के लिए हमें बहुत-से अवसर मिलने वाले थे। आखिरकार, हम दोनों को अब शेष जीवन साथ ही रहना था।

मेरी पालकी जंगल के बीच से गुजर रही थी। वहां बहुत शांति थी। मुझे आस-पास की हरियाली देखने का मौका मिल गया। कहीं धूप तो कहीं वृक्षों की घनी छाया थी, कहीं रंग-बिरंगे फूल खिले थे। मुझे बहुत अच्छा लग रहा था। मेरा मन हुआ मैं पालकी से बाहर निकलकर उन्हें स्पर्श करूँ और उनकी सुगंध का आनंद लूँ। मैं नंगे पैर घास पर चलना, पक्षियों के घोंसले तथा लोमड़ी की गुफाएँ तलाशना तथा वहां की दुर्लभ व अनमोल औषधीय पौधों को देखना चाहती थी। परंतु राजकुमारियों, विशेषकर अयोध्या राजघराने में विवाह कर आईं राजकुमारियों को ऐसा करने की बिल्कुल अनुमति नहीं थी।

मेरे मन की खुशी के सामने यह कुछ नहीं था। मैं फिर से विवाह के बारे में सोचने लगी। प्रतिज्ञा पूरी कहने के बाद भी राम ने मेरा हाथ नहीं छोड़ा। पुरोहित शांति और समृद्धि की प्रार्थना कर रहे थे। मैंने चुपके से राम के चेहरे पर दृष्टि डाली। उनका चेहरा गंभीर था किंतु आंखों में मुस्कान थी। क्या वह कहना चाहते थे कि किसी बात को गंभीरता से लेने की आवश्यकता नहीं है? या यह लंबा उत्सव समाप्त हो जाएगा? या वह प्रत्याशा-भरी मुस्कान थी? क्या वह भी मेरी तरह हम

दोनों के शयनकक्ष में अकेले होने के विषय में सोच रहे थे। हमें अयोध्या पहुंचने तक प्रतीक्षा करनी थी। दशरथ के पुरोहितों को अयोध्या के उत्तराधिकारी के आगमन के लिए शुभ मुहूर्त भी निकालना था।

उत्सव समाप्त होने और बुजुर्गों के चले जाने के बाद सामान्य खेल और हँसी-मजाक होने लगे जैसे विवाह के मौके पर होते हैं। मेरे संग आई स्त्रियों ने राम को छेड़ना शुरू कर दिया। वे कहने लगी कि उनका रंग ज़्यादा साँवला है और मेरे गौर वर्ण से उसकी तुलना नहीं हो सकती। मैंने देखा राम का छोटे भाई लक्ष्मण तुरंत अपने भाई के बचाव के लिए आगे आ गया, परंतु राम ने पलटकर मजाक किया और कहा हम जब साथ सोएँगे तो मेरा कुछ गोरा रंग उन्हें भी मिल जाएगा। मुझे उनकी विनोदप्रियता सुनकर सुखद आश्चर्य हुआ। मुझे खुशी थी कि उन्हें पहेलियां पसंद थीं। उन्होंने मेरे बालों से खेलते हुए पूछा, वह कौन-सी वस्तु है, *जो तुम्हारे पास है तो तुम उसे दूसरों के साथ बांटना चाहती हो और यदि तुम उसे बांट देती हो तो वह तुम्हारे पास नहीं रहती?* उनके स्पर्श से मेरे भीतर प्रसन्नता की ज्वाला जल उठी। मुझे उनका स्पर्श अब तक महसूस हो रहा था। कहार मुझे अयोध्या लिए जा रहे थे। मैं आधी नींद में थी।

मुझे नींद में आया सपना आंशिक स्मृति और आंशिक दृश्यमय था। हम विवाह के बाद मिथिला से निकल चुके थे। संगीत और नृत्य के स्वर सुनाई पड़ रहे थे। मुझे अलविदा कहने आए नगरवासियों की आँखों से खुशी के आँसू बहने लगे। तभी एक जोरदार ताली की आवाज़ सुनाई दी। सब शांत हो गए। धूल का एक बड़ा-सा बादल तेज गति से हमारी ओर आ रहा था। उसने हमें कुछ क्षण के लिए मानो अँधा कर दिया। हमारी आँखें खुलीं तो सामने एक पुरुष खड़ा था। उसके लंबे घुंघराले केश सर्प की भांति झूल रहे थे और चेहरे पर क्रोधपूर्ण ज्वाला धधक रही थी। उसके बाएं हाथ में विशाल धनुष और दाहिने हाथ में फरसा था, जिसकी धार प्राचीन राज-परंपरा के रक्त में डूबी रहने के कारण जंग खा चुकी थी। मैं उस पुरुष को तुरंत पहचान गई। वह परशुराम थे, जो बहुत समय पहले हमें शिव का धनुष देकर गए थे। मेरा दिल घबराने लगा।

'शिव का धनुष तोड़ने का दुस्साहस किसने किया है?' उन्होंने चिल्लाकर पूछा। 'मैं उस धृष्ट को दंड देने आया हूँ। मैंने इक्कीस बार पृथ्वी से क्षत्रियों का संहार किया है। शायद एक बार फिर वही समय आ गया है।'

लक्ष्मण जो हमेशा की तरह राम के पास खड़ा था, क्रोधित होकर आगे आ गया। उसका हाथ तलवार की मूठ पर था। 'ऋषिवर, आपने जिस समय उन राजाओं

को मारा था, तब राम और लक्ष्मण का जन्म नहीं हुआ था। इस बार आपके लिए क्षत्रिय जाति का संहार करना सरल नहीं है!'

दशरथ घबराकर भागे और हाथ जोड़कर ऋषि से प्रार्थना करने लगे। 'लक्ष्मण की बात पर ध्यान मत दीजिए, महर्षि। यह गुस्सैल और कम आयु का है। इसे पता नहीं यह क्या बोल रहा है। कृपया राम को क्षमा कर दीजिए। मुझे नहीं पता यह धनुष कैसे टूटा। यह एक दुर्घटना थी। राम उसे तोड़ना नहीं चाहते थे। इसके बदले, आप जो कहेंगे, मैं करने को तैयार हूँ।'

दशरथ के शब्दों का परशुराम पर प्रभाव नहीं हुआ। उन्होंने तत्काल अपना फरसा निकाला और उसे हवा में लहराते हुए राम के सिर पर मारने को तैयार हो गए।

अचानक मैं राम के सामने आकर खड़ी हो गई। यह कोई साहस का काम नहीं था। मुझे स्वयं पता नहीं था कि मैं ऐसा कर सकूंगी। मेरे भीतर आवेग कहां से पैदा हुआ? यह निश्चित रूप से चेतन मन का काम नहीं था। मैं समझ गई मुझसे मूर्खता हो गई थी। मेरे पास क्रोधित ऋषि को शांत करने का कोई तरीका नहीं था। वह चाहते तो एक ही वार में हम दोनों को मार सकते थे। फिर मन के एक कोने से आवाज आई, कोई बात नहीं। *यदि ऐसा हुआ भी तो राम के बाद अकेले जीवन काटने से तो यही बेहतर होगा!*

संपूर्ण सभा में मौन छा गया। सहसा परशुराम संभल गए और बोले, 'नन्ही सीता!' उन्हें आश्चर्य हो रहा था। वह मुझे देखने लगे। उन्होंने फरसाधारी हाथ नीचे कर लिया। 'क्या तुम वही लड़की हो जिसके लिए शिव ने यह धनुष पृथ्वी पर भेजा था? क्या तुम वही हो?'

राम ने मुझे धीरे-से एक ओर किया और ऋषि से बात करने के लिए आगे आ गए। उन्होंने आदरपूर्वक कहा, 'धनुष इसलिए टूट गया, क्योंकि इसका कार्य संपन्न हो गया है। इसके साथ आपका भी कार्य पूर्ण हो गया है। अब आप चाहें तो तपस्या के लिए लौट सकते हैं। यही आपका कर्तव्य है।'

परशुराम के चेहरे पर पल-भर के लिए विचित्र भाव छा गए। वह फिर से क्रोधित हो उठे। उन्होंने अपना धनुष उठाया और कहा, 'अब तुम मुझे बताओगे कि मुझे क्या करना है? देखते है कि क्या तुम इस धनुष पर प्रत्यंचा चढ़ा पाते हो। यह शिव के धनुष का ही दूसरा रूप है। यह विष्णु का धनुष है और यह मेरे पिता ने मुझे दिया था। यदि तुमने इस पर प्रत्यंचा चढ़ा दी तो मैं तुम्हें क्षमा कर दूंगा। यदि ऐसा नहीं हुआ...' यह कहकर उन्होंने अपना फरसा ज़ोर से घुमाया।

'ऋषिवर, मुझे बाण भी तो दीजिए,' राम ने टोका। परशुराम ने धनुष और बाण राम को सौंप दिए। राम, उस धनुष को देखकर मुस्कराए। उनकी मुस्कान में

भी परिचय का भाव था। इसके बाद राम के हाथ इतनी तेज गति से चले कि मैं देख नहीं सकी। उन्होंने तुरंत धनुष पर प्रत्यंचा चढ़ाई उस पर बाण साधकर ऋषि पर ही तान दिया। राम ने कहा, 'विष्णु के धनुष को एक बार खींचकर खाली नहीं छोड़ सकते। हे परशुराम, अब बताइए कि मैं यह बाण कहां चलाऊँ?'

परशुराम चकित रह गए। उन्हें अपना नाम पुकारा जाना बहुत परिचित लग रहा था। वह अचानक राम के सामने घुटनों पर बैठ गए और बोले, 'मैंने आपको पहचान लिया है। आप मेरे स्वामी हैं और साथ में आपकी अर्धांगिनी हैं। आप इस बाण का प्रयोग करके मुझसे मेरी समस्त शक्तियां ले लीजिए, क्योंकि आपको उनकी अधिक आवश्यकता पड़ेगी।' फिर मुझे लगा, हो सकता है यह मेरी कल्पना हो, क्योंकि किसी ने इस बात का बाद में उल्लेख नहीं किया कि एक प्रकाश-पुंज परशुराम के वक्ष-स्थल से निकला और राम के शरीर में समा गया था।

मेरी नींद खुली तो मुझे हाथ पर अपरिचित स्पर्श महसूस हुआ। कोई मुझसे क्षमा मांग रहा था। मैं हड़बड़ाकर उठ बैठी। मैंने देखा वह मेरी नई दासी थी। उसने अपने कौशलाई अंदाज में, जिसे समझने में मुझे कठिनाई हुई, बताया कि हम अयोध्या पहुंचने वाले हैं। 'मुझे हाथ मुंह धोने हैं,' मैंने कहा। हम कुछ देर आराम करने के लिए रुके। मैं पालकी से नीचे उतरी। मेरे हाथ-पैर अकड़ गए थे। मैंने साड़ी ठीक की और सुगंधित जल से मुंह धोया, माथे पर सिंदूर लगाया और स्वयं को यथासंभव तैयार किया। मैं स्वयं को अच्छे ढंग से सबके सामने प्रस्तुत करना चाहती थी।

'देखो!' वह दासी बोली।

हम एक छोटी पहाड़ी पर पहुंच गए थे। सामने जहां तक नज़र जाती थी, एक विशाल नगर फैला हुआ था। अयोध्या, मेरा नया घर! मुझे नहीं पता था मैं उससे मिथिला की तरह प्रेम कर सकूंगी। हमारा जन्म-स्थान और भूमि अलग महत्व रखते है, क्योंकि वहाँ हमसे कोई प्रश्न नहीं पूछता और किसी तरह की अपेक्षा नहीं की जाती। मैं अपना दायित्व निभाने के प्रति कृतसंकल्प थी।

दायित्व! यह शब्द सोचकर मुझे हँसी आ गई। राम के विचार मुझे अभी से प्रभावित करने लगे थे।

मैंने देखा शहर में चारों ओर छोटे-छोटे प्रकाश बिंदु चमक रहे थे।

'नगरवासियों ने आपके स्वागत में दिए जलाए हैं,' दासी ने बताया।

संध्या के अंधकार में प्रकाश-बिंदु ऐसे चमक रहे थे मानो ब्रह्मांड का कोई शिकारी अपने जाल में चांद-सितारे पकड़कर मेरे स्वागत के लिए धरती पर आया

हो। दूर कहीं बज रही बाँसुरी की धुन से मनोरम दृश्य का जादू गहरा रहा था। मुझे यह दृश्य सदा याद रहेगा। तभी मुझे उस स्थान से एक शक्तिशाली संबंध महसूस हुआ। दायित्व भी तो एक प्रकार का प्रेम होता है!

मैं तुम्हें एक अच्छी राजकुमारी बनकर दिखाऊंगी,' मैंने मन में अयोध्या से वादा किया, 'जब सही समय आएगा तो अच्छी रानी भी बनूंगी। मैं तुम्हारी रक्षा करूंगी और तुम्हें समृद्ध बनाऊंगी। यदि आवश्यकता पड़ी तो मैं तुम्हारे लिए अपना जीवन और अपनी प्रसन्नता बलिदान कर दूंगी!'

हवा का एक झोंका मेरे निकट उठा। मुझे ठंड लग रही थी। मैं कांपने लगी। *बलिदान, बलिदान,* घाटी के वृक्षों में मानो मेरा वचन गूँज रहा था।

# 7

मैं पालकी से महल के सामने उतरी। वह एक चट्टान को काटकर बनाया गया विशाल ढांचा था, जो रात्रि के अंधकार में अत्यंत भव्य दिख रहा था। थकान के बावजूद मैं अपने नए परिवार से मिलने को इच्छुक थी। राम ने मेरा हाथ पकड़ा और मुझे आगे लेकर चल पड़े। मैं उनके साथ उत्सुकता से चल रही थी। मुझे थोड़ी घबराहट थी, लेकिन मैं उन्हें प्रसन्न रखने के लिए सबकुछ करने को तैयार थी। मुझे नहीं पता था कि मैं महल की राजनीति के चक्रवात में फँसने वाली थी।

दशरथ की तीनों रानियाँ कौशल्या, कैकेयी और सुमित्रा पंक्ति में महल के द्वार के सामने अपनी नई पुत्र-वधुओं के स्वागत के लिए एक-दूसरे के साथ स्नेह की मूर्ति बनी खड़ी थीं। मुझे आश्चर्य हुआ कि मेरी माँ को तीनों रानियों के बीच की प्रतिस्पर्धा पर गलत सूचना तो नहीं मिली थी।

मेरे पास अधिक सोचने का समय नहीं था, क्योंकि राम मेरा परिचय अपनी माताओं से करवा रहे थे। मैंने देखा कौशल्या बाकी दोनों रानियों से अधिक वृद्ध थीं, उनके चेहरे पर झुर्रियाँ थीं और आंखों के नीचे काले घेरे थे, किंतु उनकी मुस्कान वास्तविक थी। उन्होंने मेरे माथे पर सिंदूर लगाया और मेरे हाथ थाम लिए।

प्रत्येक रानी के पीछे दासियों की लंबी पंक्ति थी, जो नई पुत्रवधू के लिए उपहार लेकर खड़ी थीं। एक पंक्ति, अन्य दो से अधिक लंबी थी। उस पंक्ति के आगे खड़ी रानी प्रभावशाली व्यक्तित्व वाली स्त्री थी। उसने बहुत सुंदर लाल साड़ी पहनी थी और वह भरत का स्वागत कर रही थी। मैंने अनुमान लगाया कि वह कैकेयी होगी। मैंने ध्यान से उनके चेहरे की ओर देखा जो आभूषण और चमकदार वस्त्र से ढँका था। मैं देखना चाहती थी कि सुमित्रा ने उर्मिला का स्वागत कैसे किया, परंतु मैं देख नहीं सकी।

दशरथ, विवाह पर जिस तरह के उपहार लाए थे, उनके बाद इन उपहारों को देखकर मुझे समझ में आ गया कि इनका प्रबंध रानियों ने अपने-अपने राजकोष से किया था। प्रत्येक उपहार को देखकर पता लगता था कि कौन-सी रानी कितनी समृद्ध और प्रभावशाली है। स्पष्ट था कि कैकेयी, बाकी दोनों रानियों से कहीं आगे थी।

कौशल्या द्वारा मुझे दिए उपहार नए नहीं थे, परंतु वे सुंदर दिख रहे थे। मेरी सास ने क्षमा माँगते हुए यह बात स्वयं स्वीकार की।

'मेरी माँ ने यह उपहार मुझे मेरे विवाह पर दिए थे। मैंने इन्हें यही सोचकर सँभाल रखा था कि मैं इन्हें अपनी पुत्रवधू को दूंगी। मैं भी तुम्हारे विषय में ऐसा ही सोचती हूँ। मुझे आशा है यह उपहार तुम्हें पसंद आएंगे।'

मुझे उन उपहारों को देखकर निराशा हुई, क्योंकि वे मेरी रुचि के अनुकूल नहीं थे। मुझे अपनी माता सुनैना की तरह सादे और साधारण आभूषण पसंद थे, लेकिन कौशल्या के दिए आभूषण बहुत भारी थे और लंबे समय तक अंधेरे संदूक में बंद रहने से उनकी चमक फीकी पड़ गई थी। सोने की जरी वाली मोटी साड़ियां उन दिनों चलन में नहीं थीं। चांदी के छल्ले और पर्दे भी फीके लग रहे थे तथा कांच के बर्तन और थालियां बहुत बड़े और अटपटे थे।

दूसरी ओर कैकेयी, मांडवी को मूल्यवान उपहार दे रही थी। उन्होंने नई रंगीन साड़ियां भेंट की। मैंने वैसी साड़ियाँ पहले नहीं देखी थीं। उनके दिए आभूषणों पर जबरदस्त कारीगरी थी, उनमें हाथीदांत और मोतियों से बने बक्से थे, इत्र वाले कंघे और सोने की कशीदाकारी वाले आईने भी थे। कैकेयी ने मांडवी को एक बड़ा बैंगनी तोता भी भेंट किया। मैंने वैसा तोता कभी नहीं देखा था। उसे सिर झुकाकर सुप्रभात कहने का प्रशिक्षण दिया गया था। उसे सुनकर मेरी सास हँसने लगी। उसकी हँसी में सुख और निराशा दोनों थे।

कौशल्या के कंधे झुके थे और वह कमजोर लग रही थी। उसे शायद डर था कि मुझे उपहार पुराने होने के कारण पसंद नहीं आएंगे और इससे हमारे संबंधों पर बुरा असर पड़ेगा।

मैंने आगे बढ़कर कौशल्या को गले लगा लिया। फिर मैंने आवश्यकता से अधिक ऊंचे स्वर में कहा, 'कौशल्या मां, मुझे यह सब उपहार बहुत पसंद हैं। नई वस्तुएं तो कोई भी खरीद सकता है परंतु पीढ़ी-दर-पीढ़ी दिए जाने वाले उपहारों में वृद्धजनों का आशीर्वाद होता है। मुझे विश्वास है आपकी साड़ियां मेरे लिए भाग्यशाली सिद्ध होंगी। मैं अगले राज-समारोह पर उन्हीं में से एक पहनूंगी। यदि आपको कोई साड़ी पसंद हो तो मैं वही साड़ी पहन सकती हूँ।'

'यह तो बहुत अच्छी बात है,' कौशल्या ने कहा। उनका चेहरा खुशी से भर उठा और आंखों से आंसू बहने लगे। वह एक कदम आगे आई और मुझे मेरे कक्ष

तक ले गई। उन्होंने राम और मेरे लिए आयोजित एक प्रार्थना-सभा के बारे में बताया और कहा कि तोतई रंग के किनारे वाली लाल रेशमी साड़ी उस अवसर के लिए उपयुक्त रहेगी।

राम ने मुझे मुस्कराकर देखा। उनकी मुस्कान में इतना प्रेम था कि मुझे लगा मैं चाँदनी की किरणों पर चल रही हूँ। परंतु मुझे अपने पीछे कैकेयी की कठोर दृष्टि का आभास भी हो रहा था।

मैं पहले ही अवसर पर अपनी माँ की चेतावनी का पालन करने से चूक गई थी - *विनम्र रहना और सबके प्रति आदर का भाव रखना। किसी का पक्ष मत लेना।*

अगले कुछ दिनों तक दरबार में उत्सव और प्रार्थना-सभाएं चलती रहीं। असंख्य अतिथि आते-जाते रहे। लगभग सभी पड़ोसी राजा मिलने आए। वे सब राजा दशरथ की नई पुत्र-वधुओं को देखना चाहते थे, जिन्हें विवाह करके सहसा घर लाया गया था। शिव के विशाल धनुष के टूटने की कथा चारों ओर फैल चुकी थी। मुझे उनमें विशेष रुचि थी। उन राजाओं के आदरपूर्ण व्यवहार और उनके लाए महंगे उपहारों को देखकर मैं समझ गई कि कौशल राज्य मेरी अपेक्षा से अधिक महत्वपूर्ण और प्रभावशाली था। मुझे थोड़ा डर लग रहा था, क्योंकि ज्येष्ठ पुत्र होने के नाते राम को एक दिन उस विशाल राज्य पर शासन करना था। और मुझे उन्हें महान राजा बनने में सहयोग देना था।

मैंने हर समारोह पर कौशल्या की पसंद के वस्त्र पहनने के लिए हामी भर दी। मैं उनके दिए उपहार पहनती तो उन्हें बहुत प्रसन्नता होती थी। उनकी खुश देखकर मुझे अच्छा लगता था। मैंने इस बात पर ध्यान ही नहीं किया कि मेरे कपड़े और आभूषण उस समय चलन में नहीं थे।

'लेकिन दीदी,' उर्मिला ने विरोध किया, 'हमारी माँ ने हमारे लिए जो कपड़े चुने थे, वे इनसे कहीं ज़्यादा सुंदर हैं। कौशल्या मां, हालांकि अच्छी हैं परंतु उन्हें तो ठीक से साड़ी पहनानी भी नहीं आती। मुझे क्षमा करना, लेकिन यह हरी साड़ी पहनकर ऐसा लगता है किसी करेले को कसकर कपड़े में लपेट दिया गया है।' वह स्वयं सुंदर हल्की गुलाबी साड़ी और सोने की कशीदाकारी वाले वस्त्र पहनकर घूम रही थी। उसका सौंदर्य ऐसे निखर रहा था कि लक्ष्मण, उस पर से दृष्टि नहीं हटा पा रहा था।

वस्तुओं का चलन उर्मिला के लिए अधिक जरूरी था। मेरे लिए उसका महत्व अधिक नहीं था। मेरे पास अपनी माँ की दी साड़ियां पहनने का बहुत समय था।

चाहे जो हो, राम की दृष्टि मुझ पर ही थी। उनसे मुझे जो प्रशंसा मिल रही थी, उसका महत्व, सुंदर वस्त्रों से मिलने वाली प्रशंसा से कहीं अधिक था।

राम और मैं, समारोह समाप्त होने की प्रतीक्षा कर रहे थे, क्योंकि हमें अपने विवाह को अगले मोड़ तक ले जाना था। हम दोनों में से किसी को संभोग के विषय में जानकारी नहीं थी। हमें सबकुछ स्वयं ही समझना था। हमारी अज्ञानता के बावज़ूद हमने सब अच्छी तरह किया। हम दोनों के लिए पहला अवसर होने के कारण यह विशेष अनुभव था। यह मुझे जीवन-भर याद रहेगा। राम ने मुझे बताया उन्हें क्या पसंद है और फिर उन्होंने मुझसे मेरी पसंद पूछी। मुझे शुरू में शर्म आई, किंतु धीरे-धीरे मैंने उनके प्रश्नों का उत्तर दे दिया। हम दोनों के लिए रात का समय रोमांचक और हर्षित करने वाला होता था। यह समय, वह गुप्त उपहार था जिसकी मैं दिनभर प्रतीक्षा करती थी। दिन के समय हमारे अलग-अलग दायित्व थे। राम को राज्य के उत्तराधिकारी के और मुझे नयी वधू के दायित्व निभाने होते थे। राम, काफी समय अपने पिता के साथ बिताते और कोशल राज्य को समृद्धशाली बनाने पर चर्चा करते थे। फिर रात का भोजन भी राम, दशरथ के ही कक्ष में करते थे।

हां, मेरे ससुर राजा दशरथ का कक्ष अलग था। वहाँ किसी को बिना निमंत्रण जाने की अनुमति नहीं थी। मुझे संदेह था कि उनकी पत्नियां उन्हें जब अधिक परेशान करतीं तो वह उस कक्ष में चले जाते थे।

दशरथ को हर काम का ठीक से किया जाना पसंद था। उन्हें कार्यों में विविधता भी अच्छी लगती थी। इसलिए रसोइये उनके लिए सोने की थालियों में नाना प्रकार के पकवान बनाते थे। प्रतिदिन उनके लिए अलग तरह का भोजन बनता था। राम ने रसोइयों को मेरी पसंद का भोजन बनाने को कह दिया था। थाल भरकर सुगंधित चावल, ऊपर से घी, उसके चारों तरफ तरह-तरह की सब्जियां और हिरण, बकरी या शूकर का माँस भी पकाया जाता था। भारतवर्ष के विभिन्न प्रांतों की मिठाइयां बनतीं, जिनमें लड्डू, खीर और दूध से बने संदेश प्रमुख थे। राजा दशरथ को मिठाई पसंद थी। राम अल्पाहारी थे और उन्हें भोजन के अंत में दही खाना पसंद था। दशरथ पेट-भरकर भोजन करते थे। यदि वह पेट-भर नहीं खाते तो कोशल जैसे विशाल और समृद्धशाली राज्य पर शासन करने की शक्ति कहां से आती? उनका राज्य चारों ओर से लालची राजाओं से घिरा था जो हमेशा उनके राज्य का टुकड़ा छीनने की फिराक में रहते थे।

मुझे राम के व्यस्त रहने से परेशानी नहीं थी। वह रात को मेरे साथ ही सोते थे और यह स्थिति सदा ऐसे ही रहने वाली थी, क्योंकि वह एक पत्नी-व्रत ले चुके

थे। अयोध्या में राजा दशरथ के उलझे हुए वैवाहिक संबंधों को देखकर मुझे राम की प्रतिज्ञा का महत्व समझ में आया था।

अब मुझे शारीरिक सुख से अधिक बाद का समय अच्छा लगता था। मैं और राम एक-दूसरे के साथ एक तकिए पर सिर रखकर बातें किया करते तो रात्रि का अंधकार, निजता के उन क्षणों को और भी विशिष्ट बना देता था। मैं उस समय राम से ऐसी कई बातें कह देती थी जो मेरे लिए अन्यथा कहना कठिन था। उन्हें भी शायद यही लगता था। वह मुझे अपने उन दुख और आशंकाओं के विषय में बताते जिस बारे में दिन के समय उनके शांत स्वभाव के चलते अनुमान लगाना कठिन था।

मैंने राम को बताया कि मैं अपने असली माता-पिता के विषय में सोचती थी कि उन्होंने मुझे क्यों त्याग दिया होगा। मैं उन्हें खोजना चाहती थी। यह सोचकर मुझे ग्लानि होती थी, क्योंकि राजा जनक और रानी सुनैना ने मुझे बहुत प्यार से बड़ा किया था। राम मुझे अपनी आशंकाएं बताते थे। वह सोचते थे कि समय आने पर क्या वह कोशल राज्य का भार उठा पाएंगे। क्या उनमें अच्छा और सदाचारी राजा बनने का सामर्थ्य है?

'*अच्छे राजा* से आपका क्या तात्पर्य है?' मैंने पूछा।

'वह राजा जो बलपूर्वक नहीं, अपितु उदाहरण बनकर शासन करता हो,' राम ने उत्तर दिया। उनका स्वर गंभीर हो गया। वह औपचारिकता से बात कर रहे थे। 'जो अपने हृदय के भाव के विपरीत जाकर भी नियमों का पालन करता हो। राजा पर कोई दोष नहीं लगना चाहिए अन्यथा वह दूसरे के विषय में निर्णय कैसे देगा। हमारे ग्रंथ कहते हैं कि केवल ऐसा राजा ही अपने राज्य का कल्याण कर सकता है।'

मैंने राम से कहा कि अच्छे राजा की यह अवधारणा, आवश्यकता से ज़्यादा आदर्शवादी है, लेकिन यह सचमुच प्रशंसनीय है। मैंने उनसे यह नहीं कहा कि उनकी बातों से मेरे भीतर अशांति का काँटा चुभने लगा था।

एक रात को राम ने मुझे अपनी माँ की दुखद कहानी सुनाई।

'कोशल नरेश की एकमात्र कन्या कौशल्या का दशरथ से हर्षपूर्वक विवाह किया गया था। यद्यपि कौशल्या बहुत सुंदर नहीं थी, किंतु उससे विवाह करना दशरथ के लिए लाभकारी सिद्ध हुआ, क्योंकि दशरथ को दहेज में कोशल का आधा राज्य मिल गया। इसके अतिरिक्त कौशल्या के पिता ने दशरथ को वचन दिया कि उनकी मृत्यु के बाद उनका दामाद पूरे देश पर राज करेगा। दशरथ देखने में आकर्षक और शक्तिशाली थे। कौशल्या सीधी-सादी थी जिसे दशरथ से प्रेम हो गया था। उसे रानी

बनकर अच्छा लगता था और वह दशरथ के साथ प्रत्येक राज्योत्सव में भाग लेती थी। दशरथ भी कौशल्या का आदर करते थे।

'वह किसी दृष्टि से आदर्श विवाह नहीं था,' राम ने दुखी स्वर में कहा, 'मेरे पिता की दृष्टि अन्य स्त्रियों पर रहती थी। उनमें से बहुत-सी उनके अंतःपुर में रहने लगीं। यह मेरी माँ के लिए कष्ट का समय था, परंतु उन्हें सिखाया गया था कि रानियों को इस व्यवहार को चुपचाप स्वीकार कर लेना चाहिए। उन्होंने ऐसा ही किया। माँ को केवल यह लाभ था कि वह जन्म और प्रभुत्व के मामले में शेष स्त्रियों से बेहतर थीं। मेरे पिता, उन स्त्रियों के साथ रात बिताते थे, परंतु लौटकर फिर माँ के पास आ जाते थे। उन्हें मेरी माँ पसंद थी और उनसे बात करना अच्छा लगता था। यद्यपि माँ को राज्य व शासन संबंधी बातों की अधिक समझ नहीं थी, किंतु वह दशरथ की छोटी-छोटी उपलब्धियों से हर्षित होती थी। दशरथ को उनकी यह बात पसंद आती थी। वह मेरी माँ को अपने कपड़े ठीक करने अपने मनपसंद पकवान बनाने आदि का काम करने देते थे और इससे कौशल्या को संतुष्टि मिलती थी।

'विवाह के कुछ वर्ष बाद कौशल्या ने शांता नाम की एक कन्या को जन्म दिया। दशरथ ने उस कन्या को अपने एक मित्र राजा रोमपाद को उपहार-स्वरूप भेंट कर दिया, क्योंकि वह अपने मित्र को वचन दे चुके थे। कौशल्या को यह बात अच्छी नहीं लगी। परंतु वह खुश थी कि उनके द्वारा राज्य को पुत्र के रूप में उत्तराधिकारी मिल जाएगा। दुर्भाग्य से, शांता के बाद उनकी कोई संतान नहीं हुई। राजा दशरथ अपने लिए दूसरी पत्नी तलाश करने लगे। उन्हें शक्तिशाली कैकेय राज्य के साथ संबंध स्थापित करते ही पत्नी के रूप में कैकेयी प्राप्त हो गई। कौशल्या ने उसे भी स्वीकार कर लिया। राज परिवारों में ऐसे विवाह रणनीति के अंतर्गत किए जाते हैं। वैसे भी राज्य को एक राजकुमार की आवश्यकता थी।

'परंतु कौशल्या के दिल में इस बात कर दुख था,' राम ने कहा, कि मेरे पिता कैकेयी की बुद्धि और उसके साहस के कारण पूरी तरह उसके प्रेम में पड़ गए थे। उनका अधिकतर समय अपनी नई पत्नी के साथ बीतने लगा। कैकेयी युद्ध-कला में भी निपुण थी। अगली बार जब युद्ध हुआ तो उसने दशरथ का सारथी बनने का हठ पकड़ लिया। उसने राजा के रथ का संचालन किया और दशरथ युद्ध में विजयी हुए। इससे कैकेयी की स्थिति और मजबूत हो गई। कैकेयी ने बाद में हुए युद्ध में भी दशरथ के रथ का संचालन किया और दो बार उनके प्राणों की रक्षा की। दशरथ पूरी तरह कैकेयी के ऋणी हो चुके थे। उन्होंने अपने महल का श्रेष्ठ हिस्सा कैकेयी को दे दिया और हर मामले में उससे परामर्श लेने लगे। दरबार के कुछ घंटों को छोड़कर, दशरथ पूरा समय कैकेयी के साथ रहते थे।

'पद से च्युत और लगभग भुला दी गई मेरी माँ कौशल्या को लगने लगा कि उनका जीवन समाप्त हो गया। नौकर भी कौशल्या के शक्तिहीन होने की बात भाँप गए थे, इसलिए वे भी कौशल्या की उपेक्षा करने लगे।'

'कैकेयी भी दशरथ को उत्तराधिकारी नहीं दे सकी?' मैंने पूछा।

'नहीं! इसलिए पिताजी ने तीसरा विवाह किया और वे काशी की राजकुमारी सुमित्रा को घर ले आए। परंतु किसी तरह कैकेयी ने दशरथ के महल में अपना वर्चस्व बनाए रखा।'

'समस्या, राजा के साथ थी, परंतु इसकी कीमत रानियों को चुकानी पड़ी,' मैंने ऐसा कहते-कहते किसी तरह अपने शब्दों को रोक लिया। राम पर क्रोधित होने से क्या लाभ था?

'आखिरकार दशरथ ने निराश होकर विख्यात मुनि ऋष्यश्रृंग को पुत्रकामेष्टि यज्ञ के लिए तैयार किया। उस यज्ञ की अग्नि से एक तेजस्वी व्यक्तित्व प्रकट हुआ। उसके हाथ में खीर से भरा बर्तन था। उसने कहा कि वह खीर खाने से रानी गर्भवती हो जाएगी।'

'महारानी होने के नाते मेरी मां, पिताजी के साथ यज्ञ में बैठी थी। उन्होंने वह खीर प्राप्त की। परंतु उनकी खुशी क्षणभंगुर थी। मेरे पिता ने कौशल्या को खीर, कैकेयी के साथ भी बाँटने को कहा। मेरी माँ उनका अनादर नहीं कर सकी। उन्होंने सुगित्रा को भी थोड़ी खीर दे दी। इस तरह हम चार भाइयों का जन्म हुआ।'

'आपके जन्म से आपकी माँ को अवश्य राहत मिली होगी,' मैंने खुश होकर कहा।

'दुर्भाग्य से ऐसा नहीं हुआ।' मैं अंधकार में भी राम के स्वर में दुख की गूंज सुन रही थी। 'मेरी माँ ने सोचा था कि मैं ज्येष्ठ पुत्र था, इस नाते उनकी इच्छाएँ पूरी हो जाएँगी। उन्हें अपने पति से प्रेम की इच्छा थी। परंतु ऐसा नहीं हुआ। पिताजी ने माँ को मंहगे उपहार तो दिए लेकिन वह लौटकर फिर कैकेयी के पास चले गए। भरत के जन्म के बाद कैकेयी का प्रभाव और बढ़ गया।'

परंतु राम सदा से दशरथ के मनपसंद पुत्र थे। यह कौशल्या के लिए दुधारी तलवार सिद्ध हुई। कौशल्या को खुशी थी कि दशरथ अन्य पुत्रों की तुलना में राम से अधिक प्रेम करते थे। कैकेयी और सुमित्रा के पुत्र तैयार होकर पिता को प्रणाम करने आते तो दशरथ उनसे ज़्यादा बात नहीं करते थे। परंतु उन्हें बालक राम की अनर्गल बातें घंटों तक सुनने में मजा आता था। इसका अर्थ यह था कि दशरथ हमेशा राम को अपने निकट रखना चाहते थे। कौशल्या को राम का सान्निध्य केवल नहलाने, भोजन कराने और लोरी गाते समय मिलता था। उनका मातृ-हृदय सदा अपने पुत्र के प्रेम के लिए भूखा रहा। परंतु उन्हें इस बात का संतोष था कि राम

सोते समय कौशल्या के पास रहते थे। कई बार कौशल्या रातभर जागकर राम को केवल सोते देखती रहती थी।

धीरे-धीरे परिस्थितियां बिगड़ती गईं।

'मैं थोड़ा और बड़ा हुआ तो मेरे पिता ने आदेश दिया कि मुझे उनके साथ महल में रहना होगा। उन्होंने मेरी अच्छी देखभाल की। कई बार रात को मेरी नींद खुलती तो मैं देखता कि वह मुझ पर रजाई डाल रहे हैं या बुरे सपने से मेरी नींद टूट जाने पर मुझे थपकी देकर सुला रहे हैं। मैं उनका बहुत आदर करता था, क्योंकि वह मेरे पिता ही नहीं, बल्कि राजा भी थे। परंतु मैं उनसे यह नहीं कह सका कि मुझे माँ की याद आती है।

कुछ समय बाद दशरथ ने राम को अपने साथ दरबार में ले जाना आरंभ कर दिया। मैं कल्पना करने लगी किस तरह शांत और गंभीर स्वभाव वाले राम, दरबार में कानून और व्यवस्था से संबंधित विषयों पर विचार-विमर्श तथा युद्ध से संबंधित नीतिगत बैठकों में हिस्सा लेते होंगे, कैसे उन्होंने राज्य के संचालन-संबंधी लंबी परिचर्चाएँ सुनी होंगी। यह समस्त ज्ञान, आत्मसात करके वह बालक राम से राजकुमार राम बन गए।

मुझे राज्य की सीमा पर स्थित वनों से नरभक्षी राक्षस प्रजातियों की शिकायतें परेशान करती थीं। हमारे लोग डरते थे। राम ने कहा, 'मुझे याद है कि मेरे पिता ने कहा कि मैं उन राक्षसों को सदा के लिए यहां से भगा दूंगा। किंतु मैंने उन्हें भगाया नहीं, बल्कि मार डाला। मुझे याद है मेरे पिता को मुझ पर गर्व हुआ था।'

'आपने विश्वामित्र के आश्रम में अनुष्ठानों और योगियों का विध्वंस करने वाले राक्षसों से मुक्ति दिलाकर अपना वचन पूरा किया है।'

'हां, मैंने पहले उन्हें यहां से भगाने का प्रयास किया था। परंतु ताड़का और उसके साथी मूर्खतापूर्वक साहस दिखाते थे। उन्होंने यह स्थान छोड़कर जाने से मना कर दिया था। उन्होंने लक्ष्मण और मुझ पर आक्रमण किया इसलिए मुझे विवश होकर उन्हें मारना पड़ा,' राम ने कहा। 'मुझे यद्यपि इससे सुख नहीं मिला।'

एक पल के लिए हम दोनों उनकी बात पर विचार करने लगे। मुझे यह सुनकर अच्छा लगा कि राम को राक्षसों पर मिली विजय से प्रसन्नता नहीं थी। इसके बाद उन्होंने आगे की कहानी सुनाई।

'बाद में मुझे शिक्षा के लिए वसिष्ठ मुनि के आश्रम भेज दिया गया और इस कारण मैं अपनी माँ से और दूर हो गया। मुझे घर आने का समय बहुत कम मिलता था। और जब मैं घर आता तो मुझे दरबारियों के साथ सभा में हो रही बातचीत सुननी पड़ती थी, अपने पिता के साथ बैठकर राज्य से संबंधित मामलों पर परामर्श देना पड़ता था। मैं अयोध्या में होने वाले उत्सव आदि में भाग लेता था और प्रसन्न

नागरिकों पर सिक्के उछालता था। और हां, मुझे अपने पिता राजा दशरथ के साथ भी काफी समय बिताना पड़ता था, क्योंकि वह चाहते थे कि मैं उनके साथ भोजन करूं और उनके साथ सो जाऊँ। मुझे जब मौका मिलता तो मैं माँ के पास पहुंच जाता था। वह मेरा मनपसंद खाना बनाती थी। परंतु यह समय जल्दी निकल जाता और मुझे फिर आश्रम लौटना पड़ता था। माँ ने कभी शिकायत नहीं की। परंतु मुझे उनके दुख का पता था।'

राम ने एक गहरी सांस ली और कहा, 'कुछ लोग दुर्भाग्य लेकर पैदा होते हैं। उनके पास बाहरी जीवन में सब कुछ होता है किंतु उनके भीतर अकेलापन रहता है। मेरी माँ उनमें से एक है। मैं तुम्हें यह सुनने के लिए धन्यवाद देता हूँ। मैंने कभी यह बातें किसी से, यहां तक कि लक्ष्मण से भी, नहीं कीं।'

मुझे राम द्वारा अपने ऊपर किए विश्वास से अच्छा लगा। परंतु मैं उस कथा को छोड़ना नहीं चाहती थी। 'अब आप बड़े हो गए हैं। क्या आप माँ के लिए कुछ नहीं कर सकते?'

'मैंने एक पत्नी का व्रत तुमसे ज़्यादा, अपनी माँ के लिए लिया था। मैं उन्हें बताना चाहता था कि मुझे उनके दुख का एहसास है और मैं किसी अन्य स्त्री को ऐसी पीड़ा नहीं दूंगा। मैं आशा करता हूँ उन्होंने यह बात समझ ली होगी। इसके अतिरिक्त अपने पिता के विरुद्ध जाने के लिए मैं और क्या कर सकता था!' यह कहकर राम ने सिर हिलाया। 'पुरानी बातें बहुत हो गईं। देर हो गई है। हमें आराम करना चाहिए।'

उन्होंने मेरे कंधे पर सिर रखा और उन्हें तुरंत नींद आ गई। राम कभी ऐसी बातों में समय व्यर्थ नहीं करते थे, जिन्हें वह बदल नहीं सकते थे। परंतु मैं उन्हें बहुत देर पकड़कर लेटी रही। मुझे नींद नहीं आई। मुझे उनकी साँस की आवाज आ रही थी। मैं नियति के सामने बिना लड़े समर्पण नहीं करना चाहती थी। कौशल्या ने मुझे अयोध्या में सुविधाजनक निवास देने के लिए बहुत कुछ किया था। इसके बदले मैं उनका जीवन बेहतर बनाने के लिए कृतसंकल्प थी।

# 8

मेरी योजना बहुत सरल थी। मुझे केवल राम का समर्थन चाहिए था। उन्होंने दशरथ से कहा कि नवविवाहित होने के कारण मैं अपने पति के साथ अपने कक्ष में शाम का भोजन करना चाहती हूं। मुझे घर में अकेलापन महसूस होता है इसलिए मुझे राम के साथ की जरूरत है। राजा दशरथ को यह बात पसंद नहीं आई होगी, परंतु वह कुछ कह नहीं सके, विशेषकर इसलिए कि यह बात उनके मनपसंद पुत्र ने कही थी।

'पिताजी, सीता को अच्छा लगेगा यदि आप भी हमारे साथ भोजन करें,' राम ने कहा। 'वह आपकी बहुत प्रशंसा करती है और आपके ज्ञानपूर्ण वचन सुनने को सदा उत्सुक रहती है। वह आपके लिए अपने हाथ से भोजन पकाना चाहती है।'

शुरू में राजा दशरथ को संकोच हुआ। फिर उन्होंने कहा कि उनका पेट खराब रहता है, इसलिए केवल उनके मुख्य रसोइये को ही उनके भोजन के बारे में पता है। परंतु जब मैंने कहा कि मैं उनके रसोइये के आदेशानुसार ही खाना पकाऊंगी तो उन्हें मेरी बात माननी पड़ी। बाद में उन्हें हमारे साथ भोजन करके अधिक आनंद आने लगा। मैं पीछे खड़ी रहती और राम ध्यान से अपने पिता की बातें सुनते थे। मैं दशरथ की इच्छानुसार भोजन पकाती थी और उसमें एक या दो मिथिला के विशेष व्यंजन परोसती थी। वह उन्हें खा लेते, लेकिन बाद में उन्हें अच्छा लगता था। कुछ दिनों के बाद वह हमारे साथ सहज हो गए और अपना कमरबंद ढीला करके कभी-कभी जोर से डकार भी लेते थे। फिर दशरथ ने धीरे-धीरे रात्रि के भोजन के बाद कुछ देर रुकना और युद्ध के वृत्तांत सुनाना शुरू कर दिया। वह बार-बार उन कथाओं को दोहराते थे। उनमें रक्तपात के किस्से होते थे। मैं कोशिश करके उसमें

भी रुचि दिखाती और उनसे प्रश्न भी करती थी। मेरे प्रश्न उचित होते थे, क्योंकि दशरथ और राम दोनों मानते थे कि मुझमें योद्धा का दिमाग था।

अब आगे बढ़ने का समय था।

दंपत्तियों के लिए शुभ त्यौहार गौरी-व्रत के अवसर पर मैंने दशरथ से पूछा कि क्या माता कौशल्या हमारे साथ उस अवसर पर रह सकती हैं। उन्होंने सोचकर हामी भर दी। इसके बाद मैंने और राम ने मिलकर कौशल्या को सिखा दिया कि उन्हें राजसी वस्त्र पहनने हैं और आनंदमयी मुद्रा में रहना है, किसी से अधिक बात या किसी पर दोषारोपण नहीं करना और रोना भी नहीं है। केवल उनकी पसंद का एक व्यंजन बनाना था, परंतु उसके विषय में बात नहीं करनी थी। सबसे महत्वपूर्ण यह है कि उस क्षण का आनंद लेना है और कोई अपेक्षा नहीं रखनी है।

कौशल्या समझ गई कि उनके पास यही एक अवसर था। उन्होंने ठीक वैसा ही किया जैसा हमने कहा था। संध्या का समय अच्छे ढंग से बीता और अंत में दशरथ ने कहा कि हमें वैसा प्रबंध फिर से करना चाहिए।

इसके बाद कौशल्या प्रत्येक सप्ताह हमारे साथ भोजन करने लगी। उन्हें अपने पति और पुत्र के साथ समय बिताने के अधिक अवसर मिलने लगे जो पहले नहीं मिलते थे। राम इस बात का ध्यान रखते थे कि हमारे बीच संवाद सुखद रहता था। मैं भोजन के समय नौकरों को भेज देती थी। इससे दशरथ को संतोष था कि उनकी बातें अन्य रानियों तक नहीं पहुंचेगी। वह धीरे-धीरे कौशल्या से अधिक बात और उनकी प्रशंसा करने लगे। वह उनके बनाए पकवानों की तारीफ करते और कई बार वेशभूषा और कौशल्या के सौंदर्य को लेकर भी बात होती थी।

प्रशंसा ने धीरे-धीरे कौशल्या को बदल दिया। वह युवा दिखने लगी और कभी-कभी राजा दशरथ की दृष्टि पड़ने पर उन्हें शर्म आ जाती थी। यद्यपि संध्या समाप्त होने पर राजा दशरथ, कैकेयी के पास लौट जाते थे, परंतु फिर वह कभी-कभी रात्रि में कौशल्या के पास भी रुकने लगे।

एक दिन अपने माता पिता के जाने के बाद राम ने अचानक मुझे चूम लिया। 'तुमने चमत्कार कर दिया,' उन्होंने कहा। 'मैंने कभी कल्पना नहीं की थी कि ऐसा भी हो पाएगा।'

'आपकी सहायता और सहयोग के बिना यह संभव नहीं था,' मैंने राम को चूमते हुए कहा। 'आखिर हम साथ रहते हैं।'

'हम जीवन साथी हैं और मैं इसके लिए आभार व्यक्त करता हूँ। मैं माँ के साथ तुम्हारे उदार व्यवहार के लिए भी तुम्हारा आभार व्यक्त करता हूँ। वैसे तुम्हें यह करने की आवश्यकता नहीं थी।'

'मुझ पर उनका ऋण है। उन्हीं के कारण तो मुझे शानदार और सबसे आकर्षक पति मिला है।' मैंने यह कहकर राम का हाथ थाम लिया और उन्हें शयनकक्ष में ले गई। इसके बाद हमने एक-दूसरे के साथ बहुत-सी रातें यूं बिताई।

मैंने इस घटना से सीखा कि प्यार बांटने से बढ़ता जाता है और वह हमें अनपेक्षित लोगों से वापस मिलता है। इसका निष्कर्ष यही है कि हम जब प्रेम की मांग करते हैं और उसे अधिकार समझने लगते हैं तो वह दुर्बल हो जाता है और उसके बाद केवल कटुता शेष रह जाती है।

मैंने भरपूर प्रयास किया कि दशरथ के साथ हमारे रात्रि भोजन की खबर का अधिक प्रचार न हो। लेकिन महल में इस तरह की बातें हवा की तरह फैल जाती थीं और अपनी जड़ें जमा लेती थीं। कौशल्या सबसे सुंदर साड़ियां पहनकर अपने सौंदर्य का प्रदर्शन करती घूमती थी, इसलिए इस बात को छिपाया नहीं जा सका। उन्होंने हमारे सभी निर्देश माने और किसी को अपनी प्रसन्नता का कारण नहीं बताया। परंतु उनकी मौन मुस्कान ने सबके मन में संदेह पैदा कर दिया था। इससे कोई प्रभाव नहीं पड़ा क्योंकि सब जानते थे कि रात को राजा किसके पास सोते थे।

उर्मिला को इस गपशप में आनंद मिलता था और वह उत्साह से भरी मेरे पास आ जाती थी। 'लोग कह रहे हैं कि यह चमत्कार है। राजा दशरथ और कौशल्या के बीच विवाह के बाद कभी इतने अच्छे संबंध नहीं रहे। लोग यह भी कह रहे हैं कि तुमने अवश्य राजा दशरथ के खाने में मिथिला की जादुई औषधियां मिलाई हैं क्योंकि सब जानते हैं कि तुम्हें यह काम अच्छी तरह आता है।'

मुझे यह सुनकर अचरज हुआ। मैं अपनी दासियों को कभी-कभी औषधीय उपचार बताती थी। मुझे लगता है उत्साह और कृतज्ञता के चलते उन्होंने यह खबर चारों ओर फैला दी थी।

माता सुमित्रा भी जादुई औषधियों की मांग कर रही है।

हम दोनों अपने कक्ष से सटे बुर्ज में बैठे थे। वह बहुत बड़ा बुर्ज था। इसके लिए मैं राजा दशरथ की आभारी थी। उनके महल में बहुत-से बुर्ज थे। हमें शुरू में कुछ दूसरे भव्य कक्ष दिए गए थे। परंतु मुझे बाहर का दृश्य देखना पसंद था, इसलिए राम ने अधिकारियों से बात करके हमारा कक्ष बदला था। उनके इस प्रयास के कारण मुझे वह बुर्ज और भी पसंद था। मैंने बहुत-से पौधे और वृक्ष लगाए थे। उनमें कुछ मिथिला से लाए और कुछ राम की पसंद के पौधे भी थे। मुझे धीरे-धीरे राम की पसंद पता लग गई थी। उन्हें पत्थर के गमले में उगाया नीलकमल

बहुत पसंद था। सब कार्य मेरी अपेक्षा से भी अधिक अच्छे चल रहे थे। मैं कई बार एकांत में बैठकर पत्तियों की सरसराहट को सुनती थी तो मुझे ऐसा लगता मैं किसी वन में बैठी हूँ। दिन समाप्त होने पर राम मेरे साथ बैठ जाते थे। हम दोनों तारों को देखते और रात में हरसिंगार के फूलों की सुगंध का आनंद लेते हुए बातचीत करते थे। राम ने कई बार कहा कि वह स्थान राजमहल का सबसे शांत कोना था।

'मुझे माफ करना मेरे पास बस यही पकौड़े बचे हैं,' मैंने उर्मिला को थाल पकड़ते हुए कहा। 'इनमें जीरा, अजवाइन और साथ में थोड़ी अदरक भी है। इससे माता सुमित्रा का पाचन ठीक रहेगा और यदि हम लोगों का पेट स्वस्थ है, तो हमें सबकुछ अच्छा लगता है।'

'फिर तो इनमें से कुछ पकौड़े मैं भी खा लूंगी,' उर्मिला ने कहा। उसके चेहरे पर मुस्कान आ गई। 'तुम कितनी भाग्यशाली हो। तुम्हारी सास तुम्हें तुम्हारी इच्छा के अनुसार काम करने देती है और तुम्हारे पास अपने कक्ष भी हैं।'

यह कहकर उर्मिला रुक गई, क्योंकि शिकायत करना उसकी आदत नहीं थी। उसके अंदर ईर्ष्या लेश-मात्र भी नहीं थी, परंतु मुझे ग्लानि हुई। मेरे पास अपना कक्ष था, जहां मैं मालकिन थी और मेरे पास अपनी दासियाँ थीं। मैं उर्मिला और अपनी अन्य बहनों से कभी भी मिल सकती थी। मैं अपनी पसंद के पकवान और भोजन बनवा सकती थी। यहां किसी तीसरे व्यक्ति द्वारा हमारी बातें सुने जाने का डर नहीं था। हम हँसी मजाक कर सकते थे और अपने माता-पिता को भी याद कर सकते थे। रात्रि में मैं और राम शयनकक्ष में होते तो मुझे हमारी प्रेम-सीत्कार की आवाजें सुने जाने की परवाह भी नहीं रहती थी। मैं राम के साथ प्रेम-सागर में डूब सकती थी। यही कारण था कि उनका और मेरा संबंध अच्छा था।

भरत के पास भी रहने के लिए अलग स्थान था। उर्मिला ने बताया कि कैकेयी को निजता पसंद थी। इसलिए उसने ऐसा करवाया था। भरत का कक्ष भी बड़ा था और वह शत्रुघ्न को कभी-कभी अपने पास बुला लेता था। सुमित्रा के पास उसे रोकने का मौका ही नहीं होता था। यह बात मांडवी और श्रुतकीर्ति के लिए लाभकारी सिद्ध हुई। ऐसे में वे दोनों बाहरी हस्तक्षेप के बिना एक-दूसरे की मदद कर पाती थीं। दोनों के साथ रहने से उन्हें अकेलापन भी महसूस नहीं होता था।

'मुझे माता सुमित्रा के साथ रहने में परेशानी नहीं है,' उर्मिला ने कहा, 'परंतु वह हर समय लक्ष्मण के साथ रहना चाहती हैं। लक्ष्मण, राम के साथ लौटता है और वह उस समय भी द्वार पर खड़ी प्रतीक्षा करती हैं। वही लक्ष्मण से हालचाल पूछती है, उसे ठंडा पानी देती हैं, वही उसे भोजन करवाती हैं और अन्य कामों में सहायता करती हैं। वह भोजन समाप्त होने के बाद भी हमारे साथ बैठी रहती हैं

और लक्ष्मण से दिनभर की गतिविधियों के विषय में बात करती हैं। इससे लक्ष्मण को चिढ़ लगती है, परंतु मैं यह विश्वास के साथ नहीं कह सकती। वह अपने परिवार से बहुत ज़्यादा प्रेम करता है, इसलिए अपनी माता से रूखे ढंग से बात नहीं करता। मुझे नहीं पता कि उसके मन में क्या चल रहा है।'

'सोने की समय तक लक्ष्मण इतना थक जाता है कि वह लगातार उबासी लेता रहता है। ऐसे में किसी भी तरह का प्रेमालाप कैसे संभव है? यहां तक कि हमें बातचीत के लिए भी समय नहीं मिलता। मैं कुछ कहती हूँ किंतु तब तक वह सो जाता है। दीदी मुझे नहीं पता, परंतु मैं विवाह के बाद लक्ष्मण को समझ नहीं पाई हूँ। मुझे विवाह के बाद ऐसा होने की उम्मीद नहीं थी।'

उर्मिला की आंखों में आंसू आने ही वाले थे। मैं बहुत देर तक सोचती रही। फिर मैंने कहा, 'तुम्हें माता सुमित्रा से बात करनी चाहिए।'

'वह मेरी बात नहीं सुनेंगी।'

'तुम माता सुमित्रा से कहो कि मैं और राम, लक्ष्मण और तुम्हें अपने साथ अपने महल में रखना चाहते हैं, जैसे भरत, शत्रुघ्न रहते हैं। परंतु उनसे यह भी कहो कि तुम उन्हें बहुत पसंद करती हो और यदि वह दिनचर्या में थोड़ा परिवर्तन कर लें तो तुम उनके साथ ही रहना चाहोगी।'

मेरी बात सुनकर उर्मिला ने मुंह बनाया। मुझे खुशी थी, वह मेरी बात ध्यान से सुन रही थी।

'माता सुमित्रा से कहो यदि तुम्हें और लक्ष्मण को एक सप्ताह में तीन बार रात्रि का एकांत मिल जाए तो तुम उनके साथ रहोगी।' उर्मिला की आंखों में चमक दिखाई देने लगी। 'मैं यह भी कह दूंगी यदि ऐसा नहीं हुआ तो वह कभी अपने पोतों का मुंह नहीं देख सकेंगी।'

मैं उत्तर दे पाती उससे पहले ही क्षमा मांगती हुई मेरी दासी भीतर आ गई।

'मैं क्षमा चाहती हूँ राजकुमारी, परंतु मुझे आपको तुरंत सूचित करने को कहा गया है।' यह कहकर उसने एक थाल पर रखा पत्र मेरी ओर बढ़ा दिया। मैंने आश्चर्य से उसे उठाया। वह एक भारी किंतु मुलायम चर्म-पत्र था और उस पर लाल रंग की सरकारी मुहर लगी थी। मैं उसे पहचान नहीं पाई। वह बाघ का चिह्न था। मैंने मुद्रा को तोड़ा और पत्र खोल लिया। वह कैकेयी की ओर से मेरे लिए निमंत्रण था।

यह पहला मौका था जब कैकेयी ने मुझसे संपर्क किया था, यद्यपि मुझे अयोध्या में आए कई महीने बीत चुके थे।

उर्मिला ने पत्र पढ़ लिया था। उसने संदेह से भरी गहरी सांस ली और कहा, 'मुझे विश्वास है वह इस बात से खुश नहीं है कि हमारे ससुर, राजा दशरथ तुम्हारे

महल में समय बिताते हैं और वह माता कौशल्या के साथ रहने लगे हैं। मुझे लगता है कि उन्होंने राज्य में फैली अफवाह भी सुन ली है। वह जानना चाहती है कि तुम क्या कर रही हो। दीदी, ध्यान रखना। मैंने रानी कैकेयी के बारे में बहुत-ही डरावनी कहानियां सुनी हैं।'

मैंने एक गुप्त संकेत से उर्मिला को शांत रहने को कहा। यद्यपि वह दासी विश्वासपात्र थी, फिर भी मेरे विचार से अयोध्या की दास-दासियों के सामने सावधान रहना जरूरी था।

'रानी कैकेयी का दूत आपके उत्तर की प्रतीक्षा कर रहा है,' दासी ने कहा।

मैंने उत्तर में लिखकर भेजा कि मुझे कैकेयी से मिलने जाने में प्रसन्नता होगी। मेरे पास कोई विकल्प भी नहीं था। कैकेयी के निमंत्रण की अवज्ञा करना उसका अपमान होता और मैं उसे नाराज़ नहीं करना चाहती थी। मेरी लिखाई पहले जैसी सुंदर नहीं थी। मेरे हाथ डर और उत्साह के कारण काँप रहे थे। काश मैं राम से परामर्श ले पाती। आखिर, वह अपनी माँ कैकेयी को बहुत समय से जानते थे और उनके बीच संबंध भी अच्छे थे। परंतु राम किले की मरम्मत के सर्वेक्षण के लिए गए हुए थे। मुझे लगा कि कैकेयी ने जानबूझकर उसी दिन मिलने की योजना बनाई थी। मैं अकेली थी और मुझे डराना आसान था।

मैंने गहरी सांस ली और सीधी बैठ गई। मैं अकेली थी और निमंत्रण के लिए तैयार नहीं थी। परंतु मुझे डराना इतना आसान नहीं था।

# 9

कैकेयी का महल दूसरी रानियों की तुलना में अधिक भव्य और विशाल था। उसमें अयोध्या की कारीगरी के एक से एक उत्कृष्ट नमूने रखे थे। मुझे एक विशाल कक्ष में ले जाया गया। वहाँ कैकेयी एक अन्य स्त्री के साथ, जो शायद उसकी प्रशिक्षक थी, तलवारबाज़ी का अभ्यास कर रही थी। दोनों स्त्रियों ने साड़ियाँ कसकर पैरों के बीच में दबा रखी थीं। कैकेयी के चेहरे पर पसीने की बूंदें मोती की तरह चमक रही थीं। वह दुबली, पतली किंतु ताकतवर थी और अपने से कम आयु की स्त्रियों से ज़्यादा गतिमान थी। उसकी मुद्रा में कुछ था जिससे मुझे चर्म-पत्र पर बने छलांग लगाते बाघ की याद आ गई। शायद उसने वह चिह्न ध्यान से अपने लिए ही चुना था। वह मेरे सामने खड़ी थी। उसे अपनी शक्ति का अच्छी तरह अनुमान था और वह उसका भरपूर उपयोग करना जानती थी। मुझे समझ में आ गया था कि दशरथ उसकी ओर आकर्षित क्यों थे।

मुझे देखकर कैकेयी ने चेहरे से पसीना साफ किया और सिर हिलाकर अपने प्रशिक्षक को जाने का संकेत कर दिया। अचानक मुझे महसूस हुआ कि उसने यह दृश्य ध्यान से नियोजित किया था। वह इसी रूप में मेरे सामने आना चाहती थी। ताकतवर, खतरनाक और आकर्षक। वह हंस रही थी, उसके दांत साफ़ नज़र आ रहे थे। वह मेरे समक्ष खतरनाक प्रतिद्वंद्वी के रूप में प्रकट हुई थी।

इससे पहले मैं कैकेयी का अभिवादन कर पाती, उसने कहा, 'राजकुमारी, मैं तुम्हारे निमंत्रण की प्रतीक्षा कर रही थी, ताकि तुम्हारे पास आकर तुम्हें आशीर्वाद और विवाह का उपहार दे सकूं। परंतु तुमने मुझे नहीं बुलाया।'

मैं इस अचानक हुए हमले से चकित रह गई। घबराओ मत, मैंने खुद से कहा, वह यही चाहती है। मैंने थोड़ा समय लिया और उसे प्रणाम करके कहा, 'मुझे क्षमा

कीजिए, मुझे अयोध्या की परंपराओं की जानकारी नहीं है। मिथिला में किसी बड़े व्यक्ति के संकेत के बिना उसे आमंत्रित करना बुरा समझा जाता है। परंतु मैं अब आपसे कह रही हूँ कि आपका मेरे घर में स्वागत है।'

कैकेयी को मुझसे इतने विश्वास से भरे उत्तर की उम्मीद नहीं की थी। मुझे उसकी आंखों में चमक नज़र आई। मैं समझ गई कि मेरी फिर से परीक्षा होने वाली है।

'मैंने सुना है तुम्हें औषधियों का अच्छा ज्ञान है और तुम्हें जादू भी आता है। सुना है प्रेम से संबंधित औषधियां बनाने में तुम्हें महारत हासिल है। शायद यही कारण है कि तुमने राजा दशरथ को उनकी सबसे वृद्ध पत्नी के पास भेजने में सफलता प्राप्त कर ली है,' कैकेयी ने सबसे वृद्ध शब्द पर थोड़ा जोर देते हुए कहा।

मुझे क्रोध का आवेग महसूस हो रहा था। यह कौशल्या को वृद्ध बोलने के कारण था। मैं समझ गई कैकेयी मुझे जान-बूझकर परेशान करना चाहती है, ताकि मेरे मुँह से अनुचित शब्द निकल जाएँ। मैंने निर्दोष और भोले स्वर में कहा, 'परंतु मेरी कला आपकी तुलना में कुछ भी नहीं है। आपने कई दशकों से राजा दशरथ को आकर्षित कर रखा है।' सतही तौर पर देखें तो मैंने कैकेयी की प्रशंसा की थी परंतु मेरी बात को अन्यथा भी लिया जा सकता था।

कैकेयी ने मेरी तरफ तीखी दृष्टि से देखा और फिर बात पलटते हुए हाथ का संकेत किया और बोली, 'तुम्हें उपचार-विद्या का अच्छा ज्ञान है। मैं चाहती हूँ तुम मेरी दासी के लिए कोई इलाज बताओ। वह चार दिन से बीमार है। उसे पेट में जलन और विष्ठा में खून की शिकायत है।'

एक और परीक्षा! मैंने उसे विनम्रता से टालने का प्रयास किया, 'कैकेयी माँ, कृपया मुझे शर्मिंदा मत कीजिए। आप स्वयं बहुत अच्छी चिकित्सक हैं। यहां तक कि मिथिला के लोग भी इसके लिए आपकी प्रशंसा करते हैं कि आपने युद्ध में घायल राजा दशरथ के दो बार प्राण बचाए थे। मुझे विश्वास है कि आपने पहले ही अपनी दासी का उपचार करके देख लिया होगा।'

कैकेयी ने अधिक जोर दिया तो मैंने कहा, 'इस तरह की शारीरिक परेशानी कई प्रकार के असंतुलन होने से हो सकती है। सबके लिए अलग-अलग तरह के उपचार हैं। क्या मैं आपकी दासी से मिल सकती हूँ?'

कैकेयी को एक क्षण के लिए संकोच हुआ। मेरे लिए इतना पर्याप्त था। मैं समझ गई कि उसकी दासी बीमार नहीं थी।

'वह बहुत बीमार है और खड़ी नहीं हो सकती,' कैकेयी ने कहा। 'तुम मुझे बता दो मैं उपचार कर दूंगी।'

'अभी गर्मी ज़्यादा है, इसलिए मेरा सुझाव है कि उसके पाचन-तंत्र को ठंडा रखने की जरूरत है,' मैंने कहा। 'इसमें घी बहुत लाभकारी होता है, परंतु इस समय

उसके लिए वह भारी रहेगा। मेरे विचार से एक गिलास छाछ, उसमें थोड़ा जीरा और पिसा पुदीना डालना अच्छा है। इसके अतिरिक्त शहद में प्रवाल-पिष्टी मिलाने से भी आराम मिलता है। परंतु जरूरी है कि उसे परेशान न किया जाए। उसके बीमार होने पर किसी को क्रोधित भी नहीं होना चाहिए।'

कैकेयी ने मुझे तीखी दृष्टि से देखा। वह जानना चाहती थी कि क्या मेरी बात का अंतिम अंश उस पर किया कटाक्ष था। परंतु मैंने भोलेपन से अपनी बात पूरी कर दी, 'क्योंकि उत्तेजना से पेट के घाव बिगड़ सकते हैं और रक्त-स्राव बढ़ सकता है। मेरे घर के उद्यान में प्रवाल-पिष्टी है। आपको उसे देते हुए मुझे बहुत प्रसन्नता होगी।'

कैकेयी ने बात बीच में काटते हुए कहा, 'उसकी आवश्यकता नहीं है।'

मैं यह बाज़ी भी जीत गई थी। मैंने अपनी मुस्कान छिपा ली और उसकी अगली चाल की प्रतीक्षा करने लगी।

'व्यर्थ बातें बहुत हुईं, 'कैकेयी ने कहा, 'मैंने सुना है तुम युद्ध-कला में भी निपुण हो। मैं तुम्हें तलवारबाजी का निमंत्रण देती हूँ। मैं देखना चाहती हूँ मिथिला की राजकुमारियां कैसे लड़ती हैं।'

मैं आश्चर्य से कैकेयी को देखने लगी। वह मेरे बारे में इतना कैसे जानती थी। अब मैं इस चाल से कैसे बचूँगी?

मैंने सोचकर उत्तर दिया, 'आपकी सूचना के स्रोत सही हैं, महारानी। परंतु आपको पता होना चाहिए कि मैं केवल आत्मरक्षा के लिए लड़ती हूँ। मैं अस्त्र-शस्त्र के नाम पर केवल शरीर का उपयोग करती हूँ और वह भी संकट की घड़ी में। इसलिए मैं आपसे क्षमा चाहती हूँ।'

कैकेयी इतनी देर में तलवार लाने का आदेश दे चुकी थी।

दो स्त्रियां, एक विशाल और भारी तांबे की थाल में दो तलवारें रखकर ले आईं। एक की मूठ सोने की और दूसरे की चांदी की थी। मुझे घबराहट होने लगी। मैंने देखा उन स्त्रियों के चेहरे पर कोई भाव नहीं था।

मैं उनसे ध्यान हटाकर तलवार को देखने लगी। वे दोनों तलवारें बहुत खतरनाक, लंबी और तीखी थीं। कैकेयी ने सोने की मूठ वाली तलवार उठाई और उसे थाम लिया। फिर वह मेरी ओर देखने लगी। 'तलवार उठाओ या मैं राज्य-भर में कहलवा दूँ कि मिथिला की स्त्रियाँ चुनौती स्वीकार करने से डरती हैं?'

मैंने गहरी सांस ली। वह ऐसा कर भी सकती है, मैं जानती थी। मुझे अपनी मातृभूमि की प्रतिष्ठा की रक्षा करनी थी।

मैंने साड़ी की परतों को अपने पैरों के बीच बांधा और साड़ी के दूसरे छोर को कमर में बांध लिया। फिर मैंने कैकेयी से कहा, 'मैं यह सिर्फ आपके जोर देने

पर कर रही हूँ। परंतु मैं अपने तरीके से लड़ूँगी। यदि आपने मुझे घायल कर दिया तो आप जीत जाएंगी। यदि मैंने आपको निहत्था कर दिया तो जीत मेरी होगी।'

'ठीक है,' कैकेयी ने कहा। परंतु वह खुश नहीं थी। यदि वह जीत भी गई तो वह अपनी प्रशंसा नहीं कर पाएगी, क्योंकि उसका प्रतिद्वंद्वी निहत्था लड़ रहा था।

हमने एक-दूसरे के आसपास घूमना शुरू कर दिया। हम एक-दूसरे की कुशलता और शैली को भाँप रहे थे। कैकेयी आयु में बड़ी थी और उसने थोड़ी देर पहले ही अभ्यास किया था इसलिए उसके जल्दी थक जाने की संभावना थी। परंतु वह ज़्यादा अनुभवी थी और उसकी तलवार अधिक लंबी थी। मैंने अनुमान लगाया कि वह मुझ पर जल्दी आक्रमण करेगी। परंतु मुझे यह भी विश्वास था कि वह मुझे घायल नहीं करेगी। मैंने मौखिक विवाद में उसे हराकर परेशान कर दिया था और वह केवल मुझसे बदला लेना चाहती थी।

*हे देवी,* मैंने सोचा, *आपने मेरे सामने यह चुनौती ऐसे समय पर क्यों प्रस्तुत कर दी, जब सब अच्छा चल रहा था और मैं अयोध्या को अपना समझने लगी थी।*

यह विचार करते ही मेरे सामने एक उत्तर चमक उठा जिसे देखकर मेरी आंखें एक क्षण को बंद हो गईं। *'यह उस अंधकारपूर्ण नियति का अंश है जिसे तुम नहीं जानती। वह तुम्हारे सामने प्रकट हो रही है। तुम्हें अभी बहुत-सी लड़ाइयां लड़नी है। मैं तुम्हें उनके लिए तैयार कर रही हूँ।'*

लड़ाई? कैसी लड़ाई?

कैकेयी ने देखा मेरा ध्यान भटक गया था। वह तलवार लेकर मुझ पर लपकी। मुझे उसकी धार से बचने के लिए पीछे कूदना पड़ा। हम फिर से एक-दूसरे के इर्द-गिर्द घूम रहे थे। कैकेयी ने तलवार दाहिने हाथ से बदलकर बाएँ में थाम ली। वह दोनों हाथों से कुशलता से लड़ सकती थी। यह मेरे लिए अतिरिक्त चुनौती थी। उससे बचने के लिए मुझे तेज गति से हरकत में आना था। मेरे लिए उसकी अगली चाल का अनुमान लगाना भी जरूरी था। मैं उसकी कमज़ोरी भाँपने का प्रयास कर रही थी। उसे मिलने वाला लाभ मैंने पहले ही देख लिया था कि उसने यह लड़ाई खुद शुरू की थी, जबकि मुझे केवल उससे बचना था।

कैकेयी बाघ की तरह तेज थी। वह लगातार एकटक मुझे देख रही थी। फिर वह मेरी ओर बढ़ी। मैं उसकी रणनीति समझ गई थी। वह मुझे दीवार की ओर धकेलकर कोने में घेर लेना चाहती थी। और वह इस काम को जल्दी करना चाहती थी। उसे पता था कि मुझमें उससे अधिक ऊर्जा थी। मुझे उम्मीद थी कि वह जल्दबाजी में गलती अवश्य करेगी।

मेरे अनुमान के अनुसार कैकेयी जल्दी लाभ लेना चाहती थी। वह लगातार हवा को काटते हुए वार कर रही थी। उसके तलवार के वार, हर बार अलग और

पहले से ज़्यादा खतरनाक होते थे। कभी-कभी वह तलवार से मुझ पर सीधा आक्रमण करती और कभी केवल एक या आठ की संख्या बनाकर रह जाती थी। मैंने कई बार उसे पीछे से घेरने की कोशिश की, लेकिन उसने मेरी चाल को भाँप लिया और मुझे तलवार से रोक दिया। उसकी तलवार तेज गति से चल रही थी।

कैकेयी ने शिकारी की भांति हंसते हुए मुझ पर आक्रमण किया। उसे लगा मैं उसकी तलवारबाजी की कला से डर गई हूँ और वह आसानी से जीत जाएगी।

नहीं, मैं हार नहीं मानूंगी! मुझे अपनी माँ के लिए लड़ना होगा जिन्होंने मुझे आत्म-रक्षा के लिए लड़ना सिखाया है, कौशल्या के लिए लड़ना होगा जो हमेशा कैकेयी के ताने सुनती थी और मिथिला राज्य के लिए लड़ना होगा जो मेरी मातृभूमि है। मुझे यह सिद्ध करना था कि मिथिला की स्त्रियाँ शांतिप्रिय होती है, परंतु छेड़ने पर वह अत्यंत खतरनाक भी हो सकती हैं।

मेरे बिल्कुल पीछे दीवार थी। मुझे इस लड़ाई को पलटने के लिए इसे खतरनाक और अप्रत्याशित करना था। कैकेयी ने जैसे ही मुझ पर हमला करने के लिए तलवार के साथ हवा में छलांग लगाई, मैंने ज़ोरदार चीख के साथ कैकेयी का तलवार वाला हाथ पकड़ लिया। उसका मुँह आश्चर्य से खुला रह गया और हाथ से तलवार छूट गई। वह गिर पड़ी। उसकी कलाई मुड़ गई थी। मुझे बुरा लगा कि उसे चोट आई थी, परंतु मेरे पास समय नहीं था। मैंने तुरंत उसे पीछे से धर दबोचा और उसकी गर्दन कसकर पकड़ ली। मैंने उसे नहीं छोड़ा जब तक उसने हाथ उठाकर हार नहीं मान ली।

मुझे लगा कि कैकेयी नाराज़ हो जाएगी और बुरा-भला बोलकर मुझे जाने को कहेगी। परंतु उसने जैसे ही होश संभाला, वह जोर से हंसने लगी, 'मैं एक जरा-सी लड़की से हार गई!' उसने सिर हिलाते हुए कहा, 'लेकिन मैं शायद इसी योग्य हूँ। मैंने तुम्हारी योग्यता को कम समझा, परंतु मैं नहीं चाहती यह बात किसी को पता लगे।'

'यह बात किसी को जानने की आवश्यकता नहीं है,' मैंने कहा।

कैकेयी ने मेरी ओर आश्चर्य से देखा।

'मैं यह बात राम के अतिरिक्त किसी से नहीं कहूँगी, क्योंकि मैं उनको सबकुछ बताती हूँ। परंतु मैं उनसे इस बात को गोपनीय रखने का वचन ले लूँगी। मुझे उम्मीद है आपके हाथ में चोट नहीं आई। आप चाहें तो मैं आपके लिए हल्दी और गुग्गुल की पट्टी तैयार कर देती हूँ।'

इस बार जब कैकेयी ने मुझे देखा तो वह फिर मेरा मूल्यांकन कर रही थी। क्या उसके मन में मेरे लिए लेश-मात्र भी प्रशंसा थी?

'मुझे तुम्हारे बारे में जो बताया गया था, तुम वैसे नहीं हो,' कैकेयी ने कहा। इससे पहले कि मैं पूछ पाती कि उन्हें मेरे बारे में सूचना किसने दी थी, कैकेयी ने

ताली बजाई और बहुत-सी दासियाँ सादी वेशभूषा में उपस्थित हो गईं। उनके पास ठंडे और गर्म पानी के दो कटोरे थे जिनमें चमेली के फूल थे। उस पानी से हमने मुंह धोया और शरीर पर चंदन का लेप लगाया।

इसके बाद एक अन्य दासी सोने का थाल लाई। कैकेयी ने उसमें से एक सोने और मोती से बना हार उठाया। उस पर अद्‌भुत कारीगरी की गई थी।

'यह मुझे मेरे पिता के राज्य से मिला था,' कैकेयी ने दुखी स्वर में कहा, 'मुझे अपने राज्य की बहुत याद आती है, हालांकि मैं उस स्थान को कई दशक पहले छोड़ आई थी।'

'क्या आप अब वहां नहीं जातीं?' मैंने पूछा।

'नहीं, राजा दशरथ मुझे जाने नहीं देते। उन्हें शायद लगता है कि वह मुझ पर पूरी तरह निर्भर हैं। मुझे इसकी कीमत चुकानी पड़ती है। सौभाग्य से मैं यदि भरत को वहां भेजती हूँ तो दशरथ को बुरा नहीं लगता। भरत के मामा और नाना उससे बहुत प्यार करते हैं और वह शत्रुघ्न को भी आमंत्रित कर लेते हैं। दोनों भाइयों को वहाँ बहुत आनंद आता है। उन्हें अनेक उपहार भी मिलते हैं। रानी का जीवन ऐसे ही समझौतों से भरा होता है। तुम यह बात जल्दी ही समझ जाओगी।' यह कहकर कैकेयी ने वह हार मेरे गले में डाल दिया। वह बहुत भारी और सुंदर था। कैकेयी ने हार पहनाकर मेरी प्रशंसा की।

इसके बाद हमने खाना खाया और दासियों ने हमें स्वादिष्ट भोजन खिलाया। हम अपने-अपने बचपन की बातें करते और इस बात पर चर्चा करते रहे कि मिथिला का जीवन कैकेयी के जीवन से कैसे भिन्न है। कैकेयी ने मुझे महल की अन्य स्त्रियों के विषय में बताया। 'उनसे दूर रहना क्योंकि वह खतरनाक हैं,' वह बोली। तुम्हें उनसे सावधान रहना होगा।' मैंने अनुमान से विपरीत पाया कैकेयी विनोदप्रिय थी और वह अपने ऊपर भी हँस लेती थी। वह अपनी गलतियों की रोचक कहानियां सुनाती तो कभी अयोध्या के लोगों की लज्जाजनक बातें बताती थी। वह बहुत हाजिरजवाब थी और मेरे विचार से हम दोनों बौद्धिकता और आकर्षण में अन्य सभी स्त्रियों से श्रेष्ठ थे। मुझे कुछ समय बाद यह समझ में आया कि दशरथ कैकेयी के प्रति इतने आकर्षित क्यों थे। वह अनेक बार मुझसे सीधा प्रश्न भी कर लेती थी, जो कौशल्या और मेरे संबंधों को लेकर होता था या वह दशरथ के साथ भोजन पर हमारी बातचीत के विषय में सुनना चाहती थी या राजा बनने के बाद राम का शासन अलग तरीके का होगा। वह जब कभी योजना में भरत का नाम लेती तो मुझे सतर्क रहना पड़ता था ताकि मेरे किसी उत्तर के कारण मुझे बाद में पछताना न पड़े।

हमारी बातचीत समाप्त होने के बाद कैकेयी मुझे द्वार तक छोड़ने आती थी। वह मुस्कराते हुए गले लगाकर मुझे विदा करती और मैं भी पलटकर मुस्करा देती

थी। मुझे पता था कि वह मुझे आकर्षित करने का प्रयास कर रही है, फिर भी मुझे उसका साथ पसंद था।

एक बार मुझे जाते समय कैकेयी ने कहा, 'आखिर इस राजपरिवार में एक और समझदार और साहसी स्त्री आ गई है, जो देखने में सुंदर भी है। मुझे आशा है आगे भी तुम्हारे साथ बातें होती रहेंगी। राम को कहना उसकी पसंद बहुत अच्छी है। तुम उसके लिए बहुत अच्छी सहायक और आदर्श रानी सिद्ध हो पाओगी।'

कैकेयी के महल से अपने कक्ष लौटते समय मुझे स्वयं पर गर्व हो रहा था।

राम के अयोध्या लौटने पर मैंने उन्हें कैकेयी से हुई भेंट के विषय में बताया। वह सतर्क हो गए। मैंने उन्हें विस्तार से सारी बातें बताई तो उन्हें गुस्सा आ गया। उन्होंने ध्यान से मेरे हाथ-पैरों को देखा कि कहीं मुझे चोट तो नहीं लगी थी। ऐसा लगा कि राम मेरी बात से प्रसन्न नहीं थे। मैंने उन्हें निरीक्षण करने दिया, क्योंकि मुझे यह देखकर अच्छा लग रहा था। फिर मैंने उनसे कहा, 'मैं ठीक हूँ।'

'मुझे खुशी है कि सब ठीक हो गया,' वह बोले। 'मुझे नहीं पता कैकेयी माँ क्या सोच रही थी जिसके चलते उन्होंने यह खतरनाक काम किया। उनका स्वभाव जटिल है। उसे समझना कठिन है, वह हमेशा मेरे साथ अच्छा व्यवहार करती है, जबकि उन्होंने मेरी माँ को बहुत दुख दिया है। वह बहुत चतुर भी है और वह इस बात को जानती है। शायद यही कारण है कि अन्य रानियों के साथ उसका तालमेल नहीं है। वह दरबार में हो रही गतिविधियों के बारे में जानना चाहती है। पिताजी ने उनके बैठने के लिए सभा में अलग स्थान बनवाया है। वह कई बार पिताजी को अच्छी सलाह भी देती है और उन्हें सावधान करती है।

'जो भी हो, किंतु तुम्हारा उनसे दूर रहना ही ठीक है।'

मैंने राम की बात मान ली। मुझे कैकेयी के पास जाना अच्छा लगता था, परंतु राम कहते थे कि कैकेयी की सुंदर और स्वस्थ काया से संकट की दुर्गंध आती थी। मुझे आगे बढ़कर परेशानी आमंत्रित करने का शौक नहीं था। कैकेयी के साथ तलवारबाजी से पहले मैंने जो आवाज सुनी थी, यदि वह सचमुच देवी का स्वर था तो मेरे सामने जल्द ही संकट पैदा होने वाला था।

उस रात हम लगभग सो चुके थे कि मुझे अचानक कुछ याद आया। मैंने राम का कंधा थपथपाया। उन्होंने आंखें खोलीं। 'कैकेयी की सभी दासियाँ कुरूप हैं। आपको क्या लगता है कि ऐसा क्यों है? मेरे विचार से वह अपने लिए सुंदर दासियाँ रख सकती है। क्या यह इसलिए कि वह स्वयं सबसे सुंदर दिखना चाहती है?'

राम ने हंसकर कहा, 'नहीं, ऐसा नहीं है। कैकेयी को सौंदर्य के मामले में स्वयं पर बहुत विश्वास है। पिताजी पर उसकी इतनी पकड़ है कि वह इन छोटी-छोटी बातों की परवाह नहीं करती। मुझे लगता है कि ऐसा उसकी दासी मंथरा के कारण है, जिसे वह अपने साथ अयोध्या लाई है। क्या तुम्हें पता है कि कैकेयी के जन्म के समय उसकी माँ की मृत्यु हो गई थी। मंथरा ने ही कैकेयी को बड़ा किया। मंथरा कुबड़ी है, इसलिए कैकेयी किसी सुंदर दासी को साथ नहीं रखती जिसे देखकर कुबड़ी और कुरूप मंथरा को बुरा लगे या उसके मन में हीन भावना उत्पन्न हो जाए।'

'मैंने तो किसी कुबड़ी स्त्री को नहीं देखा,' मैंने राम से कहा।

'तुमने उसे नहीं देखा होगा,' राम बोले, 'वह इस बात का बहुत ख्याल रखती है और लोगों के सामने जल्दी नहीं आती। परंतु उसने तुम्हें अवश्य देखा होगा। वह छिपकर तुम्हें देखती होगी और कैकेयी को तुम्हारे विषय में अवश्य कुछ कहेगी। वह जो कुछ बताएगी, कैकेयी उसी आधार पर अगली बार तुमसे बात करेगी।'

मुझे यह सोचकर अच्छा नहीं लगा कि मुझे कोई छिपकर देख रहा था। मैंने कहा, 'इसका अर्थ यह है कि मंथरा अवश्य आपको पसंद करती होगी, तभी कैकेयी आपके साथ अच्छा व्यवहार करती है।'

परंतु राम को नींद आ चुकी थी। उन्होंने मेरी बात का उत्तर नहीं दिया।

मैं और कौशल्या मंदिर की ओर जा रहे थे। वहां दर्जन पुरोहितों के साथ एक भव्य समारोह का आयोजन होने वाला था। राम का जन्मदिन निकट था और वह अपने पुत्र के लिए प्रार्थना-सभा आयोजित करना चाहती थी। हम प्रांगण के रास्ते जा रहे थे। वहाँ बहुत-से छोटे पौधे रंगों के अनुसार लगाए गए थे। मैंने उन्हें मार्ग में उपचारात्मक ऊर्जा दी और उनका दिया आभार महसूस किया।

महल के उद्यान कुछ प्राकृतिक तौर पर और कुछ मेरी योजना के चलते अच्छे दिख रहे थे। मैंने सोचा कि अगली बार राजा दशरथ भोजन पर आएँगे तो उनसे अपनी पसंद के कुछ पौधे लगाने की अनुमति लूँगी। मुझे विश्वास था कि वह मान जाएंगे। उन्हें उद्यान में अधिक रुचि नहीं थी। उन्हें जो थोड़ा समय मिलता था, वह महल के अंदर बिताते थे।

मुझे उनकी अनुमति मिलने का इसलिए भी विश्वास था, क्योंकि पिछले कुछ महीनों के दौरान मैंने उनसे बात करने का सही तरीका जान लिया था। उन्हें कभी ऐसा महसूस नहीं हुआ कि उनके प्राधिकार को खतरा है। इस कारण वह मुझे पसंद करने लगे थे और मुझे पुत्री की तरह मानते थे। वह भोजन के बाद मुझसे ऐसा मजाक भी कर लेते थे जो राम भी नहीं करते थे। वह मेरे लिए छोटे-छोटे उपहार,

गाने वाली चिड़िया या आभूषण ले आते थे। वह कभी-कभी भोजन के बाद अपना भारी मुकुट उतारकर मुझसे सिर की मालिश करवाते थे। उनके बाल कम होने लगे थे। मैं अपने पिता की भांति, उनके सिर में भी बादाम के तेल से मालिश करती थी।

कौशल्या के साथ चलते समय मैंने बहुत-सी बातें सोच ली थीं, कई सपने देख लिए थे। मैंने सोचा मैं दीवारों पर कुछ लताएँ और बेलें लगाऊँगी अथवा महल के पत्थर की दीवारों को मुलायम और सौम्यता देने के लिए सफेद माधवी की लता अथवा गुलाबी फूलों की बेल लगाऊंगी। वृक्षों के बीच से जलधारा भी निकाली जा सकती थी जो पत्थरों पर गिरकर सुंदर लगेगी। एक कोने में बैठने का स्थान और बगल में चमेली के फूल एकांत के क्षण भी प्रदान कर सकेंगे। मैं किसी कोने में मिथिला की कुछ औषधियां लगा सकती हूँ, जिनकी मेरे पास कमी होने लगी थी।

मैं यह प्रसन्नता-भरी कल्पनाएं कर रही थी कि तभी मेरा ध्यान अपनी बाईं ओर महल के ऊपरी तल पर हो रही हरकत से भंग हो गया। मार्ग पर अपने पीछे मुझे एक आकृति महसूस हुई। वह छोटे बच्चे के आकार की किंतु असंतुलित और लड़खड़ाती चाल से हमारा पीछा कर रही थी। क्या वह कोई पशु था? शायद वह रानी का पालतू बंदर हो, और फिर तभी मुझे बात समझ में आ गई।

मैंने घबराकर कौशल्या का हाथ थाम लिया।

'ओह, तुमने कुबड़ी मंथरा को देख लिया,' कौशल्या ने कहा। उन्हें भी अच्छा नहीं लग रहा था। 'यह हमारे घर की गुप्तचर है। यह कैकेयी के साथ उसके विवाह के समय दहेज की तरह यहां आ गई थी। मुझे नहीं पता कैकेयी के पिता के मन में क्या था। मंथरा का यहां कोई काम नहीं है। वह तो सीधी खड़ी भी नहीं हो सकती। परंतु वह कैकेयी के प्रति पूरी तरह समर्पित है। मुझे नहीं लगता मंथरा के यहां रहने से अच्छा प्रभाव पड़ता है। वह कैकेयी को बढ़ावा देती है।'

मुझे समझ में आया कि दशरथ ने हमें अपने माता-पिता के घर से दासियों को साथ न लाने की अनुमति क्यों नहीं दी थी।

'यह बात तुम्हारे मेरे बीच में है,' कौशल्या ने कहा। यह कहते हुए उनका स्वर धीमा हो गया। 'राजा दशरथ भी मंथरा से मुक्ति पाना चाहते हैं, परंतु उन्होंने जब कैकेयी से मंथरा को बहुत से उपहारों के साथ वापस उनके घर भेजने को कहा तो कैकेयी ने खुद को कोप-कक्ष में बंद कर लिया। क्या तुम्हें पता है कैकेयी का अपना एक कोप-कक्ष भी है? मुझे नहीं पता दशरथ ने इसकी अनुमति कैसे दी। वह निश्चित रूप से मुझे ऐसा कक्ष नहीं बनवाने देंगे। मैं जानती हूँ कि यह बहुत बर्बर और स्त्रियों के स्वभाव के विपरीत है। फिर कैकेयी ने सारे आभूषण उतार फेंके और रेशमी वस्त्र भी निकाल दिए। उसने खाने-पीने से मना कर दिया। उसकी शर्त थी कि राजा दशरथ क्षमा मांगें और वचन दें कि मंथरा जब तक चाहेगी अयोध्या में रहेगी।'

कौशल्या के स्वर में क्रोध था। एक पत्नी ऐसा कैसे कर सकती है?

आखिर मेरे शक्तिशाली ससुर को, जिनका सभी पड़ोसी राज्य आदर करते हैं, कैकेयी की इच्छा के सामने झुकना पड़ा। यह केवल कैकेयी का आकर्षण था या कोई अन्य कारण जिसके चलते वह दशरथ पर इतनी हावी हो जाती थी?

मिथिला में कभी-कभी मेरी माँ को मेरे पिता पर क्रोध आता था, क्योंकि लोग उनकी अच्छाई का फ़ायदा उठाते थे। ऐसे में वह स्पष्ट कह देती थीं। कभी-कभी उनका स्वर तेज भी हो जाता था। एक बार मैंने उन्हें रोते हुए भी देखा था। परंतु सामान्य तौर पर वे कक्ष में बैठकर समस्या को बातचीत से सुलझा लेते थे। उसके बाद पहले से भी अधिक खुश दिखाई पड़ते थे। मैं बड़ी हो रही थी तो मुझे लगता था कि समस्याओं को सुलझाने का यही सबसे अच्छा और शांतिपूर्वक तरीका होता है। मुझे लगा कि मेरे माता-पिता कितने भाग्यशाली थे और उनका संबंध कितना अच्छा और मधुर था।

प्रेम, विरोधाभास से भरा होता है। आप जिस व्यक्ति से प्रेम करते हैं, वह आपको दुर्बल बना देता है और कभी वही व्यक्ति आपको शक्ति भी देता है। परंतु किस तरह की परिस्थितियों में यह बदलाव आते हैं?

राम का प्रेम आगे चलकर मेरे पिता जैसा या राजा दशरथ जैसा होगा? यदि किसी बात पर हमारी असहमति होगी तो राम की प्रतिक्रिया कैसी होगी? मैं इन विचारों में खोई थी। फिर मैंने इन्हें खुद से दूर धकेल दिया।

कोप-कक्ष वाली घटना के बाद कौशल्या ने बताया, 'मंथरा के पैर ज़मीन पर नहीं पड़ते थे। वह काम करने का दिखावा भी नहीं करती। उसका बस, एक ही काम है। वह दिनभर महल के चक्कर लगाती है और इधर-उधर हो रही बातों की और गुप्त रहस्यों को सुनने और देखने का प्रयास करती है। मुझे यह सोचकर भी डर लगता है। हम सिर्फ आशा करते हैं कि वह हमारा पीछा करते-करते थक जाएगी।'

मुझे भी यही उम्मीद थी। हालांकि मेरे पास छिपाने को कुछ नहीं था। परंतु मंथरा की उपस्थिति मुझे असहज कर देती थी। इसे समझाना मुश्किल है। मैंने पूरा ध्यान रखा कि उसे यह पता ना लगे कि मैंने उसे देख लिया है। वह लगातार हमारे पीछे चल रही थी, हालांकि उसके लिए पीछा करना कठिन और पीड़ादायक रहा होगा। फिर हमने महल का वह हिस्सा पार कर लिया।

इसके बाद मुझे बहुत समय तक दिमाग में मंथरा के शरीर की दीवार से लगती रगड़ की आवाज सुनाई देती रही। मुझे उसकी अदृश्य आंखें दिखती थीं। यह सोचकर मेरा मन खराब होने लगा। फिर मुझे अचानक इस बात पर ग्लानि हुई कि मैं एक ऐसे व्यक्ति के बारे में बुरा सोच रही थी, जिसके साथ नियति ने अन्याय किया था। मैंने राम से इस घटना का उल्लेख नहीं किया।

# 10

कौशल्या सुबह अचानक घबराई हुई मेरे कक्ष में आई। दशरथ ने यह संदेश भेजा था कि वह रात का भोजन कौशल्या के कक्ष में करेंगे। महर्षि वसिष्ठ और मंत्री सुमंत्र भी उनके साथ होंगे। उन्होंने मुझे और राम को उस समय वहां उपस्थित रहने को कहा था।

उन्होंने कहा कि दूसरे राजकुमारों को भी मौजूद होना चाहिए। कौशल्या ने बताया, 'मैं लक्ष्मण को आमंत्रित करूंगी। वह अच्छा है और राम के प्रति बहुत समर्पित है। मैं तुम्हारी बहन को भी बुलाऊँगी। मुझे लगता है दशरथ भूल गए हैं कि भरत अपने भाई शत्रुघ्न के साथ अपने मामा के पास कैकेय राज्य गया है। वे दोनों साथ में अपनी पत्नियों को भी ले गए हैं, इसलिए मुझे उनकी चिंता नहीं है। उन्होंने दूसरी रानियों के बारे में कुछ नहीं कहा, इसलिए मैं मान लेती हूँ कि उन्हें आमंत्रित नहीं किया गया है।'

इसके बाद कौशल्या ने मुझे विजयी दृष्टि से देखा और फिर खुद से कुछ बोलती हुई चली गई।

'दशरथ, अपने गुरु और मुख्यमंत्री को अपने घर पर भोजन पर क्यों आमंत्रित करेंगे जब तक ... नहीं, नहीं, यह बात पहले कहना ठीक नहीं है। मुझे राजा द्वारा औपचारिक घोषणा की प्रतीक्षा करनी चाहिए।'

हम दोनों को पता था कि उनके मन में क्या है। राम के विवाह को दस वर्ष बीत चुके थे और इन वर्षों में राम ने अपने पिता को शासन में भरपूर योगदान दिया था। क्या दशरथ को लगने लगा था कि राम सिंहासन संभालने के लिए तैयार हो गए हैं? क्या वह राजगद्दी छोड़ने और मेरे पति को राजा बनाने के विषय में सोच रहे थे? मैंने कौशल्या के चेहरे पर खुशी-भरी चमक देखी थी। कौशल्या के मन में

राम के लिए प्रेम था और साथ ही उन्हें राम के आदर्श राजा होने पर विश्वास था। इसके अतिरिक्त कौशल्या यह भी जानती थी कि राजा की माता होने के नाते उन्हें आखिरकार अन्य सभी रानियों से ऊपर स्थान प्राप्त हो जाएगा।

मुझे खुशी और उत्साह के साथ घबराहट भी थी। रानी के रूप में मेरी बहुत-सी जिम्मेदारियां होंगी। मैंने पिछले दस वर्ष आराम से बचपन और वयस्क अवस्थाओं के बीच काट दिए और अपने वैवाहिक जीवन का आनंद लिया। बीच-बीच में कुछ समस्याएं आती थीं, किंतु उन्हें सुलझाने में भी आनंद आता था। मुझे अब पूरे राज महल में सामंजस्य स्थापित करना होगा। मुझे यह देखना होगा कि सब अपने-अपने दायित्व ठीक से निभाएं। यदि वह ऐसा नहीं करेंगे तो मुझे कभी-कभी उन्हें फटकारना या दंड भी देना पड़ सकता है। किसी से गलती हुई तो सब मुझे दोष देंगे। क्या मैं इस बड़े परिवर्तन के लिए तैयार थी?

परंतु इतनी चिंता करने की जरूरत नहीं थी। दशरथ बूढ़े हो गए थे, परंतु उनका स्वास्थ्य ठीक था। राज्य अधिकार के हस्तांतरण में कई महीने या शायद वर्ष भी लग सकते थे।

'मैं रसोइये को क्या पकाने को कहूँ?' कौशल्या ने पूछा। 'राम और तुम कुछ भी खा लोगे, परंतु लक्ष्मण को विशेष तौर पर हिरण का माँस पसंद है। राजा दशरथ का पाचन ठीक नहीं है,इसलिए उनके लिए हल्का भोजन पकाना ठीक रहेगा। उन्हें चावल के साथ मूंग की दाल और थोड़ा साबूदाना देना उचित है। वसिष्ठ, विशुद्ध शाकाहारी हैं, इसलिए उनके लिए कटहल की सब्जी बना देंगे। उसका मौसम भी है। रसोइये को कहकर नौकर को बाजार भेजना है। मुझे सुमंत्र की पसंद के बारे में नहीं पता। उन्होंने हमारे साथ इससे पहले भोजन नहीं किया। ओह, देखो पहले ही कितनी देर हो गई है। बहुत-से काम बाकी हैं।'

'चिंता मत कीजिए माँ,' मैंने उन्हें दिलासा दिया, 'मुझे विश्वास है सब अच्छे ढंग से हो जाएगा। यदि आप चाहें तो मैं मिठाई बना दूंगी।'

'हां, तुम पयेश बना लो,' कौशल्या ने कहा, 'दशरथ को तुम्हारे हाथ का पयेश बहुत पसंद है। नौकर से कहना कि लौटते में महल की गौशाला से ताज़ा दूध और महल के भंडारगृह से गोपाल भोग चावल का एक कट्टा भी उठा लेगा। मैं रसोइये से कहकर तुम्हें गुड़ का बड़ा टुकड़ा भिजवा दूँगी। परंतु इसे जल्दी बना लेना। मैं चाहती हूँ तुम्हारे पास तैयार होने के लिए पर्याप्त समय हो।' उन्होंने अपने मुंह पर हाथ रखकर दासियों से भोजन-कक्ष के फर्श को धोकर साफ करने और महल के सबसे ऊंचे दीपक में तेल भरने का निर्देश दे दिया।

सामान्य तौर पर राजा दशरथ को अच्छा लगता था कि उनके आगमन की सूचना द्वारपाल द्वारा घोषणा करके दी जाए परंतु उस दिन वह इतने उत्साहित थे कि उन्होंने प्रतीक्षा नहीं की।

'मेरी रानी,' उन्होंने कौशल्या के कक्ष का द्वार खोलते हुए कहा, 'मैंने ज्योतिषियों से परामर्श किया है। कल का दिन बहुत शुभ है। पुष्य नक्षत्र उदय हो रहा है और राम के राज्याभिषेक के लिए यह उपयुक्त समय है।'

कौशल्या, दशरथ की आवाज सुनकर दौड़ी आई। उन्होंने बाल भी ठीक से नहीं बनाए थे, क्योंकि राजा दशरथ अपेक्षित समय से पहले आ गए थे। कौशल्या उनकी बात सुनकर चकित रह गई।

'हां कौशल्या, मैंने निर्णय ले लिया है,' दशरथ ने दरवाजे से ही कहा। उन्हें किसी की परवाह नहीं थी। 'कल राम का राज्याभिषेक किया जाएगा।'

'कल?' कौशल्या के चेहरे पर खुशी और आश्चर्य का मिश्रित भाव था। वह थोड़ी घबराई हुई भी थी। उन्हें इस समाचार की वर्षों से प्रतीक्षा थी। शायद वह राम के जन्म से ही इस सूचना का इंतजार कर रही थी। कौशल्या ने मुझे बताया था कि उन्हें राम के विवाह के समय से ही दशरथ की घोषणा की प्रतीक्षा थी। परंतु कौशल्या को यह उम्मीद नहीं थी कि राम के राज्याभिषेक का निर्णय राजा दशरथ द्वारा इतनी जल्दी ले लिया जाएगा। मुझे भी यह आशा नहीं थी। उन्हें शायद यह भी आशा नहीं थी कि मुझे महारानी का पद इतनी जल्दी सौंप दिया जाएगा।

'हां,' दशरथ ने कहा, 'मैं निर्णय करने के बाद उसे अधिक समय तक नहीं टालता। मैं जानता हूँ राम एक कुशल शासक बनने के लिए तैयार है। मैंने उसे अनेक वर्ष इसके लिए तैयार किया है और अब उसके पास एक योग्य पत्नी भी है।' यह कहकर उन्होंने मुस्कराते हुए मेरी ओर देखा। मैंने उन्हें प्रणाम किया और उन्होंने मेरे माथे को चूम लिया। 'तुम्हें कैसा लग रहा है? क्या तुम तैयार हो?'

मुझे बहुत बेचैनी हो रही थी। परंतु दशरथ बहुत खुश थे। मैंने धीरे से कहा, 'ये सब आपके आशीर्वाद और देवी की कृपा से है।'

राजा दशरथ का चेहरा खुशी से चमक उठा। 'यह हुई न बात! तुम्हारे अंदर आत्मविश्वास है, परंतु वह आवश्यकता से अधिक नहीं है।' फिर उन्होंने कहा, 'और क्या तुम राजा की माँ कहलाने के लिए तैयार हो? तुम्हें बहुत सारी तैयारियां करनी होंगी।'

'परंतु आप इतनी जल्दी में क्यों है?' कौशल्या ने पूछा।

मुझे भी हैरानी हो रही थी। दशरथ को समारोह पसंद थे और अवश्य वह चाहते होंगे कि उनके मित्र और सहयोगी राजा भी इस अवसर पर उनके पुत्र को

आशीर्वाद देने और उन्हें सहयोग एवं निष्ठा प्रदर्शित करने तथा उनके लिए मूल्यवान उपहार लेकर आएँ।

हमारा ध्यान वसिष्ठ पर नहीं गया, जो कमरे में चुपचाप दशरथ के पीछे खड़े थे। उनकी मुद्रा सदा की तरह गंभीर थी। 'महाराज को कल रात स्वप्न आया था। उस स्वप्न में उन्होंने देखा कि वह एक गधे पर आसीन होकर दक्षिण दिशा की ओर जा रहे हैं और आकाश उल्कापिंडों से भरा है। हमें लगता है राज्याभिषेक में देर नहीं करनी चाहिए।'

'यह कितना अजीब सपना है!' कौशल्या ने कहा। 'इसका क्या अर्थ हो सकता है?'

दशरथ ने मुंह मोड़ लिया। परंतु वसिष्ठ बोले, 'दक्षिण दिशा, मृत्यु या यम की दिशा है। राज्य ज्योतिषियों का मानना है कि यह विनाश और अपयश का प्रतीक है।'

कौशल्या का चेहरा बता रहा था कि वह भविष्यवाणी पर विश्वास नहीं करना चाहती थी। वह यह भी नहीं चाहती थी कि ऐसा कोई स्वप्न, उनके पुत्र के जीवन की सबसे महत्वपूर्ण घटना पर हावी हो जाए। 'हो सकता है यह स्वप्न किसी और कारण से आया हो,' कौशल्या ने कहा, 'कल रात को महाराज ने कैकेयी के यहां भोजन किया था। वह मसालेदार भोजन पकाती है, जिससे कई बार अपच हो जाता है। हो सकता है इसी कारण...'

दशरथ ने हाथ के संकेत ने कौशल्या को शांत कर दिया। 'महारानी आप जानती हैं कि मैं उन पुरुषों में से नहीं हूँ जो ग्रह-नक्षत्रों की चाल के अनुसार जीवन जीते हैं। परंतु मैं राम के मामले में कोई खतरा नहीं उठाना चाहता। वह मुझे बहुत प्रिय है।' उन्होंने कौशल्या के कंधे पर प्यार से हाथ रखा। वह लोगों के सामने इस तरह स्नेह का प्रदर्शन बहुत कम करते थे। 'तुम्हें चिंता करने की आवश्यकता नहीं है। तुम्हें जो काम करना है उस पर ध्यान दो। वसिष्ठ तुम्हें बाकी बातें समझा देंगे,' वह चिंतित होकर बोले। 'राम अभी तक यहां क्यों नहीं आया?'

दशरथ का चेहरा अचानक वृद्ध लगने लगा था। प्रेम किस तरह गिरगिट जैसे रंग बदलता है! वह एक क्षण में हमें हर्षित तो अगले ही क्षण उदास होने पर विवश कर देता है।

तभी सुमंत्र ने कहा, 'महाराज याद कीजिए, आपने ही राम को वनवासियों के बीच भूमि संबंधी विवाद सुलझाने दक्षिण की ओर भेजा था। मैंने दूत भेजकर उन्हें तुरंत वापस आने का संदेश भेजा है। रास्ता लंबा है। मुझे विश्वास है कि दूत उन्हें जल्दी ही संदेश पहुंचा देगा। चिंता की कोई बात नहीं है।'

हमने दशरथ से कई बार हल्का भोजन और जलपान करने का आग्रह किया। परंतु उन्होंने मना कर दिया। वह तेज गति से कमरे में इधर से उधर टहलते रहे। इस

बीच द्वार पर हलचल सुनाई पड़ी। राम ने प्रवेश किया था। यात्रा के कारण धूल-मिट्टी से उनके कपड़े गंदे हो गए थे। उन्होंने सबसे पहले मुझे देखा। उनकी आंखों में प्रेम और चिंता का भाव था। फिर वह अपने पिता के पास गए और चरण स्पर्श किए।

'मैं वनवासियों के मामले में निर्णय ले पाता, उससे पहले ही दूत ने मुझे वापस आने का संदेश दिया। उसने कहा कि महाराज ने तत्काल बुलाया है। क्या राज्य में सब ठीक है?'

दशरथ ने राम को उठाया और कसकर गले लगा लिया। 'सब ठीक है प्रिय पुत्र, क्योंकि तुम सुरक्षित वापस आ गए हो। मैं तुम्हें एक समाचार देना चाहता हूँ। कल तुम्हारा राज्याभिषेक किया जाएगा।'

राम सबके सामने भावुक नहीं होते थे। उन्होंने एक बार कहा था कि स्वयं पर नियंत्रण एक अच्छे शासक के लिए बहुत जरूरी और यह सही आचरण होता है, क्योंकि इससे आपके आसपास मौजूद लोग, चाहे आपके मित्र हों या शत्रु, यह अनुमान नहीं लगा पाते कि आप क्या सोच रहे हैं। परंतु उस दिन हम सब उनके चेहरे पर आश्चर्य देख पा रहे थे। 'इतनी जल्दी? परंतु मेरे भाई भरत और शत्रुघ्न तो कैकेय राज्य में हैं। उन्हें भी इस समारोह में मौजूद होना चाहिए।' राम समाचार से खुश नहीं थे।

'भरत को बुरा नहीं लगेगा,' दशरथ ने लापरवाही से कहा। 'उसे तो शुरू से ही पता था कि तुम राजा बनोगे और शत्रुघ्न, भरत के पीछे चलता है। इसका एक और भी कारण है।' यह कहकर दशरथ ने राम को स्वप्न के विषय में बताया।

राम चिंतित हो उठे। 'हमें आपके लंबे जीवन और स्वास्थ्य के लिए पहले विशेष पूजा करवानी चाहिए। उसके बाद हम राज्याभिषेक के विषय में सोचेंगे।'

दशरथ ने राम का सुझाव अस्वीकार कर दिया। 'यह सब बाद में होगा। राज्य के हित के लिए सबसे पहले तुम्हारा अभिषेक करना आवश्यक है।'

'राज्य का हित' यह दशरथ द्वारा प्रयुक्त जादुई शब्द थे। राम ने सिर झुकाकर उनकी बात मान ली। 'मैं आपका आदेश मानने को तैयार हूँ, महाराज,' राम ने कहा। 'आपने मुझ पर विश्वास किया, इसके लिए मैं आपका आभार व्यक्त करता हूँ।'

'अरे, यह औपचारिकता बहुत हो गई!' दशरथ ने कहा और राम को अपनी बाहों में ले लिया। 'मेरे पास आओ। अपने पिता को गले से लगा लो।'

मैंने राम को ध्यान से देखा। उन्होंने दशरथ को गले तो लगाया परंतु उनके चेहरे पर कोई भाव नहीं था। मुझे राज्य अभिषेक के विषय में राम के विचार जानने के लिए कुछ देर प्रतीक्षा करनी पड़ी। शीघ्र ही हम अकेले थे। मैंने उनसे बात की। मुझे यह पहले से पता था कि राम महान राजा बन सकते हैं। अपने पिता से भी महान, क्योंकि उन्होंने कभी अपनी व्यक्तिगत भावनाओं के सामने दायित्व को कमजोर

नहीं पड़ने दिया। यह जानकर मुझे गर्व महसूस हुआ। परंतु मेरे मन में एक विचित्र दुविधा भी पैदा हो गई थी।

शाम का समय जल्दी बीत गया। वसिष्ठ ने हमको संध्या और अगले दिन के राज्य अभिषेक की औपचारिकताओं जैसे प्रार्थना, अनुष्ठान, स्नान, ध्यान, व्रत, दान, दक्षिणा तथा रात्रि में सोने से पहले यज्ञ के विषय में सबकुछ बता दिया था। लक्ष्मण और उर्मिला भी हमारे साथ थे। लक्ष्मण तो इस समाचार से बहुत हर्षित और उत्तेजित था। उर्मिला ने मेरी सलाह पर सुमित्रा से बात कर ली थी इसलिए वह भी प्रसन्न थी। उसने मेरा हाथ कसकर पकड़ा और कान में धीरे से कहा कि मैं निश्चित तौर पर अयोध्या के राज सिंहासन पर बैठने वाली अब तक की सबसे सुंदर और सर्वश्रेष्ठ रानी बनूंगी।

मैंने उसे धीरे से बताया कि अयोध्या की रानियां, सिंहासन पर नहीं बैठतीं। राज्य अभिषेक के बाद वे फिर से अंतःपुर में चली जाती हैं।

'यह बदल भी जाता है,' उसने मुझसे धीरे से कहा, 'राम अपने पूर्ववर्ती राजाओं जैसे नहीं हैं। वह तुमसे इतना प्यार करते और तुम्हें इतना महत्व देते हैं कि आज से पहले इस राज्य ने यह सब कभी नहीं देखा। क्या उन्होंने सार्वजनिक रूप से यह घोषणा नहीं की कि वह किसी और स्त्री से विवाह नहीं करेंगे?'

हमारे विवाह के समय सचमुच ऐसा हुआ था। कुछ ही माह पहले माहिष्मती राज्य का राजदूत, राम के लिए विवाह का प्रस्ताव लाया था। हालांकि दशरथ अपने पुत्र के निर्णय से खुश नहीं थे, परंतु मुझे बहुत अच्छा लग रहा था, क्योंकि अपने पति के हृदय में केवल मैं बसी थी।

मैंने और राम ने रात्रि का काफी समय, निर्देशानुसार, प्रार्थना में बिता दिया बल्कि कहना चाहिए कि राम ने प्रार्थना की और मैं केवल उन्हें देखती रही। मुझे बीच-बीच में उबासी आ रही थी, क्योंकि मैं स्वभाव से अधिक निष्ठापूर्वक पूजा-प्रार्थना करने वाली नहीं हूँ। मुझे यह मानना होगा कि मैंने अधिकतर संकट के समय ही प्रार्थना की है। मैंने सदा जल्दी में बात कही और अधिकतर अवसरों पर देवी से वरदान मांगा है। परंतु राम आंखें बंद करके पूर्ण तरह शांत और स्थिर भाव से प्रार्थना करते थे। उन्हें देखकर लगता मानो वह भीतर किसी अन्य संसार में लीन हो जाते थे। मैं भी ऐसा ही करना चाहती थी परंतु मुझसे नहीं हो पाता था। मैंने जब कभी

उनसे ध्यान के विषय में पूछा तो मेरे प्रश्न से उन्हें परेशानी या दुविधा हो जाती थी।

'मैं हृदय-चक्र में केंद्रित हो जाता हूँ,' राम ने उत्तर दिया। 'इससे मेरा दिव्य के साथ साक्षात्कार होता है। क्या तुम ऐसा नहीं करती हो?'

मुझे कहने में शर्म महसूस हो रही थी कि मैं ऐसा नहीं करती हूँ।

प्रार्थना के बाद हम फर्श पर लेट गये। सूखी घास का बिस्तर बना हुआ था, क्योंकि वसिष्ठ ने कहा था कि राम को राज्याभिषेक से पहले अपनी गरीब प्रजा के कष्टों का अनुभव होना चाहिए। हमने उस दिन एक-दूसरे को स्पर्श नहीं किया। हमें उस रात शुद्धता का पालन करना था और शारीरिक सुख से दूर रहना था। वसिष्ठ ने बिस्तर पर दोनों के बीच नंगी तलवार रखने के विषय में भी कहा था। परंतु मुझे लगा यह कुछ ज़्यादा हो जाएगा और ऐसा करना खतरनाक भी था। मैंने तलवार रखने से मना कर दिया था। मैंने राम से कहा हम एक-दूसरे को पकड़कर लेट सकते हैं, परंतु इसके आगे नहीं बढ़ेंगे। परंतु राम ने मना कर दिया। उनका कहना सही था। परस्पर निकट होने से शरीर में कुछ ऐसा होता है कि हम नियंत्रण खो देते हैं। हमने समझौते के तौर पर एक-दूसरे की अँगुलियाँ पकड़ लीं। हम रात्रि में देर तक बातें करते रहे। राम थके हुए थे, परंतु उन्हें नींद नहीं आई। मैं भी उनका साथ देना चाहती थी।

राजा बनकर क्या आप किसी परिवर्तन की योजना बना रहे हैं?' मैंने पूछा।

'हां, सोच रहा हूँ,' राम ने उत्तेजना से उठते हुए कहा। 'यद्यपि मैं यह काम धीरे-धीरे करूंगा ताकि मेरे पिता को कष्ट न हो। मैं चाहता हूँ मेरे राज्य में प्रत्येक व्यक्ति की, वह कितना ही दीन क्यों न हो, सुनवाई होनी चाहिए। किसी को ऐसा महसूस नहीं होना चाहिए कि उसकी उपेक्षा हो रही है या उसे न्याय नहीं मिला।'

मैं उनसे पूछना चाहती थी कि स्त्रियों का क्या होगा। परंतु राम अपने लक्ष्य पर इतने केंद्रित थे कि मैंने उन्हें बीच में टोकना उचित नहीं समझा।

'मैं जानता हूँ बहुत-से लोग शुरू में आवाज़ उठाने से घबराएँगे। उन्हें मेरे पिता के राज में ऐसा करने की आदत नहीं है। इसलिए मुझे पूरे राज्य में गुप्तचर भेजने होंगे, जो लोगों के प्रश्नों और उनकी बातों को सुनेंगे और नागरिकों की इच्छाओं को जानेंगे। वह सब मुझे आकर बताएंगे और इस तरह मुझे समस्या के पैदा होने और उसके बड़ी होने से पहले ही समाधान करने का मौका मिल जाएगा।'

यह कहकर राम ने मेरी तरफ देखा। उनका चेहरा चमक रहा था और वह मेरे उत्तर की प्रतीक्षा कर रहे थे।

'यह बहुत अच्छी योजना है,' मैंने कहा। मैं उन्हें देखकर मुस्कराई। वह सचमुच अच्छी योजना थी। परंतु मुझे कुछ और बातों का संदेह था। क्या नगर का हर व्यक्ति इस योग्य है कि उसकी बात सुनी जाए या उसकी शिकायतों को दूर किया जाए?

अयोध्या, यदि मिथिला की तरह होता तो यहां बहुत-से मूर्ख होंगे और दुर्भाग्य से मूर्ख ही सबसे अधिक ऊंची आवाज उठाते हैं और अकारण शिकायत करते हैं।

मैं व्यर्थ और अकारण इतनी चिंता कर रही हूँ, मैंने खुद से कहा। राम बहुत समझदार हैं। वह निश्चय ही वास्तविक समस्याओं और अनुचित मांगों में फ़र्क करना जानते हैं।

'सीता!' राम ने अचानक कहा, 'तुम मेरी बात नहीं सुन रही हो। मैंने तुमसे दो बार पूछा कि तुम्हें राज्य अभिषेक के दिन मुझसे क्या उपहार चाहिए?'

'मेरे पास वह सब है जो मुझे चाहिए,' मैंने मुस्कराते हुए कहा। 'बल्कि उससे भी ज़्यादा!'

'तुम्हारी यही बात मुझे अचंभित करती है। मैं, अपनी माँ सहित किसी ऐसी स्त्री को नहीं जानता जो उसके पति द्वारा उपहार देने के प्रस्ताव पर ऐसा उत्तर देती।'

मैंने कंधे उचकाए और कहा, 'आपने मुझे अपना हृदय दिया है। मुझे और क्या चाहिए!'

'फिर भी मैं तुम्हें कुछ देना चाहता हूँ,' राम ने कहा। 'मैं तुम्हें कोई विशेष उपहार देना चाहता हूँ। कुछ ऐसा, जिससे मैं अपना प्रेम व्यक्त कर सकूं। आखिरकार, तुमने ही मुझे सिखाया है प्रेम क्या होता है।'

'फिर मुझे यह उपहार दीजिए,' मैंने कहा, 'मुझे वचन दीजिए कि आप हमेशा मुझे सहयोगी की तरह अपने साथ रखेंगे, यह कि आप अपने सब विचार अच्छे और बुरे - मुझसे साझा करेंगे तथा अपनी समस्याओं और खुशियों को भी मेरे साथ बाँटेंगे।'

'यह कोई उपहार नहीं हुआ,' राम ने शिकायत करते हुए कहा। 'क्या मैं ऐसा अभी नहीं करता हूँ? परंतु कोई बात नहीं। मुझे स्वीकार है,' उन्होंने मेरी हथेली चूमते हुए कहा। 'क्या तुम्हें लगता है ऐसा करने से भी वसिष्ठ के निर्देश का उल्लंघन होता है?'

'मुझे नहीं लगता कि देवी को यह बात बुरी लगेगी, क्योंकि उन्हें भी पता है कि प्रेम क्या होता है,' मैंने उत्तर दिया।

मुझे उस रात ज़्यादा गहरी नींद नहीं आई। सूखी घास का बिस्तर और अगले दिन के उत्साह के कारण मैं ठीक से सो नहीं सकी। मुझे नींद आई तो मुझे सपना आया कि मैं एक चमकदार धातु से बने कक्ष में हूँ। उस कक्ष की दीवारें और उसका फर्श इतना चिकना और साफ था मानो किसी विशाल राक्षस कारीगर ने उसका निर्माण

किया है। उस कक्ष में केवल एक स्त्री मेरी ओर पीठ करके बैठी थी। उसकी कमर तलवार की तरह सीधी थी। उसके बाल खुले और और वस्त्र बिखरे हुए थे। उसने आभूषण उतारकर फेंक दिए थे जो फर्श पर चारों और फैले थे। उसके वस्त्र भी फटकर चिथड़े हो गए थे। मैं उसे देखकर समझ गई कि उसने अपने वस्त्र स्वयं नोंच फाड़े थे।

कक्ष को कोई लगातार खटखटा रहा था। उस स्त्री ने दरवाजे पर हो रही आवाज पर ध्यान नहीं दिया।

हे 'प्रिय,' बाहर से चिंता भरे स्वर में आवाज आ रही थी। मुझे लगा वह राजा दशरथ की आवाज थी। 'कृपया मुझे भीतर आने दो। मुझे बताओ किसने तुम्हें दुख पहुंचाया है। मैं उसे दंड दूंगा। मैं तुम्हें वचन देता हूँ कि उसे मृत्यु दंड दे दूँगा। कृपया मुझसे बात करो। तुम्हारी उदासी, मेरे हृदय को भेदकर तलवार की तरह अंदर उतर गई है।'

मैंने उस स्थान को तुरंत पहचान लिया। वह कैकेयी का कोप-कक्ष था।

कैकेयी ने उत्तर नहीं दिया। राजा दशरथ की हताशा बढ़ती गई। कैकेयी ने आखिरकार मुंह खोला तो उसका स्वर ठंडा था। 'मुझे आपसे कोई नया वचन नहीं चाहिए। क्या आपको याद है कि आपने मुझे वर्षों पहले दो वचन दिए थे?'

'हां,' दशरथ ने कहा, 'मैं कैसे भूल सकता हूँ। तुमने दो बार मेरी जान बचाई थी। एक बार जब मैं युद्धभूमि में बुरी तरह घायल हो गया था और दूसरी बार, जब मैं बहुत बीमार था। तुमने अपने होठों से मेरे शरीर से जहर चूस कर मेरे प्राण बचाए थे। परंतु मेरे कहने पर भी तुमने उस समय उपहार लेने से मना कर दिया था।'

कैकेयी ने कक्ष का दरवाजा खोल दिया। दशरथ ने बाँहें कैकेयी के गले में डालनी चाही परंतु उसने दशरथ को दूर धकेल दिया। 'महाराज, अब उस वचन को निभाने का समय आ गया है।'

'मुझे बताओ, तुम्हें क्या चाहिए?' राजा का चेहरा प्रेम से भर उठा। 'तुम्हें जो चाहिए मैं दूंगा, अन्यथा तुम्हारी इच्छा पूर्ति के लिए अपने प्राण त्याग दूंगा।'

कैकेयी मुस्कराई। उसकी मुस्कराहट ग्रीष्म ऋतु की चांदनी की तरह ठंडी थी या कह सकते हैं कि वह किसी गर्म सूखे दिन पर बर्फ की तरह गिरी थी। कभी-कभी कैकेयी की मुस्कान किसी छुरे की चमकदार धार की तरह खतरनाक लगती थी। मैं समझ गई थी कि राजा दशरथ कैकेयी के प्रति इतने आकर्षित क्यों थे।

इसके बाद कैकेयी ने कुछ कहा, परंतु मैं स्वप्न में उसकी कही बात सुन नहीं पाई। मैंने केवल इतना देखा कि दशरथ घुटनों पर बैठ गए और उन्होंने याचना की मुद्रा में अपने हाथ जोड़ लिए। उनके चेहरे पर भय था। मैंने उनके शब्दों को सुनने का बहुत प्रयास किया परंतु धीरे-धीरे वह दृश्य धुंधला हो गया और फिर ओझल

हो गया। मेरी नींद खुल गई। राम अपने नित्य कर्म के लिए बाहर निकल चुके थे, जिसको राज्य अभिषेक से पहले करना जरूरी था।

दासियाँ मेरे चारों ओर घूम रही थीं और वे बहुत खुश थीं। वे मुझे उस विशेष दिन के लिए तैयार करने में जुटी थीं। उन्होंने मुझे दूध और हल्दी से नहलाया, फिर दहेज में माँ से मिली नई साड़ी पहनाई। यद्यपि मुझे उम्मीद नहीं थी कि मैं उसे इतनी जल्दी पहन सकूँगी। उसका रंग असाधारण था जैसे सूर्योदय से पहले आकाश में लालिमा बिखरती है। परंतु उस पर जैसे ही प्रकाश पड़ा, वह हज़ारों मोतियों की भांति चमक उठी। पूरी साड़ी पर मोतियों से कढ़ाई की गई थी। वह बहुत भारी थी और रानी के पद के गंभीर दायित्व का प्रतीक थी। परंतु राम से पिछली रात की बातचीत के बाद मैं उस दायित्व के लिए तैयार थी। मैं सीधी खड़ी रही। उन्होंने मुझे धीरे-धीरे साड़ी पहनाई और फिर सोने का कमरबंद पहनाया। वह कक्ष स्त्रियों के शोरगुल से गूंज रहा था। वे मेरी कलाइयों पर चंदन का तेल लगाने लगीं और उन्होंने मेरे बाल नए ढंग से बांधे थे।

उर्मिला भी उनकी सहायता के लिए आ गई थी। उसने मेरे गले में माणिक्य का हार बाँधते हुए कहा, 'राजदूत कल रात बाहर निकले थे।'

'अब यह मत कहना कि अयोध्या में भी तुम्हारे गुप्तचर हैं,' मैंने मजाक में कहा।

उर्मिला ने मुझे गंभीरता से देखा, 'तुम्हें भी गुप्तचर रखने चाहिए, क्योंकि अब तुम रानी बनने वाली हो, अन्यथा तुम्हें महल में अपने विरुद्ध किसी षड्यंत्र का पता कैसे लगेगा? हालांकि मैं अभी तक केवल अच्छी बातें सुनी हैं। सभी पड़ोसी राज्य और राजाओं को बुलाया गया है। मेरे विचार से उनमें से बहुत-से पहुंचने वाले होंगे। पूरी नगरी इस बात से उत्साहित है। सब जगह मिठाइयां बंट रही हैं और सोने के सिक्के बांटे जा रहे हैं। राज्य अभिषेक के बाद यह उत्सव पंद्रह दिन तक चलेगा। क्या तुम्हें लोगों की खुशी सुनाई नहीं पड़ती?

मुझे महल के बाहर लोगों का हर्षित स्वर सुनाई पड़ रहा था। मुझे राम का और अपना नाम सुनाई पड़ रहा था, जिसे नगरवासी बार-बार दोहरा रहे थे। यद्यपि मुझे नहीं पता कि हममें से पहले किसका नाम पुकारा जा रहा था क्योंकि जहां एक समाप्त होता, वहां से दूसरा शुरू हो जाता था। *रामसीतारामसीतारामसीताराम।* सुगंधित फूलों और कमल के पुष्पों की सुगंध सर्वत्र फैली थी। उस सुगंध से मेरा सिर घूमने लगा।

उर्मिला उत्सव के लिए तैयार होने चली गई। रानी की बहन की भी महत्वपूर्ण भूमिका होती है। यह बात उसने स्वयं कही थी और वह उस अवसर पर सुंदर दिखना चाहती थी। सौभाग्य से, हमारी दूरदर्शी माँ ने ऐसे अच्छे अवसर के लिए उर्मिला को गहरी नीली साड़ी दी थी।

मैंने उर्मिला को हँसकर विदा किया। उसकी खुशी चारों ओर फैल रही थी। मैं कौशल्या के कक्ष की ओर चल पड़ी। मुझे और राम को सुबह का व्रत कौशल्या के साथ तोड़ना था। फिर हमें राज्य अभिषेक के लिए जाना था। मुझे विश्वास था कि कौशल्या ने इस विशेष अवसर के लिए अपने हाथों से बहुत-से पकवान बनाए होंगे। मुझे सबसे अधिक चिंता यह थी कि वह मेरी किसी बात का बुरा न मान जाएँ, क्योंकि मुझे कुछ भी खाने में घबराहट हो रही थी।

# 11

मैं अभी कुछ ही कदम चली थी कि मुझे रुकना पड़ा। मेरे मार्ग में एक छोटे कद की स्त्री खड़ी थी। उसके पीठ पर बड़ा-सा कूबड़ था। हालांकि हम पहले नहीं मिले थे, परंतु मैंने तुरंत उसे पहचान लिया। वह मंथरा थी। उसने चटक लाल रंग की साड़ी पहनी थी और उसके गले में दो धागों वाला मोतियों का अनमोल हार था। वह मुझे कुछ देखा-सा लग रहा था और फिर मुझे याद आया कि मैंने उसे पिछली बार कैकेयी के गले में देखा था।

कैकेयी की यह गुप्तचर मुझसे क्या चाहती है?

'अभिनंदन राजकुमारी और आपको बधाई!' मंथरा ने कहा। उसने मुझे जरूरत से ज़्यादा झुककर प्रणाम किया या शायद मुझे सिर्फ़ ऐसा लगा होगा, क्योंकि उसकी पीठ का कूबड़ देखकर मुझे अजीब लग रहा था। मैंने उसे देखकर मुस्कराने का प्रयास किया। उसके शारीरिक विकार के कारण लोग उसे घृणा से देखते थे, लेकिन इसमें उसकी गलती नहीं थी।

'मैं आपके लिए दशरथ का संदेश लाई हूँ,' मंथरा ने कहा।

मंथरा ने जिस तरह महाराज का नाम पुकारा, उसे सुनकर मुझे आश्चर्य हुआ। कोई नौकर, राजा को कितना भी पसंद क्यों न हो, इस तरह राजा का नाम पुकारना अनादर का सूचक था।

मंथरा ने कहा, 'आपको महारानी कैकेयी के महल में आने का निर्देश है, जहां महाराज ने रात बिताई थी। राम को भी बुलाया गया है। आप मेरे साथ चलिए।'

मैंने रात जो स्वप्न देखा था, वह दृश्य मेरी आंखों के आगे फिर से आ गया।

मैं मंथरा के साथ नहीं जाना चाहती थी। मुझे उस पर विश्वास नहीं था। 'हमें उत्सव के लिए देर हो जाएगी,' मैंने विरोध किया।

'चिंता मत कीजिए। आपके पास अभी बहुत समय है,' मंथरा ने कहा। उसके चेहरे की मुस्कान अटपटी थी। वह एक ओर झुककर संकरे रास्ते से आगे बढ़ने लगी। 'राम का राज्याभिषेक इतनी जल्दी नहीं होगा।'

महल के छोर के साथ से निकलती गली से गुजरते हुए मुझे सामने एक और रास्ता नज़र आ रहा था। वहां संगीत थोड़ा तेज सुनाई पड़ रहा था। स्त्री और पुरुष सड़कों पर नाच रहे और पुष्प-वर्षा कर रहे थे। भव्य समारोह के लिए द्वार तैयार किया गया था। उस पर रंग-बिरंगी पताकाएँ लहरा रही थीं। मैंने अनुमान लगाया कि मुझे और राम को शायद उस स्थान से रथ-यात्रा आरंभ करनी होगी। मंथरा एक पल के लिए रुकी और उत्सव मनाते लोगों को देखने लगी। 'कितने मूर्ख लोग हैं! इन्हें जल्द ही किसी दूसरी धुन पर नाचना है। लोग सही कहते हैं, अज्ञानता सचमुच बहुत आनंददायक होती है।'

मंथरा की बात सुनकर मुझे घबराहट होने लगी। मैं उससे इस बात का आशय पूछना चाहती थी। परंतु मुझे पता था कि मंथरा यही चाहती थी। मैं उसे इतनी आसानी से संतुष्ट नहीं होने दूंगी।

मैं होंठ दबाए चुपचाप मंथरा के पीछे चलने लगी। हमारी योजना में हुआ यह परिवर्तन कुछ देर में स्पष्ट होने वाला था। शायद कैकेयी हमें विवाह के लिए उपहार देना चाहती हो, या हमें कक्ष में बुलाकर अपना प्रभुत्व और अपनी शक्ति का प्रदर्शन करना चाहती हो। वह जानती थी कि राम के राज्याभिषेक के तुरंत बाद कौशल्या, रानी माँ बन जाएंगी और कैकेयी का महत्व कम हो जाएगा।

परंतु मुझे अपना स्वप्न बार-बार याद आता रहा। दशरथ घुटनों पर बैठे हैं और उनके चेहरे पर भय और हताशा का भाव नज़र आ रहा था।

मंथरा मुझे एक बड़े-से कक्ष में ले गई। मैं वहां पहले कभी नहीं आई थी। इससे पहले कैकेयी मुझे किसी अन्य छोटे कक्ष में मिली थी। यहाँ बहुत जगह थी और यह स्थान औपचारिक था। कैकेयी ने उसे राजदरबार की तरह सजा रखा था। उसका फर्श चमक रहा था, जिस पर जबरदस्त कारीगरी किए पत्थर लगे थे। बैठने के लिए बड़ी-बड़ी कुर्सियां थीं। परंतु उस दिन वह कमरा, चमकदार दीवार और फर्श के बावजूद नीरस लग रहा था। उसमें एक खिड़की थी जिससे बाहर के उत्सव का शोर और प्रकाश भीतर आ रहा था। परंतु फिर भी वह कमरा बुझा हुआ-सा दिख रहा था। दशरथ सिंहासन पर बैठे थे। मैंने उन्हें प्रणाम किया, परंतु उन्होंने शायद मेरी और नहीं देखा। वह घबरा उठे। उनके केश चेहरे पर झूल रहे थे और आंखों में धुंधलापन था। उन्हें ठीक से दिखाई नहीं पड़ रहा था। एक ही रात में ऐसा लगा

मानो दशरथ बूढ़े हो चुके हैं। क्या वह अचानक बीमार हो गए थे? क्या उन्हें किसी तरह का सदमा लगा था?

'पिताजी!' मैंने जोर से कहा और मैं उनकी तरफ दौड़ी। परंतु कैकेयी फुर्ती से हमारे बीच आकर खड़ी हो गई। राजा की तुलना में कैकेयी अधिक युवा, गतिशील और सुंदर थी। उसका चेहरा चमक रहा था। उसने सोने की भारी साड़ी और बहुत-से आभूषण पहने हुए थे।

'बैठो,' कैकेयी ने कहा और वह मुस्कराने लगी। उसने मुझे कुर्सी पर बैठने का संकेत किया। वह कुर्सी होने वाली रानी के लिए नहीं थी। 'राम यहां किसी भी क्षण आ जाएगा, फिर हम बात करेंगे। मंथरा, सीता को कुछ पीने के लिए दो।'

मैंने विनम्रतापूर्वक मना कर दिया। मैं सिर्फ यह चाहती थी कि कैकेयी उन औपचारिकताओं को जल्द समाप्त कर दे तो मैं लौट जाऊं। वसिष्ठ ने हमें चेताया था कि हमें विलंब नहीं करना है। विवाह की भांति, उस दिन का शुभ मुहूर्त भी कम समय के लिए था। वसिष्ठ नहीं चाहते थे कि वह क्षण व्यर्थ चला जाए। परंतु मंथरा ने मेरे हाथ में चांदी के गिलास में अनार का रस दे दिया। मैंने धृष्टता से बचने के लिए अनिच्छा से एक घूंट पी लिया।

इसके बाद राम भी कक्ष में आ गए। उनके आने से मुझे बेहतर लग रहा था। मुझे विश्वास था कि राम स्थिति को संभाल लेंगे। जो गलत हो रहा था, वह ठीक हो जाएगा। मैं मुस्कराते हुए उठी, परंतु उन्होंने मेरी ओर नहीं देखा। उनकी चिंतित आंखें दशरथ को देख रही थीं।

'महाराज, मैं आपका संदेश मिलते ही तुरंत चला आया। क्या हुआ?'

दशरथ ने कुछ नहीं कहा। उनके चेहरे पर दर्द और आंखों से आंसू आ गए। उन्होंने काँपते हाथों से राम को थाम लिया। राम ने घुटनों पर बैठकर दशरथ को कसकर पकड़ लिया।

'कैकेयी माँ, क्या पिताजी बीमार हैं? आप कुशल चिकित्सक हैं और मुझे भरोसा है कि आप इनकी अच्छी देखभाल कर रही होंगी। परंतु क्या हमें किसी को...'

तभी दशरथ के होंठ हिले परंतु वह बोल नहीं पाए। काफी प्रयास के बाद उन्होंने मुंह खोला तो उनकी आवाज बहुत धीमी और कर्कश सुनाई पड़ रही थी। 'चिकित्सक! यही मेरे दुखों का कारण है। यह राक्षसी! यही मेरी मृत्यु का कारण बनेगी। मैं उस दिन को कोस रहा हूँ जब मैंने इससे विवाह किया था।'

'क्या समस्या हो गई?' राम ने पूछा। उनकी आवाज से हम दोनों स्तब्ध रह गए। 'बात कुछ भी हो, मैं आपको वचन देता हूँ कि मैं आपकी सहायता अवश्य करूंगा।'

महाराज ने अपना सिर शर्म से झुका लिया। वह अंतर्मन की दुनिया में लीन हो गए, मानो उनके आसपास कोई मौजूद नहीं था। फिर कैकेयी ने बोलना शुरू किया।

'तुम सही कहते हो, राम। अब केवल तुम दशरथ की सहायता कर सकते हो। कई वर्ष पहले मैंने दो बार इनके प्राण बचाए थे। उसके बदले इन्होंने मुझे दो वरदान देने का वचन दिया था। आज मैंने दोनों वरदान मांग लिए हैं, परंतु उन्हें केवल तुम पूरा कर सकते हो। रघुकुल के वंशजों ने सदा अपना वचन निभा कर अपने गौरव की रक्षा की है। रघुकुल का गौरव अब तुम्हारे हाथों में है!'

राम ने धीरे-से स्वयं को पिता से अलग किया और सीधे खड़े हो गए। मैंने देखा वह बोलने वाले थे। उनके चेहरे पर शांत और निश्चल भाव उभर आया, जिसे देखकर मुझे डर लग रहा था। मैं दौड़कर उनके निकट गई और उनका हाथ पकड़ लिया। महल के शिष्टाचार को ध्यान में रखते हुए मुझे चुप रहना चाहिए था, परंतु मुझे बुरा लग रहा था। 'जब तक यह अपनी इच्छा न बताए, इन्हें कोई वचन मत दीजिए,' मैंने धीरे-से राम के कान में कहा। उन्होंने मेरे ऊपर हाथ रखा, परंतु मेरी ओर नहीं देखा। उन्होंने कैकेयी से बात की।

'अपनी इच्छा पूरी करने के लिए आपको रघुकुल की ख्याति का उल्लेख करने की आवश्यकता नहीं है,' राम के स्वर में दर्द था। 'मैं अपने पिता का वचन पूरा करने के लिए कुछ भी करने को तैयार हूँ।'

एक पल के लिए कैकेयी को संकोच हुआ। क्या उसके चेहरे पर शर्म का भाव था? फिर उसने मंथरा की ओर देखा मानो वह हिम्मत जुटा रही थी। 'मुझे दो वरदान चाहिए। पहला, तुम नहीं बल्कि मेरा पुत्र भरत कोशल का राजा बनेगा। यह उसका अधिकार है। तुम्हें शायद यह पता न हो और तुम्हारे पिता ने भी अपना वचन भुला दिया। परंतु हमारे विवाह के समय दशरथ ने मेरे पिता को वचन दिया था कि मेरा पुत्र ही अयोध्या के राज सिंहासन पर बैठेगा। दूसरा वरदान यह कि तुम्हें चौदह वर्ष का वनवास भोगना होगा।'

मुझे अपने कानों पर विश्वास नहीं हुआ। पहले मुझे लगा मैंने शायद गलत सुना होगा। कैकेयी तो राम से प्रेम करती थी। उसके चेहरे पर राम के लिए सच्चा प्रेम था। और अब वह रातों-रात राम से राज्य छीनकर उन्हें अंधकार और संकट में धकेलने वाली थी।

'आप ऐसा कैसे कर सकती हैं?' मैंने जोर से कहा। मुझे इतना क्रोध आ गया कि मैं अपनी माँ से सीखा सबकुछ एक क्षण में भूल गई। 'यह हर दृष्टि से अनुचित है। हम सब जानते हैं कि राम, भरत से बेहतर राजा हैं। उन्हें जीवन-भर इसके लिए तैयार किया गया है, जबकि भरत का अधिकतर समय राज्य से बाहर बीता है। उसने दरबार की गतिविधियों को कभी नहीं देखा।'

'यदि भरत ने दरबार नहीं देखा,' कैकेयी ने ठंडे स्वर में कहा, 'तो यह भी उसके पिता की भूल है। इन्होंने उसे कभी अवसर ही नहीं दिया।'

राम ने कसकर मेरी कलाई पकड़ ली। उनकी पकड़ लोहे की तरह मजबूत थी। मुझे पता था मेरी कलाई पर निशान पड़ जाएगा। परंतु मुझे उसकी चिंता नहीं थी। मैं इस अन्याय के विरुद्ध खड़ी हो गई। मैं राम से कहना चाहती थी अन्याय का विरोध कीजिए। परंतु उन्होंने सिर हिलाकर संकेत से मुझे बोलने से रोक दिया।

मैंने उनकी बात मान ली। मैंने मन में उनसे याचना की। *इसका विरोध करो। कम-से-कम अपने पिता को उनके राज्य और अयोध्या के लोगों के प्रति उनके कर्तव्य की याद दिलाओ।*

परंतु मेरे पति ने ऐसा नहीं किया। उन्होंने निस्संकोच कहा, 'आपकी जैसी इच्छा!' राम ने कैकेयी को सिर झुकाकर प्रणाम किया। उनका चेहरा भावहीन था लेकिन मुझे उनकी आंखों में क्षणिक रूप से आहत होने का भाव दिखाई पड़ गया था।

कैकेयी, अपनी विजय से खुश थी।

मैंने कैकेयी के चेहरे को देखकर सोचा, यदि प्रेम इतनी जल्दी घृणा में परिवर्तित हो सकता है तो हम और किस पर निर्भर रह सकते हैं?

मैं और राम, कौशल्या के कक्ष में चले गए। मेरे भीतर भावों का ऐसा ऊहापोह चल रहा था कि मुझे सांस नहीं आ रही थी। परंतु मेरे मन में बहुत-सा क्रोध था। मैंने राम से कभी झगड़ा नहीं किया। परंतु मैं अब उसके लिए तैयार थी।

मैंने कहा, 'मुझे विश्वास नहीं हो रहा है कि आपने शांति से कैकेयी की सब बातें मान लीं। यदि आपके पिता स्वयं आपको सिंहासन छोड़ने को कहते तो अलग बात थी। परंतु वह तो ऐसा नहीं चाहते और यह ठीक भी है। वह जानते हैं कि उनके जाने के बाद केवल आप राज्य को सुरक्षित और संगठित रख सकते हैं।'

राम ने मेरी ओर देखा। मुझे उनके चेहरे पर तनाव नज़र आ रहा था। 'मैं वही कर रहा हूँ। पुत्र होने के नाते अपने पिता का वचन पूरा करना मेरा दायित्व है। साथ ही, मैं राज्य में शांति चाहता हूँ। यदि मैं कैकेयी का विरोध करता तो संपूर्ण राज्य में क्लेश का वातावरण उत्पन्न हो जाता। कैकेयी बहुत शक्तिशाली है। उसका अपना संगठन है, अपने प्रहरी हैं। यहां झगड़ा हो सकता है, गृह-युद्ध की स्थिति उत्पन्न हो सकती है। कैकेयी, हो सकता है अपने भाई को बुला ले और वह सेना लेकर हम पर आक्रमण कर सकता है। मैं राज्य में मृत्यु और विनाश का कारण नहीं बनना चाहता।'

'परंतु...' मैंने अपनी बात कहनी चाही।

राम ने मुझ पर हाथ रखते हुए कहा, 'मैं जानता हूँ तुम इस बात से दुखी हो। परंतु तुम्हें दृढ़ और शांत रहना होगा। मुझे तुम्हारा सहयोग चाहिए।'

मैंने राम की आंखों में देखा। उनमें दृढ़ता के अतिरिक्त चिंता भी थी। वह भी नहीं जानते थे कि आने वाला समय कैसा होगा। उन्हें अपने साथ हुए विश्वासघात का आभास हो गया था।

मैंने दुख और भय को खुद से दूर कर दिया। इस बारे में बाद में सोचेंगे, मैंने खुद से कहा। मुझे मेरा दायित्व पता था और वह राम के दायित्व से कहीं अधिक सरल था। मुझे केवल राम को इस चुनौती को पूरा करने में उनकी सहायता करनी थी। मैंने उनके चेहरे को हाथों में लिया और चूम लिया। मुझे किसी के देखने की चिंता नहीं थी। हमें जिस तरह के दुख और संकट में धकेला जा रहा था, उसे देखते हुए सामाजिक परंपराओं के प्रति मेरी चिंता जलकर भस्म हो गई थी।

'आप जैसा उचित समझें,' मैंने कहा। 'आप जो निर्णय लेंगे मैं आपका साथ दूंगी। आपके निर्णय के फलस्वरूप जो कुछ मिलेगा, उसे हम मिलकर ग्रहण करेंगे।' मुझे लगा अचानक मेरी हथेलियों से ऊर्जा का तेज प्रवाह चक्रवात की भांति राम के सिर में प्रवेश कर गया। मुझे इससे थकान नहीं हुई बल्कि मैं पहले से अधिक ऊर्जान्वित हो गई। प्रेम का यही जादू है कि इसमें प्रेम ग्रहण करने वाले से अधिक प्रेम देने वाले को लाभ मिलता है।

हम एक-दूसरे का हाथ थामे कौशल्या को समाचार सुनाने चल दिए।

कौशल्या का महल, अगरबत्ती की खुशबू और संगीत से भरा था। उसमें बहुत-सी स्त्रियां रहती थी। जिनमें से कुछ कौशल्या की सखियां थीं तथा कुछ रानियां थीं जो कौशल्या को शुभकामनाएं देने आई थीं। उन्हें पता लगा था कि राम को राजा बनाकर कौशल्या को महारानी का पद दिया जा रहा है। वे मिलकर सौभाग्य के गीत गा रही और मिठाइयां बांट रही थीं। हमें देखते ही सब चली गईं। कौशल्या के हाथ में कुमकुम से भरा सोने का कटोरा था। वह हमारा तिलक करना चाहती थी। परंतु वह कटोरा कौशल्या के हाथ से छूट गया और उनकी साड़ी पर गंदा लाल धब्बा पड़ गया। राम ने उन्हें पकड़ा न होता तो वह गिर जाती। राम ने संक्षेप में कौशल्या, लक्ष्मण और उर्मिला को सारी बात बता दी कि किस तरह कैकेयी ने उनसे वचन मांगा और यह कि उन्होंने कैकेयी की शर्त मान ली थी।

उर्मिला को इतना आश्चर्य हुआ कि वह निःशब्द खड़ी थी। परंतु लक्ष्मण के चेहरे पर क्रोध छा गया। 'यह क्या बकवास है, भैया!' लक्ष्मण ने चिल्लाकर कहा जिसे

सुनकर राम के अतिरिक्त सब कांपने लगे। 'आप राज सिंहासन पर अधिकार केवल इसलिए छोड़ देंगे कि पिताजी की बुद्धि वृद्धावस्था में काम नहीं कर रही है और वह हमारी विमाता के हाथ की कठपुतली बनकर रह गए हैं? वह ऐसी मूर्खतापूर्ण मांग को कैसे मान सकते हैं? मेरे मन से उनके लिए आदर समाप्त हो गया है। आप हम सबमें ज्येष्ठ हैं और श्रेष्ठ भी हैं। मेरे लिए आप ही राजा हैं। आप मुझे आदेश दीजिए और मैं अकेला ही भरत को बंदी बनाकर आपके चरणों में डाल दूंगा। मुझे जिसने रोकने का प्रयास किया, चाहे वह सैनिक हो या महान योद्धा या फिर मेरा सहोदर शत्रुघ्न ही क्यों न हो, मैं सबको मार डालूंगा!'

मैं लक्ष्मण के रूप में प्रेम का एक और चेहरा देख रही थी। लक्ष्मण अपने प्रियजनों के भी संहार को तैयार था, क्योंकि वह राम से अधिक प्रेम करता था। क्या प्रेम ही वह शक्ति नहीं है जिसके कारण कैकेयी ने अपने पुत्र के हित की रक्षा के लिए राम की बलि दे दी? क्या यही शक्ति मंथरा में नहीं है जिसने यह समूची विनाश लीला रची थी? वही कैकेयी के कान भरती थी। वह आज भी कैकेयी को छोटी बच्ची मानती थी, जिसके प्रति उसने अपना विकृत जीवन समर्पित कर दिया था।

मैंने सोचा नहीं था कि प्रेम का मार्ग ऐसा हो सकता है। मुझे इस विषय में और कई बातें सीखने को मिल रही थीं। लक्ष्मण के क्रोध से तमतमाते चेहरे को देखकर मैंने सोचा कि कभी भी मेरे अंदर ऐसी निर्ममता व्याप्त न हो।

'शांत हो जाओ भाई,' राम ने कहा। वह धीमी आवाज में बात कर रहे थे लेकिन उनका स्वर दृढ़ था। 'कभी अपने पिता के विषय में अपशब्द मत कहना। हमारी कल्पना से अधिक उनके जीवन की उपलब्धियां हैं। तुम देख सकते हो कि वह पहले ही कष्ट में है। तुम्हें भरत पर क्रोध नहीं करना चाहिए क्योंकि इसमें उसका दोष नहीं है। उसे राजा बनने की इच्छा बिल्कुल नहीं है और तुम भी यह बात जानते हो। मुझे विश्वास है कि उसे जब यह समाचार मिलेगा तो वह भी दुखी होगा।'

लक्ष्मण, राम की बात से आश्वस्त नहीं था। उसने क्रोध में आए बैल की तरह सिर नीचे झुका लिया। 'ऐसा ही हो, तो अच्छा है,' उसने धीरे से कहा।

'जो हुआ है उसके लिए पिताजी को भी दोष नहीं देना चाहिए,' राम ने कहा। 'क्या हमारे गुरु वसिष्ठ ने हमें यह नहीं सिखाया कि कर्म के बहुत-से धागे परस्पर जुड़ने के बाद ऐसी परिस्थितियां पैदा होती हैं। वह कर्म, तुम्हारे, मेरे, इस राज्य के और शायद समस्त पृथ्वी के कर्म मिलाकर बनते हैं। बुद्धिमान व्यक्ति को सबकुछ शांति से स्वीकार कर लेना चाहिए। कौन जानता है मुझे वन में क्यों जाना पड़ रहा है और वहां मेरी भेंट किससे होगी?'

'आप ऐसे समय पर भी दार्शनिक कैसे हो सकते हैं?' लक्ष्मण ने चिल्लाकर कहा। कैकेयी इसी बात का लाभ उठा रही है कि आपका स्वभाव शांत और स्थिर

है। आपको विरोध करना चाहिए। हम जब छोटे थे तब से आप अयोध्या पर शासन करना चाहते थे। आप बहुत अच्छे राजा सिद्ध होंगे। आप कैकेयी को इस तरह सब छीनने की अनुमति कैसे दे सकते हैं? अपने विषय में भूल जाइए, परंतु क्या आपको अयोध्यावासियों की चिंता नहीं है जो आपके राजा बनने की उत्सुकता से प्रतीक्षा कर रहे हैं?'

राम ने कहा, 'मेरे भाई, मेरे पास इस समय इस विषय पर चर्चा करने का समय नहीं है।' राम की आंखों में उनके सपनों चूर हो जाने का दर्द साफ झलक रहा था। 'मैं केवल इतना कहना चाहता हूँ कि मेरे लिए इस स्थिति को और कठिन मत बनाओ।'

यह सुनकर लक्ष्मण ने सिर झुका लिया और वह शांत हो गया। वह भी मेरी तरह प्रेम के बंधन में बँधा हुआ था।

इस बीच कौशल्या आगे आई। वह रो रही थी। उसने राम का हाथ थाम लिया। 'तुम लक्ष्मण को क्यों डांट रहे हो? वह तुम्हारे प्रति निष्ठा रखता है, इसलिए ऐसा कह रहा है। और वह बिल्कुल ठीक कह रहा है। तुम्हें एक अपराधी की तरह वनवास जाने की क्या आवश्यकता है? तुमने कौन-सी भूल की है? यदि किसी कारणवश भरत को सिंहासन देना भी पड़ता है, तो तुम्हें वन जाने की आवश्यकता नहीं है। तुम वन में रहने वाले भयंकर राक्षसों, पशुओं और काले जादू से चौदह वर्ष तक बचकर कैसे जीवित रहोगे? इसमें संदेह नहीं कि वह चुड़ैल यही चाहती है।' यह कहकर कौशल्या ने गहरी सांस ली और कहा, 'तुम यदि महल में नहीं रहना चाहते तो कोई बात नहीं। मैं भी यहां नहीं रहना चाहती। हम सब तुम, मैं और सीता यहां से दूर चले जाएँगे। हम अयोध्या से दूर चले जाएंगे। हम छोटी-सी कुटिया बनाकर रहेंगे। मुझे विश्वास है राजा जनक भी अपने राज्य में हमें सुरक्षित स्थान दे सकते हैं। मेरी बात को इतनी जल्दी मना मत करो। मैं तुम्हारी माँ हूँ। क्या मैं तुमसे बड़ी नहीं हूँ? मेरा अनुरोध तुम्हारे लिए कोई अर्थ नहीं रखता? क्या तुम्हारा मेरे प्रति कोई दायित्व नहीं है? क्या तुम्हारा मेरी तरफ वैसा दायित्व नहीं है जैसा तुम्हारा राजा दशरथ की तरफ़ है।

राम ने अपनी माँ को नज़दीक से पकड़ लिया। मैंने देखा उन्हें माँ को मना करने में दुख हो रहा था, किंतु उनकी आवाज़ बहुत दृढ़ थी। वह बोले, 'शांत हो जाइए। अपने साहस और विवेक का उपयोग कीजिए। आप मेरी माँ हैं और मुझे आपकी सहायता की जरूरत है। मुझे सही मार्ग पर चलने में आपकी सहायता चाहिए। आपने मुझे यही सिखाया है। यह आसान नहीं होता। आप जानती हैं मैं आपसे कितना भी प्यार करता हूँ परंतु मेरा पहला कर्तव्य पिता के प्रति है, क्योंकि वह राजा भी हैं। वह आपके भी राजा हैं, इसलिए आपको मेरे जाने के बाद अपना दुख भूलकर पिताजी को सांत्वना देनी है।'

राम के शब्दों में इतनी शक्ति थी कि कौशल्या ने तुरंत रोना बंद कर दिया। 'मेरा राम कितना सदाचारी राजा बन सकता था, किंतु उसे वन में संघर्ष का जीवन जीना होगा। हो सकता है वह लौटकर न आए।' कौशल्या का सोचना सही भी था। चौदह वर्ष किसी वन में भटकते कौन जीवित रह सकता है? इस विचार से ही मेरा मन दुख से भरा जा रहा था।

'मेरा जहां तक का प्रश्न है,' राम ने आगे कहा परंतु इस बार उनका स्वर बदला हुआ था और आंखें अनंत में मानो आगे कुछ देख रही थीं, 'मेरे साथ वन में जो होगा, आप उसे मेरी नियति मान लीजिए। मैं भी उसे स्वीकार करता हूँ।'

'आप अकेले उसे स्वीकार नहीं करेंगे,' लक्ष्मण ने कहा, 'मैं भी आपके साथ वन में चलूंगा और आप मुझे मेरा कर्तव्य याद न दिलाइए कि मुझे अयोध्या में रहना चाहिए। मेरा कर्तव्य आपके साथ रहना है और मैंने बचपन से यही सीखा है। आपको वन में देखभाल और सुरक्षा के लिए मेरी आवश्यकता पड़ेगी। मैं आपका पूरा ध्यान रखूँगा चाहे इसमें मेरे प्राण ही क्यों न चले जाएं।'

लक्ष्मण के शब्द सुनकर राम विचारों से बाहर निकल आए। 'अच्छी बात है मेरे भाई,' उन्होंने कहा, 'मैं मानता हूँ कि तुम्हारे साथ चलने से मुझे खुशी मिलेगी।' जीवन के इतने बड़े उलटफेर के बाद मैंने उनके चेहरे पर पहली बार मुस्कान देखी थी।

उनके चेहरे की मुस्कान, जो वास्तव में मेरे लिए नहीं थी, देखकर मुझे ईर्ष्या का दंश काट गया। यह ईर्ष्या दोनों भाइयों के संबंध के कारण नहीं, अपितु इसलिए थी कि पुरुषों को स्वेच्छा से कहीं भी जाने की स्वतंत्रता थी।

मैंने अपने आवेश को दबा दिया था किंतु वह अब थोड़ा-सा बाहर निकल आया। मैंने राम से कहा, 'आपको सबकी चिंता है, आपके पिता, माता, लक्ष्मण, यहां तक कि भरत जो यहां उपस्थित नहीं है, परंतु मेरा क्या होगा? क्या आप मुझे भूल गए?'

मुझे पूरा विश्वास था कि वह मुझे भूले नहीं थे। वह एकांत मिलने की प्रतीक्षा कर रहे थे। मुझे पता था कि एकांत में वह मुझसे क्या पूछेंगे। परंतु उसका लाभ नहीं होगा। मैंने निश्चय कर लिया था कि मैं उनसे इस विषय पर अवश्य झगड़ा करूँगी, परंतु मुझे यह लड़ाई चतुराई से लड़नी थी जैसे मेरी माँ ने मुझे सिखाया था।

'मेरी सहायता कीजिए देवी माँ,' मैंने मन में कहा, 'क्योंकि उद्देश्य राम को हराना नहीं बल्कि उनका हृदय जीतना है।'

'दीदी, हमारा क्या होगा,' एक धीमी आवाज़ आई। उर्मिला की ठंडी उंगलियाँ मेरी उंगलियों से लिपट गई थीं।

मैंने उर्मिला को देखा। उसका चेहरा डर से पीला पड़ गया था। मैं इस बात को इतनी सरलता से नहीं छोड़ूँगी,' मैंने कहा, 'और तुम्हें भी यही करना चाहिए।' मैंने धीरे-से अपनी योजना उर्मिला के कान में कह दी। हमने तय किया कि हमें आगे क्या करना है। मैंने उसे साहस देने के लिए उसका कंधा दबाया और फिर उसे भेज दिया। मैं स्वयं भी राम के पास अपने कक्ष में चली गई।

# 12

मैं अपने शयनकक्ष में अधीरता से टहल रही थी। सौभाग्य से, मुझे इंतजार नहीं करना पड़ा। हालांकि दशरथ, कौशल्या और दुखी सुमित्रा ने यह समाचार सुना तो उन्होंने भी राम और लक्ष्मण से एक रात रुकने का आग्रह किया। परंतु दोनों भाइयों ने उसी दिन अयोध्या छोड़ देने का निश्चय कर लिया था।

राम कक्ष में आते ही बोले, 'मैं अपने अस्त्र-शस्त्र लेने और तुम्हें अलविदा कहने आया हूँ। मुझे रोकने का प्रयास नहीं करना। मैं नहीं चाहता मुझे इस कारण विलंब हो जाए।' यह बात भी उन्होंने जल्दी में कहीं मानो वह इसका अभ्यास करके आए थे। मैंने देख लिया वह डरे हुए थे। उन्हें पता था कि मैं बहुत-से प्रश्न पूछने वाली थी। परंतु मुझसे बात करके उन्हें आश्चर्य होना निश्चित था।

'मुझे भरोसा है कि मेरी अनुपस्थिति में तुम माता-पिता की देखभाल करोगी,' राम ने कहा। उनके धनुष पकड़ते मैंने देख लिया था कि उनकी अँगुलियाँ सफेद पड़ गई थीं। 'मेरे जाने के बाद यही तुम्हारा सबसे बड़ा दायित्व है।'

'मैं क्षमा चाहती हूँ,' मैंने स्नेहपूर्वक कहा, 'मैं यह नहीं कर सकती, क्योंकि मैं भी आपके साथ वन चलूँगी।'

यह सुनकर राम की भँवें तन गईं। 'यह क्या मूर्खता है! तुम मेरे साथ नहीं चल सकती। तुम जानती हो कि वन बहुत खतरनाक होता है। मैं ऐसा नहीं कर सकता।'

*मैं उन्हें कहना चाहती थी कि आप ऐसा सोचते हैं, लेकिन सब स्त्रियां कमजोर और असहाय नहीं होतीं।* आप शायद जानते नहीं, परंतु मैं वन में आपकी सहायता करूँगी। परंतु फिर मुझे अपनी माँ की शिक्षा याद आ गई। मैंने अपने विचार मन में ही रोक लिए। मुझे अपनी बात बहुत सावधानी से कहनी थी। मैं राम के बिना उस

मकबरे जैसे महल में अकेली रहने की कल्पना भी नहीं कर सकती थी। मेरे लिए उचित ढंग से राम को समझाना जरूरी था।

'आप कर्तव्यों की बात अच्छी तरह कर लेते हैं,' मैंने कहा। मेरी आवाज में क्रोध नहीं था। 'यदि मुझे विवाह के समय अपने वचन ठीक से याद हैं तो क्या मैंने यह नहीं कहा था कि निष्ठावान पत्नी की तरह मेरा सबसे पहला कर्तव्य आपका साथ देना होगा? पृथ्वी के अंतिम छोर तक मैं आपके साथ चलूँगी। मुझे सुख में, दुख में सदा आपके साथ रहना है और आपकी देखभाल करनी है। क्या यही बात आपने अपनी माँ से अपने पिता के लिए नहीं कही थी? आप मुझसे मेरा पत्नी होने का अधिकार नहीं छीन सकते।'

*कर्तव्य!* हां, यह सही शब्द है। राम इसे अच्छी तरह समझते थे। इसीलिए मैंने इस शब्द का प्रयोग किया था। परंतु मैं वास्तव में यह कहना चाहती थी कि मैं आपसे प्रेम करती हूँ, *मुझे आपकी आवश्यकता है और आप मुझे छोड़कर मत जाइए।*

राम मेरे निकट आए और उन्होंने मेरा चेहरा अपने हाथों से ऊपर उठाया। वह मेरी आंखों में देखकर बोले, 'तुम जो कह रही हो, क्या तुम सचमुच उसका अर्थ समझती हो? क्या तुम्हें पता है कि इसका क्या आशय है?' उन्होंने रुष्ट होकर कहा, 'तुम्हें बिल्कुल अनुमान नहीं है कि वन में कितना खतरा होता है। जंगल में चौदह वर्ष काटना सरल नहीं होगा और यह अवधि पूरी होने से पहले ही तुम्हें मुझसे घृणा हो जाएगी।'

उनके चेहरे पर आवेश आ गया। परंतु मैं उसे देखकर घबराई नहीं थी। मैंने अपनी बाँहें उनके गले में डाल दीं और स्नेहपूर्वक उनके वक्ष के छोटे-छोटे घुंघराले बालों को चूम लिया। क्या आपको लगता है मैं कभी आपसे घृणा कर सकती हूँ? मुझे इसकी चिंता नहीं है कि हमें जंगल में कितनी कठिनाई होगी। हम उस कष्ट में एक साथ रहेंगे। मैं वैसे भी यहां अकेली रहकर मर जाऊंगी। इसका सीधा-सा कारण सिर्फ यह है कि मैं आपके बिना नहीं रह सकती।'

एक क्षण के लिए राम को संकोच हुआ फिर उन्होंने भी अपनी बाँहें मेरे गले में डाल दी। उन्होंने गहरी सांस ली और मेरे समीप आकर मेरे बालों में सिर छिपा लिया। 'हे ईश्वर,' उन्होंने कहा। उनके शब्दों में अनकही खुशी सुनाई पड़ रही थी। अगले क्षण वह फिर अपने दायित्वपूर्ण व्यवहारिक रूप में प्रकट हो गए। 'फिर तुम तैयार हो जाओ। जंगल में तुम राजसी वस्त्र और आभूषण नहीं पहन सकतीं।' यह कहकर वह मुस्कराए और फिर बोले, सौभाग्य से, हमारे पास अनेक वल्कल वस्त्र हैं। तुम भी पहन लो। मुझे दुख है तुम्हें अपने आभूषण छोड़ने होंगे। इनसे मार्ग में चलने में परेशानी होगी और खतरा भी हो सकता है। इन्हें माँ के पास सुरक्षित रख दो अथवा महल के कोषाध्यक्ष को कहकर गरीबों को दान करवा दो। मैंने भी अपनी

सब अनमोल वस्तुएँ दान कर दी हैं। जल्दी करो, हमें सूर्यास्त से पहले राज्य की सीमा को पार करना है, ताकि रात्रि होने तक सोने के लिए सुरक्षित स्थान मिल जाए।'

प्रेम और दुख से जहाँ लोग बँधे रहते हैं, वहाँ किसी से विदा लेना सरल नहीं होता। हमें यह बात महसूस होने वाली थी।

कौशल्या के कक्ष में अंधेरा था। खिड़कियों पर मोटे पर्दे लटक रहे थे। मुझे अंधेरे से आंखों को अभ्यस्त करने में एक पल का समय लगा। कक्ष मानो मक्खियों के स्वर से गूँज रहा था। मुझे यह समझने में समय लगा कि यह आवाज दशरथ की उन पत्नियों की आवाज़ थी, जो कुछ देर पहले विवाह के गीत गा रही थीं। दशरथ स्वयं आसन पर शिथिल-से पड़े थे। उन्हें देखकर लगता था कि मानो उनकी आयु और बढ़ गई है। मैंने उनके पैर छूकर आशीर्वाद मांगा तो उन्होंने मेरी कमर पर धीरे-से हाथ रखा परंतु सिर नहीं उठाया। उन्हें शायद मेरे उपस्थित होने का आभास भी नहीं हुआ। उनका मस्तिष्क और उनके विचार अन्यत्र भटक रहे थे, क्योंकि वह कुछ बोल रहे थे, जिसे मैं पूरी तरह समझ नहीं पाई। वह किसी तपस्वी-पुत्र के बारे में बता रहे थे, जिसे उन्होंने गलती से शिकार करते समय मार दिया था। उस लड़के के पिता ने दुख से मरते समय शाप दिया कि दशरथ का अंत भी उसी तरह पुत्र-वियोग में होगा।

क्या उनका दिमागी संतुलन बिगड़ रहा था? क्या अत्यधिक प्रेम में ऐसा हो जाता है?

कौशल्या ने मुझे वल्कल वस्त्रों में देख लिया था। वह तुरंत समझ गई कि क्या होने वाला था। वह जोर-जोर से रोने लगी। उन्होंने सोचा ही नहीं कि मैं राम के साथ चली जाऊंगी। कौशल्या ने मुझे रोकने का बहुत प्रयास किया और जंगल के खतरों के बारे में सावधान किया। परंतु जब सफलता नहीं मिली तो उन्होंने कहा यदि मैं भी राम के साथ चली गई तो उनके पास जीवित रहने का कोई सहारा नहीं रहेगा। अंत में उन्होंने मेरे माता-पिता का उल्लेख किया और कहा कि वह उन्हें यह समाचार कैसे देंगी कि प्रेम से पली उनकी कन्या को जंगल में जाने दिया।

मुझे कौशल्या के लिए दुख हो रहा था, लेकिन मैं निश्चय कर चुकी थी। मैंने कौशल्या को याद दिलाया कि राम और लक्ष्मण पहले भी अनेक राक्षसों को मार चुके हैं, इसलिए वे मेरी सुरक्षा कर लेंगे। जहां तक मेरे माता-पिता का प्रश्न है, उन्होंने मुझे सदा पत्नी के दायित्व का महत्व समझाया है। यदि मैंने राम को अकेला जाने दिया और स्वयं महल में रहकर सुख-सुविधाओं को भोगने लगी तो उन्हें अधिक दुख होगा।

कौशल्या हाथों में मुंह छिपाकर रोती रही। राम कमरे में इधर से उधर घूम रहे थे। उन्हें अपनी माँ को दुखी देखकर बुरा लग रहा था। मुझे डर लगने लगा कि वह मुझे अपने साथ ले जाने का विचार न बदल दें।

मुझे उस समय केवल एक बात सूझी। मैंने कहा, 'माँ मैं जंगल में रहकर आपके पुत्र की अच्छी तरह देखभाल कर सकूँगी।'

कौशल्या सहसा शांत हो गई। उन्होंने मेरी ओर नहीं देखा, किंतु वह मेरी बात सुन रही थी। मैंने कहा, 'मैं दोनों भाइयों के लिए भोजन पकाऊंगी और सोने के लिए बिस्तर तैयार करूँगी। मेरे साथ रहने से शायद उन्हें वन में थोड़ी खुशी मिल जाएगी।'

कौशल्या ने सिर उठाया तो उनका चेहरा आंसुओं से भीगा था। परंतु इस बार उनके चेहरे पर दुख नहीं था। 'यदि तुम राम को जंगल में खुश रख सकती तो तुम्हें अवश्य साथ जाना चाहिए। मेरी चिंता नहीं करो, मैं किसी तरह जी लूंगी।'

प्रेम के विषय में एक बात सत्य है कि हम अपनी आवश्यकताओं के बारे में भूल जाते हैं। हमारे आसपास का जगत जिस समय ढह रहा होता है, उस समय भी वह हमें साहस और हिम्मत देता है।

कौशल्या ने कहा, 'मैं अयोध्या की पुत्रवधू को और यहां की रानी को इन वल्कल वस्त्रों में नहीं देख सकती। यह तुम्हें कहां से मिले? अवश्य कैकेयी ने दिए होंगे।' फिर वह मुझे अपने कक्ष में ले गई और रेशमी वस्त्र और आभूषण निकाल कर दिए। मैंने अपने आभूषण उतार दिए थे। वैसे मेरी इच्छा राम और लक्ष्मण की तरह वल्कल वस्त्र पहनने की थी, किंतु उस समय मैंने कौशल्या से तर्क नहीं किया। मैं अपनी सास के लिए इससे अधिक कुछ नहीं कर सकती थी।

राम ने मेरे वस्त्र देखे तो आश्चर्य से सिर हिलाया।

'माँ, यह आप क्या कर रही हैं? हम सबकी नज़रों से छिपकर यात्रा करना चाहते हैं। यही हमारे लिए सुरक्षित तरीका है। सीता राजसी वस्त्र पहनेगी तो सबका ध्यान आकृष्ट हो जाएगा। चोर, भिखारी और भगवान जाने कैसे-कैसे लोग सीता को देखेंगे।'

कौशल्या ने कहा, 'मेरे हृदय को जबरदस्त आघात पहुँचेगा, यदि मेरी पुत्रवधू ऐसे भिक्षुक की तरह महल से जाएगी। मुझे विश्वास है तुम दोनों भाई कुछ डाकुओं से सीता की रक्षा अवश्य कर लोगे।'

कौशल्या को देखकर लगा वह फिर से रोने लगेगी।

'अच्छी बात है,' राम ने कहा। परंतु मैंने देखा उन्हें यह बात पसंद नहीं आई।

दशरथ ऐसे लेटे थे मानो वह सो गए थे। मुझे नहीं पता उन्होंने हमारी बातें सुनी या नहीं या उन्हें अपने साथ हुई घटना का आभास था अथवा नहीं।

'चलने का समय हो गया है,' द्वार पर खड़े लक्ष्मण ने अधीरता से कहा। उसने भी वल्कल पहने थे और उसके हाथ में धनुष था। परंतु वह अकेला था। उर्मिला से मेरी यही बात हुई थी कि वह लक्ष्मण के साथ चलने का प्रयास करेगी। हमने यही रणनीति बनाई थी। फिर अचानक क्या गड़बड़ हो गई थी?

'मेरी बहन कहां है?' मैंने लक्ष्मण से पूछा। 'क्या वह हमारे साथ नहीं चलेगी?'

लक्ष्मण क्रोधित दिख रहा था, परंतु मैं जान चुकी थी कि किसी बात से असहज होने पर उसके चहरे के भाव ऐसे हो जाते थे। यह उसके स्वभाव का हिस्सा था। मैंने फिर से उर्मिला के लिए पूछा।

'नहीं,' उसने उत्तर दिया। वह और कुछ नहीं बोला।

'वह कहां है?'

'अपने शयनकक्ष में थी, किंतु अब शायद मेरी माँ के साथ है। माँ रो रही थी इसलिए मैंने उर्मिला को उनके साथ रहने को कहा है। भाभी, जल्दी चलिए अन्यथा हम रास्ते में फँस जाएंगे और रात होने से पहले हमें उचित आश्रय नहीं मिलेगा।'

मैंने लक्ष्मण को उत्तर देने की परवाह नहीं की। मैं भागकर उर्मिला के कक्ष में गई, परंतु कक्ष खाली था। दरवाजे खुले हुए थे मानो किसी को भीतर रखी मूल्यवान वस्तुओं की चिंता नहीं थी। मैं उसे इतने बड़े महल में कैसे खोजूँगी? वह कहां छिपी होगी? मैंने उसके छिपने के सब स्थान देख लिए परंतु मुझे वह कहीं नहीं मिली। मैं सुमित्रा के कक्ष के बाहर भी रुकी। उसकी दासी ने बताया कि सिर में दर्द के कारण रानी सो गई थी और वह अकेली थी। इधर, राम मुझे पुकार रहे थे। उनका स्वर अधीर होता गया। मैं दो हिस्सों में बँट चुकी थी। क्या यही एक स्त्री के जीवन का दुख है कि वह सदा दो प्रेम करने वाले लोगों के बीच बँट कर रह जाती है?

मैं हार मानने वाली थी कि मुझे अचानक एक और जगह का ध्यान आया।

मैं अपने कक्ष के साथ बने बुर्ज में गई। मैं उस जगह को पहचान ही नहीं पाई, क्योंकि वहां के सब पौधे और औषधियां, जिन्हें मैंने प्रेम से अनेक वर्षों में बड़ा किया था, मुरझा कर काले पड़ गए थे। ठंडे पत्थर के फर्श पर कुम्हला गए पौधों के बीच मेरी बहन बैठी थी।

मैंने नीचे बैठकर उर्मिला को कसकर पकड़ लिया। मैंने उससे कुछ नहीं पूछा। मुझे उसके दुख का कारण पता था।

'लक्ष्मण ने मुझे साथ ले जाने से मना कर दिया है,' उर्मिला ने कहा। उसकी आवाज़ अस्थिर और भाव-विहीन थी जिसे सुनकर मैं डर गई। 'लक्ष्मण ने कहा कि उसे राम की देखभाल के लिए साथ जाना है, क्योंकि यही उसका प्रथम कर्तव्य है।'

'दीदी आपके साथ जा रही हैं,' मैंने लक्ष्मण से पूछा, 'तो मैं क्यों नहीं जा सकती?'

यह सुनकर वह नाराज़ हो गया और बोला कि काश! राम भी मना कर देते। तुम जंगल में उन पर बोझ बन जाओगी। जंगल के भयानक वातावरण में किसी औरत को सुरक्षित रखकर स्वयं जीवित रहना बहुत मुश्किल काम है।'

'मैं तुम्हें आदेश दे रहा हूँ कि यहां रहकर माताओं की देखभाल करो,' लक्ष्मण ने कहा। 'यदि तुम सचमुच मुझसे प्रेम करती हो तो मैंने जो कहा है, वैसा ही करो। तुम्हें अपना कर्तव्य पूरा करना है।'

'क्या आपकी देखभाल करना मेरा कर्तव्य नहीं है?' मैंने पूछा।

'नहीं,' उसने कहा, 'तुम्हारा कर्तव्य मेरी आज्ञा का पालन करना है।'

'और आपका मेरे प्रति क्या कर्तव्य है?' मैंने लक्ष्मण का मार्ग रोकते हुए पूछा।

'मैं तुम्हारे साथ दार्शनिक चर्चा नहीं कर सकता,' लक्ष्मण ने उत्तर दिया और फिर मुझे एक ओर धकेलकर वह चला गया।

मैं उर्मिला को सांत्वना देने के लिए क्या कर सकती थी? मुझे उसका दुख समझ में आ रहा था। लक्ष्मण ने उसके प्रस्ताव को अस्वीकार कर दिया और मैं भी उसे छोड़कर जाने वाली थी। मैंने उसे कसकर पकड़ लिया। उसके शरीर से चंदन की सुगंध आ रही थी और उसमें स्त्री-स्वेद की भी गंध मिली थी। मैंने इस गंध को बहुत समय पहले अपने पिता के उद्यान में महसूस किया था, जब हमने राम और लक्ष्मण को पहली बार देखा था। उस दिन उर्मिला ने घोषणा की थी कि वह लक्ष्मण से विवाह करने के लिए काँटों-भरे मार्ग पर चलने को तैयार थी। वह अभी भी ऐसा करने को तैयार थी, किंतु इसका अब कोई लाभ नहीं था।

हम कितने भोले थे जो यह सोचते थे कि किसी बात की मन से कामना करने पर वह सत्य हो जाती है। मैं सोचने लगी कि अगली बार हम मिलेंगे तो हमारी क्या स्थिति होगी, या पता नहीं हम फिर मिल भी सकेंगे या नहीं।

'मैं तुम्हारे साथ चलना चाहती थी,' उर्मिला ने कहा, 'मेरा लक्ष्मण के साथ रहने का मन है। मैंने उसे कहा कि मुझे सुख-सुविधाएँ नहीं चाहिए और मुझे खतरों से डर नहीं लगता। परंतु उसने मुझे साथ ले जाने से मना कर दिया। उसने कहा कि उसके लिए इतनी समस्याओं के बीच मेरी भी देखभाल करना मुश्किल होगा। मैं उसके लिए समस्या बन जाऊंगी। दीदी, मैं अपने पति के लिए बस यही हूँ - एक समस्या!'

मेरे अंदर क्रोध उमड़ रहा था। परंतु मैंने शांति से बात कहने का प्रयास किया। 'यह तय बात है कि उसका सचमुच ऐसा आशय नहीं रहा होगा। तुम जानती हो कि उसे अपनी बात सौम्यता से कहनी नहीं आती। वह तुमसे प्रेम करता है, परंतु उस पर दबाव है। तुम्हें उसे क्षमा कर देना चाहिए।'

उर्मिला ने अपनी बाँहें मेरे गले में डाल दीं और वह सुबकने लगी।

मेरे भीतर का एक अंश उर्मिला के साथ रहना चाहता था। मैंने सोचा इन पुरुषों को अकेले ही वन में जाने देना ठीक है। मेरे यहां रहने से उर्मिला को अच्छा लगेगा, क्योंकि वह मुझे सदा से अपना आदर्श मानती आई है। क्या मेरा उसके प्रति कर्तव्य नहीं है? क्या माँ ने मुझे इसकी देखभाल करने को नहीं कहा था?

मेरे मन के भीतर प्रेम और कर्तव्य के बीच संघर्ष चल रहा था। अंत में राम के लिए मेरा प्रेम जीत गया। क्या मेरा निर्णय सही था? मैं नहीं कह सकती, परंतु मुझे देर हो रही थी। राम बार-बार मेरा नाम पुकार रहे थे। तर्क के लिए समय नहीं था। मैंने देवी से उर्मिला का ध्यान रखने और उसे दुख सहन करने की हिम्मत देने की प्रार्थना की। मैंने स्वयं को उर्मिला की बाँहों से मुक्त किया और मैं उसे अकेला छोड़कर चल पड़ी।

मुझे माफ कर दो, मेरी बहन, मैंने मन में कहा। तुम इस कथा की वह नायिका हो, जिसके विषय में बहुत कम कहा जाएगा। परंतु तुम्हारा कर्तव्य अधिक कठिन है। तुम्हें इंतजार करना है और चिंता के साथ जीना है।

हमने भिक्षुओं की भांति नगर की सीमा तक पैदल चलने का विचार बनाया। परंतु महल के बाहर स्त्री, पुरुष और रोते हुए बच्चों का एक बड़ा समूह जमा था। वे सब राम से वन में न जाने की याचना कर रहे थे। उन्हें कैसे पता लगा? मेरे विचार से बुरी खबर संक्रामक रोग की तरह होती है, जो केवल हवा के साथ फैल जाती है।

महल के द्वार खुलते ही भीड़ भी आगे बढ़ने लगी। प्रहरियों ने उन्हें रोक दिया। सुमंत्र ने कहा कि वह हमें नगर की सीमा तक रथ में छोड़कर आएगा। हमने उसकी बात मान ली। परंतु रोते-बिलखते जन-समूह के बीच से गुजरना मुश्किल हो रहा था। बहुत-से लोग अयोध्या की शासन-व्यवस्था में हुए परिवर्तन से इतने घबराए गए थे कि वे हमें रोकने के लिए रथ के पहियों के सामने लेट गए। मैंने आंखें बंद कर लीं। वह दृश्य बहुत दर्दनाक था। स्त्रियां रोते हुए मुझसे कह रही थीं, 'हमें छोड़कर मत जाइए। यदि आप चली गईं तो नगर से देवी लक्ष्मी भी विदा हो जाएंगी।'

इसी बीच मुझे दशरथ की पुकार सुनाई पड़ी। राम राम। वह जोर-जोर से चिल्ला रहे थे। ऐसा लग रहा था उनके फेफड़े फटकर बाहर आ जाएंगे। उनके स्वर में निराशा थी। मैंने रुककर पीछे देखा। मुझे ऐसा नहीं करना चाहिए था, क्योंकि वह हमारे रथ के पीछे लड़खड़ाते भागते आ रहे थे। उनके सिर पर मुकुट नहीं था। उनके वस्त्र बिखर गए थे और सफेद बाल हवा में लहरा रहे थे। लोगों ने उन्हें रोकने का प्रयास किया, परंतु उन्होंने सबको पीछे धकेल दिया। मेरे देखते-देखते वह लड़खड़ाकर ज़मीन पर गिर पड़े।

मैंने राम का हाथ पकड़ लिया। 'कृपया रुक जाइए। एक क्षण के लिए रुक जाइए,' मैंने कहा। 'हम उन्हें इस स्थिति में छोड़कर नहीं जा सकते।'

राम की आंखों में आंसू थे। उन्होंने रथ को कसकर पकड़ रखा था, किंतु वह आगे बढ़ते गए। उनके चेहरे पर प्रेम और कर्तव्य के बीच छिड़ी लड़ाई दिखाई दे रही थी। फिर कर्तव्य जीत गया।

'यहां रुकने से स्थितियां नहीं बदलेंगी,' राम ने कहा। 'इससे दर्द की अवधि और बढ़ जाएगी। उनकी तरफ मत देखो। उनकी इतनी प्रतिष्ठा शेष रहने दो। इस समय हम उनके लिए सिर्फ इतना ही कर सकते हैं।'

मैंने अपना चेहरा राम के वक्ष-स्थल में छुपा लिया। आंसुओं की बौछार, जिसे मैंने बहुत लंबे समय से रोक रखा था, तूफान की भांति बह निकली। राम ने मुझे बाहों में भर लिया। मैं भी अपने माथे पर उनके बहते हुए आंसू महसूस कर रही थी।

इस तरह हम नगर को पार करके वन में पहुंच गए। हमने एक परिचित संसार से अज्ञात जगत में प्रवेश कर लिया था।

# 13

तूफान में रेत के कणों की तरह हमारे दिन बीतने लगे और अयोध्या से हमारी दूरी बढ़ने लगी। हम अयोध्या से जल्दी से जल्दी दूर निकल जाना चाहते थे। हमने सुमंत्र को रोते हुए ही रथ पर छोड़ दिया था। उसके बाद हमने झाड़ियों और नदियों को पार किया। गंगा, यमुना, सरयू और फल्गू को पार करके हम आगे बढ़ते गए। हमने बहुत लोगों का आतिथ्य स्वीकार किया। उस समय हमने किसी ऊँची या नीची जाति की चिंता नहीं की, क्योंकि राम सबको शुद्ध हृदय से प्रेम करते थे। हम चलते रहे। पैरों में छाले पड़े, उनमें से खून बहा और फिर वे अपने आप ठीक भी हो गए। उसके बाद वर्षा आरंभ हो गई। हम बारिश में भीगे तो कभी धूप ने परेशान किया। हमने जंगल में प्रवेश किया तो खून चूसने वाले कीड़े मौजूद थे। जो हमारे पोषित तन को आहार बनाने के लिए बेचैन रहते थे।

उस भयानक कष्ट में संतोष का केवल एक कारण था कि मेरे पति मेरे साथ थे और वह मेरे कष्ट को समझते थे। उन्होंने मेरे थकान-भरे पैरों को सहलाया और मुझे उस अवस्था में देखकर रोने लगे। उन्होंने मेरे सोने के लिए कठोर, खुरदरी ज़मीन पर सुगंधित घास बिछाई। मेरे लिए राम और लक्ष्मण की चाल से चलना बहुत कठिन था। हम चित्रकूट पर्वत पर पहुंचे तो राम ने मेरे थके चेहरे को देखकर कुछ दिन वहीं विश्राम करने का सुझाव दिया। यह सुनकर मुझे बहुत राहत मिली और रोना भी आया।

'यह स्थान सुरक्षित नहीं है,' लक्ष्मण ने कहा। 'यह वन का मुख्य मार्ग है। यहां हमें कोई भी देख सकता है।'

मेरे विचार से लक्ष्मण ठीक कह रहा था। उसके ठीक दो दिन के बाद वातावरण में हलचल महसूस हुई। पक्षी अचानक शांत हो गए, पशु ओझल हो गए। कुछ दूरी

पर हमें हल्की गड़गड़ाहट सुनाई दी मानो जंगल में आग लगी थी, जो धीरे-धीरे भारी अस्त्र-शस्त्रों की खनखनाहट में परिवर्तित हो गई।

लक्ष्मण सतर्क हो गया। उसने अनुमान लगाने का प्रयास किया। तभी राम ने कहा, 'भरत आ रहा है।'

लक्ष्मण ने राम को पीछे किया और तैयार हो गया। 'भाभी का ध्यान रखना,' उसने कहा।

'वह भरत है,' राम ने कहा। 'हमारा अपना भाई। तुम बहुत चिंता करते हो।'

'मुझे करनी पड़ती है,' लक्ष्मण ने तुरंत उत्तर दिया, 'क्योंकि आप नहीं करते हैं। सब आपकी तरह सदाचारी और भोले नहीं होते। आप यह कब समझेंगे? मुझे यह बताइए यदि भरत हमारे पास मैत्री-भाव से आ रहा है तो उसे इतनी सेना साथ में लाने की क्या आवश्यकता थी? यह कहकर लक्ष्मण ने अपने धनुष की डोर खींची और तैयार हो गया। इस बीच सैनिकों का झुंड और समीप आ गया था।

राम ने मुस्कराकर सिर हिलाया। मुझे डर लगने लगा। 'क्या होगा यदि भरत यह कहने आ रहा हो कि वह केवल अभी ही नहीं, अपितु सदा राजा बन कर रहेगा? क्या वह यह सोचकर बैठ गया है कि चौदह वर्ष के बाद अयोध्या का राज्य उससे वापस लेने जंगल से कोई नहीं लौटेगा?'

परंतु अपने संदेही भाई और पत्नी से अधिक राम को व्यक्ति की पहचान थी। भरत हमारे सामने आया तो वह योद्धा या राजा की तरह नहीं बल्कि शोकाकुल पुत्र के रूप में सफेद धोती पहनकर आया था। उसका सिर मुढ़ा था और वह नंगे पैर आया था। वह आते ही राम के चरणों में गिर पड़ा। राम ने उसे धीरे से उठाया तो वह रोने लगा। राम समझ गए कि दशरथ की मृत्यु हो चुकी थी।

'पिताजी आपके जाने के कुछ ही देर बाद आपका नाम पुकारते हुए चल बसे। आपके रथ के गुजरने के बाद अभी धूल का बादल थमा भी नहीं था कि उनकी आंखों के आगे अंधेरा छा गया,' भरत ने बताया।

उस दिन मैंने प्रेम के विषय में एक और बात सीखी। प्रेम किसी को मार भी सकता है और कभी प्रेम के कारण तत्काल मृत्यु हो जाती है।

भरत ने राम से वापस लौटकर राज्य संभालने का आग्रह किया। 'मैं इसी कारण मंत्रियों और सेनापतियों को साथ लाया हूँ। यहां तक कि गुरु वसिष्ठ भी आए हैं ताकि हम यहीं पर उचित अनुष्ठान के साथ आपका राज्य अभिषेक कर सकते हैं। अयोध्या का सिंहासन आपका है और मेरी माँ का कोई भी षड्यंत्र - यह कहते

हुए भरत की आवाज़ रूक गई और शर्म से उसका चेहरा काला पड़ने लगा – इसे बदल नहीं सकता।'

मैंने कभी भरत पर ज़्यादा ध्यान नहीं दिया था। मैंने सदा उसे राम की दीप्ति के इर्द-गिर्द किसी ग्रह की भांति घूमते देखा था। मैंने पहली बार ऐसा महसूस किया कि उसके स्वभाव में शालीनता थी। ऐसे लोग कम होंगे जो इस तरह राज्य का शासन पाने के बावजूद उसे स्वेच्छा से त्याग सकते हैं। मेरे मन में भरत के लिए प्रशंसा का भाव पैदा हो गया।

लक्ष्मण की आवाज सुनकर मेरे विचार टूट गए। 'भरत ठीक कह रहा है। ज्येष्ठ पुत्र होने के नाते वह राज्य आपका है और हमारी अपेक्षा आप ही सर्वश्रेष्ठ शासक हैं। आप पिताजी की इच्छा का सम्मान रखने के लिए वन में आए थे। आपने उनका वचन पूरा कर दिया, हालांकि वह अनुचित था। परंतु उनकी मृत्यु हो चुकी है और आपका ऋण भी पूरा हो गया है। अब आपको अयोध्या के लोगों के लिए वापस चलना चाहिए। क्या राजा के रूप में प्रजा की देखभाल करना ही आपका मुख्य कर्तव्य नहीं है?'

लक्ष्मण ने वही जादुई शब्द फिर कह दिया था-कर्तव्य। एक राजा का अपनी प्रजा के प्रति कर्तव्य। मैंने देखा राम सीधे खड़े हो गए। उनके चेहरे पर दुविधा का भाव उभर आया था।

शत्रुघ्न, जो पीछे खड़ा था, आगे आया। उसने राम को प्रणाम किया और कहा, 'भैया, वापस चलिए। यहां तक कि गुरुदेव वसिष्ठ भी इस बात से सहमत हैं कि पिताजी की मृत्यु के बाद आपकी प्रतिज्ञा पूरी हो गई है। कैकेयी की क्या बात करें। मैं तो उसे अपनी माँ भी नहीं कहना चाहता। उसने आपके साथ बहुत अन्याय किया है। काश, आप देख पाते कि भरत को अयोध्या लौटने पर कैकेयी की करतूत का पता लगा तो वह कैकेयी पर कितना क्रोधित हुआ था। भरत ने कैकेयी को भरे दरबार में फटकारा और महल में नज़रबंद कर दिया। वह अब आपको कभी कष्ट नहीं देगी। आप उसे फिर कभी नहीं देखेंगे। उस डायन मंथरा ने ही यह कुटिल योजना बनाई थी। मैंने उसे मार-मार कर अधमरा कर दिया और महल से निकाल दिया। यदि भरत ने मुझे रोका न होता तो मैं उसे मार डालता।'

भरत ने फिर विनम्रता से हाथ जोड़े और कहा, 'भैया, कृपया वापस चलिए। राज्य में उथल-पुथल हो रही है। लोग परेशान हैं। बहुत-से लोग राज्य छोड़कर जा रहे हैं। आपके वापस चलने से कौशल्या माँ को भी सहायता मिलेगी। वह बहुत उदास और परेशान हैं। हमें उनकी भी चिंता हो रही है।'

राम चुपचाप इधर-उधर घूमने लगे। मैं उनके भीतर चल रहे संघर्ष को महसूस कर रही थी। क्या यह संघर्ष उनके स्वर्गीय पिता के प्रति दायित्व और जीवित माँ के

प्रति प्रेम के बीच चल रहा था? क्या वह अपनी प्रजा के बारे में सोच रहे थे, जो उन्हें अपना राजा मानती है? फिर उन्होंने मेरी ओर देखा। क्या वह पति के दायित्व के विषय में सोच रहे थे? वह मुझे संकट और कष्ट से बचाने, सुख-सुविधाएं देने, मेरी प्रतिष्ठा लौटाने तथा अयोध्या की रानी होने के मेरे अधिकार के विषय में सोच रहे थे?

हमारा भाग्य एक बार फिर पलटने को था। मैं अयोध्या लौटने की कल्पना करने लगी। यह विचार मेरे मस्तिष्क से धूमिल हो चुका था। महल लौटकर सुख-सुविधाएँ भोगने का विचार बहुत सुखद था। कीड़ों वाले गंदे और ठंडे पानी में नहाने की अपेक्षा गुनगुने, सुगंधित जल में स्नान करना कितना सुखद लगता है। एक मैली साड़ी प्रतिदिन पहनने की अपेक्षा हर रोज धुले और सुंदर कपड़े पहनना, पत्तों की जगह नर्म बिस्तर पर सोना कितना अच्छा है। राम बहुत कोशिश करके भी मुझे कठोर धरती की चोट से बचा नहीं पा रहे थे। अयोध्या लौटकर वन के कीड़ों से भी बचाव हो जाता जो रात-दिन कान में गुँजार करते और मुझे अपना भोजन समझते थे।

इससे भी अधिक उर्मिला और कौशल्या के पास लौटना कितना अच्छा लगेगा, क्योंकि मैं जब भी उनके विषय में सोचती थी तो मेरा मन ग्लानि से भर उठता था।

इसके बावजूद मुझे इस बात का आश्चर्य था कि मेरा मन आंशिक रूप से इस रोमांचक यात्रा को बीच में छोड़कर नहीं जाना चाहता था। हमने वन के ऊपरी सतह को अभी ठीक से नहीं देखा था। मुझे विश्वास था कि वन हमारे साहस की परीक्षा लेगा और जब यह जान जाएगा कि हम सचमुच वहाँ रहने के योग्य हैं, तो वह हमारे लिए आनंद के अव्यक्त स्रोत खोल देगा। मुझे नहीं पता यह कैसे विचार थे। मैं सिर्फ इतना समझ पाई की यह बहुत गहराई में बैठे तीव्र और रमणीय विचार थे, जिन्हें मैंने इससे पहले अनुभव नहीं किया था। यह सुखद अहसास था, परंतु इसमें खतरे का स्वाद भी था।

मैं सांस रोककर राम को देखने लगी। मैं उनके कुछ कहने की प्रतीक्षा कर रही थी। उनका निर्णय हमारे जीवन की दिशा निर्धारित करने वाला था।

राम धीरे-से बोले, 'प्यारे भाइयों, तुमने सचमुच अच्छी बात कही है। राजा के लिए प्रजा का ध्यान रखना बहुत आवश्यक है। परंतु मैं अभी अपने पिता को दिए प्रण से बंधा हुआ पुत्र हूँ। मैं गुरु वसिष्ठ से विनम्रतापूर्वक क्षमा मांगना चाहता हूँ। राजा दशरथ के जीवित होने या न होने से प्रतिज्ञा पर कोई प्रभाव नहीं पड़ता, क्योंकि वह प्रतिज्ञा देवताओं को साक्षी मानकर ली गई थी। उन्होंने कहा कि मैंने वचन दिया है कि मैं चौदह वर्ष बाद ही प्रजा का राजा और अपनी माँ का पुत्र कहलाने योग्य बन पाऊंगा। तब तक प्यारे भरत, तुम्हीं अयोध्या की उम्मीद हो। मेरी ओर से कौशल्या माँ का ध्यान रखना और कैकेयी माँ को क्षमा करने का प्रयास करना। याद

रखो उन्होंने जो किया वह तुम्हारी रक्षा और तुम्हारे हित को ध्यान में रखकर किया था। एक बाघिन अपने बच्चों की रक्षा के लिए सबकुछ करती है और उस समय वह परवाह नहीं करती कि उसके पंजों से किसको चोट पहुंची है।'

यह सुनकर भरत का चेहरा कठोर हो गया। उसने कहा, 'भैया, मैं उस स्त्री को कभी क्षमा नहीं करूंगा, जिसने हमारा परिवार नष्ट कर दिया।' यह कहकर भरत ने राम का हाथ पकड़ लिया। उसकी आंखों में आंसू थे। 'आप अपने स्थान पर मुझे वन जाने की आज्ञा दे दीजिए। यदि किसी को चौदह वर्ष के लिए वनवास जाना ही है, यदि किसी को यह कष्ट भोगना ही है तो यह मुझे करने दीजिए। शायद इससे कैकेयी के अपराध का बोझ कुछ कम हो जाएगा।'

भरत ने घृणा से अपनी माँ का नाम लिया था। निस्संदेह भरत ने जीवन-भर अपनी माँ से बहुत प्रेम किया। वह यह भी जानता था कि कैकेयी ने जो किया, वह अपने पुत्र के लिए किया। परंतु उस समय उसके स्वर में केवल घृणा थी।

मैं जिस प्रेम को शक्तिशाली और चिरस्थायी समझती थी, क्या वह इतना दुर्बल हो सकता है? क्या हम प्रेम को हृदय से ऐसे निकालकर फेंक सकते हैं, जैसे फूलों के बीच से खरपतवार को निकाला जाता है? मैं राम के प्रति अपने प्रेम और अपने प्रति राम के प्रेम के विषय में सोच रही थी। वह मेरे अस्तित्व को परिभाषित करता है। मुझे इस कल्पना से डर लग रहा था। मैं ऐसी क्षति होने के बाद जीवित नहीं रह पाती।

मैं वर्तमान में लौट आई। राम भरत से बात कर रहे थे। 'तुम्हें किसी तरह का भार महसूस नहीं करना चाहिए। तुम भोले और निर्दोष हो। परंतु हम अपनी सुविधा के लिए प्रतिज्ञा को बदल नहीं सकते। यह रघुकुल की परंपरा नहीं है। तुम यह अच्छी तरह जानते हो। केवल मैं निर्धारित अवधि के लिए वन में रहूँगा। यही मेरी नियति है।

'मुझे शायद जंगल की विनाशकारी और दुष्ट शक्तियों को नष्ट करने के लिए भेजा जा रहा है। मेरे लौटकर आने तक राज्य पर शासन करो। मुझे पता है तुम यह काम अच्छी तरह कर पाओगे।'

भरत ने फिर विरोध नहीं किया। वह राम के स्वर को सुनकर समझ गया कि राम का निर्णय अंतिम था। वह जानता था कि अयोध्या को बिना राजा के नहीं छोड़ा जा सकता। भरत अपने साथ राम की पादुकाएँ अयोध्या ले आया और उन्हें सिंहासन पर रख दिया। वह स्वयं नीचे बैठ गया और उसने अयोध्या के राजा की अनुपस्थिति में प्रतिनिधि के रूप में अयोध्या पर शासन किया।

भरत के जाने से पहले मैंने उससे वह प्रश्न किया जो मुझे लंबे समय से परेशान कर रहा था।

'उर्मिला कैसी है?' मुझे उसकी बहुत याद आती थी। उसका नाम लेना भी मेरे लिए कठिन हो गया था।

भरत मेरा प्रश्न सुनकर चकित रह गया। वह राजकाज में इतना उलझ गया था कि उसे उर्मिला की याद ही नहीं आई। परंतु शत्रुघ्न ने, जो स्वभाव से अधिक शांत था, कहा, 'श्रुतकीर्ति ने मुझे बताया कि उर्मिला ने आपके जाने के बाद स्वयं को कक्ष में बंद कर लिया। यहां तक कि उसकी बहन भी उससे मिलने कमरे में नहीं जा सकती। उर्मिला ने शायद अपनी दासियों को गोपनीयता की शपथ दिलाई है क्योंकि पूछने पर वे सिर्फ यही कहती हैं कि उर्मिला बीमार नहीं है।'

मैंने धीरे-से लक्ष्मण की ओर देखा। वह जंगल में घनी झाड़ियों को देख रहा था। उसके चेहरे पर कोई भाव नहीं था, परंतु उसका गला रुँध गया। मैं समझ गई वह उर्मिला के लिए दुखी था। वह भी शायद उर्मिला को अपने साथ जंगल में लेकर आना चाहता था।

उस रात जब मैं और राम अकेले थे। तब मैंने उनसे कहा, 'गुरु वसिष्ठ, जो वेदों के ज्ञाता हैं, भी यही कहते हैं कि आपका राज्याभिषेक किया जा सकता है और उस पर कोई प्रश्न नहीं करेगा आप इस बात को जानते हैं। आपको भी पता है कि आप भरत से बेहतर राजा हैं और आपके अयोध्या लौट जाने से सबको लाभ होगा तो फिर आप ऐसा क्यों नहीं करते?'

राम ने उत्तर दिया, 'मैं कदापि ऐसा नहीं चाहता कि बाद में लोग कहें कि मुझे राज्य से प्रेम था इसलिए मैंने अपनी प्रतिज्ञा में कमी खोज ली। मैं शासनकाल आरंभ होने से पहले अपने ऊपर कलंक नहीं लगाना चाहता। इससे मेरे मन में रामराज्य अवधारणा नष्ट हो जाएगी।'

'आप भगवान नहीं, केवल एक राजा हैं,' मैंने कहा। 'कोई आपको आदर्श नहीं मानता। हमारे देवताओं से भी कई बार ऐसे कार्य हो जाते हैं जिन पर प्रश्न-चिह्न लग जाता है। किसी के कुछ कहने से समूचा राज्य नष्ट नहीं हो जाएगा। आपके पिता के बारे में भी लोग बहुत-सी बातें करते थे परंतु वह एक श्रेष्ठ राजा सिद्ध हुए।'

राम ने चेहरा धीमे-से घुमाया और हठपूर्ण ढंग से कहा, 'यह सत्य हो सकता है। परंतु राज्य और राजा के विषय में मेरी ऐसी सोच है।'

मैंने उनसे तर्क नहीं किया। उस दिन सब थक चुके थे। मैं राम से तर्क करके उन्हें और परेशान नहीं करना चाहती थी। मैं उनसे यह नहीं कह पाई कि वह असंभव-सा प्रतिमान स्थापित करने जा रहे हैं। मैंने उनके कंधे पर सिर रखकर सोने की कोशिश की। मैं स्वप्न में उर्मिला को देखना और उसे सांत्वना देनी चाही थी।

परंतु स्वप्न स्वेच्छा से प्रकट होते हैं। मैंने स्वयं को उर्मिला के कमरे में पाया। वह बिस्तर पर लेटी थी। उसकी आंखें बंद थी और चारों ओर हल्की नीली रोशनी

दिखाई पड़ रही थी। उसका शरीर शव की भांति निश्चेष्ट पड़ा था। मुझे पीड़ा और ग्लानि होने लगी। मैंने उसका नाम पुकारा और उसके कंधे को हिलाया। परंतु उसने उत्तर नहीं दिया मानो उसकी आत्मा शरीर छोड़कर - शायद दुख, या क्रोध अथवा अभिमान से भरकर कहीं दूर चली गई थी। मैं उससे संपर्क नहीं कर पाई। मैंने अपनी बहन को जरूरत के समय अकेला छोड़ दिया था।

मैं रोते हुए उठ बैठी। राम मेरे पास बैठे थे और उनके गालों पर सूख चुके आंसुओं के निशान थे।

'क्या आपने भी कोई बुरा सपना देखा?' मैंने पूछा। 'क्या वह आपके पिता की मृत्यु से संबंधित था?'

'नहीं। सभी प्राणियों को पृथ्वी पर समय पूरा होने के बाद जाना पड़ता है। मैं यह बात जानता हूँ।'

'फिर क्या हुआ?'

पहले राम ने कुछ नहीं कहा। फिर मैंने उनकी कमर पर हाथ फेरा तो वह बोले, 'मैं पिताजी के लिए दुखी था, क्योंकि वह एक राजा के रूप में अंत समय पर असफल हो गए। उन्होंने प्रजा के हित से अधिक व्यक्तिगत प्रतिष्ठा को महत्व दिया। उन्हें ऐसा नहीं करना चाहिए था। मुझे डर है कहीं मैं उनकी तरह दुर्बल न पड़ जाऊँ।'

'मुझे विश्वास है ऐसा नहीं होगा,' मैंने कहा।

राम ने सिर हिलाया। 'मुझे भरोसा नहीं है। आखिर मेरी नसों में भी उन्हीं का खून है।'

'दशरथ असफल हुए, क्योंकि उनकी पत्नी ने उन्हें अनुचित ढंग से भ्रमित कर दिया था,' मैंने कहा। 'परंतु मैं आपके साथ रहूँगी और यथासंभव आपकी सहायता करूंगी। मुझे विश्वास है हम दोनों मिलकर रामराज्य स्थापित करने में सफल रहेंगे।'

यह सुनकर राम मुस्करा दिए। 'किसी पुरुष को तुमसे अच्छी पत्नी नहीं मिल सकती। तुमने मुझे आज तक कभी दुख नहीं पहुँचाया और मुझे विश्वास है कि आगे भी ऐसा नहीं होगा।'

हम दोनों एक-दूसरे के पास लेट गए, मानो वही हमारी समस्त चिंताओं का एकमात्र समाधान था। मैं थक चुकी थी। मुझे नींद आ गई। फिर मुझे एक और स्वप्न आया।

मैंने देखा मैं बिना खिड़की के एक कक्ष में बंद हूँ। आरंभ में वह कमरा खाली लग रहा था परंतु फिर मैंने देखा कि दीवार के सहारे एक स्त्री बैठी थी। वह थकी-हारी दिख रही थी। वह कैकेयी थी। उसके भीतर से मानो आत्मा निकल चुकी थी। कैकेयी ने स्वयं को अपने कक्ष में बंद कर लिया था और वही अब उसका कारागृह था। उसकी देखभाल करने वाला अब कोई नहीं था। कैकेयी ने पुत्र-प्रेम में सबकुछ दांव पर लगा दिया ,फिर भी वह सबकुछ गँवा बैठी, क्योंकि वह एक महत्वपूर्ण बात समझ नहीं पाई थी।

कैकेयी जो बात देख नहीं सकी, वह यह थी किसी से केवल प्रेम कर लेना पर्याप्त नहीं होता। यदि हमें किसी से पूरे मन से प्रेम हो और हम उसके लिए अपराध करने को भी तैयार हो जाएँ, तो भी प्रेम पर्याप्त नहीं होता। हमें उन मूल्यों को समझना और उनका आदर करना चाहिए जिनके कारण प्रेम होता है। हमारे लिए अपनी इच्छा से अधिक दूसरे की इच्छा का महत्व होना चाहिए। यही श्रेष्ठ है कि उनकी इच्छा ही हमारी इच्छा हो जाए।

# 14

प्रतिदिन हम अपने परिचित क्षेत्र से दूर होते जा रहे थे। हम धीरे-धीरे पंचवटी की ओर पहुंच रहे थे, जो ऋषियों के अनुसार उस वन का हृदय-स्थल था। वह बहुत रहस्यमयी और सुंदर स्थान था। ऐसी जगह हमने पहले कभी नहीं देखी थी।

'क्या वहां राक्षस भी हैं?' लक्ष्मण ने पूछा, 'यदि हैं तो हमें सुरक्षा की तैयारी रखनी होगी।'

एक ऋषि ने कहा, 'हां, यहाँ राक्षस हैं, परंतु वे स्वयं को अलग नाम से पुकारते हैं और दीन दिखाई पड़ते हैं। यह इस पर निर्भर करता है कि वह किस समूह के सदस्य हैं। नगर के राक्षसों से जंगल के राक्षस बिल्कुल भिन्न हैं।'

'वे सब खतरनाक नहीं हैं और सारे आदमखोर भी नहीं हैं,' दूसरे ऋषि ने कहा। 'यदि आप उन्हें परेशान नहीं करेंगे तो वह कुछ नहीं कहते।'

राम ने सिर हिलाया, लेकिन लक्ष्मण को संदेह था।

'क्या वे ताड़का और उसके साथियों की तरह मायावी हैं, जिन्हें मैंने और राम ने मारा था?' लक्ष्मण ने पूछा।

'प्रत्येक जाति एक-दूसरे से भिन्न है। ताड़का ऐसे आतंकवादी दल की थी जो मानता है कि यह वन उनका है। उनके रहने के लिए यही एक स्थान बचा है, क्योंकि मनुष्यों ने लगभग सभी जगहों पर कब्जा कर लिया है। इसलिए वह हमें जंगल से बाहर निकालना चाहते थे। इसके लिए आवश्यकता पड़ने पर वह किसी को मार भी डालते हैं,' दूसरे ऋषि ने कहा।

'कुछ राक्षस मायावी हैं और कुछ को जादू आता है। वे अपनी इच्छा से अदृश्य हो जाते हैं,' ऋषि ने मुस्कराते हुए कहा। 'उनमें से कुछ हो सकता है, हमें इस समय देख भी रहे हों।'

मैंने चारों ओर भय और उत्साह से दृष्टि घुमाई परंतु कुछ नज़र नहीं आया। ऋषि शायद मजाक कर रहे थे। परंतु मुझे पता था कि हमारी भेंट किसी राक्षस से अवश्य होगी। क्या वह रावण जैसा होगा? मैंने केवल उसी एक राक्षस को देखा था। परंतु मुझे नहीं लगता, भले ही मैंने उसे केवल एक क्षण के लिए देखा था पर मैं कह सकती हूँ कि रावण विशिष्ट अवश्य था।

एक दिन हम एक छोटे-से आश्रम के पास पहुंचे। उसे देखकर मुझे आश्चर्य हुआ। अधिकांश ऋषि वन की सीमा पर अपना आश्रम बनाते थे। इससे उन्हें सुरक्षा मिलती थी और इसके व्यापारिक कारण भी थे।

मुझे आश्चर्य हुआ जब राम ने कहा, 'मैं इस स्थान से परिचित हूँ। मैं यहां पहले भी आया हूँ।'

'यह कैसे हो सकता है?' मैंने आश्चर्य से कहा। 'आपने तो कहा था कि आप देश के इस हिस्से में पहले कभी नहीं आए।'

'मैं नहीं आया,' राम ने उत्तर दिया।

लक्ष्मण ने सावधानी से चारों ओर देखकर कहा, 'यह मुझे उस ऋषि के आश्रम जैसा लग रहा है। क्या नाम था उनका, जिन्होंने अपनी पत्नी को शाप देकर पत्थर बना दिया दिया था? परंतु क्या वह मिथिला के निकट नहीं था?'

मिथिला! यह नाम सुनकर मेरा हृदय तेजी से धड़कने लगा। क्या हम संयोग से अनजाने में मिथिला के निकट आ पहुंचे थे? क्या मैं फिर अपने माता-पिता से मिल पाऊंगी?

राम मेरे मन की बात समझ गए। ऐसा होता रहता था, क्योंकि हम बहुत समय साथ बिताते थे। क्या यह इसलिए था कि वह मुझसे बहुत प्रेम करते थे? उन्होंने उदास होकर धीरे-से सिर हिलाया। उनकी आंखों में करुणा थी। 'प्रिय हम मिथिला के निकट नहीं हैं। अनेक वर्षों की साधना से ऋषियों को दिव्य शक्तियां प्राप्त हो जाती हैं। ऋषि गौतम शायद अपने आश्रम को किसी अन्य स्थान पर ले गए थे, जिससे वह अपनी पत्नी के साथ फिर से नया जीवन शुरू कर सकें।'

मैंने पूछा, 'वह ऐसा क्यों करेंगे? लक्ष्मण ने अभी कहा कि उन्होंने अपनी पत्नी को शाप से पत्थर बना दिया था। ऐसे जीवन और किसी पत्थर की प्रतिमा के साथ कोई कैसे जी सकता है?'

'ऐसा इसलिए क्योंकि राम ने उनकी पत्नी को फिर से जीवित कर दिया था,' लक्ष्मण ने गर्व से कहा। 'मेरा अनुमान है भैया के पास भी ऐसी कुछ शक्तियां हैं।'

यह सुनकर मुझे बहुत आश्चर्य हुआ। मैंने राम से कहा, 'आपने मुझे इस बारे में कभी नहीं बताया।'

राम ने विनम्रता से कंधे उचकाए और बोले, 'इस विषय में कभी बात ही नहीं हुई। वैसे भी मैंने ऐसा कुछ नहीं किया। हम वन से होकर जा रहे थे और तभी विश्वामित्र ने मुझसे एक पत्थर को पैर से स्पर्श करने को कहा। ऐसा करते ही वह पत्थर एक स्त्री में परिवर्तित हो गया। यह देखकर मुझे भी लक्ष्मण की तरह आश्चर्य हुआ था।'

मैं अपने पति को देखने लगी। यह व्यक्ति किसी आश्चर्यजनक कार्य को सरलता से करने के बाद बिना अहंकार के उसको मस्तिष्क से विस्मृत कर सकता है। तुम कौन हो? मैं पूछना चाहती थी, परंतु मुझे पता था कि वह सिर्फ इतना कहेंगे, 'इसका क्या अर्थ है? तुम्हें पता है मैं कौन हूँ। मैं तुम्हारा पति हूँ, लक्ष्मण का भाई और दशरथ का पुत्र हूँ।'

मैं ऋषि की कहानी सुनने को उत्सुक थी। मैंने राम से उस कथा को सुनाने का आग्रह किया।

'अहल्या अति सुंदर थी। ब्रह्मा ने उसे स्वयं अपने हाथों से बनाया था और फिर बाद में महर्षि गौतम से उसका विवाह कर दिया। सब ठीक चल रहा था। गौतम तपस्या में लीन रहते थे। अहल्या निष्ठावान पत्नी की तरह पति की सेवा करती थी। फिर एक दिन उस पर इंद्र की नज़र पड़ गई। देवताओं का राजा होने के नाते इंद्र को लगा कि यह सुंदर स्त्री उसे मिलनी चाहिए। वह अहल्या के पास गया और उसे सुख-सुविधाओं, धन आदि का प्रलोभन दिया। परंतु अहल्या ने उसका प्रस्ताव नहीं माना। एक दिन जब महर्षि गौतम जंगल में दूर निकल गए तो इंद्र ने मायाजाल से गौतम का रूप धारण किया और आश्रम में आ गया। उसने अहल्या के साथ संभोग किया। रात को लौटने पर गौतम को तपोबल से जान लिया कि आश्रम में कुछ हुआ था। वहाँ की ऊर्जा दूषित हो गई थी। उन्होंने योगबल से सारी बात का पता लगा लिया।

'क्रोध में गौतम ने इंद्र को शाप दिया जिसके कारण उसके पूरे शरीर पर एक सहस्त्र योनियाँ उभर आईं। इंद्र को बहुत समय उसी अवस्था में रहना पड़ा। बाद में इंद्र की पत्नी शची को उस पर दया आई तो उसने हस्तक्षेप करके महर्षि गौतम से प्रार्थना की। उसके बाद इंद्र के शरीर पर उभरी योनियाँ, एक सहस्त्र नेत्रों में परिवर्तित हो गईं।

'गौतम अपनी पत्नी पर भी कुपित थे। उन्होंने अहल्या को भी शाप दे दिया। अहल्या ने शारीरिक सुख के लिए विश्वासघात किया था, इसलिए गौतम ने उसे पत्थर में बदल दिया। अहल्या ने स्वयं को निर्दोष बताया और कहा कि वह गौतम की तरह

इंद्र के मायाजाल का शिकार हो गई थी। परंतु तब तक देर हो चुकी थी। गौतम का शाप अपना प्रभाव दिखा चुका था। अहल्या का रूप बदलने लगा। इतनी देर में गौतम उसे केवल इतना वचन दे पाए कि एक दिव्य पुरुष के प्रांजल एवं शक्तिशाली स्पर्श से अहल्या पुनर्जीवित हो जाएगी।'

'और वैसा ही हुआ,' लक्ष्मण ने कहा, 'मुझे अपनी आंखों पर विश्वास नहीं हुआ जब पत्थर के उस टुकड़े में से संगमरमर की प्रतिमा के समान सुंदर, किंतु आभा रहित स्त्री उत्पन्न हुई। अहल्या के पति गौतम को अवश्य ही शाप के अंत होने का आभास हो गया होगा, क्योंकि वह तत्काल प्रकट हो गए। उन्होंने राम को धन्यवाद दिया और अपनी पत्नी को साथ लेकर चले गए। और मेरे भैया...'

'बहुत हुआ, लक्ष्मण!' राम ने कहा। उन्हें अपनी प्रशंसा सुनकर लज्जा महसूस होती थी। 'अब बातें बंद करो और जल्दी चलो। हमें अंधेरा होने से पहले तपस्वी की कुटिया तक पहुंचना है।'

अहल्या की कहानी सुनकर मेरा मन असंतोष से भर गया। मैं राम से सैंकड़ो सवाल पूछना चाहती थी, लेकिन इसके लिए समय नहीं था। सूर्य अस्त होने को था। मैं तेज कदमों से राम के पीछे संकरे रास्तों से चलने लगी। लक्ष्मण हमारे पीछे चल रहा था।

कुछ ही देर में हम एक छोटी-सी कुटिया तक पहुंच गए। वह आकार में दूसरे आश्रमों से छोटी थी। उसमें केवल दो कमरे थे। अन्य आश्रमों की भांति, उसमें शिक्षार्थियों के पढ़ने और रहने का स्थान नहीं था। वास्तव में, वहां कोई विद्यार्थी भी नज़र नहीं आया। इंद्र वाली घटना के बाद शायद गौतम ने किसी युवक को अपने निकट रखना उचित नहीं समझा होगा।

गौतम पहले से द्वार पर आ गए थे। उन्हें हमारे आगमन पर आश्चर्य नहीं हुआ। उन्हें हमारे आने का आभास हो गया होगा। वह बहुत तेजस्वी और ऊर्जावान लग रहे थे। परंतु राम को देखकर उनके चेहरे पर स्नेह का भाव आ गया। मुझे पहले लगा कि अन्य लोगों की तरह गौतम भी राम की उपस्थिति से प्रसन्न हो गए थे। फिर मुझे याद आया इन दोनों का एक इतिहास रहा है। गौतम, मेरे पति के आभारी थे।

परंतु मेरी रुचि गौतम के पीछे खड़ी स्त्री में थी। वह सीधी और ऊंचे कद की थी। वह सुंदर होने के बावजूद प्रतिमा की भांति आभा रहित दिखाई पड़ रही थी। समय के साथ उसके बाल सफेद हो गए थे और आंखों की कोर पर झुर्रियां उभर आई थीं। फिर भी अहिल्या बहुत सुंदर थी। उसने हमें देखा तो उसे प्रसन्नता हुई, परंतु उसने कुछ नहीं कहा। उसने संध्या के समय हमें फल और दूध का सादा भोजन दिया। वहाँ बहुत शांति थी, मानो अहल्या ने पत्थर की स्थिरता को अपने

भीतर आत्मसात कर लिया था। मैंने उसे धन्यवाद दिया तो उसने उत्तर नहीं दिया और केवल मुस्करा दी।

'इन्होंने मौन-व्रत धारण किया है,' गौतम ने गर्व से कहा, 'यह अत्यंत कठिन तप है और इससे बहुत आध्यात्मिक लाभ मिलता है।'

अहल्या ने रसोईघर में लौटने से पहले मुड़कर मेरी ओर देखा। मैंने यदि उसकी दृष्टि को ठीक पढ़ा तो वह कहना चाहती थी कि उसके पति को सत्य नहीं पता है। वह कहना चाहती थी कि उसके पति सत्य नहीं समझते।

मुझे उसकी आँखों में रहस्य का आभास हो रहा था। मुझे उस रहस्य को सुलझाने का एक मौका चाहिए था।

रात के भोजन पर पुरुष लोग भारतवर्ष के उपमहाद्वीप में हो रही घटनाओं पर चर्चा करते थे। मुझे आश्चर्य हुआ कि गौतम को राज्यों के बीच होने वाले युद्ध और मैत्री संबंधों से संबंधित काफ़ी जानकारी थी। वे परस्पर व्यापार के रास्ते पहाड़ी दर्रों और नदियों पर बने पुलों और राक्षसों से संबंधित बातें करते थे। उन्हें इनमें सबसे मजा आता था।

'राक्षस खतरनाक हो गए हैं। उन्होंने स्वयं को व्यवस्थित कर लिया है। ऋषि-मुनियों के लिए जंगल में रहना ही मुश्किल है। उन्हें सदा राक्षसों के आक्रमण का खतरा रहता है। कुछ हिंसक घटनाएं भी हुई थीं तो उसके बाद बहुत-से राज्यों में गुरुकुल बंद हो गए और उन्होंने विद्यार्थियों को वापस घर भेज दिया। यहां तक कि मुझे भी तपस्या द्वारा अर्जित शक्तियों का प्रयोग करके अपने आश्रम को एक दूसरे स्थान पर ले जाना पड़ा, क्योंकि पहले के स्थान पर राक्षसों ने कब्ज़ा कर लिया था।

'वे लोग वन पर पूर्ण अधिकार और हमें नगर की ओर धकेल देना चाहते हैं। परंतु राम, तुम जानते हो कि ऋषि नगर में नहीं रह सकते। उन्हें पढ़ाने, प्रार्थना करने तथा पारंपरिक वैदिक क्रियाओं और यज्ञ आदि के लिए प्रकृति के बीच रहना जरूरी है। इसलिए राक्षसों के साथ संघर्ष चल रहा है। ऋषि लड़ नहीं सकते इसलिए राक्षस जीत जाते हैं। तुम्हें राक्षसों से मुक्ति के लिए हमारी सहायता करनी होगी।'

राम चिंतित हो गए। मुझे पता था कि वह असहाय लोगों की सहायता की बात को गंभीरता से लेते थे। यदि कोई उनसे गौतम की भांति सहायता मांगता तो वह सहायता करने पर विवश हो जाते थे। 'राक्षसों में बड़ा बदलाव आया है,' राम ने कहा। 'वह बहुत व्यवस्थित और खतरनाक हो गए हैं। क्या आपको इसका कारण पता है?'

'हां, मैं इसका कारण जानता हूँ,' गौतम बोले, 'यह परिवर्तन तब आया है जब उन्होंने स्वयं को अपने एक राजा के अंतर्गत संगठित कर लिया है। वे सब उसके प्रति निष्ठावान है, क्योंकि उनका राजा उन्हें किसी भी स्थान पर स्वतंत्र रहने की अनुमति देता है। वह केवल किसी बड़े युद्ध के लिए सहायता मांगता है। ये राक्षस स्वेच्छा से उसे छोटे-छोटे उपहार भेजते हैं परंतु वह इनसे कुछ नहीं मांगता। उसे कुछ मांगने की आवश्यकता ही नहीं है। वह पहले ही इतना संपन्न और समृद्धशाली है कि उसके लिए ऐसी वस्तुएँ महत्व नहीं रखतीं। यदि कोई मुसीबत में हो और उससे सहायता मांगे तो वह तत्काल सेना भेजकर सहायता करता है। यही कारण है कि वे हर लड़ाई जीत जाते हैं।'

'उनके राजा का क्या नाम है?' राम ने पूछा।

मैं गौतम के उत्तर की उत्सुकता से प्रतीक्षा कर रही थी, क्योंकि वह राजा राक्षस हो या और कोई और, परंतु वह निस्संदेह मनुष्य राजाओं से अधिक बेहतर और कुशल प्रशासक होगा। तभी अहल्या आ गई। उसके पास काम अधिक था तो मुझे लगा कि उसे मेरी सहायता की आवश्यकता है। मैं उसके साथ भीतर चली गई। मुझे दुख था कि मैं राक्षसों के राजा का नाम नहीं सुन पाई। परंतु मुझे अहल्या के साथ एकांत में बात करने का अवसर मिल गया था।

अहल्या मुझे एक छोटे-से कक्ष में ले गई। मुझे उस रात उसके साथ वहीं सोना था। मैंने बिस्तर तैयार करने में अहल्या की सहायता की। मैंने उससे बात करने का प्रयास किया तो वह कुछ नहीं बोली। मुझे लगा था कि पुरुषों के सामने न होने पर वह बात करेगी। मुझे विश्वास नहीं था कि उसने मौन-व्रत आध्यात्मिक सिद्धि के लिए रखा था। मैंने उसकी आंखों को पढ़ लिया था।

अहल्या से मिलकर मुझे महसूस हुआ कि मुझे एक स्त्री के साथ की कितनी आवश्यकता थी। उसे भी शायद यही महसूस हुआ होगा। मुझे उर्मिला की याद आ रही थी। हम छोटी-छोटी लेकिन मज़ेदार बातों द्वारा एक-दूसरे से मन का हाल कहते थे। मैं अहल्या से बहुत-सी बातें करना चाहती थी, किंतु मुझे सबसे पहले उस प्रश्न का उत्तर चाहिए था जो मेरे भीतर उमड़ रहा था। परंतु अहल्या से बात करने की मेरे सभी प्रयास विफल हो गए।

हमारा बिस्तर तैयार हो गया। वह जाने के लिए मुड़ी तो मेरे लिए वह अंतिम मौका था। मैं उसे अपमानित या आहत नहीं करना चाहती थी। फिर भी मुझे जानने की इच्छा थी। मैंने उसका हाथ पकड़ लिया। यह देखकर उसे आश्चर्य हुआ। मैंने कहा, 'मुझे सीमा के उल्लंघन के लिए क्षमा कर दीजिए। परंतु मैंने जब से आपकी कहानी सुनी है, मुझे एक प्रश्न परेशान कर रहा है। क्या मैं आपसे कुछ पूछ सकती हूँ?'

अहल्या के चेहरे का तनाव गायब हो गया। उन्होंने कहा, 'मुझे पता है तुम्हें क्या पूछना है। मैंने उस घटना के बाद किसी से बात नहीं की परंतु मैं तुम्हें एक प्रश्न पूछने की अनुमति देती हूँ, क्योंकि तुमने भी प्रेम के लिए बहुत बड़ा त्याग किया है। और अपने पति का साथ देने के लिए महल की सुख-सुविधाएं और सुरक्षा छोड़कर इस खतरनाक जगह पर आई हो।'

'खतरा!' मैंने धीरे-से कहा, अहल्या ने जिस तरह वह शब्द बोला, उससे मुझे बेचैनी होने लगी। वह निश्चित तौर पर वन के सामान्य खतरों से किसी भिन्न खतरे की बात कर रही थी।

'हां खतरा। मुझे उसके तुम्हारे पास होने का आभास हो रहा है। वह अचानक तुम्हारे सामने प्रकट हो जाएगा। मेरे उत्तर से शायद तुम्हें उस समय सहायता मिलेगी।'

अहल्या के स्वर ने मुझे डरा दिया था। वह हम पर आने वाले खतरे को लेकर कितनी निश्चित थी। ऐसा कैसे हो सकता है? राम और लक्ष्मण इतने बड़े योद्धा हैं और हमेशा सतर्क रहते हैं। मैंने भी युद्ध-कला का अभ्यास किया है। हालांकि मुझे पता है कि पुरुष मेरे अभ्यास को देखकर सिर्फ हँसते होंगे।

मैंने अपनी शंकाओं को स्वयं से दूर करते हुए कहा, 'मुझे बताइए आपके पति ने आपको दंड क्यों दिया? क्या वह धर्म के विरुद्ध नहीं था? आपने कुछ गलत नहीं किया। इंद्र ने आपके साथ छल किया था। फिर उसके अपराध का दंड आपको क्यों मिला? आपको कष्ट क्यों सहना पड़ा? यह अनुचित है।'

यह सुनकर अहल्या मुस्कराई। उसकी मुस्कान में खुशी के साथ मिठास थी जिससे उसका चेहरा खिल उठा। मैंने तब देखा वह पत्थर की प्रतिमा बनने से पूर्व कितनी सुंदर रही होगी। 'यह सोचकर मुझे बहुत कष्ट होता है। हां, वह भी ऋषि के शाप का अंश था कि मैंने इस दुख को प्रतिपल महसूस किया है। फिर मुझे इसका उत्तर मिल गया। तुम यदि अपना हाथ आग में डालोगे, वह चाहे जान-बूझकर हो या अनजाने में - तो क्या तुम्हारा हाथ नहीं जलेगा? यही ब्रह्मांड का नियम है। कर्म और उसके परिणाम का नियम। इसमें उद्देश्य का कोई अर्थ नहीं है।'

मैं अहल्या का उत्तर सुनकर स्तब्ध रह गई। मैं सोचती थी कि कर्म से अधिक उसके उद्देश्य का महत्व होता है, शायद नियति से भी अधिक। क्या मैं गलत थी? मुझे एक और प्रश्न परेशान कर रहा था। 'आपके पति ने आपकी बात सुनने से पहले ही आपको दंड दे दिया। आपने पूरी निष्ठा से उनकी सेवा की, वह आपसे प्रेम करते थे और उन्हें भी पता था कि आप उनसे प्रेम करती हैं। आपने इससे पहले उन्हें संदेह करने का कोई अवसर नहीं दिया। इसके बावजूद वह सबकुछ भूल गए और उन्होंने आपको इतना कठोर दंड दिया। मैं समझ सकती हूँ कि उन्होंने क्रोध में ऐसा किया था। वह खुद पर अपना नियंत्रण खो बैठे। परंतु आपने फिर से स्त्री-रूप

पाकर भी उन्हें क्षमा कर दिया। आपने उनकी मन में व्याप्त ईर्ष्या और क्रोध को ही नहीं भुलाया, बल्कि आपने उन्हें इस बात के लिए भी क्षमा कर दिया कि उन्हें आप पर विश्वास नहीं था और उन्होंने आपके विषय में बुरा सोचा। क्या आप अब भी उनसे प्रेम करती हैं? हमारे साथ कोई ऐसा दुर्व्यवहार करे तो क्या इसके बाद भी हम उससे प्रेम कर सकते हैं?'

अहल्या ने अपना चेहरा दूसरी ओर घुमा लिया। मैं उसका भाव पढ़ नहीं पाई। 'मैंने तुम्हारे एक प्रश्न का उत्तर दे दिया है। मैंने एक ही प्रश्न का उत्तर देने का वचन दिया था।' यह कहकर वह कमरे से निकल गई। मुझे अपने दूसरे प्रश्न का उत्तर अपने जीवन की चुनौतियों से स्वयं ही खोजना था।

मैं दूसरे कक्ष में लौटी तो तीनों पुरुष राक्षसों पर बात कर रहे थे। 'तुम्हें नियति शायद इसीलिए वन में लाई है,' गौतम ने कहा, 'जिससे तुम जन-कल्याण के लिए राक्षसों का संहार करो। उनके अस्तित्व को मिटा दो। तुम्हें सभ्यता के प्रकाश को चारों दिशाओं में फैलाना है। तुम्हें मुझे वचन देना होगा कि तुम इसके लिए पूरा प्रयास करोगे।'

लक्ष्मण ने जोश में हामी भर दी। राम हालांकि इस बात को लेकर अनिश्चित थे, परंतु उन्होंने भी स्वीकृति में सिर झुका दिया।

उस रात मैं राम के साथ लेटी तो मैंने उनसे धीमे स्वर में कहा, 'गौतम ने अहल्या के साथ गलत किया। मुझे पूरा विश्वास है कि वह निर्दोष थी। गौतम ने उसे अपना पक्ष रखने का अवसर ही नहीं दिया और उसे दंड दे दिया।'

राम ने कहा, 'गौतम आदरणीय ऋषि हैं। मैं उनके समान पवित्र व्यक्ति के उद्देश्य पर सवाल नहीं कर सकता।' उन्होंने उस परिस्थिति में सर्वोचित करने का प्रयास किया होगा।'

मुझे राम से सहमत होना पड़ा। फिर भी मैं अपने भीतर व्याप्त असंतोष से परेशान थी। मेरे विचार से यह अन्याय था। मुझे अन्याय का आभास हो रहा था। मुझे इस बात का दुख था कि राम ऋषियों की हर बात सरलता से मान लेते थे।

मुझे उस रात एक सपना आया। मैंने उस क्षण को देखा जब अहिल्या पत्थर से स्त्री रूप में परिवर्तित हुई थी। मैंने उसे पत्थर की शिला से बाहर निकलते देखा। उसके चेहरे पर खुशी नहीं, अपितु फिर से मनुष्य रूप धारण करने का दर्द दिखाई पड़ रहा था। गौतम के चेहरे पर स्नेह और प्रायश्चित का भाव था। उन्होंने कुछ कहा, किंतु मैं उनके शब्द नहीं सुन पाई। मेरा अनुमान है कि उन्होंने अहल्या से क्षमा मांगी होगी।

अहल्या को संकोच हो रहा था। मैंने उसके भाव पढ़ने का प्रयास किया। क्या वह आहत थी? क्या उसके चेहरे पर क्षमाशीलता का भाव था? आप किसी से सच्चा प्रेम करते हैं तो उन्हें क्षमा क्यों नहीं कर सकते? क्या अहिल्या को यह आभास था कि समस्त विकल्पों में से उसके लिए गौतम के पास लौट जाना ही श्रेष्ठ था?

आखिर अहल्या ने अपना हाथ गौतम के हाथों में दे दिया। परंतु उसके चेहरे पर मुस्कान नहीं थी। उसने गौतम की ओर नहीं देखा। क्या अहल्या ने यह निश्चय किया होगा कि वह शेष जीवन गौतम को इसी तरह मौन रहकर दंडित करेगी? इससे गौतम को सदा अपनी भूल का आभास होता रहेगा। इसके बाद दोनों आकृतियाँ धुंधलके में ओझल हो गईं। मेरे लिए एक सबक पीछे रह गया था। यदि एक बार अविश्वास के कारण प्रेम आहत हो जाए है तो फिर उसका घाव पूरी तरह कभी नहीं भरता।

# 15

यात्रा के दौरान जिन ऋषियों से हमारी भेंट हुई, उन सबने हमें गोदावरी नदी के तट पर स्थित पंचवटी नामक स्थान पर रहने का सुझाव दिया। हम वहाँ पहुँचे तो मुझे वह जगह रहस्यमयी परंतु रमणीय लगी। वहां अनेक वटवृक्ष थे और छोटी झाड़ियां सितारों की तरह चमकती थीं। पशु-पक्षियों की रहस्यमयी प्रजातियों का जमावड़ा था, जो मैंने पहले कभी नहीं देखी थीं। राम ने कहा कि हमने लंबी यात्रा कर ली है और वनवास पूरा होने तक हमें यहीं रहना चाहिए तो मैंने खुशी से हामी भर दी।

मेरे यह सोचना सही था कि प्रकृति हमारी परीक्षा लेगी। अब मुझे लग रहा था कि हम उस परीक्षा में सफल हो गए थे और प्रकृति ने हमारे सामने अपना उदार और खुशनुमा चेहरा प्रकट कर दिया था। मैंने आकाश में दूर तक छाई मुस्कान की भांति सूर्यास्त देखे, मैंने कई बार पिघली चांदी के समान चंद्रोदय देखा, बादलों के परदे के पीछे से शर्मीली आंखों की तरह चमकते सितारे देखे। मैंने रंग-बिरंगे पशु-पक्षी और उनकी चकित कर देने वाली प्रजातियाँ देखीं। पंचवटी के पौधों के साथ मेरा सामंजस्य स्थापित हो गया था। मैं वहां झाड़ियों में पानी देती या मिट्टी खोदती तो वे अपने तीखे काँटे अंदर खींच लेते थे। गिलहरी जैसे छोटे जानवर मेरी हथेली से बेर उठाकर ले जाते, नीलकंठ जैसे सुंदर पक्षी मेरे कंधे पर बैठ जाते थे और और मैं उन्हें प्यार से सहला लेती थी। कुछ अन्य तरह के पशु-पक्षी थे जो हमें दूर से देखते थे। मुझे घनी झाड़ियों में उनकी चमकती आंखें नज़र आती थी। मैंने कई बार आकाश में ऐसे जीव देखे जिनके पंख अति विशाल और सिर मनुष्य जैसा था।

मैंने राम से उनके विषय में पूछा तो वह बोले कि विश्वामित्र ने एक बार पक्षी-राज गरुड़ के वंशजों का उल्लेख किया था। यह पक्षी बनकर चारों ओर उड़ते

और प्रकृति के नियमों के अनुपालन को सुनिश्चित करते थे।

लक्ष्मण को मेरी जीव-जंतुओं के साथ दोस्ती पसंद नहीं थी। उसने मुझे कई बार सावधान किया कि उनमें कुछ रूप बदलने वाले चालाक और खतरनाक जीव हो सकते हैं। मैं लक्ष्मण से शांतिपूर्वक सहमत हो जाती थी, क्योंकि लक्ष्मण को यह पसंद नहीं था कि उसकी बात काटी जाए। परंतु मैंने उसकी बात पर विश्वास नहीं किया। दोनों भाई शिकार पर जाते तो मैं चमकदार काले हिरणों को पास बुला लेती थी। वे मेरे हाथ से खाना भी खाते थे।

पंचवटी पहुँचकर दोनों भाइयों ने उस पूरे क्षेत्र का निरीक्षण किया और उसे सुरक्षित जानने के बाद ही राम आराम से बैठ पाए। मैंने पहली बार उन्हें इस रूप में देखा था। वह भूल गए कि वह राजा हैं। पंचवटी नगरों की दुनिया से बहुत दूर थी। यहाँ राम एक प्रेमी की तरह रह सकते थे। इस स्थान ने उन्हें बदल दिया था।

वह जंगली फूल चुनते और उन्हें गूँथकर मेरे बालों में बांध देते थे। वह मीलों चलकर मधुमक्खी के छत्ते से शहद लाते थे, क्योंकि मुझे मीठा खाना पसंद था। लक्ष्मण की सहायता से उन्होंने गोदावरी तट के नजदीक एक कमरे की कुटिया बनाई क्योंकि मुझे वहां का दृश्य पसंद था। मैं और राम रात को इसी कुटिया में सोते थे। हमें नदी की आवाज लोरियां सुनाती और फूलों की सुगंध से हमें नींद आ जाती थी।

मुझे नहीं पता लक्ष्मण कहां सोता था या वह सोता भी था या नहीं। मैं अपनी दुनिया में राम के साथ चैन से रहती थी। मुझे दुख है कि मैंने लक्ष्मण की ओर अधिक ध्यान नहीं दिया। मैंने अनेक बार रात को उठकर देखा तो वह हाथ में धनुष लिए सतर्कता से पहरा देता था। वह रात में हर आवाज को योद्धा की तरह ध्यान से सुनता था। उसे अकेला देखकर मुझे दुख होता था। मैंने अगले दिन उसके लिए उसकी पसंद का भोजन पकाने का निश्चय किया। मैंने राम से कहा कि उनका भाई रात-भर पहरा देता है और उसे भी आराम की आवश्यकता है। मैंने राम से कहा कि उन्हें लक्ष्मण के लिए भी एक कुटिया बनानी चाहिए।

परंतु मुझे बाद में लगा कि राम जानते थे वह क्या कर रहे थे, इसलिए मेरा हस्तक्षेप करना ठीक नहीं था। फिर मैं अपने निर्णय से संतोष पाकर राम को पकड़कर सो जाती और अपनी चिंताओं को भूल जाती थी।

प्रेम इतना मादक होता है कि वह आपको ज़्यादा सोचने का अवसर नहीं देता। वह आपको अपने प्रेमी से अधिक प्रश्न करने की छूट भी नहीं देता।

इसी प्रकार हमें खुशी से रहते कई साल बीत गए। दस... ग्यारह... बारह और फिर मुझे गिनती याद नहीं रही।

पंचवटी में अपनी तरह की समस्याएं थीं। वहाँ गर्मियों में बहुत नमी रहती थी। वट वृक्षों के नीचे हवा भी नहीं चलती थी। बारिश के मौसम में पैर मिट्टी में सन

जाते थे। मैंने पेड़ों की छाल काटना और उसे उबालकर अपने लिए कुछ वस्त्र बनाना सीख लिया था। हमारे पहले के वस्त्र बहुत पहले फटकर बिखर चुके थे, परंतु पेड़ों की छाल को सूखने में बहुत समय लगता था। इसलिए हमें कई महीने एक ही छाल को पहनकर बिताने पड़ते थे, जिससे उसमें कीड़े लग जाते थे और हमें काट लेते थे। उन्हें विशेष तौर पर मुझे काटना अच्छा लगता था।

मेरे सामने एक नई समस्या पैदा हो गई थी। मैं कंदमूल और फल खाते-खाते ऊब चुकी थी, इसलिए मैंने अहल्या द्वारा दी कुछ सब्जियों के बीज उगा दिए थे। सब्जियां जल्दी बड़ी हो गईं। मुझे यह जानकर अच्छा लगा कि मैं बागवानी भूली नहीं थी। उसके बाद कुछ विचित्र-सा होने लगा। मैंने बगीचे के आसपास काँटेदार बाड़ लगाई थी परंतु बहुत सावधानी के बाद भी सब्जियाँ आदि गायब होने लगीं। कई बार पौधे आधे खाए मिलते थे या पूरी तरह उखाड़ दिए जाते थे। मुझे यह सब देखकर बहुत दुख हुआ।

मुझे संदेह हुआ कि इसका कारण ऐसा था कि मेरी आयु बढ़ रही है। मेरी आयु की अन्य स्त्रियाँ - श्रुतकीर्ति और मांडवी, मेरी बहनें - शायद माँ भी बन चुकी होंगी। मैं कभी-कभी एक नन्हे शिशु को स्तनपान कराने की कल्पना करती तो मुझे शिशु के तन से आती दूध की गंध, उसे अपने हाथों में भर लेने का एहसास और उसका आलस्य-भरा चेहरा मलना महसूस होने लगा।

हमें जंगल में रहते हुए एक दशक से अधिक बीत गया था। मैंने राम से पूछा क्या हम संतान के विषय में विचार कर सकते हैं। इस बारे में बात करना मुश्किल था। मैं इस बात को गोपनीय रखना चाहती थी कि मुझे ऐसी इच्छा होने लगी थी। फिर भी मैंने राम से अपनी बात कह दी।

'मुझे अकेलापन महसूस होता है,' मैंने कहा। 'समय तेजी से गुजर रहा है। मुझे नहीं पता मेरे पास संतान पैदा करने के लिए कितना समय शेष है। आपको इस बारे में विचार करना चाहिए। क्या यह मुश्किल है? हमारे चारों ओर पशु-पक्षी हैं जिनके पास कोई संसाधन नहीं हैं फिर भी वह अपने परिवार को बड़ा कर रहे हैं। मैं आपको वचन देती हूँ मैं अपनी संतान का पूरा ध्यान रखूंगी। आपको कुछ नहीं करना पड़ेगा।'

मुझे यह कहते ही अपनी मूर्खता का अनुमान हो गया। मुझे विश्वास था राम यही कहेंगे कि मेरा तर्क गलत है। हम पशु नहीं हैं तो हम अपनी तुलना उनसे कैसे कर सकते हैं?

परंतु राम ने विनम्रता से केवल इतना कहा, 'प्रिय याद करो हमने इस बारे में बहुत पहले निर्णय कर लिया था। हमने वनवास पर निकलते समय ही यह सोच लिया था। इतने छोटे बच्चे को जंगल के खतरों के बीच छोड़ना उचित नहीं है। इससे भी जरूरी यह है कि राजकुमारों अथवा राजकुमारियों को अपने दायित्व की पूर्ति हेतु उचित शिक्षा-दीक्षा मिलनी आवश्यक होती है। उन्हें यहाँ वन में वह उपलब्ध नहीं हो सकती। यही कारण है कि हमने इस बात का इतने वर्षों तक ध्यान रखा है...'

'हम उन्हें सभी आवश्यक चीजें उपलब्ध करवा सकते हैं,' मैंने उत्साहपूर्वक कहा। मैं समर्पण के लिए तैयार नहीं थी। 'हमें इतनी चीजें आती हैं। मैं उन्हें आत्म-रक्षा, खाना पकाना, बागवानी तथा गीत, संगीत, कहानियां और यहां तक कि पत्राचार भी सिखा सकती हूँ। लक्ष्मण उन्हें शिकार और कुश्ती का प्रशिक्षण देगा और आप उन्हें राजसी एवं नैतिक शिक्षा का दिव्य ज्ञान देंगे और...'

'प्रिय, मुझे क्षमा करो,' राम ने मुझे टोक दिया। 'मुझे दुख है मेरे दुर्भाग्य के कारण तुम स्त्रीत्व की खुशी से वंचित हो। परंतु हम अयोध्या लौटने से पहले यह नहीं कर सकते। मैं तुम्हारी इच्छा को समझता हूँ लेकिन...'

'आप कुछ नहीं समझते!' मैंने जोर से चिल्ला कर कहा। वह कैसे समझ सकते थे? वह स्त्री नहीं हैं। समय का उन पर दबाव नहीं है। उनका शरीर अपने अंदर एक और जीवन का पोषण करने के लिए नहीं बना है।

राम ने मुझे कसकर पकड़ लिया। 'सीता, थोड़ा धैर्य रखो। हमने बहुत समय प्रतीक्षा की है। वनवास का समय समाप्त होने में केवल दो वर्ष बाकी हैं। यह समय भी बहुत जल्दी बीत जाएगा।'

मैंने राम को स्वयं से अलग कर दिया। मैं झाड़ी के पीछे बैठकर रोने लगी। यदि राम मेरा मजाक उड़ाते या मुझे बुरा-भला कहते तो शायद मैं उसे सहन कर लेती। मैं उनसे लड़ सकती थी, परंतु उनकी उदारता के चलते मेरा उनसे बात करना और भी कठिन हो गया। 'आप मेरी इच्छा नहीं समझते,' मैंने धीरे किंतु उग्र स्वर में कहा। 'दो साल कम नहीं होते।'

मैंने इस विषय पर राम से फिर दोबारा चर्चा नहीं की, क्योंकि उनसे बात करने व्यर्थ था। राम ने निर्णय कर लिया था और वह भावना पर आधारित नहीं था, बल्कि सही आचरण और कर्तव्य के मज़बूत स्तंभ पर टिका था। इस विषय में उनसे और बात करने और अपना दुख व्यक्त करने से मेरा दुख और ग्लानि और बढ़ जाता।

प्रेम इसी तरह हमें बोलने से रोक लेता है, हालांकि स्पष्ट बात करना बेहतर होता है। हमें हताशा और क्रोध को भीतर दबाकर उसके फटने का इंतजार नहीं करना चाहिए।

राम ने मेरे उजड़े हुए बगीचे को देखकर कहा, 'हिरण होंगे, या शायद खरगोश का काम हो।'

'नहीं, यह संभव नहीं है,' लक्ष्मण ने कहा। 'ऐसा नहीं हो सकता। मैं रातभर यहां घूमता हूँ। यह अवश्य ही राक्षसों का काम है। वह पलक झपकते ही प्रकट होकर फिर अदृश्य हो जाते हैं।'

'तुम सदा राक्षसों की कल्पना करते हो,' राम ने हंसकर कहा। 'हमें यहां एक दशक से अधिक समय हो गया और ऐसा कभी नहीं हुआ। तुम एक फंदा लगा दो। हो सकता है हमें रात को खरगोश खाने को मिल जाए।'

मैंने राम से कुछ नहीं कहा, किंतु एक पल को मुझे लगा लक्ष्मण ठीक कह रहा था। मैंने बीते कुछ सप्ताह में किसी की उपस्थिति को आसपास महसूस किया था। मुझे लगता था कोई हमें अनिष्टकारी उद्देश्य से नहीं, परंतु उत्सुकतावश देख रहा था। मैंने कई बार एक पतली-दुबली साँवली लड़की को पेड़ के पीछे छिपे भी देखा था। मेरे विचार से वह निर्वस्त्र रहती थी। परंतु वह पलक झपकते ही गायब हो जाती थी, इसलिए मैं स्पष्ट तौर पर उसके विष्य में नहीं कह सकती।

मैंने उसके बारे में राम को नहीं बताया। पहले मैं राम से सबकुछ कह देती थी लेकिन संतान को लेकर पिछली बार हुई चर्चा के बाद से मैंने उनसे कुछ कहना बंद कर दिया था। मैं उनसे नाराज़ थी। मैं उस लड़की से बात करना और उसे जानना चाहती थी। यदि हम मित्र हो जाएँ तो शायद मेरा अकेलापन भी दूर हो जाए और मेरे मन में संतान की चाहत कम हो जाए। मुझे लगा राम और लक्ष्मण उसे देखते तो उन्हें संदेह हो सकता था। वह कौन थी? कहां से आई थी? लक्ष्मण तो उसे भगा ही देता किंतु मैं ऐसा नहीं चाहती थी।

मैं एक दिन नदी में स्नान कर रही थी कि वह लड़की अचानक उछलकर मेरे सामने आ गई। मैं उसे देखकर इतना डर गई कि मेरे मुँह में बहुत-सा पानी चला गया। मैंने हँसते हुए अपने वल्कल वस्त्र को अपने तन पर आसपास लपेटने का प्रयास किया। वह मुझे उत्सुकता से देखकर खुश हो रही थी। उसके दांत सफेद और तीखे थे तथा त्वचा का रंग चमकदार किंतु सांवला था। वह निर्वस्त्र थी। उसके समुदाय के लोग शायद वस्त्र नहीं पहनते थे। उन्हें कितना उन्मुक्त महसूस होता होगा! त्वचा ठंडी रहती होगी तथा पत्ते और कोमल झाड़ियां त्वचा पर रेशमी स्पर्श करते होंगे।

इससे पहले कि मैं ठीक से सांस ले पाती, उस लड़की ने मुझसे ढेर सारे प्रश्न पूछने शुरू कर दिए।

'तुम्हारा नाम क्या है? तुम कहां से आई हो? यहां क्या कर रही हो? क्या तुम्हें पता नहीं यह जगह खतरनाक है? इस तालाब में बहुत-से मगरमच्छ रहते हैं।'

मैंने उसे संक्षेप में राम की प्रतिज्ञा के विषय में बताया और कहा कि हम तीनों किस तरह वन में आए थे। 'मैं मगरमच्छों को परेशान नहीं करती और वह भी मुझे कुछ नहीं कहते,' मैंने उससे कहा।

उसने भँवें सिकोड़ीं और कहा, 'तुम्हें यहां नहीं आना चाहिए था। वन के इस भाग में मेरे भाई खर और दूषण रहते हैं। उन्हें किसी बाहरी प्राणी का यहां आना पसंद नहीं है।'

'हमें तुम्हारे भाइयों के विषय में पता नहीं था,' मैंने कहा। हमने उन्हें कभी देखा नहीं, अन्यथा हम उनसे अनुमति ले लेते। तुम्हारी जाति का नाम क्या है?'

उनकी तुम पर अवश्य दृष्टि रहती होगी,' उसने कहा। 'वह जब चाहेंगे तभी तुम उन्हें देख पाओगे। प्रार्थना करो कि ऐसा कभी न हो। उन्हें मैत्री करना पसंद नहीं है।' उसने मेरे प्रश्न के अंतिम अंश की उपेक्षा कर दी। फिर वह मुझसे और सवाल पूछने लगी।

'तुम कहां से आई हो?'

मैंने उसे बता दिया।

'अयोध्या?' उसने आश्चर्य से कहा। 'मैंने यह नाम कभी नहीं सुना। मुझे शहरों के बारे में अधिक जानकारी नहीं है। मुझे जंगल का उन्मुक्त जीवन अच्छा लगता है। क्या वे दोनों पुरुष तुम्हारे पति हैं?'

'अरे नहीं, नहीं!' मैंने कहा, 'गौर वर्ण वाला पुरुष मेरा देवर है।'

'मुझे श्याम वर्ण वाला अधिक पसंद है,' उसने कहा। 'मेरे पति की त्वचा भी सुंदर श्याम वरण की थी। वह रात और दिन चमकती थी मानो किसी ने उस पर तेल से मालिश की हो। परंतु वह मर चुका है।'

इससे पहले मैं दुख प्रकट कर पाती, वह गायब हो गई।

# 16

हम शाम के समय कुटिया के बाहर बैठे थे। तभी अचानक तेज हवा चलने लगी और हम उसका आनंद ले रहे थे। वर्षा होने वाली थी लेकिन पत्तों से बनी हमारी कुटिया में पानी टपकता था। तेज हवा के कारण मच्छर भाग जाने से बड़ा संतोष मिल रहा था। राम और लक्ष्मण अस्त्रों पर चर्चा कर रहे थे और मैं अयोध्या लौटने का सपना देखने लगी।

मैंने देखा कि मैं रेशमी वस्त्रों में बरामदे में बैठी फूलों का आनंद ले रही थी। मैंने गर्म पानी से स्नान किया और दासी मेरे बालों में सुगंधित तेल लगा रही थी। तभी एक छोटी लड़की, जिसके बाल लंबे और राम की तरह घुंघराले थे, भागती हुई आई। उसके पीछे दासी भी क्षमा माँगती दौड़ी। फिर वह लड़की मेरी गोद में बैठ गई। उसे ले जाने का प्रयास किया गया तो उसने मेरी गर्दन में बाँहें डाल दी और मुझे कसकर पकड़ लिया।

तभी हलचल हुई और मेरा सपना टूट गया। मेरे सामने वही तालाब वाली लड़की खड़ी थी, किंतु इस बार वह एकदम अलग नज़र आ रही थी। उसने सफेद फूलों की माला पहनी थी। उसके गले और कलाइयों में फूल चमक रहे थे। उसकी नाक, कान और बालों के फूल दक्षता के साथ गूँथे गए थे। ऐसा लगता था कि वे फूल वहीं उगे थे। उसने साड़ी जैसा वस्त्र पहना था जो उसके शरीर पर कसकर लिपटा हुआ था। उसकी लंबाई घुटनों तक थी और वह उसे बार-बार खींचकर नीचे कर रही थी। देखने से पता लगता था कि उसे वह पहनने की आदत नहीं थी। परंतु वह आत्मविश्वास के साथ कूल्हे हिलाती कामुक ढंग से चल रही थी। मुझे बुरा लगा, किंतु उसकी चाल-ढाल में भी उसका निर्दोष स्वभाव झलक रहा था। वह किसी मोरनी की भांति चल रही थी। वह सुंदर थी तथा उसके शरीर से एक अलग तरह की गंध आ रही थी, जिसे मैंने दूर से महसूस कर लिया था।

मैं उससे बात करना चाहती थी किंतु उसका ध्यान मुझ पर नहीं था। उसने मेरी उपेक्षा कर दी और वह सीधा दोनों पुरुषों की ओर चल पड़ी। मेरे पति पर उसका विशेष ध्यान था।

'अभिनंदन युवक!' उसने राम से कहा। 'मेरे वन में तुम्हारा स्वागत है। मैं तुम्हें देखकर प्रसन्न हुई। इस बीहड़ में अधिक लोग देखने को नहीं मिलते और यदि वे आते भी हैं तो कुरूप लकड़हारे या शिकारी किस्म के लोग होते हैं। अथवा ऋषि होते हैं जिनका हृदय कठोर होता है। परंतु तुम ऐसे नहीं दिखते। मुझे बताओ तुम कौन हो और यहां क्या कर रहे हो?'

'यह कैसा विचित्र खेल है?' मैंने सोचा और मुझे गुस्सा आने लगा। मैंने उसे पहले ही सबकुछ बता दिया था।

मैंने उसे ध्यान से देखा तो उसके चेहरे पर एक चमकदार छाया जैसी दिखाई पड़ी। उसने शायद अपना वास्तविक रूप छिपाने के लिए छद्म आवरण पहन रखा था। उसे देखकर मुझे अपने विवाह के दिन पर धनुष वाला कक्ष याद आ गया, जब राक्षसराज अपना भाग्य आजमाने आया था। उसके चेहरे पर भी इसी तरह की चमक थी जिसके पीछे उसने अपना असली चेहरा छिपा रखा था। मुझे चिंता होने लगी और मेरा हृदय तेजी से धड़कने लगा। क्या यह राक्षसी है? यदि हां, तो यह क्या चाहती है?

मैंने दोनों पुरुषों की आंखों और आकृति से उनका मनोभाव जानने का प्रयास किया। लक्ष्मण, अपने बाण पर धार लगा रहा था। उसने ऊपर नहीं देखा, परंतु उसकी भँवें तनी थीं। राम सदा की भांति शांत थे। उन्होंने शांति से स्त्री को अपना परिचय दिया तथा जंगल में आने का कारण भी बताया। मेरा मन हुआ कि मैं उन्हें बता दूं कि मैं इससे पहले मिल चुकी हूँ और मैंने इसे यह सब पहले बता दिया था परंतु फिर मैंने आगे की बात सुनने का निर्णय किया। राम भी सुनते तो नाराज़ हो जाते कि मैंने उन्हें उस लड़की से हुई भेंट के विषय में नहीं बताया।

'अयोध्या!' लड़की ने कहा, 'यह नाम बहुत भव्य है। मैंने इसे कहीं सुना है। मैं यहां से बहुत दूर रहती हूँ।'

'तुमने निश्चय ही सुना है,' मेरे मन में विचार आया, 'क्योंकि मैंने तुम्हें सुबह ही बताया था।'

'मैं समुद्र पार से आई हूँ,' उसने कहा। 'मैं अपने भाइयों से मिलने यहां आई हूँ। मैं भी राजपरिवार से हूँ, असुर परिवार!'

मैं यह सुनकर डर गई। मैंने ऋषि-मुनियों से हुए संवाद से जाना था कि उग्र किस्म के राक्षस स्वयं को असुर कहते थे, यानी वह, जो देवता नहीं है। इसका आशय था कि वे देवताओं से श्रेष्ठ हैं।

लक्ष्मण ने झटके से सिर उठाया और उस स्त्री को देखने लगा।

लेकिन उसने लक्ष्मण पर ध्यान नहीं दिया। 'मैं अपनी प्रशंसा नहीं कर रही,' वह बोली, 'परंतु हम सबसे विख्यात असुर परिवार से हैं। मेरा सबसे बड़ा भाई राजा है और देवता भी उससे घबराते हैं। हम यहां से दूर समुद्र के बीच एक जादुई द्वीप पर रहते हैं। मेरे भाई ने वहां एक विशाल महल बनाया है। मुझे महल में रहना अच्छा नहीं लगता। मुझे वन बहुत पसंद है। मुझे जंगल में घूमना अच्छा लगता है और प्राकृतिक जीवन लुभाता है। मुझे अपनी मन की बात कहना भी अच्छा लगता है, हालांकि उससे कई बार मुझे कष्ट भी होता है। तुम मेरी बात से सहमत हो न?'

लक्ष्मण ने उसे तीखी दृष्टि से देखा, परंतु राम उसे देखकर मुस्करा दिए। राम की मुस्कान देखकर उसकी हिम्मत बढ़ गई।

'तुम सोच रहे होगे मेरा नाम क्या है। मेरे बहुत-से नाम हैं और वह मेरे रूप पर निर्भर करता है। मेरा नाम मीनाक्षी है और मेरे परिवार वाले मुझे शूर्पणखा के नाम से बुलाते हैं, क्योंकि मेरे नाखून बहुत सुंदर हैं। तुम मुझे कामरूपिणी भी कह सकते हो।'

इतना सुनकर राम अधीर हो उठे थे। 'मैं आपके लिए क्या कर सकता हूँ, देवी?' उन्होंने पूछा।

कामरूपिणी ने सिर झुका लिया या शायद यह उसके नाटक का एक हिस्सा था। 'मुझे पता है मैं बहुत बोलती हूँ। यह शायद इसलिए है कि मुझे घबराहट हो रही है। मैंने ऐसा पहले कभी नहीं किया और किसी मनुष्य के साथ तो बिल्कुल नहीं। मुझे पता है मेरे परिवार के लोग मेरी बात नहीं मानेंगे। परंतु मुझे चिंता नहीं है। वह मेरी कोई बात नहीं मानते। मैं तुमसे यह कहना चाहती हूँ कि मैं तुम्हें बहुत दिन से देख रही हूँ।' इतना कहकर उसकी जुबान लड़खड़ाई और फिर उसने बात जल्दी से पूरी कर दी, 'तुम मुझे पसंद हो। मैं तुम्हारे साथ रहना चाहती हूँ।'

मुझे यह सुनकर गुस्सा आ गया। 'जरा रुको!' मैं उससे कहना चाहती थी, 'क्या तुमने देखा नहीं कि मैं राम की पत्नी हूँ।' फिर भी मैं चुप रही। मुझे विश्वास था कि राम अपने ढंग से इस परिस्थिति से निपट लेंगे।

बाद में मुझे महसूस हुआ कि शूर्पणखा के संदर्भ में यह मेरी पहली भूल थी। यदि मैं स्थिति बिगड़ने से पहले बीच में आ जाती तो शायद बात वहीं समाप्त हो जाती। क्या स्त्रियां प्रेम में अधिक विश्वास कर लेती हैं? क्या हमें अपने साथ रहने वाले पुरुषों पर यह भरोसा जरूरत से ज़्यादा होता है कि वह समस्या को अच्छे ढंग से सुलझा लेंगे?

'मैं तुम्हें विश्वास दिलाती हूँ,' कामरूपिणी ने कहा, 'मैं तुम्हें खुश रखूंगी। मुझे अनेक तरह के जादू आते हैं। मैं दुनिया-भर में उड़ सकती हूँ और तुम्हें अपने

साथ घुमा सकती हूँ। मैं तुम्हें चांदी जैसे रेतीले तटों पर ले जाऊंगी, जहां आज तक किसी मनुष्य ने पैर नहीं रखा, मैं तुम्हें ऐसे पर्वत-शिखरों पर ले चलूँगी, जहां से तुम पूरी दुनिया देख सकते हो। तुम कमल-पुष्पों से भरे तालाब में क्रीड़ा कर सकोगे। मैं तुम्हारे लिए हरसंभव सुख-सुविधा से युक्त महल बनवा सकती हूँ। यदि तुम मेरे रूप से ऊब गए तो मैं रूप भी बदल भी सकती हूँ। मैं अधिक पतली, लंबी और आकर्षक बन सकती हूँ। सच कहूँ तो मैं तुम्हारी हर इच्छा पूरी कर सकती हूँ।' वह बोलते हुए तरह-तरह की मुद्राएं बना रही थी। उसके बाल सीधे और रेशमी थे।

राम के चेहरे पर अब भी मुस्कान थी परंतु मैंने देख लिया कि उनकी आंखों में कोई भाव नहीं था।

'मैं सहर्ष तुम्हारा प्रस्ताव स्वीकार कर लेता, देवी परंतु तुम शायद देख सकती हो,' राम ने मेरी ओर इशारा करके कहा, 'मेरी एक पत्नी है। मैंने प्रतिज्ञा की है कि मैं किसी अन्य स्त्री से विवाह नहीं करूंगा।'

यह सुनकर वह लड़की दुविधा में पड़ गई। इसमें कुछ विचित्र नहीं था। बहुत-से लोग, यहां तक कि राजा दशरथ भी राम की इस प्रतिज्ञा से दुविधा में रहते थे कि राम ने यह अनावश्यक प्रतिज्ञा क्यों की थी। उन्हें ऐसा करने के लिए किसी ने नहीं कहा था। जो भी हो परंतु मुझे खुशी थी कि राम ने उस लड़की को साफ बात कह दी थी। मैं उसे अलविदा कहने की प्रतीक्षा कर रही थी। मैं उसके जाने के बाद फिर से अयोध्या के सपने देखना चाहती थी।

परंतु राम ने मुझे देखा और फिर मुस्कराए मानो कोई हँसी की बात कही हो। मुझे उसका अर्थ समझ नहीं आया। फिर वह बोले, 'तुम मेरे छोटे भाई लक्ष्मण से बात कर लो। वह मुझसे अधिक आकर्षक, सुंदर और गोरा है। उसकी काया अधिक सौष्ठव है। सबसे बड़ी बात है कि वह अकेला है और उसे अवश्य किसी स्त्री के साथ की आवश्यकता होगी।'

मैं सुनकर चकित रह गई। यह सच था कि लक्ष्मण ने एक पत्नी रखने की प्रतिज्ञा नहीं की थी, परंतु फिर भी मुझे अपनी बहन के बारे में सोचकर बुरा और राम की संवेदनहीनता पर आश्चर्य हो रहा था। मैं दुविधा में थी। राम को ऐसे मजाक करने की आदत नहीं थी। वह आखिर क्या सोच रहे थे?

शूर्पणखा परेशान हो गई। उसने लक्ष्मण को देखा परंतु लक्ष्मण, राम को घूर रहा था।

फिर मैंने देखा दोनों भाइयों के बीच आंखों में कुछ बात हो गई। लक्ष्मण के हाव-भाव अचानक बदल गए और मुझे आभास हो गया कि दोनों भाई, दो शरीर और एक प्राण थे। उन दोनों में जबरदस्त तालमेल था। क्या मैं राम के साथ कभी ऐसा सामंजस्य स्थापित कर पाऊंगी?

'शायद नहीं,' मुझे यह सोचकर दुख हुआ। किसी से प्रेम करने पर यह जरूरी नहीं कि आप उसे समझ भी पाएँगे। मुझे दशरथ और कैकेयी को याद करके ऐसा लगा कि किसी से बहुत अधिक प्रेम करने पर क्या हम उस व्यक्ति को स्पष्ट रूप से देख नहीं पाते।

लक्ष्मण ने हाथ जोड़कर कामरूपिणी का अभिवादन किया।

'मैं आपका सम्मान करता हूँ सुंदरी, परंतु मैं अपने भाई का सेवक हूँ। आप इतने वैभवशाली परिवार से हैं तो आप किसी सेवक को अपना पति क्यों बनाना चाहती हैं। आपको तो स्वयं स्वामी मिल सकते हैं। आप एक बार उनसे फिर पूछिए। मुझे विश्वास है वह अवश्य आपके आकर्षण पर मुग्ध हो जाएंगे।'

लड़की रुककर अनिश्चित दृष्टि से देखने लगी। फिर वह राम की ओर बढ़ गई।

क्या उसने यह नहीं देखा कि दोनों भाई उसका मजाक उड़ा रहे थे? राम और लक्ष्मण को ऐसी क्रूरता नहीं करनी चाहिए थी। मैं मानती हूँ कि वह लड़की सीमा का उल्लंघन कर रही थी और उसे किसी अनजान पुरुष के सामने स्वयं को समर्पित नहीं करना चाहिए। परंतु असुरों के लिए शायद व्यवहार के नियम अलग होंगे। कुछ भी हो, उसे इस तरह परेशान करना उचित नहीं था। मैंने राम के पीछे से उस लड़की को सम्मानपूर्वक लौट जाने का संकेत किया।

परंतु मेरे संकेत का मीनाक्षी पर प्रतिकूल प्रभाव हो गया। उसने सिर झटका मानो वह मुझे पहली बार देख रही थी। उसके चेहरे पर क्रोध था।

'कमज़ोर औरत!' वह चिल्लाई। 'तू ही इस समस्या की जड़ है। राम और मेरे बीच केवल तू खड़ी है। यदि तू यहां नहीं होती तो इसे मुझसे प्रेम हो जाता। ख़ैर कोई बात नहीं मैं अभी सब ठीक कर दूँगी।'

अगले ही क्षण उसकी काया और व्यवहार में भीतर परिवर्तन हुआ और उसका आकार दुगना हो गया। उसका चेहरा काला और भयानक होने लगा और आंखें क्रोध से लाल हो गईं। उसके बाल सर्प की भांति लहराने लगे और दांत बाहर निकल आए। उसके नाखून बढ़कर पैने हो गए और हथियार की तरह दिखाई देने लगे। 'मैं शूर्पणखा हूँ, तुम्हारा काल!' वह ज़ोर से चिल्लाई और मेरी ओर दौड़ी।

मैं आश्चर्य से एक ओर हट गई जैसे कोई दुबला, पतला सुंदर गिरगिट स्वयं को शिकार से बचाने के लिए अपना शरीर फुला लेता है।

मुझे देखकर राम का चेहरा क्रोध से काला पड़ गया।

'कोई बात नहीं,' मैंने राम से कहा और एक योद्धा की मुद्रा में आ गई। मेरे घुटने नीचे मुड़ गए और हाथों ने मुट्ठी का आकार ले लिया। वह असुर हो या कोई और, मुझे विश्वास था मैं उससे निपट लूंगी और उसकी शक्ति को उसके विरुद्ध

इस्तेमाल करूंगी। शूर्पणखा ने शायद अधिक उग्र दिखने के लिए जादू का सहारा लिया था। यदि मुझे परेशानी हुई तो राम मेरी मदद के लिए वहां मौजूद ही थे।

तभी राम के शब्दों ने हवा को चाकू की तरह चीर दिया। 'तुम मेरी पत्नी को इस तरह डरा नहीं सकती। लक्ष्मण, इस दुष्ट प्राणी को संभालो!'

इससे पहले कि राम के शब्द मेरे कानों में गूँजते और मैं उन्हें रोक पाती, लक्ष्मण ने धनुष उठाया और बाण चलाकर शूर्पणखा के नाक और कान काट दिए।

मैं यह देखकर स्तब्ध रह गई। उसके चेहरे से खून बह रहा था। उसकी गुलाबी साड़ी लाल हो गई थी। उसने मेरे पति को अविश्वास-भरी दृष्टि से देखा मानो कह रही हो जिस पुरुष से उसने प्रेम का प्रस्ताव किया, वह उसके साथ ऐसा व्यवहार कैसे कर सकता है। फिर वह दर्द और क्रोध से चिल्लाती हुई ओझल हो गई।

हमें दूर से उसके अंतिम शब्द सुनाई दिए। उसने कहा, 'तुम्हें इसके लिए पछताना पड़ेगा। हां, तुम पछताओगे। मेरे भाइयों को पता चलेगा तब तुम्हें अपने पैदा होने पर दुख होगा!'

उस रात हम तीनों में से कोई नहीं सो सका। लक्ष्मण पूरी रात चीते की भांति कुटिया के बाहर पहरा देता रहा। राम भी द्वार पर बैठे रहे। उनके हाथ में धनुष और बाण तैयार था। रात की चांदनी में उनकी कसाव भरी माँसपेशियां चमक रही थीं। मैं बिस्तर पर लेटी करवटें बदल रही थी। राम ने मुझे सोने का निर्देश देकर अंदर भेज दिया और कहा कि मुझे चिंता करने की आवश्यकता नहीं है, क्योंकि वे दोनों मेरी रक्षा करेंगे। मुझे इसमें संदेह नहीं था, हालांकि मैं भी राम के साथ बैठकर चौकसी करना चाहती थी। नींद आने की संभावना नहीं थी। मेरी नींद डर से नहीं उड़ी थी, बल्कि उस लड़की का खून से लथपथ चेहरा मेरी आंखों के सामने आकर मुझे परेशान कर रहा था।

वह दृश्य और फिर राम एवं लक्ष्मण से हुआ संवाद।

'आपको इतना कठोर व्यवहार करने की क्या आवश्यकता थी?' मैंने शूर्पणखा के जाने के बाद राम से पूछा था। 'उसका चेहरा इस तरह नहीं बिगाड़ना चाहिए था। उसने केवल आपसे प्रेम का प्रस्ताव किया था। वह आयु में छोटी थी। आप उसे डरा कर भगा भी सकते थे।'

'हम तुम्हारी रक्षा कर रहे थे,' राम ने कहा। उनके उत्तर से लगा उन्हें मेरी बात बुरी लगी थी। वह ठीक कह रहे थे। उन्होंने मेरी रक्षा के लिए ही वह कठोर कदम उठाया था। यह सोचकर मुझे और भी बुरा लग रहा था।

'भाभी, आप समझती नहीं है,' लक्ष्मण ने उत्तेजित होकर कहा। 'वे हमारी तरह मनुष्य नहीं, बल्कि राक्षस हैं। उन्हें संवेदनापूर्ण व्यवहार करना नहीं आता। उन्हें हमारी बात समझ नहीं आएगी। यदि हम ऐसा कदम न उठाते तो वह हमें कमजोर समझती और फिर शायद अपने दल के साथ रात को सोते में हम पर आक्रमण भी कर सकती थी।'

'लक्ष्मण ठीक कहता है,' राम ने कहा, 'राक्षसों पर भरोसा नहीं किया जा सकता। वे किसी भी समय हम पर विषैले सर्प की भांति हमला कर सकते हैं। यही उनका स्वभाव है। वह सांपों से भी बुरे हैं। क्या तुमने ऋषियों द्वारा सुनाई राक्षसों की बातें नहीं सुनी? हमने जिस ताड़का को युद्ध में मारा था, उसे ऋषि-मुनियों के तन की खाल उतारने में आनंद आता था। कोई राक्षस दिखे तो उसे तुरंत मार देना चाहिए।'

मैंने राम को देखा। मुझे उनकी उत्तेजना पर आश्चर्य हो रहा था। इससे पहले कई बार राम ने राक्षसों की हत्या पर दुख व्यक्त किया था। उनमें इतना बदलाव क्यों आ गया था?

राम ने आगे कहा कि लक्ष्मण ने शूर्पणखा को स्त्री जानकर उसके प्राण छोड़ दिए और उसके प्रति उदारता दिखाई थी।

मेरे विचार से एक स्त्री के लिए, जो राम को इतना चाहती थी, विकृत और भद्दे चेहरे के साथ जीने से मर जाना बेहतर होता। परंतु मैं राम से यह कह देती तो हमारे बीच विवाद हो सकता था और हमें उस समय एकजुट होकर रहने की जरूरत थी।

मैंने मौन रहने का दोष भी प्रेम को दिया। प्रेम हमें विरोध करने से रोकता है, क्योंकि हम अपने प्रियतम को कष्ट देने से डरते हैं या हमें लगता है कि हमारी असहमति का कारण विसंगत है।

मैंने कहा, 'आपको नहीं लगता वह अपने दल के साथ लौटकर आएगी? क्या आपने उसे अधिक हिंसक होकर लौटने का कारण नहीं दे दिया है?' मेरे स्वर में तीखापन था।

राम ने मेरी बात को गलत समझ लिया। 'तुम घबराओ मत, प्रिय। शूर्पणखा अपने साथ चाहे जितने राक्षस ले आए, हम सबके लिए तैयार हैं।'

लक्ष्मण ने कहा, 'राम ने शायद आपको बताया नहीं, क्योंकि यह बहुत विनम्र हैं। परंतु हमने ताड़का और उसके साथियों को मार डाला तो ऋषियों ने हमें विशेष वरदान दिया था। उन्होंने कहा हमारे तरकस कभी खाली नहीं होंगे। इसलिए उन राक्षसों के जीतने की कोई संभावना नहीं है।'

फिर राम बोले, 'तुम यह भी समझो कि हम राक्षसों का संहार करके ऋषियों की सेवा कर रहे हैं, क्योंकि राक्षसों को मार देने से वन में शांति हो जाएगी और यह स्थान ऋषियों के लिए सुरक्षित हो जाएगा।'

मैंने आगे तर्क करना उचित नहीं समझा। मुझे पता था कि दोनों भाई अपना विचार नहीं बदलेंगे। अपने विश्वास और मत को लेकर उनके बीच श्रेष्ठता का भाव उनके बहुत अंदर तक समाहित हो चुका था। परंतु मुझे इससे संतोष नहीं हुआ। हम वन में अतिथि बनकर आए थे। वहां के अपने नियम थे, अपनी लय और ताल थी, अपना सौंदर्य था। वह स्थान हमसे अधिक राक्षसों का था। हमें वहाँ पहले से रहने वाले प्राणियों को मारने का क्या अधिकार था?

राम और लक्ष्मण का अनुमान सही था। शीघ्र ही रात के अंधेरे में चांद छिप जाने के बाद, राक्षस बड़ी संख्या में आ गए। यह उनके जादू का असर था या फिर उन्हें प्राकृतिक चक्र की जानकारी थी। उन्होंने इस ज्ञान का लाभ उठाया। लक्ष्मण ने एक ऊंचे पीपल वृक्ष में बहुत-से अग्निबाण छोड़े जिससे वह वृक्ष जल गया। उसके जलने से मुझे बहुत कष्ट हुआ। फिर हमें वे सब राक्षस दिखाई देने लगे। वे एक के बाद एक हमारे सामने प्रकट हो रहे थे। उनकी काली त्वचा पर सफेद रंग लगा था। उनके मुख क्रोध से खुले थे और वह चिल्ला रहे थे। वे अपनी बहन के अपमान का प्रतिशोध लेने आए थे। डर और घृणा से मेरे मन में उनके प्रति सहानुभूति पैदा हो गई थी। यदि मैं उनकी जगह होती तो क्या मैं भी ऐसा नहीं करती?

राक्षस एक के बाद एक मरते गए। उनके शरीर से आत्मा निकलती तो वे दर्द से चिल्लाते थे। राम और लक्ष्मण को ऋषियों ने जो भी कहा, परंतु मुझे विश्वास था कि राक्षसों में भी आत्मा होती है। सुबह होने पर मैं बाहर निकली तो सामने भीषण संहार का दृश्य देखकर मेरा मन भयभीत हो उठा। मृत राक्षसों के चेहरों के भाव मानव सैनिकों के चेहरों से अलग नहीं थे। उनके मुख पर भी भय, हताशा और दर्द था। मुझे लगता था कि राक्षसों का खून भयानक रूप से काला होगा परंतु वह भी हमारे रक्त की तरह लाल था। रक्तपात के कारण वन प्रदेश का दूर-दूर का हिस्सा रक्तरंजित हो चुका था। परंतु उनके रक्त के स्पर्श से वहाँ के सब पौधे और घास, यहां तक कि सैंकड़ो वर्ष पुराने वृक्ष भी मुरझा कर सूख गए थे।

'हमें यह स्थान छोड़ना होगा,' राम ने कहा। 'इनके शव जलने से विषैला धुआँ निकल सकता है।'

राम का कहना सही था। मेरा सिर घूमने लगा था और दुर्गंध बहुत भयानक थी। फिर भी मुझे लगा हमें उनके लिए कुछ करना चाहिए।

मैं जानती हूँ उन्हें मारना आवश्यक था। उन्होंने हम पर आक्रमण किया था। मैंने राम से कहा, 'क्या हमें इनके शव का कुछ नहीं करना चाहिए? क्या हम मनुष्य शत्रुओं की भांति इनका अंतिम संस्कार नहीं करेंगे?'

'ये सम्मान के अधिकारी नहीं हैं,' लक्ष्मण ने कहा। राम का दृष्टिकोण अधिक व्यावहारिक था। उन्होंने कहा, 'इनके सड़े-गले शव को यदि जलाया गया तो जंगल में आग लगने का खतरा है।'

मैंने उनकी बात मान ली, किंतु जाने से पूर्व मैंने उन शवों की परिक्रमा की। मैंने नाक को साड़ी से ढँक लिया, क्योंकि उनमें से दुर्गंध आ रही थी। मेरी आंखें किसी को खोज रही थीं। हाँ, मेरी दृष्टि शूर्पणखा को खोज रही थी। मैंने तय किया कि मैं उसका अंतिम संस्कार अवश्य करूंगी। परंतु उसका शव नहीं था।

हम नदी से ऊपर की ओर चले गए जहां हवा अधिक स्वच्छ थी। हमें एक उचित स्थान मिल गया तो हमने वहाँ एक और कुटिया बना ली। मैंने कुछ नए फूल उगाए और जल्द ही पूरा स्थान नारंगी फूलदार लताओं से भर गया। चमेली की झालरदार बेल से रात में सुगंध आती थी और उसकी आड़ में मुझे और राम को निजता के क्षण भी मिल जाते थे। कुछ समय दोनों भाइयों ने राक्षसों पर नज़र रखी, परंतु शायद वे सब मारे गए थे। हमें किसी राक्षस ने फिर परेशान नहीं किया।

मुझे स्वप्न में केवल एक दृश्य दिखाई दिया। मैंने देखा कामरूपिणी एक विशाल दरबार में बैठी थी। वहाँ एक रत्नजड़ित सिंहासन रखा था जिसकी छत आकाश को छू रही थी। सिंहासन पर एक पुरुष बैठा था, लेकिन उसका चेहरा मुझे दिखाई नहीं पड़ा। उसका स्वर ऊँचा नहीं था किंतु उसकी आवाज कक्ष में गूँज रही थी। मुझे किसी के रोने का स्वर भी सुनाई पड़ा जो मेरे लिए परिचित था।

'मुझे बताओ बहन, तुम्हारे साथ यह किसने किया है। मैं स्वयं उसे दंड दूँगा। मैं उससे ऐसा प्रतिशोध लूँगा कि वह बुरी तरह आहत हो जाएगा।'

# 17

धीरे-धीरे समय बीत गया। दिन बीतने लगे और सितारों से भरी रातें भी गुजरती गईं। कुछ ही माह शेष थे और फिर हमें अयोध्या लौटना था।

अयोध्या! इतने वर्ष वन में रहने के बाद नगर लौटना अजीब था। अयोध्या का नाम सुनकर लगता था मानो प्राचीन कथा के किसी स्थान में आया एक नाम था। यदि कोई मुझसे पूछता कि वह स्थान, वह महल कैसा है, या मेरे कक्ष कैसे थे तो शायद मैं उसे उत्तर नहीं दे पाती। वापस लौटने के विचार से मेरे मन में चिंता और खुशी के मिश्रित भाव उभरने लगे थे। मेरे सब परिचित लोग कितने बदल चुके होंगे और उनकी नज़रों में मुझमें भी परिवर्तन आ गया होगा। मैं कौशल्या के विषय में सोचने लगी। क्या दुख से उसकी आयु बढ़ गई होगी? मैं उर्मिला को देखना चाहती थी। वह अवश्य मुझसे नाराज़ होगी। उसे मनाने और उसका गुस्सा शांत करने में काफ़ी समय लगेगा। यदि कैकेयी सामने आई तो क्या होगा? राम तो उसे क्षमा कर देंगे, परंतु लक्ष्मण उसे कभी क्षमा नहीं करेगा। मुझे नहीं पता कि मैं उसे क्षमा कर पाऊँगी या नहीं।

मैं जानती थी कि वन के समस्त कष्टों के बावजूद मुझे इस स्थान की याद आएगी। मुझे वहां एक तरह की स्वतंत्रता और हल्कापन लगता था। मुझे अयोध्या की रानी बनने के बाद ऐसा कभी अनुभव नहीं होगा। सबसे बड़ी बात थी कि यहां राम पूरी तरह मेरे साथ रहते थे। पंचवटी में उन्होंनें पुत्र और राजा की समस्त दायित्वों का त्याग कर दिया था। वह केवल मेरे मित्र और प्रेमी बनकर रहते थे। हमारे विवाह को काफी समय बीत चुका था, किंतु हम अब तक एक-दूसरे के साथ रूठने-मनाने का खेल खेलते थे। मैं उनसे छोटी-छोटी बातों पर नाराज़ हो जाती और फिर वह मुझे मनाते थे। राम कभी मेरे लिए गीत गाते तो कभी मुझे हँसाते थे। यह सब उनको आकर्षक बनाता था।

लक्ष्मण को लगता था कि यह हमारा पागलपन है। परंतु वह हमसे कुछ कहता नहीं था। अपने मन की बातें मन में ही रखता था और हमें यथासंभव एकांत उपलब्ध करवाने का प्रयास करता था। मैं भी शिकार पर या मछली पकड़ने जाने के बहाने लक्ष्मण को राम के साथ समय बिताने का अवसर देती थी। ऐसे में मुझे कुटिया के भीतर ही रहना होता था।

हमें पता था कि राजा बन जाने के बाद राम हम दोनों से दूर हो जाएंगे। उनका सबसे पहला कर्तव्य प्रजा के प्रति होगा। हमने इस बात को स्वीकार कर लिया था।

उसके बाद राक्षसों ने हम पर हमला नहीं किया। राम और लक्ष्मण ने शायद सबको मार दिया था अथवा राक्षस जाति में राम व लक्ष्मण की वीरता का समाचार फैल गया था, जिससे डरकर उन्होंने हम पर हमला करने का साहस नहीं किया। मुझे भी शूर्पणखा के सपने आने बंद हो गए थे, इसलिए मैंने राम से इस बारे में बात नहीं की।

इसके तुरंत बाद मुझे वह हिरण नज़र आया।

मैंने उसे देखा तो पहली नज़र में मुझे वह हिरण असाधारण लगा। वह दूसरे हिरणों की तुलना में आकार में बड़ा था और उसकी त्वचा चित्तीदार नहीं बल्कि एक-सी चमकते सोने की तरह थी। उसके सींग, खुर आदि भी चमक रहे थे। वह सरोवर-सी गहरी काली आंखों से मुझे ऐसे देख रहा था मानो मुझसे कुछ कहना चाहता हो। उसकी विचित्रता का एक और कारण यह था कि वह मुझसे डर नहीं रहा था। मैं हाथ में पालक के ताजे पत्ते लेकर उसके पास गई तो वह मुझे देखता रहा। उसने मेरे हाथ से पत्ते नहीं लिए और मैंने उन्हें नीचे रखा तो भी उसने वह पत्ते ज़मीन पर से नहीं खाए। फिर वह पीछे हट गया। मैं उसके और निकट गई तो वह खड़ा रहा और फिर थोड़ा पीछे हट गया। परंतु वह निडर था। उसके हाव-भाव में कुछ अलग बात थी। परंतु सबसे विचित्र बात यह थी कि मैं उसके बारे में सोचना छोड़ नहीं पा रही थी।

मैंने राम को हिरण के बारे में बताया तो वह मुस्कराए मानो कोई बच्चा उनसे मज़ाक कर रहा हो। उन्हें मेरी बात पर विश्वास नहीं हुआ। मैंने उन्हें बताया कि वह अन्य हिरणों की तुलना में बहुत अलग है। राम की प्रतिक्रिया देखकर मुझे अच्छा नहीं लगा। मैंने उस हिरण को प्राप्त करने का निश्चय कर लिया था। यदि आकर्षण से काम नहीं बना तो मैं उसे छल से पकड़ूँगी। मुझे उस हिरण को प्राप्त करने की अजीब-सी इच्छा हो रही थी। मैं उसके गले में बांहें डालकर उसकी रेशमी त्वचा को छूना चाहती थी। मेरा मन हुआ कि मैं सूखी घास की बेल से एक रस्सी बनाऊँ और

उस हिरण के गले में बांधकर उसे विजयी भाव के साथ राम के पास ले जाऊं। हम अयोध्या लौटेंगे तो मैं उसे अपने साथ ले जाऊँगी।

वह हिरण बहुत चालाक था। वह मुझे निकट आने देता, किंतु मैं जैसे ही उसे छूने का प्रयास करती तो वह पीछे हट जाता था। मुझे लगा वह मुझे चिढ़ाने की कोशिश कर रहा था। मेरे भीतर उसे प्राप्त करने की इच्छा बढ़ने लगी। उसे पाने की इच्छा मेरे मन में पहले से व्याप्त भूख के साथ एकाकार हो गई जिसे मैंने राम से छिपा रखा था।

इस घटना के एक सप्ताह के बाद मुझे हताशा के कारण बुखार हो गया।

'मैं चाहती हूँ आप मेरे लिए उस हिरण को पकड़ लाएँ,' मैंने राम से कहा। 'मुझे वह चाहिए।'

यह सुनकर राम ने मुझे आश्चर्य से देखा, क्योंकि इस तरह की मांग करना मेरी आदत नहीं थी। परंतु मैं उस समय अपने स्वाभाविक स्वरूप में नहीं थी। हम किसी चीज़ को बहुत अधिक चाहते हैं तो ऐसा ही होता है। राम को कुटिया के भीतर रुकने को कहकर मैं स्वयं पालक के पत्ते लेकर बाहर खड़ी हो गई। कुछ देर में हिरण आ गया। फिर मैंने राम को उसके बारे में बताया।

उस दिन हिरण और भी सुंदर लग रहा था। उसकी बड़ी-बड़ी आंखों के कोर काले रंग के थे। उसके सींग ऐसे चमक रहे थे मानो उन में रत्न जड़े थे। राम कुटिया से बाहर निकले तो मुझे डर था कि हिरण घबराकर जंगल में भाग जाएगा। परंतु ऐसा नहीं हुआ। यहां तक कि लक्ष्मण जलाने के लिए लकड़ी लेकर पहुंचा तो भी हिरण नहीं भागा। वह एक पेड़ की छाया के पीछे से हमें देखता रहा। मुझे लगा कि उसके आंसू बह रहे थे लेकिन वह मेरी कल्पना थी।

राम उस हिरण को बहुत ध्यान से देख रहे थे। उन्होंने मुझसे कुछ नहीं कहा।

'यह बहुत सुंदर है न?' मैंने धीरे से कहा। मुझे राम की सहमति का इंतज़ार था। मैं वन में किसी चीज को देखकर खुश होती तो राम भी सहमत हो जाते थे। परंतु उस दिन वह बोले, 'मुझे इस हिरण को देखकर अच्छा नहीं लग रहा। मेरे मन में जो भाव उठ रहा है, उससे मैं असहज महसूस कर रहा हूँ।'

इस बीच लक्ष्मण भी आ गया। 'मुझे भी ऐसा ही लग रहा है भैया,' उसने कहा। 'यह छद्म रूप में आया कोई राक्षस हो सकता है। हमें इसे तुरंत भगा देना चाहिए। क्या मैं इसे भगा दूं?' यह कहकर लक्ष्मण ने धनुष तान लिया। हिरण पीछे हट गया, परंतु उसके सींग झाड़ियों के पीछे से नज़र आ रहे थे।

मुझे लक्ष्मण पर गुस्सा आ गया। वह हमेशा राक्षसों की बात करता रहता था। उसे मुझसे यह छोटी-सी खुशी छीनने का क्या अधिकार है? ईश्वर जानते हैं कि मेरे पास वन में खुश होने के बहुत कम साधन हैं।

मैंने राम को देखा। मुझे विश्वास था वह मेरा अनुरोध अवश्य मान लेंगे। ऐसी बातों में वह एक अच्छे पति की तरह व्यवहार करते थे। परंतु उन्होंने कहा, 'सीता, बेहतर होगा तुम इस जीव को भूल जाओ। यदि तुम्हारी यही इच्छा है तो मैं तुम्हारे लिए दूसरा हिरण ला दूँगा।'

मेरे अंदर क्रोध भड़कने लगा। क्या यह मुझे बच्चा समझते हैं जिसे खिलौना आदि देकर बहलाया जा सकता है? राम को क्या हो गया है? यह इतने असंवेदनशील क्यों हो गए हैं? ये अपने भाई का पक्ष क्यों लेते हैं? क्या इन्हें मेरे अकेलेपन का एहसास नहीं है? मुझे किसी को अपने हाथों में लेकर सहलाने की तीव्र इच्छा होती है, कोई ऐसा जो शिशु की भांति मुझ पर निर्भर हो। शायद एक पति से ऐसा अनुभव प्राप्त नहीं हो सकता।

मेरे मुंह से मानो शब्द बह निकले थे। मुझे आभास नहीं हुआ किंतु मेरी भाषा बहुत औपचारिक थी और मेरा स्वर भिक्षुणी जैसा नहीं बल्कि रानी जैसा था। क्या आपने विवाह के समय वादा नहीं किया था कि आप मेरी सब आवश्यकताएं पूरी करेंगे? मुझे विश्वास है आप सहमत होंगे कि मैंने आपसे इतने सालों में कुछ नहीं मांगा। आपसे कोई छोटी-सी मांग भी नहीं की। परंतु आज मैं आपसे मांगती हूँ। मुझे वह हिरण चाहिए। मुझे कोई अन्य हिरण नहीं चाहिए। आपके लिए यह कार्य कितना भी मुश्किल क्यों न हो। यदि आप यह नहीं कर सकते तो मैं मान लूंगी कि रघु के वंशज अपने वचन का पालन नहीं करते और आपके शब्द, अग्नि बुझ जाने के बाद शेष बची भस्म से ज़्यादा कुछ नहीं हैं!'

मेरी आवाज़ जंगल में गूंज रही थी। हिरण ने एक कदम आगे बढ़ाया। वह मानो मेरी आवाज से आकर्षित हो गया था। उसकी आंखों में चमक उभर आई। मैं काँप उठी। मेरे शब्द परिचित किंतु अनिष्टकारी सुनाई पड़ रहे थे। मैं अपने शब्द वापस लेना चाहती थी परंतु मेरे अहंकार ने मुझे ऐसा करने नहीं दिया।

राम ने मेरी ओर देखा। उनके आंखों में प्रेम और दुख था। मेरा मन हुआ मैं उनसे लिपट जाऊं। मैं उन्हें कहना चाहती थी *इस हिरण को भूल जाइए।* मेरे पास आप हैं। मैंने एक कदम आगे बढ़ा भी लिया था। परंतु तब तक देर हो चुकी थी। उन्होंने अपना धनुष उठाया और हिरण का पीछा करने वन में चले गए। जाने से पहले मुझे उनके अंतिम शब्द सुनाई पड़े थे। 'इस पशु का तुम्हारे लिए बहुत महत्व है, इसलिए मैं इसे जिंदा या मृत लेकर अवश्य लौटूंगा।' फिर उन्होंने लक्ष्मण से कहा, 'भाई, मेरे आने तक सीता का ध्यान रखना।'

लक्ष्मण ने कहा, 'चिंता मत करो भैया। मैं आपको वचन देता हूँ कि भाभी का ध्यान रखूंगा।'

उस दिन समय बहुत धीमी गति से बीत रहा था। एक-एक पल ऐसे बीत रहा था मानो चींटियां चीनी के पहाड़ से एक-एक दाना लेकर जा रही हो। सूरज मध्याह्न पार कर चुका था। छाया लंबी और गहरी होने लगी थीं। सबकुछ बहुत जल्दी हो रहा था। वन में एक अजीब-सी ठंडक होने लगी। मुझे बादलों में एक विचित्र आकृति प्रकट और फिर ओझल होती प्रतीत हो रही थी। मुझे नहीं पता वह क्या था। लक्ष्मण पहरा दे रहा था। मैंने उसे भोजन करने को कहा, परंतु उसने मना कर दिया। वह मुझे कहना चाहता था कि वह मेरी मूर्खतापूर्ण माँग से नाराज़ था। मैं उसे अपनी बेचैनी और अपना भय कह नहीं पा रही थी। मैं उसे बताना चाहती थी कि मुझे राम को कटु शब्द कहने और उन पर क्रोध करने का दुख था।

प्रेम, अपेक्षा नाम की जहरीली बेल के साथ उलझा होता है। अपेक्षा जितनी अधिक दृढ़ होती है, प्रियजनों के प्रति हमारा क्रोध भी उतना ही कटु होता है। अपेक्षा पूरी नहीं होती तो हम अपना नियंत्रण खो बैठते हैं। मुझे रघुकुल और उसकी प्रतिष्ठा का उल्लेख करने की क्या आवश्यकता थी? मैं स्वयं को रोक नहीं पाई। मुझे अच्छी तरह पता था कि राम को यह बात चुभ जाएगी। मुझे राम के साथ घनिष्ठता से प्राप्त इस जानकारी को उनके विरुद्ध प्रयोग नहीं करना चाहिए था। परंतु मैंने ऐसा किया।

कुछ देर बाद मेरी घबराहट चिंता में बदल गई। राम को शिकार में इतना समय नहीं लगता था। वह कई बार वन में मिले चीते या बाघ आदि को आसानी से मारकर लौट आते थे और यह तो केवल हिरण था। राम उसे आसानी से पकड़ सकते थे। राम के पास विशेष अस्त्र भी थे जिनसे तुरंत जाल या रस्सी द्वारा लक्ष्य को पकड़ा जा सकता था। फिर उन्हें आने में इतनी देर क्यों हो रही थी?

आखिर मैं स्वयं को रोक नहीं सकी। 'मुझे राम की चिंता हो रही है,' मैंने लक्ष्मण से कहा 'काश, मैंने उन्हें हिरण के पीछे जाने को न कहा होता। क्या होगा यदि वह किसी संकट में पड़ जाएँगे?'

लक्ष्मण को स्पष्ट बोलने की आदत थी। उसने कहा, 'यह सही बात है। आपको उन्हें जबरदस्ती नहीं भेजना चाहिए था। हम दोनों ने आपसे कहा था कि वह हिरण विचित्र है।' फिर मेरे चेहरे पर छाई चिंता देखकर लक्ष्मण ने धीरे से कहा, 'आप राम की चिंता मत कीजिए। इस वन में ऐसा कोई प्राणी, पशु या राक्षस नहीं, जो उन्हें हानि पहुंचा सकता हो।'

लक्ष्मण की बात सुनकर मुझे राहत मिली। तभी एक चीख सुनाई पड़ी। वह राम की आवाज थी। मैंने उनकी आवाज में इतनी पीड़ा कभी नहीं सुनी थी। 'सीता! सीता! मैं घायल हो गया हूँ। मेरे भाई लक्ष्मण, मुझे तुम्हारी सहायता चाहिए। जल्दी आओ मेरे भाई!'

मेरा शरीर कांपने लगा। 'लक्ष्मण, तुरंत धनुष और बाण लेकर जाओ। क्या तुमने सुना नहीं? तुम्हें तुरंत जाना चाहिए। इसी समय जाओ। राम संकट में हैं। उन्हें तुम्हारी आवश्यकता है। हो सकता है वह हिरण राक्षस...'

लक्ष्मण ने सिर हिला दिया। 'वह राम की आवाज नहीं हो सकती। मैं पूर्ण विश्वास के साथ कहता हूँ। भाभी, आप मेरा विश्वास कीजिए। आपने राम को युद्ध करते नहीं देखा है। वह राक्षसों के राजा को भी पराजित कर सकते हैं। उनके इस तरह अशक्त स्वर में चीखने का तो प्रश्न ही नहीं उठता। यह उनका तरीका नहीं है।'

तभी हमें वही आवाज़ फिर सुनाई दी। इस बार वह धीमी थी। 'भाई, मेरी सहायता करो। जल्दी आओ...' फिर वह आवाज़ बीच में टूट गई।

'जल्दी जाओ लक्ष्मण,' मैंने कहा, 'राम अवश्य संकट में हैं। राम के लिए नहीं तो, मेरे मन की शांति के लिए ही चले जाओ।'

परंतु लक्ष्मण अपने स्थान से नहीं हिला। 'मैंने राम को वचन दिया है कि मैं आपकी रक्षा करूंगा। मैं आपको यहां अकेला छोड़कर नहीं जा सकता। राम से अधिक खतरा आपको है। मुझे विश्वास है कि यह उस राक्षस की माया है। आप इस पर ध्यान मत दीजिए। अपने पति पर भरोसा कीजिए।'

मुझे फिर आवाज़ सुनाई दी। वह साफ तौर पर राम की आवाज थी। लक्ष्मण ने इतने दावे से कैसे कह दिया कि वह राम की आवाज नहीं थी?

'लक्ष्मण! भैया!' वह आवाज़ फिर आई। इस बार वह दूर से आई थी, मानो राम पहले से दूर निकल गए थे। 'सीता!' इस बार आवाज और भयानक थी। फिर एक डरावनी शांति छा गई।

'लक्ष्मण,' मैंने रोते हुए कहा, 'मैं तुम्हारी भाभी हूँ और इस नाते तुम्हें जाने की आज्ञा देती हूँ।'

लक्ष्मण ने फिर सिर हिला दिया। 'भाभी, मैं आपका बहुत सम्मान करता हूँ। परंतु मेरे भैया राम का आदेश आपके आदेश से बड़ा है। उन्होंने मुझे आपकी रक्षा के लिए यहां छोड़ा है और मैंने उन्हें वचन दिया है। मैं अपने वचन का पालन कर रहा हूँ।'

मेरी बेचैनी बढ़ने लगी। मैं हाथ-पैर पटक रही थी। चिंता से मेरा दिमाग घूम रहा था। मैं लक्ष्मण को ऐसा क्या कहूँ जिसे सुनकर वह संकट में पड़े मेरे पति की सहायता के लिए चला जाए? फिर मुझे कुछ ऐसा सूझा जो बहुत अपमानजनक था।

'तुम वचन की बात करते हो!' मैंने चिल्लाकर कहा। मेरे स्वर में कटाक्ष और क्रोध था जिसके लिए मुझे अपने शब्दों पर बहुत पछतावा भी हुआ। 'अब मैं समझी कि तुम राम की सहायता के लिए क्यों नहीं जा रहे हो! तुम्हारी नज़र मुझ पर है। तुम सोच रहे हो यदि राम की मृत्यु हो जाए तो मैं तुम्हारी पत्नी बन जाऊंगी। हां, क्यों नहीं! आखिर वह तुम्हारा सौतेला भाई ही तो है। बेचारे राम! भरत ने उनका राज्य ले लिया तो तुम उनकी पत्नी क्यों न रख लो! परंतु मैं तुम्हें कह देना चाहती हूँ कि तुम्हारी यह चाल कामयाब नहीं होगी। इससे पहले तुम मुझे स्पर्श करो, मैं आत्महत्या कर लूंगी!'

मेरी बात सुनकर लक्ष्मण का चेहरा आश्चर्य से सफेद पड़ गया। मैं उसके गुस्से के लिए तैयार थी। परंतु उसने दुखी स्वर में केवल इतना कहा, 'आप अच्छी तरह जानती है कि मैं माँ की तरह आपका सम्मान करता हूँ। मुझे आपकी सुरक्षा से अधिक कुछ नहीं चाहिए। परंतु आपने जो कुछ कहा है, उससे मेरी प्रतिष्ठा पर प्रश्न-चिह्न लग गया है। इसलिए अब मैं नहीं रुकूंगा। मैं राम को दिया वचन तोड़कर जा रहा हूँ। मैंने जीवन में यह पहले कभी नहीं किया। मैं उनकी खोज में वन के भीतर जा रहा हूँ, हालांकि मैं जानता हूँ कि वह पूरी तरह सुरक्षित है। परंतु मेरे जाने के बाद एकांत में आपके लिए बहुत खतरा है। मैं यह अच्छी तरह जानता हूँ।' इसके बाद लक्ष्मण ने अपना धनुष उठाया और उसकी नोंक से कुटिया के चारों ओर धरती पर एक बड़ी-सी वृत्ताकार रेखा खींच दी। उसने वह रेखा बनाते समय कोई मंत्र भी पढ़ा था, क्योंकि वह रेखा किसी अग्नि-शिखा की भांति चमक रही थी।

'कुछ भी हो जाए किंतु आप इस रेखा से बाहर पैर मत रखिएगा,' लक्ष्मण ने जाते हुए कहा। 'मुझे भरोसा है कि इस रेखा के अंदर आप सुरक्षित रहेंगी। मैं देवताओं से भी प्रार्थना करता हूँ कि वे आपकी रक्षा करें।'

यह कहते हुए लक्ष्मण का स्वर धीमा पड़ गया था, मानो उसे देवताओं से अधिक अपेक्षा नहीं थी।

# 18

राम जिस मार्ग से वन में गए थे, लक्ष्मण ने भी वही मार्ग लिया। उसके जाने के बाद मैं कुटिया की ड्योढ़ी पर बैठ हाथों में मुंह छिपाए दुख और पश्चाताप से रोने लगी। वह दिन शुरू हुआ तो कितना सुंदर था। और अब, देखो क्या हो रहा था। सब मेरी गलती थी। मैंने हिरण के लिए इतना आग्रह ही क्यों किया? उसके बारे में सोचते हुए भी मुझे कारण समझ में नहीं आ रहा था। उसे पाने की इच्छा मुझ पर बुखार की तरह हावी हो गई थी। उस विचित्र इच्छा ने मुझे जकड़ लिया था। मुझे लक्ष्मण को राम की सहायता हेतु वन में भेजने का दुख उतना नहीं था जितनी पीड़ा इसके लिए प्रयोग किए तरीके से हो रही थी। मैंने लक्ष्मण की आंखों में दुख और घृणा का भाव देखा था। मैंने देवी से मन में प्रार्थना की, *'हे देवी, राम की रक्षा करना। उन्हें सुरक्षित मेरे पास भेज दीजिए। मैं वचन देती हूं कि फिर कभी किसी चीज की मांग नहीं करूंगी। मैं लक्ष्मण से भी क्षमा मांग लूंगी। मैं उसे कहूँगी कि मैंने जो कहा मेरा वह आशय नहीं था। मैं उसे राम के साथ भरपूर समय बिताने का अवसर दूंगी और मैं उनके बीच में बिल्कुल नहीं आऊंगी।'*

मैं जब भी देवी से प्रार्थना करती थी तो मुझे संकेत अवश्य मिलता था। परंतु उस दिन ऐसा कुछ नहीं हुआ। मैंने शायद देवी को भी नाराज़ कर दिया था। इसके लिए कौन दोषी था? मेरा ही व्यवहार स्वार्थी और मूर्खतापूर्ण था।

तभी मेरा ध्यान एक मधुर स्वर से भंग हो गया। 'तुम्हारा दिन शुभ हो देवी, अभिनंदन! साधु तुम्हें और तुम्हारे परिवार को आशीर्वाद देता है।'

एक पुरुष लक्ष्मण द्वारा बनाई गई रेखा के बाहर खड़ा था। उसने भगवा वस्त्र पहने थे। वह अवश्य ही काफी घूमकर आया था, क्योंकि उसके वस्त्र फटे-पुराने थे और बाल चेहरे पर बिखरे थे। हमने वन में ऐसे कई साधुओं को पहले भी घूमते देखा था। यद्यपि पंचवटी के आने के बाद हमें बहुत कम साधु नज़र आए थे। मुझे उनके यात्राओं का विवरण और उपदेश सुनने में आनंद आता था। मैं उन्हें सादा भोजन परोसती तो उनकी भूख-से व्याकुल आंखों में चमक देखकर मुझे अच्छा महसूस होता था।

उस साधु को देखकर मेरे मन में कृतज्ञता का भाव पैदा हुआ। मैंने निश्चय किया कि मैं राम और लक्ष्मण के लौटने तक उसे रोक लूँगी। उसके साथ बात करने से मेरी कल्पना में आ रहे भयानक दृश्य भी दूर हो जाएँगे। मुझे बार-बार मन में राम के आहत होने का विचार आ रहा था। मुझे ऐसा लगता था कि राम अकेले हैं और उनकी मृत्यु निकट है। मुझे भरोसा था कि ईश्वर की कृपा से जब राम सुरक्षित लौटेंगे तो साधु को देखकर उनका क्रोध भी कम हो जाएगा। वैसे राम को क्रोध बहुत कम आता था, परंतु उन्हें जब मेरे द्वारा लक्ष्मण को कही अक्षम्य बातों का पता लगेगा तो वह अवश्य क्रोधित हो जाएंगे।

मैंने साधु का आदरपूर्वक अभिवादन किया और उसका नाम पूछा।

'तुम मुझे दशानन कह सकती हो,' उसने कहा।

वह अजीब नाम था। मैंने ऐसा नाम पहली बार सुना था। साधु ने मेरे चेहरे पर आश्चर्य का भाव पढ़ लिया। वह मुझे देखकर मुस्कराया और बोला, 'इसका अर्थ है, वह, जिसके दस सिर हों। मुझमें ऐसी बहुत-सी दुर्बलताएँ है, जिनके कारण मैं आध्यात्मिक मार्ग से भटक जाता हूँ। परंतु मेरे लिए इतना पर्याप्त है। देवी, तुम कौन हो और इस भयानक जंगल में अकेली क्या कर रही हो?'

साधु से बात करके मेरी चिंता कुछ कम हो गई। मैंने उसे अपना नाम बता दिया और कहा कि मिथिला में मेरे पिता जनक ने किस तरह मुझे धरती से उठाया था। कोई नहीं जानता था मैं वास्तव में कहां से आई। मैंने साधु को बताया कि राम ने किस तरह शिव का धनुष उठाकर मुझसे विवाह किया था।

'सीता!' वह बोला। उसने मेरा नाम बहुत धीरे और रुककर लिया। मुझे लगा मेरा नाम सुनकर उसकी आंखों में चमक आ गई, परंतु यह अवश्य मेरी भूल होगी क्योंकि उसने जब मेरी ओर देखा तो मुझे उसकी आंखों में वृद्धावस्था और उदासी दिखाई पड़ रही थी। 'तुम्हारे विवाह की कथा सचमुच बड़ी रोचक है। संसार में ऐसी बहुत-सी आश्चर्यजनक घटनाएं होती हैं। मुझे इसी तरह के अन्य रोमांचक अनुभवों के विषय में बताओ।'

मुझे बस यही प्रोत्साहन चाहिए था। मैंने अपने प्रिय राम और लक्ष्मण के विषय में साधु को विस्तार से जानकारी दी। मैंने साधु को यह भी बताया कि रघुकुल की वचन पूरा करने की रीत के बहाने कैसे कैकेयी ने चालाकी से दो वरदान मांगे थे। मैंने साधु को १४ वर्ष के कठिन वनवास के बारे में भी बताया। साधु ने सहानुभूतिपूर्वक मेरी बात सुनी तो मुझे संतोष मिला। उसने मेरी एक अच्छी पत्नी के रूप में प्रशंसा की। आखिर मैंने उसे स्वर्ण-मृग के बारे में बता दिया और यह स्वीकार किया कि मैंने अपने पति से लड़कर किस तरह उन्हें जबरदस्ती हिरण पकड़ने के लिए वन में भेज दिया। मैंने साधु को यह भी कहा कि मुझे डर था कि वह हिरण के वेश में कोई दुष्ट राक्षस था।

'हां, ऐसा हो सकता है,' साधु ने कहा। उसके चेहरे पर उदासी का भाव आ गया। 'यदि ऐसा हुआ तो वह अवश्य तुम्हारे पति को जंगल के भीतर ले जाएगा क्योंकि राक्षस बहुत चालाक होते हैं। यह बहुत बुरा हुआ। मुझे तुम्हारे गौरवशाली पति से मिलकर प्रसन्नता होती। वह सचमुच एक वीर योद्धा और राक्षसों का संहारक है। परंतु मैं अब रुक नहीं सकता। यहां से कुछ ही दूरी पर एक पवित्र गुफा है और मुझे रात्रि होने से पहले वहां पहुंचना है।'

'आप कुछ देर छाया में विश्राम कीजिए,' मैंने साधु से आग्रह किया। राम और लक्ष्मण वापस आने ही वाले होंगे। लक्ष्मण आपके लिए ताजे फल ले आएगा और राम, जल से आपके हाथ-पैर धुलवा देंगे। इस बीच मैं आपके लिए चावल पकाकर सब्जी का प्रबंध कर दूंगी। मैं जल्दी ही भोजन तैयार कर दूंगी। आपके पास गुफा तक पहुंचने के लिए पर्याप्त समय होगा।'

साधु ने मना कर दिया। 'मैंने भिक्षु होने के बाद ऐसा न करने का प्रण किया था। मैंने पहले ही तुम्हारे साथ स्त्री होने के बावजूद काफी समय बिता दिया है। मुझे डर है इससे मेरे सदाचार पर दुष्प्रभाव पड़ेगा। मुझे तो किसी घर की छाया में भी नहीं रहना चाहिए। यदि तुम मुझे कुछ देना चाहती हो, तो अभी दे दो। परंतु मैं जहां खड़ा हूँ, यहीं से उसे स्वीकार करूँगा।'

मेरे मन में विचार आया कि यदि कोई साधु हमारे घर से खाली हाथ चला गया तो यह लज्जा की बात होगी। मैं भीतर दौड़ी और जल्दी से साड़ी के पल्लू में, जो मिला दुर्भाग्य से, कुछ फल ही थे, बांधकर ले आई। मैं बाहर आई तो साधु रेखा से पीछे हट गया था। लक्ष्मण-रेखा को पार किए बिना उस तक पहुंचना मुश्किल था। मुझे लक्ष्मण की बनाई उस रेखा की शक्ति पर अधिक विश्वास नहीं था, परंतु मैंने लक्ष्मण से पहले ही कटु वचन कह दिए थे इसलिए मैं उसके आदेश का उल्लंघन करके उसे और दुखी नहीं करना चाहती थी।

'हे ऋषिवर, आप थोड़ा निकट आकर यह फल ले लीजिए,' मैंने साधु से रेखा की ओर इशारा करते हुए कहा। 'मैं यह रेखा पार नहीं कर सकती।' मुझे यह कहते हुए थोड़ा अजीब लग रहा था।

साधु थोड़ा-सा आगे आया। मुझे उसके भीतर उमड़ती चिड़चिड़ाहट महसूस हो रही थी। उसके भीतर से गर्म तरंग बह रही थी। फिर उसका चेहरा क्रोध से काला पड़ने लगा। मैंने शांत रहने का निश्चय किया। यह साधु, सुविधा, ख्याति परिवार आदि का त्याग करने के बाद इस बारे में बढ़ा-चढ़ाकर बातें क्यों करते हैं? साधू होने के बावजूद भी यह अपने क्रोध का त्याग नहीं कर पाया।

'क्या तुम मुझे लालच दे रही हो?' उसने कहा, 'क्या तुम मुझे अपने निकट आने के लिए आमंत्रित कर रही हो? क्या तुम चाहती हो मैं अपनी प्रतिज्ञा तोड़ दूं? क्या मैंने अभी यह नहीं कहा कि मैं किसी के घर में प्रवेश नहीं करता। तुम यह दान भूल जाओ। अब मुझे कुछ नहीं चाहिए। मैं एक दिन और भूखा रहूँगा तो मर नहीं जाऊंगा! परंतु इतना अवश्य कहता हूँ कि मैंने रघुवंशियों के घर से ऐसे आतिथ्य की अपेक्षा नहीं थी। वह भी जनक और सुनैना की पुत्री से!'

उसकी बात सुनकर मेरा सिर घूमने लगा। मैं राम के साथ रहते-रहते संवेदनशील हो गई थी। मुझे जानती थी यदि राम को पता लगा कि एक साधु हमारे घर से निराश होकर लौटा है तो उन्हें बहुत बुरा लगेगा। उस साधु ने मेरे माता-पिता का नाम लेकर बहुत चतुराई से मुझे ग्लानि से भर दिया था। परंतु उसने मेरे माता-पिता का नाम कैसे जाना? मैंने तो उनके बारे में उसे नहीं बताया। निश्चित तौर पर साधु के पास मायावी शक्तियां थीं।

मेरे माता-पिता के घर का भी यही पहला नियम था कि कोई भिक्षु भूखा नहीं लौटता था। माँ ने मुझे हमेशा यही सिखाया कि द्वार पर आए अतिथि की देखभाल करना ही गृहिणी का सबसे बड़ा कर्तव्य है। मुझे डर था कि मैं कहीं इस दायित्व में असफल होकर अपने परिवार के लिए दुर्भाग्य न आमंत्रित कर बैठूं। साधुओं के पास विचित्र सिद्धियां होती हैं। क्या इस साधु के नाराज़ होने से हमारे अयोध्या सुरक्षित लौटने और राम के राज्याभिषेक में भी बाधा उत्पन्न हो सकती थी?

मेरे सामने दो विकल्प थे। मैं लक्ष्मण को दिया वचन तोड़ दूं या उस अतिथि साधु की सेवा में असफल हो जाऊं। कौन-सा विकल्प ज़्यादा अनुचित था? राम होते तो वह मुझसे क्या अपेक्षा करते?

उसी क्षण मेरे सामने राजा दशरथ का चेहरा उभर आया। मेरे मन में पहली बार उनके प्रति सहानुभूति का भाव आया था। उनके सामने भी ऐसे ही दो विकल्प थे। शायद उनकी दुविधा मुझसे बड़ी थी। वह प्रेम के बंधन से बंधे थे। एक ओर,

उनकी प्रिय पत्नी को दिया वचन था तो दूसरी ओर, उनके प्रिय पुत्र को वनवास देने का निश्चय।

*ऐसे उत्तर सरल नहीं होते।* दशरथ की आवाज़ मेरे सिर में गूंजने लगी। *हम जब अपने प्रियजनों को प्रसन्न करना चाहते हैं तो प्रेम के बादल हमारी आंखों के सामने आ जाते हैं और हम सही विकल्प नहीं चुन पाते।*

इस विषय पर बहस करने के लिए समय नहीं था। वह साधु मुड़कर झाड़ियों की तरफ ठीक उसी तरह चला गया जैसे वह सोने का हिरण अचानक गायब हो गया था।

'रुकिए, ऋषिवर!' मैंने जोर से कहा, 'मैं आ रही हूँ।'

मैंने ज्यों ही लक्ष्मण-रेखा से बाहर कदम रखा, मुझे अपनी भूल का एहसास हो गया। मुझे अपने भीतर एक साथ हजारों काँटों की चुभन का दर्द हो रहा था।

साधु झाड़ियों के पीछे छिप गया था और अगले ही क्षण वह मेरे निकट खड़ा था। मुझे नहीं पता कि वह इतनी तेजी से वहाँ कैसे आया। मैंने उसे हिलते भी नहीं देखा था, लेकिन उसने मुझे कसकर पकड़ लिया। उसने मेरा हाथ इस तरह मोड़ा कि उसका दर्द अग्नि-तरंग की तरह मेरी गर्दन तक उठ गया। साधु के चेहरे पर भाव बदल गए थे। उसका भिक्षुक वाला चेहरा अचानक एक आकर्षक और विजयी पुरुष में बदल गया। उसके सिर पर मुकुट रखा था और शरीर, स्वर्णाभूषणों से ढँका था। कानों में बड़े-बड़े रत्नजड़ित कुंडल थे। मैंने उसे देखकर घबरा गई और मुझे विश्वास नहीं हुआ। मैं समझ गई कि मैंने इससे पहले जो देखा था, वह मायाजाल था, राक्षस का मायाजाल।

परंतु यह कहां से आया था? राम और लक्ष्मण ने पंचवटी के सब राक्षसों को मार दिया था।

'क्या मैं तुम्हारे भी नाक और कान काट दूं, जैसे तुम्हारे पति और उसके भाई ने मेरी बहन के नाक-कान काटे थे?' उसने पूछा, 'या मैं तुम्हें कष्ट दूँ और तुम्हारे क्षत-विक्षत तन को यहाँ उसी तरह छोड़ जाऊं जैसे तुम लोगों ने मेरे भाइयों के शव छोड़े थे?' उसकी आवाज में गूंज रहा क्रोध निष्ठुर और अनियंत्रित था। मैं इतनी घबरा गई थी कि मुझे कुछ भी ध्यान नहीं आया। फिर भी मुझे बहुत कुछ महसूस हो रहा था। मस्तिष्क विचित्र ढंग से काम करता है। हां, सचमुच मेरा दिमाग यह सोचने में व्यस्त था कि यह अजनबी कौन है और यहां क्यों आया है। यह मुझे अपना शिकार क्यों बनाना चाहता है? मैं पीड़ा और क्रोध के उन क्षणों में उसे दोष

कैसे दे सकती थी? वह तो केवल शूर्पणखा और उसके भाइयों के साथ हुए अन्याय का बदला ले रहा था।

यह अवश्य शूर्पणखा का दूसरा भाई होगा जिसका उसने उल्लेख किया था। वही, जो समुद्र पार किसी सुंदर और सुदूर स्थान का राजा था। मैं उसका नाम याद करने का प्रयास कर रही थी लेकिन मेरा हृदय इतनी तेजी से धड़क रहा था कि मुझे कुछ याद नहीं आया।

मुझे राम और लक्ष्मण की प्रतीक्षा थी। मेरे कान उनके पैरों के नीचे चरमराते पत्तों की आवाज सुनने को व्याकुल थे। परंतु मुझे कुछ सुनाई नहीं पड़ा। हिरण वेश में आया वह राक्षस, अवश्य शूर्पणखा के भाई को अपने साथ लाया होगा। वही राक्षस राम को भी यहां से दूर ले गया था। मैं अब बिल्कुल अकेली थी।

मुझे अपनी सहायता स्वयं करनी थी।

मैंने अपने हाथ और कंधे में हो रहे दर्द को नज़रअंदाज़ करके पूरी ताकत से एक ज़ोरदार लात उस पुरुष के घुटनों पर मारी। यह मेरा मनपसंद दाँव था, जिससे विरोधी निश्चित तौर पर संतुलन खोकर गिर जाता था। मैं उस पर कूदने और उसकी आंखों पर हमला करने को तैयार थी। मुझे यही तरीका सिखाया गया था। ऐसा करने से विरोधी गिर जाता और मुझे उसकी गर्दन पर हाथ से वार करके उसे निष्क्रिय करने का मौका मिल सकता था।

परंतु उस राक्षस पर मेरे वार का असर नहीं हुआ, बल्कि वह हँसा और फिर उसने मुझे इतना कसकर पकड़ लिया कि मेरी साँस रुकने लगी। मेरे आंखों के आगे सबकुछ धुँधला लगने लगा। मुझे मूर्छा आ रही थी। मुझे लगा कि गर्दन टूटने से मेरी मृत्यु हो जाएगी।

'आगे बढ़ो और अपनी इच्छा पूरी कर लो!' मैंने शेष बची शक्ति जुटाते हुए कहा। शूर्पणखा का रक्तरंजित चेहरा, मेरे मस्तिष्क में उभर आया। 'तुम्हें यह अधिकार है,' मैंने कहा।

मैं मन में प्रार्थना कर रही थी कि वह राक्षस मुझे जल्द मार डाले तो अच्छा होगा। यदि इसने मुझे पीड़ा देते हुए मेरे शरीर के टुकड़े कर दिए और फिर उन्हें मेरी ही आंखों के सामने खाने बैठ गया, जैसा कि राक्षस करते हैं, तो मैं उससे दया की भीख नहीं माँगना चाहूँगी।

परंतु उस राक्षस ने ऐसा कुछ नहीं किया। उसने मेरे गले पर पकड़ ढीली कर दी। मैं झुकी तो मेरा सिर चकराने लगा और मुझे खांसी उठने लगी। मैं बहुत सावधानी

से उसे देखती रही कि वह इसके बाद क्या करने वाला था। मैं सतर्क थी, क्योंकि मैं उस पर फिर से आक्रमण करने का मौका तलाश रही थी।

वह मुझे बहुत ध्यान से देखता रहा। उसकी आंखों में मेरे लिए प्रशंसा थी लेकिन फिर अचानक उसका चेहरा कठोर हो गया। 'ऐसी मृत्यु तुम्हारे लिए बहुत आसान होगी, परंतु मैं तुम्हारे पति जैसा नहीं हूँ जो किसी स्त्री का चेहरा बिगाड़ दे और उसे जीवनभर की पीड़ा और शर्म के साथ छोड़ दे। मैं मनुष्य का माँस भी नहीं खाता। अधिकतर असुर ऐसा नहीं करते। मुझे विश्वास है ऋषियों ने तुम्हें यह नहीं बताया होगा।

'मैं जो करने वाला हूँ, वह सुनो। मैं तुम्हें अपने साथ अपने राज्य ले जाऊंगा और फिर तुम्हारा पति आजीवन दुख और पश्चाताप में डूबा तुम्हें खोजता रहेगा। तब वह समझेगा कि तुम्हारी स्थिति के लिए वह स्वयं जिम्मेदार है।'

मुझे कई वर्षों के लिए शायद शेष जीवन किसी सुदूर राक्षस राज्य में बंधक बनाकर रखा जाएगा। मेरे पति हताश और दुखी होकर मुझे सर्वत्र खोजते रहेंगे। राम हार मानने वाले व्यक्ति नहीं हैं। मुझे यह डर भी था कि वह मुझे कभी नहीं खोज पाएंगे और यदि उन्हें किसी तरह मेरा पता मिल भी गया तो वह शायद मुझे मुक्त नहीं करवा पाएँगे। उनके साथ सहायता के लिए केवल लक्ष्मण है। वह विश्व के सर्वश्रेष्ठ योद्धा हैं तो भी उनके लिए यह कार्य बहुत कठिन है। मैं दोनों भाइयों को जंगल में अपनी तलाश में भटकने की कल्पना करने लगी। वह फिर कभी अयोध्या नहीं लौट पाएंगे, क्योंकि वे क्या मुँह लेकर अयोध्या लौटेंगे। यह सोचकर मेरे मन में भय से ज़्यादा हताशा उत्पन्न हो गई।

यह सचमुच मृत्यु से अधिक बुरा दंड था।

मुझे लड़ने के जो दाँव सिखाए गए थे, मैं उन सबको भूलकर संघर्ष करने लगी। मैंने राक्षस को लात मारी, उसे नाखून से मारने और काटने का प्रयास किया। मैं बीच-बीच में सहायता के लिए चिल्ला रही थी। परंतु मुझे पता था कि मैं उससे जीत नहीं पाऊंगी। मैं उसे राम के लौटने तक रोककर रखना चाहती थी। मेरे नाखून उसकी त्वचा में घुस गए। काटने से उसका रक्त बहने लगा। राक्षसों को भी दर्द होता होगा, परंतु वह भेड़िए की भांति हँस रहा था। उसे मेरे व्यर्थ प्रयास देखकर आनंद आ रहा था। उसने अचानक मुँह से सीटी बजाई जिसे सुनकर आकाश से किसी विशाल पक्षी की भांति कोई चीज नीचे उतरने लगी। मैंने ऐसी विशाल और चमकदार चीज पहले नहीं देखी थी। उसके पंख धातु से बने थे और वह फूलों से सुसज्जित था। उसे देखकर मुझे आश्चर्य हुआ। मैं कुछ क्षण को राक्षस से लड़ना तक भूल गई। मेरा मुंह आश्चर्य से खुला था।

'अपना मुंह बंद कर लो,' राक्षस ने धीमे-से कहा, 'अन्यथा कोई कीड़ा अंदर चला जाएगा।'

मैंने झटके से मुंह बंद कर लिया और उसकी ओर देखने लगी।

'यह पुष्पक विमान है,' राक्षस ने गर्व से कहा, 'यह विश्व का सर्वोत्तम उड़ने वाला विमान है। मैंने इसे अपने सौतेले भाई कुबेर से छीन लिया था, क्योंकि वह स्वयं को हम असुरों से बेहतर समझता था। परंतु अब इस विमान को मेरे साथ रहना अधिक पसंद है। मैंने ठीक कहा न, पुष्पक?'

विमान से विचित्र-सी ध्वनि आई।

'मेरे साथ चलो,' राक्षस ने कहा। 'हमें बातों के लिए बहुत समय मिलेगा। हमें दूर जाना है और मैं रात्रि भोजन अपने महल पहुंचकर करूँगा। मुझे भूख लगी है। मैंने तुमसे इतना सच तो कह दिया।'

मैंने फिर से चीखना-चिल्लाना और हाथ-पैर मारना शुरू कर दिया था। परंतु उसने मुझे भद्दे ढंग से कमर से उठाया और कंधे पर लाद लिया। मैंने उसकी पीठ नोंची और सहायता के लिए चिल्लाई। परंतु उस वन में मुझे केवल अपनी गूंज सुनाई दे रही थी। मैंने जिन लताओं और बेलों को अपनी कुटिया के चारों को लगाया था, वह मेरी सहायता के लिए आगे आईं और मेरी कलाई और पैरों से लिपट गईं। उन्होंने मुझे रोकने का प्रयास किया। राक्षस ने उन्हें तलवार से काट डाला और मरने के लिए छोड़ दिया। मुझे उनका दर्द भी महसूस हो रहा था।

'मुझे अपना नाम बताओ, कायर!' मैंने चिल्लाकर कहा और उसके पैरों पर लात मारी। परंतु उसने मुझे विमान पर बैठा लिया। 'तुम निश्चय ही कायर हो और इसीलिए तुमने एक पुरुष की अनुपस्थिति में उसकी पत्नी को चुराया है।'

मैं चाहती थी कि राक्षस अपना नियंत्रण खो बैठे। परंतु मैं इस प्रयास में भी विफल हो गई। वह मुझे देखकर विजयी भाव से मुस्कराने लगा। 'मैं कायर नहीं हूँ। मैंने केवल न्याय करने के लिए यह रणनीति बनाई थी। तुम्हारे पति ने हमारे बहुत-से साथियों को मार डाला। मैं अपने और साथियों की जान खतरे में नहीं डालना चाहता था। जिस पुरुष ने किसी स्त्री के प्रेम पाने के सारे अवसर समाप्त कर दिए, उसकी पत्नी का - जिससे वह बहुत प्रेम करता है - अपहरण करने से बेहतर दंड क्या होगा!

उसे जब यह पता लगेगा उसकी पत्नी असुरराज राजसी विलास की नवीनतम वस्तु के रूप में बंधक बनी हुई है, तो इससे अच्छा प्रतिशोध कुछ नहीं हो सकता।'

मैं उसके अंतिम वचनों का आशय सोचकर काँप उठी। वह मेरी ओर देख रहा था। उसकी आंखों में अजीब-सी बेचैनी थी। मुझे नहीं पता उसने वह बात गंभीरता से कही थी या वह केवल मुझे डराने का प्रयास कर रहा था।

'मेरे नाम का जहां तक प्रश्न है,' राक्षस ने चुनौतीपूर्ण ढंग से कहा, 'मैं रावण हूँ! मैं समुद्र पार स्थित लंका का राजा हूँ। यदि राम में साहस है तो तुम्हें मुक्त करवाने के लिए उसे मेरे राज्य तक पहुँचना होगा।

रावण! मेरे दिमाग को जबरदस्त झटका लगा। क्या यह वही असुरों का राजा है, जो मिथिला आया था। मुझे उसका आकर्षण पहले से कम लगा, चेहरा भारी हो गया था और आंखों तथा मुंह के किनारे रेखाएं उभर आई थीं। वह अपना नाम न बताता तो मैं अनुमान ही नहीं लगा सकती थी कि यह वही है, जो कुछ वर्ष पूर्व आत्मविश्वास से भरा स्वर्णाभूषणों में लिपटा जनक की सभा में आया था। वह शिव धनुष को उठाने में विफल हो गया और उसे बहुत क्रोध आया था। मेरे माता-पिता घबरा गए थे। भगवान शिव के प्रति प्रेम के कारण उसने स्वयं पर नियंत्रण रखा और चुपचाप चला गया था। मुझे सबकुछ ऐसे याद आ रहा था, मानो वह कल ही की बात थी। मैंने उसे केवल एक नज़र देखा था, लेकिन मुझे लगा मैं उसे पहले निकट से जानती हूँ।

यदि मुझे ऐसा फिर महसूस हुआ तो मैं उससे आग्रह करूंगी। वह शायद मेरी बात मान जाए।

मैंने रावण की आंखों को ध्यान से देखा और उस रहस्यमयी निकटता को खोजने का प्रयास किया। परंतु मुझे वैसी पहचान नज़र नहीं आई। मुझे लगा कि मैं किसी ठोस तालाब में झांक रही हूँ जिसमें यदि मैं गिर गई तो वह मुझे भीतर गहराई तक खींच ले जाएगा।

उसने सिर्फ़ एक शब्द कहा। उसकी आवाज सुनकर विमान से गूँज उठी। फिर वह विमान अकल्पनीय तेजी से हवा में उड़ गया। कुछ ही पलों में हमारी कुटिया बिंदु के समान नज़र आ रही थी और समूचा वन एक चादर के आकार का दिख रहा था। उसके वन के बीच से बह रही नदियां चांदी के पतले तार के समान दिखाई पड़ने लगीं। मैं मन में उस दृश्य को देखकर मोहित हो रही थी। रावण ने मुझे आसानी से पकड़ लिया था। उसके होठों पर तिरछी मुस्कान थी।

बहुत देर चिल्लाने से मेरा गला बैठने लगा और मेरे हाथ भी थक चुके थे। मैंने देवी से रक्षा के लिए प्रार्थना की। मुझे देवी से जब उत्तर नहीं मिला तो मेरे ध्यान में जितने देवी-देवता आए, मैंने उन सबसे प्रार्थना की।

मेरे ऊपर आकाश था और लग रहा था मानो वहां बैठे देवताओं की कोई अन्य योजना थी। उन्होंने मेरी पुकार पर ध्यान नहीं दिया।

मुझे विमान से नीचे कूदने का विचार भी आया। उस राक्षस की योजना को विफल करने का यह अच्छा तरीका था। मगर मैंने ऐसा नहीं किया। मुझे मृत्यु का भय

नहीं था। मैं मृत्यु से भयभीत क्यों होती? मुझे उस बारे में कुछ पता नहीं था, परंतु मैं राम से अंतिम बार मिले बिना मरना नहीं चाहती थी। प्रेम ने हमें बाँध रखा था।

समय बीतने लगा। मुझे नहीं पता लगा कि मैं कितना दूर निकल आई थी और इस बीच कितना समय बीत गया था। मैं मूर्छा की अवस्था में थी और यह भी शायद राक्षस की माया थी या मैं स्तब्ध थी। मुझे केवल इतना याद है कि एक बहुत विशाल पक्षी मनुष्य रावण के विमान पर झपटा था। उसका नाम जटायु था। उसने बहुत वीरता से मुझे बचाने का प्रयास किया परंतु वह काफी बूढ़ा था। रावण ने उसके पंख काट दिए और वह छटपटाता हुआ नीचे गिर पड़ा। वह खून से लथपथ था। उसने मुझे बचाने के लिए अपने प्राण दे दिए, जिसे देखकर मुझे बहुत ग्लानि और दुख हुआ।

तभी मैंने देखा नीचे पर्वत-शिखर पर बड़े-बड़े बाल वाले कुछ प्राणी थे। वे शायद वानर थे जो झुंड बनाकर बैठे थे। मैंने अपने आभूषण, हार, चूड़ियां और पाजेब - उनके पास गिरा दिए।

'यह सब राम को दे देना,' मैंने चिल्लाकर कहा। 'उन्हें कहना कि लंका का राजा रावण उनकी सीता को ले गया है। उनसे कहना कि सीता उनकी प्रतीक्षा करेगी। वह जल्दी आकर सीता को छुड़ा ले जाएं।'

परंतु हम इतनी ऊंचाई पर थे कि वानर मेरे शब्द नहीं सुन सके। मेरे आभूषण, नीचे आंसू की बूँदों के समान गिरे और घने जंगल में खो गए।

समय ने मुझे चक्रवात की भांति जकड़ रखा था। मैं बेहोश थी, क्योंकि मुझे रावण की हरकतों से ज़्यादा उसकी कामुक बातों से डर लग रहा था। फिर मुझे लगा हम सफेद झागदार लहरों तथा विशाल एवं भयानक जंतुओं से भरे समुद्र के ऊपर से निकल रहे थे। उसके बाद हम काले बादलों की तरफ चले गए। बिजली चमक रही थी। मैं उठी तो मुझे लगा जैसे मैंने कड़वी मदिरा का सेवन कर लिया था। मैं सोने की नगरी में थी, जो एक ऊंचे पर्वत पर स्थित थी। उसकी चमक से मेरी आंखें चौंधिया गईं। उसकी दीवारें कई मंजिला ऊंची थी और उसका मुख्य द्वार चमक रहा था। वहाँ कुछ लोग देवताओं के समान दिख रहे थे। मैंने सुना था कि रावण ने युद्ध में देवताओं को हराकर उन्हें कैद कर लिया था। मेरे पति के लिए इतना दूर आना बहुत कठिन था। यदि उन्होंने किसी तरह भयंकर जीवों से भरा सागर पार कर लिया तो भी रावण के सैनिकों को हराने की उनकी संभावना कितनी थी। वह इस महल में कैसे घुस पाएंगे जो कि चारों तरफ प्रहरियों से घिरा है। मेरे जीवन में अब क्या आशा शेष थी?

# 19

रावण और मैं विमान से नीचे उतर गए। वह आगे चल रहा था और मैं चुपचाप उसके पीछे चल रही थी, क्योंकि उसने मुझसे पूछा था कि मैं उसके आदेश का पालन करूँगी या वह मुझे चावल की बोरी की तरह अपने कंधों पर डालकर ले जाए।

मैंने ज्यों ही लंका की धरती पर पैर रखा, मेरा मस्तिष्क दो भागों में बँट गया। एक हिस्सा, इस बात से स्तब्ध था कि किस तरह मेरी तीन गलतियों के कारण मेरा जीवन नष्ट होने की कगार पर पहुंच गया था। दूसरा हिस्सा, मुझे पागल होने से बचाना चाहता था। इसलिए मैं आसपास के वातावरण को शांत और विश्लेषणात्मक दृष्टि से देख रही थी।

हम पुष्पक विमान से नीचे उतरे तो रावण की जय-जयकार होने लगी। राक्षसों की भारी भीड़ रावण की प्रतीक्षा कर रही थी। वह रावण की योजना जानते थे और उन्होंने देख लिया कि रावण सफल होकर लौटा था।

चारों ओर पुरुष और स्त्री रावण को झुककर प्रणाम कर रहे और तालियां बजा रहे थे। कुछ दूरी पर युवाओं का एक झुंड स्वागत-गीत गा रहा था। मेरे विचार से रावण अत्याचारी राजा था, परंतु मैंने लंका पहुँचकर देखा कि उसके लोग उससे बहुत प्रेम करते थे। वह अच्छा नेता था। उसने उदारता से सबका अभिवादन स्वीकार किया।

रावण के प्रजा वासी आकर्षक और रंग-बिरंगे कपड़ों में सजे-धजे थे। किसी ने मनुष्य की खाल से बने कपड़े नहीं पहने थे। उनके वस्त्रों से उनकी सामाजिक श्रेणियों का अंतर दिख रहा था। मनुष्यों ने सब श्रेणियों को एक साथ मिला दिया था परंतु लंकावासी राक्षस, वनवासी राक्षसों से बिल्कुल भिन्न थे। कोई अन्य परिस्थिति होती तो मैं अवश्य उनके बारे में जानना चाहती, परंतु उस समय तो वे सब मेरे

शत्रु थे। मैं केवल यह चाहती थी कि राम किसी भी तरह लंका पहुँचकर रावण को मारने का प्रयास करें।

भीड़ से थोड़ी दूरी पर दो लोग चुपचाप खड़े थे। मुझे उनके व्यवहार से असहमति महसूस हो रही थी। एक, पुरुष राक्षस था जो रावण से छोटा था और उसका चेहरा रावण से मिल रहा था। दूसरी, स्त्री थी जो देखने में ऊंचे कद की परंतु दुबली थी। वह राजसी वस्त्र पहने खड़ी थी। उसकी सुंदर आंखों में क्रोध और उदासी का भाव था।

रावण आगे बढ़ा तो पुरुष राक्षस ने कहा, 'भैया, यह आपने बहुत अनुचित कार्य किया है।'

रावण ने कुटिल मुस्कान के साथ उत्तर दिया, 'मुझे लगता है यह मेरी विशेष उपलब्धि है। मैंने किसी सैनिक को मरवाए बिना अपनी बहन के अपमान का प्रतिशोध लिया है।'

'यह मज़ाक की बात नहीं है,' रावण के भाई ने कहा। 'मैंने ज्योतिषियों से बात की है। उनका कहना है आपके इस कर्म से हमारी सुंदर लंका नगरी नष्ट हो जाएगी।'

'तुम ग्रह-नक्षत्रों के प्रभाव पर आवश्यकता से अधिक ध्यान देते हो विभीषण,' रावण ने कहा। 'क्या तुम भूल गए कि ये सब मेरे आदेश पर चलते हैं। यहां तक कि सूर्य और चंद्र तो मेरे महल के प्रहरी हैं।'

विभीषण ने रावण के हाथ पर हाथ रखकर कहा, 'इस स्त्री को लौटा दो भाई। अभी देर नहीं हुई है। यदि तुम चाहो हो तो मैं स्वयं इसे पंचवटी छोड़ आऊंगा।'

'मैं इसे वापस नहीं करूँगा,' रावण ने कहा। 'क्या तुम मेरी विजय से प्रसन्न नहीं हो? तुम ऐसी अशुभ संभावनाओं पर विचार ही क्यों करते हो?'

यह कहकर रावण ने विभीषण का हाथ झटका और फिर मुझे लेकर स्त्री के पास पहुंच गया।

'यह मंदोदरी है, मेरी पटरानी!' उसने कहा। 'यह मेरे जीवन में आई अन्य सभी स्त्रियों में सबसे अधिक बुद्धिमान है। हालांकि मैं इससे कम बुद्धिमान हूँ, लेकिन मैं सदा इसकी बात नहीं मानता।'

'स्वामी,' मंदोदरी ने तनाव-भरी आवाज में कहा, 'मुझे आपसे कुछ बात करनी है। मैं आपको इस स्त्री के विषय में कुछ आवश्यक सूचना देना चाहती हूँ।'

रावण ने प्यार से मंदोदरी का चेहरा अपने हाथों में लेते हुए कहा, 'मैं तुम्हारी बात ध्यान से अवश्य सुनूँगा, परंतु अभी मुझे कुछ आवश्यक कार्य करना है। हम

बाद में व्यक्तिगत बात करेंगे।' फिर उसने मेरी ओर संकेत करते हुए कहा, 'यह सीता है और मैं इसे जीतकर लाया हूँ। मैंने इसे इसके पति से छीन लिया है और मैं इसे अपने उद्देश्य की पूर्ति के लिए यही रखूंगा। तुम इसे अंतःपुर में ले जाओ और तैयार करो। राक्षसियों से कहना कि इस पर नज़र रखेंगी। यह परेशानी पैदा कर सकती है। मैं इसे लेने जल्दी आऊंगा।'

रावण के शब्द सुनकर मैं डर गई। *उद्देश्य की पूर्ति। इसे तैयार रखो। मैं इसे लेने आऊंगा।*

वह मेरे साथ क्या करेगा? मैं इसे कैसे रोकूंगी?

रावण अपने लोगों के साथ एक विशाल चमकती इमारत में चला गया। वह शायद उसका राजदरबार था। इस बीच मंदोदरी ने मुझे एक रथ के पास खींच लिया। उसकी पकड़ बहुत कठोर थी। उसने मुझसे बात नहीं की। उसके सुंदर चेहरे पर कोई भाव नहीं था। फिर भी मुझे उसकी भाव-भंगिमा से क्रोध और लज्जा का आभास हो रहा था। मैं समझ सकती थी कि उसके लिए यह सब बहुत शर्मनाक रहा होगा। वह स्वयं भी किसी बड़े राजा की पुत्री होगी। परंतु उसे मुझसे डर महसूस हो रहा था।

मंदोदरी को मुझ जैसी शक्तिहीन बंधक से डरने की क्या जरूरत थी?

रथ का सारथी हमें एक विशाल महल के निकट ले आया, जो स्वर्ण और बहुमूल्य रत्नों से चमचमा रहा था। उसकी शिल्प-कला बहुत सुंदर थी। मैंने ऐसी बनावट पहले कभी नहीं देखी थी। वहां के संगीतमय फव्वारे, स्वागत गीत गा रहे थे। वहां लगी बेल और लताओं से मनमोहक सुगंध आ रही थी। दीवारों पर बने नर्तक सजीव लग रहे थे।

उस महल पर पहरा देने के लिए कठोर किंतु सुंदर स्त्रियां तैनात थीं। मेरे विचार से यह वही स्त्रियाँ थीं जिनका उल्लेख रावण ने किया था। यह किसी समय इंद्र के दरबार में पहरा देती थीं। रावण जब मिथिला आया था मुझे उस समय की कथा याद आने लगी। उसने एक बार देवताओं के राजा इंद्र से युद्ध किया और जीत गया। वह विजय के बाद उन स्त्रियों को साथ ले आया होगा। क्या इन्हें भी मेरी तरह घर की याद आती होगी? उनके भावहीन चेहरे देखकर कुछ पता लगाना मुश्किल था।

लंका में कितनी स्त्रियां कैद होंगी? क्या उन सबने नियति के समक्ष समर्पण कर दिया होगा?

मुझे डर लग रहा था। मैं असुरों के इस राजा की शक्ति का विरोध कैसे करूंगी? मुझे इतना अवश्य पता था कि मैं हर संभव प्रयास द्वारा विरोध करूंगी।

रथ से नीचे उतरते ही मेरी पहली परीक्षा हो गई। मंदोदरी ने मेरा हाथ पकड़ लिया और कहा, 'इधर आओ। हमारे पास समय कम है। राजा किसी भी क्षण यहां आ जाएंगे। तुम्हें अंतःपुर में जाना है।'

'क्यों?' मैंने पूछा, हालांकि मुझे उसका उत्तर पता था। 'वहां क्या होगा?'

मंदोदरी के नथुने घृणा से फूल गए । अंतःपुर की राक्षसियाँ तुम्हें सुगंधित जल से स्नान करवाएंगी। फिर तुम्हारी केश-सज्जा होगी। उसके बाद वे तुम्हें रेशमी वस्त्र और आभूषण पहनाएंगी। तुम जो चाहोगी, तुम्हें मिलेगा जिससे रावण के आने पर तुम सुंदर लगो। तुमने उन्हें प्रसन्न कर दिया तो वह तुम्हारे साथ रहेंगे। तुम शायद कुछ दिन के लिए उनकी मनपसंद बन जाओ, जब तक वह तुमसे ऊब नहीं जाते।' यह कहकर मंदोदरी ने कंधे उचकाए, 'और फिर...'

मैं काफी सुन चुकी थी। 'मैं तैयार नहीं हूँ,' मैंने उसकी बात काटते हुए कहा। 'तुम मुझे चाहो तो मुझे घसीटकर महल ले जा सकती हो। मैं अपनी इच्छा से भीतर नहीं जाऊंगी। मैं अपने पति से प्रेम करती हूँ तथा किसी अन्य पुरुष से प्रेम नहीं कर सकती हूँ। रावण यदि चाहे तो मुझसे निर्लज्ज बनकर जबरदस्ती कर सकता है। वह चाहे तो मेरी इच्छा के विरुद्ध मेरे शरीर का उपयोग कर सकता है। मैं नश्वर शरीर हूँ, परंतु वह मेरे हृदय को कभी स्पर्श नहीं कर सकेगा। मेरा हृदय केवल और केवल राम का है।'

मंदोदरी ने मेरी बात पर ध्यान नहीं दिया। उसने ताली बजाई तो दो स्त्रियाँ आगे आईं और मेरा एक-एक हाथ पकड़कर मुझे खींचकर आगे ले जाने लगीं। वह मुझे दरवाजे तक ले गईं। मुझे पता था यह मेरा अंत है। मेरा अनुमान था कि इमारतों का निर्माण भी मायाजाल से किया गया था और भीतर जाने के बाद लोग अपनी इच्छा का उपयोग नहीं कर पाते थे। उन्हें वही करना पड़ता था जो रावण चाहता था।

मैंने मन में सोचा, 'हे देवी, क्या यही मेरी नियति है?'

मेरे भीतर उत्तर आया जो ज्वालामुखी की भांति शक्तिशाली था। वह देवी थी या मेरी आंतरिक शक्ति? मुझे उसका अंतर नहीं पता। मुझे आवाज आई, 'तुम्हारा जन्म इससे बड़े उद्देश्य के लिए हुआ है!'

इसके बाद मेरे और देवी के शब्द मिलकर मेरे मस्तिष्क में गूँजने लगे। 'इस द्वीप, समुद्र और वन में रहने वाली आत्माओं! मेरी बात सुनो। हे देवताओं, मैं

आपको साक्षी मानकर रावण और उसके समूचे कुल को शाप देती हूँ। राम मेरे अपमान का प्रतिशोध लेने अवश्य आएंगे। तब यह नगरी मृत्यु और अग्नि से भर उठेगी। यहां से उठने वाला धुआँ, सूरज को ढँक लेगा, सड़े-गले शवों की दुर्गंध लंका की सीमा को पार कर दूर तक फैल जाएगी। यहाँ शवों के साथ केवल गिद्ध रह जाएँगे।'

यह सुनकर मंदोदरी स्तब्ध रह गई। उसने मेरा हाथ झटक दिया। उसका चेहरा सफेद पड़ गया था। उसने सारथी से कहा, 'महाराज को कहो उन्हें तुरंत आना होगा। बहुत जरूरी बात है।'

रावण तुरंत आ पहुंचा। मुझे नहीं पता वह इतनी जल्दी कैसे आया। इस क्षण वह नहीं था और अगले ही क्षण वह प्रकट हो गया। उसने रेशमी वस्त्र पहने थे और सिर पर रत्नजड़ित मुकुट था। मंदोदरी मुझसे दूर हट गई थी। वह दौड़कर रावण के पास गई और उसे कसकर पकड़ लिया।

'इस स्त्री ने भविष्यवाणी की है कि इसका पति लंका को नष्ट कर देगा। तुम मारे जाओगे। हमारे पुत्र मारे जाएंगे और यहां शवों के अंतिम संस्कार के लिए भी कोई जीवित नहीं बचेगा। मैंने यही सपना कल रात भी देखा था। मैं आपको बताना चाहती थी, परंतु आपने मेरी बात नहीं सुनी। मैंने इस नगरी को आग की लपटों में जलते देखा था। मैंने अपने प्रिय पुत्र और आपके उत्तराधिकारी मेघनाद का कटा सिर ज़मीन पर पड़ा देखा। मैंने लंका नगरी की रक्षक, चामुंडी देवी को देखा। उन्होंने भी मेरी याचना नहीं सुनी।

'इससे पहले यह दुष्ट और दुर्भाग्यपूर्ण स्त्री हम सबके विनाश का कारण बन जाए, आप तुरंत इसे वापस भेज दीजिए। स्वामी, मैंने आपसे कभी शिकायत नहीं की। आप अनेक स्त्रियों को लंका लेकर आ गए, मैंने कुछ नहीं कहा। परंतु इस बार मैं अनुरोध करती हूँ।' मंदोदरी रोती हुई रावण के सामने घुटनों पर बैठ गई।

रावण ने उसे धीरे से उठाया और फिर सांत्वना दी। उसने मंदोदरी से कुछ कहा। मुझे नहीं पता वह क्या बोल रहा था। परंतु मुझे इतना अवश्य दिखा कि उसकी बात सुनकर भी मंदोदरी दुखी और आशाहीन बनी रही।

रावण ने अपने एक सैनिक को बुलाया। वह मंदोदरी को रथ में बैठाकर ले गया। इस बीच मंदोदरी ने एक बार भी मेरी ओर नहीं देखा।

रावण ने शायद अपने सैनिकों को संकेत किया जिसके कारण सब पीछे हट गए। रावण मुझसे एकांत में कुछ कहना चाहता था। मैं तनाव में थी और उसको

मारना चाहती थी। परंतु उसका कोई लाभ नहीं था। वह बहुत शक्तिशाली था और इस समय अपने घर में था। जहां उसकी जादुई शक्तियां पहले से अधिक प्रबल हो गई थीं। मेरे लिए अपनी ऊर्जा और प्रतिष्ठा को बचाकर रखना बेहतर था। मैंने आसपास देखा। मैं भागने का मार्ग खोज रही थी, परंतु चारों ओर प्रहरी थे। उन सबके आगे लंका का सबसे बड़ा सुरक्षा प्रहरी थाः एक विशाल समुद्र।

मेरे पास भागने का रास्ता नहीं था। मुझे डर था कि रावण इस परिस्थिति का लाभ उठाएगा और मुझे छूने का प्रयास करेगा। परंतु उसने ऐसा नहीं किया। उसने मुझसे दूर रहकर संतुलित ढंग से बात कही।

'सीता, तुम जानती हो कि मैंने तुम्हें प्रतिशोध लेने के उद्देश्य से बंदी बनाया है। मैंने देखा कि तुम बहुत ऊर्जावान हो और इसलिए मैं तुम्हारी प्रशंसा करता हूँ। मैं तुम्हें अपने कारागृह में बंदी बनाकर नहीं रखना चाहता, हालांकि शुरू में मेरी यही इच्छा थी। मैं तुम्हें मारकर तुम्हारा शव तुम्हारे पति के पास जंगल में नहीं भेजना चाहता, क्योंकि फिर वह तुम्हें खोजना बंद कर देगा। मैं अपने भाई विभीषण के मतानुसार तुम्हें वापस लौटाने के लिए भी तैयार नहीं हूँ।

'मैं चाहता हूँ तुम मुझसे विवाह कर लो और मेरी रानी बन जाओ। तुम इस महल पर राज करोगी। तुम जो चाहोगी, तुम्हें मिलेगा। हर तरह की सुख-सुविधाएं, समस्त वैभव। पृथ्वी या इंद्र के दरबार की जिस वस्तु की तुम कल्पना कर सकती हो, वह हर चीज तुम्हें प्राप्त हो जाएगी। प्रिय, तुम केवल मुझे हाँ कह दो।'

रावण ने मुझे पहले बहुत डराया-धमकाया था। परंतु उसकी यह बात उससे भी बुरी थी। उसके स्वर में घुली कामना के कारण मुझे घृणा होने लगी। साथ ही मेरे भीतर क्रोध और भय भी पैदा हो गया। उसके देखने के तरीक़े से मुझे ऐसा लगा कि मेरी त्वचा जल रही थी। मुझे इस तरह देखने और मुझसे ऐसी बात कहने का अधिकार केवल राम को था।

मैंने अपना चेहरा साड़ी से ढँक लिया। मैं रावण के विरुद्ध भीतर उफनते क्रोध को दबाना चाहती थी। उसके साथ बहस का लाभ नहीं था। शायद वह यही चाहता था। मैंने संयमित स्वर में कहा, 'मैं पूरे हृदय से केवल राम से प्रेम करती हूँ। मैं अंतिम श्वास तक विवाह के वचन के प्रति निष्ठावान रहूँगी। तुम जो चाहो, कहो या करो।'

रावण ने कहा, 'तुम जानती हो मैं तुम्हारी इच्छा के बिना भी तुम्हें प्राप्त कर सकता हूँ। मैं संत नहीं हूँ। मैंने पहले भी अनेक स्त्रियों को इसी तरह अपना बनाया है। परंतु मैं तुम्हारे साथ ऐसा नहीं करना चाहता। मैं तुम्हारे शरीर को नहीं, अपितु तुम्हारे हृदय को चाहता हूँ। मैं तुम्हें सोचने के लिए एक वर्ष का समय देता हूँ। इस अवधि के समाप्त होने के बाद तुम्हें मेरी रानी बनना होगा अथवा मैं तुम्हें शूर्पणखा को सौंप दूंगा। फिर वही तुम्हारी मृत्यु के विषय में अंतिम निर्णय लेगी।

'राम, लंका कभी नहीं पहुंच पाएगा। तुम्हें यह बात मान लेनी चाहिए। यदि वह किसी तरह यहां आ भी गया तो वह मुझे कैसे मारेगा? मैं देवताओं तक को पराजित कर चुका हूँ, जिन्हें ब्रह्मा ने अजेय होने का वरदान दिया था।'

रावण ने ताली बजाई तो यक्षणियाँ आगे आ गईं। 'इसे मेरी आनंद वाटिका में ले जाओ। इसकी सुख-सुविधाओं का ध्यान रखना। परंतु इसके चारों ओर कड़ा पहरा लगा दो। यह मेरा आदेश है कि इसे किसी तरह की शारीरिक हानि नहीं पहुंचनी चाहिए। परंतु इसके मनोबल को तोड़ने का हर संभव प्रयास करते रहना है।'

यह कहकर रावण ने मुझे घृणा और वासना से भरी तीखी दृष्टि से देखा और फिर प्रकाश-पुंज में ओझल हो गया। वर्षों पहले, वह मिथिला में राजा जनक के विवाह-कक्ष से इसी तरह गायब हुआ था। उस भोले-भाले और सुखद क्षण की स्मृति को मानो कोई तलवार बींध रही थी।

दो यक्षणियाँ आगे आईं और उन्होंने बड़ी कठोरता से मेरे हाथों को पकड़ा और मुझे लेकर चल पड़ी। उनकी अँगुलियाँ पत्थर-सी ठंडी और कठोर थीं। उनकी ठंडक से मेरा शरीर कांपने लगा। फिर अचानक अंधकार छा गया। ऐसा लगा मानो रावण के ओझल होते ही सूर्य भी छिप गया हो। शायद यह भी राक्षस की माया थी।

*'मेरे प्रिय राम,'* मैंने मन में पुकारा, *'इस जरूरत के समय में आप कहां हैं?'* मुझे पता था वह कहां है। वह मुझसे बहुत दूर बीहड़ों में उन्माद से भरे मुझे खोज रहे होंगे। वह हर क्षण मुझसे दूर होते जा रहे थे, क्योंकि उन्हें इस विषय में कुछ भी पता नहीं था।

हम लोग रात के अंधकार में चलते गए। आगे का दृश्य दिखाई नहीं पड़ता था। हम कभी पहाड़ी पर तो कभी दलदल से होकर चलते गए। कुछ अदृश्य जंतु मुझे स्पर्श करके निकल जाते थे। एक-दो बार मुझे लगा कि हम भूमिगत रास्तों से भी होकर गुज़रे थे। हम लोग कहां जा रहे थे? हमने कितनी दूरी तय कर ली थी? या यह भी राक्षस की माया थी? मेरे लिए और चलना संभव नहीं था तो हम रुक गए। वहाँ बहुत-से पेड़ थे और उनके पत्तों की सरसराहट सुनाई दे रही थी। सीता सीता सीता। अथवा वे कह रहे थे, *दुख दुख दुख।*

एक प्रहरी ने मशाल जलाई तो मैंने देखा कि हम लाल फूलों वाले विशाल वृक्षों के एक बगीचे में पहुंच गए थे। मैंने उन पेड़ों को पहचान लिया। उन्हें देखते ही मेरे भीतर हँसी गूंजने लगी, क्योंकि वह अशोक के वृक्ष थे जिसका अर्थ होता है 'प्रसन्नता'।

एक प्रहरी ने मुझे धक्का दिया तो मैं नीचे गिर पड़ी। 'तुम क्यों हँस रही हो?' उसने भारी आवाज में पूछा। मैंने नज़र उठाई तो देखा कि यक्षणियाँ अदृश्य हो गई थीं और उनके स्थान पर कुरूप राक्षसियाँ खड़ी थीं। वे अवश्य ही किसी भिन्न जाति की थी, क्योंकि उनका रूप मंदोदरी या कामरूपिणी से अलग था। उनके दाँत लंबे और बड़े थे तथा तीखे मुड़े हुए नाखून, लाल आंखें तथा सिर के बाल सर्प की भांति हवा में लहरा रहे थे। लक्ष्मण की बात प्रमाणित हो गई, क्योंकि उसने राक्षसों के इसी रूप का वर्णन किया था। उन्हें देखकर हैरत में पड़ जाता, क्योंकि वह हमेशा से राक्षसों को इसी रूप की कल्पना करता था।

लक्ष्मण के बारे में सोचकर मेरी आंखों में आंसू आ गए। काश, मैंने उसे अपमानित करके वन में न भेजा होता और उसकी आज्ञा का उल्लंघन न किया होता! वह राम के साथ मेरी तलाश में इधर-उधर भटक रहा होगा। उसे मेरी चिंता और अपने भाई के लिए दुख का दोहरा बोझ उठाना पड़ रहा था। हे लक्ष्मण, क्या तुम मुझे क्षमा कर पाओगे?

'अब यह रो रही है,' दूसरी राक्षसी ने कहा। 'इस मूर्ख के पास अभी रोने का तो कारण ही नहीं है। परंतु इसे कारण अवश्य मिलेगा। हाँ, अवश्य मिलेगा।'

वे राक्षसियाँ मुझे घेरकर खड़ी हो गई और जलती मशाल की रोशनी में मुझे देखने लगीं। 'यह कितनी दुर्बल और छोटे कद की औरत है!' एक ने कहा। 'हमारे महाराज को यह इतनी पसंद क्यों है?'

'मुझे इस पर पहरा देने के लिए दुर्ग से हटाकर यहां लाया गया है,' एक अन्य राक्षसी ने चिढ़कर कहा।

'यह देशद्रोही है या गुप्तचर?' तीसरी ने पूछा। उसने मुझे लात मारी। 'हम इसे खा क्यों नहीं जाते? फिर यह हमें परेशान नहीं करेगी। यह इतनी कमजोर है कि हमें केवल मुट्ठी-भर भोजन प्राप्त हो पाएगा।'

'सुनो, सुनो लड़कियों!' एक ऊंचे कद की बलिष्ठ राक्षसी आगे आई। उसके सफेद बाल उसकी आयु और अनुभव को व्यक्त कर रहे थे। वह निश्चित तौर पर उनकी मुखिया थी। 'महाराज ने बता दिया है कि हमें क्या करना है। तुम्हें उनके निर्णय पर संदेह नहीं करना चाहिए।' फिर उसने मुझे संकेत से बैठने को कहा। 'मेरा नाम त्रिजटा है। मैं इन प्रहरियों की मुखिया हूँ। तुम आराम से बैठ जाओ। इस वाटिका में छोटा-सा सुंदर कुंज है। महाराज ने कहा है कि तुम वहां रह सकती हो। मैंने ही उन्हें सुझाव दिया था, क्योंकि मुझे पता लगा है कि तुम्हें यहां काफी समय रहना है और इस वाटिका में बहुत मच्छर हैं। तुम्हारे लिए अच्छा होगा कि तुम अपना इरादा बदल दो और महाराज को अपना पति मान लो। तुम्हारे ऐसा करने से हम भी समस्या से बचा जाएँगे।'

'नहीं, कभी नहीं!' मैंने शरीर में बची ताकत बटोरकर कहा। 'मुझे उस दुष्ट राक्षस द्वारा दी सुख-सुविधाएँ नहीं चाहिए। मुझे कुछ नहीं चाहिए।'

अपने महाराज का अपमान सुनकर राक्षसियों को बहुत गुस्सा आया। वह नाराज़ हो गई थीं। कुछ मेरी ओर झपटी और अपने बड़े दांत निकालकर मुझे डराने का प्रयास किया। परंतु त्रिजटा ने उन्हें हाथ के संकेत द्वारा आगे बढ़ने से रोक दिया।

'यह बाद में देखा जाएगा,' उसने दार्शनिक अंदाज में कहा। 'मैं तुम्हें इतना अवश्य बताना चाहती हूँ कि मुझे यहाँ बहुत समय हो चुका है। मैंने आज तक किसी स्त्री को महाराज के आकर्षण से दूर रहते नहीं देखा। देर-सवेर सबने हार मान ली है।' फिर उसने ताली बजाई और एक राक्षसी को मेरे लिए भोजन लाने का आदेश दिया।

एक राक्षसी मेरे लिए जला हुआ माँस लेकर आ गई। मुझे उसे देखकर ही घृणा हो रही थी। मुझे लगा वह मुझे जबरदस्ती खिलाने का प्रयास करेगी, परंतु उसने कंधे उचकाए और फिर बड़बड़ाई। वह शायद यह कहना चाहती थी कि मैं अच्छे भोजन के योग्य नहीं हूँ। यह कहकर उसने सारा माँस स्वयं खा लिया।

त्रिजटा ने कहा, 'कोई बात नहीं। इसे जब भूख लगेगी तो यह स्वयं खाएगी।'

मैं एक विशाल अशोक वृक्ष के नीचे फैली जड़ों को तकिया बनाकर लेट गई। मैंने राक्षसियों की ओर से मुंह फेर लिया। फिर मैंने अशोक वृक्ष से सुरक्षा की याचना की। वृक्ष के पत्ते हिलने लगे तो मुझे लगा कि उसके फूल आंसू बनकर मुझ पर गिर रहे थे, क्योंकि वह भी मेरी तरह असहाय था।

तभी चारों ओर तेज रोशनी हो गई। फिर एक मधुर आवाज आई, 'वह कहां है?'

मैंने मुड़कर देखा। एक राक्षसी मेरे सामने खड़ी थी। वह मंदोदरी की तरह सुंदर नहीं थी परंतु उसके जैसी ही थी। उसके चेहरे पर सौम्यता थी और उसके पीछे कुछ दासियाँ खड़ी थीं।

'देवी सरमा!' त्रिजटा ने आश्चर्य से कहा। 'आप यहां क्या कर रही हैं?'

'महारानी ने सीता के लिए भोजन भेजा है,' उस स्त्री ने कहा। 'सीता अधपका माँस नहीं खा पाएगी।' फिर वह मुझसे बोली, 'मैं विभीषण की पत्नी हूँ। तुम्हें इन परिस्थितियों में देखकर मुझे दुख हो रहा है। परंतु मैं लंका में तुम्हारे आवास को यथासंभव सुविधाजनक बनाना चाहती हूँ। मुझे पता लगा है कि तुमने कुंज में रहने से मना कर दिया है।' उसने मेरी ओर सहानुभूतिपूर्वक देखा।

सरमा के संकेत पर दासियाँ मेरे सोने के लिए गद्दे और खाने के लिए चांदी की थालियों में भोजन एवं मिठाइयाँ ले आईं। भोजन की सुगंध से मेरे मुंह में पानी

आ गया, क्योंकि मुझे तेज भूख लगी थी। सरमा की उदारता से मेरा मन प्रसन्न था किंतु मैंने मुंह मोड़ लिया।

'आपने मेरे लिए इतना कष्ट किया, इसके लिए धन्यवाद,' मैंने कहा। 'परंतु मैं क्षमा चाहती हूँ। मैं महारानी द्वारा दी इन चीजों को स्वीकार नहीं कर सकती, क्योंकि मैंने यहाँ बंदी रहने तक भोजन या जल ग्रहण न करने का प्रण किया है। मैं किसी तरह की सुविधा भी स्वीकार नहीं करूंगी। आप मेरी केवल इतनी सहायता कर दीजिए कि रावण को समझा-बुझाकर मुझे मेरे पति के पास वापस भिजवा दीजिए।'

सरमा ने ठंडी श्वास ली और कहा, मैं अवश्य ऐसा कर देती यदि यह मेरे वश में होता। परंतु महाराज तुम्हें बहुत पसंद करते हैं। मेरे पति ने तुम्हें वापस भेजने का सुझाव दिया तो उन्होंने मेरे पति को बहुत डांटा। यहाँ तक कि वह महारानी मंदोदरी की बात सुनने को भी तैयार नहीं है। यदि भोजन के विषय में तुम्हारा इरादा बदल जाएगा तो मैं कल फिर आऊंगी। मैं तुम्हारी सहेली बनने की आशा तो कर ही सकती हूँ।'

उसके जाने के बाद मैं फिर मुंह फेरकर लेट गई। सरमा का व्यवहार सहानुभूतिपूर्ण अवश्य था, परंतु मेरे लिए बंदी रहकर किसी से मैत्री करना कठिन था। मुझे उर्मिला और अपनी माँ की बहुत याद आ रही थी। उन्हें याद करने से मुझे और अकेलापन महसूस होने लगा।

मैंने अपने गाल धरती से सटा दिए जो उस नरक-से स्थान पर मेरी एकमात्र संगिनी थी। मैंने धरती से कहा, 'हे धरती माँ, दुख और भय से भरे इस स्थान में आप मुझे शक्ति दीजिए। मैं जब असहाय शिशु थी, तब आपने मुझे सुरक्षा दी थी। राम के आने तक मुझे इस बंदीगृह में रहने का साहस दीजिए।'

राम को आने में न जाने कितना समय लगेगा। मैं कब तक भूखी रह पाऊँगी। मेरा शरीर कमजोर होता जा रहा था।

थकान के बावजूद मैं बहुत देर तक करवटें बदलती रही। मुझे मुश्किल से नींद आई। तब मुझे सपना दिखाई दिया। मैंने हाथ में स्वर्ण-पात्र लिए एक देवता को देखा।

'मैं इंद्र हूँ,' उन्होंने कहा, 'मैं तुम्हारे लिए यह दिव्य अमृत-सुधा लाया हूँ। इसे पीने से तुम्हें भूख नहीं लगेगी। हिम्मत और धैर्य रखो। राम आ रहे हैं। परंतु उन्हें थोड़ा समय लगेगा।'

मुझे स्वप्न में भी संदेह हो रहा था। मैं आपका विश्वास कैसे करूं? हो सकता है यह भी रावण का मायाजाल हो! वह मेरा प्रण तोड़ने का प्रयास करता रहता है। यदि आप इंद्र हैं तो मुझे कोई संकेत दीजिए।'

इंद्र ने सिर झुकाया। उनके भीतर से प्रकाश फूटा और पूरे शरीर पर हजारों नेत्र उभर आए। उन्हें देखते ही मुझे उनके इंद्र होने का विश्वास हो गया। मुझे पता था उनके तन पर नेत्र, महर्षि गौतम के शाप से उत्पन्न हुए थे। मैंने इंद्र के हाथ से पात्र ले लिया।

उस पेय से मेरा शरीर गर्म होने लगा। परंतु मेरा हृदय व्याकुल था। 'मुझे पता है राम बहुत बड़े योद्धा हैं। परंतु उन्हें यह कैसे पता लगेगा कि मैं यहां हूँ? यदि उन्हें मेरे विषय में जानकारी मिल भी गई तो रावण के विरुद्ध उनकी सहायता कौन करेगा? राम खतरनाक प्राणियों और निशाचरों से भरे उस विशाल समुद्र को पार कैसे करेंगे? क्या ब्रह्मा ने रावण को अजेय होने का वरदान नहीं दिया है?'

'इतने सारे प्रश्न!' इंद्र ने ठंडी सांस ली। 'इन सबका एक ही उत्तर है। रावण पूरी तरह अजेय नहीं है, जैसा वह सोचता है। ब्रह्मा ने उसके साथ छल किया था। उन्होंने रावण से उन सब प्राणियों की सूची बनवाई जिनके विरुद्ध वह अजेय होना चाहता था। रावण ने उस सूची में कुछ प्रजातियाँ तुच्छ जानकर छोड़ दी थीं, क्योंकि उसे लगा कि उसे उन प्रजातियों से कोई खतरा नहीं है।'

'कौन-सी प्रजातियां?'

'मनुष्य और वानर!' इंद्र ने कहा। इससे पहले मैं उनसे और प्रश्न पूछ पाती, वह अंतर्धान हो गए। उन्होंने जाने से पहले कहा, 'भरोसा रखो। पृथ्वी और स्वर्ग की सेनाएं एकत्रित हो रही हैं। परंतु ऐसे कार्य एक रात में नहीं होते। मैं बीच-बीच में तुम्हारे स्वप्न में आता रहूँगा। परंतु इस द्वीप पर छाए असुरों के मायाजाल को भेदना बहुत मुश्किल काम है।'

मुझे इंद्र का उत्तर सुनकर संतोष नहीं हुआ। परंतु इंद्र की छवि धूमिल होने लगी थी। 'रुकिए!' मैंने कहा। मैं एक प्रश्न पूछना चाहती थी। 'क्या आपने अहल्या से प्रेम किया था? क्या आपको अहल्या का जीवन नष्ट करने का दुख है?'

मेरे प्रश्न का उत्तर दिए बिना ही इंद्र ओझल हो गए। मुझे इस पर आश्चर्य नहीं हुआ। देवताओं के लिए ऐसी चतुराई करना नई बात नहीं है। मैं सुबह उठी तो राक्षसियाँ मेरे आस-पास खड़ी जोर-जोर से हँस रही और मेरा मजाक उड़ा रही थीं। वे मुझे रात्रि से अधिक दिन में कुरूप दिख रही थीं।

# 20

मेरे लिए कैद में रहते हुए रात और दिन में अंतर समाप्त हो गया था। ऐसा मेरे मानसिक तनाव और राक्षसी जादू के कारण था। मुझे कई सप्ताह से सूर्य के दर्शन नहीं हुए थे। रावण ने शायद सोचा होगा कि लगातार अंधेरे में रहने से मेरी हिम्मत टूट जाएगी और वह मुझसे जल्दी हाँ करवा लेगा। मैंने भी पूरी शक्ति से उसके विरुद्ध लड़ने का निश्चय कर लिया।

मुझे वाटिका से बाहर जाने की अनुमति नहीं थी। परंतु मैंने त्रिजटा के दाँत का दर्द, मुलेठी के लेप से ठीक किया था, इसलिए वह मुझे कुछ देर आसपास घूमने देती थी। घूमने से मुझे आराम मिलता था। वाटिका के पौधे और वृक्ष बहुत भोले और सुंदर थे। मैं उन्हें स्पर्श करती तो मुझे उनकी सहानुभूति का आभास होता था। मेरे स्पर्श करने से उनका रोग भी दूर हो जाता था। इसलिए हम एक-दूसरे को प्रेम करने लगे थे। मैं जिस अशोक-वृक्ष के नीचे सोती थी, वह मुझे बहुत पसंद था। मैं सबकी नज़र बचाकर उसके आस-पास गिरे सूखे पत्ते साफ करती और सोते समय उसके तने पर हथेलियाँ रखकर आराम महसूस करती थी। परंतु मुझे यह सब गुप्त ढंग से करना पड़ता था। मुझे डर था यदि उनको पता लग गया कि मैं उस वृक्ष की देखभाल करती हूँ तो वह मुझे पीड़ा पहुंचाने के लिए वृक्ष को कष्ट देंगे।

राक्षसियों के पास मुझे परेशान करने के बहुत-से तरीके थे। वह मेरे सो जाने पर मुझे नाखूनों से घायल कर देतीं या अचानक भयानक आकृति में परिवर्तित होकर मुझे डरा देती थीं। कभी अपने दाँत निकालकर मुझे खाने दौड़ती थीं। हालांकि वह मुझे चोट नहीं पहुँचाती थीं, क्योंकि रावण ने उन्हें ऐसा आदेश दिया था। परंतु उन्होंने मेरा साहस तोड़ने का भरपूर प्रयास किया।

ऐसे सतत आक्रमण मुझे हतोत्साहित करते रहे। मेरे भीतर तनाव और थकान बढ़ रहे थे। इन प्रतिकूल परिस्थितियों में आशा कायम रखना मुश्किल हो रहा था। मेरे लिए सबसे कठिन यह सुनना होता था जब मुझे राक्षसियाँ विस्तार से बतातीं कि यदि राम किसी तरह लंका पहुंच भी गए तो ये लोग उन्हें कैसे तड़पा कर मारेंगे। वे अपने जादू से कभी रक्तरंजित राम की छवि बनाते तो कभी मुझे लगता राम ज़मीन पर नीचे पड़े हैं। शूर्पणखा ने इन लोगों को राम के विषय में विस्तार से बताया होगा तभी मुझे राम की छवि नज़र आती थी।

मैं पीड़ादायक क्षणों में अपना ध्यान हृदय-चक्र पर केंद्रित कर लेती। मुझे यही सिखाया गया था। आत्मरक्षा के साथ मानसिक अभ्यास भी जरूरी था। रावण मुख्य रूप से मेरा प्रतिद्वंद्वी था। *उसे पीछा करने दो और अंतिम क्षण पर एक ओर हटकर घुटने को विरोधी की जांघों के बीच जोर से मारो। वह दर्द से झुकेगा तो फिर अंगूठे को उसकी आंखों में घुसा कर उसे अंधा कर दो। अथवा पीछे हटने का दिखावा करो और जब विरोधी तुम पर लपके तो उसकी श्वास नली पर पूरी शक्ति से प्रहार करो। यदि प्रहार सटीक हुआ तो उसकी गर्दन टूट जाएगी।* मुझे नहीं पता था कि मुझे यह अवसर मिलेगा या नहीं, परंतु यदि ऐसा हुआ तो मैं तैयार रहना चाहती थी। अभ्यास पर ध्यान केंद्रित करने से मुझे शांति भी मिलती थी।

राक्षसियों के सो जाने के बाद मैं स्वप्न में इंद्रदेव को याद करती और उनसे राम के बारे में पूछती थी। परंतु मुझे नींद मुश्किल से आती थी अथवा बुरे सपने अधिक आते थे। प्रत्येक सुबह मैं अपनी ही हिम्मत बँधाती थी। मेरे लिए कृतसंकल्प रहना कब तक संभव था, मुझे यह पता नहीं था। रावण ने अपने मायाजाल से रात और दिन, सप्ताह और महीनों को भी मानो अपने नियंत्रण में कर रखा था।

कई बार मैंने सुबह शूर्पणखा को सामने खड़ा पाया। मुझे उसके भीतर प्रवाहित होती घृणा स्पष्ट महसूस होती थी। त्रिजटा ऐसे अवसर पर सदा मेरे पास रहती, ताकि शूर्पणखा मुझे चोट न पहुंचाए। मैं उठकर बैठ जाती और मौखिक या शारीरिक हमले के लिए तैयार हो जाती थी। मुझ पर थप्पड़, धक्का या लात किसी भी रूप में हमला हो सकता था। वह कभी-कभी मेरे चेहरे को पकड़कर जबरदस्ती मेरी आंखों में झांकती थी। मेरे लिए उसे देखना भी कठिन हो जाता, क्योंकि उसकी नाक और कानों की जगह खाली हो चुकी थी। उसकी आंखों से वह भरोसा ओझल हो गया था जो मैंने पंचवटी में देखा था। उसकी आंखें पूरी तरह निर्जीव दिखाई पड़ती थीं। उसे लेकर मेरे मन में ग्लानि पैदा हो जाती थी।

'मैं कुरूप हूँ न?' उसने मुझसे कहा। उसकी आवाज जो पहले मधुर थी, अब फटी-सी सुनाई पड़ रही थी। 'राजदरबार के चिकित्सक मेरे चेहरे के इन छिद्रों को भरना चाहते थे परंतु मैंने मना कर दिया। मेरा भाई जब भी इन्हें देखता है तो उसे मेरे साथ हुआ अन्याय याद आ जाता है और फिर उसके मन में राम के लिए घृणा ताजा और सुदृढ़ हो जाती है।' यह कहकर शूर्पणखा ने मुझे ऊपर से नीचे तक देखा। 'तुम बहुत सुंदर तो नहीं हो। बल्कि तुम दुबले-पतले कौवे जैसी लगती हो। मुझे नहीं पता मेरा भाई तुम से इतना आकर्षित कैसे हो गया।' यह कहकर उसने थूक दिया। उसके मुंह से हरे रंग का थक्का मेरे पैरों पर गिरा। 'तुम्हारा समय समाप्त हो रहा है। रावण ने तुम्हें एक वर्ष का समय दिया है। उसमें से दस महीने बीत चुके हैं।'

'क्या सचमुच इतना समय बीत गया है? अब तक राम का कोई संकेत नहीं आया था। उनका संदेश भी मुझे नहीं मिला। राक्षसियों ने भी राम के विषय में बात करना बंद कर दी थी। शायद उन्हें अब राम से कोई खतरा ही नहीं था। अचानक एक डरावना विचार मेरे मन में उत्पन्न हुआ। क्या मेरे पति ने हिम्मत छोड़ दी थी?

शूर्पणखा ने मुझे देखा तो उसकी आंखें चमक उठीं। वह मेरा मस्तिष्क पड़ सकती थी। 'राम किसी तरह भी तुम्हें यहां से मुक्त नहीं करवा सकता। सच कहूँ तो मुझे नहीं लगता कि वह तुम्हें छुड़ाने का प्रयास कर रहा है। वह शायद अयोध्या लौट गया होगा और उसने दूसरा विवाह भी कर लिया होगा। वह ऐसी स्त्री से संबंध क्यों रखेगा जिसे किसी दूसरे पुरुष ने स्पर्श किया हो। तुम्हारे लिए यही अच्छा होगा कि तुम निर्णय जल्दी ले लो और रावण की पत्नी अथवा मेरी दासी बनना स्वीकार कर लो।' यह कहकर वह मुझे देखकर कुटिल ढंग से मुस्कराने लगी। 'मैं चाहती हूँ तुम मुझे चुन लो। मैं तुम्हें लंबे समय तक ऐसे जीवित रखूंगी कि तुम मुझसे मृत्यु की भीख मांगने लगोगी।'

मुझसे मिलने कभी-कभी सरमा भी आती थी और हम उद्यान में एक साथ घूमते थे। वह मेरा ध्यान हटाने के लिए मुझे लंका की कहानियां सुनाती कि वह जादुई नगरी किस तरह बनाई गई थी, कैसे रावण ने कुबेर से सबकुछ छीना था। राक्षसियाँ सरमा को संदेह से देखतीं और हमारी बातचीत सुनने का प्रयास करती थीं। परंतु सरमा का मायाजाल, राक्षसियों के जादू से अधिक बलशाली था। वह उसने हम दोनों के चारों ओर एक आवरण निर्मित कर लेती जिसे राक्षसियाँ भेद नहीं पाती थीं। वे सरमा को मुझसे मिलने आने से रोकने का प्रयास करतीं, परंतु उन्हें सफलता नहीं मिलती थी। सरमा भी राजपरिवार से थी, परंतु राक्षसियों को पता था कि सरमा की शक्तियां क्षीण हो रही हैं।

सरमा के पास मुझसे से घृणा करने के अनेक कारण थे। मैं उसकी मुख्य समस्या थी। परंतु फिर भी वह मुझसे घृणा नहीं करती थी। ऐसा शायद इसलिए था कि उसके पास बात करने वाला कोई और नहीं था। उसने मुझे बताया कि विभीषण ने मुझे वापस भेजने के लिए रावण पर जोर डाला तो रावण ने विभीषण को अपमानित किया और कहा कि उसके मन में मनुष्यों के प्रति अधिक सहानुभूति है। रावण ने उसे गुप्त रूप से शत्रु की प्रशंसा करने का दोषी माना और यहां तक कह दिया कि वह शत्रुओं की सहायता करके लंका का राज्य हड़पना चाहता है।

'यह कितनी अनुचित बात है!' सरमा ने कहा। 'विभीषण तो लंका का हितैषी है। मुझे डर है रावण किसी दिन उसे यहां से निकाल देगा। विभीषण को पूरा भरोसा है कि लंका में जल्द ही युद्ध होगा।'

यह सुनकर मेरे हृदय में आशा जाग उठी। परंतु मैं चुप रही क्योंकि सरमा बहुत परेशान थी।

'मुझे नहीं पता कि युद्ध हुआ तो क्या होगा। मुझे अपने पुत्र तरणीसेन की चिंता है। वह बहुत छोटा है। यद्यपि वह एक कुशल योद्धा बन सकता है। उसे रावण से बहुत प्रेम है और वह उसके प्रति बहुत निष्ठावान है। यदि युद्ध हुआ तो वह अवश्य रावण की ओर से युद्ध करेगा।'

सरमा की बातों में उसके पुत्र के लिए प्रेम सुनकर मेरे हृदय में पीड़ा होने लगी, क्योंकि मेरी संतान नहीं थी और शायद होगी भी नहीं! मुझे प्रेम में अंतर्निहित विरोधाभास दिख रहा था। प्रेम किस तरह हमारे मन को खुशी से भर देता है, किंतु प्रियजनों के कल्याण की चिंता और कष्ट होने पर दुख से उतना ही व्याकुल भी हो जाता है।

मुझे अच्छा लगा जब सरमा ने मुझसे राम के बारे में पूछा। मैंने उसे बताया कि राम कुशल योद्धा हैं और साथ ही बहुत उदार, करुण और मुझे अत्यंत प्रिय हैं। मैंने उसे वन के रोमांचक अनुभव बताए और कहा कि मुझे राम की बहुत याद आती है। मुझे केवल राम का नाम लेने से संतोष मिलता है। शायद सरमा यह बात जानती थी।

रानी मंदोदरी के आने की मुझे उम्मीद नहीं थी। वह हमेशा अकेली आती, किंतु मुझसे बात नहीं करती थी। वह बस मुझे दूर से देखा करती थी। राक्षसियाँ सिर झुकाकर उसे प्रणाम करती थीं। मैंने उसके उपहार स्वीकार करने से मना कर दिया था। उसके बाद मंदोदरी ने मुझे कोई उपहार नहीं भेजा, परंतु उसे धरती पर बिछे मेरे

बिस्तर और मेरे फटे-पुराने वल्कल वस्त्र देखकर बहुत दुख होता था। वह कई बार मुझे ध्यान से देखती, परंतु मुझे समझ में नहीं आया कि वह क्या देखती रहती थी।

एक रात को वह मुझे बहुत देर तक देखती रही तो मैंने उससे बात करने का निश्चय किया। मुझे नहीं पता था कि ऐसी स्त्री से क्या कहना चाहिए जिसे मेरे भीतर अपना विनाश दिखता था।

'माता मंदोदरी,' मैंने उसे संबोधित किया।

वह चकित रह गई। उसने मुझसे पूछा, 'तुमने मुझे क्या कहा?'

मुझे भी उसका आश्चर्य अजीब लगा। बड़ी आयु की स्त्रियों को माता कहना सामान्य बात थी। मुझे लगा था कि उसे मेरी मंशा पर संदेह नहीं होगा। मेरा उसे माता कहना उसकी आयु या व्यक्तित्व पर कटाक्ष नहीं था। क्या वह ऐसा सोच रही थी कि मनुष्य द्वारा उसे माता कहना कितना उचित था?

मंदोदरी ने ताली बजाई तो त्रिजटा दौड़कर पास आ गई। उसने त्रिजटा से कुछ कहा। उसके बाद सभी राक्षसियाँ वहां से गायब हो गईं। मंदोदरी मेरे निकट आई और उसने मेरे कान में धीरे-से कहा, 'क्या यह सत्य है कि मिथिला के राजा और रानी तुम्हारे असली माता पिता नहीं है? क्या यह सच है कि तुम उन्हें धरती पर पड़ी मिली थी?'

'हां, यह सत्य है,' मैंने दुविधा-भरे स्वर में कहा। मेरे जन्म की परिस्थितियों में रावण की पत्नी को इतनी रुचि क्यों थी? क्या वह मेरे वंश का उपयोग करके रावण को मुझसे विवाह करने से रोकना चाहती थी? मैंने सोचा यदि ऐसा हुआ तो मैं निश्चित तौर पर उसका साथ दूँगी।

वहां जल रही एक मशाल की मंद रोशनी में मंदोदरी की आंखें चमक रही थीं। मुझे एक क्षण के बाद यह आभास हुआ कि उसकी आंखों में आंसू थे।

'क्या तुम्हें किसी ने बताया था कि जब तुम्हारे पिता ने तुम्हें देखा तो तुम्हारे शरीर पर कौन-सा वस्त्र लिपटा था? वह किस रंग का था और किस चीज का बना था?'

वे विचित्र प्रश्न थे। मैंने तत्काल उत्तर दे दिया, 'मुझे रंग का ध्यान नहीं है। परंतु वह बहुत अच्छा रेशमी वस्त्र था। मिथिला के लोग वैसा वस्त्र प्रयोग नहीं करते। मुझे याद है मेरी माँ ने मुझे बताया था कि उन्होंने स्वयं भी ऐसा वस्त्र कभी नहीं देखा था।'

मंदोदरी मेरी बात सुनकर सोच में पड़ गई। फिर वह मेरे सामने नीचे बैठ गई और बोली, 'मैं तुम्हें एक कथा सुनाना चाहती हूँ। यह खतरनाक कहानी है। यदि किसी को यह पता लगी तो मेरा विनाश निश्चित है। परंतु फिर भी मेरा मन

कहता है कि मुझे तुम्हें यह सुना देनी चाहिए। क्या मैं तुम पर भरोसा कर सकती हूँ? क्या तुम मुझे इस कथा को अपने तक सीमित रखने का वचन दे सकती हो?'

मैं यह सुनकर व्याकुल हो गई। परंतु मैंने सिर हिलाकर हामी भर दी और मंदोदरी ने कहना शुरू किया।

मंदोदरी ने कहा, 'अनेक वर्ष पूर्व पहले मैंने एक कन्या को जन्म दिया था। उस बच्ची का जन्म सामान्य ढंग से नहीं हुआ था। मैं उस बारे में अधिक नहीं बोलूँगी, परंतु तुम्हें इतना अवश्य बताती हूँ कि मेरे पति मुझसे बहुत नाराज़ थे। असुरों के पुरोहित ने उस कन्या के ग्रह-नक्षत्र देखकर यह भविष्यवाणी की थी कि वह अपने पिता की मृत्यु और राज्य के विनाश का कारण बनेगी। यह सुनकर रावण को बहुत क्रोध आया और उसने उस बच्ची की हत्या का आदेश दे दिया।

'मैंने रावण से बहुत आग्रह किया, परंतु रावण ने मेरी बात नहीं मानी। उस कन्या को जब मृत्यु देना तय हो गया तो मैंने एक रात पहले उस राक्षस को बुलाया जिसे उस कन्या को मारने का कार्य सौंपा गया था। मैंने उसे इतना धन दिया कि मेरा कोष रिक्त हो गया परंतु मुझे उसकी परवाह नहीं थी। उस राक्षस ने मुझे वचन दिया कि वह कन्या को किसी दूर और सुरक्षित स्थान पर छोड़ देगा।

'मैंने उस बच्ची को एक सुंदर पीले रेशमी वस्त्र में लपेटा जो मैंने उसके सौभाग्य के प्रतीक स्वरूप बनवाया था और उसे राक्षस के हाथ में सौंप दिया। मुझे इतने वर्ष बाद भी उस घटना का दुख है। मुझे लगता है कोई मुझे अंदर से छल रहा है। वह राक्षस उस कन्या को किसी दूर स्थान पर छोड़ आया। उसने मेरी और अपनी सुरक्षा के चलते उस स्थान के विषय में मुझे नहीं बताया। परंतु उसने मुझे यह अवश्य कहा कि वह बच्ची को अच्छी जगह छोड़कर आया था, जहां उसे पूरी आशा थी कि उसे कोई भला व्यक्ति उसे अपने साथ ले जाएगा और अच्छी तरह उसका पालन-पोषण करेगा।

'मैंने यह बात किसी को नहीं बताई। मैंने इसे अपने दिल में ठंडे खतरनाक रहस्य की तरह छिपाकर रखा। रावण ने यह मान लिया था कि वह कन्या मर चुकी थी। कुछ समय बाद वह राक्षस भी मर गया जो उस कन्या को ले गया था। इससे मुझे राहत मिली, क्योंकि फिर मुझे यह विश्वास हो गया कि किसी को उस घटना के विषय में पता नहीं लगेगा। मैंने भी मान लिया कि मैं अपनी पुत्री को फिर कभी नहीं देख पाऊंगी।

मैं सदा उसके बारे में सोचती थी। मुझे नहीं पता वह कैसी दिखती होगी, क्या कर रही होगी, उसका विवाह हुआ या नहीं, उसके बच्चे थे या नहीं। मैं केवल

प्रतिदिन उसकी सुरक्षा के लिए प्रार्थना करती थी। मैं उसे खुश देखना चाहती थी। मुझे पता था कि मुझे इतना नहीं सोचना चाहिए। मुझे यह पता था कि उसे किसी वन या किसी नदी के किनारे छोड़ा गया होगा। वह नवजात थी और हो सकता है, वह मर गई हो।

परंतु मैंने तुम्हें देखा तो मैं सोच में पड़ गई। मैंने देखा कि तुमने कैसे साहसपूर्वक रावण का आदेश मानने से मना कर दिया, हालांकि वह चाहता तो तुम्हें मार सकता था। रावण ने इतने वर्षों में मेरी हिम्मत तोड़ दी है अन्यथा मैं भी बिल्कुल तुम्हारे जैसी थी। मैं हर रात तुम्हें यहां आकर सोते हुए देखती हूँ और जितना अधिक तुम्हें देखती हूँ, उतना ही अधिक मुझे विश्वास होता जाता है कि तुम ही मेरी पुत्री हो। तुम जिस तरह बाईं ओर करवट लेकर पैरों को छाती से लगाकर सोती हो, मैं भी उसी तरह सोती हूँ। यह मेरी पुरानी आदत है जिसे मैं छोड़ नहीं पाई, हालांकि रावण को मेरा सोने का यह तरीका पसंद नहीं है।'

मुझे मंदोदरी की काल्पनिक कहानी पर जरा-भी विश्वास नहीं हुआ। हालांकि वह चाहती थी मैं उसे सत्य मान लूं। शायद इससे उसके मन की ग्लानि कुछ कम हो जाती।

'मेरा मन आज भी दो हिस्सों में बँटा है,' मंदोदरी ने कहा, 'मुझे प्रसन्नता है और साथ ही, भय भी लगता है। मैं यह निर्णय नहीं कर सकी कि मुझे रावण को यह बात कहनी चाहिए अथवा नहीं।'

'आप रावण को यह बता क्यों नहीं देती?' मैंने कहा, 'हो सकता है ऐसा करने से मेरे प्रति रावण का दृष्टिकोण बदल जाए। इसमें थोड़ा खतरा अवश्य है, क्योंकि यदि उसे यह विश्वास हो गया कि मैं ही उसकी शापित कन्या हूँ तो वह निश्चित तौर पर मुझे मार डालेगा। परंतु यह इस अनंत कष्ट से फिर भी बेहतर होगा।' इसमें यह आशा भी थी कि वह मंदोदरी की बात मानकर मुझे राम के पास वापस भेज सकता था। हालांकि इसकी संभावना बहुत कम थी, परंतु यह प्रयास करने में कोई बाधा नहीं थी।

मंदोदरी नीचे देखने लगी। 'मुझे यह सोचकर भय लगता है कि इतने बड़े अपराध के बदले पता नहीं रावण क्या करेगा, क्योंकि मैंने न केवल उसका विरोध किया बल्कि पूरे राज्य को संकट में डाल दिया था। तुमने रावण का क्रोध अभी देखा नहीं है। वह क्रोधित होता है तो पूरी पृथ्वी कांपती है और देवता भी मुंह छिपाकर गायब हो जाते हैं। उसने मुझे मृत्युदंड दिया तो मैं उसे सहन कर लूंगी। हालांकि यह उसके लिए बहुत सरल दंड है। वह इस बात की परवाह नहीं करेगा कि मैं उसकी पत्नी हूँ। वह मुझे बंदीगृह में भी डाल सकता है। तुमने यहां के बंदीगृह और उनकी देखभाल करने वाले लोग नहीं देखे। मैंने उनको देखा है, वे अत्यंत भयानक शारीरिक

और मानसिक कष्ट देते हैं। लोग कहते हैं, रावण के बंदीगृह, नरक के समान हैं और मुझे इस पर पूरा विश्वास है। मैं क्षमा चाहती हूँ किंतु मुझमें इतना साहस नहीं है और मैं इतना कष्ट नहीं सह सकती। मुझे क्षमा कर दो। मैं तुम्हारे लिए जीवन आसान करना चाहती हूँ। मैं यहाँ की सुरक्षा करने वाले राक्षसों से कह सकती हूँ कि तुम्हारे साथ दयालुता का व्यवहार करें।

मैं तुम्हारे साथ बलपूर्वक व्यवहार कर सकती हूँ, क्योंकि इतनी शक्ति अभी मेरे पास है।'

यह कहकर मंदोदरी ने मुझे गले लगाने के लिए बाँहें आगे फैला दीं। उसके चेहरे पर प्रेम की भूख थी।

मैं घृणा से पीछे हट गई। 'तुम्हारी इस कल्पना से मेरा कुछ संबंध नहीं है। तुमने जिस बच्ची को मरने के लिए छोड़ा था, मैं वह कन्या नहीं हूँ। तुम अपनी ग्लानि को कम करने के लिए मेरा उपयोग नहीं कर सकती। मेरा तुम्हारे पति से भी कोई संबंध नहीं है। मैं सिर्फ इतना ही जानती हूँ कि उसने छलपूर्वक मेरा अपहरण करके मेरा जीवन नष्ट कर दिया। मेरी नसों में राक्षसों का खून है, यह सोचने से पहले मैं मर जाना पसंद करूँगी।'

मैंने अपने हृदय को इतना कठोर बना लिया था कि मैं और कुछ सुनना नहीं चाहती थी। मंदोदरी ने आगे कुछ नहीं कहा। वह मुझसे बात अथवा मुझे स्पर्श किए बिना चली गई। मैं यह स्वीकार करती हूँ कि मंदोदरी रानी बनने के योग्य थी। वह फिर कभी मेरे पास नहीं आई, हालांकि मेरे विचार से वह रात्रि के समय अशोक वाटिका में छिपकर मुझे देखती थी।

मैंने अनेक बार दिमाग से उस कथा को निकालने का प्रयास किया परंतु वह कथा मुझे परेशान करती रही। मेरे दिमाग में नए-नए प्रश्न उठने लगे। क्या यह सचमुच विचित्र था कि राजा जनक ने मुझे एक ऐसे अनमोल वस्त्र में लिपटा पाया था जो मिथिला वासियों ने कभी नहीं देखा था? कुछ लोग कहते हैं, मुझे देवता खेत में छोड़ गए थे। परंतु क्या यह संभव है कि मुझे कोई और प्राणी वहां छोड़ गया हो? मैंने उस वस्त्र का रंग याद करने का बहुत प्रयास किया लेकिन वह मुझे याद नहीं आया। शायद यही ठीक था।

हालांकि मंदोदरी के बारे में सोचने से मुझे चिढ़ महसूस हो रही थी, परंतु मैं उसके बारे में सोचने से स्वयं को रोक नहीं पाई। जैसे-जैसे दिन बीते, मेरे मन में मंदोदरी के लिए सहानुभूति पैदा होने लगी। मुझे इस बात से भी चिढ़ होने लगी। यदि मेरे मन में उसके प्रति घृणा उत्पन्न हो जाती तो बेहतर होता। मुझे रात्रि के अंधकार में भी मंदोदरी का विचार आने लगा। उसने किस प्रकार अपनी नवजात पुत्री को भारी मन से राक्षस के हाथों में सौंपा होगा। फिर उसने राक्षस को रत्नों

से भरा थैला और कुछ निर्देश दिए होंगे। मेरे इच्छा के विरुद्ध मुझे दुख हो रहा था। मुझे मंदोदरी का दुख भी महसूस होने लगा। वह वर्षों उस खतरनाक और ग्लानि-भरे क्षण को याद करती रही थी और अब उसका सबसे बड़ा दुखी यह था कि वह मुझे देखकर वही बात सोचती रहती थी। वह रावण को यह बात नहीं बता सकती थी क्योंकि रावण एक ऐसी स्त्री के प्रेम में पड़ गया था, जो उसकी पुत्री हो सकती थी!

# 21

मुझसे मिलने बहुत-से लोग आते थे किंतु सबसे अधिक परेशानी मुझे रावण के आने से होती थी। वह कभी-कभी राजसी वेशभूषा में आता था। उसके दस सिर थे और प्रत्येक पर चमचमाता मुकुट रखा दिखाई पड़ता था। उसके साथ दरबारी, संगीतकार, नर्तक होते थे और मूल्यवान उपहार आदि से भरे बर्तन आदि हाथ में लिए दासियाँ होती थीं। मैंने ऐसी वस्तुएँ पहले नहीं देखी थीं। वह इंद्र के दरबार के स्वतरू बजने वाले वाद्य-यंत्र भी साथ लाता था। उनसे मधुर संगीत निकलता था। उसके बगीचे के माली अपने साथ ऐसे पौधे लाते जिनके नाम तक मुझे पता नहीं थे। रावण को किसी तरह पता लग गया कि मुझे पौधों से प्रेम था। इसलिए उसने अशोक वृक्ष के आस-पास एक से एक सुंदर और सुगंधित पौधे लगा दिए थे। मुझे बताया गया कि उनमें से कुछ हिमालय पर्वत से लाए गए थे। वह मुझे यह संकेत देना चाहता था कि यदि मैंने उसकी पत्नी बनना स्वीकार कर लिया तो वह मुझे इसी तरह के अनेक मूल्यवान उपहार देगा।

मैं अपनी आंखें मूँदकर उसकी ओर पीठ कर लेती थी। मैं अशोक वृक्ष के तने में मुंह छिपाकर उसकी सहानुभूतिपूर्ण स्थिति को महसूस कर पाती थी। मैं अँगुलियों से अपने कान बंद कर लेती, परंतु उसका लाभ नहीं होता था। उसका असुरी जादू कुछ ऐसा था कि उसके शब्द सीधे मेरे मस्तिष्क में उतर जाते थे।

वह हर बार जाते समय बड़े शांत और मधुर भाव से मुझे उसकी रानी न बनने तथा उसके साथ न सोने के परिणाम गिनवाता था। मेरे साथ बलपूर्वक यौनाचार करना, मुझे अपनी राक्षसियों का भोजन बना देना, मुझे शूर्पणखा को सौंप देना, मुझे पानी में डुबोकर धीरे-धीरे मारना, लंका की रक्षा करने वाले विशाल जीव-जंतुओं द्वारा मेरे शरीर के टुकड़े करके खाना, मेरे शरीर के टुकड़े करके उन्हें राम के

पास भेजना। मैं यह मानती हूँ कि मेरे लिए प्रत्येक दृश्य बहुत भयानक था। वह मुझे यह सब बातें सम्मोहित करने वाले स्वर में कहता था। मैंने मंत्रोच्चारण द्वारा अनेक बार उसके शब्दों के प्रभाव से बचने का प्रयास किया। मैंने वह मंत्र अयोध्या के राजमहल में सीखा था। *सीताराम, सीताराम, सीताराम।* परंतु राज्याभिषेक का दिन आया ही नहीं!

कई बार रावण अकेला आता था। वह इतने साधारण वस्त्रों में होता कि उसे कोई भी देखता तो किसी छोटी-सी नगरी से आया गृहस्थ समझने की भूल कर सकता था। वह मेरे आसपास तैनात राक्षसियों को भेज देता और मुकुट उतारकर नीचे बैठ जाता था। वह मुझे डराता या मुझसे याचना नहीं करता था। वह मुझे अपने जीवन की कथाएं सुनाता था। उसने मुझे बताया कि उसने और उसके भाइयों ने कैसे-कैसे कष्ट उठाए, उन्हें कई बार भूखा सोना पड़ता था। उसकी छोटी बहन रोती थी, क्योंकि उसके पिता ने उसकी माँ को छोड़ दिया था। ऋषि विश्रवा उसके पिता थे। सरमा के परिवार वालों ने भी सहायता नहीं की, क्योंकि वह पहले से ही उसके विवाह का विरोध करते आए थे।

आखिर, रावण की माँ अहंकार छोड़ अपने बच्चों को लेकर कुबेर के पास सहायता के लिए पहुंची। कुबेर के पास अथाह धन-संपत्ति थी और वह देवताओं का कोषाध्यक्ष था। वह चाहता तो एक क्षण में उनका जीवन बदल सकता था। परंतु कुबेर ने भी रावण की माँ का अपमान किया और उसे रावण की रखैल बताया तथा उसके बच्चों को अवैध संतान घोषित कर दिया। माँ के दुखी चेहरे और रोते-बिलखते भाई-बहनों को देखकर रावण उस समय पूरी बात नहीं समझा परंतु उसका हृदय टूट गया। उसने दुखी स्वर में देवताओं को सहायता के लिए पुकारा और उनसे कुबेर को दंड देने का आग्रह किया। परंतु देवताओं ने भी उसकी बात को अनसुना कर दिया।

'मेरी नसों में प्रतिशोध धड़कने लगा,' रावण ने अतीत को याद करते हुए कहा। वह भूल ही गया था कि मैं उसकी बात सुन रही थी। 'मैंने कुबेर से अधिक शक्तिशाली बनने का निश्चय किया। मैंने प्रण किया कि मैं कुबेर से उसका राज्य और धन वैभव छीन लूंगा। देवताओं ने भी मेरे परिवार की उपेक्षा की थी, इसलिए मैंने उन्हें भी सबक सिखाने का प्रण किया। मैंने हिमालय पर्वत पर ब्रह्मा की कठोर तपस्या शुरू कर दी। मैं बर्फ से ढँके पहाड़ों पर एक पैर पर कई वर्षों तक खड़ा रहा। मैंने आखिर निराश होकर अग्नि प्रज्ज्वलित की और एक-एक करके अपने सिर काटकर अग्नि में अर्पित करता गया। अंत में मेरा केवल एक सिर बाकी था। मैं उसे भी काटने वाला था, क्योंकि मुझे लगा कि ऐसे सामर्थ्यहीन जीवन का कोई लाभ नहीं है।'

मैंने अपनी फटी साड़ी में मुँह छिपा रखा था फिर भी मैं रावण की बातें ध्यान से सुन रही थी। मैं कल्पना करने लगी कि ब्रह्मा किस तरह प्रकाश-पुंज से निकल कर आए होंगे और उन्होंने अपने प्राण गँवाने बैठे उस युवक को वरदान दिया होगा। रावण अजेय होना चाहता था। उसे असीमित शक्ति चाहिए थी, जिसके समक्ष देवता भी नतमस्तक हो जाएं। उसे अमरत्व छोड़कर और सबकुछ पाने की इच्छा थी। रावण ने स्वर्गलोक पर आक्रमण किया। असुरों के साथ देवताओं का घमासान युद्ध हुआ और आखिर रावण ने इंद्र से उसका सिंहासन छीन लिया। मुझे इंद्र के बारे में सुनकर दुख भी हुआ। हालांकि इंद्रदेव मेरे लिए सुधा-अमृत लाए थे, किंतु मुझे इंद्र की नैतिकता तथा स्वर्ग पर शासन करने की उनकी योग्यता पर संदेह था। उन्होंने अपने वचनानुसार मुझे स्वप्न में भी दर्शन नहीं दिए थे।

रावण ने कहा, 'मैं चाहता तो इंद्र के सिंहासन पर रहकर स्वर्ग पर शासन कर सकता था। परंतु मैं ऊब गया था। मुझे पृथ्वी की याद आती थी। मुझे यहां के पेड़, बादल और पक्षियों का चहचहाना, हवाएं, समुद्र और चमकता सूरज पसंद था। फिर मैं लंका पहुँचा और मैंने किसी बच्चे के हाथ से जैसे खिलौना छीना जाता है, उसी तरह कुबेर से उसकी लंका छीन ली। मैंने लंका को पहले से अधिक सुंदर स्वरूप प्रदान किया। मैं एक अच्छा और न्यायप्रिय राजा सिद्ध हुआ। मेरी प्रजा मुझसे डरती है, लेकिन मेरे लोग मुझसे प्रेम भी करते हैं। मैंने कभी स्वप्न में भी इस अपार धन-वैभव और इतनी पत्नियों की कल्पना नहीं की थी। मैं केवल आक्रमण करने अथवा अपने पिता से मिलने के लिए ही लंका छोड़ता हूँ। भगवान शिव मेरे इष्ट हैं जो कैलाश के हिमाच्छादित शिखरों पर रहते हैं।

'और हां, एक बार मैं पत्नी की तलाश में मिथिला भी गया था।'

ओह, इसे वह बात याद है। परंतु यह मुझे इतना कुछ क्यों बता रहा है? क्या इसे मेरी सहानुभूति चाहिए? हालांकि विश्वास नहीं होता किंतु क्या उसे अपने शानदार महल, अपार धन-वैभव और असंख्य सुंदरियों के बीच भी अकेलापन महसूस होता है? अथवा इसे आत्ममंथन करने और अपने असाधारण जीवन पर पुनर्विचार करने का यह अवसर मिला है?

उसकी आवाज में आकर्षण था जिसके कारण मैं उसे सुनने पर विवश थी। परंतु मैं यह स्वीकार करने से पहले मर जाऊँगी कि मेरे मन में रावण लिए तनिक भी सहानुभूति पैदा हुई थी।

लेकिन मैं उससे घृणा क्यों नहीं कर पा रही थी?

रावण ने आगे कहा, 'मैं एक बार कैलाश गया और मैंने अपने इष्टदेव भगवान शिव को लंका आने का निमंत्रण दिया। मैं उनके साथ समय बिताना चाहता था। मुझे लगा कि लंका का मौसम कैलाश से अच्छा है, तो उन्हें भी लंका में रहना पसंद

आएगा। मेरा अहंकार इतना बढ़ गया था कि मैं कैलाश पर्वत को उखाड़कर, शिव और पार्वती सहित उसे लंका ले जाना चाहता था। मैंने पहाड़ का केवल एक कोना उठाया था कि तभी महादेव ने मेरा अहंकार तोड़ने के लिए अपनी पैर की अँगुलि को धीमे-से दबाया। ऐसा करने से मैं कैलाश के नीचे ही दब गया। मुझे भयंकर पीड़ा हुई जिसका मैं वर्णन नहीं कर सकता। वह कष्ट युद्ध के घावों से भी अधिक था। हालांकि भगवान शिव ने जो किया, वह सही था।

'मैं हताश हो गया था। पर्वत के नीचे दबकर मेरी हड्डियां चूर-चूर हो गई थीं। मैंने भगवान से प्रार्थना की और उनकी स्तुति में एक गीत की रचना की। मैंने उस गीत में ब्रह्मांड के सबसे बड़े नर्तक भगवान शिव और उनकी शक्ति का वर्णन किया था। उसे सुनकर शिव प्रसन्न हो गए और उन्होंने मुझे क्षमा कर दिया।'

इसके बाद रावण उस गीत के शब्द गुनगुनाता हुआ रात के अंधकार में ओझल हो गया। वह मानो मेरी उपस्थिति को भूल ही गया था। परंतु उसके शब्द मेरे कानों में गूंजते रहे। मैं उस गीत में उभरी शानदार छवि तथा अपार सौंदर्य की प्रशंसा करने पर विवश हो गई थी।

*जटाटवीगलज्जल प्रवाहपावितस्थले गलेवलम्ब्य लम्बितां भुजंगतुंगमालिकाम्...*

असुरों के राजा के स्वभाव में कितना विरोधाभास था!

उस रात मुझे शिव के नृत्य का सपना आया। उनके उलझे केश चेहरे पर सर्प के समान झूल रहे थे। उनके गले में पड़ी सर्प-मालाएं और ढोल की आवाज मनमोहक थी। वह अपनी इच्छा से संसार की रचना अथवा उसका विनाश कर सकते थे। मैं कुछ भूल गई थी जो मुझे फिर से याद आ गया। शिव-धनुष ने मुझे वचन दिया था कि भगवान हताशा की समय मेरी सहायता करने अवश्य आएंगे।

*'आप कहां हैं?'* मैंने मन से उन्हें पुकारा। 'मुझे आपकी आवश्यकता है। *कृपया जल्दी आइए।'*

उस रात बहुत समय बाद मुझे पूर्ण चंद्रमा का दर्शन हुआ। मुझे नहीं पता वह राक्षसी अंधकार को भेदकर कैसे बाहर आया था। परंतु मैं उसकी आभारी थी। मैं उसे बहुत देर देखती रही। मुझे राम के साथ वन में बिताई रातें याद आने लगीं, जब हम एक-दूसरे के निकट रहकर प्रेमपूर्वक समय व्यतीत करते थे। मेरे पति की त्वचा, चंद्रमा की रोशनी में चमकती थी। हम बहुत देर तक बातचीत करते थे। हमारी बातें राजनीति, राज्य-प्रबंधन, पति-पत्नी की भूमिका और अगले दिन के भोजन के विषय में होती थीं। हम किसी से प्रेम करते हैं तो हम क्या बातचीत करते हैं। उससे कोई अंतर नहीं पड़ता। सबकुछ अच्छा लगता है। मेरा हृदय राम का साथ पाने

को तड़प रहा था। मेरे सुधा-पान के बावजूद मेरा मन अनेक तरह की क्षुधाओं से पीड़ित था।

मुझे यह भी नहीं पता था कि मुझे लंका में बंदी रहते हुए कितने माह बीत चुके थे। परंतु यह पता था कि एक वर्ष का समय समाप्त होने वाला है। उसके बाद मेरे भाग्य का निर्णय होना था।

मैं मन में रो रही थी, क्योंकि मैं राक्षसियों को खुद को रोते हुए देखने का संतोष नहीं प्रदान करना चाहती थी। 'हे राम, क्या मैं आपको फिर कभी देख पाऊंगी?' मुझे इसमें संदेह नहीं था कि राम मुझसे बहुत प्रेम करते थे। परंतु राक्षसियाँ जिस तरह रोज मेरा मजाक उड़ाती थीं, उसे देखते हुए मुझे अपनी मुक्ति की संभावनाएं कम नज़र आ रही थीं। 'राम निस्संदेह मनुष्यों में श्रेष्ठ हैं, फिर भी वह केवल मनुष्य ही तो हैं।'

मुझे कुछ दूरी पर उत्सव का संगीत सुनाई पड़ रहा था। वह विवाह की आवाज थी। कम से कम मैंने यही आशा की, क्योंकि किसी भी अन्य संभावना का अर्थ, बुरा समाचार हो सकता था।

परंतु वह विवाह का स्वर नहीं था। मुझे जिसका डर था वही हुआ। वह रावण के आगमन की सूचना थी। वह फिर से मुझे मनाने आया था। मैंने अपना मुंह दूसरी ओर घुमा लिया और पेड़ से सिर लगाकर बैठ गई। अशोक-वृक्ष में हल्का-सा कंपन हुआ। हम दोनों को अशुभ समाचार का आभास हो गया था।

रावण के बोलते ही मैं समझ गई। उसकी जबान लड़खड़ा रही थी। वह मदिरापान करके आया था।

मुझे राक्षसियों की बातों से पहले पता लग गया था कि रावण मदिरापान करता था। वे बताती थीं कि मदिरापान के बावजूद रावण की बुद्धि, उसके युद्ध-कौशल और यहां तक काम-शक्ति पर भी दुष्प्रभाव नहीं पड़ता था। परंतु उस रात रावण के बोलने के ढंग से मैंने जाना कि राक्षसियाँ रावण को उस रूप में देखने की अभ्यस्त नहीं थीं।

'सीता का मुंह मेरी ओर घुमाओ। मैं इससे बात कर रहा हूँ। मेरी उपेक्षा करने की इसकी हिम्मत कैसे हुई?'

रावण के आदेश का पालन करने में राक्षसियों को खुशी हो रही थी। एक ने मेरा कंधा पकड़ा और बुरी तरह घुमा दिया। उसे मेरी त्वचा छिल जाने की चिंता नहीं थी। दूसरी राक्षसी ने मेरी ठुड्डी को पकड़ा और तीसरी ने मेरी पुतलियों को जबरदस्ती खोल दिया। उन्होंने मुझे रावण की ओर देखने पर विवश कर दिया था। रावण राजसी वेशभूषा में अपनी सैंकड़ो पत्नियों और राक्षसियों को साथ लेकर आया था। यहां तक कि उसकी प्रहरी यक्षणियाँ भी साथ आई थीं।

रावण लाल आंखों से टकटकी लगाए मुझे घूर रहा था। उसकी वासना देखकर मुझे भय लग रहा था। मैं अपनी फटी साड़ी के प्रति बहुत सजग थी, क्योंकि उससे मेरा वक्ष मुश्किल से ढँका हुआ था।

रावण ने कहा, 'सीता, तुम आखिर कौन हो? तुम साधारण मनुष्य नहीं हो सकतीं। क्या तुम जादूगरनी हो, जिसे इंद्र ने मुझे उन्नत करने को भेजा है? क्या तुम पाताल से आई चुड़ैल हो? तुमने मेरे हृदय को कैद में जकड़ लिया है। मैं दिनभर केवल तुम्हारे विषय में सोचता हूँ। मैं अपनी प्रजा तक पर ध्यान नहीं दे पाता जिससे राज्य को कष्ट हो रहा है। मैंने तुम्हें लौटाने से मना कर दिया। इसके कारण मेरे बहुत-से दरबारी और यहां तक कि मेरा छोटा भाई मुझसे नाराज़ हो गया है। मेरी रातें बहुत मुश्किल से कटती है। मैं स्वर्ग की सुंदर अप्सराओं के साथ लेटने पर भी केवल तुम्हारी कल्पना करता हूँ। मुझे तुम्हें इन वस्त्रों में देखकर दुख होता है। तुम्हारे बाल उलझे हैं और रूखे हो गए हैं। तुम ठंडी कठोर ज़मीन पर सोती हो। तुम मेरा दिया उपहार स्वीकार नहीं करती। इसके बावजूद तुम मेरे महल की सुंदर स्त्रियों से अधिक सुंदर दिखती हो। मेरे इस दुख का अंत कर दो। मेरी रानी, लंका की रानी बन जाओ! मेरे दिल की रानी बन जाओ। तुम्हारे एक संकेत पर मैं सब रानियों को त्याग दूंगा और फिर किसी स्त्री की ओर दृष्टि उठाकर नहीं देखूंगा। प्रिय, मुझे अपने आलिंगन में लेकर, उस शारीरिक सुख की कल्पना करो जिसके विषय में तुम्हारा पति कुछ नहीं जानता।'

रावण की बातों से उसकी जो छवि मन में उभरी उससे मेरा गला भर आया। 'राम मेरा संसार हैं,' मैंने कहा। मैंने प्रत्येक शब्द बहुत ध्यान से बोला। 'मैंने उन्हें सदा के लिए अपना हृदय दिया है। मैं यदि चाहूँ तो भी किसी अन्य मनुष्य, देवता या असुर के साथ आनंद की कल्पना नहीं कर सकती।'

मुझे इतना कहकर रुक जाना चाहिए था। परंतु चंद्र के प्रभाव से मेरे भीतर उन्माद उमड़ रहा था। मैंने ज़मीन पर थूक दिया और कहा, 'तुमने यह कैसे सोच लिया कि मैं तुम्हारी ओर स्वेच्छा से देखूंगी? तुमने यह कल्पना भी कैसे कर ली कि मैं तुम्हारा स्पर्श स्वीकार कर सकती हूँ? यदि राम सिंह हैं, तो तुम कुत्ते के समान हो। यदि राम सुगंधित चंदन का लेप हैं, तो तुम गंदी नाली की कीचड़ हो। यदि राम...'

'बस, बहुत हुआ!' रावण जोर से चिल्लाया। ऐसा लगा मानो पृथ्वी दो भागों में बँट जाएगी। मेरे आसपास खड़ी राक्षसियाँ डरकर ज़मीन पर गिर पड़ीं। मैंने नज़र उठाई तो देखा कि रावण के दसों सिर बाहर निकल आए थे। वह अपने आकार से दो गुना हो गया था। उसने एक काला चमकता कवच पहन रखा था। उसका प्रत्येक सिर मुझे क्रोध से घूर रहा था और दाँत किटकिटा रहे थे। उसने एक बड़ी-सी घुमावदार चमकती तलवार निकाली। 'मैंने निश्चय कर लिया है कि यदि मैं तुम्हें प्राप्त

नहीं कर सकता तो तुम किसी की नहीं हो पाओगी। मैं इसी समय तुम्हारा वध कर दूंगा और तुम्हारे शरीर को श्मशान के सियारों के सामने डाल दूंगा। वह उसे नोंच खाएंगे और तुम्हारा अंतिम संस्कार भी नहीं हो पाएगा। फिर तुम्हारी आत्मा सदा के लिए लंका में भटकती रहेगी और तुम सदा दुखी रहोगी। मैं इस कष्ट से हमेशा के लिए मुक्त हो जाऊंगा।'

मैंने आंखें बंद कर लीं। मेरा शरीर अकड़ गया था, परंतु इस बात का संतोष था कि मुझे जिस क्षण की प्रतीक्षा थी, वह आ पहुंचा था। मृत्यु के बाद मुझे लगातार होने वाले इस कष्ट से हमेशा के लिए मुक्ति मिल जाएगी और राम को मेरे लिए अपना जीवन संकट में नहीं डालना पड़ेगा। मुझे केवल यह दुख था कि मैं अपने प्रिय राम को एक बार देखने से पहले मर जाऊंगी। मैं उन्हें यह नहीं बता सकूंगी कि मैंने कितना कष्ट सहन किया और मैं उनके प्रति अंत तक निष्ठावान रही।

कहते हैं, मृत्यु के समय हम जो सोचते हैं, अगले जन्म में उसी के साथ हमारा मिलन होता है। मैंने अपने हृदय को राम पर केंद्रित कर लिया। यह मेरे लिए अपने अंतिम संस्कार के बारे में सोचने से बेहतर था। मैंने राम को और उनके साथ बिताए सुखद क्षणों को याद किया।

दुर्भाग्य से हमें इस जीवन में अलग होना पड़ा, मैंने मन में कहा, परंतु मैं अगले जन्म में भी आपकी पत्नी बनना चाहती हूँ। मेरे लिए इससे बेहतर नियति दूसरी नहीं हो सकती। मैं दिए में जलती लौ के समान आपसे अलग नहीं हो सकती।

मैं विचारों में इतना खो गई कि मुझे आसपास की परिस्थितियों से अनभिज्ञ रही। तभी मुझे एहसास हुआ कि मैं जीवित थी। रावण की भयावह तलवार ने मेरा सिर, धड़ से अलग नहीं किया था। ऐसा कैसे हुआ?

मैंने आंखें खोली तो देखा की मंदोदरी, रावण के साथ झगड़ रही थी।

यह यहाँ कब आई और आज क्यों आई है? रावण के अन्य पत्नियों की तरह मंदोदरी, रावण के साथ मुझसे मिलने नहीं आती थी। रावण के मन में मंदोदरी के लिए आदर था। उसने कभी मंदोदरी की प्रतिष्ठा को ठेस नहीं पहुंचाई।

'स्वामी, ऐसा मत कीजिए!' मंदोदरी की सांस फूल रही थी। वह याचना कर रही थी। उसकी रत्नजड़ित साड़ी अस्त-व्यस्त हो गई थी। 'आप महान योद्धा हैं। एक असहाय और अबला स्त्री की हत्या करना आपको शोभा नहीं देता। मैं मानती हूँ कि इसने आपको परेशान किया है लेकिन इसे मारने से आपकी तीनों लोकों में प्रतिष्ठा सदा के लिए नष्ट हो जाएगी। यहां तक कि आपके पूर्वज भी कुपित हो जाएँगे। मैं आपसे प्रार्थना करती हूँ कि आप अपने अस्तित्व का ध्यान कीजिए। आप पृथ्वी पर सबसे बड़े राज्य के शासक हैं। आपने इंद्र को पराजित किया है और आप शिव के भक्त हैं। आप वेदों के ज्ञाता हैं। आपको अपनी योग्यता के अनुसार

व्यवहार करना चाहिए। आपने सीता को एक वर्ष का समय दिया है। आपको यह वचन तोड़ना नहीं चाहिए। एक वर्ष पूरा होने के बाद आप जो चाहें, इसे दंड दे सकते हैं। मैं आपकी शुभचिंतक और आपके पुत्र की माँ होने के नाते आपसे प्रार्थना करती हूँ और यह वचन मांगती हूँ।' यह कहकर मंदोदरी, रावण के सामने हाथ जोड़कर घुटनों के बल बैठ गई।

मैं और अशोक वाटिका के प्रत्येक प्राणी, सांस रोककर यह दृश्य देख रहे थे।

एक लंबे अंतराल के बाद रावण ने हाथ में पकड़ी तलवार पास खड़ी यक्षिणी को दे दी। उसने गहरी सांस ली और वह अपनी सामान्य वेशभूषा और आकार में लौट आया। उसने नीचे झुककर मंदोदरी को उठाया और कहा, 'तुम मेरी सर्वश्रेष्ठ और सर्वाधिक विश्वासपात्र और सलाहकार हो। तुम जानती हो मेरे हृदय में तुम्हारे लिए विशेष स्थान है। मैं कई बार तुम्हारी बात नहीं मानता लेकिन आज मानूंगा। मैं तुम्हारा आभारी हूँ कि तुम्हारी वजह से सीता सुरक्षित है।' फिर रावण ने मेरी ओर क्रोध से देखा और मंदोदरी की कमर में हाथ डाल उसे साथ लेकर वाटिका से निकल गया।

मंदोदरी ने भी मुझे जाते हुए मुड़कर देखा। उसका देखने का तरीका बहुत रहस्यमयी और उलझन-भरा था। परंतु उसमें प्रेम और पीड़ा का पुट भी था। मैं उसका कारण जानती थी। मेरे जन्म से संबंधित सत्य कुछ हो, परंतु मंदोदरी मुझे अपनी पुत्री मानने लगी थी, जिसे लेकर उसके मन में ग्लानि व्याप्त थी। उसे पता था कि मेरी उपस्थिति से उसके राज्य और पति पर संकट मंडरा रहा है। वह रावण से प्रेम करती थी, हालांकि उसने अनेक स्त्रियों को लंका में रखा हुआ था। कई बार प्रेम की नदी जटिल रास्तों से होकर बहती है। वह मेरी सुरक्षा का भी हर संभव प्रयास कर रही थी। उसे यह भी डर सता रहा था कि यदि वह इस कार्य में असफल हो गई तो रावण अनजाने में अपनी ही पुत्री के साथ संभोग कर बैठेगा। क्या उस मौके पर, मंदोदरी में इतना साहस होगा कि वह रावण को सच बता दे और फिर उसके क्रोध का सामना कर सके?

विधाता ने प्रेम की प्रकृति को इतना जटिल क्यों बनाया? एक प्रेम का दूसरे प्रेम के साथ संघर्ष क्यों होने लगता है?

# 22

मुझे उम्मीद थी कि रावण और मंदोदरी के जाने के बाद वहां शांति हो जाएगी। लेकिन ऐसा नहीं हुआ। कुछ ही देर में राक्षसियों का एक और समूह आ पहुंचा। उन्हें अवश्य मुझे अधिक कष्ट देने का निर्देश मिला होगा, क्योंकि उन्होंने आते ही अपशब्द कहने और मारना व छेड़ना शुरू कर दिया। कुछ ही देर में मेरे पूरे शरीर पर चोट लग चुकी थी। वे मुझसे नाराज़ थीं, क्योंकि मैंने उनके राजा का अपमान किया। उस वस्तु को अस्वीकार कर दिया जिसके विषय में वह सदा चर्चा करती थीं: रावण का प्रेम। आखिर वह मेरे मौन की शक्ति के सामने थक गईं। उन्हें लगा वह किसी वृक्ष पर मुक्के या धरती पर लातें मार रही थीं। उन्हें बहुत हताशा हुई। फिर वे सब सोने चली गईं और जोर से खर्राटे लेने लगीं। सबको पता था कि मेरे वहाँ से भागने की कोई संभावना नहीं थी।

उनके सो जाने के बाद मेरा रोना छूट गया। मैं दबी आवाज में रोने लगी। मेरे मुंह से सुबकी निकल जाती थी। 'हे राम,' मैंने धीरे से कहा, 'मैं थक चुकी हूँ। मैं आज भी आपसे उतना ही प्रेम करती हूँ जितना हमारे विवाह के दिन करती थी, जितना प्रेम करती हूँ, बल्कि उससे भी अधिक करती हूँ, क्योंकि हमने बहुत समय साथ बिताया है। परंतु अब मुझमें शक्ति नहीं है। मुझे आपकी ओर से संकेत चाहिए। मुझे आशा बँधाए रखने के लिए कुछ दीजिए।'

तभी मेरे ऊपर वृक्ष की शाखाओं में हल्की-सी हलचल हुई। मैंने ऊपर देखा तो दो छोटी-छोटी चमकती आंखें मुझे देख रही थीं। मैं घबराकर कूद पड़ी। मेरा शरीर अकड़ने लगा। यह कैसा नया जादू था?

वृक्ष पर बैठे उस प्राणी ने पेड़ की शाख को थोड़ा-सा हटाया। वह बिल्कुल भयभीत नहीं था। उसे मेरे डर जाने की चिंता अवश्य थी। मैंने ध्यान से देखा कि

वह एक बहुत छोटा बंदर था। मैंने इतना छोटा वानर पहले कभी नहीं देखा था। वह अत्यंत भोला-भाला लग रहा था। मैं हाथ आगे बढ़ाती तो शायद वह मेरी हथेली पर बैठ जाता।

वानर ने अपने होठों पर अँगुली रखकर मुझे शांत रहने का संकेत किया। वह मानवीय मुद्रा थी।

मुझे उस पर भरोसा नहीं था। मैंने अपनी सांस अंदर खींची और जोर-से चिल्लाई। वह यदि रावण का दूत या कोई देवता अथवा खतरनाक विचार या फिर छद्म वेश में आया स्वयं रावण था। मैं जानती थी कि वह भेष बदलने में समर्थ था। क्या उसके लिए समस्या उत्पन्न होने वाली थी।

उस वानर के मुख से एक आवाज आई जिससे सुनकर मैं आश्चर्य में पड़ गई। 'राम! राम!' उसने धीमे स्वर में कहा। यह कहकर उसने अपनी छाती थपथपाई मानो कह रहा हो, 'मेरे प्रियतम यहां रहते हैं। उनके नाम की बड़ी महिमा है। वह अयोध्या के राजा और मेरे प्रिय स्वामी हैं।' यह सुनकर मेरा हृदय तेज गति से धड़कने लगा। मैंने कसकर अशोक वृक्ष को पकड़ लिया अन्यथा मैं नीचे गिर जाती। क्या यह वही संकेत था जिसकी मुझे प्रतीक्षा थी?

कोई वानर मनुष्य की तरह कैसे बोल सकता है? मैंने वन में इतने वर्ष बिताए किंतु कभी बोलने वाला वानर नहीं देखा। इतने छोटे वानर के लिए इतना विशाल समुद्र पार करके लंका में प्रवेश करना असंभव था। यह अवश्य ही रावण की कोई चाल थी।

मेरे चेहरे पर आया संदेह देखकर वानर बोला, 'माता सीता, इस संसार में असुरों के जादू के अलावा भी तरह-तरह के जादू हैं। मेरे जैसे प्राणी बोल सकते हैं। हम हवा, वर्षा और सूर्य से संपर्क भी स्थापित कर लेते हैं। यह तो छोटी-सी बात है। क्या आप देखना चाहती हैं मैं और क्या-क्या कर सकता हूँ?' उसने अचानक रूप बदला और वह भगवा वस्त्र पहने संन्यासी के वेश मेरे सामने खड़ा हो गया। मैं उससे डरकर पीछे हो गई।

'क्षमा कीजिए,' वानर ने कहा, 'मैं आपको डराना नहीं चाहता था।'

उस वानर ने जिस तरह मुझे माता कहकर पुकारा, वह मुझे बहुत पसंद आया। मुझे पता है वह औपचारिकता थी, परंतु मेरे भीतर उसे छोटे बच्चे की भांति निकट रखने की अजीब-सी इच्छा पैदा हो गई। 'नहीं, यह तुम्हारी गलती नहीं है,' मैंने कहा। 'रावण ने जब से संन्यासी के रूप में आकर मेरा अपहरण किया, मुझे सदा यही भय सताता है।'

यह सुनकर वानर के चेहरे पर क्रोध आया। मैं उसके भयानक रूप को देखकर चकित रह गई। 'आप चिंता मत कीजिए। उसे शीघ्र ही दंड मिलेगा। फिलहाल मैं आपसे कुछ कहने आया हूँ। हमारी प्रजाति में सबके पास विशेष शक्तियां हैं। उदाहरण

के तौर पर, मैं पर्वत जितना विशाल या मटर के दाने जितना छोटा आकार धारण कर सकता हूँ।' यह कहकर उसने अपना आकार इतना छोटा कर लिया कि मुझे उसे देखने में कठिनाई हो रही थी। फिर उसने धीरे-धीरे आकार बढ़ाना शुरू किया। उसके भार से वृक्ष की डाल चरमराने लगी।

'रुक जाओ! मैं तुम्हारा विश्वास करती हूँ,' मैंने घबराकर कहा। मुझे डर था अगर डाल टूट गई तो आसपास सो रही राक्षसियाँ जाग जाएंगी और फिर वे वानर को अपना आहार बना लेंगी। उन भयानक मांसाहारी राक्षसियों से वह जादूगर वानर भी बच नहीं सकता था।

वानर फिर से अपने सामान्य आकार में आ गया। 'मैं आपको बता दूं, मेरा नाम हनुमान है। मैं बहुत लंबी छलांग लगा सकता हूँ। यदि आपको यह पहले से पता न हो तो आपको लगेगा कि मैं उड़ रहा हूँ। मैंने इसी तरह छलांग लगाकर समुद्र पार किया है। वह समुद्र भयानक प्राणियों और राक्षसों से भरा है जिन्हें देखकर लगता था मानो मैं सबका मनपसंद भोजन हूँ। वे सब मुझे पकड़ने का प्रयास कर रहे थे। परंतु मैं बच निकला।' यह कहकर वह धीमे-से मुस्कराया और फिर बोला, 'यह सब भगवान राम के आशीर्वाद से हुआ है।

'क्या आपको पता है इस नगरी की प्रहरी भी एक देवी हैं। वह किसी ग्रहण की भांति काली और बहुत खतरनाक हैं। वह रावण के महल के सबसे ऊंचे स्वर्णिम बुर्ज पर खड़ी थीं। उनकी आंखों से आग की लपटें निकल रही थीं। देवी के साथ चालाकी करना संभव नहीं था, इसलिए मैंने ऐसा प्रयास नहीं किया। मैंने उनके चरण पकड़ लिए और फिर मैंने उन्हें अपना परिचय दिया और कहा कि मैं आपको खोजने आया हूँ। मुझे डर था वह मुझे जलाकर भस्म कर देंगी या अपने पैर के नीचे कुचल देंगी परंतु मुझे यह देखकर आश्चर्य हुआ कि उन्होंने मुझे प्रवेश की अनुमति दे दी। क्या आपको पता है उन्होंने मुझे और क्या बताया? उन्होंने कहा रावण का जीवन समाप्त होने वाला है। इसी के साथ उनका भी लंका से जाने का समय हो गया है। यह कहकर देवी अंतर्धान हो गईं।

'हे माता, आप थोड़ा और धैर्य रखिए। मैं वापस जाकर भगवान राम को इस स्थान के बारे में सूचना दूँगा। वह यहां आएंगे और आपको छुड़ाकर ले जाएंगे।'

मुझे यह सुनने में बहुत अच्छा लग रहा था। परंतु मैंने बड़ी कठिनाइयाँ सहकर सीखा था कि संदेह करना अच्छी बात होती है। मुझे संदेह था कि यह भी रावण की कोई योजना थी। वह मुझे मूर्ख बनाकर खुश करना चाहता था जिससे कि इस बीच निर्धारित समय अवधि पूरी हो जाए।

हालांकि मैं उस वानर पर भरोसा करना चाहती थी। मैंने कहा, 'हनुमान, यदि तुम्हें सचमुच राम ने भेजा है तो उन्होंने अवश्य तुम्हें कोई प्रतीक-चिह्न दिया होगा।'

वानर ने अपने ही सिर पर थपकी मारी और कहा, 'मैं भी कितना मूर्ख हूँ! मैं भूल ही गया।' उसने अपने मुंह से कुछ निकालकर हथेली पर रखा। फिर उसे बालों से पोंछा और मुझे सौंप दिया।

मैंने अचकचाते हुए उठा लिया। उसे देखते ही मेरे हृदय की धड़कन जैसे रुक गई। वह राम की अंगूठी थी!

राम की अंगूठी देखते ही मैं फिर से उन सुखद क्षणों को याद करने लगी। मेरे पिता जनक ने वह अंगूठी राम को विवाह के समय दी थी। पुरोहित ने उसे तांबे की थाली में रखा और चारों ओर तुलसी-दल रखी, क्योंकि राम को तुलसी की सुगंध पसंद थी। पुरोहित ने उस पर गंगाजल के छींटे दिए और मुझसे अंगूठी राम को पहनाने को कहा। मैंने कांपते हाथों से राम के हाथ को छुआ और उन्हें अंगूठी पहना दी। उस अंगूठी में चंद्र के आकार की चंद्रकांता मणि लगी थी, जो हमारे कुल को दर्शाती थी। मैंने सदा राम को वह अंगूठी पहने देखा था। मुझे अंगूठी देखकर उनके साथ मिलन का दृश्य याद आ गया।

वनवास के दिनों में हमारे पास कुछ नहीं था। मुझे उन दिनों उसे मणि से प्रेम हो गया था। पूर्णिमा की रात्रि में वह बहुत चमकती थी और उससे हमारी छोटी-सी कुटिया में उजाला हो जाता था। उसी मंद प्रकाश में हम प्रेमालाप करते थे। मुझे अपने पति के चेहरे पर संतोष और खुशी देखना बहुत पसंद था।

उस दिन भी अंगूठी की मणि, पूर्णिमा की चांदनी में चमक रही थी। परंतु अब परिस्थितियां अलग थीं। हम दोनों एक-दूसरे से कितना दूर हो गए थे।

अंगूठी देखकर मेरे मन में थोड़ा साहस पैदा हुआ, परंतु मुझे राम की योजना के विषय में कुछ पता नहीं था। मैं उन्हें यह संदेश देना चाहती थी कि रावण द्वारा दिया एक वर्ष का समय पूरा होने वाला था।

परंतु पहले मुझे अपना हृदय शांत करना था।

'क्या राम ठीक हैं?' मैंने पूछा। 'वह कैसे दिखते हैं? वह क्या कर रहे हैं? मुझे सबकुछ बताओ।'

हनुमान ने उत्तर दिया, 'मेरी राम से जब भेंट हुई, वह तब से आपको खोज रहे थे। मैंने उन्हें आपके आभूषण दिखाए तो उनके चेहरे पर चमक आ गई। मेरा अनुमान है रावण जिस समय आपको विमान में लेकर जा रहा था, तब आपने ही शायद अपने आभूषण नीचे गिराए थे। यह आपने बहुत बुद्धिमानी का कार्य किया था।

'परंतु वह अत्यंत दुर्बल हो गए हैं। धूप में भटकने से उनकी त्वचा काली पड़ गई है। हमने उन्हें फल और शहद दिया, परंतु उन्होंने कुछ भी खाने-पीने से मना कर दिया। उनके भाई लक्ष्मण भी दुर्बल हो चुके हैं। आपके अपहरण के लिए वह स्वयं को उत्तरदायी मानते हैं, बल्कि दोनों भाई इस दुर्घटना के लिए स्वयं को दोषी मानते हैं।'

'वह मेरी मूर्खता थी,' मैंने स्वीकार किया। 'पहले मैंने उस स्वर्ण-मृग का हठ किया और फिर लक्ष्मण को कठोर वचन कहे, उस पर झूठा आरोप लगाया और उसे वन में भेज दिया। रावण ने मेरे साथ छल किया किंतु उसमें सारी भूल मेरी थी।'

हनुमान ने मेरी बात बीच में काट दी, 'माता, किसी अन्य व्यक्ति की चाल के लिए आप स्वयं को दोषी मत मानिए। किसी को यह दोषारोपण करने का अवसर भी मत दीजिए। यहां तक कि देवता भी इतने युगों में असुरों का मायाजाल नहीं काट सके। फिर आप यह काम कैसे कर सकती हैं? आपने तो उदारतावश रावण को साधु समझकर भोजन करवाना चाहा था। बाद में जो हुआ, उसमें आपका दोष नहीं है।'

मैंने हनुमान को आश्चर्य से देखा। मैंने उसे वह सब बातें नहीं बताई थीं फिर उसे कैसे पता लगा? उसका स्वर मधुर और पहले से अलग था, मानो उसके मुख से कोई और बोल रहा था।

मैंने मान लिया कि वह वानर सचमुच असाधारण था।

हनुमान ने आगे कहा, 'मैंने पहली बार जब राम को देखा तो वह बहुत परेशान और हताश थे। परंतु उनके चारों ओर दिव्य आभामंडल था। वह इतना चमकदार था कि उसे देखकर मेरा सिर घूमने लगा। मुझे उन्हें देखकर बहुत अच्छा महसूस हो रहा था।

मैं अचानक खुशी से उत्तेजित होकर बोल पड़ी, 'उस समय तुम अवश्य स्वयं को भी भूल गए होंगे। तुम्हें सिर्फ यह लगा होगा कि तुम्हारा जन्म उसी क्षण के लिए हुआ है। मुझे भी राम से पहली बार मिलकर ऐसा ही महसूस हुआ था।'

मैं और हनुमान एक-दूसरे को देखकर मुस्कराए। हमारे बीच एक नया संबंध विकसित हो गया था। फिर हनुमान ने कथा को आगे बढ़ाया।

'हमारी दोनों भाइयों से तुरंत मित्रता हो गई,' हनुमान ने कहा, 'क्योंकि हमारी वानर जाति को भी अनेक वर्ष पूर्व हमारे राज्य से निकाल दिया गया था। हमारे राजा सुग्रीव का अपने भाई बाली से झगड़ा हो गया। सुग्रीव ने अपनी पत्नी को खो दिया इसलिए हम और राम-लक्ष्मण, एक-दूसरे का कष्ट समझ सकते थे। हमने एक-दूसरे को सहायता का वचन दिया। राम ने सुग्रीव को राज्य वापस दिलवाया। यह एक लंबी कथा है जिसे फिर राम स्वयं आपको सुना देंगे। इसके बदले सुग्रीव ने राम की

सहायता हेतु विशाल वानर सेना तैयार की है। वह मेरी सूचना की प्रतीक्षा कर रहे हैं और फिर तुरंत आपको मुक्त करवाने चल पड़ेंगे।'

'परंतु वह सेना लेकर विशाल समुद्र को कैसे पार करेंगे? सब तुम्हारी तरह उड़कर तो नहीं आ सकते!'

हनुमान ने अपना सिर खुजलाया। 'हाँ, वे तो नहीं उड़ सकते!' फिर अचानक उसके चेहरे पर चमक आ गई। वह बोला, 'मुझे एक तरकीब सूझी है। मैं आपको अपने साथ ले चलता हूँ। मैं अपना आकार बड़ा कर लूंगा और आप मेरी पीठ पर बैठकर मुझे कसकर पकड़ लीजिए। आपको कुछ पता लगे, इससे पहले मैं आपको भगवान राम के पास पहुंचा दूंगा। यह युक्ति कैसी रहेगी? परंतु इसमें एक दुख की बात है। रावण को उसके अपराध का दंड नहीं मिल पाएगा। वह सुबह उठेगा और आपको गायब पाएगा। काश, मैं उस क्षण उसका चेहरा देख पाता!'

यह सचमुच बढ़िया युक्ति थी।

'तुम सचमुच बहुत बुद्धिमान हो,' मैंने कहा। हनुमान ने संकोच से सिर झुका लिया परंतु वह मेरी बात से खुश था।

फिर मेरे दिमाग में एक विचार बात कौंध गया।

'मैं इस साहसी प्रस्ताव के लिए तुम्हारी आभारी हूँ,' मैंने हनुमान से कहा, 'परंतु यह मुझे स्वीकार नहीं है। यदि हमने भी वही छल किया तो रावण और हमारे बीच क्या अंतर रह जाएगा? इससे राम की प्रतिष्ठा में भी क्षति होगी। नहीं! राम को स्वयं यहाँ आकर मुझे मुक्त करवाना होगा और रावण की दुष्टता का सदा के लिए अंत करना होगा। क्या देवी ने भी तुम्हें ऐसा नहीं कहा था? शायद यही कारण है जिसके लिए मुझे इतना कष्ट उठाना पड़ा है। पृथ्वी पर से अधर्म का बोझ दूर करने और अनेक युगों तक राम का नाम स्मरण करने हेतु ही यह सब हुआ है।'

हनुमान ने मेरे साथ तर्क किया और उसने मेरा विचार बदलने का भी प्रयास किया किंतु उसने आखिर में, हार मान ली।

'मैं आपका आशय समझ गया हूँ, हालांकि आपको इस नर्क में छोड़कर जाना मुझे बुरा लग रहा है,' हनुमान ने कहा, 'मैं भगवान राम को आपके कष्ट के विषय में बताऊंगा और उन्हें कहूँगा आप कितने साहस से इसे सहन कर रही हैं। माता, आप चिंता मत कीजिए। मुझे विश्वास है कि राम अंतिम माह के समाप्त होने से पहले आपको मुक्त करवा लेंगे। प्रेम बहुत शक्तिशाली होता है। वह बहुत-सी मुश्किलों को समाप्त कर देता है। मुझे अब चलना चाहिए। परंतु भगवान राम के पास जाने से पहले मुझे कुछ काम निपटाने हैं।'

'कैसे काम?' मैंने आश्चर्य से पूछा, 'मेरा विश्वास है तुम अकेले इन राक्षसों से लड़ने की नहीं सोच रहे हो।'

'नहीं, नहीं, बिल्कुल नहीं!' हनुमान ने कहा। उसने भोलेपन से पलकें झपकी परंतु मुझे संदेह था। 'मैं तो केवल जाने से पहले फल खाना चाहता हूँ। उछल-कूद करने से मुझे भूख लगी है। माता, आप बिल्कुल चिंता मत कीजिए। बस, मुझे आशीर्वाद दीजिए और कोई अच्छी दिशा का सुझाव दे दीजिए।'

मैंने ज़मीन पर हनुमान को लंका का मानचित्र बनाकर दिखाया। सरमा से बातचीत के दौरान मुझे लंका के विषय में काफी जानकारी हो गई थी। मुझे पता था रावण की मनपसंद वाटिका तक कैसे पहुंचा जा सकता है। वहां कई तरह के फलों के पेड़ थे। सरमा बताती थी कि रावण उन्हें स्वर्गलोक में इंद्र के दिव्य उद्यान से लाया था।

मैंने हनुमान को सतर्क रहने को कहा।

'मैं अवश्य ध्यान रखूंगा,' हनुमान ने वचन दिया। 'परंतु आप मुझे भगवान राम को देने के लिए कोई संकेत-चिह्न दे दीजिए। वह आपको बहुत याद करते हैं। वह कई बार सबके सो जाने के बाद चंद्रमा को उदास नज़रों से देखते हैं। मुझे पता लगता है वह आपको बहुत याद करते हैं।'

हनुमान के वचनों ने मेरे आहत हृदय पर मरहम का काम किया। फिर भी मुझे बहुत कष्ट हो रहा था। यह भी एक तरह से अंतर्निहित विरोधाभास था। मैं राम की आभारी थी कि वह मुझसे इतना प्रेम करते थे और मुझे याद करते थे। परंतु इसकी विपरीत स्थिति भी असहनीय थी। मैं उन्हें प्रत्येक क्षण अपने कारण परेशान और चिंतित नहीं देख सकती थी।

समय तेजी से बीत रहा था। हर पल हनुमान के लिए खतरा बढ़ता जा रहा था। कुछ राक्षसियाँ हिलने-डुलने लगी थीं। उन्हें शायद किसी प्राणी की गंध आ रही थी। मैं हनुमान को प्रतीक के रूप में कुछ देने के बारे में सोचने लगी। मैंने अपने सभी आभूषण तो वन में फेंक दिए थे। फिर अचानक मुझे कुछ याद आया।

विवाह के समय मेरी माँ ने मुझे एक छोटा-सा माथे का टीका दिया था। वह टीका उनकी माँ ने उनके विवाह पर उन्हें दिया होगा, क्योंकि वह सदा उसे सौभाग्य के चिह्न के रूप में पहनती थीं।

मैंने भी वह टीका अपने विवाह पर पहना था। एक कारण यह था कि मेरी माँ के अनुसार वह भाग्यशाली था और दूसरा यह कि उसे पहनकर मुझे अपनी माँ के स्पर्श का एहसास होता रहता था। माता कौशल्या के अनुसार वह बहुत सादा था इसलिए वह मुझे अधिक सुंदर और मूल्यवान टीका देना चाहती थी। परंतु मैंने उन्हें मना कर दिया और राम ने मेरा समर्थन किया था। रावण ने जब मेरा अपहरण किया तो मैंने सभी आभूषण उतारकर वन में फेंक दिए थे, परंतु मैं वह टीका नहीं फेंक पाई क्योंकि वह मेरी माँ का मुझे दिया आशीर्वाद था। मैंने उसे बाद में राक्षसियों

की नज़र से बचाकर साड़ी के पल्लू में बांध लिया था।

मुझे वह टीका हनुमान को देते हुए बहुत कष्ट हो रहा था। फिर मैंने स्वयं से कहा कि वह टीका उपयुक्त व्यक्ति के पास जा रहा था। राम को दी कोई वस्तु मुझसे दूर नहीं, बल्कि वह मेरे और निकट रहने वाली थी।

मैंने हनुमान को टीका सौंपा और उसके सिर पर हाथ रखकर उसे विदा कर दिया।

मैंने ज्यों ही हनुमान को स्पर्श किया, मैं चकित रह गई। मुझे ऐसा बिल्कुल नहीं लगा कि मैं किसी वानर को स्पर्श कर रही हूँ। मुझे नहीं पता वह कौन था। मुझे अशोक वाटिका, पूरी लंका, यहां तक कि समूची पृथ्वी पर हनुमान की उपस्थिति महसूस हो रही थी। उसके भीतर से निकल रहा प्रकाश इतना तेज था कि मुझे अपनी आंखें बंद करनी पड़ीं।

मैंने आंखें खोलीं तो हनुमान, चुपचाप अशोक वृक्ष के पत्तों में ओझल हो चुका था।

मैंने सोने का प्रयास किया। मुझे राम का समाचार सुनकर बहुत खुशी हो रही थी। मुझे इस बात की भी उत्सुकता थी कि हनुमान मेरा संदेश राम तक पहुंचाएगा। हालांकि मुझे इस बात की भी आशंका थी कि लंका में कुछ होने वाला है। इस कारण मेरे लिए आराम करना असंभव हो गया।

मुझे अचानक कुछ दूरी पर रोने और चीखने-चिल्लाने की आवाजें आने लगीं। चारों ओर धमाके हो रहे थे। बड़ी-बड़ी इमारतें नीचे गिर रही थीं। शोर सुनकर राक्षसियाँ भी उठ गईं। वे भयभीत होकर बातचीत करने लगीं। मैंने सोने का दिखावा किया और आकाश की ओर देखने लगी। तभी एक अग्नि-पुंज हवा में दहाड़ता हुआ उछला। मुझे पहले लगा कि हनुमान लंका से भाग रहा था। परंतु ऐसा नहीं था। पर यह कोई उल्कापिंड था। मैंने वनवास के दौरान अनेक बार राम और लक्ष्मण को ऐसे अस्त्रों पर बात करते सुना था। मैंने उसे आसानी से पहचान लिया। वह ब्रह्मास्त्र था। उसे केवल दूसरा ब्रह्मास्त्र ही काट सकता था। ब्रह्मास्त्र के समक्ष हनुमान का समर्पण करना निश्चित था।

राम को अब मेरा संदेश नहीं मिलेगा। उन्हें पता नहीं चलेगा कि रावण ने मुझे कहां बंदी बनाकर रखा है। वह मुझे छुड़ाने अब कभी नहीं आ सकेंगे।

मैं ज़मीन पर गिर पड़ी और रोने लगी। राक्षसियाँ मुझे संदेह से देख रही थीं। एक ने कहा, 'क्या तुम्हें लगता है इसे बाहर की घटनाओं के बारे में पता है?'

मैंने कोई उत्तर नहीं दिया। दूसरी राक्षसी बोली, 'मैंने सपना देखा था कि यह किसी बड़े योद्धा से बात कर रही थी। शायद बाहर वही लड़ रहा है।'

तीसरी राक्षसी ने मेरा चेहरा झटके से पकड़ा और कहा, 'वह कहां से आया था? हमें बताओ, तुम क्या योजना बना रही हो?'

'यहां कोई योद्धा नहीं आया,' 'मैंने सच बोल दिया।

'वह यहाँ अवश्य आया था,' तीसरी राक्षसी बोली, 'क्या मैं झूठ बोल रही हूँ? मैंने सपने में उसके दांत देखे थे। उनसे खून टपक रहा था। तुम्हीं ने उसे हमारी नगरी पर आक्रमण करने के लिए उकसाया होगा।'

कुछ और राक्षसियाँ मेरे निकट आ गईं और बोलीं, 'वह अवश्य तुम्हारा गुप्त प्रेमी है। महाराज रावण को यह बात बतानी चाहिए।'

मुझे इसकी बिल्कुल परवाह नहीं थी कि वह मेरे साथ कैसा व्यवहार कर रही थीं। चूंकि उन्होंने हनुमान को पकड़ लिया था या शायद उसके साथ और बुरा हुआ होगा। मैं मरना चाहती थी। 'क्या हुआ, अगर वह मेरा प्रेमी है?' मैंने कहा, 'रावण को यदि पता लगा कि उद्यान में कोई मेरे साथ था तो वह क्या कर लेगा? वह स्वेच्छा से यहाँ आया था और यहाँ पहरे पर बैठी राक्षसियाँ खर्राटे मारकर सो रहे थीं।'

राक्षसियों को गुस्से में देखकर मैंने अपनी आंखें बंद कर लीं। वहाँ कोई हलचल नहीं हुई। मैंने रोना बंद कर दिया। वह मेरे साथ कुछ भी कर सकती थीं। मृत्यु एक ही बार होती है, मैंने स्वयं से कहा। अच्छा हो कि मुझे अभी मृत्यु आ जाए।'

उसी समय त्रिजटा भागती हुई आई। 'क्या तुम्हारा दिमाग खराब हो गया है? तुम्हें पता नहीं कि तुमने यदि सीता को चोट पहुंचाई तो महाराज तुम्हारे साथ क्या करेंगे? यहां कोई यक्ष नहीं आया था। वह एक विशाल वानर है। पता नहीं, वह लंका में कैसे घुस आया? वानर तो इस द्वीप पर आ ही नहीं सकते। मुझे आश्चर्य है कि वह जीवित अंदर कैसे आ गया। हमारे द्वार पर नियुक्त देवी की पैनी नज़र से बचकर कोई अंदर नहीं आ सकता। सैनिकों ने अब उसे पकड़कर बांध लिया और उसे महाराज के पास ले गए थे। महाराज की नींद खराब हुई, इसलिए उन्हें क्रोध आ गया। वह उसका सिर काट देना चाहते थे, परंतु वह दयालु हैं। उन्होंने सैनिकों से कहकर उस वानर की पूंछ में आग लगाकर उसे शहर में घुमाने का आदेश दिया है।'

मैंने अपनी सांस रोक ली। मैं स्वयं को रोने से रोकना चाहती थी। 'मेरा प्रिय हनुमान! उसे कष्ट दिया जा रहा था। मैं उसकी पीड़ा की कल्पना करने लगी। वह इतनी पीड़ा से मर जाएगा। हे अग्निदेव, मैं आपसे प्रार्थना करती हूँ कि आप अपने ऊष्मा को नियंत्रित रखिए और राम के दूत पर दया कीजिए।'

उसी समय एक राक्षसी ने चीखते हुए आकाश की ओर संकेत किया। अशोक वाटिका की ऊंची दीवारों के पार आकाश धुएँ से लाल हो गया था। 'पूरा शहर जल रहा है!' राक्षसी ने कांपती हुई आवाज में कहा।

इसके बाद सबकुछ बहुत तेजी से हो गया। चीख-पुकार हुई, बहुत से धमाके हुए और चारों और सबकुछ जलने लगा। मुझे डर लग रहा था। मुझे लगा हनुमान की मृत्यु हो गई होगी। परंतु तभी एक राक्षसी घबराई हुई आई और बोली, 'उस वानर को अवश्य देवताओं की सहायता प्राप्त है या वह छद्‌म वेश में आया स्वयं कोई देवता है। उसने पूरे राजभवन को आग लगा दी है और अब वहां से ओझल हो गया है।'

मैं फिर लेट गई। मैंने अपनी खुशी छिपाने के लिए साड़ी से मुंह छुपा लिया। मैंने राम की अंगूठी को कसकर छाती से लगा रखा था। उसमें विशेष शक्ति थी, आशा का जादू था। मैंने बंद आंखों से हनुमान को समुद्र पार उड़ते देखा। वह विशाल और चमकदार दिखाई पड़ रहा था। वह बहुत तेज गति से आगे बढ़ रहा था। उसकी गति सूर्य की गति को मात दे रही थी। मुझे इंद्र के शब्द याद आ गए। ब्रह्मा से अजेय होने का वरदान मांगते समय रावण ने कुछ प्राणियों को छोड़ दिया था। उनमें मनुष्य और वानर शामिल थे। मनुष्य और वानर ही अब रावण के विरुद्ध एकजुट हो गए थे।

मैं इस प्रसन्नता भरे विचार को सीने से लगाए एक स्वप्न में खो गई। मैंने देखा हनुमान, भारतवर्ष के दक्षिणी छोर पर उतरा। वहां राम उसकी प्रतीक्षा कर रहे थे। हनुमान ने झुककर उन्हें प्रणाम किया। उसने राम को मेरा माथे का टीका सौंप दिया और लंका का सारा हाल कह सुनाया। राम ने टीके पर दृष्टि डाली। मैं प्रतीक्षा कर रही थी कि वह हनुमान से मेरे बारे में पूछेंगे। मेरी परेशानियों के प्रति सहानभूति से भरा उनका एक भी प्रश्न और मेरी निष्ठा की राम द्वारा प्रशंसा मुझे अत्यंत खुश कर सकती थी। उनकी प्रशंसा से मुझे संतोष मिलता। उनकी आंख से गिरा एक भी आंसू, उनकी उदारता और दुख को वर्णित कर सकता था। परंतु राम ने कुछ नहीं कहा। उनकी आंखें सूख चुकी थीं।

मुझे खो देने के बाद राम में बहुत परिवर्तन आ गया था। उन्होंने अपने हृदय को मानो भाव-विहीन बना लिया था।

राम ने धनुष उठाया और उस पर बाण चढ़ाकर उसे उफनते समुद्र पर तान दिया। उनका चेहरा पहले जैसा नहीं था। वह किसी अजनबी का चेहरा था जो मानो पत्थर पर उकेर कर बनाया गया था। उनके पीछे वानरों की इतनी विशाल सेना थी कि मुझे क्षितिज के पार कुछ नहीं दिखाई दे रहा था। तभी एक गंभीर स्वर ने समुद्र की लहरों को चीर दिया। क्या यह राम का स्वर था, या कोई देवता बोल रहा था?

*'महाकाल जागृत हो उठा है! विनाश आरंभ हो!'*

# 23

वह सचमुच विनाश का समय था। मुझे हवा में उसकी गंध और आकाश में धुएं व धूल के साथ उसके अंश नज़र आ रहे थे। मुझे प्रतिदिन मृत्यु का समाचार मिलता था। उनमें कुछ समाचार सरमा से मिलते थे। जैसे जैसे दिन बीते, सरमा की आंखें भयभीत होती गईं।

विभीषण को राज्य से निकाल दिया गया था। रावण ने सबके सामने उसकी छाती पर लात मारी जो किसी भी असुर के लिए बहुत अपमानजनक है। रावण ने उसे देशद्रोही भी कहा। सरमा भी विभीषण के साथ जाना चाहती थी, परंतु विभीषण ने उसे मना कर दिया।

'वह राम से मिल गए हैं,' सरमा ने मुझे बताया, 'वह मुझे साथ नहीं ले गए और मुझे कहा कि मेरा जाना खतरनाक है। उन्होंने मुझे लंका में रहकर तुम्हें सांत्वना देने और अपने पुत्र को सहयोग देने का आदेश दिया है। सरमा का चेहरा दुख से भरा था, क्योंकि विजय किसी की भी हो, परंतु असुर जाति अब सदा उसके पति को देशद्रोही विभीषण ही कहेगी।

'राम की सेना से मिलकर वह क्या करेगा?' मैंने सरमा से पूछा।

सरमा ने इस बात का उत्तर नहीं दिया, परंतु मैंने अनुमान लगा लिया था। विभीषण को असुरों के सभी रहस्य पता थे। वह सबकी शक्तियों और दुर्बलताओं से परिचित था। उसे पता था कि कौन-सा अस्त्र किसे मार सकता है। क्या वह सारी सूचना राम को देगा? क्या वह अपने पुत्र समेत सभी साथियों के विनाश का कारण बनने को तैयार हो जाएगा? क्या धर्म और सदाचार में विश्वास होने के कारण वह ऐसा करेगा?

समय बीतता गया और हमें समाचार मिलते गए। समस्त संभावनाओं के विरुद्ध, उस विशाल समुद्र पर एक पुल तैयार किया गया। वह पुल ऐसे पत्थरों से बना था जो डूबते नहीं थे मानो स्वयं समुद्र देवता ने उन्हें अपने हजार हाथों से थाम रखा था। परंतु मुझे संदेह और डर था कि वानरों की सहायता से मेरे पति असुरों की उस विशाल सेना से मुकाबला कैसे करेंगे, जिन्होंने देवताओं तक को पराजित कर दिया था।

परंतु वे साधारण वानर नहीं थे। राम और लक्ष्मण के नेतृत्व में उन्होंने समुद्र पार किया और लंका नगरी को घेर लिया। असुर सैनिक उनसे लड़ने बाहर गए तो राम की सेना उन पर टूट पड़ी। उन्होंने नाखून, दांत, पत्थर से और वृक्षों को उखाड़कर हजारों राक्षसों को मौत के घाट उतार दिया। वह पीछे लौटने को तैयार नहीं थे। उन्हें रावण की सेना के हाथों अपने भाई-बहनों के मारे जाने का भी दुख नहीं था।

मेरे आसपास तैनात राक्षसियाँ एकजुट होकर एक-दूसरे से बात करती थीं। वह मुझे परेशान करना तक भूल चुकी थीं।

'उनकी सहायता अवश्य ही देवता कर रहे हैं, अन्यथा वानर और साधारण मनुष्य ऐसा भीषण युद्ध कैसे कर सकते हैं?'

किसे पता था कि दुर्बल से दिखने वाले उन दो भाइयों के पास इतने शक्तिशाली दिव्यास्त्र हो सकते हैं? राम ने तो एक ही बाण से बड़े-बड़े महारथियों के समूह का संहार कर दिया था।

उनके मन में सबसे बड़ी बात यह थी कि उनकी सुंदर नगरी लंका का क्या होगा और उनका स्वयं क्या होगा।

कई बार राम के लिए परिस्थितियां प्रतिकूल हो जाती थीं। ऐसे दिनों पर रावण, व्यक्तिगत तौर पर मुझसे मिलने आता और राम की सेना को हुई क्षति के बारे में मुझे विस्तार से बताता था। हजारों वानर मारे गए और कौन जानता था कि कितने आहत हुए होंगे! लक्ष्मण को भाला लगने के बाद उसे रणभूमि से हटा लिया गया था। राम अपनी सेना के साथ पीछे हटने पर विवश हो गए थे।

'तुम चाहो तो इस नरसंहार को रोक सकती हो,' रावण ने कहा, 'तुम्हें केवल मुझे हां कहना है। मैं राम को यह संदेश भिजवा दूंगा कि तुमने मेरी पत्नी बनना स्वीकार कर लिया है। मुझे विश्वास है कि यह सुनते ही वह वापस लौट जाएगा। मैं तुम्हें वचन देता हूँ कि मैं उसे सुरक्षित और सम्मानपूर्वक लौटने दूंगा।'

रावण के जाने तक मैंने चेहरा दूसरी ओर घुमा रखा था। मुझे खुशी है कि एक रात मदिरापान करके आने के बाद उसने फिर से मेरे साथ दुर्व्यवहार करने का प्रयास नहीं किया। एक दिन वह मेरे पास आया तो कुछ राक्षसियाँ मेरे साथ धक्का-मुक्की कर रही थीं। उन्हें लगा रावण उन्हें इसकी अनुमति दे देगा। परंतु उसने संकेत से सबको रोक दिया।

'उसे छोड़ दो,' रावण ने कहा। उसके स्वर में दया थी या फिर वह थक चुका था। लंबे समय तक युद्ध चलने से सबकी हिम्मत टूटने लगी थी। वह कुछ दिन बाद मेरे साथ जबरदस्ती कर सकता था। मुझे नहीं पता क्या होने वाला था। परंतु अंत समय तक रावण मेरे लिए पहेली बना रहा।

राम को एक-एक करके सफलता मिल रही थी। उनकी वानर सेना और अधिक मजबूत होती जा रही थी। उनके शरीर से टकराकर अस्त्र टूटकर बिखर जाते और बाण छिन्न-भिन्न हो जाते थे। एक-एक करके महान और शक्तिशाली राक्षस युद्ध भूमि में मरने लगे। धूम राक्षस, प्रहस्त, अकंपन आदि सबको रावण ने मैदान में भेज दिया था। उन्होंने अपने राजा के सामने सिर झुकाया और विजयी होकर लौटने का वचन दिया। परंतु उनमें से कोई जीवित नहीं लौटा।

एक दिन मैं सुबह उठी तो महल से आता शोरगुल सुनाई पड़ रहा था। त्रिजटा ने कहा कि रावण के भाई कुंभकर्ण को जगाने का प्रयास किया जा रहा था। वह वर्ष में छह माह सोता और फिर एक दिन उठ जाता था। उस एक दिन ब्रह्मा के आशीर्वाद से वह अजेय हो जाता था।

'क्या वह एक दिन आज है?' मैंने पूछा। मेरा दिल तेज़ी से धड़कने लगा।

'नहीं, किंतु रावण उसे समय से पहले जगाने पर विवश हो गया है। देखो वह उठ गया।'

कुंभकर्ण उठा तो उसका विशाल सिर, दीवार के ऊपर से नज़र आ रहा था। उसने सूर्य को भी ढँक लिया। उसने जागने के बाद युद्ध की कर्ण-भेदी हुंकार भरी, जिसे सुनकर मेरा दिल बैठ गया। ऐसे भयानक राक्षस को कौन पराजित कर सकता है?

परंतु आश्चर्य यह था कि वह भी युद्धभूमि से वापस नहीं लौटा। मुझे अशोक वाटिका में बैठकर ही उसकी मृत्यु पर विलाप करती लंका नगरी का शोर सुनाई दे रहा था।

मेरे पहरे पर तैनात राक्षसियाँ मुझे भय और घृणा से घूर रही थीं।

'इसके पति को कोई बड़ा जादू आता होगा। तभी उसने हमारे महान योद्धा कुंभकर्ण तक को मार डाला।'

मैं बहुत खुश थी, परंतु मुझे थकान हो गई थी। यह भीषण संहार और विनाशलीला कब समाप्त होगी?

उसी समय त्रिजटा ने समाचार सुनाया कि लंका का राजकुमार इंद्रजीत को, जो रावण का अजेय और अपराजित सेनापति था, बुलाया गया है। रावण ने उसे अब तक इसलिए नहीं बुलाया था, क्योंकि वही राज सिंहासन का अगला उत्तराधिकारी था और रावण ने मंदोदरी को वचन दिया था कि वह इंद्रजीत के प्राण खतरे में नहीं डालेगा। परंतु अंत समय में उसके पास कोई और विकल्प नहीं था।

'रावण को यह पहले करना चाहिए था,' त्रिजटा ने कहा, 'सब जानते हैं कि इंद्रजीत अजेय है और निकुंबला के यज्ञ और अग्निदेव के आशीर्वाद के बाद उसे कोई पराजित नहीं कर सकता।'

मेरा दिल तेज़ी से मेरे सीने में धड़क रहा था। 'त्रिजटा कैसा बुरा समाचार लाई थी!

'हमें बताओ उसने क्या किया,' एक राक्षसी ने कहा। 'हमें कुछ पता नहीं चलता। हम इस मूर्ख औरत की देखभाल के लिए बैठे हैं।' यह कहकर उसने मुझे लात मारी। फिर सब राक्षसियाँ जमा हो गई और इंद्रजीत का समाचार सुनने लगीं। उसे सब पसंद करते थे।

'उसने सबसे पहले बंदरों के झुंड को मार गिराया और उनसे जबरदस्त युद्ध किया। यहां तक कि वानरों के राजा सुग्रीव को भी पीछे हटना पड़ा। परंतु इंद्रजीत इतने पर नहीं रुका। उसने जादुई शक्तियों का प्रयोग किया और वह आकाश में उड़ने लगा। फिर उसने अदृश्य होकर युद्ध किया। वह राम और लक्ष्मण के बहुत निकट चला गया और उन्हें युद्ध के लिए चुनौती दी। वह एक जबरदस्त युद्ध था। प्रत्येक योद्धा ने सर्वश्रेष्ठ अस्त्र-शस्त्र का प्रयोग किया और दूसरे के बाणों को काट गिराया। इंद्रजीत ने फिर अपने शक्तिशाली अस्त्र का प्रयोग किया जिससे असंख्य विषैले सर्प निकले और उन्होंने राम और लक्ष्मण को कुंडली में बांध लिया। ऐसा करते ही दोनों भाई नीचे गिर पड़े।'

यह कहकर वह राक्षसी खुशी से चीखने लगी।

'राजकुमार की जय हो!' एक ने कहा। 'अब यह भयानक युद्ध समाप्त हो जाएगा।'

'मुझे विश्वास नहीं होता,' मैंने हिम्मत जुटाकर कहा। परंतु मेरे शरीर के भीतर मेरा हृदय हजारों टुकड़ों में टूटकर बिखर गया था।

'रावण को पता था कि तुम यही बोलोगी,' त्रिजटा बोली, 'इसलिए उन्होंने मुझे आदेश दिया है कि तुम्हें दोनों भाइयों के शव दिखाए जाएँ।'

त्रिजटा मुझे लेकर पुष्पक विमान में बैठ गई। हमने देखा रास्ते में राक्षस हर्षोल्लास से नाच-गा रहे थे। वह नृत्य और मदिरापान कर रहे थे। कुछ ने मुझ पर थूक दिया। परंतु अधिकतर राक्षसों ने मेरी उपेक्षा की। उनकी दृष्टि में अब मेरा महत्व नहीं था।

पुष्पक विमान में बैठकर पुरानी यादें ताजा हो गईं। मुझे मुश्किल से सांस आ रही थी। मेरे हाथ-पैर ढीले पड़ने लगे और शरीर कांपने लगा। परंतु मैंने किसी तरह खुद को संभाला और विमान में बैठ गई। मुझे सत्य जानना था। मैं उसके बाद ही अगला कदम उठा सकती थी।

मैंने देखा कि युद्धभूमि रक्तरंजित हो गई थी। वहां ताजा और कुछ पुराना काला खून पड़ा था। हम काफी ऊंचाई पर थे, फिर भी मुझे मृतकों के शवों की दुर्गंध आ रही थी। बहुत-से शव तो एक-दूसरे में उलझे पड़े थे। मुझे लगा मैं इतने शवों के बीच राम और लक्ष्मण को देख नहीं पाऊंगी। परंतु पुष्पक विमान हमें उसी स्थान पर ले गया।

मैंने नीचे देखा। राम और लक्ष्मण को असंख्य सर्पों ने बांध रखा था। मैंने ऐसा दृश्य पहले कभी नहीं देखा था। वे अवश्य ही जादू से उत्पन्न नाग थे। दोनों भाइयों का चेहरा विष और दर्द से काला पड़ गया था और सूज चुका था। उनके चारों ओर बहुत-से वानर गिरे पड़े थे। उनके शरीर भी काले पड़ चुके थे। उन्होंने राम और लक्ष्मण के शरीर से विषैले सर्पों को हटाने का प्रयास किया होगा। कुछ वानर दूर खड़े थे। उनका निकट जाने का साहस नहीं था। मैं हनुमान को खोज रही थी। उसने अवश्य हिम्मत नहीं हारी होगी। परंतु मुझे वह नज़र नहीं आया।

मुझसे वह दृश्य देखा नहीं गया। एक क्षण में मैंने अपना निर्णय ले लिया। मैंने आंखें बंद कर लीं और मैं रथ से नीचे कूद गई। मुझे शायद अपहरण के समय भी यही करना चाहिए था। यदि मैंने ऐसा किया होता तो उन असंख्य लोगों का जीवन बच जाता जिन्होंने मेरे लिए अपना जीवन बलिदान कर दिया था।

मैंने मन में सोचा, 'मेरे प्रियतम, मुझे क्षमा कर दीजिए। मेरे कारण आपकी दुर्गति हुई है। मुझे नहीं पता मेरे कौन से दुष्कर्म के परिणाम स्वरूप हम दोनों अलग

हुए हैं और हमें कष्ट हो रहा है। परंतु अब हम साथ रह सकेंगे। मुझे भी रावण के बंधन से मुक्ति मिल जाएगी।'

मुझे तभी लगा मेरा सिर किसी कठोर चीज से टकराया। मैंने आंखें खोली तो देखा कि मैं अभी तक विमान में ही थी। मैंने हाथ बाहर निकाला परंतु मुझे कुछ महसूस नहीं हुआ। क्या पुष्पक के चारों ओर कोई जादुई दीवार थी?

त्रिजटा ने मुझे झकझोरते हुए कहा, 'तुम मुझे मुसीबत में डालना चाहती हो? रावण के बंधन से निकल भागना आसान नहीं है। रावण की आज्ञा के बिना पुष्पक विमान के भीतर आना और इसके बाहर जाना संभव नहीं है। हमें अब वापस चलना है। महाराज ने कहा था कि वह आज रात तुमसे मिलने आएंगे।'

मैं विमान के फर्श पर गिर पड़ी। मेरी आखों में आँसू सूख चुके थे। मेरा दुख इतना अधिक था कि आंसू भी उसका वर्णन नहीं कर सकते थे। शायद अब मृत्यु भी मेरी पहुंच से बाहर थी। मुझे लगा मैं अब सदा रावण की कैद में रहूँगी। मैं स्वयं को ऐसे कितने दिन सँभाल पाऊंगी? क्या मुझे शूर्पणखा के पास कष्ट और अत्याचार सहने के लिए छोड़ दिया जाएगा?

मुझे पुष्पक विमान से एक अजीब-सी ध्वनि सुनाई दी। मुझे लगा मेरे दुख से पुष्पक को भी दुख हो रहा था, यद्यपि वह अपने स्वामी की इच्छा के विरुद्ध कुछ नहीं कर सकता था।

पुष्पक नीचे उतरा तो मैंने बाहर निकलने से मना कर दिया। त्रिजटा ने मुझे गुस्से से देखा। मुझे लगा कि यह मुझे मारेगी। मैं नीचे पड़ी रही और कष्ट सहती रही। परंतु उसने मुझे कंधे पर उठाया और फिर से वाटिका ले गई। वह अत्यंत भयानक क्षण था।

मेरी हालत इतनी बुरी थी कि त्रिजटा को भी मुझ पर दया आ गई।

उस रात मैंने राक्षसियों को बात करते सुना। मुझे आश्चर्य हुआ कि वे चिंतित थीं। मैं उठकर उनकी बात सुनने लगी। उन्होंने मुझे घृणा और भय से देखा और मुझसे दूर हो गईं। मुझे वह समाचार जानने के लिए अगली सुबह सरमा के आने की प्रतीक्षा करनी पड़ी।

सरमा बहुत परेशान थी। उसकी साड़ी अस्त-व्यस्त थी और सुंदर बाल जिन्हें वह अनेक तरह से सजाती थी, उलझे थे। उसने मुझे बताया कि मेरे लौट जाने के बाद वानरों ने आशा छोड़ दी और विलाप करने लगे। तभी आकाश एक विशाल बादल से ढँक गया। नहीं, वह बादल नहीं, बल्कि कल्पना से भी अत्यंत विशाल एक

सफेद पक्षी था। उसकी मुड़ी हुई चोंच इतनी बड़ी थी कि वह एक बार में ही पूरे राक्षस-समूह को निगल सकता था। उसने जैसे ही अपने पंख फड़फड़ाए तो वहां धूल की बड़ी-सी दीवार खड़ी हो गई। धूल नीचे बैठी तब तक सर्प जा चुके थे और दोनों भाई उठकर अपनी पलकें झपक रहे थे मानो वे दोनों गहरी नींद से सोकर उठे हों।

'वह पक्षी, तुम्हारे पति के ऊपर बहुत देर तक मंडराता रहा मानो वह उनसे कुछ बात कर रहा था। परंतु इसके लिए उसने शब्दों का प्रयोग नहीं किया,' सरमा ने बताया। वह मुझे सँकरी आंखों से देख रही थी। 'राम कौन हैं? वह साधारण मनुष्य तो नहीं लगते, क्योंकि वह पक्षी भगवान विष्णु का वाहन गरुड़ था, जो राम की रक्षा हेतु आया था।'

काश, मुझे इसका उत्तर पता होता। मैंने उत्तर नहीं दिया और पूछा, 'तुम बहुत परेशान लग रही हो?'

'मेरे पुत्र तरणीसेन को कल सेना का नेतृत्व करने को कहा गया है,' उसने कहा।

मैंने सरमा का हाथ थाम लिया। परंतु उसने अपना हाथ पीछे खींच लिया और मुंह मोड़ लिया। मैं उसका दुख समझ सकती थी। एक ओर उसका पति था तो दूसरी ओर उसका एकमात्र पुत्र। और जो स्त्री, उसकी इन समस्याओं का मुख्य कारण थी, वह उसके सामने बैठी थी।

वह दिन हम दोनों में से किसी एक के लिए दुखद होने वाला था। नहीं, बल्कि यह कहना गलत होगा क्योंकि तरणीसेन की मृत्यु से मुझे भी दुख होना निश्चित था।

सरमा ने कहा, 'मैंने उससे युद्ध में न जाने की याचना की। परंतु हम दोनों जानते हैं कि यह संभव नहीं है। वह पूरी तरह महाराज की प्रति निष्ठावान है, हालांकि वह अपने पिता से बहुत प्रेम करता है। वह उनकी हर बात मानता है। हम यह भी जानते हैं कि उसका अंत निश्चित है। वह बहुत कुशल योद्धा है, परंतु तुम्हारे पति का मुकाबला नहीं कर पाएगा।' इतना कहकर सरमा रोने लगी। 'वह जाते हुए मुस्कराया और उसने मेरे चरण छुए। मैंने उसे खुश रहने को कहा। उसे यह दृश्य दिखाई पड़ रहा था कि राम, पृथ्वी पर ईश्वर का अवतार हैं और वह हमारा उद्धार कर हमारे दुखों को दूर करने आए हैं। उनके हाथों मिली मृत्यु गौरवशाली होगी और आशीर्वाद के रूप में मिलेगी।' सरमा ने आंखें पोंछी और मुझे देखने लगी।

राम ही मेरा संसार थे। सब जानते थे कि वह अति विशेष हैं। परंतु क्या वह ईश्वर का अवतार हैं? क्या उनके हाथों मरना सचमुच गौरवशाली एवं आशीर्वाद के समान है? मुझे यह पता नहीं था।

'हां, तुम ठीक कहती हो,' मैंने सरमा को सांत्वना देते हुए कहा। वह मुझे प्रिय लगने लगी थी। यह प्रकार का वाक्-छल था, प्रेम की वेदी पर दिया एक बलिदान।

तरणीसेन को स्वयं विभीषण ने प्रशिक्षण दिया था। वह दिनभर शानदार ढंग से लड़ता रहा। वानरों के श्रेष्ठ योद्धा हनुमान भी उसका क्रोध देखकर भाग पड़े थे। तरणी ने यहां तक कि राम को भी घायल कर दिया। परंतु फिर राम ने ब्रह्मास्त्र का सहारा लेकर तरणीसेन को मार डाला।

'विभीषण ने ही राम को बताया होगा,' सरमा ने कहा। यह समाचार सुनकर वह बेहोश हो गई थी। फिर वह बर्फ की प्रतिमा की भांति शांत हो गई। केवल विभीषण ही तरणी की मृत्यु का रहस्य जानता था।'

यदि राम युद्ध जीत गए तो विभीषण को लंका का राजा और सरमा को रानी बना दिया जाएगा। किंतु मुझे पता था कि सरमा अपने पति को इस विश्वासघात के लिए कभी क्षमा नहीं करेगी।

दोनों ओर से संहार बढ़ता जा रहा था। वानर सेना मर रही थी, परंतु उससे अधिक राक्षस मारे जा रहे थे। यह सबकुछ मेरे कारण हो रहा था। यह सब पूरी तरह व्यर्थ था। प्रत्येक क्षण मुझे दुख होता था कि मैंने हनुमान की बात नहीं मानी। मुझे उसके साथ ही अयोध्या लौट जाना चाहिए था।

तरणीसेन की मृत्यु के बाद सरमा मुझसे मिलने नहीं आई। त्रिजटा ने मुझे बताया कि रावण ने आदेश दिया था कि उसके अतिरिक्त मुझसे मिलने कोई नहीं आएगा। परंतु मेरे विचार से वास्तविक कारण यह था कि सरमा मुझे देखना भी नहीं चाहती थी।

इस तरह मैंने लंका में अपनी एकमात्र सहेली को खो दिया।

इसके बाद मुझे आसपास तैनात राक्षसियों के बातचीत से ही थोड़ा-बहुत समाचार मिलता था। रावण के मंत्रियों ने उसे फिर परामर्श दिया कि उसे मुझे राम को लौटा कर प्रजा को विनाश से बचा लेना चाहिए। परंतु उसने उनकी बात नहीं मानी। रावण ने घोषणा कर दी कि वह लड़कर आत्म-सम्मान से मर जाएगा, परंतु मुझे लौटा कर लज्जित होकर जीवित नहीं रहेगा।

रावण के निर्णय को लेकर राक्षसियाँ दुविधा में थीं। उन्हें अपने राजा के साहस पर गर्व था और वे उसके निर्णय पर प्रश्न करना नहीं चाहती थीं। परंतु उनके

बहुत-से परिजन युद्ध में मारे जा चुके थे। उनकी लंका, जिसे तीनों लोकों में सबसे सुंदर और जादुई माना जाता था, शव-गृह में परिवर्तित हो गई थी।

'महाराज ने अपने सबसे बड़े शत्रु, राम के भाई को मार दिया किंतु उसने अभी तक दम नहीं तोड़ा,' एक राक्षसी ने बताया।

'याद है, महाराज ने किस तरह लक्ष्मण को घायल कर दिया था? उन्होंने शक्तिशैल नामक जादुई भाले से लक्ष्मण के सीने को भेद दिया। वह अस्त्र स्वयं देवी ने रावण को दिया था। उसकी मृत्यु निश्चित थी, परंतु फिर वही वानर, जो हमारी नगरी में आकर इसे जलाकर चला गया था, बहुत दूर उत्तर दिशा में उड़कर गया और औषधियों से भरा एक पर्वत उठा लाया और लक्ष्मण के प्राणों की रक्षा कर ली।'

इन दोनों भाइयों की देवता और ऋषि-मुनि अनुचित ढंग से सहायता कर रहे हैं,' एक अन्य राक्षसी ने कहा। 'यह बहुत गलत बात है।'

फिर राक्षसियाँ मेरी ओर देखने लगीं। मैं ही इस भीषण युद्ध का कारण थी। रावण ने यदि उन्हें आदेश देकर रोका न होता तो इन राक्षसियों ने मेरे शरीर के टुकड़े कर दिए होते।

मैं उनका क्रोध समझ सकती थी। यदि मैं उनकी जगह होती तो शायद मैं भी ऐसा ही करती।

समय बीतता गया। मैं अशोक-वृक्ष के नीचे बैठी रही। मुझे केवल बाहर से विलाप का स्वर सुनाई पड़ता था। मैंने राम की अंगूठी को पकड़ा हुआ था। मैं दिन-भर चारों ओर व्याप्त कष्ट और पीड़ा के अंत की प्रार्थना करती रहती थी। मुझे विश्वास था यह सब जल्दी ही समाप्त हो जाएगा। मैंने सुना कि लक्ष्मण की लगभग मृत्यु हो गई और उसके बाद राम ने भयंकर युद्ध किया।

मैंने सुना कि मंदोदरी के पास एक साधु आया और उसने कहा, 'महारानी, क्या आपने देवताओं द्वारा रावण को मारने के लिए बनाया गया मृत्यु-बाण सँभालकर रखा है, जो रावण ने इंद्र से छीन लिया था? उसने वह बाण आपको संभालकर रखने को दे दिया था।'

'हां, वह मेरे पास है,' रानी ने कहा।

'क्या आपको विश्वास है वह सुरक्षित है?' साधु ने पूछा। 'क्या आपको भरोसा है कि शत्रुओं को उस जगह का पता नहीं चलेगा? मेरे विचार से आपको उसे किसी अन्य सुरक्षित जगह पर रख देना चाहिए।'

'मुझे विश्वास है कि वह स्थान सुरक्षित है,' मंदोदरी ने कहा। ऐसा कहते हुए उसकी आवाज काँप रही थी। इसी बीच मंदोदरी ने देवी-मंदिर के शिखर पर दृष्टि डाली जो देवी के चले जाने के बाद से रिक्त पड़ा था।

तभी साधु ने वेश बदला और वह एक विशाल वानर का रूप धारण करके मंदिर की छत पर चढ़ गया। उसने मंदिर के शिखर पर मुट्ठी से प्रहार किया और उसे तोड़ दिया। उसके भीतर एक बाण रखा था। वानर ने तुरंत वह बाण उठाया और भगवान राम का नाम लेकर आकाश में उड़ गया। मंदोदरी ने उसका पीछा करने के लिए प्रहरी भेजे परंतु तब तक देर हो चुकी थी। वानर, बाण लेकर गायब हो चुका था।

मैंने यह कथा सुनी तो मेरा हृदय खुशी से भर उठा। 'मेरा हनुमान! मैं अपने प्रिय हनुमान की इस चाल और उसकी सफलता पर प्रसन्न थी। वह अवश्य ही उस मृत्यु बाण को राम तक पहुंचा देगा।

मुझे पहली बार लगा कि मेरी मुक्ति संभव और शायद निकट थी।

अगले दिन मेरी सुरक्षा में तैनात राक्षसियाँ विलाप करने लगीं। इंद्रजीत को भी छल से मार दिया गया था। राक्षसियाँ विभीषण को कोस रही थीं। जो लक्ष्मण और वानरों का एक दल लेकर उस गुप्त स्थान पर पहुंच गया था। जहां इंद्रजीत निकुंबला का यज्ञ कर रहा था। वे सब इंद्रजीत पर टूट पड़े और उन्होंने निकुंबला की पवित्र अग्नि को ध्वस्त कर दिया। इंद्रजीत और लक्ष्मण का भयंकर युद्ध हुआ परंतु इंद्रजीत तैयार नहीं था। उसके पास अस्त्र-शस्त्र भी नहीं थे। लक्ष्मण ने इंद्रजीत को मार डाला और वानरों ने उसके शव को लात मार-मारकर क्षत-विक्षत कर दिया।

वह युद्ध, जो धार्मिक कारणों से आरंभ हुआ था, अब एक भयानक विनाश-लीला में बदल चुका था। शायद सभी युद्ध उसी दिशा में चले जाते हैं।

मंदोदरी के सामने जब उसके पुत्र का क्षत-विक्षत शव लाया गया तो उसके रुदन-स्वर ने पूरे नगर को भेद दिया। लंका नगरी की नींव में दुख की दरारें पड़ गईं। मेरे चारों और अशोक वृक्ष के तने हताशा से मानो दो हिस्सों में विभक्त हो गए थे।

मंदोदरी का रुदन सुनकर रावण समझ गया कि उसका वीर और निर्दोष पुत्र, जिसका एकमात्र दोष यह था कि उसने अपने पिता की आज्ञा का बिना प्रश्न किए पालन किया, मारा गया था। रावण का सिर घूमने लगा और वह सिंहासन से लुढ़क कर नीचे पर गिर पड़ा। वह दिनभर नीचे पड़ा रहा। उसे ठीक से दिखाई नहीं दे रहा था। उसे जब होश आया तो उसने कहा, 'मुझे पता लग रहा है कि शरीर से हृदय निकल जाने पर कैसा लगता है!'

रावण के पास केवल एक काम शेष था। वह उठा और उसने बाकी बची सेना को एकत्रित किया और युद्ध के लिए निकल पड़ा, हालांकि वह जानता था कि उनमें से कोई जीवित नहीं लौटेगा।

मेरी सुरक्षा में तैनात राक्षसियाँ रावण के आदेश का उल्लंघन करके मुझे छोड़कर चली गईं। वह सब एक बार अपने प्रिय राजा को देखना चाहती थीं। वे उसे एक वीर नायक की तरह विदा करना चाहती थीं। वे राक्षसियाँ भी फिर लौटकर नहीं आईं।

मैं अब अशोक वाटिका से बाहर कहीं भी जा सकती थी। मैं शहर से बाहर निकलकर रणभूमि में भी पहुंच सकती थी। मेरे अंदर यह इच्छा भी हुई। मैं वह निर्णायक युद्ध देखना चाहती थी। मैं अपने राम के हाथों रावण की मृत्यु देखना चाहती थी। यही मेरा प्रतिशोध था। परंतु मैंने ऐसा नहीं किया। मैंने राम के आने की प्रतीक्षा की। मैं चाहती थी वह मेरा कष्ट देखें और मेरी पीड़ा को समझें। प्रेम में मनुष्य इतना तो करता है।

# 24

रात और दिन आकाश में दुर्गंध वाला धुआं छाया रहता था। क्या युद्ध समाप्त हो गया था? क्या शवों का अंतिम संस्कार किया जा रहा था? राक्षसों और बंदरों की सामूहिक अंत्येष्टि! मृत्यु के पश्चात सब अंतर मिट जाते हैं।

मैं अशोक वाटिका के भीतर प्रतीक्षा कर रही थी। मेरा शरीर अधीरता से जल रहा था। क्या सब मुझे भूल चुके थे? आखिर मैं थककर ज़मीन पर लेट गई।

नहीं, एक व्यक्ति को मैं याद थी। मैंने आंखें खोली तो कोई मेरा गला दबा रहा था। मेरी सांस रुक रही थी। वह शूर्पणखा थी।

मैंने उसका हाथ हटाने का प्रयास किया लेकिन घृणा के ईंधन के चलते उसमें मुझसे अधिक शक्ति थी।

'मार देना चाहिए था। मुझे तुम्हें पहली बार में ही मार देना चाहिए था,' वह हाँफते हुए बोल रही थी। उसका चेहरा सूख चुके आंसुओं से भरा था। 'यही मेरी पहली गलती थी। और मुझसे दूसरी भूल यह हुई कि मैंने तुम्हें लंका आने के बाद भी जीवित रहने दिया। मेरा बाद में जो होता, देखा जाता। इतने योद्धा मारे गए, मेरा प्रिय भाई मर गया। यह सब किसके लिए? सबकुछ तुम्हारी जैसी व्यर्थ स्त्री के लिए हो रहा है!

रावण मर चुका था। मैं इस सत्य को महसूस करना चाहती थी, परंतु मैं उस पर ध्यान केंद्रित नहीं कर पा रही थी। राम अब तक मेरे पास क्यों नहीं पहुंचे? क्या उन्हें सबसे पहले मेरे पास नहीं आना चाहिए था? क्या यह राजनीतिक मुद्दे सुलझाने का समय था? क्या उन्हें मेरी बिल्कुल याद नहीं आई?

परंतु मैं कुछ नहीं सोच पा रही थी। मेरी सांस रुकी हुई थी। एक बार को मुझे लगा मैं मर चुकी हूँ। फिर मैंने देखा कि शूर्पणखा मेरा गला दबा रही थी।

नहीं! मैंने इतने लंबे समय तक इतनी पीड़ा इसलिए नहीं सहन की थी कि राम से मिलने से पहले कुछ ही क्षण पहले मुझे इस तरह मार दिया जाए।

मैंने अपना शेष साहस बटोरा और मणिपुर-चक्र पर ध्यान केंद्रित किया, क्योंकि वही शक्ति का निवास होता है। वही देवी का आसन है। मैंने युद्ध-कला में दांव-पेंचों को याद किया और शरीर को ढीला छोड़ दिया। शूर्पणखा ने जब मेरे भारी होते शरीर से खुद को साधने का प्रयास किया तभी मैंने अपना सिर एक ओर पलटा और मैं उसकी पकड़ से छूट निकली। 'राम!' मैंने चिल्लाकर कहा और अपना हाथ उसके गले पर चाकू की तरह दे मारा। वह जोर से खांसी और पीछे को गिर पड़ी। मैंने उस क्षण का लाभ लेते हुए उसे लातें मारी। मेरा दूसरा वार उसके मुंह पर पड़ा जहां कभी उसकी नाक हुआ करती थी। उसने अपना चेहरा दोनों हाथों से पकड़ लिया और चिल्लाने लगी। यह देखकर मुझे संतोष मिला। उसकी अँगुलियों के बीच से काला खून टपक रहा था। परंतु उसे सँभलने में केवल एक क्षण लगा। मैं दुर्बल हो चुकी थी और वह अत्यंत शक्तिशाली थी। उसका पेट भरा था और उसे जादू भी आता था। उसने अगले ही क्षण अपना आकार मुझसे दुगना कर लिया। उसकी अँगुलियों के नाखून लंबे और दांत बहुत बड़े थे। वे बाहर निकल आए। मैं समझ गई कि मेरे लिए उससे मुकाबला करना कठिन था। परंतु मैंने हिम्मत नहीं हारी।

मैं हाथों को मोड़कर नीचे झुक गई। 'राम!' मैंने धीरे-से अपने प्रियतम का नाम लिया और अशोक वृक्ष के निकट पहुंच गई। शूर्पणखा मेरी ओर दौड़ी। वह मुझे पेड़ के तने के पास धकेलकर घेरना चाहती थी। परंतु मैं जितना उस स्थान को जानती थी, उसे वहां का पता नहीं था। उसे कैसे पता होता? उसने वहां एक भी रात्रि नहीं बताई थी और मैंने वहाँ करवटें बदलते, पत्तियों को शैया बनाकर एक वर्ष बिताया था। पेड़ की पत्तियां ज़मीन पर बिखरी थीं और वृक्ष की विशाल जड़, मेरे लिए तकिए का काम करती थी।

मुझे जिसकी आशा थी, वही हुआ। शूर्पणखा का पैर पेड़ की जड़ पर लगा और वह उसके तने से जा टकराई। उसने खुद को बचाने के लिए अपने हाथ आगे बढ़ाए तो उसके नाखून वृक्ष के तने में जा घुसे। मुझे लगा वह उन्हें बाहर खींच लेगी और मुझे एक क्षण का लाभ मिल जाएगा। परंतु मैंने देखा कि उसके नाखून वृक्ष के अंदर ही धँस गए थे। अशोक वृक्ष मानो मेरी सहायता कर रहा था। मैंने उसके प्रति आभार व्यक्त किया और मौके का लाभ उठाकर शूर्पणखा के पैरों के बीच में लात मारी। वह जब गिर पड़ी तो मैंने उसके पेट पर मुट्ठी से बहुत बार प्रहार किया।

फिर मैं एक बड़ी-सी झाड़ी के पीछे पहुंच गई।

शूर्पणखा ने वृक्ष में से किसी तरह अपने हाथ बाहर खींचे और फिर क्रोध से भरी मुझ पर लपकी। उसका जबड़ा खुलकर विशालकाय हो गया था। उसके बड़े-बड़े

दांत पैने छुरे की भांति बाहर निकले थे। उनसे हरा थूक टपक रहा था। वह शायद एक प्रकार का विष था। मैंने देखा कि वह अपने दाँतों से मेरी गर्दन पर वार करना चाहती थी। मेरे पास उसे झांसा देकर कदमों का तेजी से प्रयोग करने का ही विकल्प था। मेरी शक्ति कम हो रही थी। मैंने कई महीनों से ठीक से भोजन नहीं किया था। यह उसका दुष्प्रभाव था।

'मैं हार नहीं मानूंगी,' मैंने खुद से कहा, 'और मैं डरकर भी नहीं भागूँगी। यदि राम को यहां मेरा शव मिलेगा तो कम से कम मेरी पीठ पर घाव नहीं होगा।'

मुझे नहीं पता वह लड़ाई कैसे चल रही थी। परंतु तभी मुझे अशोक वाटिका के कोने से एक आवाज सुनाई पड़ी। 'शूर्पणखा, यह तुम क्या कर रही हो? क्या तुम्हारी बुद्धि भ्रष्ट हो चुकी है? मैं तुम्हें आदेश देती हूँ, रुक जाओ!'

वह सरमा की आवाज थी। परंतु सरमा स्वाभाविक रूप से इतनी अलग दिख रही थी कि मैं उसे एक नज़र में पहचान नहीं सकी। वह सोने की शानदार साड़ी पहने और सिर से पैरों तक आभूषणों से लदी थी। उसका चेहरा चंदन के लेप से चमक रहा था, होंठ लाल थे और बालों को बड़े सुंदर ढंग से सजाया गया था। मुझे अचानक याद आया कि बहुत समय पहले मेरे बाल भी इसी तरह सजाए जाते थे।

निस्संदेह, राम ने रावण को मार डाला था। विभीषण लंका का नया राजा और सरमा नई रानी थी।

परंतु काजल-लगी सरमा की आंखें क्षति से भरी थीं। मेरे विचार से उनमें कोई परिवर्तन होना मुश्किल था।

ऐसे राज्य का क्या लाभ जिसका कोई उत्तराधिकारी ही न हो?

सरमा ने ताली बजाई और अचानक झाड़ियों में से कुछ हथियारबंद स्त्रियां निकल आईं जो पेड़ों और झाड़ियों में छिपी थीं और उन्होंने तुरंत शूर्पणखा को घेर लिया।

'तुम राजकुमारी हो। यथानुसार व्यवहार करो,' सरमा ने शूर्पणखा से कहा। 'तुम्हारे कारण लंका को पहले ही काफी क्षति हो चुकी है। यदि तुम रावण के पास रोती हुई न आतीं और तुमने सीता का सौंदर्य का वर्णन करके उसे प्रतिशोध के लिए उकसाया न होता तो हमें आज यह दिन नहीं देखना पड़ता। तुम्हें अब प्रजा के कल्याण के विषय में सोचना चाहिए। यदि तुम सीता को क्षति पहुंचाओगी तो सोचो राम, बाकी राक्षसों के साथ कैसा व्यवहार करेंगे।'

सरमा का कठोर स्वर सुनकर अधिकांश लोग डर गए किंतु शूर्पणखा के साथ ऐसा नहीं हुआ। 'देखो, यह बात कौन कर रहा है! देशद्रोही की पत्नी! तुम्हें यह सवाल स्वयं से पूछने चाहिए। यदि तुम्हारे प्रिय पति ने हमारे रहस्य राम को न बताए होते, यदि उसने राम को हमारे श्रेष्ठ योद्धाओं और मेरे भाई रावण को मारने का

तरीका न बताया होता, तो क्या हमें यह दिन देखना पड़ता?' सरमा को चुप करने के बाद शूर्पणखा मेरी ओर मुड़ी।

'यह मत सोचो कि तुम मुझे अंतिम बार देख रही हो,' उसने गुस्से से कहा।

यह कहकर शूर्पणखा ने पास खड़ी प्रहरी को धक्का दिया और सिर उठाकर वाटिका के वृक्षों की छाया में ओझल हो गई।

सरमा ऐसे स्थिर खड़ी थी कि मुझे लगा वह भी अहल्या की तरह पत्थर में परिवर्तित हो गई है। उसकी केवल आंखें चमक रही थी क्योंकि उनमें आंसू भरे थे। वे आँसू, जो निकल नहीं पाए थे। परंतु उसे रानी की तरह व्यवहार करना आता था। उसे पता था कि दायित्व क्या होता है। उसने गहरी सांस ली और मुझसे इस तरह बात की मानो हम कभी मित्र नहीं थे और हमने कभी अपना दुख नहीं बांटा। मुझे तब यह एहसास हुआ कि हमारा संबंध अब समाप्त हो गया था।

'राम तुमसे मिलना चाहते हैं। विभीषण तुम्हें पालकी में बैठाकर राम तक पहुंचाएंगे। मेरी दासियाँ तुम्हारी साज-सज्जा करेंगी। मैं तुमसे एक अनुरोध करना चाहती हूँ। यह याचना मंदोदरी की तरफ से है। वह तुमसे मिलना चाहती है।'

मेरा रोम-रोम अपने प्रिय राम से मिलने के लिए अधीर था। परंतु अंतिम अनुरोध अवश्य स्वीकार किया जाना चाहिए।

'वह कहां है?' मैंने पूछा।

'वह समुद्र-तट पर है,' सरमा ने कहा। रावण की मृत्यु निकट है और उसे बहुत पीड़ा हो रही है। वह खुले आकाश के नीचे अंतिम सांस लेना चाहता है।'

'उसे पीड़ा है? क्या तुमने यही कहा?'

'हां, रावण पर दिव्यास्त्र से वार किया गया था। उसमें मायावी शक्तियां थीं। हमारे चिकित्सक उसकी पीड़ा को दूर करने के लिए या उसे तत्काल मृत्यु देने के लिए कुछ नहीं कर पाए।'

मुझे यह सोचकर बहुत आश्चर्य हुआ कि मेरे मन में रावण के लिए बिल्कुल घृणा नहीं थी। ऐसा शायद इसलिए था कि मुझे अब उससे खतरा नहीं था। हमें किसी भी महाशक्ति की मृत्यु से पीड़ा होती है। फिर चाहे वह एक बुरी शक्ति ही क्यों न हो। यद्यपि रावण मेरा सबसे बड़ा शत्रु था, मैंने यह मान लिया कि वह एक शक्तिशाली राजा था। उसकी प्रजा उसे बहुत प्रेम करती थी और वह शिव का अनन्य भक्त था।

मैंने सरमा से प्रतीक्षा करने को कहा। मैं दौड़कर अशोक-वाटिका में गई। मुझे इतना समय वहां रहने से बहुत-सी चीजों का पता लग गया था। मैंने तत्काल कुछ जड़ी-बूटियां लीं। मुझे आशा थी कि उनसे रावण को यमलोक जाने में आसानी होगी।

यह पहला अवसर था जब मैं लंका के समुद्र तट पर पहुंची थी। वह द्वीप, युद्ध से पहले कितना सुंदर दिखाई पड़ता होगा। समुद्र और वह चमचमाता नगर, एक-दूसरे के साथ प्रेमियों की भांति रहते होंगे। समुद्र की लहरें चमकते दुर्ग की दीवारों को चूमती होंगी और किले की दीवारें भी समुद्र के जल को सौंदर्य और भव्यता प्रदान करती होंगी। परंतु आज वहां चमक नहीं थी। खून से सना रेतीला तट क्षय को दर्शा रहा था। समुद्र और आकाश दोनों का रंग उड़ गया था। दोपहर का समय था। हवा में दुर्गंध थी और सामूहिक अंत्येष्टि के कारण उठ रहे धुएँ से मेरा दम घुट रहा था। मैंने किसी तरह खुद को संभाला और मंदोदरी के पास पहुंची। वह रावण का सिर अपनी गोद में लेकर बैठी थी। वह रावण के रक्तरंजित शरीर को धीमे-से सहला रही थी। रावण ने मंदोदरी का हाथ थाम रखा था मानो उसके बिना वह अनंत रिक्तता में खो जाएगा। उन्हें देखकर मुझे एहसास हुआ कि रावण की असंख्य पत्नियां व उप-पत्नियाँ थीं और वह अंत समय में मुझ पर मुग्ध हो गया था, परंतु वह केवल मंदोदरी से ही सचमुच प्रेम करता था।

मैं चुपचाप उन्हें देखती रही। मैं अपने आगमन से उनकी निजता को भंग नहीं करना चाहती थी।

रावण का चेहरा पीला पड़ गया था। चिकित्सकों ने उसकी त्वचा पर बहुत-सी औषधियां लगाकर उसे ठीक करने का प्रयास किया। उसके होंठ पर खून सूख जाने से पर्त जम गई थी और वे धीरे अस्थिर ढंग से हिल रहे थे। उसके होंठ शब्दों का महत्व भूल चुके थे। दोनों ने मुझे अब तक देखा नहीं था और वे भी एक-दूसरे से बातचीत कर रहे थे। रावण बीच-बीच में दर्द से कराह रहा था।

'मुझे क्षमा कर दो प्रिय,' रावण ने कहा, 'मैं तुमसे बहुत-सी बातों के लिए क्षमा चाहता हूँ। मैंने तुम्हें इतने वर्षों में अनेक कष्ट दिए हैं। मुझे दुख है कि मैं यह युद्ध जीत नहीं सका। मुझे दुख है कि मैं तुम्हें कष्ट पाने को अकेला छोड़ जा रहा हूँ। यह तुम्हारे साथ अन्याय है, परंतु मुझे सबसे अधिक इस बात का दुख है कि मेरे कारण हमारे वंश का सबसे शानदार योद्धा, हमारा पुत्र मेघनाद मारा गया। यह सब मेरे कारण हुआ है। वह मर गया और तुम्हारी कोई अन्य संतान नहीं है।'

रावण की शक्ति क्षीण हो रही थी। उसके लिए बोल पाना भी कठिन हो रहा था।

मंदोदरी ने कुछ नहीं कहा। वह दुख को भीतर रोकने का प्रयास कर रही थी। वह रावण के सामने रोकर उसे और दुखी नहीं करना चाहती थी। आने वाले दिनों में उसे केवल रोना था। वह आजीवन अपने पुत्र और पति के लिए रोती रहेगी। रावण ने उसे जीवन-भर कष्ट दिया, फिर भी मंदोदरी उससे प्रेम करती थी। उसने रावण की खातिर, दृढ़ता कायम रखी थी।

फिर मंदोदरी ने स्वयं को संभाला और बोलना शुरू किया, 'मेघनाद सचमुच मेरी आंखों का तारा था। वह राज्य की रक्षा के लिए लड़ते हुए योद्धा की भांति मरा है। और नहीं, मैं संतानहीन नहीं हूँ। हमारी एक पुत्री अभी जीवित है!'

'पुत्री?' रावण ने आश्चर्य से पूछा।

यही कारण था कि मंदोदरी ने मुझे बुलाया था।

मैं मंदोदरी को टोकना चाहती थी। मैं उसे कहना चाहती थी कि यह उसकी भूल थी और उसके दिमाग की कल्पना थी। परंतु मृत्यु बहुत निकट होती है तो उसके साथ एक अलग तरह का मौन छा जाता है। मैंने खुद को बोलने से रोक लिया।

'हां,' मंदोदरी ने कहा, 'उसे याद करो। हमारी एक सुंदर कन्या थी जिसे आपने पैदा होते ही मार डालने का आदेश दे डाला था। परंतु मैंने उसे मरने नहीं दिया। मैंने उस असुर को, जिसे आपने यह काम सौंपा था, बहुत-सा धन देकर उस बच्ची की जान बचाने का आग्रह किया था। वह असुर, उस कन्या को दक्षिण दिशा में किसी छोटे राज्य में छोड़ आया था। वहाँ के राजा को वह कन्या मिली थी। फिर उसने बच्ची का पालन-पोषण किया। मुझे आपको यह बात बहुत पहले बता देनी चाहिए थी। परंतु मैं आपसे डरती थी। मुझे भय था कि आप क्रोध में मेरे साथ पता नहीं कैसा व्यवहार करेंगे। मुझे उस दुर्बलता के लिए क्षमा कर दीजिए। मैंने बाद में सोचा कि उस बात को छिपाने से कोई अंतर नहीं पड़ेगा, क्योंकि हम उस कन्या को फिर कभी नहीं देख सकेंगे।'

रावण ने सिर को झटका दिया और दर्द से कराह उठा। उसने कहा, 'क्या तुमने उसे देखा है?'

'आपने भी उसे देखा है,' मंदोदरी ने कहा। फिर वह मुड़कर मेरी ओर देखने लगी। तब मुझे लगा कि उसे मेरे निकट होने का पहले से पता था।

मंदोदरी ने कहा, 'यही है आपकी पुत्री, सीता!'

रावण ने बड़ी कठिनाई से सिर घुमाया और मेरी ओर देखने लगा। उसकी आंखें, जिनमें कभी क्रोध झलकता था, अब मुश्किल से खुल पा रही थीं। उन आँखों में अब आशा थी, या डर था?

'यह नहीं हो सकता!' मैंने क्रोध में भरकर कहा, 'तुम स्वेच्छा से यह निष्कर्ष नहीं निकाल सकतीं।'

'क्या राजा जनक ने तुम्हें स्वर्ण-वस्त्र में लिपटा नहीं पाया था? वैसा वस्त्र मिथिला वालों ने कभी नहीं देखा था,' मंदोदरी ने मुझे चुनौती देते हुए कहा। मैंने कुछ गुप्तचरों को मिथिला भेजा था। उन्होंने वहां के लोगों से बात की जिन्हें उस वस्त्र के बारे में याद था। मैं यह निश्चित तौर पर कह सकती हूँ कि वह लंका का वस्त्र था।'

मैं तर्क करना चाहती थी। मैं उसे कहना चाहती थी कि उसके गुप्तचरों ने वही कहा, जो वह सुनना चाहती थी। परंतु रावण पहले ही बोलने के लिए तैयार हो गया था। उसने बहुत प्रयास किया तो उसके होठों से खून टपकने लगा।

'मंदोदरी, तुमसे निश्चय ही भूल हुई है। यदि सीता मेरी पुत्री है और इसके तन में मेरा ही माँस और रक्त है, तो क्या मैं इसे वन में पहले ही दिन स्पर्श करते ही पहचान नहीं लेता? यदि मुझे पता लग जाता तो भी मैं इसे अपने साथ ला सकता था। किंतु फिर मुझे बल का प्रयोग नहीं करना पड़ता। मैं उसे एक पिता की भांति साथ ले आता। वह आजीवन हमारे साथ प्रेम और सुरक्षा के साथ यहां रह सकती थी। मैंने तुमसे यह कभी कहा नहीं, परंतु मुझे अपनी उस पुत्री के बारे में सोचकर बहुत दुख होता है।

'परंतु यह सत्य है कि सीता के साथ मेरा अवश्य कुछ संबंध है। मुझे आरंभ से यह महसूस होता रहा है। शायद यही इसके प्रति मेरी आसक्ति का कारण है।'

इससे पहले कि मैं हिल पाती, रावण ने अचानक कांपते हाथों से मेरा पैर पकड़ लिया।

उसके हाथ में शक्ति लगभग नहीं थी। मैं उसे आसानी से लात मारकर दूर कर सकती थी। परंतु मैंने ऐसा क्यों नहीं किया? क्या यह मरणासन्न व्यक्ति के प्रति मेरे मन की दया थी? अथवा मुझे भी उसकी बात सत्य लग रही थी कि हमारे बीच अवश्य कोई संबंध था?

रावण ने धीमे-से कहा, 'मैं देख सकता हूँ। मैं अब सबकुछ देख सकता हूँ।'

'आप क्या देख सकते हैं?' मंदोदरी ने पूछा।

रावण को मानो मंदोदरी की बात सुनाई नहीं दे रही थी। उसके चेहरे पर मुस्कान थी। 'यह कितना सुंदर है!' उसने कहा। उसका स्वर दुर्बल किंतु हर्ष से भरा था।

उसके शब्द सुनकर मेरे आसपास की दुनिया विलीन होने लगी और एक नई दुनिया का द्वार खुल गया। यह वही दुनिया थी, जिसका आभास मुझे पहली बार राम से मिलकर हुआ था। परंतु इस बार वह दृश्य मेरी आंखों के आगे से ओझल नहीं हुआ। मैंने उसमें प्रवेश किया। मुझे पता था वह स्थान क्या है! वह वैकुंठ था। भगवान विष्णु का निवास स्थान। इससे भी अधिक आश्चर्य यह था कि मैंने वहां उपस्थित अन्य लोगों को पहचान लिया।

भगवान विष्णु शेषनाग पर लेटे थे और उनके तन से अलौकिक आभा फूट रही थी। वह मुझे परिचित लग रहे थे। मैंने ध्यान से देखा तो पाया कि वह कोई और नहीं बल्कि राम थे। मुझे उनका दिव्य स्वरूप दिख रहा था। उनके चेहरे से दुख और तकलीफ की लकीरें गायब हो गई थी। परंतु वह राम ही थे। मैंने उनके

चरणों में उनकी पत्नी लक्ष्मी को बैठे देखा। मैंने लक्ष्मी का चेहरा ध्यान से देखने का प्रयास किया परंतु उन्होंने अपना मुँह दूसरी ओर मोड़ लिया। वहीं एक कोने में हाथ जोड़े उनका निष्ठावान द्वारपाल जय खड़ा था।

'जय, मैं आराम करना चाहता हूँ,' विष्णु ने कहा। 'देखना, मुझे कोई परेशान न करे।'

'निश्चिंत रहे स्वामी,' जय ने उत्तर दिया और अपने स्थान पर जाकर खड़ा हो गया। वैकुंठ के विशाल स्वर्णिम द्वार बंद करने से पहले उसने अपना चेहरा ऊपर उठाया। उसे देखकर मैं काँप उठी। मैंने देखा वह रावण था।

यह कैसे संभव है? क्रोधी रावण, जो राम के प्रति घृणा और प्रतिशोध के भाव से भरा रहता था तथा राम को कष्ट देने के प्रति कृतसंकल्प था, राम के निकट जय के रूप में कैसे हो सकता है?

ब्रह्मांड की उस पहेली में मेरा क्या स्थान था?

इन बातों पर विचार करने का समय नहीं था। द्वार पर शोर हो रहा था। कुछ छोटे बच्चों की आवाज आ रही थी जो कुछ मांग रहे थे। जय और उसका साथी द्वारपाल विजय उन्हें शांत करने का प्रयास कर रहे थे।

इतने छोटे बच्चों के लिए वैकुंठ पहुंचना कैसे संभव है?

'हम भगवान विष्णु से मिलना चाहते हैं,' एक बच्चे ने कहा। 'हम उनसे मिलने बहुत दूर से आए हैं और उनके द्वारपालों से मिलकर हम नहीं लौटेंगे।'

'मेरे स्वामी अभी आराम कर रहे हैं। वह थके हुए हैं,' जय ने कहा। 'भगवान ने कहा है कि कोई उन्हें परेशान न करे। मैं अभी उनके पास नहीं जा सकता। कृपया आप प्रतीक्षा कीजिए। वह शीघ्र उठ जाएंगे।'

दूसरे बच्चे ने कहा, 'क्या तुम हमारे साथ छल करना चाहते हो? सब जानते हैं कि विष्णु कई युगों तक सोते हैं। हम इतना समय प्रतीक्षा नहीं कर सकते। हमारे पास ब्रह्मांड के और कई दायित्व हैं। हम ब्रह्मा के पुत्र, सनतकुमार हैं! हम विष्णु के अनन्य भक्त हैं। विष्णु ने हमें वचन दिया है कि वह अपने भक्तों से मिलने के लिए सदा उपलब्ध रहेंगे। तुम द्वारपाल होकर हमें उनसे मिलने नहीं दे रहे हो।'

'मैं आपको भीतर जाने की अनुमति नहीं दे सकता। मैंने भी भगवान को वचन दिया है कि उनके जागने तक किसी को भीतर नहीं जाने दूंगा,' जय ने कहा। 'अरे, यह क्या कर रहे हो? विजय, इन्हें पकड़ो!'

उस भगदड़ और शोरगुल में मुझे यही लगा कि वह बच्चे द्वारपालों को चकमा देकर अंदर घुसने का प्रयास कर रहे थे। मैंने उनमें से एक को चिल्लाते सुना, 'उठ जाइए, भगवान विष्णु! देखिए, आपके भक्तों के साथ आपके अनुचर कैसा दुर्व्यवहार कर रहे हैं।'

विष्णु थोड़ा हिले परंतु वह गहरी नींद में थे।

एक और बच्चे ने पुकारा। उसकी आवाज अधिक तेज थी। 'जय और विजय, मैंने ईश्वर की भक्ति करके शक्तियां प्राप्त की हैं और उन शक्तियों के आधार पर मैं तुम दोनों को शाप देता हूँ कि तुम पृथ्वीलोक पर चले जाओ! तुम्हें वहाँ कष्ट के साथ सात बार जन्म लेना होगा और वही कष्ट सहना होगा जो तुम हमें विष्णु से अलग करके देना चाहते हो।'

तभी द्वार खुले और भगवान विष्णु बाहर निकल आए। उन्हें देखकर बच्चे खुशी से झूम उठे। वे भगवान के पास पहुंच गए और उनके गले से लिपट गए। यह सब एक क्षण में हो गया। परंतु ब्रह्मांड की समयावधि के विषय में कुछ कहना मुश्किल है। इसके बाद सनतकुमार चले गए, किंतु विष्णु के द्वारपाल भगवान के चरणों में रोने लगे।

'मैं इन महान विभूतियों के शाप को काट तो नहीं सकता,' विष्णु ने जय और विजय से कहा, 'परंतु तुम मेरे आदेश का पालन कर रहे थे, इसलिए मैं सनतकुमार के शाप को परिवर्तित कर सकता हूँ। तुम्हारे पास दो विकल्प हैं। तुम पृथ्वी पर मेरे भक्त बनकर सात बार जन्म ले सकते हो, अथवा तीन बार मेरे शत्रु बनकर जन्म ले सकते हो।'

'तीन जन्म!' जय ने निस्संकोच कह दिया। 'आपसे अलग रहकर हर क्षण हमारे लिए नर्क के समान होगा।'

मैं तुम्हें एक और वरदान देता हूँ,' विष्णु ने कहा। 'मैं स्वयं तुम्हें हर जन्म में नश्वर शरीर से मुक्ति दिलाने आऊंगा। प्रत्येक बार मरने से पहले तुम अपने वास्तविक रूप को देखोगे और शांति से प्राण त्याग सकोगे।'

पीछे से एक मधुर आवाज आई। वह लक्ष्मी का स्वर था। 'मुझे भी साथ ले चलिए, स्वामी। मैं वैकुंठ में आपके बिना नहीं रह सकूंगी।'

'यदि तुम्हारी यही इच्छा है तो मैं तुम्हें सहायता के लिए साथ ले चलूंगा,' विष्णु ने कहा। 'परंतु ध्यान रखना कि मनुष्य रूप में तुम्हें अकल्पनीय कष्ट सहन करने होंगे। हमें कुछ समय अलग भी रहना होगा। माया-जगत ऐसा ही है। मैं स्वयं माया के जाल में फँस जाता हूँ।'

'आपके साथ रहने के लिए मुझे यह मूल्य स्वीकार है,' लक्ष्मी ने कहा। यह कहकर लक्ष्मी ने अपना देदीप्यमान चेहरा घुमाया तो मैंने देखा कि वह कौन थी। वह मैं थी!

एक धीमी-सी आवाज़ मुझे फिर से वर्तमान में ले आई। रावण कुछ बोल रहा था। 'मुझे यह पता नहीं था। हे देवी, मुझे क्षमा कर दो। मैंने अज्ञानता में आपके साथ बहुत अन्याय किया है। मेरे पास प्रायश्चित के लिए शब्द नहीं हैं।' रावण का चेहरा दुख से भर गया था। मैं समझ गई कि उसे भी वही दृश्य दिखाई पड़ रहा था। 'मैं जा रहा हूँ किंतु उससे पूर्व क्या आप एक बार दयापूर्वक मेरे सिर पर पैर रख सकती हैं?'

मैं मानो समाधिस्थ अवस्था में आगे बढ़ी और मैंने उसकी इच्छा पूरी कर दी। मुझे अपने पैरों के नीचे रावण के घाव और उनसे बहता ताजा खून महसूस हो रहा था। रावण ने पूरी शक्ति से मेरा पैर पकड़ लिया। फिर उसने एक लंबी सांस छोड़ी। उसकी आंखें बंद हो चुकी थीं।

विभीषण, हनुमान तथा राम की सेना ने हमें उसी अवस्था में वहां देखा। वे हमें पूरे नगर में खोज रहे थे। वह उस विचित्र दृश्य के निकट पहुंचे तो उनकी आंखों में आश्चर्य का भाव था। कुछ इसका आशय समझना चाहते थे तो कुछ के मन में प्रश्न रहे होंगे।

अंत में हनुमान ने कहा, 'माता, मैं आपको भगवान राम के पास ले जाने आया हूँ। आपके दुखों का अंत हो चुका है।'

मैं रावण से दूर हट गई। मुझे एकांत में राम को सबकुछ बताना था। क्या मैं राम को उस दृश्य के विषय में भी बता सकूँगी कि मैंने भगवान विष्णु के दर्शन किए थे? अथवा उन्हें यह पहले से पता होगा?

मैंने हनुमान के सिर पर हाथ रखा। मेरे लिए यह कल्पना करना भी कठिन था कि हनुमान ने सैंकड़ो राक्षसों का वध किया था। 'मैं तुम्हें आशीर्वाद देती हूँ, हनुमान। तुमने मेरे लिए बहुत किया है। मेरे दुख की घड़ी में तुमने मेरा साथ दिया और मुझे आशा बँधाई कि एक दिन मेरे दुखों का अंत अवश्य होगा।'

इसके बाद हमारे बीच औपचारिकता समाप्त हो गई। हम बच्चों की तरह खुशी से एक-दूसरे को देखने लगे।

मुझे इस बात का आभास नहीं था कि मेरे लिए इससे बड़े दुख का समय आरंभ होने वाला था।

# 25

मैं राम से मिलने को बेचैन थी। परंतु विभीषण ने, जो हर काम को व्यवस्थित ढंग से करता था, कहा कि मुझे पहले विजेता की पत्नी के रूप में तैयार होना चाहिए। उसने कहा कि राम भी यही चाहते हैं।

विभीषण को शायद डर था कि यदि राम ने मुझे इस हालत में देखा कि मेरे साथ कितना दुर्व्यवहार हुआ है तो उन्हें क्रोध आ जाएगा और वह अपनी सेना को आदेश देकर नगर पर हमला करवा देंगे। वह मेरे पति को ठीक से जानता नहीं था। राम को कितना भी क्रोध आए, परंतु वह अनियंत्रित होकर धर्म के मार्ग से हटते नहीं थे।

मैं पहले तो उसी रूप में जाना चाहती थी परंतु मैंने भी विचार किया। मुझे लगा मेरे प्रिय राम भी मुझे अच्छी स्थिति में और सुंदर वेशभूषा में देखना चाहेंगे। उन्हें मुझे फटे-पुराने कपड़ों, उलझे बाल और गंदे व थके हुए चेहरे के साथ देखकर अच्छा नहीं लगेगा। मैंने विभीषण से कहा कि मैं उनका अनुरोध मारने के लिए तैयार हूँ।

'कृपया आप महल में आ जाइए,' विभीषण ने कहा। 'हमने आपके और राम के लिए कक्ष तैयार कर दिया है। हम जानते हैं कि राम के बिना यह विजय संभव नहीं थी। वास्तव में वही लंका के असली राजा हैं।'

मैंने प्रतिज्ञा की थी कि मैं रावण के महल में कभी प्रवेश नहीं करूंगी। मैंने यह बात विभीषण को कह दी।

विभीषण ने यह सुनकर गहरी सांस ली और कहा, फिर तो और भी समय लगेगा।'

'मैं अपना प्रण नहीं तोड़ सकती,' मैंने कहा। 'यह रघुकुल की रीति नहीं है।'

मेरे शब्द मेरे भीतर गूंज रहे थे। मुझे अतीत की अपनी भूल याद आ रही थीं। परंतु अब सबकुछ ठीक हो गया था। मुझे याद था कि मैं रघुकुल का हिस्सा हूँ और मुझे उनकी परंपरा का पालन करना चाहिए।

मेरे लिए सज्जा का सामान लेकर सरमा की दासियाँ अशोक वाटिका पहुंच गई। मैंने सुगंधित जल से स्नान किया और बाल धोए। मैंने बालों में तेल लगाया और उनमें फूल सजाए। फिर नई लाल रंग की सुंदर साड़ी पहनी और सोने के आभूषण भी पहन लिए। वे बहुत सुंदर थे। हार और चूड़ियां पहनने का मेरा अभ्यास समाप्त हो चुका था इसलिए मुझे वह बेड़ियों की तरह भारी लग रहे थे।

'क्या यह सरमा के आभूषण हैं?' मैंने पूछा।

मुख्य दासी ने सिर हिलाया। 'यह मंदोदरी ने दिए हैं। उन्होंने इन्हें कभी नहीं पहना। मंदोदरी चाहती है कि आप इन आभूषणों को पहन लें।'

मंदोदरी की यह बात समझना मेरे लिए कठिन था। मैं उन आभूषणों को देखने लगी। फिर मुझे लगा शायद एक माँ अपनी पुत्री को पति के घर जाते समय ऐसे ही उपहार देती है। मंदोदरी ने इतने वर्षों से इन्हें अपने कोष में संभालकर शायद इसी उम्मीद में रखा होगा। परंतु उसकी वह उम्मीद अब सत्य के रूप में सामने आई है।

मेरा मन मंदोदरी के लिए दया से भर उठा। परंतु इन सब बातों के लिए समय नहीं था। मैं जल्दी से सजी हुई पालकी में बैठ गई। उसमें रेशमी परदे लगे थे। उसे विभीषण ने तैयार किया था। फिर हम चल पड़े।

मैंने पर्दे के पीछे से देखा तो मुझे आश्चर्य हुआ कि कहार, मेरी पालकी को रावण के दरबार से दूर, लंका के मुख्य द्वार की ओर ले जा रहे थे।

'हम कहां जा रहे हैं?' मैंने विभीषण से पूछा।

'हम समुद्र-तट पर जा रहे हैं,' विभीषण ने उत्तर दिया। 'राम नगर में प्रवेश करने से पहले आपसे वहीं मिलना चाहते हैं।'

यह विचित्र बात थी। परंतु मैं इतनी उत्सुक थी कि मैंने उसके कारण पर विचार नहीं किया।

हम जैसे ही समुद्र-तट पर पहुंचे, हमारी पालकी देखकर लोगों ने ऊंची आवाज में मेरा स्वागत किया। मैं चौदह वर्ष के बाद इतना बड़ा जनसमूह देख रही थी। मेरा नाम लोग मंत्र की तरह उच्चारित कर रहे थे। *सीताराम, सीताराम, सीताराम।* मेरे जीवन की दिशा बदल रही थी। वह मुझे फिर से अयोध्या की ओर ले जा रही थी, जहां पहुंचकर मुझे रानी का पद ग्रहण करना था।

मैंने मन में कहा कि मैं राम के साथ सबकुछ संभाल लूंगी।

परंतु पालकी के रुकते ही मैं घबरा उठी। सब मुझे देख रहे थे।

'माता,' हनुमान ने पालकी का पर्दा हटाते हुए कहा, 'हम यहां हैं।' हनुमान मुझे देख कर मुस्कराया और उसने अपना छोटा-सा हाथ मेरी और बढ़ा दिया। मैं उसे पकड़कर पालकी से बाहर उतर गई। मुझे जबरदस्त उत्तेजना हो रही थी। लोग पटाखे चला रहे थे।

राम के लिए एक सिंहासन लगाया गया था। पास ही, कुछ कवच जो शायद मारे गए राक्षसों की थे। राम की शरीर पर बहुत-से घाव थे। उनका चेहरा पतला हो गया था किंतु वह चमक रहा था। उन्होंने लंबे समय से ठीक से भोजन नहीं किया था और वह सोए भी नहीं थे। मेरे पति ने मेरे लिए कितनी पीड़ा सहन की थी। मुझे दुख और ग्लानि हो रही थी, परंतु उसके साथ अपना महत्वपूर्ण होना भी अच्छा लग रहा था।

लक्ष्मण, हाथ में धनुष-बाण लेकर हमेशा की तरह अपने भाई राम की सुरक्षा में तैयार खड़ा था। उसके वक्ष पर गहरा घाव था जो रावण के भाले से लगा था। उसे देखकर मुझे दुख हुआ। मुझे उससे आँख मिलाने में शर्मिंदगी हो रही थी, क्योंकि मुझे वह अपमानजनक शब्द याद आ रहे थे जो मैंने उसे अंतिम दिन राम के पास भेजने से पहले कहे थे। क्या मैं अपने उस व्यवहार के लिए क्षमा माँग सकूँगी? लक्ष्मण मुझे देखकर मुस्कराया। फिर उसने सिर झुकाकर और हाथ जोड़कर मेरा अभिवादन किया। उसकी उदारता बता रही थी कि उसने मुझे क्षमा कर दिया था।

मैंने मन में आभार व्यक्त किया, परंतु वह क्षणिक था। मेरा ध्यान राम के अतिरिक्त और किसी पर नहीं था।

सूर्यास्त होने वाला था। इस कारण मेरे पति के सिर के पीछे रक्तिम आभामंडल बन गया था, जिससे उनके चेहरे के भाव मुझे दिखाई नहीं पड़ रहे थे। मुझे यह देखकर हैरानी हुई कि वह उठकर मुझसे मिलने भी नहीं आए। मुझे याद है कि वन में उन्होंने सबके सामने मुझे गले से लगा लिया था। हालांकि अभी ऐसा करना संभव नहीं था, क्योंकि उनके सैनिक भी वहीं खड़े थे। मैं चाहती थी कि वह मेरे पास आकर एक बार मेरे होंठ चूम लें और मेरे मस्तक पर चुंबन देकर मेरा अभिवादन करें। मैंने कई बार इसकी कल्पना की थी।

परंतु राम अपने स्थान से नहीं हिले।

मुझे बहुत निराशा हुई लेकिन मेरे मन में दुविधा अधिक थी। क्या कोई ऐसी परंपरा थी जो मुझे याद नहीं आई? वह विजयी होकर लौटे थे और उन्होंने मुझे बंधन से मुक्त करवाया था। शायद मुझे ही उनके पास जाकर उन्हें धन्यवाद देना चाहिए।

अच्छी बात है। यदि ऐसा है, तो मैं यह अवश्य करूंगी।

मैंने ज्यों ही कदम आगे बढ़ाए, वहां खड़ी अपार भीड़ मौन हो गई। मैंने देखा हजारों आंखें मुझे घूर रही थीं। मैं अपने पति की ओर धीरे-धीरे बढ़ रही थी। एक वर्ष के अकेलेपन के बाद अचानक सबकी उत्सुक निगाहों में आना मुश्किल था। परंतु मैंने एक गहरी सांस ली और फिर स्वयं को याद दिलाया कि ज़्यादा महत्वपूर्ण क्या है। राम, केवल राम, मेरे स्वर्ग हैं, मेरी दुनिया हैं। वह मेरी खुशी, मेरे मुक्तिदाता, मेरे सबकुछ हैं।

मैं उनके पास पहुंची तो राम उठकर खड़े हो गए। उनका कद कितना ऊंचा था। वह अजेय योद्धा थे और मुझे देख रहे थे। मैंने झुककर उन्हें प्रणाम किया और पैरों को स्पर्श किया। मैं धन्यवाद देकर उन्हें बताना चाहती थी कि मुझे उन पर कितना गर्व था। परंतु मैं बहुत भावुक हो चुकी थी। मुझे सिर्फ यह आशा थी कि मैं जो उनसे कह नहीं पा रही थी, वह मेरा चेहरा देखकर समझ जाएंगे। मैंने दृष्टि ऊपर की तो देखा उनकी आंखों में एक बहुत गहरी और पीड़ित उदारता थी। मुझे दिखाई पड़ गया कि उन्होंने मुझे कितना याद किया था और मेरे कारण उन्हें कितनी पीड़ा हुई थी।

परंतु उन्होंने मुझे स्पर्श नहीं किया। मैंने जब साहस करके भीड़ की चिंता किए उनका हाथ पकड़ने का प्रयास किया तो वह एक कदम पीछे हट गए और हाथ मोड़कर खड़े हो गए।

मेरा सिर घूमने लगा। क्या वह मुझसे इसलिए नाराज़ थे कि मैंने उन्हें संकट में डाल दिया था? मैंने एक स्वर्ण-मृग का मूर्खता-भरा हठ किया जिसके कारण यह युद्ध और इतना विनाश हुआ।

फिर मेरे भीतर से आवाज आई। यह विनाश तो बहुत पहले तभी शुरू हो गया था। जब वन में एक युवती के साथ मजाक किया गया था और फिर उसके नाक और कान काट दिए गए थे।

यह क्या बेकार की बात है, मैंने उस विचार को स्वयं से दूर कर दिया।

इसके बाद राम ने बोलना शुरू किया। उनकी आवाज में क्रोध नहीं था। वह अत्यंत निष्पक्ष भाव से बोल रहे थे। उस समय उनका स्वभाव मेरे पति जैसा नहीं था। मुझे लगा मेरे सामने कोई अन्य व्यक्ति खड़ा है।

'सीता, मैंने तुम्हें मुक्त करवाया है,' उन्होंने कहा। 'मैंने इस समुद्र पर पुल बनाया और मैं इसे पार करके वानर सेना के साथ यहां पहुंचा हूँ। इस दौरान मैंने

और मेरे साथियों ने जबरदस्त पीड़ा सहन की, क्योंकि राक्षस-सेना बहुत शक्तिशाली थी। मैंने रावण को मार दिया है और अब तुम मुक्त हो। तुम्हारे प्रति मेरा दायित्व यहां समाप्त होता है। तुम अपने जीवन के शेष दिन, जहां चाहो, व्यतीत कर सकती हो।'

मुझे राम की बात समझ नहीं आई। क्या भीड़ के शोर ने मेरी समझ को निष्क्रिय कर दिया था? मैंने कई दिनों से ठीक से भोजन नहीं किया था। क्या इसलिए मेरा सिर घूम रहा था? मुझे बात समझने में परेशानी हो रही थी। मैंने जो सुना था, वह अविश्वसनीय था। राम मुझसे ऐसे शब्द नहीं कह सकते थे।

'आप क्या कहना चाहते हैं?' मैंने आखिरकार पूछा।

'तुम्हें बंधन से मुक्त करवाना मेरा दायित्व था,' राम ने धैर्यपूर्वक बात दोहराई। 'परंतु मैं तुम्हें अपने साथ अयोध्या नहीं ले जा सकता। रावण ने मेरे घर से तुम्हारा अपहरण किया था। तुम उसके महल में एक वर्ष रह चुकी हो। कौन जाने, इस बीच में तुम्हारा उसके साथ कैसा संबंध रहा है...'

मैंने राम को बीच में टोका। मेरी आवाज गुस्से से काँप रही थी। 'क्या आपको मुझ पर और मेरे प्रेम पर इतना ही विश्वास है? क्या आप मेरे सद्गुणों के विषय में यही सोचते हैं? यदि आपको ऐसा लगता है तो आप महल के निवासियों से पूछ सकते हैं। आप हनुमान से पूछिए। उसने मेरी व्यथा को देखा है। मैंने रावण के महल के अंदर कभी पैर भी नहीं रखा। मैंने उसकी बातों का उत्तर तक नहीं दिया। उसने मुझे डराया और समझाने का प्रयास किया। मैंने कुछ भी खाने और पीने से मना कर दिया था, क्योंकि मैं उसे हर तरह से स्वयं से दूर रखना चाहती थी। आज भी विभीषण ने मुझसे राजदरबार का नियम पालन करने का आग्रह किया, तब मैंने वल्कल वस्त्र पहने थे और बाल भी नहीं बनाए थे।

'तुम जो कह रही हो, वह सत्य हो सकता है।' उस पुरुष ने, जो अब मेरा प्रिय पति राम नहीं था, लोहे-सी कठोर आवाज में कहा। 'परंतु तुम्हारे शब्द पर्याप्त प्रमाण नहीं हैं। अयोध्या के नागरिकों के लिए इतना पर्याप्त नहीं है। मैं किसी ऐसी स्त्री को रानी नहीं बना सकता जिसके सद्गुणों पर कोई प्रश्न करे अथवा जिसकी शुद्धता पर उन्हें भरोसा न हो। यदि ऐसा हुआ, तो वह सोचेंगे कि मैंने अपने पिता दशरथ की तरह धर्म का मार्ग छोड़ दिया और मैं भी अपनी पत्नी के सौंदर्य पर मुग्ध हो गया। इससे राज्य की व्यवस्था चरमरा जाएगी। मैं ऐसा नहीं होने दूँगा। मेरा उनके प्रति यही दायित्व है।'

'और अपनी पत्नी के प्रति आपके दायित्व का क्या?' मैंने पूछा क्या मेरा कोई अधिकार नहीं है

'तुम्हारी सुरक्षा और सुख-सुविधा मेरा दायित्व है,' राम ने कहा। यह कहते समय उनकी आवाज में जरा-सा भी कंपन नहीं था। 'मैं तुम्हें सबकुछ उपलब्ध करवा

दूँगा। तुम चाहो तो रावण के महल में रह सकती हो। विभीषण तुम्हारी देखभाल करेंगे और यदि तुम्हें वन में रहना पसंद है तो तुम सुग्रीव के पास भी रह सकती हो। वह भी तुम्हारे रहने का उचित प्रबंध कर देगा। तुम अपने लिए कोई नया साथी भी चुन सकती हो। मैं तुम्हें अपने प्रति समस्त कर्तव्यों से मुक्त करता हूँ।'

राम के शब्द, जो उन्होंने बहुत शांति से कहे थे, मेरे आसपास ठंडी बर्फ की तरह जम गए। मेरा खून जमने लगा था। फिर भी मुझे उनसे शक्ति मिल रही थी क्योंकि राम ने समस्त जनता के सामने मेरे सदाचार पर संदेह किया था, लेकिन मेरे साथ इससे भी बुरा हो सकता था। इससे बुरा क्या हो सकता था? उन्होंने मेरा बहिष्कार केवल इसलिए कर दिया था कि उनकी प्रजा तरह-तरह की बातें बनाएंगे। क्या उन्होंने दूसरा विवाह करने की सलाह देकर मुझे शर्मिंदा नहीं किया था?

'मुझे दायित्व से मुक्त करना आपके सामर्थ्य से बाहर है,' मैंने राम से कहा। मैंने भी अपनी बात शांति से कही थी। 'हमें इस पवित्र बंधन में देवताओं ने अग्निदेव को साक्षी मानकर बांधा है। वह जानते हैं कि मैं शुद्ध और निर्दोष हूँ। हां, मुझे सोने का मृग चाहिए था परंतु वह मेरी भूल हो सकती है, अपराध नहीं। हां, रावण ने मेरे शरीर को स्पर्श किया, उसने रक्त और हड्डियों से बने मेरे तन को छुआ। परंतु वह मायाजाल से साधु का वेश बनाकर आया था। वह मुझे मेरी इच्छा के विरुद्ध जबरदस्ती ले गया। मैंने उसे रोकने का बहुत प्रयास किया परंतु मैं उसे रोक नहीं सकी। क्या मुझे इसलिए दंड दिया जा रहा है कि वह मुझसे शारीरिक रूप से अधिक बलवान था? कि उसने आसुरी माया का प्रयोग किया था?

'यदि आप मुझे अस्वीकार करते हैं तो यह बात भारतवर्ष में फैल जाएगी। फिर कोई भी पुरुष अपनी पत्नी को सिर्फ इसलिए छोड़ देगा, क्योंकि उसका अपहरण हो गया था। अथवा उसकी इच्छा के विरुद्ध उसे किसी ने स्पर्श किया तो भी उसे छोड़ दिया जाएगा। यदि ऐसा हुआ तो मेरी तरह असंख्य निर्दोष स्त्रियाँ दंडित की जाएंगी। आपके इस कृत्य से यही होगा। क्या यह धर्म है? क्या आप यही चाहते हैं?'

राम शिला की भांति स्थिर खड़े देखते रहे मानो उन्होंने मेरी बात ही नहीं सुनी थी।

'रावण मुझे बलपूर्वक उठाकर ले गया था,' मैंने कहा, 'परंतु उसने भी मेरा इस तरह अपमान नहीं किया जैसा आप कर रहे हैं। उसने मेरे तन को दूषित नहीं किया। उसने मेरा इतना सम्मान अवश्य रखा। मेरे मस्तिष्क और मन पर भी उसका नियंत्रण नहीं था। परंतु आपने मेरा हृदय तोड़ा है, वह हृदय जो मैंने आपको प्रेम वश दिया था।'

मैं इतना कहकर रुक गई। मुझे पता था राम से आशा करना मूर्खता है। राम पहले की तरह क्षितिज को भावहीन दृष्टि से देखते रहे। मैंने अपने हृदय का दर्द

उनके सामने प्रस्तुत किया परंतु उन पर कोई प्रभाव नहीं पड़ा। उनसे और कुछ कहने का लाभ नहीं था।

मैंने लक्ष्मण को देखकर कहा, 'प्रिय भैया, मैंने आपसे बहुत कठोर वचन कहे थे। मैं उनके लिए क्षमा चाहती हूँ। परंतु वह मेरा आशय नहीं था। मैंने आपसे वह सब केवल इसलिए कहा, क्योंकि मैं आपको राम की सहायता के लिए वन में भेजना चाहती थी।'

'मैं जानता हूँ,' लक्ष्मण ने उत्तर दिया, 'मैंने आपको बहुत पहले क्षमा कर दिया था। मुझे पता है आपने वह शब्द केवल भैया राम के प्रति स्नेह के कारण कहे थे।' यह कहकर लक्ष्मण ने चेहरा उठाया और पहली बार मेरी आंखों में देखा। मैंने देखा वह रो रहा था। उसे भी राम से ऐसे व्यवहार की आशा नहीं थी। परंतु वह मुझे बचा नहीं सकता था। और हम दोनों यह जानते थे।

मैं उसी क्षण धरती में समा जाना चाहती थी, जिसके गर्भ से राजा जनक ने मुझे आशा और प्रेम से उठाया था। यदि मेरे माता-पिता को पता लगता कि राम ने, जिसे उन्होंने अपनी पुत्री सौंपी थी, मेरे साथ कैसा व्यवहार किया है तो उनका हृदय टूट जाता। राम के लिए मेरी आवश्यकताएं, अयोध्या के सबसे तुच्छ नागरिकों से भी कम महत्वपूर्ण हो गई थीं।

'हे देवी,' मैंने शर्म और हताशा से सोचा, 'मैं क्या करूं? मैं कहां जाऊंगी?'

तभी मेरे हृदय में व्याप्त हताशा के मध्य एक विचार कौंधा। मुझे मेरे ही पति ने त्याग दिया था, इसलिए मुझे कोई नहीं बचा सकता था। परंतु मैं स्वयं अपनी रक्षा कर सकती थी। प्रेम और हर्ष मेरे नियंत्रण में नहीं थे, परंतु मेरा स्वाभिमान मेरे पास सुरक्षित था। मैं जैसा जीवन चाहती थी वह तो मुझे नहीं मिला, मैं अपनी मृत्यु का ढंग अवश्य चुन सकती हूँ।

मैंने उसी क्षण निर्णय कर लिया।

मैंने लक्ष्मण से कहा, 'भैया, मैं आपसे एक अंतिम सहायता चाहती हूँ। आप मेरे लिए एक चिता तैयार कर दीजिए। मेरे लिए इस पृथ्वी पर अब कुछ भी शेष नहीं है। मेरे पति ने, जिन्हें मैंने स्वयं से अधिक प्रेम किया, जो मेरे हृदय और मेरी प्रार्थना में रहते थे, मुझे लज्जित कर क्रूरतापूर्वक अस्वीकार कर दिया है। हालांकि इसमें मेरा कोई दोष नहीं है। उन्होंने यह सब समस्त प्रजा के समक्ष किया है, इसलिए मैंने भी अपने जीवन का अंत करने का निश्चय कर लिया है।'

लक्ष्मण और विभीषण ने मुझे रोकने का प्रयास किया। हनुमान मेरे चरणों में गिर पड़ा और उसने मुझसे ऐसा न करने का अनुरोध किया। उन्होंने सरमा को भी बुलाया। परंतु जो व्यक्ति मुझे रोक सकता था, शिला की भांति स्थिर खड़ा रहा। राजा राम के मुखौटा के पीछे मुझे अपने राम की आंखों में पीड़ा दिखाई दे रही थी। उनकी आंखें आंसुओं से भरी थीं। परंतु उन्होंने कुछ नहीं कहा।

मेरी किसी ने सहायता नहीं की। मैंने स्वयं ही लकड़ी के टुकड़े एकत्रित करना शुरू किया। वह टुकड़े टूटे रथों, बाणों और धनुषों के थे। मैंने सबको धीरे-धीरे करके जमा किया। मुझे कई जगह चोट भी आई और खून बहने लगा परंतु मैं वह काम करती रही।

हनुमान और लक्ष्मण ने जब देखा कि मैं अपने निश्चय से डिगने वाली नहीं हूँ, तब उन्होंने रोते हुए मेरी सहायता की। कुछ ही देर में राम के समक्ष एक विशाल चिता तैयार हो गई। मैंने उसको प्रज्ज्वलित करने का अनुरोध किया। शीघ्र ही ऊंची-ऊंची लपटें उठने लगीं। वह लपटें रावण के भवन से भी ऊंची हो चुकी थीं। उनकी गर्मी से मेरी त्वचा जलने लगी थी। लोग खड़े देख रहे थे। राम को छोड़कर सब मुझे रोकने का प्रयास कर रहे थे। फिर मैंने जलती चिता में पैर रख दिया।

कालांतर में, भाट और चारणों ने उस चमत्कार का वर्णन गीतों में किया होगा। अग्निदेव स्वयं वहां प्रकट हुए और उन्होंने मुझे निर्दोष घोषित कर दिया। उन्होंने मेरा हाथ, राम के हाथों में दिया मानो हमारा दूसरी बार विवाह हो रहा था। राम मेरे चिता में प्रवेश करने के बाद दुख से ज़मीन पर गिर पड़े थे। उन्होंने मुझे तुरंत गले से लगा लिया और क्षमा मांगने लगे। उन्होंने अपना प्रेम व्यक्त कर दिया था।

'अयोध्या की महारानी का चरित्र समस्त संशयों से ऊपर होना चाहिए। मुझे आशा है तुम इसका महत्व समझती हो,' राम ने कहा। उनके स्वर में अनुग्रह था। 'और अब तुमने यह सिद्ध कर दिया है। इसलिए तुम्हारे चरित्र पर कभी कोई संदेह नहीं करेगा।'

बहुत लंबे समय तक अलग रहने के बाद मैंने पहली बार राम के छाती पर सिर रखा था। देवताओं ने दिव्य पुष्पों की वर्षा की और चारों ओर खड़ी भीड़ हर्षोल्लास के साथ जय-जयकार करने लगी। उस समय भी मुझे अपने हृदय से वही आवाज आ रही थी। सीताराम, सीताराम, सीताराम।

यह सत्य है कि प्रेम सबसे बड़ा नशा है। इसमें व्यक्ति सुध-बुध खो बैठता है, अन्यथा राम ने मेरे साथ जो किया था, उसके लिए मैं उन्हें कैसे क्षमा कर सकती थी?

'नहीं, प्रेम वह कुदाल है जिससे हम उन पुरानी बातों को बहुत अंदर दबा देते हैं जिन्हें हम याद नहीं रखना चाहते और दूसरों पर प्रकट नहीं कर सकते। परंतु फिर भी कुछ शेष रह जाता है। और वही बातें फिर एक बार ऐसे क्षण में उठकर सतह पर आ जाती हैं, जब हमें उसकी उम्मीद नहीं होती।

मेरे अग्नि में प्रवेश करने पर भी ऐसा ही कुछ हुआ था। मेरे शरीर में जबरदस्त पीड़ा थी। मैं चिल्लाना नहीं चाहती थी। मुझे इसके लिए अपनी समस्त इच्छा शक्ति का प्रयोग करना पड़ा। मैंने दर्द से भरकर मृत्यु और मुक्ति के लिए प्रार्थना की। मुझे क्रोध आया था। मैं निर्दोष थी फिर भी मुझे उस पीड़ा को सहन करना पड़ा। मेरी पीड़ा अनंत थी। मुझे नहीं लगता उसे मापा जा सकता है। मैं नहीं कह सकती मुझे वह पीड़ा कितनी देर हुई परंतु मुझे यह अवश्य पता है कि उस पीड़ा-भरी परीक्षा के बाद मेरा जीवन बदल गया।

शायद मुझे वह पीड़ा इसीलिए हुई, क्योंकि सच्चे रूपांतरण के लिए कष्ट सहना अनिवार्य होता है। सोने को आग में तपाने के बाद ही उसकी अशुद्धियाँ दूर हो पाती हैं।

देवताओं ने जब हस्तक्षेप किया, तब तक मेरा स्वरूप बदल चुका था। मैं पहले वाली सीता, पृथ्वी की पुत्री, दृढ़, समझदार और क्षमाशील नहीं थी। मैं कुछ और बन चुकी थी।

अग्निदेव ने स्वयं यह परिवर्तन स्वीकार किया था। उन्होंने मुझे अपनी 'पुत्री' कहकर संबोधित किया।

'हां, मैं अब सीता थी, अग्नि की पुत्री!'

परंतु मुझे इसका अर्थ अब तक पता नहीं लगा था।

# 26

हमारे जीवन में ऐसा कई बार होता है जब समय कभी बर्फ की तरह स्थिर हो जाता है तो कभी पलक झपकते ही निकल जाता है। यह विडंबना है कि अच्छा समय जल्दी बीतता है जबकि दुख की घड़ियां हमें जकड़ लेती हैं और बीतने का नाम नहीं लेतीं। रावण ने जब मेरा अपहरण किया था तो भय और पीड़ा से मेरा शरीर अवरुद्ध हो गया था। और अब मैं उल्लास और उत्साह के पंखों पर बैठ इतनी तेजी से आगे बढ़ रही थी कि मेरा सिर घूमने लगा।

जीवन में केवल हर्षोल्लास नहीं था, क्योंकि मेरे पास एक महत्वपूर्ण दायित्व भी थे। राम ने जब विभीषण का राज्याभिषेक किया तो मैंने उनके निकट रहकर स्वर्णिम कलश से अभिषेक का जल विभीषण के सिर पर डाला था। बाद में राम ने विभीषण को निर्देश दिया कि उसे प्रजा का ध्यान रखना है। विशेष तौर पर, युद्ध में मारे गए लोगों की पत्नियों और बच्चों की देखभाल करनी है। राम के ऐसा कहने पर मैंने आंखों से सहमति प्रदान की, क्योंकि मैंने ही राम को विभीषण से ऐसा कहने के लिए बोला था।

'तुम्हारे अतिरिक्त इनका कोई रक्षक नहीं है,' राम ने विभीषण से कहा। 'याद रखना, इनके पति और पिता हमारे शत्रु थे, परंतु वह वीरतापूर्वक अपने राजा और देश की रक्षा के लिए लड़े थे। उसी अनुसार उनका सम्मान करना।'

विभीषण ने हाथ झुकाकर राम को प्रणाम किया। वह झुकते समय सावधान था, क्योंकि उसे रावण के मुकुट के भार को उठाने की अभी आदत नहीं थी। मुझे पता था वह राम की आज्ञा का अवश्य पालन करेगा। वह इसलिए नहीं कि विभीषण, राम का बहुत आदर करता था, बल्कि इसलिए कि राम और विभीषण दोनों समान मूल्यों में विश्वास करते थे। धर्म और राज्य के प्रति दायित्व की खातिर राम ने मुझे

तक अग्नि में झोंक दिया था। इन्हीं मूल्यों की खातिर विभीषण ने भी राम को अपने एकमात्र पुत्र तरणीसेन को मारने का रहस्य बताया था, अन्यथा उसे हराना मुश्किल था। बाद में दोनों बहुत रोए थे। परन्तु भविष्य में अगर नियति उनके समक्ष वैसी ही परिस्थिति दौबारा रखेगी तो वह पुन वही निर्णय लेंगे। मेरे हृदय में उनके लिए प्रशंसा के साथ-साथ चिंता भी थी, क्योंकि सभी शासकों की प्रजा के नागरिकों द्वारा प्रशंसा की जाती है परंतु उसके बलिदान का दुख उनके परिवार को उठाना पड़ता है।

विभीषण ने हमसे रावण के महल में कुछ समय रहने का बार-बार अनुरोध किया। परंतु राम ने मना करते हुए कहा कि वह वनवास की शर्तों से बँधे थे। मुझे यह सुनकर खुशी हुई। रावण का महल, जिसमें मैंने कभी कदम नहीं रखा, अब भी उसकी इच्छाओं से भरा होगा इसलिए विभीषण ने हमारे रहने के लिए उद्यान में तंबू लगा दिए। उसने वहीं बैठकर राम के साथ शासन-संबंधी मामलों पर चर्चा की। राम ने विभीषण से कहा, 'रानी मंदोदरी का विशेष ध्यान रखना। उसके साथ सौम्यता से व्यवहार करना। हम सबमें उसका दुख सबसे बड़ा है, क्योंकि उन्होंने अपने पति और पुत्र के साथ सत्ता और शासन भी खो दिया है।'

यह बात भी राम से मैंने कही थी, हालांकि मुझे अभी भी विश्वास नहीं था कि मंदोदरी मेरी माँ है। परंतु मुझे याद था कि मंदोदरी ने मेरे प्राणों की रक्षा की थी। इसके लिए मैं उसकी आभारी थी।

'मेरी और सरमा की भी यही इच्छा है,' विभीषण ने कहा। 'हम भाभी का बहुत सम्मान करते हैं। रावण केवल भाभी की बात मानता था। अन्यथा उसने तीनों लोकों पर बहुत-से अत्याचार किए होते। मुझे नहीं पता कि मैं क्या करूं, क्योंकि मंदोदरी ने महल में वापस लौटने से मना कर दिया है। वह अब तक रावण की चिता के पास बैठी है। जो कि किसी रहस्यमयी कारणवश अभी तक जल रही रही है। सरमा ने मुझे बताया कि मंदोदरी ने अभी भी राजसी वस्त्र पहने हैं और माथे पर सिंदूर लगा है। उसने सिर से मुकुट फेंक दिया है क्योंकि शास्त्रों के अनुसार चिता ठंडी होने से पहले उसे विधवा नहीं कहा जा सकता। मंदोदरी ने खाने-पीने से भी मना कर दिया है। सरमा को लगता है वह प्रार्थना कर रही है। परंतु मुझे यह बात समझ में नहीं आ रही है।'

यह कहकर विभीषण ने अपना मुकुट उतारा और बालों में हाथ फेरने लगा। मैंने देखा उसके कुछ बाल उड़ गए थे। मुझे याद आया कि विभीषण की भांति, भरत को भी राजा बनने की इच्छा नहीं थी। परंतु नियति का कुछ और ही निर्णय था।

यह सुनकर राम परेशान हो गए। 'इसके लिए आंशिक तौर पर मैं उत्तरदायी हूँ। रावण की मृत्यु के समय मैं उससे मिलने रणभूमि में गया था। मैं उससे शासन-कला सीखना चाहता था, क्योंकि वह एक महान राजा था। मुझे उससे मिलकर

दुख या निराशा नहीं हुई। उसने मरते समय भी मुझे बहुत-सी ऐसी बातें बताईं जो मेरे लिए शासन के समय बहुत लाभकारी सिद्ध होंगी। मुझे इस बात का दुख है कि रावण जैसा बुद्धिमान और नेक व्यक्ति प्रतिशोध और वासना का शिकार हो गया। उसने अपनी दुर्गति कर ली। मस्तिष्क भी कैसा विचित्र खेल खेलता है। यदि यह हमारे नियंत्रण में हो, तो यह हमारा मित्र है और यदि हम इसके नियंत्रण में आ जाएँ तो यही हमारा सबसे बड़ा शत्रु बन जाता है।

'मैं रावण को छोड़कर गया तभी एक स्त्री आई। उसका चेहरा वस्त्र से ढँका था। उसने सिर झुकाया और मुझसे आशीर्वाद मांगा। उसकी आवाज सुनकर मुझे लगा वह बहुत परेशान है। मैंने कहा, 'ईश्वर तुम्हें और दुख न दे।' उसकी कलाइयों की चूड़ियां दिखाई पड़ रही थीं जिससे पता लगा वह विवाहित थी। इसलिए मैंने कहा 'सदा सौभाग्यवती रहो!'

'मेरे ऐसा कहने पर उसने चेहरे से वस्त्र हटा दिया और हँसने लगी। मैंने देखा उसने मुकुट पहना था।

'आप रानी मंदोदरी हैं?' मैंने कहा।

'हां,' वह बोली, 'और आप वह महान योद्धा राम हैं, जिसने मेरे पति और पुत्र को छल से मार डाला। इसलिए आपका दिया आशीर्वाद व्यर्थ है।'

'माता, मुझे क्षमा कर दीजिए,' मैंने कहा। 'मैं आपको दूसरा आशीर्वाद दे देता हूँ।'

वह बोली, 'मैं आपकी माता नहीं हूँ और इसके लिए मैं भाग्य को धन्यवाद देती हूँ। मुझे आपसे कोई आशीर्वाद नहीं चाहिए। आपने मेरे प्रियजनों को मार दिया। यह मत समझिए कि आपको आसानी से मुक्ति मिल जाएगी। इसके बदले मैं आपको शाप देती हूँ कि आपके जीवन में सुख के पल कभी नहीं आएंगे। जैसे मुझे दुख दिया है, उसी तरह आपको भी कष्ट उठाना पड़ेगा।'

राम ने अंत में कहा, 'मैं ही मंदोदरी की शाश्वत पीड़ा का कारण हूँ।'

मंदोदरी द्वारा दिए शाप की बात सुनकर मैं स्तब्ध रह गई। मेरा शरीर कांपने लगा। क्या राम की खुशी से मेरी खुशी जुड़ी नहीं थी? यदि उनके हृदय को दुख पहुँचेगा तो क्या मेरा हृदय सुखी रह सकता है?

उस रात मैं सो नहीं सकी। मुझे मंदोदरी का ध्यान आ रहा था। वह रावण की जलती चिता के निकट बैठी थी। वह न पत्नी थी और न विधवा। मुझे तभी आभास हुआ कि यह उसका अंत नहीं था और न ही यह दुखद था। वह यही नियति चाहती थी, क्योंकि वह राम के पास वेश बदलकर गई थी। उसे पता था राम क्या कहेंगे।

मंदोदरी ने अपना शेष जीवन रावण की चिता के निकट बैठने का निश्चय कर लिया था। उसने समस्त सांसारिक सुख और सत्ता का त्याग कर दिया, क्योंकि

वह रावण के दुष्कर्मों के बावजूद भी उससे प्रेम करती थी। मंदोदरी का यह अंतिम निर्णय, उसके प्रेम और क्षमाशीलता का प्रतीक था।

क्या मैं ऐसा कर पाती? मुझे पता नहीं मुझमें इतनी निष्ठा थी या नहीं। क्या मैं ऐसे पुरुष को क्षमा कर सकती थी जिसने मेरे साथ विश्वासघात किया हो, जिसने मेरी बातों को हर बार अनसुना कर दिया हो और जिसने मेरे घर के द्वार खोलकर मृत्यु को भीतर बुलाया, जो मेरे पुत्र को ले गई?

कुछ और ऐसी बातें थी, जहां हमारा हस्तक्षेप जरूरी था।

'प्रभु राम,' विभीषण ने पूछा, 'देवी सीता की रक्षा में तैनात राक्षसियों के साथ हमें क्या करना चाहिए? आपकी वानर सेना उन्हें मार देना चाहती है, क्योंकि उन्होंने देवी सीता को बहुत कष्ट पहुंचाया है।'

'उन्हें दंड मिलना चाहिए,' राम ने कहा। परंतु मैंने उन्हें टोक दिया।

'वे उसी तरह अपना दायित्व निभा रही थीं, जैसे रावण की सेना रणभूमि में अपना दायित्व निभा रही थी। उन्होंने मेरे साथ दुर्व्यवहार किया, किंतु उनका मुझसे व्यक्तिगत बैर नहीं था। प्रभु, आप उन्हें क्षमा कर दीजिए, विशेष रूप से त्रिजटा को, जिसने सदा मेरी रक्षा की है। मेरी इच्छा है कि मैं जब तक लंका में हूँ, वही मेरी सेवा करे।'

राम और विभीषण मेरी ओर आश्चर्य से देखने लगे।

'विभीषण ने कहा, 'देवी सीता, सरमा ने मुझे बताया कि उन लोगों ने आपको बहुत कष्ट दिया था। मेरे विचार से कोई और स्त्री उस कष्ट को इतनी सरलता से क्षमा नहीं कर सकती। यह सचमुच आपकी उदारता है।'

इसमें हालांकि उदारता की कोई बात नहीं थी।

मुझे उन राक्षसियों से कोई शिकायत नहीं थी, क्योंकि मैंने उनसे प्रेम नहीं किया और उन्होंने भी मुझसे प्रेम करने का दिखावा नहीं किया। जहां प्रेम होता है, वहां क्षमा करना मुश्किल होता है।

परंतु इस तथ्य को अभिव्यक्त करना कठिन है। शायद पुरुषों के लिए इसे समझना और भी कठिन है। इसलिए मैंने कहा, 'प्रतिशोध से किसी का भला नहीं होता।'

विभीषण ने हामी भरी। परंतु राम ने सिर हिलाकर कहा, 'सीता, मैं तुम्हारी प्रशंसा करता हूँ। परंतु न्याय अवश्य होना चाहिए, चाहे वह दयापूर्वक किया जाए, अन्यथा राजा को उसकी प्रजा दुर्बल समझती है और नियमों का उल्लंघन होने लगता

है। त्रिजटा को छोड़कर अन्य सभी राक्षसियों को सौ-सौ कोड़े मारे जाएं। त्रिजटा ने तुम्हारी रक्षा की इसलिए वह तुम्हारे साथ रह सकती है। विभीषण का राज्याभिषेक भी हो गया है और मेरा चौदह वर्ष का वनवास भी समाप्त होने वाला है। इसलिए हमारे लौटने में अब कुछ ही समय बाकी है।'

लक्ष्मण अधीरता से प्रतीक्षा कर रहा था। वह अचानक बोल पड़ा, 'शूर्पणखा का क्या होगा? क्या उसके लिए विशेष दंड नहीं होना चाहिए? मैं स्वयं उसे दंड दूँगा। वही इस विनाश का मुख्य कारण है। उसी ने रावण को उकसाया और उसके अहंकार को बढ़ावा दिया। शूर्पणखा के कारण ही समस्त लंकावासियों पर यह संकट आया है।'

विभीषण ने सिर झुकाकर कहा, 'मैं आपकी बात से सहमत हूँ। लंका पहुंचते ही मैंने उसे बहुत ढूँढ़ा, परंतु वह गायब हो गई। किसी को नहीं पता वह कहां है।'

मेरा हाथ सहसा अपने आप मेरे गले तक पहुंच गया। मैं कभी-कभी सोते में घबराकर उठ बैठती थी। मुझे लगता था कोई मेरा गला दबा रहा है। मैं मानती हूँ कि शूर्पणखा का विचार आने से मुझे गुस्सा आता और कष्ट होता था। उसी के कारण मुझे पीड़ा हुई है। वह स्वयं भागकर अन्यत्र खुली घूम रही थी। यह अनुचित था।

परंतु मेरा मन प्रसन्न था कि मुझे उसे और दंड भोगते नहीं देखना पड़ेगा। मुझे वह क्षण अभी तक याद है जब वह पहली बार मुझे चुलबुली लड़की के रूप में वन में मिली थी। मैं यह बात भूल नहीं सकी कि उस दिन यदि राम और लक्ष्मण ने उसके साथ उदारता दिखाई होती और उसकी निर्दोष हरकतों को क्षमा कर दिया होता या मैंने जल्दी आगे बढ़कर दोनों भाइयों को शूर्पणखा को घायल करने से रोक लिया होता तो उसके बाद हुई इस भयानक विनाश-लीला को रोका जा सकता था।

हां, इस विनाश में मेरी भी भूमिका थी।

उसके बाद मैंने और राम ने मिलकर वानर सैनिकों को बहुत-से उपहार दिए। रावण के उद्यान से अनेक दुर्लभ फल, आभूषण और कवच भी दिए थे। फिर उन सबको उनके घर भेज दिया गया। हनुमान पीछे रह गया था। मैं, राम और लक्ष्मण, हम तीनों को हनुमान से बहुत प्रेम हो गया था। इसके बहुत-से कारण थे। उसने अनेक मौकों पर हमारी सहायता की थी। हमने हनुमान से अयोध्या साथ चलने और राम के राज्याभिषेक में हिस्सा लेने का अनुरोध किया। मैं तो चाहती थी वह अपना शेष जीवन हमारे साथ ही रहे। मैंने इसके लिए एक योजना भी बना ली। मेरा हनुमान के साथ बहुत अच्छा संबंध था, क्योंकि उसने मुझे 'माँ' कहा था और वह सदा सौम्य व्यवहार करता था। यदि मुझे उसके विषय में ठीक से पता न होता तो उसके योद्धा

होने पर विश्वास करना कठिन था। मुझे पूरा भरोसा था कि हनुमान के साथ रहने से हम पूरी तरह सुरक्षित रहेंगे।

परंतु अब मुझे सुरक्षा की चिंता क्यों थी? सभी शत्रु मारे गए थे और हम विजयी होकर घर लौट रहे थे। निस्संदेह, ऐसा सोचना मेरी मूर्खता थी।

सभी वानर समुद्र पर बने पुल तक हमारे साथ आए। सुग्रीव और उसके सेनापतियों को छोड़कर सभी लौट गए, क्योंकि वे हमें विदा करने के बाद वहां से जाना चाहते थे।

वानरों की पंक्ति धीरे-धीरे छोटी होती हुई फिर आंखों से ओझल हो गई। यह देखकर मुझे दुख हो रहा था। मैं उनकी आभारी थी। मेरे जीवन का एक महत्वपूर्ण अध्याय समाप्त होने जा रहा था और यही उनके साथ भी हो रहा था। मैं सोचने लगी क्या उन्हें भी यही महसूस हुआ होगा। क्या उन्हें एहसास होगा कि उनकी वीरता से भरे दिन अब समाप्त हो चुके थे। वे शेष जीवन इस विजय-गाथा और गौरवशाली कहानियों को दोहराएँगे। उन्होंने समुद्र पर पुल बनाया और भयानक राक्षसों को मारकर असंभव कार्य कर दिखाया था। इस कार्य में देवता भी विफल हो गए थे। परंतु उनमें से कुछ वानर ऐसे भी थे जिनका जीवन इस रोमांचक अनुभव के बाद पूरी तरह बदल चुका था। उन्हें शायद फिर से गृहस्थ जीवन मैं लौटना अच्छा न लगे। वे फिर क्या करेंगे?

अयोध्या लौटने के बाद मेरा क्या होगा? क्या रानी के पद की कठिन जिम्मेदारियों और अनुशासित जीवन तथा महल की देखभाल से मुझे संतोष मिल जाएगा?

मेरे पास यह सोचने का समय नहीं था। वानरों के जाने के बाद राम ने मेरा हाथ पकड़ लिया। उनका लंका में कार्य पूर्ण हो गया था, इसलिए उनके भीतर लौटने की तात्कालिकता साफ दिखाई पड़ रही थी।

'अयोध्या मुझे पुकार रही है,' राम ने कहा। 'वह मेरी वापसी के लिए रो रही है। मुझे जल्दी लौटकर राज्य का काम संभालना है।'

राम का उत्साह संक्रामक था। मुझ पर उसका प्रभाव पड़ने लगा। मैं भी लौटने के लिए तैयार हो गई। मैं उनकी संगिनी और रानी बनकर साथ रहना चाहती थी। घर को व्यवस्थित करने का समय आ गया था। मुझे अयोध्या में अपनी जगह बनानी थी, कुछ चीजों को बदलना था। मुझे अपनी बहन प्रिय उर्मिला से मिलना था। मैंने इस दौरान उसके विषय में कभी नहीं सोचा, क्योंकि मुझे डर था कि मेरे अन्य दुखों के साथ वह एक और दुख मुझे भीतर से तोड़ देगा।

# 27

'आप लौटने के लिए पुष्पक विमान का प्रयोग कीजिए,' विभीषण ने राम से कहा। 'यही सबसे सुरक्षित और तेज माध्यम है। इस विमान को तीनों लोकों के सब स्थानों की जानकारी है। आपको इसे केवल गंतव्य बताना है और यह तुरंत आपको अयोध्या ले जाएगा।'

'क्या यह अभी तक इधर है?' राम ने आश्चर्य से पूछा। 'मैंने सोचा यह स्वर्गलोक लौट गया होगा। क्या यह देवताओं का विमान नहीं है?'

'हां, यह देवताओं का ही विमान है,' विभीषण ने कहा। 'परंतु यह किसी कारण से लंका में रुका है। हम इसे तैयार कर देते हैं।'

परंतु विभीषण के लिए संकट खड़ा हो गया। उस विमान में कोई सवार नहीं हो पा रहा था। विभीषण के श्रेष्ठ सैनिक, स्वयं राम और यहां तक कि लक्ष्मण भी उस पर चढ़ने में विफल हो गए। विमान गायब हो जाता था या तेज आवाज करने लगता था, जिसे सुनकर हजारों क्रुद्ध मक्खियों के आक्रमण का आभास होने लगता था। कोई भी उसके निकट जाता तो उसका सिर घूमने लगता था। यहां तक कि हनुमान ने अपना आकार घटाकर अंगूठे जितना कर लिया, फिर भी वह विमान में नहीं चढ़ सका। तभी विमान में से तेज ऊर्जा निकली जिससे प्रभाव से हनुमान दूर जा गिरा।

सब चकित थे। राम और विभीषण एक सप्ताह तक प्रयास करते रहे। आखिरकार, वे इस निष्कर्ष पर पहुंचे कि हमें वन के मार्ग से होकर पैदल ही लौटना होगा।

पैदल-यात्रा खतरनाक थी। रास्ते में बहुत-से राक्षस थे जो रावण के प्रशंसक रह चुके थे। वह हम पर आक्रमण कर सकते थे। विभीषण ने हमें राजमुद्रा साथ

देने का वचन दिया जो हमारे राजा विभीषण के अतिथि होने का प्रमाण था, परंतु हमें लगा कि उससे भी राक्षसों का खतरा दूर नहीं होगा।

हमारे पास दूसरा विकल्प ही क्या था? विभीषण ने भोजन, पानी, सेवक और सैनिकों का एक बड़ा दल तैयार किया। वानर सेनापतियों ने कहा कि वह किष्किंधा तक हमारे साथ चलेंगे और पथरीले मार्ग पर हमारी मदद करेंगे।

राम फिर भी प्रसन्न नहीं थे। तेज गति से चलने पर भी हमें घर पहुंचने में कई माह लग सकते थे।

'क्या आपको पता है यह पुष्पक विमान किसी विशेष व्यक्ति की प्रतीक्षा कर रहा है?' त्रिजटा ने एक दिन मेरे बाल सँवारते हुए कहा। मुझे यह चिंता थी कि वह इस नए कार्य से जल्द ऊब जाएगी परंतु वह संतुष्ट थी और मेरी प्रतिदिन स्नेहपूर्वक तैयार होने में सहायता करती थी। वह द्वार पर मेरी रक्षक बनकर भी खड़ी हो जाती और मेरी अनुमति के बिना किसी को भीतर नहीं आने देती थी। यहां तक कि राम को भी कई बार प्रतीक्षा करनी पड़ती थी।

'पुष्पक केवल उसी का आदेश मानेगा जिससे इसका संबंध है,' त्रिजटा ने कहा। 'इसका, अपने स्वामी रावण के साथ गहरा संबंध था, क्योंकि उन्होंने इसे युद्ध में जीता था। परंतु अब वह किसी और के साथ उसी भाव से जुड़ा है। यदि ऐसा नहीं होता तो यह कब का देवताओं के पास वापस लौट जाता। इस पर किसी ने अवश्य सवारी की है और इसे स्पर्श किया है, इससे बात की है। कोई अवश्य होगा जिसके प्रति यह कृतज्ञ महसूस करता है।' यह कहकर वह मुझे अर्थपूर्ण दृष्टि से देखने लगी।

त्रिजटा से अवश्य भूल हुई होगी। फिर मैं अगले दिन पुष्पक विमान के पास पहुंची। मैंने किसी को नहीं बताया। यहां तक कि राम से भी कुछ नहीं कहा। मुझे डर था कि वह मेरा मजाक उड़ाएंगे।

पुष्पक विमान मुझे पहले से अलग दिखाई पड़ रहा था। पहले वह मुझे सेना के ऊपर से लेकर उड़ा था। फिर इसने एक जबरदस्त युद्ध विमान का रूप धारण कर लिया। परंतु अब यह सुंदर पालकी जैसा दिख रहा था। मैं उसके निकट पहुंची तो उसमें दो या तीन लोगों के बैठने की जगह थी। मेरे पास पहुंचते ही उसमें से आवाज आई। परंतु वह गुस्सैल मक्खियों के भिनकने का स्वर नहीं, बल्कि किसी बड़ी बिल्ली की सी आवाज थी। मेरा हृदय तेजी से धड़कने लगा। मुझे डर लग रहा था। फिर मैं उसके और पास गई और मैंने जैसे उस पर हाथ रखा, उसका दरवाजा खुल गया। मैंने भीतर प्रवेश किया। विमान से आ रही बिल्ली की आवाज मेरे दिल की धड़कन के साथ मिल गई थी।

'क्या तुम हमें घर ले चलोगे?' मैंने पुष्पक से पूछा। इसके उत्तर में पुष्पक हवा में उठा और तेज गति से उड़ने लगा। परंतु वह इतना आराम से उड़ा कि जब मैं उसमें से नीचे उतरी तो मेरे बालों में गुँथा एक भी फूल अपनी जगह से हिला नहीं था।

राम को यह पता लगा तो वह मुझे एक अलग दृष्टि से देखने लगे। मुझे उनकी प्रशंसा से सुख मिल रहा था। उन्होंने अब तक केवल मेरे स्त्री-सुलभ गुणों, मेरे सौंदर्य, मेरी उदारता और पशुओं, पौधों, मनुष्यों और यहां तक कि राक्षसों का उपचार करने की मेरी क्षमता की ही प्रशंसा की थी। वह मेरी इसलिए भी प्रशंसा करते थे कि मैंने कौशल्या और दशरथ को निकट लाकर उनके संबंधों को सुधारा था। वह इससे भी प्रभावित थे कि मैंने घने बीहड़ों में भी एक सुंदर घर बनाया। परंतु वह इन बातों को घरेलू कला मानते थे। पुष्पक वाली घटना के बाद उन्होंने पहली बार मुझे आदर की दृष्टि से देखा। ऐसी दृष्टि जिसमें समानता का भाव था। मेरा मन संतोष से खिल उठा था।

इसके साथ मुझे थोड़ा दुख भी हुआ। मैं इतने वर्ष जिसे प्रशंसा समझती रही, वह एक प्रकार से मन बहलाने जैसा था, जैसे कोई बच्चे की और उसकी बचकानी उपलब्धियों की प्रशंसा करता है। मुझे जिन सोलह नारी-सुलभ कलाओं में महारत हासिल थी, वे सब बहुत जरूरी थीं। उनमें से कुछ भी आसान नहीं था। उनके लिए तेज बुद्धि और इच्छाशक्ति चाहिए। परंतु राम ने उसका महत्व नहीं समझा। उन्होंने स्त्री के अस्तित्व की जटिलता को भी नहीं पहचाना।

मुझे लगता था मैं उनका दृष्टिकोण बदल दूंगी और वह दुनिया को अलग नज़र से देखने लगेंगे। परंतु एक साल की कैद ने मुझे बहुत कुछ सिखा दिया था। मैं समझ चुकी थी कि प्रेम कितना भी गहरा क्यों न हो, वह किसी को बदल नहीं सकता। लोग क्या सोचते हैं या क्या मानते हैं, वह धारणा कभी नहीं बदलती। हम अधिक से अधिक स्वयं को बदल सकते हैं।

हमने उसी रात निकलने का निश्चय कर लिया। पुष्पक विमान के लिए प्रकाश या अंधकार अर्थहीन था। वह रहस्यमयी अदृश्य शक्ति से संचालित होता था। विभीषण ने हमें उपहार के रूप में प्रचुर स्वर्ण और बहुत-से आभूषण दिए थे। हमने बहुत मना किया किंतु वह नहीं माना। हम सोच रहे थे कि उस छोटी-सी पालकी में इतना सामान कैसे रखेंगे, परंतु विभीषण को विश्वास था कि उसमें कोई समस्या नहीं होगी। सचमुच, जब हम विमान के निकट पहुंचे तो वह पालकी नुमा विमान, एक महल में बदल चुका था। उसके प्रत्येक गुंबद में से हंस जैसे पंख निकल आए थे।

सुग्रीव और अन्य वानर साथियों ने जब यह दृश्य देखा तो वे भी साथ चलने को तैयार हो गए, क्योंकि वे सब राम के राज्याभिषेक पर मौजूद रहना चाहते थे। विभीषण ने हमारे साथ राक्षसों का एक दल, कुछ सैनिक और चुने हुए दरबारियों को साथ भेजने का निश्चय किया, क्योंकि वह सार्वजनिक रूप से दर्शाना चाहता था कि लंकावासियों के लिए राम का राज्याभिषेक विशेष अवसर था और वह अब उनके मित्र थे।

राक्षसों को लेकर राम निर्णय नहीं ले पा रहे थे। फिर मैंने उन्हें धीरे-से कहा कि यह अच्छा विचार है।

मैंने राम से कहा कि अयोध्यावासियों को, जिनके मस्तिष्क पूर्वाग्रह से भरे हैं, अन्य प्रजातियों को देखने का अवसर मिलना चाहिए। उन्हें यह समझना चाहिए कि राक्षस हमसे भिन्न हैं, परंतु वह सदा दुष्ट मूर्ख या खतरनाक नहीं होते। उनमें से बहुत-से नेक और प्रशंसा के योग्य भी हैं। राम-राज्य में सभी प्राणियों के बीच सामंजस्य होना चाहिए। इससे हमारे चौदह वर्ष के कष्ट का अच्छा परिणाम निकलेगा।

'अच्छी बात है,' राम ने मेरी बात मान ली।

एक जोरदार जयघोष के साथ सब पुष्पक विमान पर चढ़ गए। राक्षस और वानर तथा भालू व मनुष्य, अब परस्पर शत्रु नहीं थे। विमान पर चढ़ने के बाद हमें देखकर आश्चर्य हुआ कि पुष्पक का आकार पहले से और अधिक बड़ा हो गया था। उसमें सबके लिए अलग कक्ष था और सब तरह की सुख-सुविधाएं थीं। पुष्पक के भीतर मानो हमारा मन पढ़ने की क्षमता थी। उसमें मनोरंजन के लिए संगीत और नृत्य के साधन भी उपलब्ध थे। विमान पर बैठे सेवक, भोजन और जलपान लेकर इधर-उधर घूम रहे थे। उसमें कुछ ऐसे व्यंजन थे जो हमने कभी नहीं खाए थे। हमें बीच-बीच में एक चमकदार रोशनी नज़र आती थी जो शायद हमारा दृष्टि-भ्रम था। वह भ्रम पुष्पक ने हमारे मनोरंजन के लिए तैयार किया था।

कुछ देर बाद, कमर झुकाए एक बूढ़ी स्त्री साधारण सूती साड़ी पहने मेरे पास भोजन लेकर आई। मैं उसे मना करने वाली थी कि तभी उसने सिर उठाया और वह मुझे देखकर मुस्कराई। वह मेरी प्यारी दासी मालिनी थी! मुझे उसे मिथिला में छोड़कर जाना पड़ा था, क्योंकि दशरथ ने हमें अपनी दासियाँ साथ ले जाने की अनुमति नहीं दी थी। मुझे मालिनी के साथ हँसी-मजाक के दिन बहुत याद आते थे। मैं उसके गले में बांहें डालना चाहती थी किंतु मैंने ऐसा नहीं किया। मैंने स्वयं को याद दिलाया कि वह एक साधारण दासी थी। क्या पुष्पक सचमुच हमारा मन पढ़ सकता था?

मैंने पुष्पक की मन में प्रशंसा की और उसका आभार व्यक्त किया। वहां मेरे बचपन की मनपसंद मिठाइयां रखी थीं, परंतु मेरा उन्हें खाने का मन नहीं था। मुझे केवल एक ही चीज की भूख थी।

लंका में राम और मेरे लिए थोड़ा एकांत उपलब्ध था। राम के पास विभीषण के हाथ में सत्ता का हस्तांतरण करने का दायित्व था। इसके अतिरिक्त, हमसे मिलने बहुत-से लोग आते रहते थे। मैं अपने पति के साथ कुछ देर अकेला रहना चाहती थी। मुझे अयोध्या जाने से पहले उनके साथ स्वतंत्र होकर प्रेम-भरी एक रात बितानी थी। राज्याभिषेक के बाद उन पर बहुत-सी जिम्मेदारियां आ जाना तय था। उससे पहले मुझे उनके साथ समय चाहिए था। राम जिस तरह मुझे प्रेमपूर्वक देख रहे थे, मैं समझ गई कि उनकी भी यही इच्छा थी।

परंतु हमें मेहमानों की देखभाल भी करनी थी।

राम, कक्ष में घूमते रहे। उन्होंने सिर झुकाकर खड़े एक वानर को आशीर्वाद दिया और राक्षसों के मुखिया के कंधे को थपथपाया। उन्होंने थोड़ी बातचीत की। उन्हें पता था मेहमानों से किस तरह बात की जाती है। उनका स्वर सदा स्नेह से भरा रहता था। राम के जाने के बाद भी लोग उन्हें देखते रहते थे। उनकी आंखों में राम के लिए प्रशंसा थी। वन के कठिन जीवन और हमारे अलग हो जाने तथा युद्ध के बाद राम, स्वभाव से कठोर हो गए थे। उनके व्यक्तित्व का आकर्षक और भोलापन कम हो गया था। परंतु उनके मन में स्नेह तथा जन-कल्याण, निस्स्वार्थ सेवा-भाव और स्वयं से पहले दूसरों की आवश्यकता-पूर्ति की कामना यथावत थी। उसमें परिवर्तन नहीं हुआ था। वास्तव में, इन गुणों में वृद्धि ही हुई थी।

मेरे मन में राम के लिए इतना आदर और प्रेम था कि मुझे उससे कष्ट होने लगता था। वह पृथ्वी पर एक श्रेष्ठ राजा थे, जिनका जन्म लोगों को आदर्श राजा के गुण सिखाने के लिए हुआ था।

हम अपने कक्ष की ओर बढ़े तो मेरी नज़र लक्ष्मण पर पड़ी। मुझे पता नहीं लगा परंतु वह उत्सव से दूर चला गया था। वह विमान के दूसरे छोर पर अकेला खड़ा था। उसने पुष्पक पर मौजूद सभी तरह की सुख-सुविधाओं को अस्वीकार कर दिया था। उसके दाएँ हाथ में धनुष तैयार रहता था। पता नहीं, इसका क्या कारण था। सब जानते थे कि पुष्पक सबकी रक्षा करने में समर्थ था। परंतु लक्ष्मण के लिए खतरों को भुला देना कठिन था। ऐसे लोग सहज नहीं हो पाते। उन्हें नींद मुश्किल से आती है और वह रात में उठ बैठते हैं। उर्मिला की खातिर, मैं चाहती थी लक्ष्मण के साथ ऐसा कभी न हो।

मैं लक्ष्मण को देखती रही। उसका चेहरा कठोर दिखता था। मैंने हमेशा उसे इसी तरह देखा। परंतु ध्यान से देखने पर वह थका हुआ भी लग रहा था। क्या लक्ष्मण किसी बात से चिंतित था?

मैंने वह स्थान पहचान लिया जहां वह खड़ा था। वह मेरे बुर्ज का प्रवेश द्वार था। वह मेरी और उर्मिला की मनपसंद जगह थी। मैंने मिथिला के फूलों को पहचान लिया, जो मैंने ही लगाए थे। सफेद और बैंगनी फूलों ने पूरी जगह को भर दिया था। उर्मिला कहती थी कि उसे वहां बचपन की सुगंध आती है। वह अवसर मिलते ही वहां पहुंच जाती थी। शाम को लक्ष्मण काम समाप्त होने के बाद उर्मिला को खोजता वहीं आता था। फिर दोनों हमारे पास आ जाते थे। हम दिनभर की बातों पर हँसी-मजाक करते और अपने दायित्वों को कुछ देर के लिए भूलकर साथ में समय बिताते थे।

लक्ष्मण, क्या उर्मिला के बारे में सोच रहा था? राम के प्रति अपना दायित्व निभाने के लिए लक्ष्मण ने जिस रूखेपन से वैवाहिक संबंध का त्याग किया था, क्या उसे फिर से सामान्य करना सरल होगा?

मैं, मन में लक्ष्मण और उर्मिला के लिए प्रार्थना करने लगी। मुझे उर्मिला के साथ भी अपने संबंधों को ठीक करना था, क्योंकि मैं भी उसे अकेला छोड़ आई थी।

मैंने उस तनाव से भरे विचार को भुला दिया। मैंने खुद को समझाया कि मुझे अभी ऐसा कुछ नहीं सोचना था। वह रात, केवल राम के लिए थी।

मैंने और राम ने कक्ष में प्रवेश किया। मैं यह देखकर हैरान रह गई कि पुष्पक विमान एक वाटिका में परिवर्तित हो गया था। उसमें पत्तों की शैया भी तैयार थी। वह पहले से अधिक मुलायम और सुंदर थी। उसके नीचे पथरीली ज़मीन नहीं थी। दूर टहनियों पर पक्षी चहक रहे थे और पास ही जलधारा की आवाज भी आ रही थी। मंद समीर और जंगली फूलों की सुगंध ने वातावरण को मनमोहक बना दिया था। निकट एक तालाब था, जो स्नान के लिए उपयुक्त था। मुझे अच्छा लगा कि मेरी दासियाँ साथ नहीं थीं। अयोध्या में हर समय मेरे पास दासियाँ होंगी और हमें राजा एवं रानी की भांति उनकी सेवाएं भी लेनी पड़ेंगी।

मैंने मन में पुष्पक का आभार व्यक्त किया। उसने मुझे और राम को एक रात्रि प्रदान की थी।

हम दोनों शैया पर लेट गए और एक-दूसरे को थाम लिया। हमारे शरीर भूखे थे, परंतु प्रेम-क्रीड़ा से पहले कुछ बातें थी, जिन्हें कहना जरूरी था।

राम का स्वभाव सदा ही उदार था। उन्होंने पहले बात शुरू की। उन्होंने मेरा हाथ थामा और मेरी आंखों में देखकर क्षमा मांगने लगे। उनकी सुंदर आंखें, वर्षा-बूंदों से

गीली हुई कमल की पत्तियों की तरह दिख रही थीं।

'मैंने तुम्हें कई बार निराश किया है,' उन्होंने कहा, 'और अनेक तरह से तुम्हें दुख पहुंचाया है। मैं रावण की चाल समझ नहीं सका। मैं रावण से तुम्हारी रक्षा नहीं कर सका। तुमने एक वर्ष तक अकल्पनीय कष्ट सहा है। मैं तुम्हें जल्द मुक्त करवाने में भी असफल रहा। आखिर, मैंने उसे मार दिया और फिर तुमसे मेरी भेंट हुई। तुम्हारा दुर्बल शरीर, तुम्हारी निष्ठा का सजीव प्रमाण बनकर मेरे सामने था। मुझे तुम्हारी प्रशंसा कर के तुम्हें गले लगाना चाहिए था। परंतु मैं झुक गया। मैंने तुमसे कठोर शब्द कहे, तुम्हें अपमानित किया, तुम्हारी निंदा की और तुम्हें अग्नि-परीक्षा देने के लिए विवश किया। मेरा हृदय दुख से भरा था। फिर भी मैं चाहता था कि तुम वह परीक्षा दो। मुझे विश्वास था कि तुम निर्दोष हो, इसलिए कोई चमत्कार अवश्य तुम्हारी रक्षा करेगा। परंतु यदि ऐसा न होता, तो क्या हो जाता? यदि तुम्हारी मृत्यु हो जाती तो क्या होता? तुमने जैसे ही अग्नि में प्रवेश किया, मेरा शरीर कांप उठा। मैं नीचे गिर पड़ा था। उसी क्षण मैं जान गया कि तुम्हारे बिना मेरा जीवन व्यर्थ है। यदि तुम उसी क्षण सुरक्षित बाहर नहीं आतीं तो मैं भी तुम्हारे पीछे अग्नि में प्रवेश करने वाला था। मुझे अयोध्या और अपनी प्रजा की भी चिंता नहीं थी...'

'नहीं। नहीं। ऐसा मत कहिए,' मैंने धीरे से कहा। हालांकि मेरा हृदय खुशी से धड़क रहा था। राम द्वारा प्रेम की अभिव्यक्ति से मेरा मन प्रसन्न था। परंतु मुझे यह सोचकर दुख हुआ कि वह आत्म-हत्या के निकट पहुंच गए थे। मैंने धीमे-से उनके होठों पर अँगुली फेरी और अपने मन की बात कह दी। 'मैंने भी बहुत-सी भूल की हैं। मैंने आपसे सोने का हिरण लाने की मांग की, जबकि आपने मुझे सावधान किया था। मैंने लक्ष्मण को बुरा-भला कहा। उसे अपमानित किया। वह मुझे अकेला छोड़कर वन में चला गया। फिर जो भी हुआ, उसके लिए मैं जिम्मेदार हूँ। हताशा की काली रात में आप मुझे दूर दिखाई पड़ते थे। कई बार ऐसा हुआ कि आप में मेरी आस्था कम होने लगी और मैंने आत्महत्या का विचार किया। लंका में मुझ पर इतनी कड़ी सुरक्षा न होती तो मैंने आत्म-हत्या कर ली होती।'

राम को यह सुनकर पीड़ा हुई। उन्होंने मुझे कसकर पकड़ लिया। मैंने भी उन्हें थाम रखा था, क्योंकि वह पीड़ा मेरे लिए वास्तविक थी। मुझे वर्तमान का आनंद लेने के लिए अतीत को भुलाना सीखना होगा।

फिर मैंने बात समाप्त करते हुए कहा, 'सौभाग्य से, अंत में सबकुछ ठीक हो गया। हमें इस विषय में अब और विचार नहीं करना चाहिए।'

राम ने सहमति जताई और बोले, 'मैं तुमसे कुछ और कहना चाहता हूँ। मैं जिस समय अग्नि के समक्ष नीचे पड़ा रो रहा था, तभी एक चकित करने वाली बात हुई। आकाश में असंख्य देवता प्रकट हुए और वे सब एक स्वर में बोल रहे थे। वह

केवल मुझे सुनाई पड़ रहा था। लक्ष्मण ने कहा कि उसे केवल एक गूंज सुनाई दी थी।

देवताओं ने मुझसे बहुत अचरज-भरी और चमत्कारी बात कही। उन्होंने कहा कि मैं भगवान विष्णु का अवतार हूँ और रावण के अत्याचार से पृथ्वी को मुक्त करने के लिए मेरा जन्म हुआ है। उन्होंने कहा, 'अपने ईश्वरीय अवतार को पहचानिए और साधारण मनुष्य की तरह रोना बंद कीजिए। आपकी तरह सीता का स्वरूप भी दिव्य है। उन्हें केवल रावण के विनाश में अपनी भूमिका निभाने भेजा गया है। आप उनके लिए चिंतित न हों। वह बिल्कुल सुरक्षित हैं। नियति के अनुसार आप दोनों को अभी बहुत-से कार्य पूरे करने हैं।'

राम ने मेरी ओर प्रश्न-भरी दृष्टि से देखा। 'क्या यह सत्य हो सकता है या मेरा मन मुझे उस दुख से बचाने के लिए स्वांग रच रहा था? मुझे तो अपनी दिव्यता का आभास नहीं होता। मैं शायद वीर हूँ, और उचित कार्य करने का मन से प्रयास करता हूँ। हां, यह ठीक है परंतु इससे अधिक कुछ नहीं। मुझे नहीं पता, स्वरूप को पहचानने से देवताओं का क्या आशय था।'

राम की आंखों में दुख था। वह अपने संदेह के बारे में केवल मुझे बताते थे। उन्हें मुझ पर भरोसा था। वह मुझसे सब कहते थे और उन्हें मेरी बात पर पूरा भरोसा था। मेरे लिए यह उनकी ओर से उपहार और बहुत बड़ा दायित्व था।

मैंने एक गहरी सांस ली और उन्हें उस दृश्य के विषय में बताया जो मैंने देखा जब रावण ने मरते समय मेरे पैर पकड़े थे। राम और मेरा वैकुंठ में होना तथा रावण के द्वारपाल होने वाली बात मैंने राम को बताई। मैंने उन्हें ऋषि के शाप के विषय में भी बताया। मैंने राम से कहा, 'देवताओं ने आपके लिए सत्य कहा, परंतु मानव शरीर में जन्म लेने के कारण आप सब भूल गए हैं। यह माया का प्रभाव है। आप चिंता मत कीजिए। केवल अपना कार्य पूरा कीजिए। मुझे नहीं लगता कि किसी भी मनुष्य या देवता से इससे अधिक अपेक्षा की जा सकती है। आप वही कीजिए जो आपका हृदय कहता है। इससे आपको अपने सत्य स्वरूप का ज्ञान हो जाएगा।'

'क्या देवता सचमुच पृथ्वी पर आ सकते हैं?' राम ने पूछा। 'क्या तुम भी स्वयं को देवी समझती हो?'

'मुझे यह केवल तब लगता है जब आप मुझे चूमते हैं,' मैंने हंसते हुए कहा। 'परंतु मुझे वैकुंठ वाले दृश्य पर भरोसा है। यह संसार दिव्य रहस्यों से भरा है। हमें यहां किसी विशेष प्रयोजन से भेजा गया है। इस पृथ्वी पर रावण रूपी अंधकार व्याप्त था जिसे हटाने के अतिरिक्त भी हमें बहुत कुछ करना है। हमें शायद लोगों को शांतिपूर्वक जीने का ढंग भी सिखाना होगा।'

'यदि मेरा हृदय और मस्तिष्क मुझसे अलग-अलग बातें कहें तो मुझे क्या करना चाहिए?' राम ने पूछा। 'मेरे साथ प्रायः ऐसा होता है।'

मैंने गहरी श्वास ली। मुझे पता है उनके साथ यह दुविधा सदा रहती है। वह धर्म-रक्षक राजा और गृहस्थ की भूमिका के बीच फंस जाते हैं। फिर भी वह पहले से अधिक संयमित और विश्वास से भरे दिखाई पड़ रहे थे। मैंने इस विषय पर उनसे और बात नहीं की।

'अधर्म का नाश करने के बाद अगला कदम, धर्म की स्थापना होना चाहिए। मुझे लगता है आपको अयोध्या लौटकर यही करना चाहिए। आपको लोगों को सदाचारी जीवन की प्रेरणा देनी होगी।'

राम ने हामी भरी। 'सदाचारी' शब्द सुनकर वह सहज हो जाते थे।

मैं राम से वह भी कहना चाहती थी जो मुझे अग्निदेव ने आग की लपटों में बताया था। राम पुरुषों को शिक्षा देने आए हैं, परंतु तुम्हें स्त्रियों को शिक्षित करना है। तुम्हारी शिक्षा अधिक मुखर नहीं होगी, परंतु उसका महत्व उतना ही होगा। मुझे नहीं पता अग्निदेव का क्या आशय था। मैंने सोचा राम शायद इस बात को अधिक स्पष्ट कर पाएँगे।

परंतु राम अभी बात नहीं करना चाहते थे।

'रात बीत रही है,' उन्होंने कहा। फिर वह मेरे पास आ गए। उनकी आंखों में प्रेम और उत्साह की चमक थी। वह ठीक कह रहे थे। मैंने भी उन्हें थाम लिया। वह जादू-भरी अनमोल रात तेजी से बीत रही थी। हम पृथ्वी पर अतीत के संघर्ष और भविष्य के दायित्व के बीच संतुलित थे। वह रात फिर नहीं आने वाली थी। मैंने अपने होंठ, राम के होंठ पर रख दिए और उनके शरीर में हो रही उत्तेजना को महसूस करने लगी। हमने चांदनी में रति-क्रीड़ा का आनंद लिया। उन्माद से भरे क्षणों में राम के वक्ष पर मेरे नाखूनों के निशान भी पड़ गए। राम ने मेरे इच्छुक तन का मनपसंद ढंग से भरपूर आनंद लिया। हम दोनों प्रेम से भरे थे और हमने एक-दूसरे की इच्छाओं को पूरा किया। हमारे चेहरे पर खुशी और संतोष का भाव था। हमारे काम-पीड़ित तन एक-दूसरे से ऐसे सटे थी मनो शरीर के दो हिस्से, जिन्हें अलग कर दिया गया था, फिर से जुड़ने को बेचैन थे। वह व्याकुलता इतनी अधिक थी कि ऐसा लगता था शरीर टुकड़ों में विभक्त हो जाएगा और चांदनी रात की रोशनी में घुल जाएगा।

चरम-सुख के क्षण में मुझे अपने भीतर हलचल महसूस हुई। मुझे लगा मानो सहसा कोई जीव मेरे हृदय से जुड़ गया। मैं उसकी उपस्थिति से खुश थी, परंतु मुझे उसकी रक्षा की भी चिंता होने लगी। मैं राम को उसके बारे में बताना चाहती थी

मगर उन्होंने मुझे खींचकर अपने पास बुला लिया। हम संतोष और सुख में डूबे थे। फिर राम ने मेरे माथे को चूमा और इसी बीच उन्हें नींद आ गई।

मैंने नीचे गिरी साड़ी को उठाया और दोनों के तन को ढँक लिया। राम के कंधे पर सिर रखकर मुझे भी नींद आ गई थी।

सुबह मेरी आंख खुली तो परिस्थिति बिल्कुल बदली हुई थी। कमरा एक महल में परिवर्तित हो गया था और उसमें सोना और चांदी सर्वत्र बिखरा था। संगमरमर के रत्नजड़ित आसन लगे थे। चारों ओर दासियाँ सुगंधित जल के साथ मेरे स्नान और साज-सज्जा की तैयारी में लगी थीं। रेशमी साड़ियों और आभूषणों का भंडार था। राम मुझे नज़र नहीं आए। मेरी दासी ने बताया कि वह मुख्य कक्ष में अयोध्या पहुंचकर अगले कार्यक्रम की योजना बना रहे थे। हम अयोध्या से केवल एक घंटे की दूरी पर थे। हां, उन्होंने राज-पोशाक पहन ली थी और मुझे भी उसी अनुसार तैयार होना था।

मैंने स्वयं को दासियों के सामने समर्पित कर दिया। उन्होंने मुझे स्नान कराया, तैयार किया, वस्त्र पहनाए और रानी की तरह सजा दिया। मेरी साड़ी पर रत्न-माणिक्य चमक रहे थे। मेरे बाल पीछे की ओर सफाई से बांधे गए थे और हाथों में हरी चूड़ियां थीं। मैं धीरे-से बाहर निकली। पुष्पक ने मेरे लिए बहुत कष्ट उठाया था। मुझे अपने पुराने वल्कल वस्त्र याद आ रहे थे। उन्हें पहनकर मुझे हल्का महसूस होता था।

मैं बाहर निकलकर एक विशाल बरामदे में आ गई, जो पिछले दिन तक वहां नहीं था। शाम होने को थी। अवश्य ही पुष्पक ने अपनी गति को धीमा करके मुझे और राम को साथ बिताने का समय दिया था। मैंने नीचे देखा तो अयोध्या की ऊंची और मजबूत इमारतें दिखाई पड़ने लगीं। बहुत-से दायित्व मेरी प्रतीक्षा कर रहे थे। यह सोचकर मेरा हृदय तेजी से धड़कने लगा। क्या मैं राम के लिए उपयुक्त पत्नी सिद्ध हो पाऊंगी?

मैंने देखा कि पूरे शहर में छोटे-छोटे दीपक हर दीवार, हर खिड़की पर जलते दिखाई पड़ रहे थे। यह प्रबंध नगरवासियों ने हमारे स्वागत के लिए किया था। ठीक ऐसा ही स्वागत मेरे विवाह के बाद अयोध्या आने पर हुआ था। उस अवसर पर भी दीपक जलाकर मेरा स्वागत किया गया था।

मैंने राम के साथ वन में रोमांचकारी समय बिताया था। मेरा अंतिम वर्ष बहुत बुरा बीता था। मैंने तेरह वर्ष बहुत प्रेम से बिताए थे, लेकिन लंका में मैंने अंतिम

एक वर्ष बहुत बुरा बीता था। मुझे वह कष्ट इसलिए सहन करना पड़ा, क्योंकि धर्म और अधर्म की दिव्य लीला में यही मेरी भूमिका थी। अयोध्या में राम की पत्नी के रूप में मेरा वास्तविक जीवन का स्वरूप कुछ और था। वयस्क रूप में यही मेरा जीवन था, यही वह उद्देश्य था जिसका उल्लेख अग्निदेव ने किया था। अयोध्या में मेरे सब कार्यों को याद रखा जाएगा और लोग उन्हीं से शिक्षा लेंगे। अयोध्या में मेरी जीवन-शैली और दुख-सुख में मेरा व्यवहार ही सभ्यता पर मेरा चिह्न छोड़ जाएगा।

परंतु मैं भी कितनी मूर्ख हूँ, जो जीवन के इस अनमोल क्षण में भी दुख के विषय में सोच रही हूँ। राम के हृदय में मेरे लिए इतना प्रेम है, तो फिर दुख कैसे हो सकता है

मैंने लंबी सांस ली और कंधे सीधे कर लिए। मैं तैयार हो चुकी थी। मैं आगे बढ़ी। मेरे चेहरे पर मुस्कान थी। मैं अपनी आशा के अनुरूप, कोशल की रानी के रूप में राम का साथ देने के लिए तैयार थी।

# 28

पुष्पक, महल की दीवारों के बाहर एक बड़े मैदान में उतर गया। हमारे आगे नगर का विशाल द्वार था। उसके सामने अपार जनसमूह शांतिपूर्वक खड़ा था। वह लोग अधीरतापूर्वक धीरे-धीरे बातें कर रहे थे। उन्हें सैनिकों ने व्यवस्था बनाए रखने के लिए पीछे रोक दिया था। वे सब भरत के सैनिक थे। मेरी आँखें भरत को खोज रही थीं, परंतु मैं अंधकार में किसी को पहचान नहीं सकी। मुझे भरत, शत्रुघ्न और यहां तक कि हनुमान भी नज़र नहीं आए, जबकि मैंने उन्हें अपने आगमन की सूचना देने पहले ही भेज दिया था।

मेरी बेचैनी बढ़ने लगी। कोई हमारे स्वागत के लिए क्यों नहीं आया था? नए राजा का नाम क्यों नहीं पुकारा गया? क्या भरत अपने बड़े भाई को राज्य नहीं सौंपना चाहता था? चौदह वर्ष बहुत लंबा समय होता है। इतने वर्षों में किसी को भी सत्ता की आदत पड़ सकती है, जो किसी भी नशे से बड़ी है। मेरे निकट खड़े लक्ष्मण का चेहरा गंभीर हो गया, लेकिन राम के चेहरे पर पहले जैसी शांति थी।

मेरे पति, पुष्पक विमान से नीचे उतरे और आगे चलने लगे। मैं और लक्ष्मण उनके पीछे चल रहे थे। हमारे पीछे हमारे अन्य साथी थे। हम जैसे ही आगे पहुंचे, वहां जबरदस्त मौन छाया था। राक्षसों और विशाल वानरों को देखकर नगरवासी डर गए होंगे। वे लोग कभी वन में नहीं गए थे। उन्होंने राक्षसों की केवल कहानियां सुनी थीं। पुष्पक विमान ने जादू से कुछ अन्य आकृतियां बनाईं जो विभीषण द्वारा साथ भेजे गए कोष की पेटियां विमान से नीचे छोड़कर अचानक कहीं गायब हो गईं। पुष्पक विमान सिकुड़कर छोटा हो गया। फिर उसने अचानक पक्षी का आकार लिया और वहां से उड़ गया।

मुझे अयोध्यावासियों पर दया आ रही थी, क्योंकि मुझे पता था कि वे इन बातों को समझ नहीं पाएंगे। मुझे चिंता होने लगी कि वे लोग हमारे अतिथियों का स्वागत कैसे करेंगे। क्या उन्हें अपने साथ लाने राम की इच्छा सही थी? उन्हें पता था कि वानरों और राक्षसों को देखकर नगरवासी बेचैन और हिंसक हो सकते थे। क्या मैं एक नए युग की शुरूआत को लेकर ज़्यादा आशावादी थी, जहां पशु, राक्षस और मनुष्य एक-साथ शांतिपूर्वक रह सकते थे?

अचानक अंधकार से एक घुड़सवार ऊंचे स्वर में पुकारता हुआ आगे आया। उसके पीछे सेना थी। मुझे चिंता हो रही थी। मैं सामने होने वाले झगड़े को रोकना चाहती थी। मेरे पीछे वानरों और राक्षसों में भी हलचल होने लगी थी। वे अपनी रक्षा की तैयारी करने लगे थे। अयोध्यावासियों द्वारा उनका संहार निश्चित था।

परंतु राम निश्चिंत होकर हँस रहे थे। तभी वातावरण साफ हो गया और मशालें जलने लगीं। राम का अनुमान सही था। वह घुड़सवार आगे आया और घोड़े से नीचे उतर गया। फिर वह राम से लिपट गया। वह भरत था। वह अत्यंत दुर्बल हो गया था। उसने वल्कल वस्त्र पहने थे। मुझे बाद में बताया गया कि उसने भी हमारी तरह चौदह वर्ष से वल्कल वस्त्र ही धारण किए हुए थे।

भरत के पीछे शत्रुघ्न और लक्ष्मण भी थे। चारों भाई मिलकर रोने लगे। उन्होंने एक-दूसरे को पकड़ा हुआ था, मानो वह कई जन्मों से एक-दूसरे से अलग थे। उनके पुनर्मिलन में कुछ विशेष बात थी। मैं उन्हें ध्यान से देख रही थी। फिर उनकी आकृतियों की बाहरी रेखाएं, अपना आकार खोने लगीं और वह चारों अग्निशिखा की भांति मिलकर एक विशाल प्रकाश-पुंज की तरह दिखाई पड़ने लगे। उसकी रोशनी से मेरी आंखें जल रही थीं। उस दृश्य को देखकर मेरी आंखों में आंसू आ गए। क्या वे चारों विष्णु का अंश थे? क्या अग्निदेव ने इसी लीला का उल्लेख किया था? क्या ये सब उसका हिस्सा थे? ऐसा लग रहा था मानो छोटे-छोटे दीपक जल रहे थे। इसके बावजूद सबके बीच मुझे एक अलग लौ दिखाई पड़ रही थी।

एक क्षण के बाद दृश्य धुंधला पड़ गया। मुझे जनसमूह के बीच से आवाज सुनाई पड़ने लगी। राजाराम, राजाराम, राजाराम। मैं खुश थी कि वे मेरे पति को राजा कहकर पुकार रहे थे। परन्तु तभी मुझे यह अहसास हुआ कि वे सब मेरा नाम नहीं ले रहे थे। परन्तु वे सब राम के राज्यभिषेक के समय हमारा नाम साथ में ले रहे थे। ऐसा क्यों हो रहा था? वे मेरा नाम क्यों नही ले रहे थे ।

चारों भाइयों ने आसपास ध्यान नहीं दिया। वे एक-दूसरे की पीठ थपथपा रहे थे और बातचीत कर रहे थे। भरत ने कहा, 'क्या सचमुच यह सत्य है, या मैं

पुनर्मिलन का स्वप्न देख रहा हूँ, वह स्वप्न जो कि मैं इतने वर्षों से देखता आया हूँ?'

लक्ष्मण ने भरत की चुटकी काटते हुए कहा, 'यह सपना नहीं है। अन्यथा मेरे मुक्के ने तुम्हें जगा दिया होता।'

मैं पीछे खड़ी रही। मैंने भाइयों को बातचीत का समय दिया। फिर अचानक राम ने मेरा हाथ पकड़ा और मुझे आगे ले जाकर कहा, यह रही सीता, जिसका शक्तिशाली रावण भी अपमान नहीं कर सका। तीनों भाइयों ने सिर झुकाकर आदरपूर्वक मुझे प्रणाम किया और रानी कहकर संबोधित किया।

तभी एक रोएँदार आकृति, वृक्ष से निकलकर बाहर आई और मेरे चरणों में गिरकर रोने लगी। 'सीता मां!'

'हनुमान!' मैंने खुशी से कहा। हनुमान का प्रेम बहुत सरल और साफ था, किंतु वह मनुष्य-प्रेम से अलग था। अशोक वाटिका में भेंट के बाद से मेरे और हनुमान के संबंध बहुत प्रगाढ़ हो। केवल हनुमान ने अशोक वाटिका में मेरा कष्ट देखा था। उसे अयोध्या में साथ देखकर, मुझे विजय से कहीं अधिक खुशी का एहसास हो रहा था।

हनुमान ने एक अलग मंत्र छेड़ दिया, *'सीताराम, सीताराम, सीताराम'* और एक क्षण के बाद जनसमूह भी यही नाम पुकारने लगा। मुझे आखिर अपने पति के साथ स्थान मिल गया था।

मैं और राम विजयी भाव से चल रहे थे। हमारे सिर पर राज-छत्र तना था। हम महल के द्वार तक पहुंच गए, जहां कौशल्या और सुमित्रा, जो बहुत वृद्ध हो गई थीं, उनकी आंखों में आंसू थे और वे सिंदूर, चंदन और मिठाइयों से सजी थालियाँ लिए अधीरता से हमारे स्वागत के लिए खड़ी थीं। हाथ काँपने से आरती की थाली हिल रही थी और आँखों में खुशी के आंसू थे।

अगले दिन सुबह मेरी नींद वीणा या पक्षियों के चहकने अथवा मंदिर की घंटियों से नहीं, बल्कि राम की आवाज से खुल गई। राम की आंखों में पानी था, उनकी नाक लाल हो गई थी। मुझे इसका कारण दिख गया। बीती रात मंद रोशनी और अत्यधिक थकान के चलते मैं राम की ओर ध्यान नहीं दे पाई थी।

हमारा कक्ष धूल से भरा था। उसे किसी ने लंबे समय से साफ नहीं किया था। राम को लगातार छींक आ रही थीं। इसलिए मैंने उनसे कक्ष के बाहर जाने को कहा। फिर मैंने एक सेवक को बुलवाया परंतु काफी देर तक कोई नहीं आया। इस बीच मैंने आसपास नज़र दौड़ाई। सबकुछ अव्यवस्थित पड़ा था। हमारे बिस्तर पर बिछे कपड़े पुराने और मैले थे। उनसे दुर्गंध आ रही थी। देखकर लगता था, हमारे वनवास पर जाने के बाद हाल ही में उन्हें अलमारी से निकाला गया था। गद्दे मुड़ गए थे, चूहों ने उन्हें जगह-जगह से काट दिया था।

मुझे रात का भोजन भी याद आया। उसमें कुछ बातों पर ध्यान ही नहीं दिया था। भोजन ठंडा था, उसमें खाने की चीजें बहुत कम थी। हमें केवल दाल, चावल और एक सब्जी परोसी गई थी। मुझे लंबे समय से सादा भोजन और उपवास की आदत थी, इसलिए उसमें भी मुझे आनंद आया था। मेरा ध्यान राज्य के समाचारों के चलते भटक गया था। मुझे बाद में एहसास हुआ कि महल में पहले जिस तरह भोजन मिलता था, यह भोजन वैसा नहीं था। दशरथ के साथ हमारा परिवार भोजन करता तो अनेक दास-दासियाँ भोजन परोसने के लिए रहते थे। फिर हाथ धोने के लिए कोई सुगंधित जल लाता थे परंतु अब वैसा कुछ नहीं था।

मैंने विचार किया कि हमारे पीछे क्या हुआ होगा। भरत ने हमारे जाने के बाद राजसी सुख-सुविधाओं का पूरी तरह त्याग कर दिया था। वह नगर से बाहर एक छोटे स्थान नंदीग्राम में रहने लगा था। उसने राम के लौटने तक वहीं रहने का प्रण किया। भरत ने राम की पादुकाएँ सिंहासन पर रख दीं और स्वयं राम के प्रतिनिधि के रूप में दरबार का काम संभालने लगा। शत्रुघ्न अपने भाई भरत के प्रति समर्पित था, तो वह भी उसके साथ नंदीग्राम चला गया। उनकी पत्नियां भी साथ चली गईं। यह स्वाभाविक था, क्योंकि यह उनका प्राथमिक कर्तव्य था। कौशल्या और सुमित्रा ने महल छोड़ने से मना कर दिया, क्योंकि वे दोनों विवाह के बाद उस महल में वधू बनकर आई थीं। परंतु वह घर में दुखी और बीमार रहती थी, जिसके कारण घर के कामकाज की देखभाल कर पाना उनके लिए संभव नहीं था।

भरत ने बताया कि वह अचानक ऐसी स्थिति में पड़ गया था जिसके लिए उसे प्रशिक्षण नहीं मिला था। वह हमेशा व्यस्त रहता था। उसे आंतरिक झगड़ों और राज्य की सीमा पर वन्य-प्रजातियों के आंतरिक झगड़ों को भी सुलझाना पड़ता था। इसी बीच दशरथ की मृत्यु हो गई और राम के वनवास जाने के बाद पड़ोसी राज्यों ने मौके का लाभ उठाकर अयोध्या को दुर्बल मानकर आक्रमण करने का प्रयास किया। एक के बाद एक, कई युद्ध हुए। भरत और शत्रुघ्न ने किसी तरह शत्रुओं को पराजित तो कर दिया, परंतु उनकी समस्त ऊर्जा चली गई और राजकोष रिक्त हो गया। राज्य में पर्याप्त वर्षा के बावजूद अच्छी फसल नहीं हो रही थी। लोग कहते थे, यह राम के साथ हुए अन्याय का परिणाम है।

महल की ऐसी दशा के लिए मैंने किसी को दोष नहीं दिया। मुझे इस बात पर बहुत आश्चर्य हुआ कि उर्मिला महल में ही रहती, फिर भी उसने महल की देखभाल नहीं की। यहां तक कि उसने कौशल्या और सुमित्रा के सुख-सुविधाओं तक की उपेक्षा कर दी थी। मेरी माँ ने उसे अच्छी वधू और राजकुमारी बनने का प्रशिक्षण दिया था।

उर्मिला थी कहां?

वह रात्रि के भोजन पर भी नज़र नहीं आई। मेरे पूछने पर मांडवी और श्रुतकीर्ति ने एक-दूसरे को देखा और फिर कहा कि वह अपने कक्ष में है, लेकिन

उसकी तबीयत ठीक नहीं है। वह सोने चली गई थी। चिकित्सक ने उसे किसी से मिलने को मना किया था।

'मुझे उसके पास ले चलो,' मैंने कहा। 'मैं बचपन से ही उसकी देखभाल करती आई हूँ। मुझे पता है कि उसे कौन-सी औषधि से आराम पड़ेगा...'

मेरे ऐसा कहने पर मेरी बहनों और उनके पतियों ने कहा कि मुझे उर्मिला को परेशान नहीं करना चाहिए।

मांडवी ने नज़र चुराते हुए कहा, 'वह इस समय सो रही होगी। आप लंबी यात्रा के बाद थकी हुई हैं आप भी आराम कीजिए। आप कल सुबह उर्मिला से मिल सकती हैं।'

मुझे लगा उर्मिला, लक्ष्मण और मुझसे नाराज़ होगी, क्योंकि हम उसे इतने लंबे समय के लिए अकेला छोड़कर चले गए थे। उसे लगा होगा कि हम किसी रोमांचक यात्रा पर निकले हैं। उसने शायद मेरी बहन से कहा था कि वह राम या मुझसे मिलने से पहले, अकेले में लक्ष्मण से मिलना चाहती है। मुझे डर था उनके बीच झगड़ा हो जाएगा। चौदह वर्ष से दुख और दोषारोपण, दोनों के मन में जमा हो गए होंगे। मैंने लक्ष्मण को देखा। वह अधिक चिंतित था। ऐसा लग रहा था मानो वह राक्षस योद्धाओं के किसी चक्रव्यूह को भेदने जा रहा था। मुझे उससे ईर्ष्या नहीं हुई।

मैं बहुत थकी हुई थी, इसलिए मैंने कहा, 'ठीक है। मैं उर्मिला से कल मिल लूँगी। मैंने उसका गुस्सा पहले देखा है और मुझे उसे संभालना आता है। वह एक बार अपना क्रोध निकाल देगी तो फिर खुद ही क्षमा भी मांग लेगी। फिर मैं उसको कहूँगी कि मुझे उसे छोड़कर जाना बहुत बुरा लगा था। मुझे उम्मीद है वह समझ जाएगी कि मुझे विवशता में जाना पड़ा था। मुझे राम के साथ ही रहना था। मैं उर्मिला को लंका में हुई अग्नि-परीक्षा और राम से दूर रहने का दुख बताना चाहती थी। मुझे विश्वास था कि मेरा कष्ट सुनकर वह मुझे अवश्य क्षमा कर देगी।'

इस बीच एक दासी मेरे पास आई। मैंने महल की दुर्दशा के लिए उसको फटकारा। परंतु वह मुझे आश्चर्य से देखने लगी मानो उसे कोई कमी नहीं दिखी। मैंने उसे डाँटकर कहा कि उसे कुछ सिखाया नहीं गया था। परंतु उसके अनुसार हमारे कक्ष सुंदर था और मैं व्यर्थ परेशान हो रही थी। मैंने उसे कमरे में पड़ी धूल मिट्टी और अस्त-व्यस्त सामान के बारे में बताया। मैंने जब कहा कि वहाँ हाथ धोने के लिए साफ पानी तक नहीं है तो वह रोने लगी।

मैंने किसी तरह क्रोध दबा लिया और पूछा कि महल की देखभाल का दायित्व किसके पास है। उसने एक पल सोचा और फिर कहा रसोइया उसकी देखभाल करता है।

'मुझे उसके पास ले चलो,' मैंने कहा।

वह मुझे घुमावदार गलियारे से संकरी सीढ़ियों के रास्ते नीचे ले गई। उस स्थान को महीनों से साफ नहीं किया गया था। फिर मैं एक बड़े-से कक्ष में पहुंची। उस जगह किसी समय चहल-पहल रहती थी परंतु अब वहां चूल्हा तक नहीं जलता था। एक कोने में छोटा-सा घड़ा रखा था। एक वृद्ध पुरुष उसे लगातार हिला रहा था। रात के भोजन के बाद की फर्श पर गंदगी, सब्जी के छिलके बिखरे पड़े थे। मैंने दास-दासियों को खोजा परंतु मुझे कोई नज़र नहीं आया।

'रसोइये!' मैंने पुकारा।

वह धीरे-से सिर उठाकर बोला, 'तुम्हें क्या चाहिए? क्या तुम देख नहीं रही कि मैं काम कर रहा हूँ?'

मैं उसे पहचान नहीं पाई।

'मैं राम की पत्नी सीता हूँ,' मैंने कहा। 'कल रात जो तुमने भोजन पकाया था, मैं उसके लिए धन्यवाद देना चाहती हूँ। कोशल लौटकर कई वर्षों बाद घर का खाना मिला है। मुझे अच्छा लगा।'

उसके आश्चर्य से आंखें बड़ी हो गईं। वह हाथ जोड़कर सामने खड़ा हो गया। 'महारानी सीता! कृपया मुझे क्षमा कर दीजिए। मैंने बहुत वर्षों के बाद आपको देखा है। मैंने आपको पहले देखा था तो आप बहुत सुंदर थीं और आपका नया विवाह हुआ था। मैं शरव हूं। मैं रसोईघर में सहायक था, सब्जियां काटता और बर्तन धोता था। मुझे याद है कि अयोध्या में आपका स्वागत हुआ था। तब शानदार भोजन पकाया गया था। हालांकि मुझे उसमें से कुछ भी पकाने की अनुमति नहीं थी। मुझे बहुत दुख हुआ था, जब महाराज दशरथ ने कैकेयी की चाल में फँसकर राम और लक्ष्मण को वनवास भेज दिया था। आप भी उनके साथ चली गईं। मुझे दुख है कि मैं रानी कौशल्या के कमरे में कल अच्छा खाना नहीं भेज सका। परंतु मैं इतनी ही तैयारी कर पाया था। देखिए, मैं अकेला रह गया हूँ। कोषाध्यक्ष मुझे भोजन के लिए पर्याप्त धन नहीं देता। लगातार चलने वाले युद्ध और अकाल के बाद अयोध्या की स्थिति खराब है।'

'क्या तुम्हें समय पर वेतन मिलता है?' मैंने पूछा।

शरव ने सिर हिलाया। 'इसी कारण सब काम छोड़कर चले गए। हम लोगों को देने के लिए खजाने में पैसा नहीं है। सबके परिवार हैं। मैं अकेला रह गया हूँ। यदि मैं भी चला जाता तो दोनों बूढ़ी रानियों का क्या होता? उन्हें जीवन में कोई रुचि नहीं है। मेरे पास जो था, मैंने पकाकर कल परोस दिया था। मुझे विश्वास था कि आप और राम जब लौटेंगे तो सब ठीक हो जाएगा।'

'महारानी कैकेयी कैसी हैं?' मैंने पूछा।

'मैंने उन्हें कई वर्षों से देखा नहीं है,' शरव बोला, 'महाराज भरत वापस लौटे, तब तक राजा दशरथ की मृत्यु हो चुकी थी। उनके भाइयों को वनवास भेज दिया गया था। यह देखकर भरत को गुस्सा आया। कुछ साधु-मुनि अंत्येष्टि के लिए आए थे, तो उन्होंने भरत को रोक लिया, अन्यथा उन्होंने कैकेयी की हत्या कर दी होती। मुनियों ने कहा कि अपनी माता की हत्या करना सबसे बड़ा पाप है। भरत ने कुबड़ी मंथरा को महल से निकाल दिया, क्योंकि वही इस समस्या की जड़ थी। उन्होंने कैकेयी को उन्हीं के आवास में बंदी बना दिया। कोई नहीं जानता महल में क्या होता है। कभी-कभी एक दासी बाज़ार से भोजन लाती है, परन्तु वह हमसे बात नहीं करती। राजकुमारी उर्मिला भी एक रहस्य बन गई हैं। केवल मुख्य दासी को उनके कक्ष में जाने की अनुमति है। उन्होंने राजकुमारी के लिए पिछले चौदह वर्षों में एक बार भी भोजन नहीं माँगा है।'

मैं यह सब सुनकर बहुत परेशान हो गई। उर्मिला के बारे में जानकर मुझे बहुत दुख हुआ। मुझे एक-एक करके समस्याओं को सुलझाना था। मैंने मंदोदरी की भारी चूड़ियां उतारीं और शरव को दे दीं। 'शरव, यहां की स्थिति के बारे में मुझे सूचित करने के लिए तुम्हारा बहुत-बहुत धन्यवाद। मैं तुम्हारी निष्ठा के लिए आभारी हूँ। यह रख लो। इन्हें बाजार में बेचकर धन का प्रबंध कर लेना। तुमने इतने वर्ष निष्ठापूर्वक सबकी सेवा की है। तुम इसके अधिकारी हो। तुम्हें और जो कुछ चाहिए, वह भी खरीद लो। सबके लिए अच्छा भोजन पकाओ। महारानी कौशल्या के कमरे में भोजन भेज देना। कुछ और रसोइयों, धोबी और सफाई वालों को भी काम पर रखो। मुझे अच्छे और अनुभवी लोग चाहिए। उन्हें वेतन दो और काम पर रखो। मैं घर के काम-काज का दायित्व तुम्हें सौंपती हूँ। इस महल को फिर से पहले जैसा सुंदर बनाना है। अतिथि-गृह में ठहरे राक्षस अतिथियों के लिए भोजन भेजना मत भूलना। हमारे कुछ वानर अतिथि भी उद्यान में रुके हैं। उनके लिए फल भेजने पड़ेंगे।'

शरव उन मूल्यवान चूड़ियों को देखकर हैरान रह गया। 'आपने इतनी अनमोल वस्तु मुझे दे दी। आप मुझ पर इतना भरोसा करती हैं?'

'हां, क्यों नहीं?' मैंने मुस्कुराकर कहा। 'यदि आवश्यकता हुई तो मैं तुम्हें और चीजें दूंगी। तुमने इतने समय तक माताओं का ध्यान रखा है। तुम यहां अकेले रह गए, जबकि तुम्हारे खाने-पीने और पैसों का ठीक से प्रबंध नहीं था। इन्हें बेचकर अच्छे पैसे मिलने चाहिए।'

शरव ने चूड़ियां माथे से लगाईं। उसकी आंखों में आंसू आ गए। 'महारानी, आप चिंता न कीजिए। मैं सुनार से इसकी पूरी कीमत वसूल कर लूंगा। आपको भी गर्व होगा।' उसने सिर ऊंचा किया और तेज गति से बाहर चला गया।

मैं राम के कक्ष में पहुंची। वह दरबार जाने के लिए तैयार हो रहे थे। मैंने उन्हें बताया कि हमारी अनुपस्थिति में महल में क्या हुआ था। उन्हें भी यह सब सुनकर हैरानी हुई। 'मैंने सोचा भी नहीं था कि इतनी मुश्किल हो सकती है। तुमने सब बातों का ध्यान रखा है। मैं तुम्हारा आभारी हूँ। तुम मेरी लक्ष्मी हो!'

मैंने राम की ओर देखा। 'क्या उन्हें वैकुंठ वाले दृश्य पर विश्वास था, जो मेरे मस्तिष्क में धुंधला होने लगा था? अथवा वह केवल मेरी प्रशंसा के लिए ऐसा कह रहे थे?

कुछ ही देर बाद एक अन्य दासी अच्छे वस्त्र पहनकर हमें रानी कौशल्या के कक्ष में निमंत्रण देने आई। महल की सब खिड़कियां खोल दी गई थीं इसलिए बाहर से धूप अंदर आ रही थी और फर्श को साफ कर दिया गया था। ताजा और गर्म खाना देखकर, जिसमें रोटी सब्जी दाल और मिठाइयां थीं, कौशल्या और सुमित्रा प्रसन्न हो गईं। मुझे बरामदे में नौकरों द्वारा की जा रही सफाई की भी आवाज आ रही थी। कुछ लोग धोने के लिए वस्त्र ले जा रहे थे। शरव ने सब ठीक से संभाल लिया था।

मैंने दोनों रानियों और राम को भोजन परोसा। उन्होंने मुझे भी साथ बैठने को कहा तो मैंने मना कर दिया। मुझे एक और आवश्यक काम करना था। राम के दरबार जाते ही मैं दौड़कर उर्मिला के कक्ष में पहुंच गई।

# 29

उर्मिला के कक्ष का दरवाजा विशाल था। वह गहरे रंग की साल की लकड़ी का बना था। उस पर ऊपर से नीचे तक भयानक पौराणिक आकृतियां बनी थीं। उनके मुंह खुले हुए थे और वह डरावनी लगती थीं। मैंने उन्हें पहले नहीं देखा था। क्या हमारे जाने के बाद महल में इतना बदलाव आया था? क्या दरवाजे पर बनी वे भयानक आकृतियां उर्मिला के क्रोध को दर्शाती थीं? उसके मन में लक्ष्मण और मेरे प्रति गुस्सा रहा होगा। हमने उसे दुखी और असहाय स्थिति में छोड़ दिया था। क्या यह संभव है कि मैंने पहले दरवाजे पर बनी वह आकृतियों देखी ही नहीं थीं? उर्मिला अपने हृदय की तरह हमेशा अपना दरवाजा भी खुला रखती थी।

क्या उसका बंद दरवाजा दर्शाता था कि उसने मेरे लिए अपने हृदय के द्वार भी बंद कर लिए थे?

सोच-विचार करने का लाभ नहीं था। मैंने एक आकृति की नाक पर जोर से धक्का मारा लेकिन कुछ नहीं हुआ। मैंने कई बार दरवाजा खटखटाया। उर्मिला का नाम भी पुकारा। क्या कोई मेरी आवाज सुन रहा था? क्या उर्मिला की दासी इतनी कामचोर थी? अथवा उर्मिला ने मुझे भीतर न आने देने का निर्देश दिया था? क्या मुझे उस पर जरूरत से ज़्यादा भरोसा था कि वह मुझे क्षमा कर देगी?

मैंने उम्मीद छोड़ दी थी कि तभी दरवाजा खुल गया। मुझे हैरानी हुई कि लक्ष्मण ने द्वार खोला था। मुझे लगा कि वह राम के साथ दरबार में गया होगा। उसके कपड़े अस्त-व्यस्त थे। यहां तक कि वन में भी लक्ष्मण अपनी साफ-सफाई का ध्यान रखता था। उसके बाल हमेशा सिर के ऊपर बँधे रहते थे और वह अपने वल्कल वस्त्रों को नियमित रूप से धोता और सुखाता था। परंतु उस दिन उसके कपड़े बहुत गंदे थे और दाढ़ी बड़ी हुई थी। आंखों के नीचे काले घेरे पड़ गए थे। ऐसा लग रहा था वह कई दिन से सोया नहीं था।

'भगवान का शुक्र है भाभी, आप आ गईं,' लक्ष्मण ने कहा। 'मैं आपको कल रात ही बुलाना चाहता था। परंतु इतनी लंबी यात्रा के बाद मैं आपको और भैया को परेशान नहीं करना चाहता था। उर्मिला नींद से जाग नहीं रही है। मैं पूरी रात कोशिश करता रहा। मैंने चिकित्सकों को भी बुलाया था, परंतु वे भी कुछ नहीं कर सके।'

मैं दौड़कर उनके शयनकक्ष में गई। कमरे में अंधकार था। सब खिड़कियां बंद थीं और उर्मिला बिस्तर पर सो रही थी। सामान्य व्यक्ति तकिए पर सिर रखकर सोता है, परंतु उर्मिला पूरे बिस्तर पर फैलकर शवासन की मुद्रा में सो रही थी। उसके चेहरे पर शांति थी परंतु वह पीला पड़ गया था। उसने भी वल्कल वस्त्र पहने थे।

उसे शवासन में देखकर मैं घबरा गई। मुझे यह देखकर आश्चर्य हुआ कि पिछले चौदह वर्षों में उसकी आयु में एक दिन की भी वृद्धि नहीं हुई थी। फिर भी वह कुछ अलग दिख रही थी।

मैंने उसकी नथुने पर अँगुली रखी। उसकी श्वास बहुत धीमी चल रही थी। मुझे लगा वह मूर्छित थी। मेरा दिल घबराने लगा। मिथिला में एक व्यक्ति के सिर पर घोड़े ने लात मार दी थी। मुझे चिकित्सकों के साथ मिलकर कई दिन उसका इलाज करना पड़ा। तब जाकर उसकी तबीयत में सुधार हुआ था। फिर भी वह मूर्छा से बाहर नहीं निकल पाया। केवल उसकी श्वास चलती थी।

मैंने लक्ष्मण से अपना भय छिपा लिया। फिर मैंने उसे राम के पास दरबार में जाने को कहा। वह मुझे विचित्र नज़रों से देख रहा था। मैंने उसे कहा कि राम को उसकी आवश्यकता है। मुझे पता था यह सुनकर वह चला जाएगा।

'मैं यहां सबकुछ संभाल लूंगी,' मैंने आत्मविश्वास से कहा, 'फिर भी मैं घबराई हुई थी। उर्मिला की दासी को मेरे पास भेज देना।'

लक्ष्मण के जाने के बाद एक लड़की घबराई हुई अंदर आई। वह इसलिए डरी हुई थी कि उसे लगा मैं उर्मिला की स्थिति के लिए उसे दोष दूंगी। वह उर्मिला की मुख्य दासी थी और वही उर्मिला के साथ रहती थी। उसका नाम सौदामिनी था। उसने मुझे बताया कि मेरे अयोध्या से जाने के बाद क्या हुआ था।

'आपके जाने के बाद उर्मिला बहुत देर तक मृत फूलों के पास बैठी रहीं। मेरे अतिरिक्त किसी को यह पता नहीं था। सब राजा दशरथ के पास खड़े थे, क्योंकि उनकी मृत्यु होने वाली थी। परंतु मैं उर्मिला के पास थी। मुझे डर था वह बुर्ज से नीचे कूदकर आत्महत्या न कर लें। रात में, वह कक्ष में लौट आईं और उन्होंने

भीतर से द्वार बंद कर लिया। उन्होंने खाने-पीने से भी मना कर दिया। उन्होंने कई दिनों तक दरवाजा नहीं खोला। फिर महारानी सुमित्रा ने तबीयत पूछना चाही। राजा दशरथ की मृत्यु हो चुकी थी और पूरे महल में अव्यवस्था फैली थी। मुझे डर था कि उर्मिला की मृत्यु न हो जाए। वह नित-प्रतिदिन कमजोर होती जा रही थी। फिर वह तीसरे दिन उठकर बैठ गईं और उन्होंने मुझसे लक्ष्मण की तरह अपने लिए भी वल्कल वस्त्र माँग लिए।

'मैंने इन्हें वल्कल वस्त्र दे दिए। हालांकि इन्हें ऐसी स्थिति में देखकर मुझे बहुत दुख हो रहा था। उनकी आयु बहुत कम थी और इनका हाल ही में विवाह हुआ था। मैंने इन्हें पीने को दूध दिया, परंतु इन्होंने मुझे चले जाने का आदेश दिया। अगले दिन सुबह मैं इनके पास आई तो यह बिस्तर पर उसी तरह लेटी थीं जैसे आपने आज इन्हें देखा है।

'मैं घबराकर राजमाता को बुला लाई। हमने इन्हें पानी दिया परंतु इन्होंने नहीं पिया। फिर हमने चिकित्सकों और पुरोहितों को बुलाया। वे भी कुछ नहीं कर सके। किसी ने कहा कि उनके अंदर दुरात्मा ने प्रवेश कर लिया है। परंतु मुझे विश्वास नहीं था। फिर एक बुद्धिमान स्त्री ने कहा कि राजमहल में कुछ अलौकिक हो रहा है, परंतु वह अशुभ नहीं था। उसने कहा कि हमें उर्मिला को उसी स्थिति में छोड़ देना चाहिए और लोगों को दूर रहना होगा। समय के साथ सब ठीक हो जाएगा। फिर हमने ऐसा ही किया।

इतना कहकर सौदामिनी मुझे भय से देखने लगी। उसे डर था कि मैं उसे काम से हटा दूंगी। लेकिन मैं उसे कैसे कुछ कह सकती थी? उसने अपनी तरफ से अच्छा ही किया था। मैंने ही उर्मिला को अकेला छोड़ दिया था। मुझे बहुत ग्लानि महसूस हो रही थी। ग्लानि से नकारात्मक ऊर्जा संप्रेषित होती है और उस समय मुझे सकारात्मक शक्ति की आवश्यकता थी। मैंने सौदामिनी की निष्ठा से प्रसन्न होकर उसे सोने की एक माला भेंट की, क्योंकि मुझे पता था कि उसे भी काफी समय से वेतन नहीं मिला था।

'मुझे अपनी बहन के साथ अकेला छोड़ दो,' मैंने कहा।

मैं बिस्तर पर चढ़कर उर्मिला के पास बैठ गई। मैंने उसका सिर अपनी गोद में रख लिया। फिर मैंने अपने हाथ उसके माथे पर रखें और प्रेम से सहलाती रही। मैं काफी देर उसके पास बैठी रही फिर अचानक मुझे उसके शरीर में एक हरकत महसूस हुई। ऐसा लगा मानो उसके शरीर से आत्मा निकल गई थी और वह फिर दोबारा उसमें लौटना नहीं चाहती थी।

'वापस लौट आओ, प्यारी बहन,' मैंने कहा। 'तुमने लंबे समय तक कष्ट सहा है। परंतु अब अच्छा समय शुरू होने वाला है। तुम्हारे पति भी लौट आए हैं और

वह तुम्हारे साथ प्रेमपूर्ण समय व्यतीत करना चाहते हैं, जिसकी तुम दोनों को बहुत समय से प्रतीक्षा थी।'

परंतु उस आत्मा ने शायद मेरी बात नहीं सुनी। मैंने कई बार प्रयास किया लेकिन कोई लाभ नहीं हुआ। मुझे ऐसा लगने लगा कि मेरी बहन की श्वास मंद पड़ रही थी।

हताशा की उस घड़ी में मुझे केवल एक चीज याद रही। मैं वही गीत गाना चाहती थी जो मैंने राम और लक्ष्मण से भेंट होने पर गाया था। उस रात मैंने वही गीत गाकर उर्मिला को सुलाया था। मुझे उम्मीद थी कि वह गीत विपरीत कार्य करेगा और उसे प्रेम की याद दिलाएगा। मैंने कांपते स्वर में गीत गाना शुरू कियाः

*जंगल में हवा बहती है*
*और मेरे पिता के बगीचे में अनार के पेड़ों की*
*शाख पर ठहर जाती है*
*दिन निकल आया है, वह गाती है*
*राजकुमार आ रहे हैं*
*चमकते चेहरे और पर्वतीय तालाब-सी चमकती आँखें लिए*
*क्या वे नियति के साथ हमारे हृदय भी ले जायेंगे?*

गीत के अंतिम स्वर धीमे पड़ गए, परंतु उर्मिला अपने स्थान से नहीं हिली। मैंने हार मान ली। मैं लेट गई और उसे छोटे बच्चे की तरह सहलाने लगी। मेरी आंखों से निराशा के आंसू बह रहे थे।

तभी मुझे अपनी कलाई पर ठंडी और मजबूत पकड़ महसूस हुई। मैंने झटके से आंखें खोलीं तो देखा कि उर्मिला मुझे देख रही थी।

'उर्मिला!' मैंने चीखकर कहा। एक क्षण के लिए वह बिना हिले-डुले मुझे देखती रही मानो मुझे पहचानती नहीं थी। फिर अचानक उसने हाथ आगे बढ़ाए। मैं उसके निकट गई तो मैंने देखा उसके शरीर में कोई परिवर्तन नहीं हुआ था। वह पहले की भांति युवा था। परंतु उसकी आंखों में कुछ अलग था। वह अचानक ज्ञान से भरी प्रतीत हो रही थीं।

उर्मिला को बोलने में पूरा दिन लग गया। आखिर उसने मुझे सबकुछ बताया।

'तुम तीनों जिस दिन मुझे छोड़कर गए थे, मैंने उसी दिन आत्महत्या का निश्चय कर लिया था। मैंने सोचा ऐसे जीवन का क्या लाभ? जिस पुरुष को मैं सच्चे मन से तब से प्रेम करती थी, जब से मैं उससे पहली बार मिली थी। उसने मुझे छोड़ दिया। तुम्हें अपने साथ ले गए थे तो लक्ष्मण ने मुझे साथ ले जाने से मना क्यों कर दिया? क्या मैं इतनी अयोग्य हूँ?

'फिर मैंने निश्चय किया कि मैं इस जीवन से मुक्ति पा लूंगी।

'मैं ध्यान की मुद्रा में बैठ गई। मुझे उम्मीद थी कि मेरा शरीर धीरे-धीरे मेरा साथ छोड़ देगा और किसी प्राचीन कथा की निष्ठावान पत्नी की तरह मुझे भी मृत्यु आ जाएगी। यदि ऐसा नहीं हुआ तो मैं बुर्ज से नीचे कूद जाऊंगी।

'मैं कई दिनों तक मृत्यु पर ध्यान केंद्रित करके बैठी रही। मेरे लिए किसी और बात का महत्व शेष नहीं था। समय के साथ मेरे आसपास सब धुंधला पड़ गया। आखिर, मुझे जिसकी प्रतीक्षा थी, वह आवाज सुनाई पड़ने लगी। 'मैं मृत्यु का देवता यम हूँ। तुमने मुझे इतना याद किया कि मैं तुम्हारे पास आने को विवश हो गया। तुम क्या चाहती हो?'

'मुझे इस कष्ट से दूर ले जाइए,' मैंने कहा।

'मैं तुम्हारे जीवन का अंत कर सकता हूँ,' यमराज बोले। 'परंतु इससे किसी को, यहां तक कि तुम्हें भी कोई लाभ नहीं होगा। तुम कष्ट से भागना चाहती हो। यह तुम्हारे कर्म का फल है और इस जीवन का अंत करके तुम्हें फिर एक बार जन्म लेना होगा। इससे अच्छा क्या यह नहीं है कि तुम अपने पति की सहायता करो?'

'मेरे लिए इससे अच्छी बात और क्या हो सकती है?' मैंने कहा। 'परंतु लक्ष्मण ने मुझे साथ ले जाने से मना कर दिया है।'

'मनुष्यों की कल्पना से परे ऐसे अनेक तरीके हैं जिनसे तुम सहायता कर सकती हो,' यम ने धीमे स्वर में कहा। 'मैं अपनी बहन को तुम्हारे पास भेज देता हूँ।'

मैं अंधकार में बैठकर यम की बहन का इंतजार करने लगी। मुझे लगा कि मृत्यु ने भी मेरे साथ छल किया था। मुझे ऐसा लग रहा था मानो मैं नदी में डूबे पत्थर की भाँति हो गई हूँ। फिर एक आवाज़ सुनाई दी। उसकी मधुरता शीत में कंबल जैसा सुख दे रही थी।

'मैं नींद की देवी निद्रा हूँ,' उसने कहा। 'बहुत कम मनुष्यों को मुझे देखने का सौभाग्य मिलता है। मैं तुम्हारे पति से मिलने आई थी। परंतु उसने मुझसे एक विचित्र वरदान मांग लिया। लक्ष्मण ने कहा कि वनवास के चौदह वर्ष में राम और सीता की रक्षा करना उसका दायित्व है। इसलिए उसने मुझसे चौदह वर्ष तक दूर रहने का वरदान माँगा। उसकी बात तर्कसंगत थी। चूँकि उसका हृदय शुद्ध है, इसलिए मुझे दया आ गई।'

मैंने लक्ष्मण से कहा, 'मैं तुम्हारी इच्छा पूरी कर सकती हूँ। परंतु मैं कर्म की भांति हूँ। तुम मुझे टाल सकते हो, लेकिन मुझसे कोई प्राणी बच नहीं सकता। यदि मैं तुम्हारी बात मान भी लूं तो तुम्हारे अयोध्या लौटने के बाद मुझे तुम्हारे पास आना ही होगा और फिर अगले चौदह वर्ष तक तुम सोते रहोगे।'

'मुझे स्वीकार है,' लक्ष्मण ने निस्संकोच कहा। मुझे राम के प्रति लक्ष्मण की निष्ठा देखकर आश्चर्य हो रहा था। मैंने उसे यह वरदान दे दिया।

'परंतु ऐसा हुआ तो उसका पूरा यौवन सोते बीत जाएगा,' मैंने दुखी होकर कहा। 'और फिर हमें प्रेम के क्षण या संतान का सुख भी प्राप्त ही नहीं हो पाएगा। क्या आपके वरदान को बदला नहीं जा सकता?'

निद्रा ने कहा, 'मेरे भाई यम लक्ष्मण के प्रति तुम्हारी निष्ठा से बहुत प्रसन्न हैं। उन्होंने मुझे तुम्हारा दुख कम करने को कहा है। इसलिए मैं तुम्हें एक विकल्प देती हूँ। तुम चाहो तो अगले चौदह वर्ष के लिए लक्ष्मण की निद्रा ले सकती हो। ऐसा करने से लक्ष्मण के प्रति मेरा कर्म पूरा हो जाएगा।'

मेरा मन घबरा रहा था। अगले चौदह वर्ष तक मैं सोती रही तो मेरा क्या होगा? क्या लोग सोचेंगे मैं मर चुकी हूँ? वे कहीं मेरा अंतिम संस्कार तो नहीं कर देंगे? फिर मैंने सोचा तो मुझे इस बात की चिंता नहीं रही। यदि इससे लक्ष्मण की सहायता हो जाए तो मैं यह भी करने को तैयार हूँ।'

'मुझे शर्त स्वीकार है,' मैंने निद्रा से कहा।

'इतना कहते ही निद्रा मुझ पर हावी हो गई। मैं नीचे गिर पड़ी और मेरा शरीर निष्क्रिय हो गया। मुझे देवी का स्वर सुनाई पड़ रहा था, 'उर्मिला, अब सो जाओ। तुम्हारे इस बलिदान को कम लोग समझेंगे और उसकी प्रशंसा कम लोग करेंगे। परंतु मैं तुम्हें सामान्य मनुष्य की तरह मूर्छा वाली निद्रा नहीं दूंगी। तुम्हें योग-निद्रा का अनुभव होगा। इसमें तुम्हारा सूक्ष्म चित्त आसपास की गतिविधियों के प्रति सजग रहेगा।'

'निद्रा देवी से बात करते-करते मेरी आत्मा, शरीर से बाहर निकलकर प्रकाश-पुंज में तैरने लगी। उस अवस्था में रहते हुए मुझे अनेक बातें समझ में आईं यद्यपि मुझे उन्हें कहने की अनुमति नहीं है। हमारे जीवन की घटनाओं के अनेक कारण होते हैं। उसमें अतीत और भविष्य दोनों कारण शामिल हैं। मेरे जीवन में जो हुआ, मुझे उसका दुख नहीं है और न ही उसका जो तुम्हारे जीवन में होने वाला है।'

उर्मिला ने मेरी ओर दृष्टि से देखा। परंतु मुझे बेचैनी होने लगी। 'तुम क्या कहना चाहती हो? मेरे साथ क्या होने वाला है?'

उर्मिला ने सहसा मेरे गले में बांहें डाल दीं मानो वह फिर से मेरी छोटी बहन बन गई थी। मुझे ऐसा आभास हुआ कि वह अपनी कही सब बातें भूल गई थी।

'दीदी, आपको देखकर मुझे बहुत खुशी हो रही है,' उसने कहा। 'आप वन से कब वापस आ गईं, मुझे पता ही नहीं चला। सौदामिनी, सौदामिनी, खाने के लिए क्या है? मुझे बहुत भूख लगी है। दीदी को भी लगी होगी।'

मैंने सौदामिनी को बुलाया। वह खुश होकर रसोईघर में गई तथा शरव से मेरे लिए भोजन ले आई। फिर मैंने और उर्मिला ने साथ बैठकर भोजन किया। हमने एक-दूसरे के आंसू पोंछे। मैंने उसे अपने अनुभव बताए और उसके बाद मुझे सबसे मुश्किल कार्य करना था।

मैंने सोचा था कि मुझे कैकेयी के कक्ष के बाहर काफी देर प्रतीक्षा करनी पड़ेगी। बल्कि मुझे लगा मुझे अंदर ही नहीं जाने दिया जाएगा। परंतु मेरे पहुंचने से पहले ही कैकेयी के कक्ष के हस्ति-दंत निर्मित द्वार खुल गए और दो दासियों ने मुझे प्रणाम किया। फिर वे मुझे अंदर ले गईं। कैकेयी की घर के मामलों पर पकड़ बनी हुई थी, क्योंकि उसके पास का बरामदा बिल्कुल साफ-सुथरा था। वहां किसी तरह की धूल-मिट्टी या गंदगी नहीं थी। फर्श के पत्थर चमक रहे थे।

मुझे यह देखकर गुस्सा तो आया लेकिन मैंने उसे दबा लिया। उस स्त्री ने अपनी सत्ता बचाए रखने के लिए पूरा महल उलट-पलट कर दिया था, लेकिन फिर भी वह अपने स्वार्थी चालों से बाज नहीं आई थी। वह अपने पति की मृत्यु का कारण बनी, उसने दूसरी रानियों को दुख दिया, हमें वनवास दिलवा दिया। यदि इसने राम को वन में नहीं भिजवाया होता तो मुझे शूर्पणखा नहीं मिलती और रावण ने मेरा अपहरण नहीं किया होता। मुझे अशोक वाटिका में दुख-भरा एक वर्ष याद आ गया। मेरे लिए उस दुख की कल्पना करना भी कठिन था। और यह स्त्री, यहाँ आराम से महल में सुख-सुविधाओं का आनंद ले रही थी।

मेरे भीतर क्रोध उबल रहा था। क्या इसी को न्याय कहते हैं?

वहीं दीवारों के पास मिथिला से लाए फूलों के फूलदान रखे थे, जो मैंने बड़े स्नेह से अपने बुर्ज पर लगा थे। यह वही फूल हैं जो मेरे वन-प्रस्थान करने के दिन मुरझा गए थे। कैकेयी इन्हें यहाँ कैसे ले आई? उसने अवश्य अपने गुप्तचर या मंथरा को मेरे कक्ष में भेजकर ये पौधे यहाँ रखवाए होंगे। मेरे दिमाग में तरह-तरह के विचार आ रहे थे। कैकेयी ने सारा धन मिथिला से पौधे मंगवाने में खर्च कर दिया ताकि राम, लक्ष्मण और मुझे वन में भेजकर स्वयं पौधों का आनंद ले सके। मेरे भीतर क्रोध बढ़ता जा रहा था और उसे शांत करने वाले विचार भी उसी क्रोधाग्नि अग्नि में भस्म होते जाते थे।

मैं मुड़कर वापस जाने को थी। मुझे विश्वास हो गया कि कैकेयी कि स्थिति बहुत अच्छी थी। मुझे उससे बात करके समय गंवाने की आवश्यकता नहीं थी।

मैं जाने लगी कि तभी प्रेत जैसी एक छाया, खंभे के पीछे से निकली और मेरे सामने घुटनों के बल बैठ गई। वह एक अत्यंत दुर्बल स्त्री थी। उसके वैधव्य को दर्शाती सफेद साड़ी में से उसकी हड्डियां दिखाई पड़ रही थीं। मुझे उसे पहचानने में कुछ क्षण का समय लगा। वह कैकेयी थी। वह चुपचाप अपना सिर ज़मीन पर लगाए बैठी थी।

क्या यह कैकेयी का कोई नया नाटक था? क्या उसने सोचा कि वह सरलता से बच जाएगी? मैंने तय कर लिया था कि मैं उसके स्वाँग में नहीं पड़ूँगी। मैंने चेहरा कठोर बना लिया और एक कदम पीछे हट गई।

तभी कैकेयी की दासी आ गई। उसने हाथ जोड़कर मुझसे कहा, 'महारानी ने मौन व्रत धारण किया है। परंतु उन्होंने मुझे आपसे यह कहने को कहा था कि उन्हें पता है उन्होंने आपको और राम को जो दुख दिया है, उसकी वह कभी भरपाई नहीं कर सकेंगी। उन्हें नहीं पता था उन पर क्या धुन सवार थी कि उन्होंने दशरथ से दो वरदान माँगकर सबका जीवन नष्ट कर दिया। उन्हें आपके जाने के बाद से एक भी दिन शांति नहीं मिली। पहले उनके पति की मृत्यु हुई, जो उन्हें दोष देते हुए चल बसे। उसके बाद उनके पुत्र भरत ने, जिनके लिए महारानी ने यह सब किया था, रानी को डांटा और हमेशा के लिए त्याग दिया। उन्होंने यह कल्पना नहीं की थी कि उनके साथ ऐसा हो जाएगा। परंतु दुष्कर्म से केवल दुर्भाग्य ही जन्म लेता है।'

उस दिन से उन्होंने पूरा समय प्रायश्चित करते और आपके तथा राम के सुरक्षित लौटने की कामना करते हुए बिताया है। उन्होंने आपके लगाए सब पौधे मंगवाए और फिर उनकी देखभाल शुरू कर दी। उन्हें आपसे कुछ नहीं चाहिए। क्षमा की तो बिल्कुल अपेक्षा नहीं है।

यह कहकर दासी ने संकेत किया। मैंने मुड़कर देखा तो बरामदे के एक तरफ लकड़ी की एक बड़ी चिता पहले से तैयार थी। उसे जल्दी जलाने के लिए उसमें घी भी डाल दिया गया था।

चिता देखकर मेरा सिर घूमने लगा। मुझे लंका की रणभूमि वाला दृश्य याद आ गया, जब मेरा अपमान हुआ था। मुझे उस पुरुष ने अस्वीकार कर दिया था

जिसे मैंने पूरे दिल से प्रेम किया था। यदि मैंने पास के स्तंभ को न पकड़ा होता तो मैं नीचे गिर जाती।

इस संसार में चीजों में भेद करना मुश्किल है। सही एवं गलत की पहचान बहुत कठिन है। राम ने जब मुझे सबकुछ छोड़ कहीं और रहने को कहा था, तो उन्होंने सोचा था वह अयोध्या के प्रति अपना दायित्व निभा रहे हैं। अपने पुत्र के लिए प्रेम और उसके लिए राज्य की कामना से उत्पन्न कैकेयी के कर्म क्या इससे भी बुरे थे? कैकेयी ने मुझे इतनी चोट नहीं पहुंचाई, जितना कष्ट मुझे राम ने दिया था।

मैंने राम को क्षमा कर दिया तो मैं कैकेयी को क्षमा क्यों नहीं कर सकती?

मैंने झुककर कैकेयी को उठाया। किसी समय गर्व से सिर उठाए घूमने वाली कैकेयी आज मुरझाए फूल की तरह खड़ी थी, मानो हवा उसका सौंदर्य और प्रतिष्ठा अपने साथ उड़ा ले गई थी।

मैंने कैकेयी की दासी से कहा, 'तुरंत राजदरबार जाओ और राम से कहो कि मैं उनसे महारानी कैकेयी के कक्ष में तत्काल मिलना चाहती हूँ।'

राम वहां पहुंचे तो मैंने कैकेयी को आगे कर दिया। उसने शर्म से अपना चेहरा छिपा लिया। परंतु मैंने उसके कांपते हाथ राम के हाथों में दे दिए। राम अत्यंत संवेदनशील और बुद्धिमान थे। उन्होंने पास में तैयार पड़ी चिता देखी और फिर फूल देखे। उन्हें स्पष्टीकरण की आवश्यकता नहीं थी। वह तुरंत सब समझ गए।

'माता कैकेयी,' राम ने कैकेयी को गले लगा लिया। कैकेयी ने राम को सबसे अधिक दुख पहुंचाया था, लेकिन उनकी आवाज में स्नेह और आहत हृदय के लिए मरहम था। आखिर कैकेयी की आंखों से आंसुओं की झड़ी बह निकली, जिसे वह लंबे समय से रोके बैठी थी। वह समझ गई राम ने उसे क्षमा कर दिया था।

# 30

हम अयोध्या लौटे तो समस्याएं पूरी तरह समाप्त नहीं हुई थीं, परंतु वह धीरे-धीरे नियंत्रण में आ रही थीं। राम की दृढ़ता और स्नेह से शासन करने की नीति ने लोगों के हृदय में नई शक्ति का संचार किया था। उनसे लोग दरबार में सहायता मांगने आते थे। प्रजा के लोग यह देखकर प्रसन्न थे कि राम, लंका से लाए धन का राज्य की समृद्धि के लिए खुलकर प्रयोग करते थे।

पड़ोसी राज्यों से राम के स्वागत में आए उपहार भी राजकोष में जमा हो जाते थे। उन्होंने निर्देश दिया था कि उसका प्रयोग अयोध्या और आसपास के स्थानों से जुड़ी सड़कों के निर्माण के लिए होना चाहिए। सड़कों और मार्गों पर उचित सुरक्षा उपलब्ध करवाने का भी प्रबंध किया गया। इससे अयोध्या के साथ अन्य शहरों का व्यापार बढ़ गया और शीघ्र ही अयोध्या, दूसरे प्रदेश से आए व्यापारियों के लिए पसंदीदा स्थान बन गया।

राम ने कर को घटा दिया। विशेषकर उन जिलों के लिए कर बहुत कम कर दिया, जहां अकाल पड़ा था। उन्होंने किसानों को नए सिरे से शुरूआत करने के लिए मुफ्त अनाज उपलब्ध करवाया। उन्होंने पूरे राज्य में ऐसी अनेक संस्थाएं खोलने का निर्देश दिया जहां गरीब और असहाय लोगों को भोजन और घर दिया जाता था, कला आदि सिखाई जाती थी। इसके फलस्वरूप धीरे-धीरे गरीबी और अपराध पूरी तरह समाप्त हो गए। राम ने राज्य में कड़ी सुरक्षा उपलब्ध करवाई, स्त्री और पुरुष व्यापार के कार्य से सुरक्षित घूम सकते थे। विश्व के जाने-माने कलाकारों द्वारा संगीत और नृत्य के कार्यक्रम, रंग-बिरंगे बाजार और कभी न बंद होने वाली दुकानों के चलते अयोध्या ने शीघ्र ही अनेक अतिथियों को आमंत्रित कर लिया था।

मैं बहुत व्यस्त हो गई थी। मैंने शरव तथा महल के अन्य सेवक आदि के साथ मिलकर महल के कामकाज का प्रबंधन शुरू कर दिया। धीरे-धीरे पुरानी सुंदरता और समृद्धि लौटने लगी थी। मुझे बगीचों से बहुत प्रेम था। मैंने पौधों और वृक्षों की देखभाल शुरू कर दी। हमें साल-भर तरह-तरह के फल मिलते थे और अयोध्या में आने वाले अतिथियों का स्वागत रंग-बिरंगे फूलों और चहकते पक्षियों से होता था। मैंने इसके साथ महल के बाहर की स्थिति को भी सुधारने का प्रयत्न दिया। अयोध्या की असहाय औरतों के जीवन को बेहतर बनाने हेतु उन्हें सुरक्षित घर दिए और महल के द्वार स्त्री याचिका-कर्ताओं के लिए खोल दिए। उन्हें बता दिया गया था कि प्रत्येक जरूरतमंद और मेहनत करने वाले तथा अपना व्यवसाय शुरू करने के इच्छुक लोगों को आर्थिक सहायता दी जाएगी। मैंने ऐसी औरतों को काम देने वाले लोगों को पुरस्कार देना शुरू किया। मैंने अयोध्या के बच्चों को शिक्षित वातावरण देने तथा देश की समृद्धि में योगदान करने हेतु बहुत-से निःशुल्क विद्यालय खोल दिए।

इसके बाद मैं राम के साथ प्रजा के अभिनंदन के लिए बुर्ज पर जाती तो तालियों की गड़गड़ाहट से माहौल गूंज उठता था। मुझे इस बात पर आश्चर्य नहीं था, परंतु मैं यह देखकर चकित थी कि लोग मेरे नाम की भी जय-जयकार करते थे हालांकि मैं पर्दे के पीछे रहकर काम करती थी।

नगरवासी मुझे लक्ष्मी कहकर बुलाते थे। उन्हें भोजन मिलता था, इसलिए मुझे वह अन्नपूर्णा भी कहते थे। वह मुझे फूलों की रानी और दुखहंता कहकर भी संबोधित करते थे। वे मुझे कहते कि मेरे हाथ में समृद्धि है और इसीलिए महल का भंडार-गृह अनाज से भरा रहता है। हमारे बगीचे और तालाब भी इंद्रलोक के समान सुंदर बन गए थे। मैं नगर में घूमने निकलती तो लोगों का दुख एवं रोग कम हो जाते थे और उनके हृदय शांति से भर उठते थे।

मेरे विचार से ऐसी अनेक बातों का श्रेय शाख को था। मैंने इसका बुरा नहीं माना बल्कि मुझे यह जानकर खुशी होती थी कि मुझे लोग पसंद करते थे।

राम के गुरु महर्षि वसिष्ठ हमसे मिलने अयोध्या आए तो नगर का बदला हुआ रूप देखकर उन्हें बहुत प्रसन्नता हुई। राम मेरी आशा से कहीं बढ़कर अच्छे राजा सिद्ध हुए थे। वसिष्ठ ने कहा, 'इसमें संदेह इसलिए नहीं है, क्योंकि तुम्हारा साथ देने के लिए बहुत अच्छी पत्नी मिली है। यह अत्यंत प्रशंसनीय है कि तुम व्यक्तिगत सुख से पहले प्रजा का ध्यान करते हो। परंतु अब तुम्हारे राज्य अभिषेक का समय आ गया है।'

इस समाचार की घोषणा होते ही पूरे राज्य में उत्साह की लहर दौड़ गई। राज्य के विभिन्न कोनों से लोग अयोध्या आए, क्योंकि वह राम का अभिषेक देखना चाहते थे। कोशल राज्य के सभी मित्र देशों ने हमारा निमंत्रण सहर्ष स्वीकार कर लिया। यहां तक कि राम की बहन शांता, जिसे हमने कई वर्षों से देखा नहीं था,अपने भाई के उस विशेष और महत्वपूर्ण दिन पर मौजूद रहने वाली थी।

राम इस बात से बहुत प्रसन्न थे। 'मेरे दिमाग में अपनी बड़ी बहन के साथ बचपन की कुछ यादें ताजा हैं,' उन्होंने कहा। 'मैंने उन्हें बहुत कम देखा था। मैंने तुम्हें बताया था मेरे पिता ने शांता को अपने एक मित्र को दे दिया था। वह विवाह के बाद अपने घर के उत्तरदायित्वों के प्रति पूरी तरह समर्पित हो गई और इसलिए हमसे मिलने भी नहीं आ सकी। मुझे खुशी है कि इस विशेष अवसर पर वह हमें आशीर्वाद देने आ रही है। उन्होंने इसके लिए विशेष प्रयास किया है। वह बहुत दूर रहती है और मुझे पता है कि उन्हें लंबी यात्रा करना पसंद नहीं है।'

मैं भी शांता के आगमन से प्रसन्न थी। मुझे अपने विवाह पर भी उनके साथ अधिक समय नहीं मिला था। मैं मिथिला से आई थी और बहुत थकी हुई थी। मैं अपने नए दायित्वों को लेकर परेशान थी। मुझे विश्वास था कि इस बार उनके साथ मित्रता हो जाएगी। मुझे यही आशा थी कि मैंने महल में जो परिवर्तन किए थे, वह उन्हें पसंद आएँगे।

मेरे लिए एक और खुशी का अवसर था। मुझे हाल में पता चला कि मैं गर्भवती हूँ। पहले मुझे यह चिंता थी कि संतान को जन्म देने के लिए मेरी आयु थोड़ी ज़्यादा हो गई। इसलिए गर्भवती होने का समाचार को सुनकर मेरी खुशी दुगुनी हो गई। मैंने शरमाते हुए यह समाचार राम को दिया तो वह भी बहुत खुश हुए। शायद उन्हें भी मेरी तरह इसी बात की चिंता थी। उन्होंने मुझे आभार स्वरूप मोतियों की एक माला भेंट की थी। रात को सोते समय राम मेरी हर सुविधा का बहुत ध्यान रखते थे। वह मुझसे भोजन और आराम के विषय में पूछते रहते थे। मेरा पेट बाहर आने लगा था। वह अपनी संतान से बात करते थे। उन्होंने अंदर पल रहे शिशु से कहा कि वह उसे घुड़सवारी, धनुर्विद्या और शिकार पर साथ ले जाएंगे। उन्हें विश्वास था कि लड़का ही होगा।

'यदि पुत्री हुई तो?' मैंने उन्हें चिढ़ाते हुए पूछा।

यह सुनकर उन्हें आश्चर्य हुआ। फिर उन्होंने तुरंत उत्तर दिया, मैं शायद उसे भी ये सब सिखाना चाहूँगा।

मैंने राम को कसकर गले लगा लिया। मुझे उनकी बात सुनकर अच्छा लगा। परंतु मन में कहीं मुझे पता था कि मेरे गर्भ में पुत्र है, जो आगे चलकर अयोध्या का राजा बनेगा।

मेरे गर्भवती होने की बात केवल कौशल्या, उर्मिला, लक्ष्मण और महल के चिकित्सक को पता थी। इसे रहस्य रखना कठिन नहीं था। अयोध्या की रानियाँ सार्वजनिक रूप से बाहर नहीं जाती थीं। मुझसे मिलने जब कभी दरबारियों की पत्नियाँ या अन्य रानियाँ आतीं तो मैं वस्त्रों का बहुत ध्यान रखती थी। मैंने साड़ी ढीली बांधना शुरू कर दिया था। यहाँ तक कि दासियों को भी जानकारी नहीं हुई।

मैंने और राम ने निश्चय किया कि हम राज्याभिषेक के अवसर पर इसकी घोषणा करेंगे। इससे लोगों को प्रसन्न होने का एक और कारण मिल जाएगा और फिर वह एक और प्रमुख घटना की प्रतीक्षा करने लगेंगे।

मेरी व्यस्तता बढ़ती गई। मैंने महल की साज-सज्जा के साथ राज्याभिषेक के स्थान को सजाने का भी काम हाथ में ले लिया था। मैंने अतिथियों की देखभाल का प्रस्ताव दिया था। कुछ लोग आने शुरू हो गए थे। वह बड़ा काम था, परंतु मैं उसे स्वयं करना चाहती थी। वनवास के दिनों में अनेक लोग मुट्ठी-भर भोजन होने के बाद भी हमारा स्वागत करते थे। अब मेरी बारी थी। मैं अपने हिस्से का काम करना चाहती थी। सौभाग्य से उर्मिला, मांडवी और श्रुतकीर्ति ने भी इस काम में मेरी मदद की। हम हँसी-मजाक और मिथिला की बातें करते हुए सब काम निपटा लेते थे। मेरी बचपन की यादें ताजा होने लगी थीं।

मैं खाली समय में बुर्ज पर चली जाती थी। मैंने कैकेयी से मिथिला वाले पौधे वापस स्वीकार कर लिए थे। वे मेरे चारों ओर अच्छी तरह फल-फूल रहे थे। मुझे गर्भ में पल रहे अपने शिशु के लिए गीत गाना बहुत अच्छा लगता था। मैं उसे राम की गौरवशाली कथाएं और उनके प्रेम तथा अपने पुत्र के एक महान राजा बनने कि मेरी आशाओं के बारे में बताती थी। मुझे उम्मीद थी कि वह बड़ा होकर अवश्य राजा बनेगा। मुझे वन में बिताया जादुई समय बहुत याद आता है। मेरे भीतर पल रहा बालक, वन के गीत सुनकर खुश होता था। वह लात मारकर खुशी व्यक्त करता था। वह इतना सक्रिय था कि मैं कभी-कभी मजाक में पूछ लेती थी, 'क्या तुम दो हो?'

मैंने कभी लंका में रावण की कैद से जुड़ा कोई गीत नहीं गाया। उस राक्षस ने मेरे भीतर उस सुंदर राज्य के प्रति आकर्षण को नष्ट कर दिया था। वह समय बहुत कष्टदायक था। मेरे लिए उसे सहन करना अत्यंत कठिन रहा।

शांता राज्याभिषेक से एक दिन पहले आ गई थी। वह लंबी यात्रा के कारण थक गई थी। पालकी के लगातार हिलने और कहारों के तेज दौड़ने के कारण उसकी तबीयत बिगड़ी हुई थी। वह भरे हुए शरीर की प्रसन्नचित्त स्त्री थी, उन्हें बोलना

और हंसना अच्छा लगता था। परंतु उस दिन वह थकी और उदास लग रही थी। सामान्य अभिनंदन के बाद वह कौशल्या के कक्ष में चली गई। कौशल्या ने उन्हें नींबू पानी पिलाया। फिर वह एक अंधेरे कमरे में लेट गई।

शांता ने मुझे क्षमा मांगते हुए कहा, 'यदि मेरी तबीयत ठीक हुई तो मैं कल दोपहर में तुमसे मिलने आऊँगी। मुझे तबियत बिगड़ने का दुख है। मुझे तुमसे बहुत-सी बातें करनी है।'

मैंने उनसे कहा कि इसमें परेशान होने की कोई बात नहीं है। मैं स्वयं भी सोना चाहती थी। मुझे अगले दिन की तैयारी से पहले आराम की जरूरत थी।

'आपका जब मन हो, मेरे पास आ जाना,' मैंने कहा। मुझे पता था कि वह नहीं आएगी, किंतु मैंने अपने कक्ष का द्वार खुला रखा था।

मैंने अपने कमरे में पहुंचने के बाद अपने भारी और रेशमी वस्त्र उतार दिए। वह साड़ी बहुत सुंदर थी, परंतु उसमें सोने के धागों से कढ़ाई की गई थी, इसलिए वह बहुत भारी थी और उसे पहनकर मुझे पसीना आ रहा था। मेरी दासी ने मुझे एक सूती साड़ी दी, जिसे बांधकर मुझे बहुत आराम मिला। मैंने दासी को कक्ष से बाहर भेज दिया और स्वयं नीचे ठंडे फर्श पर लेट गई। उन दिनों गर्मी ज़्यादा थी और रात में मुझे बेचैनी होने लगती थी। राम मेरे लिए पानी लाते और मुझे घंटों हवा करते थे। वह स्वयं थके होने के बाद भी मेरा ध्यान रखते थे। काश, वह इस समय मेरे पास होते तो मेरी पीठ की मालिश कर सकते थे, क्योंकि उन्हें मेरे बिना कहे पता चल जाता था कि मुझे कहाँ दर्द है।

मेरी इच्छा मानो पूरी हो गई। मेरे कक्ष का द्वार खुला। मैं उबासी लेते हुए उठ बैठी। क्या राम, अपने काम के बीच में आराम करने आए थे? परंतु वह शांता थीं।

'मुझे नींद नहीं आई,' शांता ने कहा, 'और माँ के कक्ष में बहुत अंधेरा है। मैंने सोचा कि मैं कुछ देर तुमसे बात करूंगी। मैं तुम्हारे वन के अनुभवों और यात्रा की कहानियाँ सुनना चाहती हूँ।'

मैं सोना चाहती थी, क्योंकि शाम को फिर बहुत काम था। संन्यासियों का एक बड़ा दल आने वाला था। उनके भोजन की उचित व्यवस्था के लिए मुझे रसोइयों को निर्देश देना था। परंतु शांता को मुझसे बात करनी थी। आखिर, मैंने उसे कक्ष में आमंत्रित कर लिया। मैंने मुस्कराकर उसे बैठने को कहा और उसे वन के बारे में बताने लगी। मैंने ही उसे पहाड़, नदियों, ज्वालामुखी तथा वन्य जीवों के बारे में विस्तार से बताया।

परंतु शांता कुछ और सुनना चाहती थी। उसने मुझसे राक्षसों के विषय में पूछा और पूछा कि राम और लक्ष्मण ने उन्हें कैसे मारा। मैंने शांता को कहा कि मुझे युद्ध के विषय में नहीं पता है, क्योंकि मैंने वह रक्तरंजित युद्ध स्वयं नहीं देखे थे तो यह सुनकर शांता निराश हो गई।

'मुझे रावण के बारे में बताओ,' उसने कहा। 'क्या उसके सचमुच दस सिर थे? क्या वह डरावना था अथवा आकर्षक था? या उसके दोनों ही रूप थे? मुझे बताओ उसने तुम्हारा अपहरण कैसे किया और उसने तुम्हें इतने समय अपने महल में किस तरह रखा? क्या उसका महल सचमुच देवताओं के महलों से अधिक सुंदर है? क्या यह सच है कि उसने तुम्हारा अपहरण अपनी बहन शूर्पणखा के अपमान का प्रतिशोध लेने के लिए किया था किंतु उसे बाद में तुमसे प्रेम हो गया था?'

इतने प्रश्नों को सुनकर मुझे गुस्सा आने लगा। शांता इतनी असंवेदनशील कैसे हो सकती थी? यहां तक कि उर्मिला ने भी मुझसे ऐसी बातें नहीं पूछीं। क्या शांता को यह आभास था कि मेरे लिए लंका की पुरानी यादें कितनी कष्टदायक थीं? मेरी उन्हें इच्छा हुई कि मैं उन्हें कक्ष से बाहर निकाल दूँ।

वह राम की एकमात्र बहन थी। राम को शांता के आने की बहुत खुशी थी। इसलिए मैंने राम की खातिर अपना क्रोध मन में दबा लिया और उससे कहा, 'मैंने रावण की ओर कभी नहीं देखा। इसलिए मैं केवल इतना कह सकती हूँ कि वह राक्षस था, जिसने मेरी खुशियां मुझसे छीन लिया था।'

यह कहते हुए मेरी आवाज काँप रही थी। 'मैंने रावण को सचमुच कभी ठीक से नहीं देखा, लेकिन उसकी आवाज सुनी थी। वह बार-बार मुझसे अपने प्रेम की अभिव्यक्ति करता जिससे मुझे गुस्सा आता था। मैंने सुना था कि उसने बचपन में अनेक कष्ट उठाए और उसने हिमालय में घोर तप करके विशेष सिद्धियां प्राप्त कीं, क्योंकि वह अपनी माँ को गरीबी से मुक्ति दिलाना चाहता था। मैंने यह भी सुना कि उसने भगवान शिव की स्तुति में अनेक गीत बनाए थे। शिव उसके इष्ट देव थे और मृत्यु के समय उसने मेरे पैर छुए तो मैंने उसे भगवान विष्णु के द्वारपाल के रूप में भी देखा था।'

शांता ने मेरे स्वर की दुर्बलता महसूस की होगी, क्योंकि वह और जानना चाहती थी। 'इन बातों को अपने मन में रखना अच्छी बात नहीं है। इससे तुम्हारा दुख और बढ़ेगा। यदि तुम मुझे रावण के बारे में नहीं बताना चाहती तो फर्श पर उसका चित्र बनाकर दिखा दो। यह स्लेटी का टुकड़ा पकड़ो और रावण का चित्र बनाकर दिखाओ। फिर हम दोनों उसके सिरों को अपने पैरों से मसलेंगे, क्योंकि उसने तुम्हारा अपहरण किया था। मैं सच कहती हूँ तुम्हें ऐसा करने से अच्छा महसूस होगा।'

उसकी आवाज में पता नहीं क्या बात थी कि मैंने स्लेटी पकड़ ली। क्या उसने मुझ पर जादू कर दिया था? क्या मैंने यह मान लिया कि रावण का चित्र बनाने से मेरे मन में उसके प्रति घृणा समाप्त हो जाएगी? मैंने किसी स्वप्न की भांति फर्श पर उसका चित्र बनाना शुरू कर दिया।

'मैं उसके पैर बना सकती हूँ क्योंकि वह बार-बार मेरे सामने आकर मुझे धमकी देता था और मैं केवल उसके पैरों देख पाई थी।'

'कोई बात नहीं,' शांता ने कहा। 'उसका शेष चित्र मैं बना दूंगी।'

मैंने उसे आश्चर्य से देखा तो उसने आगे कहा, 'अपनी कल्पना से...'

मेरा हाथ फर्श पर चित्र बनाने लगे। मैंने रावण के पैरों का चित्र बना दिया। उसके बाद मैंने स्लेटी शांता के हाथ में पकड़ा दी। पता नहीं कैसे, वह मेरे हाथ में चिपक गई और मेरा हाथ तेजी से अपने आप फर्श पर चलने लगा। मेरा हाथ चिपक गया था। देखते ही देखते रावण का पूरा चित्र बन गया।

'यह क्या हो रहा है? दीदी, मेरी मदद कीजिए,' मैंने चिल्लाकर कहा।

परंतु शांता के चेहरे के भाव परिवर्तित होने लगे। उसकी नाक अंदर धँसने लगी, कानों की जगह गड्ढे उभर आए। मैंने तुरंत उसे पहचान लिया। वह शूर्पणखा थी। उसने अयोध्या पहुँचकर शांता का रूप धारण कर लिया था।

'हां, मैं ही हूँ,' उसने कहा। 'मैं लंका से तुम्हारा पीछा करती हुई यहाँ आई हूँ। मैं उचित अवसर की प्रतीक्षा कर रही थी। राम के राज्याभिषेक का बहुत शोरगुल हो रहा है, इसलिए मेरे लिए महल में प्रवेश करना सरल था। मैंने दासी का रूप धारण किया और शांता के अयोध्या पहुँचने के बाद मैंने अपनी योजना बना ली। फिर मैंने शांता का रूप धारण कर लिया।

'सीता, तुम्हें क्या लगता है तुम इतनी आसानी से बच जाओगी? क्या तुमने यह सोचा कि मैंने हार मान ली और मैं भूल गई कि तुमने मेरे घर और मेरे समस्त प्रियजनों को बर्बाद कर दिया? तुम्हें क्या लगता है इसका परिणाम क्या होगा? तुम लंका का विनाश करके यहाँ चली आईं। तुमने मेरे सब संबंधियों को मार डाला, उन्हें अपाहिज कर दिया, उनकी हिम्मत तोड़ दी और स्वयं अयोध्या में राम, उसके परिवार और प्रजा के साथ सुखपूर्वक रहने लगीं। तुम्हें क्या लगा कि तुम अपने पुत्रों के साथ सुख से रहने लग जाओगी?

'हां, मैं तुम्हारे भीतर धड़कते दो दिलों को महसूस कर सकती हूँ। मैं चाहूँ तो तुम्हें और तुम्हारे बच्चों को इसी क्षण मारकर राम के राज्याभिषेक से एक दिन पहले तुम्हारे शव को यहां छोड़कर जा सकती हूँ।' यह कहकर उसने हाथ आगे बढ़ाए। उसके नाखून बहुत पैने और लंबे थे। मैंने दूर हटने का प्रयास किया, परंतु

उसने आसुरी शक्ति से मुझे ज़मीन पर पटक दिया। मैं पेट पर चोट से बचने के लिए कुछ नहीं कर पाई।

मैं प्रार्थना करने लगी। 'मेरे बच्चों को छोड़ दो, हे देवी! मुझे अपनी चिंता नहीं है, परंतु मेरे बच्चों को तकलीफ नहीं होनी चाहिए।'

मुझे आभास हुआ कि मैं शूर्पणखा की बात को मन में दोहरा रही थी। मेरे पेट में जुड़वा बच्चे थे।

'नहीं, मैं तुम्हें इतनी सरलता से बचकर नहीं जाने दूंगी। मेरे पास एक और योजना है। मैं तुम्हें जिंदा रखूँगी। सीता, तुम्हें प्रेम के बिना जीना होगा। तुम्हें यह महसूस होगा कि अपना सर्वस्व खो देने पर कैसा लगता है। तुम मृत्यु के लिए याचना करोगी।'

उसकी आंखों से आंसू बह रहे थे। फिर वह दांत दिखाती हुई वहां से गायब हो गई।

रावण के चित्र ने आंखें खोल दीं और वह मेरी ओर देखने लगा। वह भी हंस रहा था। उसकी हँसी भयानक थी। ऐसा लगा मानो वह फर्श से उठ कर खड़ा होगा। मैंने फर्श से उसका चित्र मिटाने का प्रयास किया। परंतु मुझसे वह नहीं मिटा। शूर्पणखा ने वह चित्र अवश्य जादू से बनाया होगा। मैंने उसे साड़ी से पोंछने की कोशिश की तो मेरी साड़ी भी चित्र से चिपक गई। मैंने उसे खींचा परंतु वह अलग नहीं हुई।

तभी कक्ष का द्वार खुला और मुझे राम की आवाज आई।

'मैंने सोचा तुम्हारे साथ कुछ समय व्यतीत कर लूं।' यह कहकर राम भीतर आ गए और मुझे देखने लगे। 'सीता, तुम क्या कर रही हो? तुम इस तरह अस्त-व्यस्त कपड़ों में फर्श पर क्यों लेटी हो? तुम्हारी हाँफ क्यों रही हो? और यह चित्र किसका है?' उनका स्वर ऊंचा हो जाएगा। मुझे उनकी आवाज में गुस्सा और घृणा सुनाई दे रही थी। 'क्या यह...क्या तुम... यह तुम क्या कर रही हो, सीता? तुमने ऐसा क्यों किया?'

मेरा चेहरा शर्म से लाल हो गया था हालांकि इसमें मेरा कोई दोष नहीं था। मुझे पता था कि वह दृश्य बहुत भद्दा लग रहा होगा। शूर्पणखा यही चाहती थी।

'मैंने कुछ नहीं किया। यह शूर्पणखा की चाल है। यह उसका काला जादू है,' मैंने कहा। मैंने राम की ओर देखा, किंतु उन्हें मेरी बात पर विश्वास नहीं हुआ।

मैंने एक गहरी सांस ली। मैं अपनी सारी शक्ति बटोरना चाहती थी। 'मैं निर्दोष हूँ,' मैंने खुद से कहा। 'मैं शुद्ध हूँ। मुझे किसी से डरने की आवश्यकता नहीं है क्योंकि मुझे चाल में फँसाया गया है। यह मेरी गलती नहीं है, इसलिए मैं क्षमा नहीं

माँगूंगी। मैं शूर्पणखा को जीतने नहीं दूंगी।' मैं उठकर बैठ गई। मेरी साड़ी एक ओर फिसल गई थी। फिर मैंने राम को पूरी बात बताई।

मैंने उनसे कहा कि वह मेरी बात पर विश्वास करें, क्योंकि मेरे पास सत्य के अतिरिक्त कुछ नहीं था।

राम ने मेरी बात सुनी, परंतु उनकी भँवें सिकुड़ गई थीं। मेरा दिल तेज़ी से धड़क रहा था। उनके चेहरे पर अविश्वास और क्रोध की रेखाएँ उभर आईं। मेरी बात सुनकर उन्होंने आंखें बंद कर लीं। मुझे पता लग गया कि उनके भीतर एक संघर्ष शुरू हो चुका था जो अनंत काल तक चलने वाला था। मैंने सांस रोक ली। मुझे शरीर में अजीब-सी जलन हो रही थी।

आखिर, राम ने आंखें खोलीं।

'सीता, तुम मुझे अपने प्राणों से भी अधिक प्रिय हो। मैं तुम पर विश्वास करता हूँ,' उन्होंने कहा। मुझे नहीं पता शूर्पणखा ने महल में कैसे प्रवेश किया होगा। यह पूरी तरह सुरक्षित है और प्रत्येक द्वार पर विशेष सुरक्षा-बल तैनात हैं। परंतु तुम कहती हो कि वह आई थी तो ऐसा अवश्य हुआ होगा।' उन्होंने अलमारी से एक गद्दा खींचा और चित्र पर डाल दिया। फिर मुझे पहनने को एक साड़ी दी। 'मैं गुरु वसिष्ठ को यह चित्र दिखाता हूँ और उनसे पूछते हैं कि इस मायाजाल को कैसे दूर किया जा सकता है। तुम अतिथि-गृह में चली जाओ और कुछ देर आराम करो।'

यह सुनकर मैंने राहत की सांस ली। मैंने राम की छाती पर सिर रखा और उन्हें कसकर गले लगा लिया। राम जब तक मेरे साथ है, मैं किसी भी चुनौती के लिए तैयार हूँ। मैं संसार से हर लड़ाई के लिए तैयार हूँ।

अतिथि-गृह में आराम करते हुए मुझे विचार आया कि यदि हमारी परिस्थितियां बदली हुई होती तो मैं राम पर विश्वास करने में एक क्षण भी नहीं लगाती। उन्होंने मेरी बात पर विश्वास करने में इतना समय क्यों लगाया?

राम का राज्याभिषेक संपन्न हो गया। मुझे विश्वास था कि चारण और भाट आने वाले कई वर्षों तक उस शुभ अवसर के गीत गाएंगे। उस भव्य समारोह के लिए अयोध्या का सबसे बड़ा मैदान तैयार किया गया था। प्रत्येक स्थान को फूल-मालाओं से सजाया गया था। मैदान के बीच में एक विशाल स्थल था, जिसे रेशमी वस्त्रों और आभूषणों से सजाया गया था और वहां सभी राजा एवं ऋषिगण बैठे थे। उनके लिए सोने और चांदी के सिंहासन लगाए गए थे। उनके पीछे दरबारियों और विशेष अतिथियों के बैठने का स्थान था। मैदान के एक ओर रानियों तथा अन्य स्त्रियों के

बैठने की व्यवस्था थी। उसे इस तरह तैयार किया गया था कि स्त्रियाँ, लोगों की नज़रों से दूर रहकर सबकुछ साफ देख सकती थीं। यही अयोध्या की परंपरा थी। राक्षस और वानरों के लिए भी अलग स्थान तैयार किया गया था। दूसरी ओर, व्यापारी वर्ग के बैठने का स्थान था। मैदान प्रवासियों से भरा था। कुछ लोगों के साधारण सरल वस्त्र देखकर पता लगता था कि वह समारोह में भाग लेने बहुत दूर से आए थे। मुझे आकाश से शक्तिशाली ऊर्जा आती महसूस हो रही थी। निश्चित तौर पर, इस उत्सव को देवगण भी देख रहे थे।

संगीत और मधुर गीतों के बीच मैं और राम, साथ चलते हुए मुख्य स्थान पर पहुंच गए। राम ने पुरानी परंपरा को तोड़कर मुझे अपने साथ रखा, अन्यथा रानियों के पीछे चलने की परंपरा थी। मैं राजसी ढंग से चलने का प्रयास कर रही थी। मेरे शरीर पर भारी आभूषण लगे थे, परंतु मेरा हृदय बहुत हल्का हो गया था। राम ने इस दिन के लिए बहुत लंबी प्रतीक्षा की थी। वह सचमुच इसके अधिकारी थे। मैं उनका हाथ थामकर उनके प्रति समर्थन व्यक्त करना चाहती थी, परंतु औपचारिकता वश मुझे ऐसा करना उचित नहीं प्रतीत हुआ।

हमें बाद में व्यक्तिगत हर्षोल्लास के लिए पर्याप्त समय मिलने वाला था।

इसके बाद हमने अपना स्थान ले लिया। सिंहासन जरूरत से ज़्यादा बड़े थे परंतु राम को उस पर बैठकर अच्छा लग रहा था। मैं भी उनके साथ बैठकर बहुत खुशी थी। राम ने हाथ उठाकर भीड़ का अभिवादन किया तो मैंने भी उनका साथ दिया। भीड़ का स्वर और ऊंचा हो गया। राजाराम, राजाराम। बीच-बीच में मुझे सीताराम, सीताराम, का भी स्वर सुनाई पड़ रहा था।

इतने वर्षों की प्रतीक्षा के बाद आखिर वह दिन आ गया था। उस समारोह के लिए दशरथ ने कितनी योजनाएं बनाई थीं, परंतु उसके क्रियान्वयन से पहले सबकुछ विफल हो गया था। मुझे लगा राजा दशरथ भी हमें ऊपर से देख रहे थे। क्या हमारे सभी पूर्वज ऊपर थे? क्या रावण भी वहीं था? क्या वह फिर से वैकुंठ का द्वारपाल नियुक्त हो गया होगा?

'रुक जाओ!' मैंने खुद से कहा। मैं रावण के विषय में कुछ नहीं सोचना चाहती थी।

परंतु मेरे मस्तिष्क में अजीब विचार उठने लगे। मुझे फिर से अपने शयन-कक्ष के फर्श पर रावण का चित्र नज़र आने लगा। वह मिट नहीं पाया था। अनेक दासियों ने प्रयास किया। किसी सिद्ध पुरुष को बुलाकर शुद्धि के लिए अनुष्ठान भी करवाया गया था। शूर्पणखा को महल में खोजने का बहुत प्रयास हुआ परंतु वह नहीं मिली। शांता, कौशल्या के बगल में बैठी थी। मैं और राम उनसे मिलने कक्ष में गए तो वह जल्दी से उठकर बैठ गईं और आंखें मलने लगी। वह गहरी नींद में थी और

उन्हें कई विचित्र स्वप्न आ रहे थे। उस दिन अतिरिक्त सुरक्षा के लिए दरवाजों और खिड़कियों पर मंत्र और यंत्र का प्रयोग किया गया था। यह सब बड़े गोपनीय ढंग से किया गया क्योंकि राम नहीं चाहते थे कि लोगों को उस विषय में कुछ पता लगे। सुरक्षा प्रहरियों को मेरे कक्ष के बाहर चौबीस घंटों के लिए तैनात कर दिया गया। मुझे बंदी जैसा महसूस होने लगा था।

मैंने यह सोच-विचार छोड़ दिया और मैं उत्सव पर ध्यान देने लगी। पुरोहित लंबे-लंबे मंत्र पढ़ रहे थे जो वास्तव में हमारे राज्य की समृद्धि वर्षा, फसल तथा पशु आदि के लिए थे। मैं और राम एक-दूसरे को देखकर मुस्कराए। वसिष्ठ ने पांच पवित्र नदियों के जल से राम का अभिषेक किया और फिर अयोध्या का राजमुकुट, जो दशरथ की मृत्यु के बाद से राजकोष में रखा था, राम को पहना दिया।

'मैं तुम्हें भारतवर्ष का सर्वश्रेष्ठ राजा होने का आशीर्वाद देता हूँ,' वसिष्ठ ने कहा। राम ने हाथ जोड़कर उन्हें प्रणाम किया। 'आपके आशीर्वाद से ऐसा अवश्य होगा।'

राम को इसके लिए किसी आशीर्वाद की आवश्यकता नहीं थी। उन्होंने जीवन में अन्य चीजों के लिए अवश्य संघर्ष किया था, परंतु राज्य और प्रजा का कार्य सँभालने के लिए उन्हें विशेष प्रयास की आवश्यकता नहीं पड़ती थी। वह अपनी प्रजा को खुद से भी अधिक चाहते थे।

राज्य अभिषेक के बाद राम उठ खड़े हुए। समूची भीड़ शांत हो गई। वह अपने राजा को पहली बार बोलते सुनना चाहते थे।

राम ने कहा, 'मेरे प्रजा वासियों, मैं आपको एक शुभ समाचार देना चाहता हूँ। शीघ्र ही हमारे घर में एक नन्हा राजकुमार जन्म लेने वाला है।' यह कहकर राम ने मेरी ओर देखा और मुस्करा दिए। 'राजकुमारी! मैं इस खुशखबरी के उपलक्ष्य में कल राज्य में अवकाश की घोषणा करता हूँ। हम सब मिलकर जलपान करेंगे और रात्रि में पटाखे चलाएँगे। संगीत और नृत्य का कार्यक्रम होगा तथा अयोध्या के प्रत्येक नागरिक को स्वर्ण के उपहार भेंट किए जाएँगे। कोशल राज्य के प्रत्येक नागरिक को एक चांदी का उपहार भी मिलेगा।'

यह समाचार सुनकर मैदान में हर्ष का स्वर गूंज उठा। मेरे चेहरे पर मुस्कान थी। मैं काफी देर तक हाथ हिलाकर लोगों का अभिवादन करती रही। लोग लगातार ताली बजा रहे थे। संगीतकारों ने गीत गाना और ढोल आदि बजाना आरंभ कर दिया। अधिक शोर से मेरे सिर में दर्द होने लगा। मैं राम को देख रही थी। मैं जानना चाहती थी कि हम वापस महल में कब जाएँगे, किंतु वह उत्सव का भरपूर आनंद ले रहे थे। उनकी आंखों में नगरवासियों के लिए अथाह प्रेम था, इसलिए मैं उनके आनंद में बाधा डालना नहीं चाहती थी।

मुझे थोड़ी असुविधा हुई तो क्या हुआ? मुझे राम के लिए ऐसा करके बहुत अच्छा लग रहा था। यही तो प्रेम का असली अर्थ है।

तभी मैंने महर्षि वसिष्ठ की ओर गौर किया जो कि राम के पास खड़े थे। उन्होंने राम को एक पिता की तरह आशीर्वाद दिया। राम, गुरुकुल के दिनों में उनके सबसे प्रिय विद्यार्थी थे, इसलिए महर्षि को उनसे बहुत अपेक्षाएं थी। मुझे खुशी थी कि इस विशेष दिन वसिष्ठ भी राम के साथ थे।

महर्षि के चेहरे पर सच्ची मुस्कान थी। परंतु मुझे उनके माथे पर चिंता की लकीरें भी दिखाई पड़ रही थीं।

ऐसे शुभ अवसर पर महर्षि को कौन-सी बात परेशान कर रही होगी?

# 31

राज्याभिषेक के बाद अयोध्या में शांति हो गई। राम के प्रति निष्ठा और आभार व्यक्त करके राक्षस अपने घर लौट गए। वानर कुछ दिन और रुके थे। फिर वह भी किष्किंधा पर्वत चले गए। मेरा प्रिय हनुमान सबसे बाद गया। उसके जाने पर मुझे बहुत दुख हुआ। परंतु वह मुझे दुखी नहीं कर सकता था।

'माता, मुझे भोजन खिलाइए,' हनुमान ने कहा। 'मैं लंबी यात्रा पर जा रहा हूं। मैं हिमालय में साधना करूंगा। मुझे वहां आपके हाथ का स्वादिष्ट भोजन नहीं मिलेगा।'

मैंने हनुमान के लिए अपने हाथ से भोजन पकाया। मैं उसकी पसंद के फल और सब्जियां लाई। मैंने उसके लिए मिठाई और दूध का प्रबंध किया। मैंने अयोध्या लौटकर एक भी दिन स्वयं भोजन नहीं पकाया था। इसलिए मुझे सब्जियां काटने और भोजन पकाने में बहुत आनंद आ रहा था। मेरी पुरानी यादें ताजा होने लगीं। मैंने निश्चय किया कि मैं राम के लिए नियमित रूप से भोजन पकाऊँगी।

मैंने दोनों भाइयों और हनुमान को स्वयं भोजन परोसा। वे बार-बार खाना मांग रहे थे। हनुमान को अधिक भूख लग रही थी। मैं जब तक सब्जियां लाती, वह चावल खत्म कर देता था। फिर मैं चावल लेने जाती तो वह सब्जियां खा जाता था। राम और लक्ष्मण उसकी इन हरकतों का मजा ले रहे थे। मैंने भी हनुमान को छेड़ने का मन बनाया। मैंने धीरे-से उसके पीछे जाकर उसके सिर पर चावल के दाने रख दिए और कहा, 'तुमने इतना खा लिया है कि चावल तुम्हारी खोपड़ी में बाहर निकल रहे हैं।' यह सुनकर सब हँसने लगे। हनुमान को बहुत हँसी आई। उसने कहा, 'सीता माँ, आप मुझे अच्छे से समझती हैं क्या वह सिर्फ़ मैंने ही देखा कि उसकी आँखें पर्वत पर स्थित सरोवर की भांति गहरी थीं।

हनुमान के जाने का समय हुआ तो मेरे आँसू निकल आए। राम और लक्ष्मण मुझसे थोड़ा दूर हट गए। उन्होंने मुझे हनुमान से बात करने का अवसर दिया था।

हनुमान ने यात्रा के लिए अपना आकार छोटा कर लिया था। मुझे नीचे झुककर उसे बात करनी पड़ी।

'मैं तुम्हें फिर कब देख पाऊंगी?' मैंने पूछा।

'इस जन्म में आपसे फिर भेंट नहीं होगी,' हनुमान ने कहा। 'आप मुझे आशीर्वाद दीजिए।'

मैंने धीमे-से हनुमान के मुलायम सिर पर हाथ फेरा तो मुझे तेज झटका लगा। दिन में अचानक कालिमा छा गई। ऐसा लगा मानो एक अन्य जगह की दिव्य रोशनी हमारे चारों ओर व्याप्त हो गई थी और उसने शेष सबकुछ धुंधला कर दिया था। तभी मुझे अपने सामने घुंघराले केश तथा सुंदर नीलकंठ वाले भगवान शिव, आशीर्वाद की मुद्रा में दिखाई पड़े।

मुझे सहसा बचपन की एक बात याद आ गई। मुझसे शिव के धनुष ने कुछ कहा था। मुझे उसके शब्द ठीक से याद नहीं थे किंतु उसने ऐसा कुछ कहा था कि 'भगवान शिव, तुम्हारे कष्टपूर्ण समय में तुमसे मिलने आएंगे।'

क्या आप हमेशा मेरे साथ थे?' मैंने मन में कहा।

'हां,' उन्होंने उत्तर दिया।

'मुझे छोड़कर मत जाइए,' मैंने याचना की। 'मेरी संतान के आने का समय हो रहा है। चाहती हूँ कि आप उन्हें आशीर्वाद दें और उनकी रक्षा करें।'

'मैं हमेशा तुम्हारे और उनके साथ हूँ। कोई ऐसा प्राणी नहीं जिसके भीतर मैं निवास नहीं करता। तुम केवल मुझे याद करना और मुझ पर ध्यान केंद्रित करना। मैं दुख में अवश्य तुम्हें साहस और हिम्मत दूंगा।'

'कष्ट का समय?' मैंने डरकर पूछा। 'क्या हमारे कष्ट अभी समाप्त नहीं हुए? क्या हम अयोध्या में भी सुरक्षित नहीं हैं?'

तब तक वह दृश्य आंखों के आगे से ओझल हो गया। भगवान शिव के स्थान पर हनुमान खड़ा था। उसने मेरे पैर छूकर कहा कि उसे जाना होगा, क्योंकि सूर्यास्त होने वाला था।

हनुमान के साथ मानो कोई झिलमिलाता जादू हमारे जीवन से चला गया। मुझे हनुमान के जाने का दुख था, परंतु उसका जाना आवश्यक था। हम अपने अतीत से मुक्त

हुए बिना, वर्तमान का सामना कैसे कर सकते हैं? हम सबके अपने कर्तव्य हैं। राम और लक्ष्मण, राज्य की देखभाल कर रहे थे। उन्हें कानून-व्यवस्था, व्यापार तथा अन्य मामलों को देखना था। उन्होंने अपने गुप्तचर प्रजा के बीच भेजे और उनकी समस्याओं को जानने का प्रयास किया। भरत और शत्रुघ्न राज्य की सीमा पर तैनात रहकर वन्य प्रजातियों पर नज़र रखते थे। उनकी पत्नियां भी उनके साथ सुखपूर्वक रहती थीं। उन्हें अपने-अपने घर का स्वामित्व मिल गया था। जहाँ वह जैसे चाहते वैसे जीवन व्यापन करते। उनके अपने नियम थे। मैं उन्हें दोष नहीं देती, क्योंकि यदि मैं उनकी जगह होती तो मुझे भी उन्मुक्त जीवन ही पसंद आता।

मैंने उर्मिला की सहायता से महल का काम देखना शुरू कर दिया। हमने मिलकर माताओं को खुश रखा और उन्हें हर तरह की सुविधा प्रदान की। महल के दास-दासियाँ भी मेहनत से काम करते थे। उन्हें पूरा वेतन मिलता था।

मिथिला की भांति अयोध्या में भी मेरी उपचारात्मक क्षमता का सबको पता लग गया था। महल की स्त्रियां और दरबारियों की पत्नियां, अपनी समस्याएं लेकर मेरे पास आती थीं। उनकी समस्याएं कई बार शारीरिक न होकर, मानसिक होती थीं। महल के चिकित्सक और नगर के वैद्य कभी-कभी विचित्र और गंभीर समस्याओं में मेरी सलाह लेते थे। मेरे पास चुनौती-भरे मामले भी आते थे। उनका मानना था कि मेरे मरीजों पर हाथ रखने से ही उनकी पीड़ा कम हो जाती थी। मुझे हालांकि लगता था कि रोगी, एक रानी से स्नेह पाकर भावुक हो जाते थे। वे फिर चिकित्सकों की बात का सावधानी से पालन करते थे।

महल के उद्यान की भी जिम्मेदारी मुझ पर थी, क्योंकि वह मेरी पसंद का काम था। दशरथ की मृत्यु के बाद उसमें भी काफी परिवर्तन हुआ था। मैं हर चीज पर पैनी नज़र रखती थी। बगीचे के पौधे महल के चारों ओर लगे थे। मैंने महल की पीछे मैदान में एक छोटा-सा वन बनाया था। मुझे वृक्ष के तने के सहारे बैठना और पत्तियों से छन कर आती धूप को देखना अच्छा लगता था। मैंने बहुत-से शहद वाले फूल और अन्य फलों के पौधे भी लगाए थे जिसे देखकर बहुत-से कीड़े उनकी ओर आकर्षित हो जाते थे। मैंने माली को भी उनका विशेष ध्यान रखने को कहा था। मेरे मन में बंदरों के प्रति विशेष स्नेह पैदा हो गया था। वह पेड़ों की शाख पर कूदते रहते थे। तरह-तरह की गिलहरियां और पक्षी आसपास घूमते थे। वहां एक छोटा-सा तालाब भी था, जिसमें सुंदर हंस जल-क्रीड़ा करते दिखाई पड़ते थे। मधुमक्खियों ने बड़े-बड़े और चमकदार छत्ते बना लिए थे और रंग-बिरंगी तितलियाँ बगीचों में उड़ती फिरती थीं।

परंतु उस वन में हिरण नहीं था। मैंने उस वन में किसी हिरण को आने की अनुमति नहीं दी थी।

मुझे वह छोटा-सा उपवन बड़ा मनोहारी लगता था, परंतु कभी-कभी वहां एक विचित्र-सा असंतोष होता था। मुझे वास्तविक वनों में घूमने की इच्छा थी, जो खुले और अनजान थे।

मैंने एक बार संकोचपूर्वक राम से अपनी इच्छा कह दी। मुझे पता था कि राम ही केवल मेरी बात को समझ सकते हैं। उन्होंने भी पंचवटी और दंडक के मनोहारी वनों में काफी समय व्यतीत किया था।

परंतु राम को मेरी तरह पुरानी बातें याद नहीं आती थीं। 'हमारे जीवन का वह समय बीत चुका है प्रिय' उन्होंने कहा। 'हम अब राजा और रानी हैं। हमारे अपनी प्रजा के प्रति कुछ कर्तव्य हैं। हमें उनके साथ रहना चाहिए। उन्हें हमारी जरूरत है। क्या तुमने देखा नहीं कितने लोग हर सप्ताह केवल हमारे दर्शन के लिए दूर-दूर से आते हैं?'

मैंने लंबी सांस ली। राम की बात सच थी कि हजारों लोग हमसे मिलने आते थे। कई लोग तो अत्यंत दूर से भी आते थे। राम का कहना ठीक था।

मैंने अपनी इच्छा को हृदय में दबा लिया और फिर एक अच्छी रानी और पत्नी बनकर रहने का प्रयास करने लगी। राम कोशल के सर्वश्रेष्ठ राजा बनने की तैयारी में लगे थे।

हालांकि राम को लगता था कि वन में बीता रोमांचक समय समाप्त हो गया है परंतु उन्हें भी कभी-कभी उसकी याद आती थी। वह रात्रि में करवटें बदलते और किसी का नाम पुकारा करते थे। मैं एक बार उठी तो वह घबराकर चिल्ला रहे थे, 'तारा, तारा! मुझे क्षमा कर दो!'

मुझे वह नाम सुनकर ईर्ष्या हुई। मैंने राम को उठाया और तारा के बारे में पूछा कि वह उससे क्षमा क्यों मांग रहे थे।

राम ने एक लंबी सांस ली और कहा, 'तारा, वानर जाति की अत्यंत बुद्धिमान रानी थी। उसका पति बाली, सुग्रीव का बड़ा भाई था। उनके बीच जबरदस्त लड़ाई हुई। यह कथा बहुत लंबी है। मैं अभी नहीं सुना सकता। परंतु उस लड़ाई के बाद बाली ने सुग्रीव को राज्य से निकाल दिया और समस्त संपत्ति के साथ उसकी पत्नी भी छीन ली। मैं सुग्रीव से मिला तो वह असहाय और उदास था। उन दिनों वह कुछ साथियों के साथ पर्वतीय बीहड़ में रहता था। मैंने सुग्रीव को वचन दिया कि मैं उसे उसका राज्य और पत्नी वापस दिलवाऊँगा। बदले में, सुग्रीव ने अपनी वानर सेना के साथ तुम्हें खोजकर वापस लाने का वचन दिया। उसने मुझे कहा कि वह चारों

दिशाओं में अपने वानरों को भेजकर तुम्हारा पता लगाएगा और फिर हम रावण से तुम्हें मुक्त करवाकर उसे मार डालेंगे।

'इससे पहले मुझे बाली को मारना पड़ा। मैंने इसके लिए छल का प्रयोग किया क्योंकि वह बहुत वीर और शानदार योद्धा था। यहां तक कि उसने किसी समय पर रावण को भी हराया था। मेरे कारण तारा विधवा हो गई और उनका पुत्र अंगद अपने पिता के प्रेम से वंचित हो गया। मैंने उनके जीवन को कष्टमय बना दिया था। मुझे डर है मुझे भी ऐसे दुख का सामना करना पड़ेगा।'

मैंने राम को सांत्वना देते हुए कहा कि उन्होंने वह लड़ाई अच्छे कारण के लिए लड़ी थी। क्या सुग्रीव की पत्नी को मुक्त कराना उनका दायित्व नहीं था? सबसे बड़ी बात यह थी कि उन्होंने संसार को रावण के अत्याचार से मुक्त किया था। उनके इस महत्वपूर्ण कार्य के कारण उनके द्वारा किए गलत कर्म का असर निष्प्रभाव हो जाएगा। परंतु उन्होंने मेरी बात को गंभीरता से नहीं लिया। परंतु उनके पास कोई अन्य विकल्प भी नहीं था।

मेरा हृदय भयाक्रांत हो गया था। कर्म का सिद्धांत बहुत जटिल है और उससे कोई बच नहीं सकता।

मैं अपने छोटे-से उपवन में एक वृक्ष की छांव में बैठकर राम के साथ भोजन करते हुए शबरी की कथा सुन रही थी। राम जब मेरी खोज में निकले तो वही उनके जीवन का एकमात्र क्षण था, जिसमें उन्हें सच्चा आनंद आया था। वह उनकी मनपसंद कथा थी। उन्होंने मुझे वह कथा पहले भी अनेक बार सुनाई थी। मुझे उसे सुनना अच्छा लगता था, क्योंकि वह एक अशिक्षित वनवासी के स्नेह से भरी कथा थी। शबरी के गुरु ने उसे कहा था कि भगवान राम उसके पास अवश्य आएंगे। उसे अपने गुरु की बात पर इतना विश्वास था कि शबरी ने राम के लिए जीवन-भर प्रतीक्षा की। वह प्रतिदिन उनके लिए फलों से भरी टोकरी सजाती थी। उसकी जाति के लोग यह देखकर उसका मजाक उड़ाते थे, परंतु फिर अचानक एक दिन राम, शबरी की कुटिया पर पहुंच गए। वह बहुत बूढ़ी हो चुकी थी और मरने वाली थी। वह राम को देखकर प्रसन्न हो गई और तुरंत फलों की टोकरी ले आई। उसे डर था कि कोई खट्टा फल राम के मुंह में न आ जाए। इसलिए शबरी ने हर फल खुद चखकर फिर राम को दिया। राम ने बड़े प्रेम से शबरी के जूठे बेर खा लिए और उसे आशीर्वाद दिया।

शबरी की कथा अभी आधी हुई थी कि तभी एक दासी दौड़ी हुई आई और उसने बताया कि एक स्त्री सहायता मांगने आई थी और मुझसे मिलना चाहती थी।

दासी ने कहा, 'हमने उसे कल तक प्रतीक्षा करने को कहा। परंतु वह रो रही है और आपको तुरंत सूचित करने को कहा है।'

मैंने राम की ओर देखा।

'जाओ और उसे देखो,' राम ने मुस्कराकर कहा, 'मैं भोजन कर चुका हूँ। मुझे पता है यदि तुम नहीं गईं तो भी यहां बैठकर चिंता करती रहोगी।'

मैंने राम से क्षमा मांगी। उन्होंने कहा, 'तुम बिल्कुल ठीक कर रही हो। रानी होने के नाते यही तुम्हारा कर्तव्य है। तुम्हें सहायता के लिए आए लोगों की तुरंत मदद करनी चाहिए। तुमने पहले भी कई लोगों की सहायता की है। मुझे तुम पर गर्व है।'

'मैं शीघ्र लौट आऊंगी,' मैंने कहा। राम ने मुझे कहा, 'तुम चिंता मत करो। आराम से काम करो। मुझे भी कुछ व्यापारिक मामलों पर सुमंत्र और लक्ष्मण से बात करनी है। इस चर्चा में आधी रात बीत जाएगी।'

मैंने एक लंबी सांस ली और उठ खड़ी हुई। मेरे गर्भ में पल रहे बच्चों का आकार बढ़ने लगा था। मुझे दिन समाप्त होने तक थकान हो जाती थी। मैं आगे चल पड़ी और मेरी दासी पीछे आ रही थी। मेरे लिए किसी की पुकार की उपेक्षा करना कठिन था। हालांकि मेरी इस कमज़ोरी का लोग कई बार लाभ भी उठा लेते थे।

मैंने उस स्त्री को देखते ही पहचान लिया। वह हमारे धोबी की पत्नी थी। उसका पति बहुत अच्छा काम करता था और उसे रानी की साड़ियां धोने का काम मिला था। मैंने उसे कई बार कपड़े लाते देखा था। परंतु उसका चेहरा सूजा हुआ था और वह रोकर आई थी। उसे अवश्य किसी ने मारा था।

'मेरा पति,' उसने रोते हुए कहा, 'वह मुझे मारता है। उसने मुझे कल रात घर से निकाल दिया और कभी वापस न लौटने को कहा है। मैं अपने पिता के घर गई, किंतु उन्होंने भी मुझे अपने साथ रखने से मना कर दिया। उनका कहना है कि विवाहित लड़की, जो अपने पति का घर छोड़ देती है, अपने परिवार के लिए कलंक बन जाती है। उन्होंने यह भी कहा यदि मैं उनके साथ रहूँगी तो मेरी छोटी बहनों का विवाह नहीं हो पाएगा।'

'तुमसे क्या गलती हुई?' मैंने पूछा।

'कुछ नहीं। मेरा पति महल में धोबी है। वह आयु में मुझसे थोड़ा बड़ा है और मुझ पर संदेह करता है। मुझे इस कारण बहुत सावधान रहना पड़ता है। मैं कहीं आती-जाती नहीं हूँ। परंतु कल रात मेरी एक सहेली के घर बच्चा पैदा हुआ तो मुझे उसके पास रुकना पड़ा। वह डरी हुई थी, क्योंकि दाई ने बताया कि उसके

बच्चे की दिशा बदल गई है। उसे प्रसव में काफी समय लगा। मुझे पता था मेरा पति नाराज़ हो जाएगा। परंतु मैं अपनी सहेली को अकेला छोड़कर कैसे आ सकती थी? उसने मेरा हाथ पकड़ लिया था और वह रो रही थी।

'मैं जब घर लौटी तो काफी रात हो चुकी थी। मेरी सहेली का पति मुझे घर तक छोड़ने आया था। मेरे पति ने उसे मेरे साथ देख लिया तो उसे बहुत गुस्सा आया। वह बोला...' इतना कहकर धोबी की पत्नी रोने लगी।

'तुम्हारे पति ने क्या कहा?'

उसने सिर हिला दिया। उसकी आंखों में डर था मुझे लगा वह मेरे सामने अपशब्द नहीं कहना चाहती थी। 'उसने मेरे चरित्र पर संदेह किया और मुझे घर से निकल जाने और फिर कभी लौटकर न आने को कह दिया। मैंने उसे पूरी स्थिति समझाने का प्रयास किया तो उसने मुझे थप्पड़ मारा। मेरी सहेली के पति ने उसे रोकने की कोशिश की तो उसने अपने भाइयों को बुला लिया। सबने मिलकर मेरी सहेली के पति को बाहर निकाल दिया। उसने फिर मुझे और मारा और घर से बाहर फेंक दिया। अब मेरे माता-पिता भी मुझे साथ रखने को तैयार नहीं है। मैं अब कहां जाऊंगी?' यह कहकर वह जोर-जोर से रोने लगी और मेरे पैरों में गिर पड़ी।

उस स्त्री की स्थिति देखकर मेरा मन बहुत दुखी हुआ। वह निश्चिय ही बड़े संकट में थी। संदेह बहुत भयंकर रोग है। यह ऐसा घाव है जो किसी भी संबंध को पूरी तरह नष्ट कर देता है। मैंने स्वयं भी इसका दंश सहा है। जहाँ प्रेम होता है, वहां चोट की पीड़ा भी अधिक होती है। परंतु विकार-युक्त प्रेम भी व्यक्ति को कष्ट देता है, जिसने एक धोबी को ऐसा सोचने पर विवश कर दिया कि उसकी पत्नी पूरी तरह उसके नियंत्रण में रहनी चाहिए?

क्या ऐसे विवाह से कोई आशा की जा सकती है?

रात अधिक हो गई थी। मैं बहुत थकी हुई थी और मुझे उस समय ऐसी जटिल स्थिति का विश्लेषण करके उसका समाधान करना मुश्किल लग रहा था।

'आज रात तुम मेरी दासियों के साथ सो जाओ,' मैंने उससे कहा, 'यह तुम्हारे घाव पर लिए दवाई और पट्टी कर देंगी। तुम्हें पहनने को दूसरे कपड़े भी मिल जाएँगे। कल देखेंगे कि हम क्या कर सकते हैं। हम कोशिश करेंगे कि तुम्हारे पति के पास किसी को भेजकर उससे बात की जाए...'

यह सुनकर स्त्री और जोर-से रोने लगी। 'मैं उस घर में वापस नहीं जाऊंगी। यदि मेरे पति ने मुझे घर में बुला भी लिया तो वह रोज यही बात दोहराएगा और जीवन-भर मुझे दोष देता रहेगा। उसका मन करेगा तो वह मुझे मारेगा। उसे कोई रोकने वाला नहीं है। कोई मेरी बात पर विश्वास नहीं करता। मैं बिल्कुल निर्दोष हूँ,

महारानी। क्या मैं आपके साथ नहीं रह सकती? मैं यहां रहकर बहुत मेहनत करूंगी। मैं दुगुने कपड़े धो दूँगी...'

इस समस्या का शायद यही अच्छा समाधान था, मैंने सोचा। यहां इतने नौकर रहते हैं। एक और दासी के रहने से कोई अंतर नहीं पड़ेगा।

'ठीक है,' मैंने कहा, 'अब तुम उठ जाओ।' वह मेरे पैरों में गिरी पड़ी थी। उसने मुझे धन्यवाद दिया। 'तुम कुछ खा लो और आराम करो। याद रखना, कल से तुम्हें दुगुने कपड़े धोने हैं।'

'हां, अवश्य महारानी!' उसने कहा। परंतु उसने देखा कि मैं केवल मजाक कर रही थी। यह देखकर वह भी मुस्करा दी।

उसके चेहरे की मुस्कान देखकर मेरा भी उत्साह बढ़ गया। मैं अपने कक्ष में लौट आई। मैं राम को सबकुछ बताना चाहती थी। मुझे उनसे इस विषय में बात करनी थी कि क्या ऐसे पुरुषों के विरुद्ध कानून बनाया जा सकता है, जो अपनी पत्नियों को मारते हैं और उन्हें घर से निकाल देते हैं। परंतु राम व्यापार-चर्चा में व्यस्त थे।

मैंने सोचा उन्हें यह बात कल बता दूंगी। फिर मैं लेट गई। मैं बहुत थक चुकी थी। मैंने अपना हाथ अपने पेट पर रखा। मैं दोनों बच्चो को महसूस कर पा रही थी। मुझे उन्हें छूकर बहुत खुशी मिलती थी। यह एक चमत्कार था। मेरा दोनों को गले लगाने का मन हुआ। मैं राम को उन्हें गोद में खिलाने की कल्पना करने लगी। यह सोचते-सोचते मुझे नींद आ गई।

मैंने अगले दिन राम को रात्रि का भोजन करते समय धोबी की पत्नी की बात बताई। मुझे विश्वास था कि उन्हें भी यह सुनकर दुख होगा और वह ऐसी स्त्रियों की सुरक्षा के लिए कानून बनाने के मेरे विचार से सहमत हो जाएंगे। राम स्त्रियों की परेशानियों के प्रति बहुत संवेदनशील थे। उन्होंने कई बार मेरे बिना पूछे ऐसी योजनाओं के लिए राजकोष से धन का प्रबंध किया था। परंतु उस दिन उनका ध्यान कहीं और था। मैंने कारण पूछा तो उन्होंने हाथ के संकेत से कहा कि वह इस विषय में कोई बात नहीं करना चाहते हैं।

मुझे यह देखकर आश्चर्य हुआ और थोड़ा बुरा भी लगा। राम सदा मुझसे बड़े स्नेह और आदर से बात करते थे, परंतु उस दिन उनका व्यवहार बहुत रूखा था।

राम को बाद में शायद अपनी भूल का एहसास हुआ होगा। उन्होंने अगले ही क्षण एक लंबी सांस ली और कहा, 'मुझे क्षमा कर दो। मैं थोड़ा परेशान हूँ।

तुमने कुछ दिन पहले वन में जाने की इच्छा व्यक्त की थी। मैं इसी विषय में विचार कर रहा था। क्या तुम अभी भी वन जाने की इच्छुक हो? बच्चों के जन्म के बाद यह संभव नहीं होगा। यदि तुम जाना चाहती हो तो हम उसकी तैयारी कर सकते हैं।'

यह मेरे लिए एक सुखद आश्चर्य था। मैंने इसकी कल्पना तक नहीं की थी। मेरे गर्भवती होने के बाद से राम मेरा बहुत ध्यान रखते थे। कई बार इससे मुझे परेशानी भी होती थी। राम की बात सुनकर मेरा हृदय प्रसन्नता से व्याप्त हो गया।

इससे पहले कि राम विचार बदलते, मैंने तुरंत कहा, 'हां, मैं जाना चाहती हूँ। यदि आप कहें तो मैं तुरंत तैयार हो जाऊँगी। हम कल सुबह ही जा सकते हैं। क्यों न हम महर्षि वाल्मीकि के आश्रम में चलें? वह अधिक दूरी पर नहीं है। हमें वहाँ पहुंचने में केवल दो दिन लगेंगे। कोई आवश्यक कार्य हुआ तो आप तत्काल अयोध्या भी वापस लौट सकते हैं। मुझे याद है हम उनसे पिछली बार मिले थे तो उन्हें बहुत खुशी हुई थी। आश्रम से निकलते हुए उन्होंने मेरा हाथ पकड़कर कहा था, 'मैं जब चाहूँ वहाँ आ सकती हूँ।' मुझे पता है मुझे उनके आश्रम में बहुत अच्छा लगेगा। आपको भी आनंद आएगा। हम लोग वन में जाकर पुराने दिनों को याद...'

राम ने बीच में मेरी बात काटते हुए कहा, 'मैं तुम्हारे साथ नहीं जा सकता। मुझे यहां कुछ आवश्यक काम हैं। लक्ष्मण तुम्हारे साथ जाएगा।'

मैंने सहानुभूति से उनकी पीठ सहलाई, 'राजा के लिए कितनी परेशानियां होती हैं। मैं समझ सकती हूँ। कोई बात नहीं, लक्ष्मण भी मेरी अच्छी देखभाल करेगा। हो सकता है, उर्मिला भी साथ चलना पसंद करे। उसने कभी वास्तविक वन नहीं देखा। वह मुझसे कई बार वन के रोमांचक अनुभवों के बारे में पूछ चुकी है। हालांकि मुझे अच्छा लगता यदि आप मुझे बताते कि आप किस बात से परेशान हैं। मुझे पता है मैं आपकी सहायता नहीं कर सकती, किंतु कई बार केवल बात कह देने से भी अच्छा महसूस होता है।'

राम ने मेरी वह बात भी काट दी और कहा, 'उर्मिला तुम्हारे साथ नहीं जा पाएगी। वह चली गई तो महल की देखभाल कौन करेगा? मैं इस समय बात नहीं कर सकता। मेरे पास बहुत काम हैं। तुम अगर चाहो तो यात्रा की तैयारी कर लो।'

'अवश्य!' मैंने खुश होकर कहा। 'मुझे ज़्यादा सामान नहीं चाहिए। मैं केवल एक सप्ताह के लिए जाना चाहती हूँ। परंतु मैं आश्रमवासियों के लिए उपहार अवश्य ले जाऊँगी। उन्हें मिठाइयां और मसाले पसंद हैं। मैं कुछ बर्तन भी ले जाऊंगी। वे शायद मिट्टी के बर्तनों में भोजन पकाते हैं। घी का एक घड़ा भी साथ ले जाऊँगी। वह उनके यज्ञ में काम आएगा। क्या आप कुछ और सुझाव दे सकते हैं?'

राम ने मुझे ऐसे उत्तर दिया मानो उन्होंने मेरी बात सुनी ही नहीं थी। 'हां, हां। तुम जो चाहो, ले जाओ। मैं लक्ष्मण को समझा दूंगा। अब तुम जाओ और सामान बाँध लो। मुझे सोने में थोड़ी देर हो जाएगी। काम करना है।'

मैंने उन्हें शुभ-रात्रि कहकर उनका अभिवादन किया तो बहुत व्यस्त होने के बावजूद वह मुझे देर तक पकड़कर खड़े रहे। उनकी आंखों में विचित्र-से दुख का भाव था। मुझे देखकर अच्छा लगा कि मेरे केवल एक सप्ताह के लिए जाने से भी वह इतने दुखी थे। मैं ऐसा पति पाकर स्वयं को धन्य मानती थी, जो मुझसे इतना प्रेम करता था।

मैंने राम का दुखी चेहरा देखकर सोचा उन्हें बता दूँ कि मेरे गर्भ में जुड़वाँ बच्चे थे। उन्हें अब तक यह बात पता नहीं थी। मैंने सोचा उन्हें यह बात जानकर अच्छा लगेगा और वह मेरे लौटने तक इस बारे में सोचकर प्रसन्न रहेंगे। नहीं, अभी नहीं, मैंने सोचा, मैं उन्हें लौटकर बताऊंगी फिर हम मिलकर खुशी मनाएँगे।

# 32

मैं खुशी से उत्तेजित थी और वाल्मीकि के आश्रम जाने के लिए रथ में बैठ गई। वह हल्का वाहन था जो तेज चलने के लिए बना था। उसमें केवल दो लोग सवार हो सकते थे। मैं और लक्ष्मण उसमें बैठ गए। लक्ष्मण को मुझे वन में छोड़कर अगले दिन वापस लौटना था। हमारे आसन के पीछे सामान से भरे अनेक बक्से रखे थे। सुबह का समय था। मौसम ठंडा था। उर्मिला ने मुझे ओढ़ने को दुशाला दे दिया था।

'काश, तुम मेरे साथ चलती! तुम्हें आश्रम में बहुत मजा आता,' मैंने उसे गले लगाते हुए कहा।

'मेरा भी बहुत मन था,' उर्मिला ने उत्तर दिया। फिर उसने लक्ष्मण की ओर देखा। लक्ष्मण ने उर्मिला को महल रुककर माताओं की देखभाल करने को कहा था। उसका कहना भी ठीक था। तीनों माताएं वृद्ध और कमजोर थीं। उन्हें बातें याद नहीं रहती थीं। उनकी देखभाल के लिए किसी का उनके साथ रहना जरूरी था। उन्हें समय से भोजन और दवाइयों की आवश्यकता पड़ती थी।

'तुम चाहो तो मुझे वापस लेने के लिए लक्ष्मण के साथ आ सकती हो,' मैंने कहा।

'मैं यही करूंगी,' उसने खुश होकर उत्तर दिया। 'मैं इस बीच सौदामिनी को माताओं की देखभाल का तरीका भी सिखा दूँगी।'

मैंने अंतिम बार महल के प्राचीर को देखा। लक्ष्मण ने घोड़ों को ऐड़ लगाई और हमारा रथ चल पड़ा। काश, राम मुझे विदा कहने के लिए मौजूद होते! परंतु वह सूर्योदय से पहले मुझे नींद में सोता छोड़ चले गए थे। शायद सीमा पर कुछ परेशानी थी। मैं इससे पहले कि उनसे कह पाती कि मैं उनसे बहुत

प्रेम करती हूँ, वह कमरे से जा चुके थे। इस विचार से मेरे हृदय में चुभन हो रही थी।

शीघ्र ही, शहर के घर, गलियारे और बाजार एवं द्वार पीछे छूट गए। वहाँ धूल का सिर्फ एक बादल रह गया। लक्ष्मण रथ को तेजी से हांक रहा था। वह मेरी बातों का उत्तर केवल हां अथवा नहीं में दे रहा था।

'भैया, तुम इतने उदास क्यों हो?' मैंने मजाक में पूछा, 'क्या तुम्हें अभी से उर्मिला की याद आने लगी है?'

अयोध्या वापस लौटने के बाद उसे उर्मिला से और भी ज़्यादा प्रेम करने लगा था। मैं लक्ष्मण को हँसाना चाहती थी। परंतु उसने सिर झुकाकर केवल इतना कहा, 'भाभी, मुझे कृपया क्षमा करें। मैं आज बहुत परेशान हूँ।'

लक्ष्मण भी शायद सीमा पर चल रहे तनाव से परेशान था। राम अकेले थे और उनकी सहायता के लिए कोई पास नहीं था।

'तुम चिंता मत करो,' मैंने कहा। 'राम ठीक हैं। भरत और शत्रुघ्न भी अधिक दूर नहीं हैं। यदि जरूरत होगी तो वे दोनों राम की सहायता के लिए आ जाएंगे। तुम्हारे महल लौटने से पहले ही राम वापस आ जाएँगे।'

'आप ठीक कहती हैं,' लक्ष्मण ने उदास स्वर में कहा।

मैं लक्ष्मण की उदासी को अपने ऊपर हावी नहीं होने देना चाहती थी। वन का आनंद लेने का यह अंतिम अवसर था। इसके बाद मेरे ऊपर मातृत्व का दायित्व आने वाला था। मैंने आसपास लगे पेड़ों और झाड़ियों को देखा। उनमें बहुत सुंदर रंग-बिरंगे फूल खिले थे। उन्हें देखना बहुत सुखद था। मैंने कभी सोचा भी नहीं था कि मुझे वन्य जीवन की इतनी याद आएगी। मैंने हवा के झोंके के साथ बालों को उड़ने के लिए खुला छोड़ दिया। गर्भ में दोनों बच्चे भी मानो यात्रा का आनंद ले रहे थे क्योंकि वह बीच-बीच में लाते मारते और अंदर उछल-कूद कर रहे थे।

दोपहर के समय मैंने उर्मिला द्वारा दिया भोजन निकाला और लक्ष्मण से खाने को कहा। परंतु लक्ष्मण ने मना कर दिया। मैंने कंधे उचकाए और अकेले ही खाना खा लिया। रोटियां बहुत स्वादिष्ट थीं। साथ में सब्जी थी और भोजन को पचाने के लिए ठंडी छाछ भी थी। गर्भवती होने के कारण मुझे भूख अधिक लगती थी। यात्रा के दौरान मैंने तरह-तरह के पक्षी देखे और उन्हें पहचानने की कोशिश करती रही। मैंने संकेत से लक्ष्मण को भी पक्षी दिखाए और उनके नाम बताए, परंतु लक्ष्मण की रुचि नहीं थी। लेकिन इससे मेरा उत्साह कम नहीं हुआ।

हम शाम होने तक यमुना नदी के तट पर पहुंच चुके थे। मुझे याद था कि वाल्मीकि का आश्रम वहां से अधिक दूरी पर नहीं था। नदी पार करने के लिए एक छोटा-सा पुल बना था। लक्ष्मण को रथ सावधानी से चलाना था। आश्रम में अधिक लोग नहीं आते थे। हम नदी के दूसरी ओर पहुंच गए तो मैंने लक्ष्मण से रुकने को कहा। मैं ऋषि और उनकी पत्नी के पास जाने से पहले हाथ-मुँह धोना चाहती थी। मैं रथ से नीचे उतरी और मैंने अपना मुँह धो लिया। फिर मैंने साफ और ठंडा पानी पिया। मुझे नदी में क्रीड़ा किए बहुत समय बीत गया था।

'लक्ष्मण, क्या तुम्हें याद है कि पंचवटी में राम और मैं किस तरह...'

मैं यह कहते हुए लक्ष्मण की ओर मुड़ी तो मैंने जो दृश्य देखा, उसे देखकर मैं मानो बोलना ही भूल गई।

लक्ष्मण रो रहा था। उसकी आंखों में आंसू थे। वह नीचे देख रहा था।

मैंने इससे पहले लक्ष्मण को कभी रोते नहीं देखा था। मेरे हाथ कांपने लगे। मैं उससे रोने का कारण पूछना चाहती थी परंतु मैं अपनी बात शब्दों में व्यक्त नहीं कर पा रही थी।

आखिर लक्ष्मण ने कहा, 'भाभी, मुझे क्षमा कर दीजिए। हालांकि मैं जानता हूँ कि आप मुझे कभी क्षमा नहीं करेंगी। आप याद रखिएगा कि मैं वही कर रहा हूँ, जो राम ने मुझसे करने को कहा, बल्कि मुझे करने का आदेश दिया है। वह केवल मेरे भाई ही नहीं, राजा भी हैं। उन्होंने मुझे आपको वाल्मीकि के आश्रम में छोड़ देने का आदेश दिया था।'

'हां, मैं जानती हूँ,' मैंने कहा। मुझे लक्ष्मण की परेशानी का कारण समझ में नहीं आया। 'हम यहाँ इसीलिए आए हैं, क्योंकि मेरा मन वाल्मीकि के आश्रम में एक सप्ताह रहने को कर रहा था।'

'एक सप्ताह नहीं,' लक्ष्मण ने कहा, 'शेष जीवन! राम ने आपको सदा के लिए राज्य से निकाल दिया है।'

'मुझे चक्कर आने लगे थे। मैं नदी-तट पर रेत में बैठ गई। 'क्या मैं फिर कोई बुरा स्वप्न देख रही थी? मेरे साथ ऐसा पहले भी हो चुका था। मैं उठी तो वही आवाज मेरे सिर में गूँज रही थी। 'मैंने रावण को मार दिया है और अब तुम मुक्त हो। तुम्हारे प्रति मेरा दायित्व यहां समाप्त होता है। तुम अपने जीवन के शेष दिन, जहां चाहो, व्यतीत कर सकती हो।' मेरे बच्चे अंदर भय से व्याकुल हो रहे थे।

मैंने स्वयं से कहा कि शायद मैंने लक्ष्मण की बात ठीक से सुनी नहीं थी अथवा उसी ने राम की बात को ठीक से समझा नहीं था।

'राज्य से निकाल दिया है, से तुम्हारा क्या मतलब है? मैंने कोई गलती नहीं की। क्या तुम्हें विश्वास है कि राम ने यही कहा है? मैं जानती हूँ वह बहुत सदाचारी

हैं। वह किसी के साथ अन्याय नहीं कर सकते, विशेषकर मेरे साथ, जबकि मैं उनके बच्चों की माँ बनने वाली हूँ। नहीं लक्ष्मण, मुझसे मुंह मत मोड़ो। मुझे बताओ क्या हुआ है।'

सूर्य क्षितिज से नीचे अस्त होने को था। मुझे लक्ष्मण से टुकड़ों में पूरी बात सुनने को मिली। अयोध्या में बातें होने लगी थीं। लोग मेरी निष्ठा पर संदेह कर रहे थे। राम को कैसे पता कि रावण ने सीता के साथ बलात्कार नहीं किया या फिर सीता ने रावण के समक्ष समर्पण नहीं किया? वह रावण के साथ इतने समय लंका में रही है। हमें कैसे पता वहां कोई सचमुच अग्नि परीक्षा हुई थी या नहीं? वहां कोई अयोध्यावासी मौजूद नहीं था। केवल राम और लक्ष्मण मौजूद थे। क्या हम उन्हें निष्पक्ष मान सकते हैं? हमें क्या पता कि सीता के गर्भ में पले रहे शिशु वास्तव में राम की संतान हैं? सीता इतनी जल्दी गर्भवती कैसे हो गई? राज्याभिषेक के समय वो गर्भवती लग रही थी। हमें कैसे पता लगेगा कि वास्तव में क्या हुआ था?

इसके बाद स्वयं राम पर भी हमले होने लगे। राम भी अपने पिता के समान हैं। याद करो, कैसे दशरथ अपनी पत्नी कैकेयी के मोह में अंधे हो गए थे। उन्होंने कैकेयी की सब बातें मान लीं। वह सही और गलत में भेद नहीं कर सकते। दशरथ ने राम को राज्य से निकाला तो यह हमारा दुर्भाग्य था, फिर अकाल पड़ा। राम फिर सीता को घर ले आए। वह स्वयं अशुद्ध है। कौन जाने हमारे साथ अब क्या बुरा होने वाला है?

हमारी पत्नियों का क्या होगा? वे भी हमसे इसी तरह के व्यवहार की अपेक्षा करेंगी। वे चाहेंगी हम उनके सामने समर्पण कर दें। वे जैसा चाहेंगी, वैसा करेंगी। और हम कुछ कहेंगे तो वह कंधे उचका कर कहेंगी यदि राम, सीता को रावण के साथ रहने के बाद भी स्वीकार कर सकते हैं, तो तुम इतनी सी बात सहन क्यों नहीं कर सकते? या तुम्हें लगता है कि तुम राजा से भी बड़े हो?

यहाँ सब राम-राज्य, यानी पृथ्वी पर स्वर्ग की कल्पना करते हैं, परंतु हमारी नगरी अनैतिक कर्मों का स्थान बनती जा रही है। हमें अब कहीं और जाकर रहना पड़ेगा।

यह सुनकर मेरी छाती पर मानो किसी ने भारी पत्थर रख दिया। मुझे बोलने और सांस लेने में परेशानी हो रही थी। आखिर मैंने धीमे-से कहा, 'मैं अब तक यही सोचती थी कि लोग हमसे इसलिए प्रेम करते हैं, क्योंकि हमने उनका जीवन सुधारने का अथक प्रयास किया। हमने राज्य को श्रेष्ठ बनाने की कोशिश की। क्या लोगों का हमें महल के बुर्ज पर देखकर अभिनंदन करना सिर्फ दिखावा था?'

'नहीं, ऐसा नहीं है,' लक्ष्मण ने कहा 'बहुत-से लोग अभी भी राम की पूजा करते हैं और आपको उदार एवं अच्छी रानी मानते हैं। लेकिन लोगों के बीच यह

अफवाह तेज हो रही है। आप जानती हैं कि राम अपने राज्य के प्रबंधन के मानदंडों को लेकर बहुत गंभीर हैं। वह लोगों को ऐसा कोई अवसर नहीं देना चाहते, जब प्रजावासी उन पर अँगुली उठाएँ।'

राम ने गुप्तचरों को प्रजा की बातचीत सुनने के लिए भेजा था। उन्होंने यही समाचार दिया है। गुप्तचरों ने भी राम से प्रेमवश यह बात छिपाए रखी, परंतु फिर जब वह बहुत बढ़ गई तो उन्हें राम को कहना पड़ा। राम को जब यह समाचार मिला तो मैं उनके साथ ही था। मैंने उन्हें इतना परेशान कभी नहीं देखा। यहां तक कि रावण से युद्ध करते हुए भी वह इतने दुखी नहीं थे। आप तो जानती हैं कि राज्य के प्रति कर्तव्य उनके लिए कितना महत्व रखता है। वह सदा सही कार्य करने में विश्वास रखते हैं। परंतु वह आपसे भी बहुत प्रेम करते हैं। उन्हें अपने दायित्व का पूरा ज्ञान है। किंतु विरोधियों के बीच उन्हें सही मार्ग नहीं दिखाई पड़ रहा था। उन्होंने एक पूरा दिन और रात यही सोचते हुए बिता दी। वह राज्य के काम पर ध्यान नहीं दे पा रहे थे। उन्होंने किसी से कुछ नहीं कहा। उन्होंने यह बात मुझे भी नहीं बताई।

'वह इस पर विचार करने महल के उद्यान में चले गए। वहां उन्होंने दो व्यक्तियों को बहस करते सुना। उनकी बात सुनकर राम को पता लगा कि वे दोनों दामाद और ससुर थे। ससुर, उस युवक से पत्नी को वापस रखने की बात कर रहा था, जिसे उसने घर से निकाल दिया गया था। लेकिन दामाद अपनी बात पर अड़ा रहा।'

'मैं राम जैसा नहीं हूँ,' उसने कहा, 'जो स्त्री रात को देर से घर लौटती है, उसे मैं अपने घर में नहीं रखूंगा। कौन जाने यह रात में किसके साथ क्या कर रही थी?'

'तुम ऐसी बात क्यों कह रहे हो? तुम्हें पता है वह अपनी सहेली के घर पर थी, क्योंकि उसको बच्चा होने वाला था,' ससुर ने विरोध करते हुए कहा।

'स्त्रियां अपने उद्देश्य-पूर्ति के लिए कुछ भी कह देती हैं,' दामाद ने कहा। 'मुझे केवल इतना पता है कि वह किसी अन्य पुरुष के साथ रात को घर लौटी थी। आप उसकी इतनी चिंता क्यों करते हैं? मैंने सुना है वह सीता के पास गई थी और सीता ने उसे अपने पास रख लिया है। दोनों एक जैसी हैं! मैं तो कहता हूँ, अच्छा हुआ कि मुझे उससे छुटकारा मिल गया। राम में थोड़ा भी आत्म-सम्मान शेष है, तो उन्हें सीता को राज्य से निकाल देना चाहिए।'

मुझे अब यह पहेली समझ में आई थी। राम का ध्यान भटका हुआ था। मैंने जब राम को धोबी की पत्नी वाली बात बताई तो उन्होंने जिस तरह मेरी बात काटी थी, उससे मुझे लगा था वह राज्य के मामलों में उलझे हुए हैं। फिर अचानक उन्होंने मुझे वाल्मीकि के आश्रम में जाने की अनुमति दे दी।

मेरा शरीर काँप रहा था परंतु इस बार मुझे क्रोध आ रहा था। 'उन्होंने मुझे राज्य से केवल इसलिए निकाल दिया, क्योंकि कुछ लोग झूठी बातें कर रहे थे। लोग हमेशा ही कुछ न कुछ बोलते हैं। क्या कुत्तों के भौंकने के डर से हाथी चलना छोड़ देते हैं, या भागकर कहीं चले जाते हैं?'

'आप राम को जानती हैं भाभी,' लक्ष्मण ने दुखी स्वर में कहा, 'उनका यही कहना है कि राजा का आचरण निंदा से ऊपर होना चाहिए और यही बात रानी की प्रतिष्ठा के विषय में भी लागू होती है। उन्होंने अपना जीवन इसी सिद्धांत पर निर्मित किया है। वह इस स्वभाव को अब नहीं बदल सकते। क्या तेंदुआ अपने शरीर में पड़े धब्बे बदल सकता है? मेरा विश्वास कीजिए। मैंने उन्हें इस निर्णय को बदलने के लिए बहुत समझाया परंतु अंत में, उन्होंने मुझसे कहा कि यदि मैंने उनकी आज्ञा का पालन नहीं किया तो वह मुझे भी राज्य से निकाल देंगे।

'मैंने इस बात पर गंभीरता से विचार किया। मुझे लगा इससे क्या बुरा होगा। उर्मिला भी मेरे साथ आ जाएगी। हम आपके साथ रहेंगे और वन में साधारण जीवन जी लेंगे। परंतु फिर मुझे लगा कि राम अकेले रह जाएंगे। वह अपने दो सबसे प्रिय लोगों को खो देंगे। आपके बिना महल वैसे भी अब एक ठंडी अंधकार भरी गुफा से अधिक कुछ नहीं है।'

'भाभी, मैं राम के साथ ऐसा नहीं कर सकता।'

मेरे भीतर उत्पन्न क्रोध थमने लगा था। मेरे दांत किटकिटा रहे थे। मैं हार गई थी। 'तुमने मुझे पहले क्यों नहीं बताया?' मैंने पूछा। 'उन्होंने मुझे कुछ क्यों नहीं बताया? वह मुझसे कहते तो मैं इस बात को समझ सकती थी। मुझे गुस्सा अवश्य आता, किंतु मुझे उनसे सहानुभूति होती। क्या मैं नहीं जानती कि उनके लिए राज-प्रतिष्ठा सबसे महत्वपूर्ण है? हम मिलकर कोई बेहतर विकल्प खोज सकते थे। यदि कोई समाधान नहीं मिलता तो मैं उनके निर्णय का हिस्सा बनती, न की शिकार। मुझे इस तरह बाहर न निकाला जाता।' मेरा गला रुँध गया। मैंने आंसू पीने का प्रयास किया, परंतु वह बहते जा रहे थे।

'परंतु लक्ष्मण, उन्होंने मुझ पर भरोसा नहीं किया। मैंने अपने पति पर हर क्षण विश्वास किया। मेरे पिता ने मेरा हाथ इतने विश्वास के साथ राम के हाथ में दिया था। मुझे लंका में रहते हुए हताशा भरी रात्रि में भी राम पर भरोसा था। उन्होंने लंका में मुझसे इतने कठोर वचन कहे, फिर भी मैंने उन्हें क्षमा कर दिया। उन्होंने मुझे अग्नि-परीक्षा के लिए विवश किया, किंतु मैंने फिर भी कुछ नहीं कहा। मेरे पति को स्वयं देवताओं ने मेरे निर्दोष होने की गवाही दी थी। उन्होंने मुझे एक पुरानी चप्पल की तरह घर से निकाल बाहर किया है।

'लक्ष्मण, तुम लौट जाओ और उनको मेरा यह संदेश देना, राम ने लोगों की बात में आकर यह मान लिया कि मैंने उन्हें धोखा दिया है, मुझे राज्य से निकाल दिया। परंतु वास्तव में, उन्होंने मेरे साथ विश्वासघात किया है। उनको दंड कौन देगा?'

मैं मुड़कर झाड़ियों के रास्ते अंधों की तरह चलने लगी। मुझे पता नहीं था कि मैं कहां जा रही हूँ। लक्ष्मण मुझे पीछे से पुकार रहा था। वह मुझे रुकने को कह रहा था। परंतु मेरी गति तेज होती जा रही थी। मुझे अब किसी की परवाह नहीं थी। मुझे लगा कि लंका में अग्नि परीक्षा में मुझे कुछ नहीं हुआ तो फिर मेरे शरीर या आत्मा को इससे अधिक और कुछ आहत नहीं कर सकता। मैं कितनी गलत थी! मेरा कष्ट इतना अधिक बढ़ चुका था कि यदि मेरे गर्भ में संतान नहीं होती, तो मैं निश्चित रूप से यमुना में कूदकर आत्महत्या कर लेती।

मेरे बच्चे पूरी तरह निर्दोष हैं। उनके साथ सबसे अधिक अन्याय हुआ है। मैंने महसूस किया के वह भय से कांपते हुए एक-दूसरे से सिमटे हुए थे। उन्हें भी यह आभास था कि उनके साथ गलत हो रहा था।

'डरो मत, मेरे बच्चों!' मैंने धीमे-से कहा। मैं अंधकार में मार्ग खोज रही थी। मुझे पता नहीं था कि आगे मार्ग में क्या मिलेगा। मेरी आंखों से बहते गर्म आंसू गालों को जला रहे थे। 'मैं तुम्हारे लिए जीवित रहूँगी। मुझे अंतिम श्वास तक तुम्हारी रक्षा करनी है। मैं तुम्हें माता और पिता दोनों का प्यार दूंगी और तुम्हें किसी की कमी महसूस नहीं होगी। मैं तुम्हें वह सबकुछ सिखाऊँगी जो राजकुमारों के लिए सीखना आवश्यक है। परंतु सबसे पहले तुम्हें एक अच्छा मनुष्य बनना है जिससे तुम किसी स्त्री के साथ दुर्व्यवहार न करो, जैसा तुम्हारे पिता ने मेरे साथ किया है।'

# 33

मेरी आशा के अनुरूप कुछ नहीं हो रहा था। मैं क्रोध और अज्ञानतावश गलत दिशा में मुड़ गई, जिससे मैं वाल्मीकि के आश्रम से दूर चली गई और वन में भटक गई। रात हो चुकी थी। मेरा सौभाग्य होगा यदि किसी जंगली जानवर ने मुझ पर आक्रमण नहीं किया या यही मेरी नियति थी। इन दो बातों में अंतर करना मुश्किल था कि हम अपना भविष्य स्वयं तैयार करते हैं या भविष्य हमारे जीवन की दिशा निर्धारित करता है। प्रेम और दुख की भांति इन्हें भी एक-दूसरे से अलग करना कठिन था।

आखिर, मुझे नींद आने लगी। मेरा सिर घूम रहा था। मैं बहुत थक चुकी थी। आखिर मैं नीचे गिर पड़ी। मुझे नहीं पता मैं कितनी देर गिरी रही। मेरी आंख खुली तो मेरे आसपास मशालें जल रही थीं और लंबी सफेद दाढ़ी में एक पुरुष मेरा नाम पुकार रहा था। मुझे पहचानने में कुछ समय लगा। वह महर्षि वाल्मीकि थे। वह काफी वृद्ध हो गए थे। उन्होंने बताया कि लक्ष्मण बहुत देर तक मुझे खोजता रहा और फिर वह आश्रम आया और उसने वाल्मीकि को सारी बात बताई। वाल्मीकि ने लक्ष्मण को यह कहकर अयोध्या भेज दिया कि उन्हें वन के सब स्थानों का पता है। वह स्थिति को संभाल लेंगे। उन्होंने अपने विद्यार्थियों को एकत्रित किया और मुझे खोजने निकल पड़े। उन्होंने मुझे खोज लिया और फिर आश्रम ले आए। वाल्मीकि ने अपनी पत्नी इंदिरा को मेरी देखभाल करने का कार्य सौंप दिया।

आश्रम में आरंभ के कुछ दिन मुझे बहुत घबराहट रहती थी। मैं जिस दृढ़ता के साथ लक्ष्मण से दूर हुई थी, वह दृढ़ता अब गायब हो गई थी। मेरा मन हताशा से भरा हुआ था। मुझे अपना अतीत और भविष्य दोनों ही असत्य और एक-दूसरे से भिन्न दिख रहे थे। आश्रम में मुझे जो कुछ खाने को मिलता, मैं चुपचाप उसे

निगल लेती थी। इंदिरा माँ का कहना था कि मुझे व्यायाम करना चाहिए। वह मुझे आश्रम में घुमाती थीं। मैं अवसर मिलते ही सो जाती थी। मैं अधिक सोच नहीं पाती थी। कोई मेरा नाम पुकारता तो मैं कई बार उत्तर नहीं देती थी, क्योंकि मुझे अपना नाम भी याद नहीं रहता था। मुझे अपना पेट देखकर कभी-कभी आश्चर्य होता था क्योंकि मैं यह भूल जाती थी कि मैं गर्भवती थी।

एक दिन मैं सोकर उठी तो मुझे सब साफ दिखने लगा। मुझे बचपन के दिन याद आए और मुझे प्रत्येक क्षण का महत्व समझ में आने लगा। मैं पहली बार राम से मिलकर कितना खुश हुई थी। मुझे यह आभास हुआ था कि मैं उनसे पहले भी मिल चुकी हूँ। फिर उन्होंने भगवान शिव का धनुष तोड़ा मैं बहुत खुश हुई थी और बाद में डर गई था। मैंने उनके गले में वरमाला डाली, तब मुझे कितनी खुशी हुई थी। मिथिला से अयोध्या तक की लंबी यात्रा में उनके साथ आना, रात्रि में उनके साथ प्रेम के क्षण व्यतीत करना, उनके साथ भोजन करना। हम किस तरह खतरनाक वन में भटकते थे। हमारे साधारण से जीवन में छोटी-छोटी खुशियां थीं। मुझे रावण की अशोक वाटिका में बिताई रातें याद आईं। गहन हताशा के बीच भी मुझे भरोसा था कि राम मुझे बचाने आएँगे। उन्होंने किस निर्दयता से मुझे ठुकरा दिया था, फिर मुझे अग्नि-परीक्षा देनी पड़ी। देवताओं ने मेरे निर्दोष होने की गवाही दी और फिर राम ने मुझे स्वीकार कर लिया। हमने अपना जीवन दोबारा शुरू किया था। हालांकि मेरे साथ जो अन्याय हुआ था उसके बाद फिर से जीवन शुरू करना बहुत कठिन था। प्रेम में ऐसा ही होता है। अयोध्या लौटते समय पुष्पक ने हमारे लिए छोटी-सी जादुई कुटिया बनाई थी। उसमें राम के साथ बिताए प्रेम-भरे क्षण मुझे याद आ रहे थे। फिर मुझे याद आया कि मैंने कैसे अपने गर्भ के भीतर पहली बार जीवन को महसूस किया था। फिर अयोध्या लौटकर उस नगर की निर्जीवता और दुर्दशा देखना तथा राम की सहायता करके उसे फिर से जीवन प्रदान करना, समृद्धि और आशा से भरना। मुझे फिर वह दिन याद आया जब शूर्पणखा महल में घुस आई और उसने मुझसे जबरदस्ती रावण का चित्र बनवा दिया था।

क्या उसी क्षण राम के मन में संदेह का बीज पड़ गया था जो अब अंकुरित हो रहा था? क्या प्रजा वासियों की झूठी बातें राम के लिए इतनी महत्वपूर्ण हो चुकी थीं?

फिर मुझे याद आया कि राम ने मुझे किस तरह निकाला। उनमें मुझसे बात करने का साहस नहीं था। उन्होंने मुझे अपना निर्णय स्वयं नहीं सुनाया। उसका कारण भी नहीं बताया। उन्होंने मुझसे, अपनी सहयोगी और अपनी पत्नी से कुछ नहीं पूछा। उन्होंने बस मुझे राज्य से निकाल दिया। राम ने मुझे और अपने पुत्रों

को, हम तीन निर्दोष लोगों को त्याग दिया, सिर्फ इसलिए कि राम के लिए उनकी प्रजा सबसे अधिक महत्वपूर्ण थी।

क्या हम उनकी प्रजा का हिस्सा नहीं हैं? क्या हमारे प्रति राम का कोई दायित्व नहीं था?

यह विचार मेरे मस्तिष्क को परेशान कर रहे थे। मैं रोती रहती थी। मैंने अपने हृदय को राम के प्रति कठोर करने का बहुत प्रयास किया परंतु मुझसे वह नहीं हो पाया। मुझे अपने बच्चों के लिए बहुत दुख होता था। उन्हें उनकी विरासत और पिता से वंचित कर दिया गया था। मैं उनकी देखभाल कैसे कर पाऊंगी?

बहुत रोने से मुझे उल्टी आई और मेरे पेट में दर्द होने लगा। आश्रम की स्त्रियाँ इंदिरा माँ को बुला लाईं। मैं ज़मीन पर लेटी थी। इंदिरा माँ ने मुझे उठाया और मुझसे अत्यंत विनम्र किंतु दृढ़ भाव से बात की, जिसे सुनकर मुझे अपनी माँ सुनैना की याद आ गई।

'यदि तुम ऐसा करोगी तो बच्चों को चोट पहुँचेगी। यह तुम्हारे अपने लिए भी अच्छा नहीं है।'

मैंने सिर हिलाया। मुझे शर्म आ रही थी। मैंने धीरे से कहा, 'मैं खुद को रोक नहीं पा रही हूँ।'

'स्वयं को संभालो,' इंदिरा माँ ने कठोर शब्दों में कहा, 'तुम इतनी कमजोर नहीं हो। अपनी भावनाओं पर नियंत्रण रखो। अपना कष्ट याद करो। तुम्हें रानी की तरह व्यवहार करना चाहिए। कोई तुम्हारी इच्छा के विरुद्ध, तुम्हारा सम्मान नहीं छीन सकता। अपना सम्मान सदैव अपने कर्मों से ही खोया जा सकता है।

इंदिरा माँ ने मुझे गले लगाया और कहा, 'यह भी याद रखो कि तुम अकेली नहीं हो। मुझे और महर्षि को बहुत खुशी है कि तुम यहां हो। तुम जब तक चाहो, हमारे साथ रह सकती हो। तुम्हारी इच्छा हो तो तुम आजीवन यहां रह सकती हो। तुम्हारे बच्चे भी हमारे आश्रम के परिवार का हिस्सा होंगे।'

मैंने इंदिरा माँ की बातों को अमल में लाने का बहुत प्रयास किया। मैंने रोना बंद कर दिया। मैं इंदिरा माँ के शब्द मन में दोहराती रही। परंतु वह केवल शब्द थे। उन शब्दों में छिपे सत्य को मैं स्पर्श नहीं कर पा रही थी।

आखिर, मैंने वन में जाने का फैसला किया। मुझे लगा विशाल वृक्षों के नीचे बैठकर मैं अधिक स्पष्टता से सोच सकती हूँ। आश्रम की स्त्रियों ने मेरे लिए भोजन बांधा। इंदिरा माँ ने मेरे लिए प्रार्थना की और मुझे विदा कर दिया। 'सूर्यास्त से पहले लौट आना,' उन्होंने मुझे सावधान किया। 'रात्रि में बहुत-से जंगली जानवर घूमने लगते हैं।' फिर उन्होंने आश्रम के कुछ लड़कों को मुझे मधु-वाटिका का रास्ता दिखाने को कहा। 'वह अच्छी जगह है,' उन्होंने कहा।

मुझे मधु-वाटिका आसानी से मिल गई। दिन के समय वन कितना अलग-अलग है और रात के समय कितना डरावना और खतरनाक हो जाता है। क्या हताशा के समय भी जीवन ऐसा ही दिखाई पड़ता है? मैंने भोजन किया। उसमें सादी सब्जियां और कुछ रोटियां थीं। वाटिका में शहद के छत्ते थे, जिनसे शहद टपक रहा था। मैंने एक छत्ते के नीचे हाथ रखा और शहद चाट लिया। मुझे पहली बार कुछ खाने से संतोष और स्वाद मिला था। परंतु मेरा हृदय दुख से भारी था। मैं लेट गई और मैंने धरती से अपना गाल सटा लिया। 'मेरी सहायता करो,' मैंने धीमे-से कहा। 'तुम मेरी पहली माता हो। जिस समय कोई मेरी देखभाल करने वाला नहीं था, तब भी तुमने मुझे सुरक्षित रखा। अब मेरे बच्चों की भी मदद करो।'

क्या यह मेरी कल्पना थी या सचमुच मेरे भीतर आत्मीयता प्रवेश कर रही थी?

मैंने करवट ली और वृक्ष के पत्तों को छतरी बना लिया। सूरज की स्वर्णिम आभा में वाटिका के पत्ते लहक रहे थे। उन्हें देखते हुए मुझे एक सपना आया।

मैं स्वप्न में लेटी हुई थी। मेरे चारों ओर स्त्रियां थीं। वे चुपचाप मेरे आसपास घूम रही थीं। मुझे उनकी ज्ञानपूर्ण और दयालु आंखें याद हैं। उन्हें मेरा कष्ट दिख रहा था। मैंने उनमें से कुछ को पहचान लिया। सुनैना, अहल्या, मंदोदरी, सरमा, कैकेयी। कुछ को देखकर मैंने सिर्फ अनुमान लगाया। उनमें एक वानरी थी। वह शायद तारा होगी। एक वनवासी स्त्री थी, जो आधा खाया फल हाथ में पकड़े थी। वह शबरी रही होगी। उनमें शूर्पणखा भी थी जो शांतिपूर्वक अपना विकृत चेहरा छिपाए खड़ी थी।

'सहन करो!' वे ऐसा कुछ कह रही थीं। 'हमारी तरह सहन करो। अपनी चुनौतियों को सहन करो।'

उनके शब्द मेरे भीतर गूंजने लगे।

मैं धीरे-से उठ खड़ी हुई। मैंने सहारे के लिए वृक्ष के तने को पकड़ लिया। मेरे मन में राम के लिए बहुत क्रोध था। उनकी याद मेरे हृदय पर लगे घाव की तरह थी, जो शायद कभी नहीं भरेगा। परंतु मैं अपनी ऊर्जा को अन्यत्र लगाना चाहती थी।

मेरी स्वयं को या अपने बच्चों को वन में रखने की कोई योजना नहीं थी। परंतु क्या मैंने यह योजना बनाई थी कि राम मेरे जीवन में लहर की तरह आकर मुझे अपने साथ बहा ले जाएंगे? क्या मैंने यह योजना बनाई थी कि मुझे राज्य से

निकालकर वन में भेज दिया जाएगा? या मेरा अपहरण हो जाएगा? अथवा मुझे कैद से छुड़ा लिया जाएगा? क्या अयोध्या लौटने पर मैंने अफवाहों की योजना बनाई थी? या राम के कठोर निर्णय की कल्पना की थी? यह सब घटनाएं बिना मेरी इच्छा के हो रही थीं और इसके बावजूद मैं जीवित थी। क्या एक साधारण मनुष्य इससे अधिक कुछ कर सकता है?

मैं घर की ओर चल पड़ी। समय आ गया था कि मुझे आश्रम को ही अपना घर मानना था। यही मेरे लिए उचित कदम था। मेरे साथ जो हुआ उस पर तो मेरा वश नहीं था, परंतु मेरी प्रतिक्रिया पर मेरा वश अवश्य था।

मैं लौटते समय पूरे रास्ते में 'सहन करो' पर विचार करती और उसके आशय को समझने का प्रयास करती रही। उसका आशय हार मानना नहीं था। उसका अर्थ कमजोर पड़ना या अन्याय को सहन करना भी नहीं था। उसका अर्थ अपने सामने आई चुनौतियों को स्वीकार करना, बुद्धिमत्ता से उनसे निपटना तथा उन पर विजय प्राप्त करके पहले से मजबूत बनकर उभरना था।

मुझे इसी दिशा में आगे बढ़ना था।

मैं अगले कुछ दिन तक अपने नए परिवार को समझने की कोशिश करती रही। मैंने सोचा कि मैं उनके लिए किस तरह उपयोगी सिद्ध हो सकती थी। मेरे लिए वर्तमान स्थिति में साफ-सफाई करना, भोजन पकाना अथवा नदी से पानी लाना संभव नहीं था। परंतु मुझे आश्रम की महिला चिकित्सक धारिणी माँ की सहायता करने में आनंद आता था। वह वृद्ध थीं और एक नेत्र से ही देख सकती थीं। उन्हें जब पता लगा कि मुझे औषधीय पौधों की अच्छी पहचान थी तो उन्होंने मुझे बताया कि मुझे वे औषधियां कहाँ मिल सकती हैं। इस बहाने मुझे वन में जाने का अवसर मिलता रहता था। मुझे उसी वन में मिथिला की कुछ औषधियां और फल भी मिल गए। उनमें कुछ ऐसे थे जो प्रसव में काम आते थे। मैं उन्हें साथ ले आई और पीसकर लेप आदि बनाकर रख लिया।

मैं धारिणी के साथ मिलकर आश्रम के लोगों की सहायता करती थी। उनकी समस्याएं छोटी होती थीं, क्योंकि आश्रम की स्वस्थ जीवन-शैली के चलते किसी को भी अधिक रोग नहीं होते थे। वे सूर्योदय के साथ उठते, नदी में स्नान करते और फिर काफी देर तक अध्ययन या प्रार्थना करते थे। उसके बाद दैनिक कार्य संपन्न करके वे सादा भोजन करते, कहानियां सुनते और रात को जल्दी सो जाते थे। कभी किसी बच्चे की हड्डी टूट जाती या किसी विद्यार्थी को शहद जमा करते हुए मक्खी काट लेती थी।

वनवासी कई बार शिकार के दौरान पैर में गहरा घाव होने के कारण हमारे पास आते थे, किसी बच्चे को सांस लेने में तकलीफ आदि जैसी समस्या लेकर आश्रम आते थे। मैंने धारिणी के साथ रहकर घाव धोना, उसकी साफ-सफाई करके मरहम-पट्टी करना और घाव पर टाँके लगाना सीख लिया था। मुझे स्त्री के पेट से गाँठें निकालना भी आ गया था।

मैं मरीजों के साथ कुछ समय अवश्य बिताती थी। उनके सो जाने तक उनका हाथ थामे रहती थी, जिससे उनके घाव जल्दी ठीक हो जाते थे। जल्द ही वन के लोगों को यह सूचना मिल गई कि वाल्मीकि के आश्रम में एक गर्भवती स्त्री है जिसके स्पर्श से रोग ठीक हो जाते हैं। यह सुनकर अनेक लोग सहायता के लिए मेरे पास आने लगे।

मुझे इस काम में आनंद आता और मैं दिनभर व्यस्त रहती थी। मुझे थकावट हो जाती और रात को आराम से नींद आ जाती थी। इससे मुझे रात को चंद्रमा को ताकना नहीं पड़ता था और राम के साथ पंचवटी में बिताए सुखद क्षण याद नहीं आते थे।

धारिणी माँ ने कंधे से हिलाकर मुझे जगाया, 'तुमसे कोई मिलने आया है।'

मुझे बेचैनी होने लगी और अपने मन को शांत करने के लिए उसे दबा दिया। मेरी आंखों में आशा दिखाई दी होगी, क्योंकि धारिणी माँ ने मुझे देखते हुए उदास होकर कहा, 'नहीं, वह नहीं हैं!'

मैं बाहर गई तो दो स्त्रियाँ स्त्री बैठी थीं। उनके कपड़े मैले थे तो वह अवश्य दूर से आई होंगी। मैंने निकट पहुँचते ही उन्हें पहचान लिया।

'उर्मिला!' मैंने आश्चर्य और चिंता से कहा, 'तुम और सौदामिनी यहां क्या कर रहे हो?'

वह उठी और उसने मुझे गले से लगा लिया। 'दीदी, मुझे लगा हमें यह आश्रम नहीं मिलेगा और हमें आपसे मिलने का कभी मौका नहीं मिल पाएगा। ईश्वर का आभार कि आप ठीक हैं।'

मैंने दूध और पके चावल परोसे जिसे उर्मिला ने जल्दी से खा लिया। फिर उसने पूरी कहानी सुनाई। अयोध्या लौटने के बाद से ही उसे लक्ष्मण पर संदेह हो गया था। लक्ष्मण दुख और ग्लानि से भरा नज़र आता था। वह उर्मिला से नज़र मिलाकर बात नहीं करता था। उसने अकेले सोना शुरू कर दिया। यहां तक कि उर्मिला के स्नेहपूर्ण चुंबन भी लक्ष्मण का मन नहीं बदल पाए। उर्मिला मेरे विषय में

पूछती तो वह उत्तर नहीं देता था। उर्मिला जब वाल्मीकि के आश्रम से मुझे वापस लाने की बात कहती तो लक्ष्मण गुस्सा हो जाता था।

राम का व्यवहार भी विचित्र था। उन्होंने स्वयं को कमरे में बंद कर लिया। उन्होंने नहाना और लोगों से मिलना तक छोड़ दिया। यहां तक कि वह लक्ष्मण से भी बात नहीं करते थे।

'राम ने दरबार जाना भी छोड़ दिया,' उर्मिला ने बताया। 'क्या आप इसकी कल्पना कर सकती हैं? अयोध्या आने के बाद से ऐसा कभी नहीं हुआ था। तभी भी नहीं जब वह भालू का शिकार करते हुए बुरी तरह घायल हो गए थे। मुझे पहले लगा तुम्हारे साथ कुछ बुरा हुआ है। हो सकता है, मार्ग में कोई दुर्घटना हो गई हो और तुम्हारी मृत्यु हो गई, अथवा फिर कोई राक्षस तुम्हें उठाकर ले गया। इसीलिए लक्ष्मण को ग्लानि महसूस हो रही होगी। तभी दो सप्ताह बीतने पर उसने वाल्मीकि के आश्रम से तुम्हें वापस लाने की बात नहीं की।

मैंने सौदामिनी से पता करने को कहा। दासियों के कक्ष में अनेक तरह के समाचार और बातें सुनने को मिलती थीं। परंतु उसे भी कुछ नहीं पता था। लक्ष्मण जिस रथ में तुम्हें वाल्मीकि के आश्रम छोड़ने गया था, वह बिल्कुल सुरक्षित था। इससे मैं समझ गई कि मार्ग में किसी तरह की दुर्घटना नहीं हुई।

'फिर क्या हुआ?'

'मैं उत्तर जानना चाहती थी। मैंने खाना-पीना छोड़ दिया। मैं बिस्तर पर लेटी रहती थी। मैं तीन दिन तक भूखी रही। मेरा विश्वास करो, भूखा रहना आसान नहीं है। दिनभर भूख से मेरे पेट में दर्द होता और मेरा सिर घूमने लगता था।

'फिर चौथे दिन लक्ष्मण, हाथ में दूध का कटोरा लेकर मेरे पास आया। उसने मुझसे कहा यदि मैंने दूध पी लिया तो वह मुझे सारी बात बता देगा।

'और इस तरह मुझे तुम्हारे साथ हुए अन्याय के बारे में पता लगा।

मैंने लक्ष्मण से तुम्हारी कथा सुनने के बाद भी उसको कुछ नहीं कहा। मुझे अपने पूरे जीवन इतना गुस्सा किसी पर नहीं आया जितना लक्ष्मण पर आया था। उसने राम की इस अन्यायी भूल में साथ देने के लिए हामी कैसे भर दी? वह इस तरह अचानक तुम्हें वन में छोड़ने कैसे चला गया? फिर मैं मुस्कराते हुए रोज का काम करने लगी। मैं लक्ष्मण को अपनी योजना का अनुमान लगाने नहीं देना चाहती थी। फिर मैंने स्वयं को कक्ष में बंद कर लिया और द्वार पर सैनिक तैनात कर दिए। मैंने सौदामिनी से कहकर शरव से मदद मांगी। हमें वाल्मीकि के आश्रम तक पहुंचाने के लिए एक सहायक चाहिए था। मैंने वचन दिया यदि वह हमें आश्रम पहुंचा देगा तो मैं उसे पुरस्कार दूंगी।

शरव ने प्रयास करके गुप्तचरों से जानकारी लेने की कोशिश की। परंतु किसी को आश्रम का पता नहीं था। फिर वह हमारे पास एक लकड़हारे को लेकर आया। उसने हमें तुम्हारे निकट पहुंचाने का वचन दिया। फिर उसने कहा कि आश्रम कुछ विचित्र है। आश्रम की ओर जाता मार्ग कभी दिखाई देता है तो कभी वह अदृश्य हो जाता है। उसने कहा कि वह हमें नदी तक छोड़ देगा और उसके बाद का मार्ग हमें स्वयं खोजना होगा। मैं तैयार हो गई और उसे खुश करने के लिए उसे बहुत-सा सोना उपहार में दिया।'

'मैंने लक्ष्मण से कहा मुझे सीता की चिंता हो रही है। इसलिए मैं गर्भवती माताओं के अच्छे स्वास्थ्य के लिए देवी के मंदिर जाना चाहती हूँ। परंतु वहां का नियम यह है कि मुझे वेश बदलकर पैदल जाना होगा और मैं अपने साथ एक और स्त्री के अतिरिक्त किसी को नहीं ले जा सकती। लक्ष्मण को मेरी बात उचित नहीं लगी। परंतु मैंने खाना और बोलना शुरू कर दिया था, इसलिए उसने मेरा अधिक विरोध नहीं किया। इसके अतिरिक्त वह किसी अन्य काम में व्यस्त था। राम के मंत्रियों ने जब राम को हताश और निराश देखा तो उनसे दोबारा विवाह करने का आग्रह किया। परंतु राम को क्रोध आ गया और उन्होंने सबको वापस भेज दिया। वे सब तुम्हारे वास्तविक आकार की एक स्वर्ण-प्रतिमा बनवा रहे हैं जिसे दरबार में साथ रखा जाएगा। उन्हें लगता है राम को दुख से बाहर निकालने का बस यही एक तरीका है। राम को किसी तरह फिर राज-कर्तव्य निभाने के लिए तैयार करना है।'

'यह कितना हास्यास्पद है!' मैंने मन में सोचा। राम ने जिस तरह अपनी निर्दोष और गर्भवती पत्नी को राज्य से निष्कासित किया है, उस दुख और ग्लानि से राम को कोई बाहर नहीं निकाल सकता। और ऐसा होना भी नहीं चाहिए! उनके लिए प्रतिमा ही ठीक है। वह प्रतिमा सदा उन्हें अपने भयानक और गलत निर्णय की याद दिलाएगी।'

'खैर, मैं किसी तरह तीन दिन भटकने के बाद आश्रम पहुंच गई। मेरे विचार से इस क्षेत्र में रहने वाले हर मच्छर ने मुझे काटा है। मुझे वापस जाने को मत कहना, क्योंकि मैं यहां से जाने वाली नहीं हूँ।'

उर्मिला की बात सुनकर मुझे रोना आ गया। मैं उसकी निष्ठा और प्रेम से भावुक हो गई थी। उसने मेरे लिए अपना जीवन और अपनी खुशी को दांव पर लगा दिया था। मुझे राम और उनके दुख पर भी रोना आ रहा था। हम दोनों के बीच बहुत प्रेम था और वही प्रेम अब हमारे हृदय में घाव बनकर बैठ गया था।

मैंने अपना दुख दूर कर लिया, क्योंकि मैं अगले तीन दिन उर्मिला के साथ हँसी-खुशी बिताना चाहती थी। हम पुरानी यादों में खो गए। हम बचपन की बातें याद करके खूब हँसे। मैंने उसे आश्रम दिखाया। उसने गायों का दूध निकालने और

धान की सफाई करने का प्रयास किया, परंतु वह अधिकांश कार्यों में विफल हो गई।

मैंने चौथे दिन उर्मिला से कहा, 'तुम बहुत दूर से आई हो। मैं तुमसे बहुत प्रेम करती हूँ। तुम लक्ष्मण के क्रोध और जंगल के खतरों के बावजूद मुझसे मिलने आईं परंतु अब तुम्हें लौटना चाहिए। तुम मुझे मिल ली और तुम्हें यह संतोष हो गया कि मेरी ठीक से देखभाल हो रही है। कारण कुछ भी हो, लेकिन अब यही मेरी नियति है। परंतु तुम्हें फिर से महल लौटना है। मैं जो कुछ नहीं कर सकी, उसे तुम पूरा करो। अपने पति के साथ मिलकर उस महल को अपना घर बनाओ। तुम लक्ष्मण से प्रेम करती हो और वह भी तुमसे बहुत प्रेम करता है। मेरे साथ जो हुआ, वह तुम्हारे साथ नहीं होना चाहिए। अन्यथा यह मेरे लिए और कष्ट का कारण बन जाएगा। वापस लौट जाओ और माताओं की देखभाल करो, बच्चों का पालन-पोषण करो और उन्हें राज्य विरासत के योग्य बनाओ।'

इतना कहकर मैं फिर से रोने लगी। मुझे फिर याद आ रहा था कि मेरे बच्चों को किन चीजों से वंचित कर दिया गया था।

उर्मिला ने मेरी बात का विरोध किया और उसे गुस्सा आया। परंतु मैंने उसकी बात नहीं मानी। उसके जाने का मुझे भी दुख था लेकिन मैंने दुख छिपा लिया। आखिरकार, उसे जाना पड़ा। वाल्मीकि ने किसी तरह एक पालकी का प्रबंध किया और पड़ोस के गांव से कुछ कहार बुलाए जो उर्मिला और सौदामिनी को वापस अयोध्या ले गए। उर्मिला पालकी में बैठ रही थी तो मुझे अचानक यह विचार आया कि मैं उर्मिला को जीवन में केवल एक बार और देख पाऊँगी और वह दिन, मेरी जीवन का अंतिम दिन होगा।

वाल्मीकि ने दो वरिष्ठ विद्यार्थी साथ में भेजे। उन्होंने लक्ष्मण को एक पत्र भी लिखा। मुझे नहीं पता महर्षि ने पत्र में क्या लिखा था। विद्यार्थी वापस लौटे तो उन्होंने बताया कि लक्ष्मण ने पत्र पढ़ने के बाद उर्मिला पर क्रोध नहीं किया, बल्कि उसने आभार व्यक्त किया कि वह लक्ष्मण के पास लौट आई थी।

# 34

मैं सोकर उठी तो मुझे तेज दर्द हो रहा था। मुझे पता था कि यह प्रसव का समय था। इंदिरा और धारिणी कुछ अन्य स्त्रियों के साथ मेरी देखभाल कर रही थीं। इस बीच वाल्मीकि और अन्य ऋषिगण प्रार्थना करने लगे। मैंने इंदिरा से पूछा कि क्या वे आश्रम में प्रत्येक बच्चे के जन्म के समय ऐसा करते हैं। उन्होंने सिर हिला कर मना कर दिया।

'वाल्मीकि ने इन बच्चों के योगबल से जान लिया है कि इनका भविष्य बहुत उज्ज्वल है। ये अपने पिता से भी बड़े योद्धा एवं राजा बनेंगे और यही कारण है कि प्रार्थनाओं के साथ उनका स्वागत किया जाएगा।'

प्रसव पीड़ा तेज होने लगी थी। मैं दर्द से चिल्ला रही थी। मुझे इस बात का दुख था कि मेरे बच्चों का स्वागत करने के लिए उनके पिता मौजूद नहीं थे। मैंने जब बच्चों को देखा तो मैं सारा दुख भूल गई। इंदिरा ने उन्हें मेरी छाती पर रख दिया। बच्चे रो नहीं रहे थे। वे दोनों चुपचाप मेरी आवाज सुन रहे थे।

वाल्मीकि भीतर आए और उन्होंने बच्चों को आशीर्वाद दिया। उनका नाम लव और कुश रखा गया। मैंने यह नाम पहले नहीं सुने थे। महर्षि ने कहा कि उन्हें यह नाम ध्यान की अवस्था में सूझे थे। उन्हें साधारण बच्चों की तरह बड़ा नहीं किया जाना था। इनकी शिक्षक इनकी माँ होगी और यह आश्रम इनकी दुनिया बनेगा। वन, इनके लिए खेल का मैदान होगा। इनमें विलक्षण शक्ति होगी और इसीलिए इनके नाम भी अलग और विशिष्ट रखे गए थे।

वाल्मीकि की बात से मुझे राहत मिली परंतु मैं मन में डरी हुई थी। वाल्मीकि को भी चिंता थी कि बच्चों को सही शिक्षा कैसे दी जाएगी, हम उन्हें वह सब कैसे सिखाएंगे जो राजकुमारों के लिए जानना जरूरी था।

वाल्मीकि मुझसे कुछ प्रश्न पूछ रहे थे किंतु मैं अपने ही विचारों में खोई थी। मैंने सुना नहीं इसलिए उन्होंने अपना प्रश्न दोहराया, 'क्या हम यह समाचार राम को भिजवा दें?'

राम का नाम मैंने उर्मिला के जाने के बाद से सुना नहीं था। आश्रम में कोई उनका नाम नहीं लेता था। मुझे लगा कि मेरे भीतर इतनी शक्ति पैदा हो चुकी थी कि मैंने सत्य के साथ जीना सीख लिया है। परंतु मैं कितनी गलत थी! उनका नाम लेते ही मेरे भीतर दर्द की तरंग उठ गई जो प्रसव-पीड़ा से भी अधिक तीव्र थी।

मैंने मुंह दूसरी ओर घुमा लिया। मैं वाल्मीकि के सामने रोना नहीं चाहती थी। 'नहीं,' मैंने कहा। 'उन्हें यह समाचार जानने का अधिकार नहीं है।'

मेरे हृदय में अभी भी आशा थी। राम ने अवश्य ही समाचार जानने के लिए किसी को भेजा होगा। उन्हें भी तो बच्चों के जन्म के समय का अनुमान था। यदि वह मुझे अपने साथ नहीं रखना चाहते तो भी बच्चों को तो महल में रख ही सकते हैं। वह उन्हें अच्छी शिक्षा और सुख-सुविधाएँ दे सकेंगे। मुझे इस विचार से डर लग रहा था किंतु अंदर से मैं यही चाहती थी।

परंतु राम ने किसी को नहीं भेजा। आखिर, मुझे सत्य का सामना करना ही पड़ा।

मैं समझ गई कि राम को मेरी चिंता नहीं थी। यदि रही होगी तो भी उन्होंने उसे भीतर दबा दिया होगा। राम ने सोचा होगा कि बच्चे भी मेरे शरीर से पैदा हुए थे, इसलिए प्रजा वासी उनके बारे में अफवाहें फैला सकते थे। इसलिए शायद राम उन्हें अपने साथ नहीं रख सकते थे।

बच्चों के जन्म के बाद समस्त आश्रमवासी मेरे आसपास रहने लगे। राम के विषय में कोई बात नहीं करता था। परंतु उन्हें राम पर क्रोध अवश्य आता था। वे मुझे हँसाने और खुश रखने का भरपूर प्रयास करते थे। आश्रम में बहुत समय बाद बच्चों ने जन्म लिया था। इसलिए लव और कुश सभी आश्रमवासियों को प्रिय थे। सब उन्हें अपनी-अपनी गोद में खिलाते, उन्हें चूमते और प्यार करते थे। दोनों बच्चों को इतना प्यार मिला कि उन्होंने कभी रोना नहीं सीखा। उन्होंने अपने पिता को अवश्य खो दिया था, किंतु उन्हें एक दूसरा बड़ा परिवार मिल गया था, जिसने उन्हें शिक्षा दी और प्यार से बिगाड़ दिया। उन्हें कभी-कभी शरारत करने पर डांट भी सुननी पड़ती थी। वे वाल्मीकि को दादा और इंदिरा को दादी माँ कहते थे। अन्य सभी आश्रमवासी उनके भाई, बहन अथवा मामा और मौसी बन गए थे।

राम अपने भव्य किंतु प्रेम-रहित महल में अकेला रहते थे। उनकी तुलना में हम अधिक भाग्यशाली थे।

लव और कुश थोड़े बड़े हुए तो वाल्मीकि ने उन्हें औपचारिक रूप से पढ़ाना शुरू कर दिया। वह सुबह अन्य बच्चों के साथ गुरुकुल में बैठकर पढ़ते थे। उन्होंने वेदों की शिक्षा प्राप्त की और समस्त मानव-जाति को आशीष देने वाले अनेक अनुष्ठान सीखे। उन्हें कुछ समय बाद उपनिषदों का ज्ञान भी दिया गया। उन्होंने मंत्रोच्चारण और गायन-कला भी सीख ली। उनकी आवाज इतनी साफ और मधुर थी कि उन्हें सुनने गंधर्व और अप्सराएं भी नीचे आ जाते थे। दोपहर के भोजन के बाद, लव और कुश, अन्य ऋषिकुमारों के साथ आश्रम के साधारण काम करते जैसे गाय बकरियों को चराना, गायों को नहलाना, चीजों की मरम्मत करना तथा यज्ञ के लिए लकड़ी चुनना आदि।

संध्या होने पर वाल्मीकि बच्चों को व्यक्तिगत रूप से पढ़ाते थे। उस समय उन्हें युद्ध से संबंधित रणनीति और शांतिकाल के दौरान राज्य प्रबंधन के विषय में बताया जाता था। उन्हें सिखाया गया किस तरह सेना को संगठित करके तैयार किया जाता है, कैसे उन्हें लड़ने के लिए प्रेरित करते हैं और अच्छा शासक कैसा होता है। उन्हें बताया गया किस तरह जटिल समस्याओं में सही निर्णय लिए जाते हैं और कैसे न्याय एवं दया के बीच संतुलन बनाया जाता है। आरंभ में, मुझे वाल्मीकि के विस्तृत ज्ञान पर आश्चर्य होता था। एक साधारण ऋषि जटिल राज्य प्रबंधन की नीतियों को कैसे जानता है? मुझे बाद में ध्यान आया कि राम ने स्वयं महर्षि वसिष्ठ से ज्ञान प्राप्त किया था, जिसके आधार पर वह जबरदस्त योद्धा और शानदार राजा सिद्ध हुए। वाल्मीकि ने दोनों बच्चों को ध्यान लगाने, विचारों को नियंत्रित करने और अन्य बहुत-सी बातों की शिक्षा दी।

मुझे सबसे अधिक आश्चर्य तब होता था, जब अध्ययन समाप्त होने पर वाल्मीकि अपने लंबे बाल और दाढ़ी को बांधकर दोनों बच्चों को तलवार और लाठी चलाना भी सिखाते थे। वह वृद्धावस्था के बावजूद अत्यंत शक्तिशाली और फुर्तीले थे। वह बच्चों को कुछ ही क्षण में निहत्था कर देते थे। वह मुझे आश्चर्यचकित देखकर मुस्कराते और फिर कहते, 'मैं जन्म से ऋषि नहीं था। मैं किसी दिन तुम्हें अपने अतीत के विषय में बताऊंगा।'

लव और कुश को वाल्मीकि से पढ़ना अच्छा लगता था। उनके सभी पाठ गुप्त थे और लव-कुछ को किसी से उनकी चर्चा न करने को कहा गया था। उन्हें धनुर्विद्या बहुत पसंद थी। मैं उन्हें अभ्यास करते देखती तो मेरे मन में विचित्र-सा भाव उठता था, क्योंकि उनके पिता को भी धनुष बहुत प्रिय था। शीघ्र ही दोनों बच्चों ने धनुर्विद्या का ज्ञान प्राप्त कर लिया और वह आसानी से अपने से बड़े धनुष और बाण भी चला लेते थे। वह खाली समय में वन में दौड़ का अभ्यास करते थे। मैंने

उन्हें किसी प्राणी को मारने से मना किया था। उन्हें एक-दूसरे के साथ मुकाबला करने में मजा आता था। वह सुदूर पहाड़ियों पर रखे पत्थरों को काट देते थे और पेड़ों पर लटके फलों को बाण से गिरा देते थे।

मैंने उन्हें अपने ढंग से शिक्षा दी। हम वन में लंबी सैर पर जाते, जहां मैंने उन्हें अनेक औषधीय पौधों को पहचानना सिखाया। अधिकांश पौधे ऐसे थे जो गहरे घावों को भर सकते थे। मैंने उनके प्रयोग का तरीका भी बच्चों को सिखाया। रात को सोते समय मैं उन्हें आत्मरक्षा के विषय में बताती थी। वह ज्ञान मैंने मिथिला में प्राप्त किया था। मैं उन्हें सिखाती किस तरह बिना हथियार के शांतिपूर्वक लड़ा जा सकता है, कैसे बिना प्रतिशोध के आक्रमणकारी के क्रोध को उसी के विरुद्ध प्रयोग किया जाता है। उन्हें यह सब सिखाते समय मुझे शूर्पणखा की याद आ जाती थी। फिर मैं अपना दर्द भूलकर राम और लक्ष्मण के साथ बिताए पंचवटी के दिन याद करती। वे दोनों अस्त्रों-शस्त्रों के बारे में चर्चा करते थे और मैंने उनसे दिव्यास्त्रों के विषय में जो कुछ जाना था, उसे लिख लिया था। परन्तु मैं बहुत-से महत्वपूर्ण विवरण भूल चुकी थी।

परंतु बच्चों ने मेरे दिए मंत्रों के मंत्रोच्चारण के साथ अस्त्रों को प्रयोग किया तो मैं यह देखकर चकित रह गई कि वे अस्त्र-शस्त्र सही कार्य कर रहे थे। मेरी तरह बच्चे चकित नहीं हुए। मैं बच्चों को पहाड़ों और विशाल सेना को चुटकी बजाते ही नष्ट कर देने वाले शक्तिशाली अस्त्र चलाते देखती तो मुझे बहुत सुखद आश्चर्य होता था। दोनों उन अस्त्रों का आदर करते थे। वह उन्हें प्रणाम करते और फिर प्रयोग के बाद उन्हें वापस लौटने को कहते थे। निस्संदेह, मेरे दोनों पुत्र, अपने पिता जैसे थे।

और मेरे भी, मैंने सोचा। मुझे बचपन में शिव-धनुष से अपना संबंध याद आ गया।

मुझे बच्चों से बहुत प्रेम था, क्योंकि वे आसपास रहने वाले लोगों और प्राणियों सब से प्रेम करते थे। वे आदर्श पुत्र तो नहीं थे, क्योंकि उन्हें छोटी-छोटी बातों पर गुस्सा भी आता था और हठ करते थे। वे कई बार आश्रम के अन्य लड़कों पर हावी होने की कोशिश करते परंतु मेरे साथ उनका व्यवहार सदा सौम्य रहता था। उन्हें मेरे दुख का पूर्ण एहसास था। हालांकि मैं दुख को स्वयं से दूर रखती थी फिर भी वह परछाईं की तरह मुझसे चिपका रहता था। लव और कुश कभी-कभी वन में जाते तो मेरे लिए कोई सुंदर पत्थर या फूलों की माला उपहार-स्वरूप अवश्य लाते थे।

वे मुझे गले से लगा लेते थे। उन्होंने कभी इस बात की परवाह नहीं की कि कोई उन्हें देख रहा है। वे रात में मुझे पकड़कर सोते थे। मैं उन्हें कहानियां सुनाती, क्योंकि उन्हें कहानियां बहुत पसंद थीं। वह किसी कहानी को दोबारा नहीं सुनते थे। मुझे प्रतिदिन बचपन की स्मृति से या कई बार अपनी कल्पना से कुछ नया खोजकर लाना पड़ता था।

यह सत्य है कि अंधकार के बीच प्रकाश की एक किरण अवश्य होती है। महल में मुझे राज्य के दायित्व के बीच अपने बच्चों के लिए इतना समय नहीं मिल सकता था। हम एक-दूसरे के इतना निकट नहीं आ सकते थे। मातृत्व ने मुझे प्रेम के विषय में नया पाठ सिखाया था। यह ऐसा संबंध है जिस पर हम अपना सर्वस्व न्योछावर कर देते हैं और फिर भी यही इच्छा होती है कि काश, हमारे पास देने को और होता!

एक विचित्र बात यह थी कि लव-कुश स्वभाव से बहुत उत्सुक थे, परंतु उन्होंने मुझसे कभी अपने पिता के बारे में कुछ नहीं पूछा। क्या ऐसा इसलिए था कि उन्होंने वाल्मीकि की बात को सत्य मान लिया था? वाल्मीकि की बात झूठ नहीं थी : उनके पिता आश्रम के ही सदस्य थे और किसी अन्य स्थान पर तपस्या के लिए गए थे। फिर उनका कोई समाचार नहीं मिला।

अथवा मुझे पता था कि उनका प्रश्न मेरे हृदय को गहराई तक भेद देगा?

# 35

कुछ समय से वाल्मीकि अपने जीवन की एक महत्वपूर्ण रचना में व्यस्त थे। वह राम को नायक और राजा के रूप में प्रस्तुत करने के उद्देश्य से उनकी कथा, रामायण की रचना कर रहे थे। उन्होंने वह कथा मेरे आश्रम आने से पहले शुरू की थी, इसलिए मैंने उसे अपने जीवन से जुड़ा कभी नहीं समझा। मुझे डर था वह हमारे जीवन से जुड़ी बातें पूछेंगे, परंतु उन्होंने ऐसा नहीं किया।

एक दिन मैंने उनसे पूछा कि उन्हें पुस्तक में लिखने के लिए सारी जानकारी कैसे मिली, जबकि वह हमारे साथ वन में नहीं थे और न ही उन्होंने लंका का भयंकर युद्ध देखा था। महर्षि ने बताया कि अचानक ऐसे दृश्य उनके सामने आ जाते थे कि उन्हें विवश होकर सब काम छोड़कर उन्हें लिखना पड़ता था। उनका मानना था कि वह रचना, एक प्रेरक और शक्तिशाली काव्य का रूप लेगी। जिसे आने वाली अनेक शताब्दियों तक लोग पढ़ेंगे और सुनेंगे तथा उससे सदाचार-युक्त जीवनशैली सीखेंगे। महर्षि ने उसके विषय में मुझसे कुछ नहीं कहा और न ही वह पुस्तक किसी को पढ़ने को दी। यदि कोई उनसे उसकी कुछ पंक्तियां पढ़ने का आग्रह करता तो वह मना कर देते थे।

किसी के माँगने पर वह कहते, 'इसके समाप्त होने पर तुम इसे हर समय सुना करोगे।'

फिर एक बार उनका काम रुक गया। उन्हें दृश्य दिखाई देना बंद हो गए। क्या यह संभव था कि वह कथा के साथ स्वयं जुड़ गए थे? वह आश्रम में टहलते और अकेले बोलते रहते थे। इंदिरा माँ उनके सिर की मालिश करती और उनके मस्तिष्क को ठंडा रखने के लिए ब्राह्मी तेल लगाती थी। उससे रचनात्मकता में वृद्धि होती है। किंतु वाल्मीकि को कोई लाभ नहीं हुआ। उन्होंने मुझसे भी इसकी चर्चा की। मैंने

त्रिफला और इसबगोल खाने का सुझाव दिया। उसे खाने से पेट तो साफ हो गया, परंतु विचारों में स्पष्टता फिर भी नहीं आई।

आखिर वाल्मीकि ने ध्यान लगाने हेतु चित्रकूट पर्वत पर जाने का निर्णय लिया। चित्रकूट, एक पवित्र पर्वत था और ऐसा माना जाता था कि वहां जाने से व्यक्ति की दुविधा दूर हो जाती है तथा अंधकार पर प्रकाश खत्म कर देता है। राम, लक्ष्मण और मैंने भी कुछ समय वहाँ बिताया था। वाल्मीकि को लगा हमारे पद-चिह्नों पर चलने से उन्हें प्रेरणा मिलेगी।

इस बात से समस्त आश्रमवासी बहुत उत्साहित थे, क्योंकि वाल्मीकि ने काफी समय से लंबी यात्रा नहीं की थी। उनके विद्यार्थियों और कुछ ऋषियों ने उनके साथ चलने का आग्रह किया। वे भी इस रोमांचक अनुभव को देखना चाहते थे। हालांकि मेरे विचार से वे लोग केवल आश्रम के नीरस जीवन से कुछ दिन दूर जाना चाहते थे। उन सबने वाल्मीकि से साथ चलने का आग्रह किया। उन्होंने कहा कि उन्हें साथ ले जाने से वाल्मीकि को समय पर भोजन और औषधियां मिलती रहेंगी। इंदिरा का वाल्मीकि की चिंता करना स्वाभाविक था। एक बार वाल्मीकि ध्यान में इतने लीन हो गए कि उनके शरीर के चारों ओर चींटियों ने बड़ी-सी बाँबी बना ली जिसने उनके शरीर को पूरी तरह ढँक लिया था।

लव और कुश ने भी उनके साथ जाने का हठ किया, परंतु वाल्मीकि ने उनके कान में धीरे-से कुछ कहा और फिर दोनों बच्चों ने दोबारा उनसे जाने के लिए नहीं पूछा।

वाल्मीकि के जाने के बाद मैंने लव-कुश से पूछा कि महर्षि ने उनसे क्या कहा था।

'दादाजी ने हमें आश्रम की रक्षा करने को कहा है,' लव ने बताया।

'उन्होंने हमें इसलिए चुना है, क्योंकि हम श्रेष्ठ योद्धा हैं,' कुश ने गर्व से कहा।

'हम धनुष-बाण लेकर प्रतिदिन आश्रम की सीमा की रक्षा करेंगे,' लव बोला।

'कोई नहीं जानता जंगल से कब कौन-सा खतरा उत्पन्न हो जाएगा। इसलिए हमें तैयार रहना चाहिए।'

मुझे उनकी बातें सुनकर अच्छा लगा। मैंने अपनी मुस्कान को छुपा लिया क्योंकि मैं जानती थी कि आश्रम से जो ज़्यादा सुरक्षित जगह कोई नहीं है। मेरे विचार से आश्रम का पवित्र आभामंडल, चारों ओर एक सुरक्षा कवच भी बना देता था। परंतु वाल्मीकि ने दोनों बच्चों को संतुष्ट करने के लिए उनसे सटीक बात कही

थी। 'मुझे पता है कि तुम इस काम को अच्छी तरह कर सकते हो,' उन्होंने चलते समय बच्चों से कहा था।

'यह स्वाभाविक है कि हम गौशाला धोने और लकड़ी काटने जैसे काम नहीं कर पाएंगे,' लव ने कहा।

'हमें दिनभर आश्रम की रखवाली करनी है,' कुश ने कहा। 'क्या आप सुबह हमारे भोजन का प्रबंध कर देंगी?'

'हमें ज़्यादा भोजन चाहिए होगा,' लव ने कहा। 'दिनभर रखवाली करना कठिन काम है। हमें भूख लगेगी।'

इंदिरा माँ ने लव और कुश से कहा कि वाल्मीकि के वापस लौटने तक उन्हें गौशाला धोना या लकड़ी काटने का काम नहीं करना पड़ेगा। मैंने दोनों को भरपूर भोजन देने का वचन दिया। वे दोनों खुश हो गए और अपने धनुष पर नई डोर चढ़ाने और बाणों पर धार लगाने के लिए चले गए।

एक सप्ताह और फिर एक और सप्ताह बीत गया। कोई घटना नहीं घटी। हमें वाल्मीकि का समाचार भी नहीं मिला। परंतु इंदिरा माँ ने कहा कि यह अच्छा संकेत है। लव और कुश प्रतिदिन वन में घूमकर आश्रम की रखवाली करते थे, इसलिए उनका रंग साँवला हो गया था। उन्होंने मुझे सिर में तेल डालने या बाल सँवारने का तक अवसर नहीं दिया। उनके चेहरे पर गंदे और उलझे बाल दिखाई दे रहे थे। उन्होंने बताया कि इससे वे और खतरनाक नज़र आते थे।

'तुम दिनभर क्या करते हो?' एक दिन मैंने पूछा।

'हम लड़ाई का अभ्यास करते हैं,' लव ने उत्तर दिया।

'हम नए अस्त्रों का आह्वान करते हैं,' कुश बोला।

'यह तुम कैसे करते हो?' मैंने उत्सुकता से पूछा।

दोनों ने कंधे उचकाए, मानो दिव्यास्त्र का आह्वान करना उनके लिए बड़ी साधारण बात थी।

'हम उन्हें पुकारते हैं और वे आ जाते हैं,' कुश ने कहा।

'फिर वे स्वयं हमें अपना नाम और अपनी शक्तियों के बारे में बताते हैं,' लव बोला। उसने अँगुलियों पर कुछ गिना। ऐशिक नाम का एक अस्त्र है, जिससे हजारों सिंह प्रकट हो जाते हैं। उसकी दहाड़ ही सेनाओं को मौत के घाट उतारने के लिए पर्याप्त है। एक भ्रमजाल है, जो शत्रु की सेना पर अग्नि के विशाल जाल की भांति गिर जाता है।'

'पाशुपतास्त्र को मत भूलो,' कुश ने कहा। 'हमें भगवान शिव से नागास्त्र प्राप्त हुआ है। उस अस्त्र ने स्वयं बताया कि पृथ्वी पर बहुत कम लोग ही उसे प्रयोग कर सकते हैं। परंतु मेरा मनपसंद तो अक्षयजित है। उसे प्रयोग करने से पहले उचित निर्देश देना पड़ता है, क्योंकि गलत विधि से प्रयोग करने पर वह तीनों लोकों को नष्ट कर सकता है। उस अस्त्र में संसार के सर्वश्रेष्ठ योद्धा को भी परास्त करने की शक्ति है।'

दोनों बच्चों के स्वर में आत्मविश्वास था, जिसे सुनकर मैंने उनकी असंभव लगने वाली बातें भी मान लीं। मैं उन्हें आश्चर्य और घबराहट से देखने लगी। मुझे विश्वास नहीं हुआ कि वे दोनों मेरे शरीर से उत्पन्न हुए थे। उनकी आयु बहुत कम थी और वे कद में मुझसे भी छोटे थे। मैं सोचने लगी कि यह बड़े हो जाएंगे, तब उनका भाग्य कैसा होगा? ब्रह्मांड इन्हें किस बड़ी भूमिका के लिए तैयार कर रहा था?

परंतु उन्हें सही मार्ग दिखाना मेरा ही काम था।

'अभ्यास के दौरान किसी को चोट मत पहुंचाना,' मैंने फिर से उन्हें सावधान किया।

'आत्मरक्षा के समय क्या होगा?' उन्होंने पूछा।

'हां, हां, तुम्हें अपनी रक्षा भी करनी है। परंतु बिना मतलब किसी को नहीं मारना।'

दोनों ने सिर हिलाकर बात मान ली।

'और रात के भोजन के लिए देर नहीं करना,' मैंने कहा। परंतु इतनी देर में दोनों भाग चुके थे।

उस दिन लव और कुश को लौटने में बहुत देर हो गई। वह रोज अंधेरा होने से पहले लौट आते थे। मैंने उनसे जल्दी आने को कहा भी था। आश्रम की अन्य स्त्रियों को चिंता होने लगी। रात्रि में जंगल कुछ अलग तरह का स्थान हो जाता है। वह अपने उग्र रूप में सामने आता है और उस पर विश्वास करना कठिन हो जाता है। हमनें कुछ मशाल जलाईं और उन्हें आश्रम की सीमाओं पर जगह-जगह लगा दिया, ताकि दोनों बच्चों को रास्ता खोजने में कठिनाई न हो। परंतु काफी देर तक उनकी कोई सूचना नहीं मिली। हमने ढोल बजाए, शंखनाद किया, परंतु कोई लाभ नहीं हुआ। फिर हमें कुछ आवाजें अपनी ओर आती सुनाई पड़ीं। परंतु यह उनकी पदचाप नहीं थी। वह एक विशाल प्राणी था जो झाड़ियों को कुचलता हमारी ओर आ रहा था। उस आवाज को सुनकर मेरे हृदय की धड़कन तेज होने लगी। मैंने मशाल

हाथ में पकड़ ली। मैं मशाल को उस प्राणी पर फेंकने को तैयार थी, परंतु वह जब सामने आया तो मेरा मुंह खुला रह गया। मेरे सामने एक अत्यंत सुंदर घोड़ा खड़ा था। मैंने ऐसा चांद-सा चमकदार सफेद रेशमी अयाल और बलिष्ठ मांसपेशियों वाला अश्व पहले कभी नहीं देखा था। वह बड़ी-बड़ी काली आंखों से मुझे देख रहा था। उसके माथे पर लाल रंग का एक सितारा था, गले में सोने का हार था। किंतु पीठ पर जीन या गले में लगाम नहीं थी।

मेरे दोनों पुत्र अश्व की पीठ पर बैठे मुझे देखकर मुस्करा रहे थे।

'तुम्हें यह घोड़ा कहां मिला?' मैंने पूछा। वह इतना सुंदर था कि मुझे संदेह हुआ कि उसे जादू से बनाया गया था। हालांकि आश्रम में जादू प्रवेश नहीं कर सकता था।

'हम आश्रम की रखवाली कर रहे थे, तभी यह हमारे पास आ गया,' लव ने कहा। 'हमें लगा यह भूखा है तो हमने इसे खाने को कुछ फल और नदी-तट पर उगी ताजा घास खिलाई। उसे खाकर इसे बहुत मजा आया।

मुझे देखने से नहीं लगा कि वह अश्व भूखा था। वह अत्यंत हृष्ट-पुष्ट था। उसे शायद मेरे पुत्र अच्छे लगे अन्यथा वह उन्हें पीठ से गिरा चुका होता।

'तुमने घर आने में इतनी देर क्यों की?' मैंने पूछा।

दोनों बच्चे घोड़े से नीचे कूद गए और उन्होंने मुझे गले से लगा लिया। 'हमारे कारण आपको चिंता हुई। हम क्षमा चाहते हैं,' कुश ने कहा। 'परंतु कुछ लोग इस अश्व को अपने साथ ले जाना चाहते थे। हमने इसकी रक्षा की है।'

'कौन लोग?'

'वह कुछ सैनिक थे, लव ने उत्तर दिया। 'उन्होंने बताया कि यह किसी राजा के यज्ञ का घोड़ा है, जो भारतवर्ष में घूम रहा है। वह इसे अपने साथ ले जाना चाहते थे, परंतु हमें लगा यह हमारे साथ रहना चाहता है। यह घूमते घूमते थक गया है।'

'उस सेना का क्या हुआ?' मैंने पूछा। मुझे लगा दोनों बच्चे बढ़ा-चढ़ाकर बता रहे थे। वह अवश्य ही लोगों का छोटा-सा समूह होगा। मैंने उन्हें ध्यान से देखा।

कुश ने हँसते हुए कहा, 'हमने उस सेना को पराजित कर दिया।'

मैं दोनों को ध्यान से देखा। उनके चेहरे पर सचमुच खून था। मैं देखकर डर गई।

मेरे पीछे खड़ी इंदिरा ने कहा, 'यह अवश्य ही अश्वमेध यज्ञ का घोड़ा है। महाराजा इस तरह का अनुष्ठान करते हैं। यह स्वेच्छा से कहीं भी घूमने के लिए स्वतंत्र है। यह जिस राज्य से गुजरता है, वहाँ के राजा को अश्व के स्वामी का आधिपत्य स्वीकार करना पड़ता है। यदि कोई इसे रोकता है तो उसे अश्व के साथ चल रही सेना से युद्ध करना पड़ता है। जीत जाने पर यह अश्व उसका हो जाता

है और उसे शक्तिशाली राजा मान लिया जाता है। यदि वह हार जाए तो अश्व के स्वामी के अधीन हो जाता है। पता नहीं, यह किस राजा का अश्व है।'

मैंने इंदिरा की बात ठीक से नहीं सुनी। मेरे हाथ कांप रहे थे। मैं दोनों बच्चों के शरीर को टटोल रही थी। मुझे डर था उन्हें अधिक चोट न लगी हो।

लव ने धीरे-से मेरे चेहरे को स्पर्श करके कहा, 'माँ, चिंता मत करो। वह हमें चोट नहीं पहुंचा सकते। मैंने आपके आशीर्वाद से अपने चारों ओर सुरक्षा कवच बना लिया था। उस कवच को कोई अस्त्र-शस्त्र भेज नहीं सकता।'

कुश ने आगे कहा, 'हम चाहते तो सबको आसानी से मार सकते थे। उस सेना के चारों सेनापति युद्ध में बहुत निपुण थे और उनके पास अच्छे अस्त्र-शस्त्र थे। फिर हमें आपकी बात याद आ गई इसलिए हमने उन्हें छोड़ दिया। हमने उन्हें मारा नहीं, अपितु मूर्छित करके दिव्यास्त्रों से बाँध दिया था और...'

यह सुनकर मुझे अपने कानों पर विश्वास नहीं हुआ।

मेरी मेरे कानों में खून उबलने लगा। 'वह चार सेनापति कौन थे?' मैंने पूछा।

लव के मस्तक पर रेखाएं उभर आईं। वह कह रहे थे कि वह रघुकुल के सेनापति हैं। उन्होंने अपने कुल की बहुत प्रशंसा की, जिसे हम आसपास हो रहे शोरगुल के कारण ठीक से सुन नहीं सके। बहुत-से सैनिक इधर-उधर दौड़ते हुए हमें मारने का प्रयास कर रहे थे।

'उनके नाम इस अश्व के गले में लटके हार पर लिखे हैं,' कुश बोला और वह मुझे दिखाने लगा। 'माँ, क्या तुम ठीक हो?'

मैंने गिरने से बचने के लिए घोड़े की गर्दन थाम ली। इससे पहले कि मैं हार पर खुदा नाम पढ़ पाती, मुझे पता था उस पर क्या लिखा होगा। रघुवंश के राजा दशरथ के महान पुत्र राम द्वारा... इसके आगे के शब्द मुझे सुनाई नहीं पड़े।

'मुझे उनके राजा के पास ले चलो,' मैंने कहा। 'वह तुम्हारे पिता हैं!'

वह भूमि जहां युद्ध हुआ था, घायल सैनिकों से भरी हुई थी। चारों ओर रक्त बिखरा पड़ा था। लव और कुश ने मेरा हाथ थामा और मुझे साथ लेकर चल पड़े। मैं जलती मशालों की रोशनी में देखने का प्रयास कर रही थी। मुझे खुशी थी कि मुझे अंधकार में घायल सैनिकों के चेहरे दिखाई नहीं पड़ रहे थे। मैं चाहती थी कि बच्चों की बात सत्य हो और किसी सैनिक की मृत्यु न हुई हो। मैं इस नरसंहार के चलते बुरे कर्म के फलस्वरूप अपने बच्चों के भविष्य में कष्ट नहीं देखना चाहती थी। हालांकि युद्ध के नियमों के अनुसार वे निर्दोष थे और उन्होंने केवल आक्रमण का उत्तर दिया था।

परंतु मुझे पता है कि कर्म की चाल विचित्र होती है, अन्यथा राम को, जो पृथ्वी पर भगवान विष्णु का अवतार हैं, जीवन में इतना कष्ट क्यों सहन करना पड़ता? उन्हें एकाकी जीवन क्यों व्यतीत करना पड़ता?

लव-कुश के कहने से पहले ही मुझे उनकी उपस्थिति का एहसास हो गया और मैं आगे की ओर दौड़ी। मैं घुटनों के बल गिरी और मैंने उनका रक्तरंजित चेहरा अपने हाथों में थाम लिया। उनका शरीर रस्सियों से बँधा था, जिनसे चिंगारियां निकल रही थीं। उन्हें अवश्य चोट लगी होगी। मैंने रस्सियों को खींचा तो मुझे कोई चोट नहीं आई। यही दिव्यास्त्रों का चमत्कार होता है। मैंने पूरी शक्ति से रस्सियों को खोलने की कोशिश की, परंतु मैं विफल हो गई। मेरी आँखों में आँसू थे। मैंने लव और कुश को देखा। मेरा मन इतना भावुक हो गया था कि मेरे मुंह से शब्द नहीं निकल रहे थे। मेरे कुछ कहने से पहले ही वे मंत्र पढ़ने लगे। कुछ ही देर में सबके बंधन खुल गए। राम के साथ उनके भाई भी मुक्त हो चुके थे।

इतनी देर में धारिणी माँ कुछ स्त्रियों के साथ वहाँ पहुंच गई। उन्होंने राम के घावों को पानी से धोया और फिर मुझे उपचारक लेप दिया। लव और कुश ने मशाल पकड़ी थी। मैंने उसी रोशनी में राम के घाव पर मरहम लगाया और उनके जल्दी ठीक होने की प्रार्थना की। राम के गाल पर गहरा घाव था। फिर भी वह अत्यंत आकर्षक लग रहे थे। वह पहले से वृद्ध हो गए थे। उनके मस्तक पर चिंता की लकीरें थीं। वह जीवन से निराश दिख रहे थे। उनके शरीर पर बहुत-से घाव थे। मैंने उन्हें छुआ तो मेरे हाथ कांप रहे थे, मानो वे घाव मेरे तन पर थे।

मैं इतना समय यही मानती रही कि मैंने सफलतापूर्वक राम के प्रति अपने हृदय को कठोर कर लिया था। मैं कितनी गलत थी! मुझे आज भी उनसे उतना ही प्रेम था जितना मैं उनसे पंचवटी में करती थी। उन्होंने कितनी निर्दयता से मुझे कुछ कहे बिना राज्य से निकाल दिया था। मुझे इस बात का बहुत दुख था।

मैंने मार्ग में दोनों बच्चों को उनके अतीत के बारे में बता दिया था।

लव यह सुनकर बहुत परेशान हुआ। उसने पूछा, 'माँ, आपने हमें यह बात पहले क्यों नहीं बताई? हम आज तक यही समझते रहे कि हम ऋषिकुमार हैं। हमें यह पहले पता होता तो हमारे हाथों यह अनर्थ नहीं होता।'

'मैं तुमसे क्या कहती?' मैंने उदास स्वर में कहा। 'यह कि तुम्हारे पिता बहुत महान और साहसी राजा हैं, परंतु उन्होंने मुझे केवल इसलिए राज्य से निकाल दिया कि कुछ लोग मेरे विषय में अनर्गल बातें कर रहे थे। हालांकि मेरा कोई दोष नहीं था? मैं तुमसे यह कहती कि उन्हें अपने राज्य की स्थिरता और अखंडता की अधिक

चिंता थी? यह कि उन्होंने अपने निर्दोष और गर्भस्थ पुत्रों से अधिक अपनी ख्याति और प्रतिष्ठा को महत्व दिया? क्या तुम्हें यह सुनकर उनसे घृणा नहीं हो जाती? तुम यदि यह बात सुनकर बड़े होते तो क्या तुम्हारे मन में क्रोध और असंतोष व्याप्त नहीं हो जाता? क्या तुम भी मुझे इस बात का दोष नहीं देते कि तुम्हारा पालन-पोषण महल के बजाय आश्रम में हुआ?'

'हम आपको छोड़कर कभी नहीं जाते माँ,' कुश ने रोते हुए कहा। उसने मुझे कसकर पकड़ लिया था। 'हम आपको दोष नहीं देते। परंतु हां, आप ठीक कहती हैं कि हमें राम पर अवश्य क्रोध आता। हम उनसे युद्ध करने निकल पड़ते।'

मैंने सुना कि दोनों में से मेरा कोई पुत्र, राम को 'पिता' कहकर संबोधित नहीं कर रहा था। परंतु वह राम को बहुत ध्यान से देख रहे थे। उन्हें भी वही दिख रहा था, जो मैंने और वाल्मीकि ने पहली बार देखा था। दोनों पुत्र, बिल्कुल राम की तरह दिखते थे।

परंतु मरहम और मंत्र काम क्यों नहीं कर रहे थे? राम अभी तक मूर्छित क्यों थे? वह शव की भांति निर्जीव पड़े थे। उनकी सांस बहुत धीमी चल रही थी। मैंने कई बार कोशिश की। माँ धारिणी ने भी प्रयास किया। धीरे-धीरे आकाश में चंद्रमा अस्त होने लगा और तारे भी एक-एक करके अदृश्य होने लगे। फिर भी राम, जीवन और मृत्यु के बीच संघर्ष कर रहे थे। मैं ज़मीन पर गिर पड़ी और प्रार्थना करने लगी। क्या वह प्रार्थना देवी से थी या धरती माँ से? मेरी अपनी माँ अथवा उस दिव्य-स्वरूप से, जो मैंने किसी अन्य जगत में धारण किया था? क्या सब प्रार्थनाएं एक थीं?

'मेरी सहायता कीजिए। कृपया, मेरी सहायता कीजिए।'

प्रार्थना करते हुए मैं मूर्छित होकर गिर पड़ी। मुझे नहीं पता मैं कितनी देर मूर्छा में रही। मुझे होश आया तो मशालें बुझ चुकी थीं। मैंने आंखें खोलीं तो मुझे उत्तर मिल गया था। मेरी औषधियां और मंत्रोच्चारण इसलिए काम नहीं कर रहे थे क्योंकि मेरे मन में राम के प्रति क्रोध था। मेरी आत्मा चाहती थी कि राम को भी मेरी तरह कष्ट होना चाहिए।

मैंने गहरी सांस ली और फिर मैं अपने बच्चों को देखने लगी। वे दोनों मुझ पर उत्सुकता से देख रहे थे। धारिणी ने उन्हें मुझे स्पर्श करने से मना किया था, क्योंकि मैं उपचार में व्यस्त थी। मैंने प्रेम के प्रवाह और राम की प्रसन्नता और स्वास्थ्य की कामना पर समस्त ध्यान केंद्रित कर दिया। मेरे बच्चों को भी अपने गुणों को विकसित करके संसार के हितार्थ उपयोग में लाना सीखना था। मैंने और वाल्मीकि ने उन्हें यथासंभव ज्ञान दे दिया था। उन्होंने स्वयं भी बहुत कुछ सीख लिया। अब उनके लिए सर्वोत्तम स्थान, उनके पिता का राजदरबार था। राम को उनकी आगे की शिक्षा पर ध्यान देना था और उसके लिए उन्हें राम से प्रेम करना जरूरी था।

लव और कुश के लिए राम से प्रेम करना तब तक संभव नहीं था, जब तक मेरे मन में राम के लिए क्रोध था। क्रोध से एक शक्तिशाली तरंग प्रवाहित होती है, जो मूक भाव से भी अपना कार्य करती है।

मैंने यथाशक्ति हृदय-चक्र पर ध्यान केंद्रित कर लिया। मैंने ब्रह्मांड से कहा

*मैं प्रेम की खातिर क्रोध का त्याग करती हूँ।*
*मैं प्रेम की खातिर क्रोध का त्याग करती हूँ।*
*मैं प्रेम की खातिर क्रोध का त्याग करती हूँ।*

मुझे अपने हाथों में कंपन महसूस हुई और अचानक मेरे शरीर से ऊर्जा का तेज प्रवाह संचारित होने लगा। मुझे नहीं पता, वह कहां से आया। वह पृथ्वी से, आकाश से, अथवा मेरे हृदय से आया, परंतु इससे कोई अंतर नहीं पड़ता। मेरा शरीर सहसा इतना हल्का हो गया कि मुझे लगा मैं हवा में उठ जाऊँगी। मैंने राम की छाती पर दोनों हाथ रखे और उपचार-मंत्र दोहराने लगी।

मैंने जैसे ही मंत्र उच्चारण समाप्त किया, राम ने एक लंबी और गहरी सांस ली। उनकी पलकों के नीचे उनकी पुतलियाँ हिलने लगीं। मैं सांस रोककर उनके आंखें खोलने और मुझे देखने की प्रतीक्षा कर रही थी। वह मुझे देखते ही क्या कहेंगे? उन्हें कैसा लगेगा? क्या वह मेरा आभार व्यक्त करेंगे? क्या वह मुझसे क्षमा मांगेंगे? क्या वह यह कहेंगे कि वह मुझसे प्रेम करते हैं?

मैं कल्पना करने लगी कि वह आंखें खोलकर मुझे और मेरे पुत्रों को गले से लगा रहे हैं। मैं सोचने लगी कि उनकी छाती पर सिर रखकर मुझे कैसा महसूस होगा।

तभी किसी ने मेरे कंधे पर थपकी दी। मैं चौक पड़ी। वह वाल्मीकि थे।

'मैंने योगबल से सबकुछ देख लिया है,' वाल्मीकि ने कहा। 'इसलिए मैं तुरंत लौट आया। तुमने राम की रक्षा की है। यह प्रशंसनीय है। मुझे आशा नहीं थी कि उन्हें जीवनदान मिल सकेगा।' यह कहकर वह उदास हो गए। 'परंतु राम के लिए तुम्हें और तुम्हारे पुत्रों को देखने का यह उपयुक्त समय नहीं है। मैं तुम्हें वचन देता हूँ कि वह क्षण अवश्य आएगा। परंतु अभी तुम बच्चों को लेकर आश्रम लौट जाओ।'

मैं वाल्मीकि का विरोध करना चाहती थी। मैं अपने प्रिय राम के पास रहना और उस क्षण का आनंद लेना चाहती थी। क्या मुझे राम की आंखों में अपने लिए प्रशंसा देखने की इच्छा नहीं थी? मैंने उनके पुत्रों को अच्छा प्रशिक्षण दिया था। मैं

मन में यह भी चाहती थी कि उन्हें पता लगे कि मैंने उनके प्राणों की रक्षा की है। मेरे हृदय में राम के लिए क्रोध नहीं था, किंतु उनकी आंखों में क्षमा-याचना, लज्जा और आभार देखने की इच्छा अवश्य थी।

वाल्मीकि के स्वर में सत्य की गूँज थी, जिसे सुनकर मैंने लव-कुश को भी पीछे खींच लिया। हम थोड़ी दूरी पर एक वटवृक्ष के पीछे छिपकर प्रतीक्षा करने लगे। हमने वृक्ष की झूलती जड़ों के बीच से देखा कि राम को होश आ गया था। वह उठकर बैठ गए। उन्होंने आसपास देखा। उन्हें कुछ समझ में नहीं आया। उनके चेहरे पर दुविधा और हताशा थी। उन्होंने अब तक वाल्मीकि को नहीं देखा था।

'मुझे लगता है, वह मुझे और लव को खोज रहे हैं,' कुश ने धीरे-से मेरे कान में कहा।

मुझे पता था कि कुश ठीक कह रहा था।

राम के पीछे खड़े वाल्मीकि ने जान-बूझकर गला साफ किया। उसे सुनकर राम ने पीछे मुड़कर देखा, किंतु शायद उनकी गर्दन में दर्द था।

'प्रणाम मुनिवर!' राम ने वाल्मीकि के सामने सिर झुकाया। 'क्या आपने उन दो लड़कों को देखा है जिन्होंने मेरा अश्वमेध यज्ञ का घोड़ा पकड़ लिया है? उन्होंने वह कर दिखाया जो भारतवर्ष में कोई नहीं कर सका है। उन्होंने मेरी सेना को पराजित कर दिया और मुझे तथा मेरे भाइयों को भी मूर्छित कर दिया था। उन्होंने एक-एक करके हमें परास्त कर दिया। उनके पास अत्यंत शक्तिशाली दिव्यास्त्र भी थे। मैं यह देखकर चकित रह गया। मैंने ऐसा दृश्य पहले कभी नहीं देखा। मैं मूर्छित पड़ा था और हिल नहीं सकता था किंतु मुझे उनकी युद्ध-कला देखकर आश्चर्य हो रहा था। मुझे लगा वह किसी देवता के पुत्र हैं।'

'क्या आपने सुना? लव हँसकर बोला। 'वह सोचते हैं हम देवता हैं।'

मैंने लव को चुप रहने का संकेत किया। मैं राम की बात का कोई अंश छोड़ना नहीं चाहती थी।

'क्या आप उन्हें जानते हैं?' राम ने फिर पूछा। 'मुझे नहीं पता ऐसा क्यों है किंतु वह जब मुझसे युद्ध कर रहे थे तो मेरे मन में उनके प्रति स्नेह उत्पन्न हो रहा था मानो...' फिर राम ने सिर हिलाया। 'क्या वह आपके आश्रम में रहते हैं?'

'मुझे नहीं पता आप किसकी बात कर रहे हैं,' वाल्मीकि ने सपाट उत्तर दिया।

'माँ, क्या आपने सुना?' लव ने गुस्से से कहा। 'दादाजी झूठ बोल रहे हैं!'

'मुझे नहीं पता था कि ऋषिवर को झूठ बोलने की अनुमति है,' उसने कहा।

'उन्हें अच्छे कारण के लिए इसकी अनुमति होती है,' मैंने कहा। 'अब चुप रहो और ध्यान से सुनो। मुझे लगता है तुम्हारे दादाजी के पास कोई योजना है।'

मुझे आश्चर्य हुआ कि राम, लव और कुश के बारे में अनुमान नहीं लगा पाए थे। उन्होंने चौदह वर्ष पहले अपनी गर्भवती पत्नी को वाल्मीकि के आश्रम में भेज दिया था। अब उनके सामने दो लड़के खड़े थे, जो उनके जैसे दिखते थे। हम कई बार मन में उत्पन्न ग्लानि के कारण चीजों को स्पष्ट रूप से देख नहीं पाते, हालांकि वह आकाश की तरह साफ होती हैं।

'मैं और मेरे शिष्य कहीं गए थे,' वाल्मीकि ने भोलेपन से उत्तर दिया। 'हम ध्यान में लीन थे। हमें ऐसे में सांसारिक गतिविधियों का भान नहीं रहता। मैं अभी लौट कर आया हूँ और देख कर चकित हूँ कि यहां जबरदस्त युद्ध हुआ है।' यह कहकर उन्होंने कुछ मंत्र पढ़े और अपने कमंडल से पवित्र जल हाथ में लेकर छिड़क दिया। राम के भाई भी दुविधा-से भरे उठ बैठे। निस्संदेह वे सब मेरे पुत्रों को खोज रहे थे। धीरे-धीरे दूसरे अन्य सैनिक भी मूर्छा से बाहर आ गए।

'मेरे आश्रम की स्त्रियों ने मुझे बताया कि कल रात एक अश्व हमारे आश्रम की सीमा में आ गया था,' वाल्मीकि ने कहा। 'देखो, यह रहा!' यह कहकर उन्होंने संकेत किया तो उनके कुछ शिष्य यज्ञ का घोड़ा लेकर आगे आ गए। उन्हें उसे आगे चलाने में कठिनाई हो रही थी, क्योंकि अश्व ने अपने खुर ज़मीन में धँसा रखे थे और वह जोर-जोर से हिनहिना कर उसी वटवृक्ष की ओर देख रहा था जहां दोनों बच्चे खड़े थे।

'माँ, देखो वह घोड़ा जाना नहीं चाहता,' लव ने कहा, 'वह हमें ढूंढ़ रहा है।'

'यह हमारे साथ रहना चाहता है। इसे हम पसंद हैं,' कुश बोला।

दोनों बच्चे वटवृक्ष के पीछे असहाय खड़े उस दृश्य को देखते रहे। राम, घोड़े की पीठ थपथपाकर उसे अपने साथ ले गए। घोड़े ने एक बार अपना सिर को झटका दिया और फिर वह शांत हो गया। लक्ष्मण, उसे लेकर आगे चला गया।

राम के जाने का समय हो गया था। परंतु वह किसी कारणवश विलंब कर रहे थे। 'एक और बात,' उन्होंने वाल्मीकि से कहा। वह इतना धीरे बोल रहे थे कि मुझे कान लगाकर सुनना पड़ा। 'मुझे मूर्छा के दौरान ऐसा लगा कि मैंने उसे देखा था, उसकी आवाज सुनी थी। वह मेरी देखभाल कर रही थी।'

राम मेरी बात कर रहे थे। उनके अंतर्मन की गहराई में उन्हें मेरी उपस्थिति का एहसास हो गया था।

वाल्मीकि ने राम की ओर भाव-रहित ढंग से देखकर कहा, 'आप किसकी बात कर रहे हैं?'

'ओह, कोई बात नहीं! मैंने अवश्य मूर्छित अवस्था में कोई स्वप्न देखा होगा,' राम बोले। फिर उन्होंने अपने सिर को झटका दिया और कहा, 'ऋषिवर, मेरा अश्व लौटाने के लिए मैं आपका आभार व्यक्त करता हूँ। अब मेरा यज्ञ संपन्न हो सकेगा। मैं आपको अयोध्या आने का निमंत्रण देता हूँ। कृपया अपने शिष्यों के साथ इस पावन अवसर पर मुझे आशीर्वाद अवश्य दीजिएगा।'

'मैं आपका निमंत्रण स्वीकार करता हूँ,' वाल्मीकि ने उदार हृदय से कहा। फिर उन्होंने विजयी भाव से वटवृक्ष की ओर देखा, जहां हम छिपे थे। 'परंतु आप यज्ञ संपन्न कैसे करेंगे? मेरा मानना है कि अंतिम आहुति देते समय राजा के साथ उनकी पत्नी का होना अनिवार्य है। क्या अयोध्या में नव-विवाह हुआ है? मैं जंगल में रहता हूँ। मुझे इस विषय में जानकारी नहीं थी।'

मैंने साड़ी के कोने को इतनी जोर से मरोड़ा कि वह फट गया। लव और कुश मुझे आश्चर्य से देख रहे थे।

राम के चेहरे पर उदासी छा गई। वह दृढ़ता से बोले, 'नहीं ऋषिवर, मैंने दूसरा विवाह नहीं किया। मैंने सीता संग विवाह के समय प्रतिज्ञा की थी कि मैं आजीवन दूसरा विवाह नहीं करूंगा। मैंने उसकी...' यह कहते-कहते वह रुक गए। '...मैंने अपनी पत्नी की एक स्वर्ण-प्रतिमा बनवाई है। पुरोहितों का कहना है कि वह पर्याप्त होगी।'

मैंने सुना तो मेरा हँसने और रोने दोनों का मन हुआ। उन्होंने केवल प्रतिज्ञा के चलते दूसरा विवाह नहीं किया? या इसके पीछे कोई अन्य कारण भी था?

'मुझे यह जानकर प्रसन्नता हुई कि आपके यज्ञ में बाधा उत्पन्न नहीं होगी,' वाल्मीकि ने कहा। 'मैं अनुष्ठान में अवश्य आऊँगा। इस यज्ञ को बहुत कम राजा संपन्न कर पाते हैं। परंतु आप राजाओं में अपवाद हैं। है ना?'

राम ने विनम्रता से अपना सिर झुका लिया। मैंने देखा वह महर्षि द्वारा की प्रशंसा से प्रसन्न हो गए थे। क्या वाल्मीकि के स्वर में विडंबना को केवल मैंने सुना?

'मैं अपने वरिष्ठ शिष्य भी साथ लाऊँगा,' वाल्मीकि ने कहा। 'वह आपकी और आपके राज्य की संपन्नता और प्रसन्नता के लिए मंत्रोच्चारण करेंगे।'

राम ने कहा, 'मैं आपका धन्यवाद करता हूँ। मैं इस प्रार्थना के लिए आपका आभारी रहूँगा। हालांकि अयोध्या का राजकोष पूरा भरा है और हमारे नगरवासी स्वस्थ और समृद्ध हैं, फिर भी किसी कारणवश वहां कुछ कमी है। केवल अयोध्या ही से नहीं, अपितु पूरे कोशल राज्य से उसकी जीवंतता गायब हो गई है।'

'मैं सोच रहा हूँ ऐसा क्यों हुआ होगा?' ऋषि ने कहा।

कोई अन्य व्यक्ति होता तो वाल्मीकि के आवश्यकता से अधिक भोलेपन पर संदेह कर सकता था। परंतु राम ने फिर एक लंबी सांस ली और कहा, 'मैं आशा करता हूँ कि आपके आशीर्वाद से हमारे जीवन में शांति लौट आएगी।'

'मैं आपको भरोसा दिलाता हूँ कि ऐसा अवश्य होगा,' वाल्मीकि ने कहा। वह राम को उनके रथ तक छोड़ने चल पड़े। 'यदि ईश्वर की इच्छा हुई तो आपकी प्रसन्नता भी लौट आएगी।' राम आगे बढ़ने लगे तो उन्होंने कहा, 'मैं आपके हर्ष में वृद्धि के लिए दरबार से अपने साथ तीन उपहार लाऊंगा। नहीं, नहीं। आप अभी मुझसे इस विषय में कुछ मत पूछिए। आपको यज्ञ के दिन तक अपनी उत्सुकता पर संयम रखना होगा।'

राम आगे निकल गए। उनकी सेना पीछे थी। धूल का बादल उठकर थम चुका था। वाल्मीकि राम के रथ को जाते हुए बहुत देर तक देखते रहे।

इसके बाद वाल्मीकि हमारे पास आए। उन्होंने लव और कुश के गले में बांहें डाल दीं।

'हां, मुझे पता है मुझे क्या करना है,' उन्होंने कहा। 'मैं दोनों बच्चों को लेकर यज्ञ में जाऊंगा और यज्ञ संपन्न होने के बाद यह दोनों, राम के दरबार में राम की जीवन-कथा यानी, मेरी रचित 'रामायण' का पाठ करेंगे। मैं उसे समाप्त करने वाला हूँ। मुझे उसका अंत समझ में आ गया है। राजा राम, भरे दरबार में लव और कुश को देखते ही पहचान लेंगे कि दोनों उनके पुत्र हैं। वह उन्हें अपना उत्तराधिकारी भी स्वीकार कर लेंगे।'

'और हमारी माता?' कुश ने पूछा। 'क्या राम हमारी माँ को स्वीकार करेंगे?'

'उन्हें करना पड़ेगा!' लव ने चिढ़कर कहा, 'अन्यथा मैं अयोध्या में नहीं रहूँगा।'

परंतु वाल्मीकि तब तक आगे निकल चुके थे। वह लव-कुश के प्रश्नों का उत्तर नहीं देना चाहते थे। मैं भी उनके पीछे चल पड़ी।

# उपसंहार

अयोध्या की ओर यात्रा शुरू हो चुकी है। लव और कुश कुछ ज़्यादा ही उत्तेजित हैं। उन्होंने अपने कपड़े धुलवाए। वे श्वेत धोती पहन रहे हैं। वाल्मीकि के सभी शिष्य वही पहनते हैं। उन्होंने दो बार अपने वस्त्र धुलवाए। वे स्वभाव से अधीर हैं, परंतु चुपचाप बैठे हैं। मैंने कंधे तक बढ़ चुके उनके बालों में तेल लगाया और चोटी बनाई है। उन्होंने गले में तुलसी-माला पहनी है, जिसे उन्होंने साफ करके चमका लिया है। अब वे मुझे विदा कहने आए हैं।

मैं उन्हें कसकर गले लगाती हूँ। मुझे घबराहट हो रही है। मैं उन्हें जाने नहीं देना चाहती। वैसे डरने का कोई कारण नहीं है। मुझे पता है वाल्मीकि उनकी देखभाल करेंगे। लव-कुश ने यह भी सिद्ध कर दिया है कि वह अपनी रक्षा करने में समर्थ हैं। फिर भी मेरे मन में एक अजीब-सा अशुभ भाव उठ रहा है।

मुझे पता है कि दोनों बच्चे जाने के लिए बेचैन हैं। परंतु वह मेरे गले से लगे हैं। लव ने मुझे गाल पर चुंबन दिया और कुश ने मेरी पीठ थपथपाई। उन्होंने मुझसे चिंता न करने को कहा है। उन्होंने कहा कि वह सावधान रहेंगे और वाल्मीकि की बात का शब्दशः पालन करेंगे।

'हम बस गए और आए,' कुश ने कहा।

'हम वापसी में वहाँ से आपके लिए उपहार लाएंगे और आपको दरबार के बारे में बताएंगे,' लव बोला।

मैंने सिर हिलाया और आशीर्वाद देने के लिए अपने हाथ उनके सिरों पर रखे। मैं भावुकता वश उनसे कुछ नहीं कह पाई।

मेरे दोनों पुत्र चले गए हैं। उनके साथ कुछ अन्य शिष्य भी हैं। वे वाल्मीकि के अनुयायियों की फटकार की उपेक्षा करते दौड़ते-भागते, धूल उड़ाते जा रहे हैं।

मेरा जीवन एक खोखली तुरई जैसा लगता है, बीजों से खाली। मैं आश्रम में निरुद्देश्य इधर-उधर घूम रही हूँ। सभी पुरुष और बच्चे चले गए हैं। आश्रम में पूर्ण शांति है। मैं स्वयं को व्यस्त रखना चाहती हूँ, लेकिन मेरा काम में मन नहीं लग रहा। मैं आश्रम की अन्य स्त्रियों के साथ बातचीत करना चाहती हूँ, परंतु मेरा ध्यान भटक रहा है। मुझे भूख नहीं है और मैं कुटिया में लेटी हूँ। वह छोटी-सी कुटिया मुझे विशाल मरुस्थल-सी लगती है। मैं रात को लेटकर चांद को आकाश में अकेले विचरते देख रही हूँ। मैं उदास मन से सीतायण को देखती हूँ। मैं उसमें कुछ पंक्तियां जोड़ना चाहती हूँ। परंतु मैंने उसे जहां रखा था, वह अब वहाँ नहीं है। मेरे भीतर उसे ढूँढ़ने की ऊर्जा भी शेष नहीं है।

इसलिए मैं अपनी स्मृतियों के भरोसे हूँ, जो समुद्र में उठी लहरों की तरह मेरे अंतर्मन पर बिखर रही है। दोनों बच्चों के चेहरे जन्म के समय लाल थे। उनके सूखे होंठ मेरे वक्ष को तलाश रहे थे। उन्होंने मेरा स्तन जैसे ही मुंह में लिया, मुझे बहुत ख़ुशी हुई थी। मैं उनके लिए अपने प्राण भी दे सकती थी और किसी के प्राण ले भी सकती थी। मैं उन्हें वन में दौड़ते-भागते और बड़ा होते देख रही हूँ। मैं उनके पीछे-पीछे चल रही हूँ। मैं उन्हें सँभलकर चलने को कहती हूँ। वे दौड़कर कभी पेड़ पर चढ़ जाते हैं तो कभी कटीली झाड़ियों में घुस जाते हैं अथवा ऊंची घास में छिपकर बैठ जाते हैं। मैं उन्हें तलाशती हूँ। मैं बाल-रोग और बचपन के बुखार में पूरी रात उनके साथ बैठती हूँ, उनके सिर पर ठंडी पट्टी करती हूँ। मैं उन्हें ऋचाएँ और मंत्र सुनाती हूँ और वाल्मीकि के साथ बातें करता देखती हूँ। वह युद्ध-अभ्यास में वाल्मीकि को पराजित कर देते तो महर्षि हँसकर कहते हैं, 'अब तुम तैयार हो।' रात को हमारी कुटिया में उनकी उत्सुक आंखें मुझे याद हैं। मैं उन्हें अस्त्रों-शस्त्रों के विषय में बताती तो उनके होंठ उन शक्तिशाली मंत्रों को दोहराते रहते हैं।

मैं प्रति दिन सुबह आश्रम के द्वार पर खड़ी उनकी प्रतीक्षा करती हूँ। दोनों इस क्षण क्या कर रहे होंगे? मैं सोचती हूँ, क्या उन्होंने रामायण का पाठ कर लिया होगा? क्या उनके पिता ने उन्हें पहचान लिया होगा? क्या राम सचमुच उन्हें स्वीकार कर लेंगे? मैं सचमुच चाहती हूँ कि ऐसा हो जाए, लेकिन फिर भी मेरे मन में घबराहट है, क्योंकि इसका आशय यह है कि वह कभी मेरे पास नहीं लौटेंगे।

यदि ऐसा हुआ तो मेरा क्या होगा?

एक दिन सुबह इंदिरा माँ, मेरी प्रार्थना के समय मुझसे कहती हैं, 'दरबार से दूत आया है और उसने बताया कि यज्ञ सफलतापूर्वक संपन्न हो गया है। वाल्मीकि ने लव और कुश को उनकी महान रचना का पाठ करने को कहा था। राम ने बहुत ध्यान से उसे सुना। उनके आँसों से आंसू बह रहे थे और पाठ के अंत में उन्होंने दोनों बच्चों को गले लगा लिया। राम ने उन्हें अपना पुत्र मान लिया और भरी सभा में सबके सामने अपने पुत्रों को राज्य का अगला उत्तराधिकारी भी घोषित कर दिया है।'

मुझे रोना आ रहा है। मैं दोनों बच्चों के लिए खुश हूँ। मेरे लिए यह घबराहट और खालीपन का क्षण है। मुझे दूत की कोई और बात नहीं सुनी, पर इस बीच इंदिरा माँ कहती हैं, 'इसे कब जाना है?'

'आज!' दूत कहता है। 'महाराज राम ने इन्हें यथाशीघ्र दरबार में बुलाया है।'

मैं आंखें पोंछकर बाहर देखती हूँ। एक बड़ी चमकदार पालकी खड़ी है। उस पर रघुकुल की मुहर अंकित है। उसे उठाने सोलह कहार साथ आए हैं। दूत कहता है कि उनके साथ में कुछ अतिरिक्त कहार भी हैं, ताकि मार्ग में कहीं रुकने की आवश्यकता न पड़े। इससे पहले मुझे उन घटनाओं का ठीक से अनुभव हो सके, इंदिरा और धारिणी मुझे पालकी में बैठा देते हैं। अन्य स्त्रियां, आश्रम के छोटे-छोटे उपहार मेरे साथ रख रही हैं। मैं उन्हें धन्यवाद देना चाहती हूँ। उन्होंने मेरे प्राण बचाए हैं। नहीं, उन्होंने मेरी आत्मा और मेरे साहस को भी बचाया है। हम सब रो रहे हैं। आश्रम की स्त्रियां रो रही हैं। परंतु इस बार ये आँसू खुशी के हैं।

मुझे बहुत-सी बातें याद आ रही हैं। बहुत सालों के बाद मेरा अपनी बहन उर्मिला से मिलना होगा। मुझे खुशी है मेरे दोनों पुत्र अब औपचारिक रूप से राजकुमार कहलाएंगे। मैं यह सोच रही हूँ, वह मुझसे प्रेम करते हैं। वह मुझे चाहते हैं वह मुझसे प्रेम करते हैं।

महल के मुख्य द्वार पर एक स्त्री प्रतीक्षा कर रही है। वह उर्मिला की दासी सौदामिनी है। मैंने उसे देखते ही पहचान लिया। वह वृद्ध हो गई है और उसका शरीर झुक गया है। वह कहारों को रोकती है। दूत उसे कहता है कि पालकी को राजा के आदेशानुसार सीधे दरबार में जाने का आदेश मिला है।

'क्या तुम मूर्ख हो?' सौदामिनी जोर से बोलती है। 'क्या रानी दरबार में ऐसे जाती हैं? मैं इन्हें रानी उर्मिला के कक्ष में ले जा रही हूँ। इन्हें तैयार करना होगा फिर। मैं इन्हें दरबार में लेकर आऊंगी। तुम जाओ और यह बात महाराज को बता दो।'

उर्मिला आगे बढ़कर कक्ष का द्वार खोलती है। वह मुझे इतना कसकर गले लगाती है, मानो मुझे कभी जाने नहीं देगी। हम कुछ देर खुशी से रोते हैं। हमारा अधिकांश समय एक-दूसरे को देखते बीत जाता है। मैं उर्मिला के सिर में सफेद बालों और उसकी आंखों के नीचे पड़ गई झुर्रियों को स्पर्श करती हूँ। वह मेरा चेहरा अपने हाथ में थामकर कहती है कि मैं उसे पहले की तरह युवा दिख रही हूँ।

'यह आश्रम के स्वच्छ वातावरण का प्रभाव हो सकता है,' मैं उत्तर देती हूँ। मुझे उसकी बात पर विश्वास नहीं है। प्रेम हर चीज पर सुनहरा पर्दा डाल देता है। हालांकि मुझे यह सोचकर प्रसन्नता हो रही है कि राम मुझे अपेक्षा से अधिक सुंदर पाएंगे।

तभी उर्मिला के बच्चे भीतर दौड़कर आते हैं। उसका एक बहुत सुंदर पुत्र और एक पुत्री है। पुत्री की आंखें बिल्कुल उर्मिला जैसी हैं और उसका बेटा, लक्ष्मण की तरह हठी दिखता है। वह मुझे बताते हैं कि लव और कुश भैया से उनकी अच्छी दोस्ती हो गई है। लव उन्हें बाण चलाना और कुश गायन सिखा रहा है। मुझे जानकर अच्छा लगता है कि मेरे पुत्रों से उनके संबंधी, इतना प्रेम करते हैं।

मैं उनको शहद देती हूँ, जिसे वह मुंह में रख लेते हैं और कहते हैं कि उन्होंने ऐसी स्वादिष्ट चीज पहले नहीं खाई। उर्मिला उन्हें जाने को कहती है, 'जाओ और अपने भाइयों के साथ खेलो।' परंतु बच्चे कहते हैं कि लव और कुश, दरबार में व्यस्त हैं। वह राम को एक लंबा और कठिन गीत सुना रहे हैं।

मुझे विश्वास है कि राम को रामायण का पाठ अवश्य पसंद आएगा। इसीलिए राम ने बच्चों को वह पाठ दोबारा पढ़ने को कहा है। मैं वाल्मीकि के लिए भी बहुत प्रसन्न हूँ। उन्होंने उस महाकाव्य पर बहुत मेहनत की है, हालांकि मेरे विचार से उन्होंने वह रचना ठीक से नहीं की है। मेरे मन में सीतायण का विचार आता है। मैं ध्यान करती हूँ कि मैंने उसे कहां रखा था। मुझे दूत को आश्रम भेजकर उसे मंगवा लेना चाहिए। यदि किसी अन्य व्यक्ति ने उसे नहीं देखा तो भी मुझे संतोष रहेगा कि मेरे पास एक सत्य और प्रामाणिक दस्तावेज है।

'मैंने कई बार राजमहल छोड़कर तुम्हारे साथ आश्रम में रहने का विचार बनाया,' उर्मिला कहती है। 'तुम्हारे साथ जो हुआ, वह बहुत अनुचित था। मुझे अयोध्या में रहने से ग्लानि महसूस होती थी। मैं इस भाव का परिष्कार करना चाहती थी। परंतु मैं बच्चों और लक्ष्मण को यहां छोड़कर नहीं जा सकती। मेरे बिना यह अकेले हो जाएंगे। मैं ही तो इनकी समस्त परेशानियों और दुखों में इनका एकमात्र सहारा हूँ।'

'तुम्हें यह कहने की जरूरत नहीं है,' मैं उर्मिला से कहती हूँ। 'यही तो प्रेम है। यही वह सुनहरे बंधन हैं जो तुम्हें बांधे रखते और विभिन्न दिशाओं में खींचते रहते हैं।'

उर्मिला की दासियाँ अपना काम संभाल लेती हैं। वह मेरे बाल धोती और मेरे तन पर हल्दी का लेप लगाती हैं। फिर मुझे सुगंधित जल से नहलाया जाता है। मुलायम वस्त्रों से मेरा शरीर पोंछा जाता है। मेरे अंतर्वस्त्र, किसी शिशु के वस्त्रों की भांति हल्के और मुलायम हैं और उनसे चंदन की सुगंध आ रही है। उर्मिला ने मेरे और अपने लिए दो बहुत सुंदर साड़ियां चुनकर रखी हैं। उसने अपने लिए हरा और मेरे लिए लाल रंग चुना है। मैं विरोध करते हुए कहती हूँ कि इसे पहनकर मैं किसी नव-विवाहित कन्या के समान दिखूंगी और ऊपर से मुझे आभूषण भी पहनने होंगे।

'मैं यही तो चाहती हूँ,' उसने शरारती ढंग से हँसकर कहा, 'राम जब पहली बार तुम्हें देखेंगे तो मैं उनका चेहरा देखना चाहती हूँ।'

हम फिर से गले लग जाते हैं। इतने लंबे समय के बाद एक-दूसरे से गले लगना, अजीब-सी खुशी देता है। मुझे एक पुरानी मूर्खतापूर्ण बात याद आती है। उर्मिला मुझसे मिलने जब आश्रम आई थी तो उसे अलविदा कहते समय मुझे लगा था कि मैं उसे जीवन के अंतिम दिन ही देखूँगी।

मैं एक दिन उर्मिला को यह बात अवश्य बताऊंगी। इसे सुनकर वह मेरा मजाक भी उड़ाएगी।

दासियों ने मुझे तैयार कर दिया है। सौदामिनी दौड़ती हुई कमरे में आती है। उसका चेहरा पीला पड़ गया है, होंठ कांप रहे हैं। वह उर्मिला के कान में कुछ कहती है, जिसे सुनकर मेरी बहन जोर-से बिस्तर पर गिर जाती है।

'सौदामिनी ने सुना है कि राम, एक बार फिर तुम्हारी अग्नि-परीक्षा करवाना चाहते हैं। उसे पहली बार में विश्वास नहीं हुआ तो उसने दरबार के एक सेवक से पुष्टि की। उसने देखा कि राज-भवन के कक्ष में सचमुच एक बड़ी चिता तैयार की गई है। उसके चारों ओर घी के बड़े-बड़े पात्र रखे हैं। वह चिता जलाने के लिए तैयार है।'

मैं कमरे में रखे सामान को पकड़कर लड़खड़ाने लगती हूँ। मुझे चलते हुए गिरने का डर है। मेरी सुंदर लाल साड़ी का पल्लू, रक्तिम धार की तरह मेरे पीछे लहक रहा है। मैं उर्मिला के पास बैठ जाती हूँ।

'वह फिर से अग्नि-परीक्षा चाहते हैं?' मैं पूछती हूँ। मैं चाहती हूँ कि उर्मिला कहे कि यह हास्यास्पद है, कि उससे सुनने में भूल हुई है। परंतु उर्मिला की मौन आँखें ज़मीन को देख रही हैं।

'पिछली बार की इतनी पीड़ा और अपमान के बाद भी?' मैं पूछती हूँ। 'देवताओं द्वारा मुझे निर्दोष बताने के बाद भी? उनके द्वारा माँगी क्षमा-याचना के बाद? क्या इसीलिए मुझे अयोध्या बुलाया गया है?'

उर्मिला ऊपर देखती है। उसकी आंखें में क्रोध के आँसू हैं। वह कहती है, 'यह मत करो। तुम तुरंत आश्रम लौट जाओ और अपनी प्रतिष्ठा की रक्षा करो। सौदामिनी गाड़ी का प्रबंध कर देगी। हम पिछले द्वार से निकल जाएंगे। इससे पहले किसी को पता लगे, हम आश्रम पहुंच चुके होंगे। और हां, इस बार मैं भी तुम्हारे साथ चलूंगी। मेरे बच्चे भी साथ चलेंगे। लक्ष्मण को जो करना हो, वह करे। मैंने जीवन का एक बड़ा हिस्सा, उसे सौंप दिया है। मुझे विश्वास है कि लव और कुश को शीघ्र ही अपने पिता की योजना का पता लग जाएगा। वे दोनों भी आपके साथ लौट जाएंगे।'

उर्मिला की बात मुझे ठीक लगती है। मैं शांतिपूर्वक वन की हरियाली के बीच लौट जाना चाहती हूँ। आश्रम में उन लोगों के बीच लौटना चाहती हूँ, जो मुझ पर विश्वास करते हैं और मुझे स्वीकार करते हैं। अपने बच्चों के साथ जीवन बिताना चाहती हूँ उन्हें बड़ा करना चाहती हूँ और अपनी पसंद के लोगों के साथ रहना चाहती हूँ।

मैं एक गहरी श्वास लेती हूँ।

'नहीं,' मैं कहती हूँ, 'मैं भागकर नहीं जाऊंगी। मैं राम से अवश्य मिलूंगी, परंतु रानी के वेश में नहीं, क्योंकि मैं अब रानी नहीं हूँ। मैं वनवासी हूँ। मैं सीता हूँ। मैं पृथ्वी की पुत्री, सीता हूँ। और हां, मैं अग्नि की पुत्री, सीता भी हूँ!'

मैं आभूषण उतार देती हूँ। मैंने बाल खोल दिए हैं। मैं अपनी आश्रम वाली साधारण साड़ी मंगवाती हूँ।

उर्मिला मेरे पैरों में गिर पड़ी है। वह मुझसे पुनर्विचार करने को कहती है। मैं उसे उठाकर उसके माथे को चूमती हूँ। 'मेरी खातिर, दृढ़ बनो!' मैं उससे कहती हूँ। 'मेरे जाने के बाद लव और कुश का ध्यान रखना। वे शर्मीले स्वभाव के हैं। उन्हें मांगने की आदत नहीं है। उन्हें मिठाई बहुत पसंद है। उनके जन्मदिन पर उनके लिए मिठाई अवश्य बनाना।'

'जाने के बाद से तुम्हारा क्या मतलब है?' उर्मिला का चेहरा पीला पड़ गया। 'तुम क्या करने वाली हो? यह मत कहना कि तुम फिर से अग्नि-परीक्षा दोगी।'

'नहीं!' मैं कहती हूँ।

'तो फिर क्या करोगी?' वह पूछती है।

मैं उसकी बात का उत्तर नहीं देती, क्योंकि मुझे खुद नहीं पता कि राम के सामने आने पर क्या होगा। यही मेरी सबसे बड़ी खुशी और यही सबसे बड़ा दुख है। मुझे केवल इतना पता है कि वह जो चाहते हैं, मैं वह नहीं कर सकती।

दरबार में प्रवेश करने पर मुझे पहले अपने पुत्रों का गायन सुनाई पड़ता है। उनकी ऊंची और साफ आवाज, मेरे हृदय को छू लेती है। उनकी लय भोली किंतु सशक्त है। उनके स्वर प्राचीन कक्ष की ऊंची छत से टकराकर गूंज रहे हैं। उस कक्ष ने पहले भी अनेक दुख और विजय की गाथाएं देखी हैं। दोनों बच्चे राम की दाईं ओर चांदी के सिंहासन पर बैठे हैं, जो उनके राजकुमार के पद को दर्शाता है। उन्होंने मुझे देख लिया है। अभी किसी और की मुझ पर नज़र नहीं पड़ी, क्योंकि दरबार में बैठा प्रत्येक व्यक्ति लव और कुश के गायन, उनके उत्साह और आत्मविश्वास पर मंत्रमुग्ध है।

मैं भी उनका गायन सुनने लगती हूँ। मैं पूरी तन्मयता से उन्हें सुन रही हूँ, क्योंकि शायद मैं उन्हें अंतिम बार सुन रही हूँ। उनकी सुंदर आवाजें, मेरे मन में उतर रही हैं। मैं अपने आंसू, गौरव और खुशी को रोकने का प्रयास करती हूँ। प्रेम, समस्त अस्त्रों-शस्त्रों में सबसे तेज और सबसे मीठा है।

सहसा मुझे पता लगता है कि लव-कुश क्या गा रहे हैं। वह वाल्मीकि द्वारा रचित महाकाव्य नहीं है। वे उन प्रश्नों का पाठ कर रहे हैं, जो मैंने अकेले अंधकार और हताशा के क्षणों में लिखे थे। वह उन सबकी आवाज का प्रतिनिधित्व करते हैं, जिन्हें दबा दिया गया, जिन्हें गलत समझा गया, जिनका गलत आकलन किया गया, मेरा सत्य और उन सब स्त्रियों का सत्य, जिनके जीवन ने मुझे कभी न कभी छुआ है। उस काव्य में उनकी हँसी, उनके आंसू, उनकी विजय और उनके दुख, उनके आशीर्वाद और उनके शाप शामिल हैं।

मुझे व्यस्त देखकर लव-कुश ने चुपचाप मेरी लिखी पांडुलिपि उठा ली होगी। उन्होंने एकांत में उसे गाने का अभ्यास किया होगा। वह अपने गुरु के क्रोध को सहने को भी तैयार थे। उन्होंने मेरा मान रखने और अपने पिता से बिना डरे मेरी कथा को संसार के सामने प्रस्तुत किया है।

लव और कुश को सीतायण का पाठ करते सुन, मैं रो रही हूँ। वह मुझे देख रहे हैं। उनके भी आंखों से आंसू बह रहे हैं।

प्रेम के विषय में एक अंतिम बात जो मैंने सीखी है। प्रेम का सबसे शुद्ध रूप, इस धरती पर केवल माताओं और उनके बच्चों के बीच होता है, क्योंकि वे दोनों, एक-दूसरे की खुशी के अतिरिक्त कुछ नहीं चाहते।

गीत समाप्त हो जाता है। उसके अंतिम सुर, हवा में तैर रहे हैं। लोग मंत्रमुग्ध हो गए थे और अब वे पलकें झपकाते और आंखें पोंछते हैं। तब उनकी नज़र मुझ पर पड़ती है।

राम सभा का शोरगुल सुन रहे हैं। वह अभी तक सीतायण की दुनिया में खोए हैं। वह नज़र उठाते हैं। उन्हें ठीक से दिखाई नहीं पड़ता। मुझे उनका चेहरा दिख जाता है। वह आंसुओं से भीगा है। उनका चेहरा एक सच्चे राजा का चेहरा है। उस पर दुख और जीवन के संघर्ष के चिह्न अंकित हैं। परंतु मुझे देखते ही उनके चेहरे के भाव बदल जाते हैं। उनका चेहरा बदल जाता है। उनकी आंखों में आशा और खुशी एक साथ चमकने लगती हैं। वह मुझे एक क्षण में, मेरे राम, मेरे प्रियतम, मेरे अपने, वह युवक जिससे मैंने प्रेम की प्रतिज्ञा की थी, दिखाई पड़ते हैं। मुझे मेरे पति, जिन्होंने मेरे पांव के छालों को धोया, पट्टी बांधी, रात-भर मुझे हृदय से लगाए रखा, अयोध्या लौटने के बाद खोई समृद्धि और खुशहाली लौटाने का प्रयास किया, जिन्होंने मेरा हाथ पकड़कर कभी यह कहा था, 'तुम मेरी लक्ष्मी हो। मैं तुम्हारे बिना इस राज्य पर शासन नहीं कर सकता।'

'सीता, क्या यह तुम हो?' राम कहते हैं। वह हाथ मेरी और बढ़ाते हैं। मानो उन्हें डर है कि मैं ओझल हो जाऊंगी।

मैं दौड़कर अपनी बांहें उनके गले में डालना चाहती हूँ। मैं चाहती हूँ कि पिछले दस वर्षों का दुख, हमारी सांसों में घुलकर समाप्त हो जाए। मुझे लोगों की चिंता नहीं है। मुझे राम के अतिरिक्त किसी की परवाह नहीं है।

मैं आगे बढ़ने के लिए कदम उठाती हूँ। परंतु लकड़ी की चिता, मेरा मार्ग रोक लेती है। मैं रुक जाती हूँ। मुझे अपनी स्थिति, अपनी वास्तविकता याद है। लव और कुश मेरी ओर बढ़ते हैं। मुझे उनकी योजना का पता है। वे दोनों मुझे चिता रूपी बाधा को पार करवाकर अपने पिता से मिलवाने का प्रयास करेंगे। आखिर, हम फिर से मिल जाएंगे, हमारा परिवार एक हो जाएगा। परंतु राम भोले हैं। उन्हें नहीं पता कि मेरे और उनके बीच, लकड़ी की उस चिता से कहीं ऊंची, एक और अदृश्य बाधा खड़ी है।

मैं धीरे-से सिर हिलाती हूँ। यह बच्चों के लिए संकेत है। वह दुविधा में हैं। परंतु उन्होंने सदा मुझ पर विश्वास किया है। इसलिए वह मेरे संकेत का पालन करते हैं और अपने स्थान पर लौट जाते हैं।

राम बोलना शुरू करते हैं। उन्होंने कुछ क्षण पूर्व अपने हृदय में उमड़ी भावनाओं को नियंत्रित कर लिया है। वह फिर औपचारिक रूप में लौट आए हैं। वह कहते हैं, 'तुमने लव और कुश का बहुत अच्छे ढंग से पालन-पोषण किया है। मैं इसके लिए तुम्हारी प्रशंसा करता हूँ। तुमने महर्षि वाल्मीकि की सहायता से इन्हें बहुत

कुछ सिखाया है। तुम्हें यह जानकर प्रसन्नता होगी कि मैंने इन दोनों को अपना पुत्र मान लिया है। मैंने यह घोषणा भी कर दी है कि यही मेरे राज्य के उत्तराधिकारी हैं। मैं तुम्हें बताना चाहता हूँ कि यह दोनों मेरे साथ महल में रहेंगे ताकि इनकी आगे की शिक्षा और प्रशिक्षण का उचित प्रबंध किया जा सके। इन्हें महान राजा बनने के लिए तैयार किया जाएगा। इनका पहले ही काफी समय व्यर्थ हो निकल चुका है।'

यह कहकर राम रुक जाते हैं। वह कुछ बोल नहीं पा रहे हैं। परंतु मेरे अतिरिक्त राज दरबार में इस बात का किसी को पता नहीं लगता। मैं जानती हूँ उन्हें घबराहट हो रही है।

राम आगे कहते हैं, 'मैं चाहता हूँ तुम अयोध्या लौट आओ और हमारे साथ रहो ताकि हमारा परिवार पूरा हो जाए। मुझे और बच्चों को तुम्हारी जरूरत है। तुम जानती हो मैंने दूसरा विवाह नहीं किया। परंतु यहाँ लौटने से पहले तुम्हें एक काम करना होगा। तुम्हें इस राजदरबार में अग्नि-परीक्षा देनी होगी, जिससे इस सभा में उपस्थित सभी ऋषि-मुनि राजा और दरबारी यह जान लें कि अग्निदेव के समक्ष यह सिद्ध होता है कि तुम निर्दोष और पवित्र हो। इससे अयोध्यावासी संतुष्ट हो जाएँगे।'

मेरे भीतर क्रोध उमड़ रहा है। मेरा शरीर जलने लगा है। यह जलन ऐसी है जिसके लिए अग्नि की आवश्यकता नहीं है। प्रेम का एक शब्द नहीं, क्षमा-याचना का एक शब्द नहीं! उन्होंने मुझे इतना दुख दिया है। मुझे जिस तरह राज्य से निकाला गया, उसके विषय में उन्होंने कुछ नहीं कहा। उन्होंने यहां तक कि मुझे मेरे नाम से तक नहीं पुकारा।

मुझे पता है मुझे क्या करना है। क्रोध अथवा स्वयं पर दया करना व्यर्थ है। मैंने उन्हें स्वयं से दूर कर लिया है। मेरे मन में अपार दुख है, परंतु मैं शांत भाव से बोलती हूँ।

'हे अयोध्या के महाराज, मैं आपको इस नाम से इसलिए संबोधित कर रही हूँ क्योंकि आपने सदा ही पति से अधिक राजा की भूमिका को महत्व दिया है। मैं इस दरबार में, जहां सभी नागरिकों को न्याय मिलता है, आपसे कहना चाहती हूँ कि मैं भी अयोध्या की नागरिक हूँ। क्या आपने मुझे वन में भेजकर मेरे साथ न्याय किया था, जबकि आप जानते थे कि मैं निर्दोष थी? क्या आपने एक पल भी यह सोचा कि लोग तो कुछ न कुछ कहते ही रहते हैं? यहां तक कि श्रेष्ठ राज्यों में भी ऐसा होता है, क्योंकि यह लोगों की सामान्य प्रवृत्ति है। क्या आपने मुझे राज्य से निकालते हुए एक राजा की भांति दया दिखाई? आपने मुझे अपने बचाव का अवसर तक नहीं दिया। क्या आपने मुझे चुनाव करने का विकल्प दिया था? क्या आपने अपने गर्भस्थ शिशुओं के साथ अन्याय किया था? आपने उन्हें भी कष्टपूर्ण जीवन का दंड दिया है। ऐसे समय में उनकी मृत्यु भी हो सकती थी।

'यदि आपने न्याय नहीं किया, तो फिर क्या आपकी परीक्षा भी होनी चाहिए?

'आप अयोध्यावासियों का बहुत ध्यान रखते हैं। परंतु क्या आपने इस निर्णय से अपने नगर की स्त्रियों पर होने वाले परिणाम पर विचार किया था? क्या आपने यह सोचा कि अयोध्या के पुरुष अपनी पत्नियों के साथ कितना दुर्व्यवहार करेंगे और उन्हें जरा-सी भूल के लिए हमेशा के लिए यह कहकर त्याग देंगे कि राम ऐसा कर सकते हैं, तो हम क्यों नहीं?

मैं आपकी प्राथमिकताओं को स्वीकार करती हूँ। मैं समझती हूँ कि यह आपके लिए आवश्यक है। आपके पिता राजा दशरथ ने अपनी पत्नी कैकेयी की मांगों के सामने समर्पण करके आपको वनवास भेज दिया था। हालांकि वह जानते थे कि इससे राज्य को क्षति होगी। मुझे पता है आप अपने पिता की भूल का परिमार्जन कर रहे हैं। उस घटना का आपके ऊपर गहरा प्रभाव पड़ा है। परंतु मैं इससे सहमत नहीं हूँ कि अपने सार्वजनिक जीवन की रक्षा के लिए व्यक्तिगत जीवन का बलिदान देना अनिवार्य है। मैं अपने बच्चों को एक अंतिम सलाह देना चाहती हूँ, मेरे प्रिय पुत्रों, तुम अपने कर्तव्य और प्रेम के बीच सदा संतुलन बनाकर रखना। मेरा विश्वास करो, ऐसा करना संभव है।

अयोध्या के महाराज, आप जानते हैं मैं निर्दोष हूँ। फिर भी आप अनुचित ढंग से मुझे अग्नि-परीक्षा के लिए बाध्य कर रहे हैं। इसके बदले आप मुझे अपने और बच्चों के साथ सुखपूर्वक रहने का उपहार दे रहे हैं। परंतु मुझे आपकी यह भेंट स्वीकार नहीं है, क्योंकि यदि मैंने आज आपकी बात मान ली तो यह समाज स्त्रियों के चरित्र के मूल्यांकन के लिए सदा इस अग्नि-परीक्षा का दुरुपयोग करता रहेगा। उनके दोषी न होने पर भी उन्हें निर्दोष होने का प्रमाण देना पड़ेगा। यह समाज तब उनसे पूछेगा कि वे ऐसा क्यों नहीं कर सकतीं, जबकि महारानी सीता ने भी ऐसा किया था।

'मैं उन स्त्रियों के साथ अन्याय नहीं कर सकती।

'मैं अपने पुत्रों की खातिर उस समय पर जीवित रही, जब उस व्यक्ति ने मुझे त्याग दिया जिससे मैंने संसार में सबसे अधिक प्रेम किया था। मेरे लिए उस पीड़ा को भोगने की अपेक्षा हार मानकर प्राण देना सरल था। परंतु मैं अपने बच्चों की खातिर जीवित रही। मैं आने वाली कई शताब्दियों से पुत्रियों के लिए आपकी इस अनुचित मांग के विरुद्ध लड़ती रहूँगी।

'मैं आशा करती हूँ कि आप मेरे प्रिय लव और कुश के साथ सदा प्रसन्न रहेंगे। मैं इस धरती, इस राज्य और यहां के सभी स्त्री-पुरुषों को आशीर्वाद देती हूँ। मैं अपने पुत्रों और सभी गर्भस्थ पुत्रियों को आशीर्वाद देती हूँ। मैं प्रार्थना करती हूँ यदि जीवन में कभी इन्हें परीक्षा देनी पड़े, क्योंकि जीवन परीक्षा अवश्य लेता है,

तो यह दृढ़ता से उसका सामना कर सकें। इन्हें अपने हृदय और मस्तिष्क दोनों का उपयोग करके देखना होगा कि उन्हें स्थिति से कब समझौता करना और कब उसका विरोध करना है।

'इस कारण हे राजा राम, मैं आपके इस प्रस्ताव को अस्वीकार करती हूँ। आप मुझे फिर से अपने निर्दोष होने का प्रमाण देने के लिए विवश कर रहे हैं। अब समय आ गया है जब नारी को अन्याय के विरुद्ध उठकर कहना होगा, 'अब और नहीं!'

'मैं अपनी धरती माता और अपने पिता अग्निदेव से, जिन्होंने मुझे स्त्री का यह रूप दिया है, सहायता मांगती हूँ। हे माँ! हे पिता! मैंने जीवनभर कष्ट सहन किया है। मुझ पर हर बार अनुचित आरोप लगते रहे हैं। मेरे निर्दोष होने के बाद भी मेरे विषय में अनुचित बातें कही जाती हैं। यदि मैं सचमुच निर्दोष हूँ तो कृपया मुझे इसका संकेत दीजिए।'

मैं जब यह बात कह रही थी तो मेरे अंदर ऊर्जा का तीव्र प्रवाह शुरू हो गया। मेरे पैरों के नीचे धरती में तेज गड़गड़ाहट के साथ दरार पड़ गई। मेरे आस-पास पड़ी लकड़ियां स्वतः जल उठीं। उनसे ऊंची लपटें उठने लगीं और उन्होंने मुझे चारों ओर से घेर लिया। मेरे आसपास मानो सुरक्षा-कवच बन गया था। उस कवच के पार लव और कुश मेरे पास आने के लिए संघर्ष कर रहे थे। परंतु राम के भाइयों ने उन्हें रोक लिया था। मेरा हृदय उनकी दर्दनाक पुकार सुनकर रो रहा था। 'माँ! मत जाओ। *हमें अकेला छोड़कर मत जाओ।*'

'मेरे प्रिय पुत्रों, मुझे विश्वास है एक दिन तुम यह अवश्य समझोगे कि मैंने ऐसा क्यों किया।'

राम बाँहें फैलाए अग्नि की ओर दौड़ रहे हैं। उनका मुकुट गिर पड़ा है। उन्हें मुकुट की चिंता नहीं है किंतु वह आग की लपटों को पार नहीं कर सकते।

'सीता!' वह हताशा-भरे स्वर में चिल्ला रहे हैं। 'सीता! सीता! सीता!' परंतु वह मन में कुछ और कह रहे हैं। मैं चूंकि इस मृत्युलोक का हिस्सा नहीं हूँ, इसलिए मैं उनकी उस आवाज को सुन सकती हूँ। वह कह रहे हैं, *'हे प्रिय, मुझे क्षमा कर दो। मैंने जो भी किया, वह मेरी प्राथमिकता थी। परंतु मैंने तुमसे बहुत प्रेम किया है। हालांकि मैं इसके योग्य नहीं हूँ, फिर भी तुम मुझे क्षमा कर दो।'*

क्या वह पाताल की गहराइयों से ऊपर आता कोई रथ है? क्या यह मुझे लेने आया है? मैं एक पैर आगे बढ़ाती हूँ और रथ पर रख देती हूँ। मेरे चारों ओर दिव्य पुष्पों की वर्षा हो रही है, अथवा ये उन देवताओं के आंसू हैं जो आकाश में खड़े मुझे देख रहे हैं? वे मेरे द्वारा दुख और आत्म-सम्मान की रक्षा में किए गए इस कृत्य की प्रशंसा में आंसू बहा रहे हैं। लपटें ऊँची हैं और वह ऊपर उठती जा रही हैं। राज-सभा की छत काली पड़ गई है। परंतु मैं उन्हें देखती हूँ तो वह स्फटिक

की दीवार की भांति स्थिर और साफ हैं। मुझे उसके आर-पार की दुनिया दिखाई दे रही है। मुझे केवल उसकी झलक मिलती थी। मेरे सामने अब शुद्ध क्षीर-सागर है। विष्णु का रत्नजड़ित महल, इंद्रधनुष के रंगों से चमक रहा है। वह अयोध्या की राज्यसभा से कहीं अधिक वास्तविक है। अयोध्या का दरबार मेरे सामने से ओझल होने लगा है। वह धीरे-धीरे छोटा होता जा रहा है और धूल के कण में परिवर्तित हो गया है। उसमें अब कोई सौंदर्य शेष नहीं है। मुझे अलौकिक संगीत सुनाई दे रहा है। वह मुझे पुकार रहा है।

*'वापस लौट आओ। लौटने का समय हो गया है। तुम्हारा कर्तव्य पूरा हुआ। तुमने बहुत कष्ट सहन कर लिया। अब लौटने का समय है।'*

क्या उन आवाजों को केवल मैं सुन सकती हूँ?

मुझे साधारण स्त्री से देवी में परिवर्तित होने से पूर्व एक काम और करना है। इससे पहले कि यह मेरा वास्तविक और सनातन संसार मुझे शुद्ध सच्चिदानंद में आवृत कर ले और इससे पहले कि मेरे समस्त विरोधाभासी मानवीय भाव लुप्त हो जाएं, मुझे एक काम करना है। मुझे अपने पति से एक अंतिम और आवश्यक बात कहनी है।

मैं राम से कहती हूँ, 'मैंने आपको बहुत पहले क्षमा कर दिया था। परंतु मुझे इस बात का पता नहीं लगा क्योंकि प्रेम का यही सबसे महत्वपूर्ण पहलू है। दया, इसका दूसरा चेहरा है। यह बूंद-बूंद करके प्राप्त नहीं होता। यह इस बात को नहीं देखता कौन इसके योग्य है और कौन नहीं। यह एक विशाल समुद्र की तरह है। अथाह, आश्चर्यजनक और अपार!

# आभार

इस पुस्तक को लिखने में मुझे सहयोग, प्रेरणा और सुझाव देने वाले उन सभी लोगों को मैं हृदय से धन्यवाद देती हूँ, जिनके नाम नीचे लिखे हैं।

मेरे अमेरिकी एजेंट सैंड्रा दैक्स्त्रा और उनकी टीम, विशेषकर एलीज़ कैपरन और आंद्रेया कावालेरो।

मेरे ब्रिटिश एजेंट कैस्पियन डेनिस।

हार्पर कॉलिन्स इंडिया में मेरी संपादक, दिया कार।

मेरे लेखक मित्र श्रेया चैटर्जी, फ़िलिप लट्गेन्डॉर्फ़, ऑरित्रो मजूमदार, केया मित्रा और ओइन्द्रिला मुखर्जी।

मेरा परिवार : मूर्ति, आनंद और अभय।

मेरे आध्यात्मिक गुरु, बाबा मुक्तानंद और भगवान नित्यानंद।

मैं आप सभी की बहुत आभारी हूँ।